杜甫研究新探索

杜甫研究高端论坛论文集

PROCEEDINGS OF
DU FU'S RESEARCH FORUM

胡可先　咸晓婷　主编

ZHEJIANG UNIVERSITY PRESS
浙江大学出版社
·杭州·

图书在版编目(CIP)数据

　　杜甫研究新探索 / 胡可先，咸晓婷主编. —杭州：
浙江大学出版社，2023.2
　　ISBN 978-7-308-23311-8

　　Ⅰ. ①杜… Ⅱ. ①胡… ②咸… Ⅲ. ①杜诗-诗歌研
究 Ⅳ. ①I207.227.423

　　中国版本图书馆 CIP 数据核字(2022)第 226114 号

杜甫研究新探索
——杜甫研究高端论坛论文集

胡可先　咸晓婷　主编

责任编辑	韦丽娟
封面设计	雷建军
责任校对	周烨楠
出版发行	浙江大学出版社
	（杭州市天目山路 148 号　邮政编码 310007）
	（网址：http://www.zjupress.com）
排　　版	浙江时代出版服务有限公司
印　　刷	杭州宏雅印刷有限公司
开　　本	710mm×1000mm　1/16
印　　张	22
字　　数	456 千
版 印 次	2023 年 2 月第 1 版　2023 年 2 月第 1 次印刷
书　　号	ISBN 978-7-308-23311-8
定　　价	128.00 元

浙江大学出版社市场运营中心联系方式　(0571)88925591；http://zjdxcbs.tmall.com

目　　录

论安史之乱前的杜诗对初盛唐主流诗风的承与变

钱志熙

北京大学中文系

如何给杜诗分期,学术界有不同的看法,但有一点是明确的,即安史之乱是造成杜诗前后变化的最重要的节点。研究者强调安史之乱对杜诗发展的巨大影响,这甚至可以说近现代杜诗学的一个重要特点,尤其是五四之后的杜诗学。有一种倾向,因为强调安史之乱对杜诗的决定性作用,而贬低杜甫前期诗歌的价值。如胡适就认为"杜甫以前诗皆不严肃不真挚",夏承焘受胡氏影响,也说:"非有安禄山,逼不出杜甫。杜甫如无禄山,亦俱为朝叩富儿门,暮随肥马尘踵踶士流耳。"[①]但夏氏也不完全同意胡氏的说法,他又说:"老杜若少年遇此大变,亦不成大家。杜之境遇,乃一部唐诗之缩影。"[②]可以说是对前说的一个补充。这后一句话,其实隐藏着一个话题,即安史之乱后之前的杜诗是安史之乱后杜诗的一个准备,也即强调杜甫前期的艺术积累对于后来艺术发展的重要性。尤其值得注意的是,夏承焘似乎也有意将安史之乱之前与之后的杜诗与安史之乱之前与之后唐诗这两个话题结合起来讨论。也就是说,安史之乱后的杜诗之变,不仅是杜诗本身的变化,同时也是唐诗的一种变化。当然,安史之乱造成唐诗之变,不只是存在于杜诗的发展历史中,同样存在于盛中唐之际其他诗家的艺术发展历史中,比如刘长卿、韦应物、元结等人,也都是造成唐诗之变的重要诗人。从更长时期来看,韩孟、元白这两派相对于初盛唐诗风的新变,也与安史之乱后的历史变化相关联。所以,以安史之乱为界来谈唐诗的前后变化,光从杜甫这里谈是不够的。但是安史之乱以后的杜诗,无疑是盛中唐之际唐诗诗风变化的最重要的环节。所以夏氏以其为"一部唐诗之缩影"。这也正是我们将安史之乱前的杜诗与杜诗对初盛唐主流诗风的承与变两个角度结合起来讨论的逻辑上的理由。

杜诗与初盛唐诗,乃至六朝诗风有一种承变与离合的关系,应该是杜诗研究的

---

① 《夏承焘集·天风阁学词日记》1942 年 12 月 28 日,杭州:浙江古籍出版社,1997 年,第 446 页。

② 《夏承焘集·天风阁学词日记》1943 年 4 月 27 日,杭州:浙江古籍出版社,1997 年,第 486 页。

一个角度。这种关系当然体现在整个杜诗创作中,但安史之乱无疑是一个重要的节点。即安史之乱前的杜诗,较多地继承了初盛唐的主流诗风,而安史之乱后的杜诗,相对于主流诗风来说,变化更大,在审美趣味上对传统有很大的突破。朱熹曾说:"李太白终始学《选》诗,所以好。杜子美诗好者亦多是效《选》诗,渐放手,夔州诸诗则不然也。"①杜甫与"选诗"的关系,正是其与初盛唐主流诗风关系的核心问题。初盛唐诗风虽然在不断地发展变化,尤其是盛唐诗风是在继承汉魏风骨、剔除齐梁绮靡的整体策略中得到发展的。但是,整个初盛唐诗歌,与汉魏六朝的审美传统是一脉相承的。其中因革承变,也是在汉魏六朝审美传统的范畴之内的一种协调。大历诗风的主流,仍是承接着初盛唐的,甚至有复归齐梁初唐的表现。贞元、元和之后,才是唐诗的更大的变化。要理解这些问题,朱熹所说的"选诗"无疑是一个重要的考察角度。朱熹将杜诗的承变关系概括为前期多学"选诗"与后来"渐放手"不学"选诗"的问题。为了讨论的方便,我们将此角度适当地做些调整,将杜诗的承变概括为其与初盛唐主流诗风的关系的问题。安史之乱前的杜诗和杜诗与初盛唐诗的承变关系,其实是不同角度的问题,但它们有所相交。

但是,当我们提出上述两个考察角度时,困难仍然是很多的。第一个问题,就是如何概括初盛唐的主流诗风?作为一种常识,初唐诗风与盛唐诗风是连接着的,但人们更重视的是它的变化,这个变化从艺术自身的发展来讲,主因就是一种复古的艺术思想的作用。当然这种复古的艺术思想与实践的发生的现实原因,迄今都未得到充分的论证。我们现在着重于讲杜诗与初盛唐诗风的承与变,就得对这两段诗风对杜甫的影响,有所区分。即唐诗受初唐诗风的影响问题与杜诗与盛唐主流诗风,或称盛唐正宗风格的合离关系。但仅仅这两个层面,包含的内容仍然十分丰富。为此,我想对杜诗与初盛唐诗风的关系做这样的分别,即杜诗对初唐诗风的接受,可以概括为其与初唐词学体制中的诗学的一种承传关系。而其与盛唐正宗诗风的关系,则着重于杜甫与盛唐(甚至唐诗的基本特质)"清新"的诗学的合与离的关系。这两个角度,当然不能包括杜甫与初盛唐诗关系的全部,显然还可以有其他的角度和概括方式。但却是比较深层的,而且是尽可能逼近初盛唐诗学的原生状态的。

杜诗的发展,如果从风格的层面上说,也可以概括为从六朝的词华风雅、清新俊逸的风格中发展出的一种沉郁顿挫的风格。这种沉郁顿挫风格,在写实性与现实性以及抒情强度上,都明显地突破了初盛唐主流诗风的审美趣味。但是当我们考察初唐,尤其是盛唐诗风的整体发展趋势时,又不能不看到,写实性及现实性的增加,抒情强度的增强,正是唐诗发展的一种基本的趋势。因此,也可以说,杜甫,或许还可包括李白,他们对初盛唐主流诗风的发展,是对主流诗风中这种发展趋势的更加突出的发展。

---

① 黎靖德编:《朱子语类》卷一百四〇,北京:中华书局,1986 年,第 3326 页。

本文主要是从上述这些角度来把握杜诗与初盛唐诗的关系，同时也希望通过这样的一种论述，对安史之乱前杜诗的艺术成就及其发展上的一些情况进行比较系统的阐述。

一、杜甫与初盛唐之际词学体制的关系

初盛唐文学，在长安与外地两种不同场所展开，也可以分为在朝与在野两类。其文学风气及演变，也是沿着多维度展开的。对于杜甫来讲，朝野两派的文学，他都有所接受。就宫廷或说统治上层的文学来说，初唐诗赋沿着陈隋余风进行，但融进了王朝政治主题及雅颂、华美典赡的风尚。用我们今天的概念来说，初唐文学对齐梁陈隋文学的发展，可以说是一种宏大叙事的因素的增加。在这方面，初唐的一些文学制度，也促成了这种宏博典雅的文学风气的产生，如科举与制举，以及文馆词林、文章献纳等文学制度下产生的诸如试律诗赋、献赋、朝廷大手笔等创作形式。这在当时看来，宏博典雅的文学风气也可理解为对梁陈以来"轻险""淫放"的文学风格的改革，即以宏雅来革除当时认为具有亡国之音气质的陈隋余风。但从更大的文学史范围来讲，其实是对六朝以来崇尚修辞的文学风气的进一步推激。如果要寻找一些核心的词汇来表达，就是时人所说的"词臣""词学""词华"等，构成一种可称为"词学"的文学体制。① "词学"渊源于六朝，尤以骈俪、用事、声律为核心要素。初唐诗歌甚至盛唐诗歌的一部分，是在这种词学的文学体制下发展的。

杜甫与上述的初盛唐词学体制究竟是一种什么样的关系呢？我们不妨先看元稹在《唐故工部员外郎杜公墓系铭》中的这一段叙述：

> 唐兴，官学大振，历世之文，能者互出，而又沈、宋之流，研练精切，稳顺声势，谓之律诗。由是而后，文变之体极焉，然而莫不好古者遗近；务华者去实，效齐梁则不逮于魏晋，工乐府则力屈于五言，律切则骨格不存，闲暇则纤秾莫备。②

元稹所说的"官学"，反映在文学上，最核心的内涵就是初唐的词学体制。以沈（佺期）、宋（之问）为代表的律诗，是这种词学体制在诗歌方面的成果结晶。诗学与词学是两个不同范畴，但这一派的诗学，无疑是靠近词学的，所以元稹强调"官学"体制的作用。与之相对的，则是"好古遗近"的陈子昂、李白的这一派的复古诗学，其对齐梁体的革新，从某种意义上也可以理解为对初唐的"官学""词学"体制的一种摆脱，也是对汉魏晋宋寒素文学的复归。但是，基本上属于复古一派的元稹，却

---

① 参见钱志熙：《唐宋词学考论》。
② 元稹：《元稹集》卷五六，北京：中华书局，1982年，第600页。

并没有简单沿承陈(子昂)、李(白)的标准,完全倒向"好古遗近"的一面,而是认为两派各有不足:"律切则骨格不存,闲暇则纤秾莫备。"原因就在于出现了杜甫这样一位诗人,对效齐梁的词学派与学魏晋、工乐府的复古派进行了一种综合。

杜甫登上诗坛时,不仅陈子昂的复古事业早已完成,而且张九龄、李白乃至王维、孟浩然等人学习汉魏风骨的创作成就,也已经比较充分地显现出来了。这一时期的诗坛,学习汉魏应该已经成为主流;但是一方面,近体的体制则来自齐梁。这是杜甫登上诗坛时所面临的两个基本的诗学路向。或许,由于家学及个人气质的原因,杜甫本人的家庭及周围的文学环境,仍是停留在初唐的官学格局之中。所以,我们甚至可以说,杜甫的诗赋创作,是从初唐的词学体制中发轫的。当时文坛的主流风格已经变化,但文学教育或说青少年学习文学的方式,仍然停留在之前的一种"官学"的格局之中。这种现象或许在文学史上有一定的普遍性。

杜甫早年曾走科举道路,按照科举功令的要求学习试律诗与律赋、策问等,应该是其必修的课程。乾元元年,杜甫贬华州司功参军期间,曾为州府拟进士策问题五道,其中有"议论弘正,词气高雅"之语,又说:"顷之问孝廉,取备寻常之对,多忽经济之体。考诸词学,自有文章在,束以征事,曷成凡例焉。"①这说的正是策问中词学之艺与其内容上经济之策的关系。拟进士策问题一事,也证明杜甫是此事的行家里手。从这一意义上也可以说他是从词学出身的,熟于唐代官学及词学的体制的。这是他与李白在文学出身上的不同。

词学之士的最高际遇,当然是担任词臣。杜甫祖父杜审言就是词臣的典范。这同样曾是杜甫的追求目标。在《进雕赋表》中,杜甫将自己的这一心曲陈述得十分明白:

> 亡祖故尚书膳部员外郎先臣审言,修文于中宗之朝,高视于藏书之府。故天下学士,到于今师之。臣幸赖先臣绪业,自七岁所缀诗笔,向四十余载矣,约有千余篇。今贾马之徒,得排金门上玉堂者甚众矣!惟臣衣不盖体,尝寄食于人,奔走不暇,只恐转死沟壑,安敢望仕进乎?伏惟明主哀怜之。倘使执先祖故事,拔泥涂之久辱,则臣之述作,虽不能鼓吹六经,先鸣数子,至于沉郁顿挫,随时敏捷,扬雄、枚皋之徒,庶可企及也。②

所谓"随时敏捷",正是一个出色的文学侍从的本领。当然,"沉郁顿挫"其实已经融入杜甫自身的文学理念,与"词学"审美标准是有距离的。杜甫与李白一样,其实都当不了那种完全符合官方文体的词臣,尤其是他们那种慷慨感激的本色,与词臣文体的雍容华美并不完全契合。但这些都不妨碍杜甫自己想做文学侍从的梦

---

① 仇兆鳌注:《杜诗详注》卷二五,北京:中华书局,1979年,第2204页。
② 仇兆鳌注:《杜诗详注》卷二十四,北京:中华书局,1979年,第2172页。

想。天宝后期，他曾作《赠献纳使起居田舍人澄》，对其执掌朝臣词翰的荣遇艳羡不已，并希望得到荐引：

> 献纳司存雨露边，地分清切任才贤。舍人退食收封事，宫女开函捧御筵。晓漏追趋清琐闼，晴窗点检白云篇。扬雄更有《河东赋》，唯待吹嘘送上天。①

此为杜甫向受天下四方之书的献纳使献诗赋而作。《杜诗详注》引黄鹤注："蔡兴宗谓献《封西岳赋》在天宝十三载冬。玩诗末二句，当是其年未进赋时所投赠。"②他的献《三大礼赋》《封西岳赋》《雕赋》，真的引起了玄宗的注意："帝奇之，使待制集贤院，命宰相试文章。"③"天老书题目，春官验讨论"（《奉留赠集贤院崔、于二学士》），④所考的自然是诏制书判之类的文章。这等于是单独为杜甫举行一次词学的考试。虽然没有因此而成为词臣，但杜甫自我感觉良好："儒术诚难起，家风庶已存。"⑤也就是说他认为自己已经向朝廷与士林证明，作为杜审言的孙子，完全可以胜任词臣的工作。当然，他的政治理想，不止于词臣，而是有更高的目标，就是以儒术来辅佐君主。

词学所重，在于文采，尤其是词华壮丽，杜甫诗赋中"丽"及"宏博"的根本，即根源于这种词学体制。杜甫自称"气冲星象表，词感帝王尊"（《奉留赠集贤院崔、于二学士》），⑥又说自己"往时文采动人主"（《莫相疑行》）。⑦ 陈贻焮先生曾指出三大礼赋"写得颇典雅，稍嫌板滞，但也不乏文采"，其中的一些"很漂亮的骈辞俪句，若与初唐名家手笔相较，毫不逊色，文风也很接近"⑧。杜甫平生的文学创作，最接近"词臣"性质的，除了献赋时期之外，就是在至德、乾元之际肃宗朝廷任官的时期。虽然此时朝廷形势非复安史乱前的景象，但杜甫、王维、贾至、岑参等人，仍然难以忘怀文学侍从的情结。乾元元年之春，贾至重拾升平故事，首唱《早朝大明宫呈两省僚友》，王维、杜甫、岑参续唱《和贾至早朝大明宫之作》等诗。这些作品，正如陈贻焮先生所评，"在宫廷诗中堪称上乘"。⑨ 这些诗曾被后世讥为不合时宜的雅颂之作。但对于他们来讲，未尝不是缅怀盛世、兴复唐室的信心的体现。对于杜甫本人来说，则是词臣梦想的实现。此后，他还陆续写作了《宣政殿退朝晚出左掖》《紫辰殿退朝口号》《春宿左省》《晚出左掖》《题省中壁》《奉送岑参补阙见赠》等诗，即陈

---

① 仇兆鳌注：《杜诗详注》卷三，北京：中华书局，1979年，第203页。
② 仇兆鳌注：《杜诗详注》卷三，北京：中华书局，1979年，第202页。
③ 欧阳修、宋祁：《新唐书》卷二百一，《杜甫传》，北京：中华书局，1975年，第5736页。
④ 仇兆鳌注：《杜诗详注》卷二，北京：中华书局，1979年，第131页。
⑤ 仇兆鳌注：《杜诗详注》卷二，北京：中华书局，1979年，第132页。
⑥ 仇兆鳌注：《杜诗详注》卷二，北京：中华书局，1979年，第130页。
⑦ 仇兆鳌注：《杜诗详注》卷十四，北京：中华书局，1979年，第1213页。
⑧ 陈贻焮：《杜甫评传》上册，上海古籍出版社，1982年，第176页。
⑨ 陈贻焮：《杜甫评传》上册，上海：上海古籍出版社，1982年，第427页。

贻焮先生所说的"雍容华贵的殿堂台省荣遇诗篇"①。这些诗篇,从文学史的源流来说,可以说是初唐以来宫廷侍从诗体的一种继续,是自觉地接受了词臣的文学模式。长安十年及安史之乱初期的经历,杜甫已经培植出一种沉郁顿挫的写实性风格,但这时也有一个对初唐雍容华美的词臣风格的回顾创作现象。不仅是直接与应制、雅颂有关的这类作品,而且杜甫此期的诗风,整体上有趋向细腻华美的倾向。其中像《送翰林张司马南海勒碑》这样的作品,写得"冠冕堂皇,风流蕴藉"。② 虽然时代不允许他再走祖父的道路,但他将这种词臣文学的华美典雅的趣味一直延续下来,融入了沉郁的风格之中,经过改造与发展,结出很好的成果,代表性的作品就是《诸将五首》《秋兴八首》等作品。这类七律诗,就是在初盛唐七律雍容典雅风格的基础上发展出来的。

上文已经说到,杜审言是初唐词臣,其文学也可以说是比较典型的词学体制中的文学。杜甫处身的第一个文学场景,应该是以其祖父为中心,注重词学的家族文学传统。对此,自宋至今的学者,都有所注意。陈贻焮先生在《杜甫评传》中专辟《祖父的文学》一节,从杜甫的"诗是吾家事"(《宗武生日》)、"法自儒家有"(《偶题》)的自述出发,比较全面地探索了杜甫受其祖父文学影响的一些表现。他认为杜甫的五言排律,直接承自杜审言等人的排律。杜审言长于书判,"杜审言既是写骈体应用文的好手,又是写'类书式'诗的好手,加上他秉性狂妄,好恃才逞能,这就难怪他爱写长律,甚至有的竟长达四十韵了"③。"杜甫自幼得乃祖真传,独擅此体,晚年技痒,制作颇多,居然能写出像《冬日洛城北谒玄元皇帝庙》《谒先祖庙》《投赠哥舒开府翰二十韵》《大历三年春白帝城放船出瞿塘峡久居夔府将适江陵漂泊有诗凡四十韵》《寄岳州贾司马六丈巴州严八使君两阁老五十韵》《秋日夔府咏怀奉寄郑监李宾客一百韵》等这样一些格律谨严、属对精工、气势磅礴、挥洒自如的鸿篇巨制,这不能不教人惊叹他学力之深、才力之大和对艺术的执着追求。"④陈先生还指出:"杜审言诗歌特色之一是善于把握变化莫测的风物和微妙情绪",并举例说明杜甫在这方面受到其祖的影响。⑤ 杜甫对杜审言的诗歌的学习,是一个还可深入展开的论题。大抵上说,早年时见摹范乃祖之格的作品。如《假山》一首,是为其继祖母卢氏写的,全诗颂祝之意,尤其是祥和景象之烘托,受到乃祖作品的影响。尤其是结尾"惟南将献寿,佳气日氤氲"。⑥ 正是用杜审言《蓬莱三殿侍宴奉敕咏终南山应制》结尾"小臣持献寿,长此戴尧天"。改祝圣为颂亲,且是本地风光,可窥见杜氏家

---

① 陈贻焮:《杜甫评传》上册,上海:上海古籍出版社,1982年,第407页。
② 陈贻焮:《杜甫评传》上册,上海:上海古籍出版社,1982年,第431页。
③ 陈贻焮:《杜甫评传》上册,上海:上海古籍出版社,1982年,第11页。
④ 陈贻焮:《杜甫评传》上册,上海:上海古籍出版社,1982年,第14页。
⑤ 陈贻焮:《杜甫评传》上册,上海:上海古籍出版社,1982年,第15页。
⑥ 仇兆鳌注:《杜诗详注》卷一,北京:中华书局,1979年,第28页。

传文学景象之一斑。杜甫后来的典型的风格为沉郁顿挫,在五、七言律诗方面体现得尤其明显。但早期的五、七言律诗,在结构上以婉转自如为主,趋于活泼轻松。如果拿线与面来说,后来的作品以面为主,境界阔大,气韵沉雄;早期的作品则近于线条化,轻松转折,腾挪自如。这种作风,其实出于沈、宋与杜审言。是比较典型的初唐五律体。杜审言尤重婉转自如,通篇匀称,线条流走优美。如其《夏日过郑七山庄》:

> 共有樽中好,言寻谷口来。薜萝山径入,荷芰水亭开。日气含残雨,云阴送晚雷。洛阳钟鼓至,车马系迟回。①

又如其《经行岚州》:

> 北地春光晚,边城气候寒。往来花不发,新旧雪仍残。水作琴中听,山疑画里看。自惊牵远役,艰险促征鞍。②

杜甫的早年五律,甚至七律,在结构与韵律方面,婉转流走的特点比较明显。如《龙门》:

> 龙门横野断,驿树出城来。气色皇居近,金银佛寺开。往来时屡改,川陆日悠哉。相阅征途上,生涯尽几回。③

此诗节奏感与审言诗最相近,可以说是"审言体"。审言五律还有开阔而略带顿挫的一种,如《和晋陵陆丞早春游望》《登襄阳城》等作,直接开启了王维、杜甫等人相近境界的作品,杜甫的《登兖州城楼》就是直接规摹乃祖的《登襄阳城》,宋人赵汸已指出这一点,"公此诗实本于其祖"④。另外,如他的《陪郑广文游何将军山林十首》,虽然在描写上开出不少生新笔法,但其结构章法,仍是初唐之格,甚至受到庾信《咏画屏风》的影响。或许可以说,律诗尤其五律、五排,存在着一种初唐的结构与节奏。杜甫对此揣摩甚深,但承中多存变,令人难以体认其间的承传关系。

不仅接受家庭文学环境的影响,杜甫早年结交者,多具贵胄文学的风气,重视文律精严、词华富盛。《哭韦大夫之晋》:

> 凄凉郇瑕邑,差池弱冠年。丈人叨礼数,文律早周旋。⑤

又如《赠特进汝阳王》:

---

① 陈贻焮主编:《增订注释全唐诗》卷五一,北京:文化艺术出版社,2001年,第439页。
② 陈贻焮主编:《增订注释全唐诗》卷五一,北京:文化艺术出版社,2001年,第439页。
③ 仇兆鳌注:《杜诗详注》卷一,北京:中华书局,1979年,第29页。
④ 仇兆鳌注:《杜诗详注》卷一,北京:中华书局,1979年,第6页。
⑤ 仇兆鳌注:《杜诗详注》卷二十二,北京:中华书局,1979年,第1992页。

　　　　学业醇儒富,词华哲匠能。笔飞鸾耸立,章罢凤骞腾。①

再如《赠比部萧郎中十兄》:

　　　　有美生人杰,由来积德门。汉朝丞相系,梁日帝王孙。蕴藉为郎久,魁梧秉哲尊。词华倾后辈,风雅霭孤骞。②

　　杜甫早年结交的这些文坛前辈,多是承传初唐词学及诗律系统者。杜甫本人对沈、宋的"诗律"也是熟谙的。他与沈佺期之子沈东美为通家之交好,天宝十三载沈东美年老得除膳部员外郎,杜甫作《承沈八丈东美除膳部员外郎阻雨未遂驰贺奉寄此诗》,句云:"诗律群公问,儒门旧史长。"③这与其自述之"诗是吾家事"④"法自儒家有"⑤,正可相当。又如开元末,杜甫作有《过宋员外之问旧庄》,诗云:"宋公旧池馆,零落首阳阿。枉道祗从入,吟诗许更过。"⑥所谓"吟诗许更过",即许我再次经过,再次吟诗之意。仇注引"杨守阯曰:言宋诗尚矣,亦许我更过而题咏乎。须溪谓是尊慕前辈之词"⑦也可见杜甫早年还是推沈、宋为正宗的。

　　从文学史的时段来说,初唐的词学风气,虽经陈子昂、张九龄等的复古作风的调和,有所减弱。但其余波其实是一直延续到盛唐的。不仅张说、张九龄等人具有词臣的身份,就是盛唐的王维、李白、杜甫,都在一定的程度上沿袭词臣文学的观念和体制。如果说,复古所体现的诗歌观念,重在"意",则词学所体现的诗歌观念,正如"词学"一词本身所指揭的那样,重在"词"。从陈子昂到李白,是重意的诗学的发展,其审美上对应的则是崇尚自然的旨趣。杜甫因为受家族词学的影响,其最先树立的是一种"词"的文学观,其"意"的文学观是在后来的发展中逐步加强的。从这个角度,我们也可以理解,从六朝到初唐的重词的文学创作风气,在杜甫的艺术实践中得到了继承与提高。或者说,杜甫的创作,部分地回复了齐梁陈隋至初唐的修辞为重的文学趣味。总之,研究杜甫的文学个性尤其是其前期文学的表现,其与初唐官学背景下形成的词学体制的关系,是一个值得展述的角度。

　　词学的一个重要的渊源是《文选》,亦即传统所说的选学。杜甫"熟精文选理"一句,常被举为其与《文选》关系密切的证据。《文选》中的诗歌,古人又称为"选诗",事实上《文选》并非一家之作,其中如陶、谢之风格,即明显不同。但古人所说的"选诗"体,只是包括了《文选》诗的一部分,且各家所说的"选诗"体,所指实有不

---

① 仇兆鳌注:《杜诗详注》卷一,北京:中华书局,1979年,第62页。
② 仇兆鳌注:《杜诗详注》卷一,北京:中华书局,1979年,第66页。
③ 仇兆鳌注:《杜诗详注》卷三,北京:中华书局,1979年,第212页。
④ 仇兆鳌注:《杜诗详注》卷一七,北京:中华书局,1979年,第1477页。
⑤ 仇兆鳌注:《杜诗详注》卷一八,北京:中华书局,1979年,第1542页。
⑥ 仇兆鳌注:《杜诗详注》卷一,北京:中华书局,1979年,第20页。
⑦ 仇兆鳌注:《杜诗详注》卷一,北京:中华书局,1979年,第21页。

同。二是相对于后来的唐诗、宋诗来说,古人所说的"选体",其实是对汉魏六朝诗风诗体的一种概括。唐人已经有"选体"的观念。杜甫所说"熟精文选理",其中就含有类似后人所说的"选诗"这样的意思。初盛唐诗风出于"选诗",杜甫又精熟文选之体。这样说来,杜诗的承变问题,也可以理解为杜诗对选诗的承与变。这与杜甫对初盛唐诗风的承与变是两个不同的问题,但又是紧密相联的。

关于杜甫与选诗的关系问题。朱熹有一个基本观点,认为李(白)杜(甫)都学选诗,但李白一直学选诗,杜甫后来变化很大,不再为选诗之体:

> 李太白终始学《选》诗,所以好。杜子美诗好者亦多是效《选》诗,渐放手,夔州诸诗则不然也。①

又云:

> 人多说杜子美夔州诗好,此不可晓。夔州诗却说得郑重烦絮,不如他中前有一节诗好。鲁直一时固自有所见。今人只见鲁直说好,便却说好,如矮人看戏耳!②

朱熹认为杜甫夔州后诗不好,一个重要的判断标准来自选诗,认为其完全不顾选诗的诗法了。他所说的"鲁直说好",出于黄庭坚《与王观复书》,大意云:"所寄诗多佳句,犹恨雕琢功多耳。但熟观杜子美到夔州后古律诗便得,平淡而山高水深,似欲不可企及。文章成就,更无斧凿痕,乃为佳耳。"③杜甫自称"老去诗篇浑漫与,春来花鸟莫深愁"④,这虽是带有戏谑性质,但我们看杜甫到成都之后的一部分作品,的确感觉到他在写作上不像早年的锤炼精琢,而是以一种更加随意的、趋向吟咏情性的态度来进行创作。这在黄庭坚看来,是向平淡的境界发展,所谓"平淡而山高水深"。但在朱熹看来,则是其大变于选诗之法,放手而为。这两个不同看法,的确代表了历来对杜诗前后成就的不同看法,也涉及对安史之乱前后杜诗的不同评价,甚至关系到对唐宋诗风变化的不同评价的问题。如本文开头所说,胡适、夏承焘等人极赞杜甫安史乱后之诗,而贬低其早期诗歌。而朱熹则推崇杜甫学"选诗",其中自然含有推崇其"中前"期诗的意思。

二、初盛唐清新风格在杜诗中的体现

除了"词学""词华"这样的概念外,展示杜甫与初盛唐主流风格的相同的一面

---

① 黎靖德编:《朱子语类》卷一百四〇,北京:中华书局,1986年,第3326页。
② 黎靖德编:《朱子语类》卷一百四〇,北京:中华书局,1986年,第3326页。
③ 黄庭坚:《豫章黄先生文集》卷一九。
④ 仇兆鳌注:《杜诗详注》卷一〇,北京:中华书局,1979年,第810页。

应该是"清新"这一概念。这个因后人无节制使用而变得十分平常的、缺少深度的概念,事实上在唐代诗歌的创作实践上,起着很重要的规范与启迪的作用。我们甚至可以说"清新"是唐人对诗美的基本理解。

清新作为一种诗美理念的发生,当然要追溯到六朝的诗赋。较早见于西晋陆云《与兄平原书》之九:"兄文章之高远绝异,不可复称言。然犹皆欲微多,但清新相接,不以此为病耳。"①这是说陆机的诗赋,微伤烦冗,但其中仍然具有清新之气。要仔细地梳理这个美学范畴的形成历史,铺展开来将是很繁复的论证。概括地说,清新是六朝士族社会培植出来的一种审美理想,其基本的理念来自灵性、自然等玄学哲学的诱发,是士族崇尚体道自然的人格理想所酝酿出来的一种文学审美理想,在同时期的玄言、山水田园、咏物等诗赋品种中得到了初步的实践。从审美的理念来说,清新虽以外在事物,尤其是自然山水为表现对象,但它所趋向的并非形似写物,而是一种离形似的艺术旨趣。也就是说,这种艺术虽然有较多的"及物"的成分,但却并不特别地重视客观事物的再现,它表现事物的主要动机在于抒发情性,即一种自然适意的情性抒发。所以,清新是与另一些重要的概念,如"情性""性灵"联系在一起的。

清新发露的风格的实现,标志着重视律调的南朝型五言诗风格的成熟。大小谢、阴铿、何逊、庾信都是清新风格的代表,陶渊明、鲍照等人虽然较多地继承汉魏的艺术风格,但基本审美理念,仍与清新不违。唐人继承六朝诗歌的这种"清新"审美趣味,并将其作为诗歌创作与批评中的一个重要范畴来运用,不同的诗人都分享着"清新"这一共同的审美理念而发展其诗歌。上述引据朱熹之论,认为李、杜都学选诗,所谓"选诗",其基本内涵仍在于"清新"。

对于唐人来说,清新不仅与吟咏情性的宗旨相联系,而且也与绮靡的作风相对立。初盛唐诗人的一种努力方向,正是克服绮靡、淫放、轻险而得清新之旨。六朝诗风,可以说是清新与绮靡相杂。齐梁以来,诗风或崇清新,或尚绮靡,初唐诗绮靡多而清新少,盛唐革除绮靡之体,以清新相尚。就唐诗来说,我们可能说清新发源于晋宋南朝,至初盛唐之际逐渐摆脱了绮靡、繁缛、典正等体,形成一种能体现兴象之美、风骨之清与神思之逸的艺术品格。不仅如此,它在审美上还有某种格调上的确定性,即不仅绮靡、繁缛、典正是其祛除的对象,同样像过于强力的写实与过于豪横的风格,甚至过于奇特的想象,似乎也是其所要回避的。这样一种清新的理念,无疑是成熟于盛唐,而贯穿到中晚唐的一种基本的审美理想。中晚唐诗相对于盛唐诗之变化,也正体现其对"清新"风格的发展与变化。

杜甫论诗之重清新,见于多首作品。其《春日忆李白》云:"白也诗无敌,飘然思

---

① 陆云:《陆云集》卷八,北京:中华书局,1988年,第138页。

不群。清新庾开府,俊逸鲍参军。"①又其《寄彭州高三十五使君适、虢州岑二十七长史参三十韵》云:"更得清新否,遥知对属忙。"②另外,杜甫《戏为六绝句》云:"不薄今人爱古人,清词丽句必为邻。"③从这几例看到,无论是评论杰出诗人的创作,还是平常在与友人的吟咏相尚中,甚至在对古今诗人作品的拣择品赏中,"清新""清词"都是杜甫最重要的评价范畴。尤其是李白的诗歌,其艺术风格之丰富多样是众所周知的,但杜甫却仅用"清新""俊逸"来评论。这启发我们认识,他所说的"清新",并非后世风格论里的"清新",而是指一首好诗必要达到的一种艺术境界。"清"深度地体现一种自然的、气韵生动的旨趣,而"新"则是艺术上的创造。只是这种"新"的创造,是要体现"清"的审美理念的。并非任何新异或新的创造都符合清新标准。当然,这种标准是随人、随时代等场景而变化的,比如以六朝或者初盛唐的清新标准来看,杜甫本人的诗歌就有不符合清新标准的地方。那么,是不是可以这样理解,当杜甫将清新、俊逸许予庾信、鲍照、李白他们,而他自己则是要创造一种不同于他们的清新、俊逸的新风格呢?这似乎是很说得通的。因为杜甫后来创造出来的一种典型的风格,人们即评论为"沉郁顿挫",是远远越出唐诗一般的清新风格的。但从审美理念来说,杜甫并不是要放弃清新,而按照他自己的趣味与审美理想发展六朝以来的清新风格。从杜甫本人和他的崇尚者来看,沉郁顿挫仍以不违于清新为原则。元稹评杜甫之长篇作品时说:"至若铺陈终始,排比声韵,大或千言,次犹数百,词气豪迈而风调清深,属对律切而脱弃凡近。"④清深与清新大略相同。在元稹看来,杜甫词气豪迈而能风调清深。这正说明清新、清深作为唐诗的一种基本的诗美、诗境的重要性。可见杜甫在赞李白"清新庾开府,俊逸鲍参军"时,并非将此作为李白独有的艺术风格,同时也是视为他个人的一种艺术理想的。其沉郁顿挫的风格,正是对清新俊逸风格的一种发展。同时,通过杜诗的这个表述,也可证明清新之美,是唐人承之六朝诗人的一种审美传统。

我们不妨略举杜甫之外其他诗人对于"清新"的表述,以证明"清新"作为唐代诗学的重要范畴的事实。李颀《送山阴姚丞携妓之任兼寄苏少府》:"知君练思本清新,季子如今得为邻。他日知寻始宁墅,题诗早晚寄西人。"(《全唐诗》卷一三三)岑参《送张献心充副使归河西杂句》亦云:"爱君词句皆清新。"(《全唐诗》卷一九九)贾岛《赠友人》:"五字诗成卷,清新韵俱偕。"(《全唐诗》卷五七三)李贺《出城别张又新酬李汉》:"吾将噪礼乐,声调摩清新。"(《全唐诗》卷三九三)李商隐《漫成三首》:"沈约怜何逊,延年毁谢庄。清新俱有得,名誉底相伤。"(《全唐诗》卷五三九)韦庄《题

---

① 仇兆鳌注:《杜诗详注》卷一,北京:中华书局,1979 年,第 52 页。
② 仇兆鳌注:《杜诗详注》卷八,北京:中华书局,1979 年,第 643 页。
③ 仇兆鳌注:《杜诗详注》卷一一,北京:中华书局,1979 年,第 900 页。
④ 元稹:《元稹集》卷五六,北京:中华书局,1982 年,第 601 页。

许浑诗卷》："江南才子许浑诗,字字清新句句奇。"(《全唐诗》卷六九六)由此可见,追求清新实为贯穿四唐的基本理念,因致思清新而得清新之句、清新之格。清新可以说是唐人在诗歌上基本的品格追求,同时也是其达到的一种美学高度。

综合上面诸家所举"清新",我们可以进一步窥探唐人"清新"之旨的多方面内涵。李颀所说的"练思清新",实为唐人写诗的重要理念。所谓"清新",正在练思之唯求清新,即在佺象揣称、选词造象方面,力求既清又新,务去陈言,力求创新。其目标则是要如杜甫所说的"清词丽句必为邻"。贾岛所说的"清新韵俱谐",也是将清新作为好诗的一种基本特征,并且韵律和谐的要素加进清新的概念里面。李贺所说的"声调摩清新",则是指诗人选择一种体调,同时将清新作为其所追求的理想的审美境界,与元稹评杜诗"风调清深"意思相近。李商隐评论沈约之赞何逊、颜延年之毁谢庄,认为四人之诗作,俱有得于清新,然不知为何会出现争议名誉高下的毁伤之事。这是有感于"文人相轻,自古已然"的现象。但他说"清新俱有得",可知"清新"为唐人评诗的根本。通俗地说,即非清新无以称诗。那么,清新可以说是唐人心目中诗的特质。

律调清新是前期杜诗的一种基本品格,下列作品就具有代表性:

> 春山无伴独相求,伐木丁丁山更幽。涧道余寒历冰雪,石门斜日到林丘。不贪夜识金银气,远害朝看麋鹿游。乘兴杳然迷出处,对君疑是泛虚舟。

> 之子时相见,邀人晚兴留。霁潭鳣发发,春草鹿呦呦。杜酒偏劳劝,张梨不外求。前村山路险,归醉每无愁。(《题张氏隐居二首》)①

> 秋水清无底,萧然净客心。掾曹乘逸兴,鞍马到荒林。能吏逢联璧,华筵值一金。晚来横吹好,泓下亦龙吟。(《刘九法曹郑瑕丘石门宴集》)②

> 巳公茅屋下,可以赋新诗。枕簟入林僻,茶瓜留客迟。江莲摇白羽,天棘蔓青丝。空忝许询辈,难酬支遁词。(《巳上人茅斋》)③

> 林风纤月落,衣露净琴张。暗水流花径,春星带草堂。检书烧烛短,看剑引杯长。歌罢闻吴咏,扁舟意不忘。(《夜宴左氏庄》)④

陈贻焮先生《杜甫评传》评论这些作品时说:"这一时期,他还写了一些饶有兴会,文辞娟秀的诗篇,如《题张氏隐居二首》《与任城许主簿游南池》《对雨书怀走邀许主簿》等。"这其实是一个不太被论者所注意的现象。在分析作品中对生活情景别致的表现与巧妙幽默的笔法时,陈贻焮先生还指出这样一个问题:"不要以为杜

---

① 仇兆鳌注:《杜诗详注》卷一,北京:中华书局,1979年,第8、11页。
② 仇兆鳌注:《杜诗详注》卷一,北京:中华书局,1979年,第13页。
③ 仇兆鳌注:《杜诗详注》卷一,北京:中华书局,1979年,第16页。
④ 仇兆鳌注:《杜诗详注》卷一,北京:中华书局,1979年,第22页。

甫总是那么沉郁顿挫,年轻的时候也是很有幽默感的。"①"幽默感"正是清新风格的另一种表现,即"趣"。其实,杜甫的这种风格,更多地体现初盛唐常体的特点,虽然在其中已经有杜甫的一些独特追求。陈贻焮先生评论的"饶有兴会,文辞娟秀",正是盛唐常体的一种表现。在寄食京华之前的杜诗,总体上看,清新俊逸是其主要的风格追求。所以他评李白,有"清新""俊逸"之目。作家的文学评论,往往是带有自述性质的。

上述这些作品,从内容上看,表现了盛唐文人崇尚的一种浪漫、高逸的情调,以及在这种情调中的人与人、人与自然事物之间的关系。这种关系的核心,仍然是来自六朝玄学的一种自然风流的人格理想,实是我们所说的盛唐风尚的基本形态之一。作为盛唐浪漫、高逸的代表,无疑是孟浩然、王维(早年)、李白、储光羲等人。甚至元结也属于这种生活方式的实践者,其《贼退示官吏》即表现了其中一种情形:"昔逢太平岁,山林二十年。泉源在庭户,洞壑当门前。井税有常期,日晏犹得眠。"②当然这是浪漫、高逸的静的一方面;另外,动的一方面则是漫游、求仙尚侠这样一类活动形式,同样以上述诗人为代表。杜甫对盛唐浪漫高逸风格的这动、静两方面,都有过亲身的实践。具体情形,在《昔游》《赠李白》("二年客东都")等诗中有详细的展示。他在《进三大礼赋表》中所说的"臣生长陛下淳朴之俗,行四十载矣!与麋鹿同群而处,浪迹于陛下丰草长林,实自弱冠之年矣!"③其实正是对上述早期慕尚高蹈散逸的生活的另一种说法。大抵上说,隐逸情调与漫游方式,可以说是构成盛唐浪漫风气的基本物质条件。杜甫上述诗歌的产生条件,正是遨游中的寻隐,与其安史之乱中避乱、迁徙、流寓中隐逸愿望的表达是不同的。这些诗在写法上,则脱出初唐的雕琢,体现以自然为高的审美追求,以兴会为主,清词丽句,自然神到。

当然,杜甫的出色,在于表现力之强,即使在清新为主的风格中,像《与任城许主簿游南池》之"晚凉看洗马,森木乱鸣蝉"④,尤其是像《对雨书怀走邀许主簿》之"东岳云峰起,溶溶满太虚。震雷翻幕燕,骤雨落河鱼"⑤,其境界已经向雄浑发展。当然,雄浑风格在初盛唐诗中也有所表现,如四杰、陈子昂、王维,甚至孟浩然,都已有这个方向的表现。所以这样的风格,仍然属于初盛唐诗风的范畴。但杜甫显然是更加以发展了。

杜甫对传统诗体有巨大发展,几乎每种诗体,我们都可以说看到杜甫相对初盛唐正宗诗体的发展,但是也都可以看到其与初盛唐诗体制与风格上的继承关系。

---

① 陈贻焮:《杜甫评传》上册,上海:上海古籍出版社,1982年,第60页。
② 元结:《元次山集》,北京:中华书局,1960年,第35页。
③ 仇兆鳌注:《杜诗详注》卷二四,北京:中华书局,1979年,第2103页。
④ 仇兆鳌注:《杜诗详注》卷一,北京:中华书局,1979年,第14页。
⑤ 仇兆鳌注:《杜诗详注》卷一,北京:中华书局,1979年,第15页。

举其中七律为例,七律虽可追溯到梁陈,但真正具备此体声律与格调的是在初唐。其基本的特点是以流连风物,映带情思,清新流丽为基本格调,即杜甫所说的"清词丽句"。芮挺章《国秀集序》:"诗缘情而绮靡,是彩色相宣,烟霞交映,风流婉丽之谓也。"①其所概括的正是初盛唐律体之流。同样,元结《箧中集》序中所批评的"拘限声病,喜尚形似,且以流易为词""指咏时物,会谐丝竹,与歌儿舞女生污惑之声于私室可矣",②虽是贬义的评价,但也概括出初盛律绝的基本特点。这种风格特征在七律体上体现得尤其典型。

七律一体源于梁陈七言短篇之体,至初唐则天、中宗年间初步定型,可以说是在长安宫廷文学氛围中流行的一种新颖的诗体。杜甫早期七律多浸染于时风者,从现存的杜诗来看,杜甫初期作品应该以五言为主。进入长安后,渐多七律之作,其风格与初唐苑囿游宴之体相承,如《郑驸马宅宴洞中》:

> 主家阴洞烟雾细,留客夏簟青琅玕。春酒杯浓琥珀薄,冰浆碗碧玛瑙寒。误疑茅堂过江麓,已入风磴霾云端。自是秦楼压郑谷,时闻杂佩声珊珊。③

此诗朱注认为是天宝四五载归长安后作。④ 起四句都作浓丽语,尾联荣其得尚贵主,不外乎叙述恩荣之意。所以虽然在风格上有求新异之处,如颈联以疏野之趣以来协调颔联的浓丽,颂其虽为贵戚而能为自然之好。总体上看,此诗是初唐叙宴游之乐的一种。但在风格上已经有所变化,写景方面追求一种新奇的趣味。

杜甫在艺术上巨大的突破,使得他与初盛唐诗歌普遍呈现的清新风格之间产生明显差异,导致造成了审美观念方面的一种变革,甚至可以说是分裂的。这可能是杜诗在当时诗坛上没有被更多的人所接受的主要原因。鉴于这样一种事实,我们把"清新"作为考察杜诗与初盛唐主流诗风的合离关系的核心概念。也就是说,杜甫是怎样接受作为唐诗主流审美趣味的清新,同时他又是怎样突破这种清新的风格,发展出清新之外的各种新的诗歌风格的。当然,当我们这样使用"清新"一词时,必须先放弃我们在日常生活中已用得烂熟、有很多的随意性的那种理解方式。

杜甫以"清新俊逸"评李白,其实清新俊逸是盛唐诗风的普遍追求,某种程度上也可以概括杜甫前期的风格特点。文学史上评论杜甫风格最常见的是"沉郁顿挫",这当然最能揭示杜诗的艺术特点。杜甫的前后期诗歌,都可以用沉郁顿挫来概括,但后期即安史之乱之后的杜诗,无疑最能表现这种风格特点。或许也可以这样说,杜甫的发展过程,是从盛唐普遍崇尚的清新俊逸的时代风格,发展为具有他个人独特创造的沉郁顿挫,但是他与唐诗的时代风格之间,隐约地造成某种分裂。

---

① 《唐人选唐诗(十种)》,上海:上海古籍出版社,1978 年,第 126 页。
② 元结:《元次山集》,北京:中华书局,1960 年,第 100 页。
③ 仇兆鳌注:《杜诗详注》卷一,北京:中华书局,1979 年,第 47 页。
④ 仇兆鳌注:《杜诗详注》卷一,北京:中华书局,1979 年,第 47 页。

这种分裂中的"裂隙",分别由中唐后期元白、韩孟两派中的诗人加以发展,孕育出各种不同的新风格、新境界,成为后来宋诗的一些起点。

虽然已经有杜甫的巨大推进,但是到了中晚唐,至少是中唐,其诗歌的基本趣味,仍在清新俊逸的一方面。我们看高仲武《中兴间气集》的大部分评语,仍然是侧重于一种初盛唐诗歌体现的审美趣味:

如评钱起:

> 员外诗,体格新奇,理致清赡。[1]

评于良史:

> 侍御诗清雅,工于形似。[2]

评郑丹:

> 丹诗剪刻婉密。[3]

评李嘉佑:

> 中兴高流,与钱郎别有一体。往往涉于齐梁,绮靡婉丽,盖吴均、何逊之敌也。[4]

评皇甫冉:

> 冉诗巧于文字,发调新奇,远出情外。[5]

杜甫本人以"清新俊逸"论李白,但其被同时代甚至稍后的中晚唐时代的大多数选家所遗落,恐怕仍在于其与流行的清新俊逸风格的差异。至于姚合选《极玄集》又以"玄"论诗,其实仍然是清新发越风格的精致化。在这种标准下,杜诗仍难符合其经典标准。到了韦庄的《又玄集》,选了杜甫的七首诗,可以说是空前的重视。但分析这七首诗,《西郊》《禹庙》《山寺》《南邻》是一种,大抵以摹写景物之清新富野趣为特点,事实上仍然是初盛唐的清新闲逸的标准。只是韦庄注意到杜甫在此方面同样有很高的造诣。其他《春望》《遣兴》《送韩十四东归觐省》是伤乱诗,但在杜甫的伤乱诗中,并非最有代表性,尤其是没有体现每饭不忘君国的思想,倒是与刘长卿的悯乱伤时诗相近。由此可见,宋以后诗人最重视的杜甫的诗史、图经等因素,以及沉郁顿挫的风格,在唐代主流诗风中是被忽略的。从某种意义上说,杜

---

① 《唐人选唐诗(十种)》,上海:上海古籍出版社,1978年,第265页。
② 《唐人选唐诗(十种)》,上海:上海古籍出版社,1978年,第269页。
③ 《唐人选唐诗(十种)》,上海:上海古籍出版社,1978年,第269页。
④ 《唐人选唐诗(十种)》,上海:上海古籍出版社,1978年,第271页。
⑤ 《唐人选唐诗(十种)》,上海:上海古籍出版社,1978年,第275页。

甫的发现,与陶渊明地位的空前提高一样,不仅是审美观念的变化,其实也可以理解为一种思想史的运动作用的结果。

当然,对于杜甫本人来讲,清新一直是其基本的创作理念,而且在安史之乱以后的杜诗中,也不都是典型的沉郁顿挫风格,也有不少接近盛中唐常体的、以律调清新为特点的作品。这是需要另文讨论的问题。

三、杜诗突破初盛唐主流风格的一些表现

对于杜诗其前诗歌传统的关系,历来是用"集大成"这样一种思考方式来把握的。"集大成"是着眼于杜甫学习前人来说,但就其结果来说,杜诗显然不能简单地理解为是对前人艺术的一种集成,而是集成之后的一种突破。程千帆先生曾经用"开拓"来揭示杜诗与其前面的诗歌传统的关系,也是很准确的。但开拓主要还是指诗歌的题材与境界方面,而突破则是包括题材、境界及风格、趣味等方面的一种全面的发展变化。这种突破深刻地影响到后来的诗歌,同时也使得后来的诗歌史显现出这样的一种分歧:一方面是沿着杜甫的突破方向,进行艺术上的进一步发展,变化多端,不可方物,宋诗相对唐诗的整体性变化,就是这一发展趋势的突出成果;另一方面,则是对杜甫的突破有所反思,甚至否定,在实践上则谨守着杜诗之前艺术风格,也包括杜诗中接近传统风格的那一种。这其中清新的审美趣味,实为一种突出的表现。严羽提出汉魏盛唐,其诗歌创作也是模拟汉魏盛唐清新风格的。王渔洋虽然在作法上摆脱了复古,但是在趣味上却是一种盛唐诸家的清新、俊逸、姿韵的风格,融为他自己神韵为主的审美趣味。所以有人称其为"清秀李于鳞","清秀"与"清新"意正相近。意思是他从根本来说仍是复古的,只是复的不是李杜的古,而是盛唐以清新为旨王孟这一派的古。说到这里,我们发现,诗史上说的杜甫的集大成也好,开拓也好,或者我们这里说的突破也好,这个事实虽然很复杂多面,但从根本来说,也许正在于杜甫对初盛唐以风神华妙、清新俊逸的诗美传统的突破。

杜甫的诗风相对初盛唐诗风的常与变,是一个比较复杂的问题。从现存的早期作品来看,我们应该承认,他一开始就具有一些独特的风格追求。如《望岳》《画鹰》《房兵曹胡马》等诗,都是体现其对形象突出、逼真到十二分的笔力的追求。现存最早的五律《登兖州城楼》不仅学其祖审言的开合阔远,也受陈子昂五律沉浑风格的影响。这些早年的作品中,其实已经初步显示出沉郁顿挫的特点,从这个意义上说,也可以将沉郁顿挫理解为杜甫的个性特点。但是他对初盛唐清新风格的接受也是很明显的。

关于杜诗与盛唐诗风的不同,胡应麟《诗薮》从一些具体的方面出发做过一些讨论。如论其初盛唐仄起五律中谈到杜诗不同于盛唐正宗风格的地方:

　　五律尤起高古者:"故乡杳无际,日暮且孤征","士有不得志,栖栖吴楚间","人事有代谢,往来成古今","楼头广陵近,九月在南徐",苦不得多。盖初、盛多用工偶起,中晚卑弱无足观。觉杜陵为胜:如"严警当寒夜,前军落大星","不识南塘路,今知第五桥","今夜鄜州月,闺中只独看","带甲满天地,胡为君远行","吾宗老孙子,质朴古人风","韦曲花无赖,家家恼杀人",皆雄深浑朴,意味无穷。然律以盛唐,则气骨有余,而风韵稍乏。唯"风林纤月落,衣露静琴张""花隐掖垣暮,啾啾栖鸟过",尤为工绝。此则盛唐所无也。①

　　这里的关键词在于风韵与气骨、工绝,胡氏以风韵属盛唐,以气骨属杜甫。两者之间,似乎并无明显的高下利钝之分,但他再举出"工绝"一词,则为杜甫胜于盛唐诸家之处。工绝之中,当然包括了风韵与气骨。这也可以理解为他认为杜诗的发展,并非对初盛唐的简单突破,而是一种综合。但综合的同时,仍有一种可称为"工绝"的造诣,是他独到的艺术境界。

　　胡氏还曾从字法、句法、篇法三方面,比较深入地讨论杜甫对盛唐诗的一些突破:

　　老杜字法之化者,如"吴楚东南坼,乾坤日夜浮","碧知湖外草,红见海东云",坼、浮、知、见四字,皆盛唐所无。然读者但见其宏大而不觉其新奇。又如"孤嶂秦碑在,荒城鲁殿余","古墙犹竹色,虚阁自松声",四字意极精深,词极简易,前人思虑不及,后学沾溉无穷,真化不可为矣!句法之化者,"无风云出塞,不夜月临关""露从今夜白,月是故乡明""江山有巴蜀,栋宇自齐梁""近泪无干土,低空有断云"之类,错综震荡,不可端倪,而天造地设,尽谢斧凿。篇法之化者,《春望》《洞房》《江汉》《遣兴》等作,意格皆与盛唐大异,日用不知,细味自别。七言如"锦江春色来天地,玉垒浮云变古今","织女机丝虚夜月,石鲸鳞甲动秋风","香稻啄余鹦鹉粒,碧梧栖老凤凰枝","听猿实下三声泪,奉使虚随八月槎",字中之化境也。"永夜角声悲自语,中天月色好谁看","绝壁过云开锦绣,疏松隔水奏笙篁",句子化境也。"昆明池水","风急天高","老去悲秋","霜黄碧梧",篇中化境也。②

　　但是,作为执着汉魏盛唐审美理念的胡氏,在整体肯定杜诗的对盛唐的突破的同时,也指出其对盛唐诗某些质味的失落:

　　盛唐句法浑涵,如两汉之诗,不可以一字求。至老杜而后,句中有奇字为眼,才有此,句法便不浑涵。昔人谓石之有眼为研之一病,余亦谓诗之有眼为诗之一病。如"地坼江帆隐","天清木叶闻",故不如"地卑荒野大,天远暮江

---

①　胡应麟:《诗薮》内编卷五,北京:中华书局,1958年,第88页。
②　胡应麟:《诗薮》内编卷五,北京:中华书局,1958年,第90页。

清"也。如"返照入江翻石壁,归云拥树失山村",故不如"蓝水远从千涧落,玉山高并两峰寒"也。此最诗家三昧,具眼者自能辨之。(齐、梁以至初唐,率用艳字为眼,盛唐一洗,至老杜乃有奇字。)①

老杜用字入化者,古今独步。中有太奇巧处,然巧而不尖,奇而不诡,犹不失上乘。如"孤灯然客梦,寒杵捣乡愁",则尖矣;"流星透疏木,走月逆行云",则诡矣!②

胡氏从用字、句法、篇章等方面来论杜诗突破初唐的得与失。大抵来说,齐梁诗注重人工,如胡氏所说的"率用艳字为眼",就是一端,另外如专重属对也是其人工化的表现。盛唐诗于齐梁艳俗的人工化追求,一洗而清,使诗风归于自然清新。尤其是像李白的诗,全用气盛言宜为体,尽除雕琢之体。杜甫自然也是革新齐梁的主力,但如上节所说,其诗学受词学影响深,其诗多依初唐体制而加发展,所以齐梁的这种人工化的艺术类型,比之盛唐诸家继承得更多一些。如果说汉魏以自然取胜,齐梁则专重人工;李白以学汉魏为主,故取自然一道;杜甫早年多学初唐,近于齐梁体制,其诗以人工取胜。但杜甫处在复古派已经取得实绩之后的诗学背景,其最后的成就之处,实在由齐梁而上溯汉魏,由绮丽清新而返回浑厚。即炼字一端来说,如胡氏所说,齐梁重在艳,而老杜则重在奇。

应该说,胡应麟的这些具体判断,是带有个人主观的、感性的因素在内的。重要的是他所指出的杜甫不同于盛唐,变化于盛唐这个事实。另外,诸如风韵与气骨、奇巧与浑涵,也都是我们考察杜诗与盛唐诗之不同的重要的提示点。大体上说,盛唐所尚在风韵,而杜甫的变化、发展在于崇尚气骨;盛唐所尚在清新或俊逸,而杜甫成就之极,在于沉郁顿挫。

初唐沈、宋一派古近体所尚,在于清新,稍除齐梁之靡丽,王、孟一派更引进陶谢的风格,主要表现还在于清新,只不过更趋向于一种自然疏野的趣味。但从四杰、陈子昂开始,在近体诗中开始出现一种以雄浑豪壮为意趣的风格,到盛唐诗歌中有了进一步的发展。这似乎与其时士风之新变有关,盛唐士人群体主体意识的进一步自觉化,以及建功业、试图干预现实政治等意识的增强,体现在诗歌艺术上,就是这种带有壮美倾向的风格追求。这种壮美的倾向,在李杜诗歌中得到了最为充分的发展。李白之豪放、飘逸,杜甫之沉郁顿挫,都可以归之雄浑豪壮的审美范畴,这正是李、杜对盛唐清新风格做出巨大发展的地方。其中对"壮思"的强调,是李、杜共同的旨趣。李白《宣州谢朓楼饯别校书叔云》:"俱怀逸兴壮思飞,欲上青天揽明月",③明白地展示由壮思趋向飘逸的精神旨趣,而杜甫在《壮游》自称"七龄思

---

① 胡应麟:《诗薮》内编卷五,北京:中华书局,1958年,第91页。
② 胡应麟:《诗薮》内编卷五,北京:中华书局,1958年,第91页。
③ 王琦辑注:《李太白全集》卷一八,北京:中华书局,1977年,第861页。

即壮，开口咏凤凰"，以"壮"来形容"思"，其实也正反映了他对壮思、壮采的追求。"思"在中古一直是受重视的，刘勰《文心雕龙》有专门论述文学想象力的《神思》一篇。但思而求壮，则是盛唐兴起的一种审美趣味。陈贻焮先生曾经对杜甫的咏凤凰与李白的大鹏做过精彩分析，认为其实都是他们宏伟的政治理想的寄托，只是一近于道家式，一近于儒家式。① 从诗歌意象来说，大鹏、凤凰意象，也可以说代表李、杜雄浑豪壮风格的各自的典型意象。

对雄浑豪壮的追求，是杜甫变化初盛唐清新主体诗风的根本原因所在。其《戏为六绝句》所显示的正是这种审美趣味。其一推崇"庾信文章老更成，凌云健笔意纵横"，②以老成、健笔、意纵横来论庾氏诗赋，而趣在凌云，这不能不说反映了杜甫自身的一种趣味。再如其三以"龙文虎脊"的骏马来论诗赋之才，当然也是明显地体现其雄浑豪壮的趣味的。对此宗旨阐述得最清楚的即是其四：

> 才力应难跨数公，凡今谁是出群雄。或看翡翠兰苕上，未掣鲸鱼碧海中。③

所谓翡翠兰苕，是指绮丽新巧之常格，而鲸鱼碧海，则是杜甫追求雄浑壮丽的艺术风格。后来章孝标《览杨校书文卷》有句云："情高鹤立昆仑峭，思壮鲸跳渤澥宽"。④ 前一句近于李白之格，后一句直接来自杜甫。这是中唐以后受李杜影响而产生的一种诗歌趣味。与清新绮丽的风格是有所不同的。

杜甫早年所作，状山水则重气象雄浑，如《望岳》、状骏马如《房兵曹胡马》、状苍鹰如《画鹰》，则重在力量沉鸷，登临怀古则在深沉广阔。凡此数端，皆可以用尚气骨来概括，已有变于盛唐之风。可以说杜诗对于初盛唐诗体诗风的承变，有时是联系在一起的，即其在体现传统风格的同时，就有所变化。这种变化一开始或许是一种个性化的追求，最后闯出了一条向新的诗美类型发展的大道。李、杜两人都开创了一种新的诗美类型，李白在当时就被发现了，但引起惊愕；杜甫则一直不被充分重视。这两种现象的背后，即是盛唐正宗的审美风尚的作用。

杜甫对初盛唐主流风格的突破，如果不注重像安史之乱这样的现实方面的因素，而仅从艺术表现本身来说，那就是一种逼真写实的作风。赵翼《瓯北诗话》说到前人对杜诗的评论，都未说到他的真本领。"其真本领乃在少陵诗中'语不惊人死不休'一句。盖其思力沉厚，他人不过说到七八分者，少陵必说到十分，甚至有十二三分者。其笔力之豪劲，又足以副其才思所至，故深人无浅语。"⑤赵氏曾引据杜诗

---

① 陈贻焮：《杜甫评传》上册，上海：上海古籍出版社，1982年，第28页。
② 仇兆鳌注：《杜诗详注》卷一一，北京：中华书局，1979年，第898页。
③ 仇兆鳌注：《杜诗详注》卷一一，北京：中华书局，1979年，第900页。
④ 《全唐诗》卷五〇六，北京：中华书局，1960年，第5755页。
⑤ 赵翼：《瓯北诗话》卷二，北京：人民文学出版社，1963年，第17页。

作品及诗句来说明他的这个看法。如他认为"一题中必尽题中之义,沉着至十分者",如《房兵曹胡马》《听许十一弹琴诗》《登慈恩寺塔》《赴奉先咏怀》《北征》。"有题中必有此义,而冥心刻骨,奇险至十二三分者",如《登慈恩寺塔》《送韦评事》《铁堂峡》《白帝城最高楼》等。[1] 这种逼真写实、趋于沉郁老成的风格,杜诗几乎是一开始就具有了,到了中年时期发展成熟。而到了晚年,略有变化,其所说的"老去诗篇浑漫与,春来花鸟莫深愁",也可以理解为对逼真写实作风的一定程度的放弃。

雄浑豪壮与逼真写实,也可以理解作盛唐风格的一种普遍追求,或者可以说是盛唐突破初唐风格的基本表现。但是这两个维度,杜甫做出了进一步的推进,尤其是逼真写实这个维度,杜甫较王维、岑参等人表现得更为突出,使其诗歌在审美趣味上呈现出与盛唐正宗之体的一种差异。

现实性的增加,是杜甫突破主流风格的另一个维度。这个维度仍然体现其与主流风格的承变关系。杜甫对并时的主流诗风的接受,是表现在体裁、题材、风格等多方面的。在内容方面,也多与时流呼应。长安十年是杜甫与盛唐诗坛交接最密的时期,当时流行依附贵游、贵胄的赏乐风气、干谒的内容,在此期的杜诗中都有表现。也正是在这种情况下,干求的不得及对上层社会与朝廷政治的了解的深入,使得这一时期杜诗中出现两种情调:一种是叹老嗟卑及由此带来颓唐任性的情绪;另一种是愤激的情绪。《乐游园歌》既写到上层社会贵游欢赏以及杜甫对他们的应酬,同时也真实地抒发了其伤老、感不遇的情绪:

> 乐游古园崒森爽,烟绵碧草萋萋长。公子华筵势最高,秦川对酒平如掌。长生木瓢示真率,更调鞍马狂欢赏。青春波浪芙蓉园,白日雷霆夹城仗。阊阖晴开昳荡荡,曲江翠幕排银榜。拂水低佪舞袖翻,缘云清切歌声上。却忆年年人醉时,只今未醉已先悲。数茎白发那抛得,百罚深杯亦不辞。圣朝亦知贱士丑,一物但荷皇天慈。此身饮罢无归处,独立苍茫自咏诗。[2]

此诗上半叙宴游,虽写得热闹,但却是以旁观者的眼光。杜甫诗中凡表现这类内容,美中常常带有了一种刺。美中有刺,是风诗的古法。下半从"却忆"之下,都是自抒其情,有一种人穷则呼天的感觉。又如《杜位宅守岁》也是将热闹与凄凉放在一起写的:

> 守岁阿戎家,椒盘正颂花。盍簪喧枥马,列炬散林鸦。四十明朝过,飞腾暮景斜。谁能更拘束,烂醉是生涯。[3]

杜甫出身于奉儒守礼之家,想象其早年走上社会之后,处世接物,都应有一种

---

① 赵翼:《瓯北诗话》卷二,北京:人民文学出版社,1963年,第17—18页。
② 仇兆鳌注:《杜诗详注》卷二,北京:中华书局,1979年,第103页。
③ 仇兆鳌注:《杜诗详注》卷二,北京:中华书局,1979年,第109页。

礼法之士的规范。现在却说出"谁能更拘束,烂醉是生涯"这样带有放荡、颓废色彩的话,虽然是一时兴到之语,但也确实反映诗人长安十年中心理变化的某种情状。当然有时还有另一种愤激的情绪:"朝扣富儿门,暮随肥马尘。残杯与冷炙,到处潜悲辛。"①但是杜甫并没有陷入一己的失意、愤懑情绪中不能自拔。他的精神发展的更重要的成果,在于对于现实认识深入而产生的忧时悯世的情绪。这方面的典型的作品,如《同诸公登慈恩寺塔》:

> 高标跨苍穹,烈风无时休。自非旷士怀,登兹翻百忧。方知像教力,足可追冥搜。仰穿龙蛇窟,始出支撑幽。七星在北户,河汉声西流。羲和鞭白日,少昊行清秋。秦山忽破碎,泾渭不可求。俯视但一气,焉能辨皇州。回首叫虞舜,苍梧云正愁。惜哉瑶池饮,日晏昆仑丘。黄鹄去不息,哀鸣亦何求。君看随阳雁,各有稻粱谋。②

此诗比较典型地体现杜甫早期诗歌的一种现实性追求。杜甫早期的现实性发生,正如那些诗所展示的那样,是开端于长安十年因为个人的不遇而加深了对现实的认识。此诗最后"君看随阳雁,各有稻粱谋",所表现的正是这种个人的得失。但是全诗中"登兹翻百忧"的主要内容,已经转为对更大的现实问题即唐帝国的所存在的各种现实问题的殷忧,即李白所说的"长为大国忧"。循此出发,就有《兵车行》这样具有更强的现实性的诗篇的出现。也正是在这里,杜甫与汉魏乐府的传统发生联系,这或许是杜甫走入汉魏风骨的路径,也是杜甫与儒家诗教传统如《毛诗》的讽刺之说发生更深厚渊源关系的契机。但是从《同诸公登慈恩寺塔》这首诗中,我们也看到一个事实,即杜甫的现实性达到,是与其初期就已经有明显表现的杜诗雄浑豪壮的追求,以及逼真写实的方法联系在一起的。《同诸公登慈恩寺塔》一诗,正如诗中"足可追冥搜"一句所示,其写景的主题在"冥搜"二字,其表现情景,不是吟咏情性、流连光景的那一类,而是要用一种很强笔力写出诗人眼中的雄伟景象,其中如"仰穿龙蛇窟,始出支撑幽"对登塔过程的深入描写,"秦山忽破碎,泾渭不可求"对关中秦岭与关中平原的浩茫景象的表现,都超越了一般的以"清新"为旨的写景方法。夏承焘《杜甫与高适》一文,比较安史之乱前杜甫和高适的几首相近主题的诗歌创作,如《登慈恩寺塔》以及高适的《李云南征蛮诗》和杜甫的《兵车行》。③其实在这些诗上,高适与杜甫的差别,与两人的思想境界有关系,其背后也存在着杜诗对盛唐正宗诗风的变体的问题。高适更多地代表了盛唐正宗的高逸、雅颂的作风,而杜甫在此时则已经走向现实。

杜甫走向现实,是思想与艺术两方面都趋向成熟的标志。在思想方面,长安十

① 仇兆鳌注:《杜诗详注》卷一,北京:中华书局,1979年,第75页。
② 仇兆鳌注:《杜诗详注》卷二,北京:中华书局,1979年,第105页。
③ 《夏承焘集·月轮山词论集》第二册,杭州:浙江古籍出版社,1997年,第465—470页。

年的蹭蹬、以儒术济世的梦想在现实中的逐渐消沉,促使杜甫对现实的认识深刻化;在艺术方面,逼真写实的作风,从早期的以摹山范水、咏物托志为主,转向了对现实的再现。上述两方面的进展,同时促使了杜甫对诗史传统的进一步开拓。具体的表现就在这个时期,杜诗艺术明显地向汉魏方面开拓,同时开始更自觉地接受儒家诗学尤其是《毛诗》的讽刺之说。李商隐说"推李杜则怨刺居多",①可见在唐人的观感中,杜诗是以怨刺为主的。我们考察杜诗的发展历史,其怨刺之风,就是从长安十年的后期开始的。而其整体上"别裁伪体亲风雅"的主旨的形成,也应该在这个时期。从诗歌作品来看,元稹所说的杜甫的"即事名篇,无复依傍"的新题乐府,如《兵车行》这样追踪汉魏乐府传统的作品,正是在此时期出现。古体名篇《自京赴奉先咏怀五百字》,则是对阮籍、陈子昂等人的咏怀、感遇的传统的一种发展。这首诗也可以说融合阮籍的《咏怀》诗与蔡琰的《悲愤诗》两种体制,是杜甫学汉魏体而变化而成一格的成功尝试。

如果说杜诗的最大的发展,在于雄浑豪壮、沉郁顿挫的风格的形成,以及写实性与现实性的高度发展,那么这种艺术品格在安史之乱前就已经表现得很突出。所谓"图经""诗史",其基址正奠定于安史之乱之前。前引夏承焘所说的"老杜若少年遇此大变,亦不成大家",所说正是杜诗发展上的这样事实。因此,我们可以说,杜诗在安史之乱前已经成熟,而安史之乱后则是其成熟后的变化期。是世变引起的诗变。

四、杜甫与盛唐正宗的辩证关系

如果说从初唐到盛唐诗歌的一个发展方向是时下一些学者表述的"走向盛唐",那么杜诗一方面属于这个走向盛唐的主流方向的一部分,而且是很重要的一部分;但同时,相对盛唐诗风的一般表现来说,杜甫其实有一种"走出盛唐"的表现。这也不是说,安史之乱之前的杜诗是与"走向盛唐"合流,安史之乱以后才是"走出盛唐";而是在安史之乱之前,杜诗就是在体现初盛唐诗风的同时,发生着重要的变化。通常文学或艺术的演变有两种类型:一种是在外在的历史背景基本稳定的情况下艺术史内部的一种演变,所谓若无新变、不能代雄;另一种是外在历史背景发生巨大变化所带来的艺术史的转变。安史之乱前的唐诗的发展,以及南、北宋两期诗歌史的发展,分别体现上述两种类型。杜诗前期的发展,也是属于这个类型。杜诗前期的进展,是诗人在艺术上积极追求的结果,在这种发展类型中,艺术本身的进展是主要的一方面。安史之乱后的杜诗的发展,则是属于后一类型,即外在历史背景的巨大变化与带来的艺术史上的巨大变化。当然,艺术本身的变化,即诗人对

---

① 刘学锴、余恕诚:《李商隐文集编年校注》,北京:中华书局,2002 年,第 1188 页。

纯粹的艺术主题的探索,也仍在进行着,但现实因素的作用,已经上升为主要的一方面。所以,从探讨杜诗与盛唐诗风的主流表现合离关系,前期杜诗是最合适的讨论对象。当然我们这样说,并不否定杜诗前期的发展,同样有诗人现实遭遇与阅历的因素在起着作用。

要了解杜甫与盛唐诗风的关系,我们需要先确立盛唐诗风这样一个概念。这是我们熟悉的概念,但是具体地说到它的内容或内涵,仍有一番重新检阅的必要。盛唐诗风概念的形成,可以追溯到北宋诗坛对晚唐诗的贬抑,这时候已经隐约地形成尊崇盛唐诗的观念,但此时的人们理解盛唐,是完全包括李、杜在内的,并且恐怕李、杜是最重要的部分。盛唐诗风概念的真正形成在晚宋时代。在江西诗派与江湖诗派相继盛行之后,学者们开始反思宋诗各个流派所存在的某些共同流弊,重新为诗歌寻找源头与正宗的一派诗学开始形成。这时的反思,与前面多是注重教化、伦理的功能不同,而是直接从把握诗的审美特征着眼,并且将汉魏晋、盛唐作为一种诗美的理想来提出。它的方法,既是感性的体验,同时也有思辨性。严羽就是在这样的理路里,对盛唐诗的内涵进行阐述。《沧浪诗话·诗辨》以别材论诗人,以别趣论诗,希望将诗与一般的知识表述、理论传达区别开来,其目的不是在于论述诗与其不同的领域如理论文章、知识性文章的区别,而是要从诗歌创作的内部辨别出属于非诗因素的知识性、理论性的部分,即上乘的诗要"不涉理路,不落言筌"。在这样的思辨中,他提出盛唐诗的基本内涵:

> 诗者,吟咏情性也。盛唐诸人惟在兴趣,羚羊挂角,无迹可求。故其妙处,透彻玲珑,不可凑泊,如空中之音,相中之色,水中之月,镜中之象,言有尽而意无穷。近代诸公乃作奇特解会,遂以文字为诗,以才学为诗,以议论为诗。夫岂不工?终非古人之诗也。①

这番辨析,相当于我们所说的对盛唐诗的审美特征的把握。一些学者认为严羽对盛唐诗的理解,是偏向王、孟一派的,这样说其实也不完全准确,恐怕不会得到严羽的首肯。他所概括的范围,比王、孟派当然要大得多。在李、杜已经被确立为典范之后,严羽提出盛唐范畴时,不可能不包括李、杜。但是他的确是拿他所把握到盛唐诗的这种审美特征来论李、杜,所以他以沉郁论杜、飘逸论李。沉郁、飘逸各自是盛唐风格充量的发展。这样论李、杜,与严羽所说的盛唐诗美的内涵是能兼容的,但却并非他所说的盛唐诗的核心内涵。其实近代诸公作奇特解会之诗,正是发源于李、杜,旁承韩、孟而形成的一种诗风。严羽对李、杜诗特征的概括,恐怕是扬弃了他们诗歌作为宋型诗发源的某些因素。他对盛唐诗风的这种辨析,其实隐含一种供我们勘别盛唐诗的正变的理路。

---

① 郭绍虞:《沧浪诗话校释》,北京:人民文学出版社,1983年,第26页。

正宗的盛唐风格需要通过辨析来体认。从诗歌艺术的演变来看,盛唐诗是通过对陈隋轻靡之体的逐步革除来得到,对于这一点,殷璠的《河岳英灵集序》有比较好的辨析。殷氏概括齐梁陈隋的诗风之弊为"理则不足,言常有余,都无兴象,但贵轻艳",并说"自萧氏以还,尤增矫饰"。在此参照对象下,他对从唐初到开元时期的诗风演变之迹做了这样的描述:

> 武德初,微波尚在;贞观末,标格渐高;景云中,颇通远调。开元十五年,声律风骨始备矣。①

殷璠和严羽,各自对盛唐诗风进行描述。殷氏是在盛唐诗风还在进行的过程中来描述,严氏是在这个诗风已经完成很久,通过其与中晚唐诗,甚至整个宋诗的比照来描述。尽管如此,两者仍然具有某种共同的指向,即其中都包含了盛唐正宗的内涵,并且其中含有对李、杜相对于盛唐正宗的某种异质性的勘别。《河岳英灵集》不选杜甫,对李白则用"奇之又奇,自骚人以来无此体调",明确地认为李诗与盛唐一般风格的巨大的差异性。

从上面的辨析可见,李、杜与盛唐正宗之间,存在一种通变的关系。即李、杜诗是盛唐正宗之体的一种变化。他们在诗歌美的追求上,体现盛唐清新、兴象、风骨、声律的一般的原则,这些是革除齐梁体轻艳之体后所得到的审美成果。但李、杜诗最后达到的审美效果,却是对盛唐正宗风格的突破。所以,我们在研究杜甫安史之乱前的创作时,不仅要重视其对初盛唐主流风格的沿承的一面,更要揭示其变异初盛唐正宗风格的一面,尤其是其对以清新、兴象为基本审美特征的盛唐诗歌审美习惯的突破。

余　论

杜甫在《进雕赋表》中说:"自七岁所缀诗笔,向四十载矣,约千有余篇。"②又在《壮游》中说"往年十四五,出游翰墨场。斯文崔魏徒,以我似班扬"③。其早年的诗学,是颇与时风相合的。初盛唐之际的诗风,虽然名家如陈子昂、李白乃至王维等人,已经明确了复古的宗旨,但杜甫早年的诗学,大抵上还是属于初唐以来的时流表现,其中受词学风气的影响,是早年杜诗的一大特点。杜甫在律体方面对盛唐主流的体制与风格的巨大推进,而其平生论诗,也始终不弃诗律与句法。这是发源于齐梁的创作方法。可见杜诗并非一开始就从复古进路的。他的接受复古派的影响,并且由之上溯汉魏与风雅,是后来的工夫。杜甫的这种诗学进程,大抵见于其

---

① 《唐人选唐诗(十种)》,上海:上海古籍出版社,1978年,第40页。
② 仇兆鳌注:《杜诗详注》卷二四,北京:中华书局,1979年,第2172页。
③ 仇兆鳌注:《杜诗详注》卷一六,北京:中华书局,1979年,第1438页。

《戏为六绝句》，在这一组诗中，他继承了陈子昂、李白的薄齐梁的观点，但同时又维护了庾信与初唐四杰。其于庾信，专以"老成""凌云健笔"而论，这是从庾信的诗赋中寻找风骨的表现。是对陈子昂、李白等人风骨论的重要的补充。对于四杰，认为他们虽然劣于汉魏之近风骚，即未及汉魏诗人之亲炙风骚宗旨，但也充分肯定他们在从齐梁陈隋到初盛唐发展中的贡献。事实上，李、杜的宏博，甚至杜甫的沉浑与骨力，有很大的一部分都是来自四杰，尤其是王、杨两家。他最后得出的结论，即"别裁伪体亲风雅，转益多师是吾师"。至此，杜甫的诗学体系已经完成。所以，所谓杜诗集大成之说，虽出于后人，然循览其诗论与实践，不啻自其口出。

杜甫与初盛唐诗风的合离、常变的关系，是一个极其错综复杂的问题，它本身就是多面相的事实。本论主要是从唐人诗学固有的词学、清新等概念入手。试图从此入手，把握杜甫诗中所体现的初盛唐主流诗风，同时也强调其对这种主流诗风的突破，这里面涉及如何理解杜诗与自汉魏以来形成的文人诗的审美传统的合离关系。这其实是中国古代诗史的重要问题。杜甫与这个审美传统的合与离，或者合中之离、离中之合，开启了后来诗人的门径。宋人多继承杜甫的开拓、生新的一面，离多而合少。元人径守唐诗主流风格，明人径守汉魏盛唐，合多而不知离。清人鉴于宋元明的经验，多斟酌于合离之间的道路。由此可见，杜诗与初盛唐主流诗风的合离关系，是诗史中的关键问题。

（本文已刊于《社会科学战线》2020 年第 6 期）

杜甫叙事歌行与《春秋》笔削见义

——杜甫诗史与六义比兴

张高评

台湾成功大学

内容提要 晋杜预,为杜甫十三世祖,著《春秋经传集解》,其《序》文称:《左传》之释《春秋》,或先经以始事,或后经以终义,或依经以辨理,或错经以合异;具含微、婉、显、晦之法,惩恶劝善之义。提示叙事传统无数法门,为《春秋》学之一大功臣。杜甫三十岁时,曾作《祭远祖当阳君文》,赞扬"《春秋》主解,稿隶躬亲",宣称不敢忘本,不敢违仁。于是《春秋》与诗不异,同为杜氏家学。杜甫流离陇蜀,所作叙事歌行,世号诗史,《本事诗》所谓"推见至隐,殆无遗事"者。叙事传人之际,遂多《春秋》书法之体现。诸如属辞比事,笔削显义;据事直书,美恶自见;微婉显晦,推见至隐;以小该大,因彼见此;偏载略取,举轻明重;直斥不宜,曲笔讳饰;彼此相形、前后相絜,行属辞比事之法;详略、异同、重轻、忽谨,指义见乎笔削;以其所书,推见其所不书;以其所不书,推见其所书云云,其大者焉。杜甫于安史之乱前后所作叙事歌行,如《丽人行》《哀江头》《赠花卿》《戏作花卿歌》《丹青引赠曹将军霸》《韦讽录事宅观曹将画马图歌》诸什,是其例也。"比兴发于真机,美刺该夫众体",杜甫诗史之谓。

关键词 杜甫诗史 六义比兴 笔削见义 叙事歌行《春秋》书法 中国叙事传统

所谓传统,指发生于过去,却持续作用到现当代。所谓叙事传统,应该是根植于中国文化土壤,栽培孕育出的花果。研究的文本,是中土的;探论的方法,也是传统的。原汁原味,才堪称中国叙事传统,或传统叙事学。

中国叙事传统胎源于《春秋》,拓展于《左传》,成熟于《史记》。从此踵事而增华,变本而加厉。自《史记》《汉书》以下,《二十五史》《资治通鉴》等史传,六朝唐宋乐府叙事歌行,六朝志怪小说、唐宋传奇小说、敦煌变文、宋代话本、《高僧传》、《神仙传》,以及元明清小说与戏剧,源远流长,皆为中国叙事文学之一环。推而广之,至于寓言、笑话、碑传、墓志,述事传人,也都关涉到叙事,或叙事手法。

《礼记·经解》称:"属辞比事,《春秋》教也。"孔子或笔或削鲁史《春秋》,以体现进退予夺、褒贬劝惩之指义。由于笔削之义，出自孔子"窃取之"，故《春秋》微辞隐义，都不说破，盖有言外之意。①《春秋》笔削鲁史，于史事作或详或略，或重或轻之依违取舍；其于辞文，亦有异同、因革、详略、重轻之分野，以及直曲、显晦之差别。孔子《春秋》固因事属辞，读者则据辞可以观义。故研治《春秋》者，往往借由史事之排比编纂，辞文之连属修饰，以考求《春秋》之指义。宋朱熹谓："《春秋》以形而下者，说上那形而上者去。"②盖如此，可以即器以求道，借形而传神。

　　清章学诚（1738—1801），为乾嘉知名文史评论家。曾云："古文必推叙事，叙事实出史学，其源本于《春秋》比事属辞之教。"③章学诚强调："史家叙述之文，本于《春秋》比事属辞之教。"④《左传》为纪传之渊海，古文辞之典范，故长于叙事。而所谓叙事、纪传、古文，皆《左传》文章之不同层面，且亦各臻其妙。因此，章氏以为：叙事、古文、史学、书法，根源同出于"比事属辞"之《春秋》教。笔者以为：中国传统叙事学之理论基础，唐刘知几之后，章学诚《文史通义》《章氏遗书》已作具体而微之提示。⑤

　　安史之乱前后，时当开元、天宝之际，杜甫（712—770）所作叙事歌行，如《兵车行》《丽人行》《哀王孙》《哀江头》《悲陈陶》《悲青阪》《塞芦子》《北征》《春望》《彭衙行》《留花门》《洗兵行》《三吏》《三别》《丹青引赠曹将军霸》《韦讽录事宅观曹将军画马图歌》《观公孙大娘舞剑器行》《义鹘行》《戏作花卿歌》《赠花卿》《杜鹃行》《冬狩行》诸什，皆世所谓"诗史"者。除长于叙事、以诗补史阙之外，往往主文而谲谏，运用曲笔讳书，出以"推见至隐"，是所谓以《春秋》书法"为诗，其要归于资鉴劝惩。杜甫，为杜预十三世孙。于征南大将军之《春秋》《左传》学，颇得传法传心之妙；于所谓《春秋》书法，亦耳熟能详，长于躬行实践，体现于叙事歌行之中。世所谓诗史，即此是也。

　　① 黎靖德编：《春秋纲领》，《朱子语类》卷八十三，王星贤点校，北京：中华书局，1986年，第2145、2149、2152页。
　　② 黎靖德编：《易三·纲领下》，《朱子语类》卷六十七，王星贤点校，北京：中华书局，1986年，第1673页。
　　③ 章学诚：《上朱大司马论文》，《章氏遗书》，台北：汉声出版社，1973年，《章氏遗书补遗》，第1357页。
　　④ 章学诚：《信摭》，《章氏遗书》外编卷一，台北：汉声出版社，1973年，第831页。
　　⑤ 张高评：《比事属辞与章学诚之〈春秋〉教：史学、叙事、古文辞与〈春秋〉书法》，《中山人文学报》2014年第36期。

一、杜甫诗史、《春秋》书法与中国叙事传统

(一)孟啓《本事诗》称说杜甫诗史

杜甫于安史之乱前后,所作系列叙事歌行,指称为诗史,最早文献见于中唐孟啓《本事诗》。其中,"逢禄山之难,流离陇蜀",提示诗史写作之特定时空;而"推见至隐"四字,为孟啓"诗史"说之关键术语,而说"诗史"者多忽之。孟啓(棨)①《本事诗》云:

> 杜逢禄山之难,流离陇蜀,毕陈于诗。推见至隐,殆无遗事。故当时号为"诗史"。②

案:"推见至隐"四字,见《史记·司马相如列传》太史公曰:"《春秋》推见至隐,《易》本隐之以显。"③司马迁私淑孔子,《史记》典范《春秋》;太史公明示"推见至隐",为《春秋》之特色书法,与"本隐之以显"之《易》经属性,表现手法判然有别。覆按《本事诗·高逸》之原意,称杜甫叙写安史之乱"流离陇蜀"事,当时号为"诗史"者;孟啓持"推见至隐"诠释之,自司马迁《史记》观之,隐然以《春秋》书法论杜诗。简言之,以"推见至隐"解读"诗史",自然与《春秋》之书法密切相关。

杜甫流离陇蜀,所作叙事歌行,《本事诗》所谓"推见至隐,殆无遗事"之诗史,叙事传人之际,自多《春秋》书法之体现。诸如属辞比事,笔削显义;据事直书,美恶自见;微婉显晦,推见至隐;以小该大,因彼见此;偏载略取,举轻明重;以其所书,推见其所不书;以其所不书,推见其所书云云,其大者焉。④杜甫所作系列诗史之作,具含"推见至隐"之特色,遂指为"《春秋》书法"之体现者,此自有说:盖杜甫三十岁时,曾作《祭远祖当阳君文》,据此而推拓之,乃情理之实然应然。《祭文》之言曰:

> 维开元二十九年岁次辛巳月日,十三叶孙甫,谨以寒食之奠,敬昭告于先

---

① 《本事诗》之作者,为唐乾符二年(875)进士。其名,世俗多作"孟棨",首见五代王定保《唐摭言》《四库全书总目》、丁福保编《历代诗话续编》等因之。然《新唐书·艺文志》《直斋书录解题》《宋史·艺文志》《郡斋读书志》皆作"孟啓",明毛晋《津逮秘书》从之。陈尚君详举上述文献,佐证《本事诗》作者应作孟"啓"。又援引洛阳出土孟啓家族四方墓志,如《唐孟氏冢妇陇西李夫人墓志铭并叙》等为证,撰文呼吁,应正名作"孟啓"。详参陈尚君:《改一个字好难》,《濠上漫与——陈尚君读书随笔》,北京:中华书局,2019 年,第 45—47 页。

② 孟啓:《本事诗》《高逸第三》,丁福保编《历代诗话续编》,北京:人民文学出版社,1983 年,第 15 页。

③ 司马迁:《司马相如列传·太史公曰》,《史记会注考证》卷一百一十七,[日]泷川资言考证,台北:万卷楼图书公司,1993 年,第 104 页。

④ 张高评:《比事属辞与古文义法》,《比事属辞与古文义法——方苞"经术兼文章"考论》,台北:新文丰出版公司,2016 年,第 303—332 页;附录二《〈春秋〉书法与修辞学》,第 515—545 页。

祖晋驸马都尉镇南大将军当阳成侯之灵。……恭闻渊深,罕得窥测。……《春秋》主解,稿隶躬亲。呜呼笔迹,流宕何人?静思骨肉,悲愤心胸。小子筑室首阳之下,不敢忘本,不敢违仁。[①]

当阳君,为杜甫之十三世远祖,即晋驸马都尉镇南大将军杜预(222—285),号称杜武库,平生有《左传》癖,著有《春秋释例》《春秋经传集解》等书,堪称阐发《春秋》《左传》学之大功臣。《祭远祖当阳君文》云:"《春秋》主解,稿隶躬亲。呜呼笔迹,流宕何人?"远祖杜预主解《春秋》经传之贡献,杜甫推崇赞扬;无奈笔迹流宕,后继乏人,不由得爽然若失。"静思骨肉,悲愤心胸"之余,于是"筑室首阳之下",缅怀远祖杜预立言不朽之功业,宣言"不敢忘本,不敢违仁"。由此观之,杜甫《祭远祖当阳君文》,已发愿继志述事,当仁不让,可以想见。杜甫当下所作祭文,大有肯堂肯构,舍我其谁之气魄在焉。

《礼记·经解》称:"属辞比事,《春秋》教也。"杜预所著《春秋经传集解》,对于语词、字句、篇章,曾作解说。就比事而言,杜预《春秋经传集解》对于章句之解读,涉及对《春秋》经与《左传》文本结构之诠释。杜预《春秋序》称《传》之释《经》:或先经以始事,或后经以终义,或依经以辨理,或错经以合异。论者所谓张本说、终本说、联本说,要皆历史编纂学之比事手法、叙事艺术。杜预《春秋经传集解》于《春秋》《左传》原典,解说其中之语法与修辞,如实词、虚词、句法、修辞之类。杜预对语词、章句之训解,体现了杜预《春秋》学属辞约文之章法修辞工夫。[②]

杜预注《春秋左氏传》,既以叙事见本末发明《春秋》书法,故于《左传》先《经》以始事、先事以张本,不必然与《经》同年、《经》不书、《左传》因他事而兼及诸例,多所发凡。[③]论者称:杜预注《春秋》经传,或阐明沿革,或推源求解,或重见互注,揭示若干前后会通之例。[④] 此自是呼应杜预《春秋经传集解》所谓"原始要终,寻其枝叶,究其所穷"之说。[⑤]要之,皆有得于古春秋记事之成法,以及属辞比事之《春秋》教,而发用于解读经传者。[⑥]

由此观之,杜甫诗史、叙事歌行,所以富含《春秋》书法者,大抵为落实而立之年所作《祭当阳君文》,筑室洛阳首阳山下,承诺"不敢忘本,不敢违仁"。十三世远祖

① 杜甫:《祭远祖当阳君文》仇兆鳌整注:《杜诗详注》卷二十五,北京:中华书局,1979 年,第 2216—2217 页。

② 李孝仓:《杜预〈春秋经传集解〉注释研究》,博士学位论文,陕西师范大学,2014 年。

③ 叶政欣:《集解所明之左传体例》,《春秋左氏传杜注释例》,台北:嘉新水泥公司基金会,1966 年,第 126—137 页。

④ 方韬:《〈春秋经传集解〉注释释例》,《杜预〈春秋经传集解〉研究》,北京:中国社会科学出版社,2017 年,第 149—157 页。

⑤ 阮元校刊:《十三经注疏》,左丘明:《春秋左传注疏》卷一,杜预注,孔颖达疏,台北:艺文印书馆,1955 年,第 18 页。

⑥ 张高评:《〈左传〉叙事见本末与〈春秋〉书法》,《中山大学学报》2020 年第 1 期,第 1—13 页。

杜预著《春秋经传集解》,于《春秋》《左传》比事与属辞之阐发,贡献良多,影响深远。杜甫薪传《春秋》家学,遂得以转化为诗史之书写策略。于是,在"诗是吾家事"之外,杜甫结合诗歌、叙事,熔铸经学史学与文学,而蔚为家学之薪传与发用。清刘凤诰(1760—1830)《杜工部诗话》,曾论证杜甫《祭远祖当阳君文》之内涵,其言曰:

> 杜(甫),为晋征南将军预之后。子美《祭远祖当阳君文》自称"十三叶孙甫",其曰:"《春秋》主解,稿隶躬亲。"述预为《春秋左传集解》也。《进雕赋表》:"自先君恕、预以降,奉儒守官,未坠素业。"则其根柢经术,固有自来。诗中援引,如《怀李白》云:"更寻嘉树传,不忘《角弓》诗。"以季武不忘韩宣一事,翻成两语;《兵车行》云:"新鬼烦冤旧鬼哭",化用夏父弗忌"新鬼大,旧鬼小"语;《前出塞》云:"射人先射马",本"乐伯左射马右射人"语;《投赠哥舒开府》云:"廉颇仍走敌,魏绛已和戎。"以翰年老风疾,比之廉颇;玄宗赐音乐田园,比之魏绛赐女乐歌钟。运用神明,洵为克承家学者矣。①

刘凤诰《杜工部诗话》,论证杜甫《祭远祖当阳君文》之"《春秋》主解,稿隶躬亲",举例申明杜诗遣词隶事,多采用《春秋左氏传》之史事与辞语。如《怀李白》《兵车行》《前出塞》《投赠哥舒开府》诸什皆是。于是赞扬杜甫,以为"运用神明","克承家学矣"。杜甫作诗,宗法《春秋左氏传》,肯堂肯构如此,诚所谓"根柢经术,固有自来"。夷考其实,刘凤诰《杜工部诗话》所示,举例说明,止是杜诗化用《左传》之事与语,触及枝叶而已,未得其本根与大全。本根大全安在?孟启《本事诗》所叙"诗史",所称"推见至隐",即是《春秋》书法之所在。学界于此探论阙如,本文姑作嚆矢,聊以就教于方家同道。

(二)杜甫诗史与《春秋》书法

以"诗史"称述杜甫诗,自晚唐孟启《本事诗》之后,至宋代以诗话、笔记说诗,"诗史"乃蔚为热门之探讨课题。考察涉及之层面,大概有三:曰诗补史阙、曰寄寓褒贬、曰史笔森严。② "杜工部似司马迁"之命题,则又涵盖"于序事中寓论断"之比事见义书法(详后)。③

赵宋三百余年,号称经学之复兴时代。其中,《春秋》学与《易》学,并称为显学。《四库全书总目》《日讲春秋解义》提要曾云:"说《春秋》者,莫夥于两宋。"④流风所及,自然影响诗歌之接受与反应,作品之解读与诠释。笔者曾考察宋代诗话六十

---

① 张忠纲:《杜甫诗话六种校注》,刘凤诰:《杜工部诗话》卷一,济南:齐鲁书社,2002 年,第 265 页。
② 张高评:《诗史之体现》,《会通化成与宋代诗学》,台南:成功大学出版组,2000 年,第 160—166 页。
③ 张高评:《杜工部似司马迁》,《会通化成与宋代诗学》,台南:成功大学出版组,2000 年,第 185—194 页;参见白寿彝:《司马迁寓论断于序事》,《中国史学史论集》,北京:中华书局,1999 年,第 80—107 页。
④ 纪昀等主纂:《〈日讲春秋解义〉提要》,《四库全书总目》卷二十九,台北:艺文印书馆,1974 年,第 1 页。

种、宋人笔记三十二种,发现宋人持《春秋》书法为尺度,借以论诗人之高下,评诗歌之优劣者颇多。尤其推崇微婉显晦之曲笔,与孟启《本事诗》所谓杜甫诗史,所提"推见至隐"之《春秋》书法,若合符节。①

《孟子·离娄下》称:"《诗》亡,而后《春秋》作。"可见《诗》与《春秋》,此消而彼长,互为表里。宋人论诗作文,《春秋》与《诗》往往相提并论,甚至彼此类比,如欧阳修(1007—1072)《论尹师鲁墓志》所云:

> 《春秋》之义,痛之益至,则其辞益深,"子般卒"是也。诗人之意,责之愈切,则其言愈缓,《君子偕老》是也。不必号天叫屈,然后为师鲁称冤也。故于其铭文,但云:"藏之深,固之密。石可朽,铭不灭。"……其语愈缓,其意愈切,诗人之义也。②

欧阳修持《春秋》书"子般卒"之义,类比《毛诗·君子偕老》之意。以为"诗人之意,责之愈切,则其言愈缓";犹"《春秋》之义,痛之益至,则其辞益深"。《尹师鲁墓志》之铭文,其语愈缓,其意愈切,故切合诗人之旨。孟启所提"诗史"之意识,与孟子所提《诗》与《春秋》相互联结之传统,此中自有传承。

宋人持《春秋》书法,评论诗歌之优劣得失,杨万里(1127—1206)《诚斋诗话》可作代表。《左传》成公十四年君子曰:"《春秋》之称,微而显,志而晦,婉而成章,尽而不汙,惩恶而劝善。非圣人,谁能修之?"③《诚斋诗话》据此,作为《诗》与《春秋》纪事之妙之衡量,如:

> 太史公曰:"《国风》好色而不淫,《小雅》怨诽而不乱。"《左氏传》曰:"《春秋》之称,微而显,志而晦,婉而成章,尽而不汙。"此《诗》与《春秋》纪事之妙也。……近世陈克咏李伯时画《宁王进史图》云:"汗简不知天上事,至尊新纳寿王妃",是得谓为微、为晦、为婉、为不污秽乎?惟李义山云:"侍宴归来宫漏永,薛王沈醉寿王醒",可谓微婉显晦、尽而不汙矣。④

《诚斋诗话》说诗,称太史公曰:"《国风》好色而不淫,《小雅》怨诽而不乱。"好色而不淫,发乎情,止乎礼义;可以怨,可以诽,而无过不及,情与怨有所取舍节制;犹《春秋》其事、其文,或笔或削,或取或舍,要皆以推见至隐为依归。杨万里征引《左传》所载《春秋》五例之前四例:前三者,为曲笔;惟尽而不汙,乃直书。相形之下,杨

---

① 张高评:《〈春秋〉书法与宋代诗学——以宋人笔记为例》《会通与宋代诗学——宋诗话"以〈春秋〉书法论诗"》,《会通化成与宋代诗学》,台南:成功大学出版组,2000年,第55—128页。

② 欧阳修:《论尹师鲁墓志》,《欧阳文忠集》卷七十三;曾枣庄等编:《欧阳修·论尹师鲁墓志》,《全宋文》卷七一八,成都:巴蜀书社,1991年,第454页。

③ 左丘明:《春秋左传注疏》卷二十七,杜预注,孔颖达疏,台北:艺文印书馆,1955年,第19页。

④ 杨万里:《诚斋诗话》,丁福保辑:《历代诗话续编》,北京:人民文学出版社,1983年,第139页;魏庆之:《诗评·诚斋评为诗隐蓄发露之异》,《诗人玉屑》卷二,台北:世界书局,1971年,第17页。

万里较欣赏李商隐《龙池》诗微、婉、显、晦之曲笔书法,而不赞同陈克《宁王进史图》之直书其事,盖陈克诗病在显暴君过,不知为尊者讳耻。

《诚斋诗话》说诗,所引《春秋》五例,前四者涉及《春秋》"如何书"之"法";其五惩恶而劝善,攸关"何以书"之"义"。晋杜预《春秋经传集解·序》于此多所发明。其言曰:

> ……为例之情有五:一曰微而显:文见于此,而起义在彼。……二曰志而晦:约言示制,推以知例。……三曰婉而成章:曲从义训,以示大顺。……四曰尽而不汙:直书其事,具文见意。……五曰惩恶而劝善:求名而亡,欲盖而彰。①

五例之前三例,微与显,志与晦,婉与成章,皆因或笔或削,相反相成而见义。微、晦、婉,因削而不书,而有曲笔,有讳书。显、志、成章,与第四例之尽、具文,皆笔而书之,为直书见意。于是有书、有不书,以互发其蕴,互显其义。凡此,皆《春秋》"如何书"之"法"。于是借由形而下"如何书"之"法",以体现形而上惩恶劝善之"义"。"义",乃《公羊》学所谓"何以书"者。《左传》成公十四年君子曰,所谓《春秋》之称,所谓"非圣人,谁能脩之?"杜预《春秋经传集解·序》,转相发明如上,又各举例证,以实其说,最有功于《春秋》学之发扬。杜甫《祭远祖当阳君文》所谓"不敢忘本,不敢违仁",当指此等。清刘凤诰《杜工部诗话》称杜甫诗于杜预《春秋》《左传》学"运用神明,洵为克承家学者也",当于此中求之。钱锺书《管锥编》,亦据"微婉显晦"之《春秋》书法,以之阐发"《春秋》书法遂成史家楷模","言史笔几与言诗笔莫辩"。②由此观之,杜甫"诗史",与《春秋》书法关系之密切,可以想见。

《诚斋诗话》之外,宋代诗话,往往以《春秋》书法论诗,蔚为一代之风尚。其例尚多,如蔡绦《西清诗话》,以"《春秋》书正月意",解读杜甫《人日》诗。黄彻《䂬溪诗话》,考察《北征》诗,以为仿《春秋》"王正月"书法;杜诗涉及里居、名字、补官、迁徙,要皆"凡例森然,诚《春秋》之法"。张戒《岁寒堂诗话》,标榜微婉显晦,以品题《哀江头》,以为诗与《春秋》相表里。张表臣《珊瑚钩诗话》品论《北征》诗,以为切合"微而显"之《春秋》书法。方深道《诸家老杜诗评》,录存王深父评杜甫即事命篇之乐府歌行,多以美刺褒贬论断杜甫"诗史"。刘克庄《后村诗话》,以为杜甫叙写陈涛、潼关之败,"直笔不恕"。③洪迈《容斋随笔》,枚举杜甫"直辞咏寄,略无避隐"之诗,如《兵车行》《(前后)出塞》《三吏》《三别》《哀王孙》《丽人行》诸什以为证,而深憾我朝

---

① 杜预:《春秋经传集解·序》卷首,第 16—17 页;[日]竹添光鸿:《左氏会笺》卷首,成都:巴蜀书社,2008 年,第 3 页。

② 钱锺书:《左传正义·杜预序》,《管锥编》,台北:书林出版公司,1990 年,第 164 页。

③ 宋代诗话,往往以《春秋》书法论诗,参见张高评:《杜甫诗史与〈春秋〉书法——以宋代诗话笔记之诠释为核心》,香港浸会大学《人文中国学报》2010 年第 16 期。

诗人不敢尔。① 要之，书法、史法；史义、史术；史笔、诗心，其归一揆。推本溯源，皆由属辞比事之《春秋》叙事书法衍变而来。

杜诗学之研究，至清代诸家争鸣，多有所得。清乾隆帝(1711—1799)御纂《唐宋诗醇》，品评杜甫《北征》诗，特提"行属辞比事之法"一语。此一书法之提示，于《春秋》书法、叙事传统、诗史研究、乐府叙事歌行之探讨，颇有画龙点睛之功，堪称一大亮点。其言曰：

> (杜甫)以排天斡地之力，行属辞比事之法，具备方物，横绝太空。前无古人，后无来者，自有五言以来，不得不以此为大文字也。②

《唐宋诗醇》直指杜甫《北征》诗"行属辞比事之法"，无异宣称：《北征》诗，实乃杜甫运化《春秋》书法而成。《礼记·经解》："属辞比事，《春秋》教也。"③"属辞比事"之法，乃孔子笔削鲁史记，做成《春秋》之历史编纂学。其法，以义为主脑、为将帅，进而依违取舍素材，体现出或笔或削，或详或略，或重或轻之书法来。事有主从、巨细，故行属辞比事之法，而见有无、详略、重轻、异同、断续、正反、虚实、繁简、前后之斟酌取舍。④ 要之，属辞或比事之法，至《左氏》传《春秋》，出以历史叙事，逐渐衍化为有无、详略、重轻、异同、正反、前后诸叙事艺术，此皆《春秋》借由或笔或削，以见微辞隐义之方法，可以《北征》诗为范例，文繁不赘。

运行属辞比事之法，作为叙事歌行、杜甫诗史之诠释，最少必须经由三道程序：其一，叙事经由或笔或削，或取或舍之斟酌；其二，事之编比，体现为主从、我他、详略、重轻、异同之精心安排，辞之连属，表现为断续、显晦、虚实、繁简、正反、前后之巧妙剪裁；其三，曲终奏雅，卒彰显志，点醒叙事之旨趣，突出作者之诗心、史义。清沈德潜《说诗晬语》品评杜甫五古长篇："有意本连属，而转似不相连属者；叙事未了，忽然顿断，插入旁议，忽然联续，转接无象，莫测端倪。此运《左》《史》法于韵语中，不以常格拘也。"⑤清方苞论义法，有所谓"义以为经，而法纬之"者，⑥即此是也。盖意在笔先，以意运法，往往能外文绮交，而内义脉注，转接自然，了无痕迹。语虽

① 张高评：《〈容斋随笔〉论〈左传〉〈史记〉——以〈春秋〉书法诠释为例》，《新宋学》2019年第7辑。
② 爱新觉罗·弘历：《北征》，《御选唐宋诗醇》摛藻堂四库全书荟要本，天津：天津古籍出版社，1998年，第7页。参见郭曾炘：《读杜札记》，上海：上海古籍出版社，1984年，第70页。
③ 戴圣传、孙希旦：《经解第二十六》，《礼记集解》卷四十八，台北：文史哲出版社，1990年，第1254页。
④ 张高评：《比事属辞与方苞论古文义法》，《比事属辞与古文义法——方苞"经术兼文章"考论》，台北：新文丰出版公司，2016年，第332—364页；张高评《方苞古文法与〈史记评语〉》，《比事属辞与古文义法——方苞"经术兼文章"考论》，台北：新文丰出版公司，2016年，第395—438页。
⑤ 沈德潜：《说诗晬语》第七五则，丁福保编：《清诗话》，台北：明伦出版社，1971年，第534页。
⑥ 方苞：《读史·书货殖传后》，《方望溪先生文集》卷二，台北：台湾商务印书馆，1979年，第19页；方苞：《史记评语·十二诸侯年表序》，《方望溪先生全集·望溪集外文补遗》卷二，台北：台湾商务印书馆，第14页。

不接而意脉相接,如横云断岭之奇,《春秋》如此作成,杜甫叙事歌行,亦如此运作与表现。

属辞比事之《春秋》教,为笔者近年关心投注之研究课题,已出版《属辞比事与古文义法》《比事属辞与〈春秋〉诠释学》两本专著。而且,曾以此为研究视角,论证杜甫乐府叙事歌行,体现《春秋》书法之一斑。又撰有《杜甫诗史与〈春秋〉书法》一文,探讨杜甫"诗史",专取《春秋》书法,作为杜甫叙事歌行之研究视角,考察六十五则宋代诗话笔记,八则明清诗话之论述,借镜两宋《公羊》学、《左传》学之理论,联结经学、史学,与文学作一学科整合之探讨。同时类比对比白居易、元稹、韩愈、李商隐等有关杨贵妃、马嵬坡诸诗篇之叙事,以见宋人以《春秋》书法论诗之一斑。①

笔者又撰有《杜甫诗史、叙事传统与〈春秋〉书法》一文,据杜甫所作《祭远祖当阳君文》,见杜甫诗号为诗史者,除了"诗是吾家事"之外,其中自有《春秋》书法之薪传在焉。清章学诚《上朱大司马论文》称:"叙事实出史学,其源本于《春秋》比事属辞。"②于是选择杜甫诗集所作叙事歌行,关注其善陈时事之特质,持属辞比事之《春秋》教,考察其中推见至隐之书法,就杜甫诗史与属辞比事之叙事传统,分三项考察之:第一,属辞比事,笔削显义;第二,据事直书,美恶自见;第三,微婉显晦,推见至隐。援举杜诗相关作品,参考清人杜诗说解,交相论证。为中国传统之叙事学,作尝试性之探索。由此观之,杜甫于安史之乱前后所作叙事歌行,孟启所谓"推见至隐"之诗史者,自是中国叙事传统之流亚。

二、六义比兴与杜甫诗史之推见至隐

(一) 孔子《春秋》与六义比兴

其事、其文、其义,为孔子作成《春秋》之三元素。孔子曰:"其义,则丘窃取之矣!"③由此观之,《春秋》之义,或笔或削,率由孔子所"窃取"(私为)。笔削之义,出于独断,裁自圣心,故虽其高弟游、夏之徒,亦不能赞一辞。或取舍史事,或损益辞文,或笔或削之间,而褒贬劝惩之指义出焉。

汉董仲舒(前179—前104)《春秋繁露》引孔子曰:"吾因其行事而加乎王心焉,以为见之空言,不如行事博深切明。"④所谓"因其行事而加乎王心","因事而著其是非得失",自有比兴寄托之微意在。司马迁(前145? —?)私淑孔子,《史记》典范

---

① 张高评:《杜甫诗史与〈春秋〉书法——以宋代诗话、笔记之诠释为核心》,《春秋书法与左传史笔》,台北:里仁书局,2011年,第322—329、337—344、347—349、356—359页。

② 章学诚:《上朱大司马论文》,《文史通义》外篇三,台北:华世出版社,1980年,第308页。

③ 孟轲:《离娄下》,《孟子正义》卷十六,焦循疏,北京:中华书局,1996年,第574页。

④ 董仲舒:《俞序第十七》,《春秋繁露义证》卷六,苏舆注,台北:河洛图书出版社,1975年,第6页。

《春秋》，故《史记·太史公自序》叙上大夫壶遂问："孔子何为而作《春秋》哉?"司马迁以比兴应对之。① 持"载之空言，不如见之于行事"二语，正以《史记》比况《春秋》。《诗·大序》以比兴标示六义，屈原以美人香草象征君臣，董仲舒、司马迁以比兴说解孔子作《春秋》。由此观之，六义比兴之作用，何其源远流长也!

《史记·太史公自序》载司马迁对上大夫壶遂问，论《春秋》之作用与价值，有所谓"上明三王之道，下辨人事之纪，别嫌疑，明是非，定犹豫，善善恶恶，贤贤贱不肖"云云。② 司马迁一方面代圣立言，认定孔子作《春秋》，在凭借史事，以体现指义;另一方面，亦典范《春秋》，认同理念，思继志述事，成一家之言。《报任安书》所谓"心有郁结，不得通其道"，故发愤著述，成就《太史公书》。鲁迅《汉文学史纲要》称《史记》为"史家之绝唱，无韵之《离骚》"，③ 盖指司马迁发愤著述，故叙事传人，不能无身世之感，亦就六义之比兴体制而言之。

晚清《公羊》学家皮锡瑞(1850—1908)，著有《经学通论》一书，其《春秋》说，显然上承孔子作《春秋》，董仲舒、司马迁以比兴说《春秋》之传统。开宗明义，皮锡瑞即宣称："借事明义，是一部《春秋》大旨。"④ 所谓"见之行事"，谓《春秋》之作，假借二百四十二年之行事，以明孔子褒贬劝惩之义。孔子作《春秋》，或笔或削以示义，书法之显晦、曲直、详略、重轻，"其义，则丘窃取之"。褒贬劝惩，属于"何以书"形上之义，若未讲究表达艺术，等同载之空言。史事之编比，辞文之连属，若讲究"如何书"之法，则见之行事，深切着明。形而下之法，可以寄寓形而上之义。皮锡瑞所谓"借事明义"，自然顺理成章。宋胡安国《春秋传·序》称："空言独能载其理，行事然后见其用"，此言得之。其用何在?褒贬劝惩之义而已!

前乎此者，清代乾隆、嘉庆年间，章学诚(1738—1801)著《文史通义》，提倡《春秋》教，虽未有专篇阐说，然精言妙理见诸散章者，于《春秋》教发明颇多。⑤ 其中，《史德篇》一再标榜："必通六义比兴之旨，而后可以讲《春王正月》之书"之话语，提示"六义比兴"与"《春王正月》之书"(《春秋》)间之密切关联。其言画龙点睛，警策提撕，实发人之所未发，言人之所未言:

　　程子谓:有《关雎》《麟趾》之意，而后可以行《周官》之法度;吾则以谓通"六

① 司马迁:《太史公自序》，《史记会注考证》卷一百三〇，[日]泷川资言考证，台北:万卷楼图书公司，1993年，第21、27页。
② 司马迁:《太史公自序》，《史记会注考证》卷一百三〇，[日]泷川资言考证，台北:万卷楼图书公司，1993年，第22页。
③ 鲁迅:《司马相如与司马迁》，《汉文学史纲要》，顾农讲评，南京:凤凰出版社，2009年，第73页。
④ 皮锡瑞:《春秋》《论〈春秋〉借事明义之旨》，《经学通论》，北京:中华书局，1954年，第21—22页。
⑤ 张高评:《比事属辞与章学诚之〈春秋〉教:史学、叙事、古文辞与〈春秋〉书法》，《中山人文学报》2014年第36期;张高评:《属辞比事与〈春秋〉之微辞隐义——以章学诚之〈春秋〉学为讨论核心》，《中国典籍与文化论丛》2015年第17辑。

义比兴"之旨,而后可以讲"春王正月"之书,盖言心术贵于养也。……夫子曰:"诗可以兴。"说者以谓兴起好善恶恶之心也;好善恶恶之心,惧其似之而非,故贵平日有所养也。《骚》与《史》,皆深于《诗》者也,言婉多风,皆不背于名教,而梏于文者不辨也。故曰:必通"六义比兴"之旨,而后可以讲"春王正月"之书。①

梁刘勰(约465—约521)《文心雕龙.比兴》云:"起情故兴体以立,附理故比例以生。比则蓄积以斥言,兴则环譬以寄讽。"②兴体,因起情而立;比体,由附理以生。附意切事,托谕成章,谓之比兴。朱熹《诗集传》称:"比者,以彼物比此物也。兴者,先言他物以引起所咏之词。"③通"六义比兴"之旨者,往往缘物取兴,因事托义,引类譬喻,发挥《诗》《骚》以来的比兴传统,以之创作文学,以之讲学经义。孔子作《春秋》,固缘事而属辞,复因其事、其辞以寄意;后人研治《春秋》,则即辞以观义。

章学诚《文史通义·史德》强调心术贵在平日所养,故训释"兴"字,谓兴起好善恶恶之心。好善恶恶之心,即是《左传》成公十四年"君子曰"所谓"惩恶而劝善"之义,乃"《春秋》之称(权衡)",非圣人谁能修之者。《史记·太史公自序》所称"善善恶恶,贤贤贱不肖"云云,要皆指《春秋》好善恶恶之心。孔子作《春秋》所窃取之义,即是惩恶劝善,贤贤贱不肖;后人讲述《春秋》,切类以指事,依微以拟议,自然兴起好善恶恶之心,诚如《文史通义·史德》所云。故曰:必通"六义比兴"之旨,而后可以讲"春王正月"之书(《春秋》)。《诗》《骚》与《春秋》,互为表里,亦由此可见。

(二)杜甫叙事歌行与诗史之推见至隐

汉王逸《离骚·序》称:"《离骚》之文,依《诗》取兴,引类譬喻,故善鸟香草,以配忠贞;恶禽臭物,以比谗佞;灵修美人,以媲于君;宓妃佚女,以譬贤臣;虬龙鸾凤,以托君子;飘风云霓,以为小人。"④屈原继承并发挥《诗经》之比兴传统,以比兴表情达意,以香草、善鸟来象征诗人之品德修养,以灵修、美人象征君王与忠贤。此一《诗》《骚》之比兴传统,源远流长:于《春秋》,为"借事明义";于《左传》,为微婉显晦;于《史记》,为"无韵之《离骚》";于杜甫诗史,为"推见至隐"。若追本溯源,其要多归于六义之比兴。

杜甫《同元使君〈春陵行〉》诗序云:"览道州元使君《春陵行》,兼《贼退后示官吏

---

① 章学诚:《史德》,《文史通义》卷三,叶瑛校注,北京:中华书局,2014年,第221—222页。
② 刘勰:《比兴》,《文心雕龙注》卷八,范文澜注,北京:人民文学出版社,1958年,第601页。
③ 朱熹:《周南·螽斯》,《诗集传》卷一,台北:台湾中华书局,1991年,第4页,"比者,以彼物比此物也";朱熹:《周南·关雎》,《诗集传》卷一,台北:台湾中华书局,1991年,第1页,"兴者,先言他物以引起所咏之词"。
④ 王逸:《离骚经章句》序,《楚辞补注》,洪兴祖补注,白化文等点校,北京:中华书局,1983年,第2—3页。

作》二首……不意复见比兴体制,微婉顿挫之词。"①葛晓音教授《论杜甫的新题乐
府》以为:杜甫称元结《舂陵行》和《贼退示官吏》,为"复见比兴体制",帮助杜甫认同
汉魏乐府古诗运用比兴之手法,和"忧黎庶"之精神。杜甫所谓"不意复见比兴体
制,微婉顿挫之词",与陈子昂《修竹篇·序》所云汉魏兴寄之意并无不同。② 要之,
所谓比兴体制、比兴寄托、兴寄云云,其手法与成效,视《春秋》推见至隐,并无太大
之歧异。

　　杜甫所谓"比兴体制,微婉顿挫之词",若比物联类,则司马迁《史记》所述《春
秋》学,颇有近似处。《史记·匈奴列传》曰:"孔子著《春秋》,隐、桓之闲则章,至定、
哀之际则微,为其切当世之文而罔褒,忌讳之辞也",是微言、晦书、忌讳之辞,多出
于不得已。《十二诸侯年表序》称:"为有所刺讥褒讳挹损之文辞,不可以书见也",
文辞不可以书见,是出于有所刺讥褒讳挹损之顾忌。《司马相如列传》云:"《春秋》
推见至隐,《易》本隐以之显。"因此,孔子作《春秋》,采行推见至隐之书法,亦势所必
至,理有固然。于是,曲笔隐微遂成《春秋》书法之一。清浦起龙《读杜心解》,以《春
秋》书写权衡杜诗;称杜甫诗"玄、肃之际多微辞。读者要屏去逆料意见,腹诽意见,
追究意见。老杜爱君,事前则出以忧危,遇事则出以规讽,事后则出以哀伤"③。唐
朝玄宗、肃宗之际,诗人杜甫身经目历,下笔书写,遂多近代、现代、当代之人与事。
犹孔子作《春秋》,书写定公、哀公时期人事,为其切当世之文而罔褒,故往往多忌讳
微辞。杜甫诗歌体现微辞隐义,浦起龙《读杜心解》,有绝佳之提示。

　　《春秋》"推见至隐",《史记·司马相如列传》所称,究竟指涉如何? 以《左传》所
载《春秋》五例而言,见(现,同显)、志、尽、成章,为明笔直书;隐,犹微、晦、婉,多为
曲笔讳书。直书与曲笔,为《春秋》修辞学之两大表达方式。《春秋》或"切当世之文
而罔褒",或"有所刺讥褒讳挹损之文辞,不可以书见",故扬弃明笔直书,转化为曲
笔讳书。《史记·司马相如列传》称:《春秋》"推见至隐",此之谓也。杜甫所谓"比
兴体制,微婉顿挫之词";皮锡瑞《春秋通论》所谓"借事明义,是一部《春秋》大云
云",可于此中求之。

　　杜甫所作歌行,九十余首。日本学者称:杜诗之歌三十三首,行五十一首。④
"行"诗与新题乐府,关系最为密切。论其内容,多以讽刺时事、伤民病痛为主。安
史之乱,杜甫身经目历,现地创作,葛晓音(1946—)教授指出:如《兵车行》《丽人行》
《贫交行》《沙苑行》《哀王孙》《悲陈陶》《悲青坂》《塞芦子》《哀江头》《洗兵马》《三吏》
《三别》《留花门》《大麦行》《光禄坂行》《苦战行》《去秋行》《冬狩行》《负薪行》《最能

　　① 杜甫:《同元使君〈舂陵行〉》,仇兆鳌注:《杜诗详注》卷十九,北京:中华书局,1979年,第1691页。
　　② 葛晓音:《论杜甫的新题乐府》,《社会科学战线》1996年第1期。
　　③ 浦起龙:《读杜提纲》,《读杜心解》卷首,北京:中华书局,1961年,第62页。
　　④ [日]松原朗:《杜甫的歌行》,《中国诗文论丛》第4集,日本中国诗文研究会,1985年。

行》《折槛行》《虎牙行》《锦树行》《自平》《岁晏行》《客从》《蚕谷行》《白马》等诗,多反映时事于新题乐府中,凡三十二首。① 除葛晓音教授所列之外,其他,如《义鹘行》《丹青引赠曹将军霸》《韦讽录事宅观曹将军画马图歌》《天育骠图歌》《彭衙行》《瘦马行》《杜鹃行》《杜鹃》《戏作花卿歌》《赠花卿》《观公孙大娘舞剑器行》诸诗,亦皆叙写时事之"行"诗。大抵作于"杜逢禄山之难,流离陇蜀"之际,孟啓《本事诗》所谓"《春秋》推见至隐",杜甫所谓"比兴体制,微婉顿挫之词"者。

日本松原朗(1955—)以为:歌诗与行诗,杜甫所作颇见分野:"歌"诗,较多表现个人生活中的感慨;而"行"诗,则较多政治批判性的内容。此大概言之而已,夷考其实,并不尽然。如《韦讽录事宅观曹将军画马图歌》《天育骠图歌》《戏作花卿歌》诸作,亦讽喻时政,主文而谲谏,并非表现个人生活感慨。杜甫所作歌行,既然批判政治,不免讽刺当代时事,关心民心疾苦,于是《诗·大序》所云"言之者无罪,闻之者足以戒"之主文谲谏;《左传》所提"微而显,志而晦,婉而成章,尽而不污,惩恶而劝善"之《春秋》五例;王逸《离骚序》称"离骚"依《诗》取兴,引类譬喻";《史记·十二诸侯年表序》称定、哀之际"为有所刺讥褒讳挹损之文辞,不可以书见";刘勰《文心雕龙》称比兴为"附意切事,托谕成章";杜甫所谓"比兴体制,微婉顿挫之词";孟啓《本事诗》所谓"《春秋》推见至隐";章学诚《文史通义·史德》所谓"必通六义比兴之旨,而后可以讲《春王正月》之书";皮锡瑞《春秋通论》所谓"借事明义,是一部《春秋》大旨"云云,考其指涉,大抵相通相融,可以相互发明。

清毕沅(1730—1797)为《杜诗镜铨》作序,谓杜甫"吸群书之芳润,撷百代之精英,抒写胸臆,镕铸伟辞。以鸿博绝丽之学,自成一家之言。气格超绝处,全在寄托遥深,酝酿醇厚。其味渊然以长,其光油然以深,言在此而意在彼,欲令后之读诗者,深思而自得之。"② 杜甫诗运用比兴体制,所作多寄托遥深,往往言在此而意在彼。

三、六义比兴与杜甫叙事歌行之微婉顿挫

孔子《春秋》,以或笔或削见义,故微辞隐义难明。《朱子语类.春秋纲领》云:"圣人且据实而书之,……盖有言外之意";"《春秋》却精细,也都不说破,教后人自将道理去折中。"③ 朱熹称《春秋》"都不说破","盖有言外之意",此与诗歌语言之特质何以异?今考察杜甫叙事歌行,出于"比兴体制,微婉顿挫之词"者颇多。与"都

---

① 葛晓音:《论杜甫的新题乐府》,《社会科学战线》1996 年第 1 期。

② 毕沅:《杜诗镜铨·序》,杜甫《杜诗镜铨》,杨伦注,上海:上海古籍出版社,1962 年,第 1 页。

③ 黎靖德编:《春秋纲领》,《朱子语类》卷八十三,王星贤点校,北京:中华书局,1986 年,第 2145、2149、2152 页。

不说破"，"盖有言外之意"之《春秋》书法，可以相互发明。

天宝十四载十一月（755），安禄山反。十五载六月（756），攻陷洛阳。同年，十二月，潼关失守，长安相继沦陷，唐明皇仓皇西狩。杜甫身陷长安，自处历史现场，蒿目时艰，怅然有怀。天宝十五载之正月（756），作《春望》。① 意在言外，最得诗人之体，堪称诗史之代表。诗曰：

> 国破山河在，城春草木深。感时花溅泪，恨别鸟惊心。烽火连三月，家书抵万金。白头搔更短，浑欲不胜簪。②

宋人所作诗话、笔记，标榜"以《春秋》书法"说诗评诗，如司马光、许顗、陈善、胡仔、张戒、罗大经、魏庆之、蔡正孙诸家所言，多举《春望》为例。先看司马光（1019—1086）《续诗话》评论《春望》：

> 古人为诗，贵于意在言外，使人思而得之。故言之者无罪，闻之者足以戒也。近世诗人，惟杜子美最得诗人之体，如"国破山河在，城春草木深。感时花溅泪，恨别鸟惊心"。山河在，明无余物矣；草木深，明无人矣。花鸟，平时可娱之物，见之而泣，闻之而悲，则时可知矣。他皆类此，不可偏举。③

依《春秋》五例，叙事书法分曲笔和直书二者。《春望》首二句，叙事若直书其事，当如：天宝十四载十一月，朔方节度使安禄山作乱。十五载六月，潼关失守，明皇幸蜀云云，则据事直书，具文见意，一目了然，所谓尽而不汙。然杜甫创作《春望》，诗人之情怀，恰值多难之秋，有所不忍，为君国讳，遂运用曲笔讳书之书法，写下"国破山河在，城春草木深"二语。就属辞比事之《春秋》教而言，杜甫《春望》首二句，选择"国破"与"山河在"二事，经由对比叙事，以见除了"山河在"之外，国家残破，已经物是人非，司马光《续诗话》所谓"明无余物矣"。又凸显"城春"与"草木深"二景，进行类比叙事，于是徒见"草木深"，而未见熙来攘往之京华繁荣景象，司马光《续诗话》所谓"明无人迹矣"。诗人铺陈诗材，与史家编比史事，笔削去取之际，自有相通之处。

元赵汸（1319—1369）《春秋属辞》，论孔子作《春秋》，假笔削以行权，其中"有书，有不书"；与诗人拣选诗材以叙事写情，自有相通之处。其言曰：

> 孔子作《春秋》，……于是有书，有不书，以互显其义。其所书者，则笔之；不书者，则削之。其能参考经传，以其所书，推见其所不书；以其所不书，推见

---

① 杜甫：《春望》，《杜诗赵次公先后解辑校》乙帙卷之一，赵次公注，林继中辑校，上海：上海古籍出版社，1994年，第157页。

② 杜甫：《春望》，仇兆鳌注：《杜诗详注》卷四，北京：中华书局，1979年，第321页。

③ 司马光：《续诗话》，何文焕编：《续诗话》，北京：人民文学出版社，1982年，第277页。

其所书者,永嘉陈氏(傅良)一人而已。①

南宋陈傅良(1038—1203)说《春秋》义昭笔削,为元代赵汸《春秋属辞》所标榜,所谓"以其所书,推见其所不书;以其所不书,推见其所书"。或笔或削之间,足以互发其蕴;或书或不书之际,可以互显其义。推想孔子假笔削以行权,大抵如此。

试持以说杜甫《春望》诗首二句,但叙"国破山河在",则知"明无余物矣"。但叙"城春草木深",则见"明无人迹矣"。孔子假笔削以行刺讥褒讳挹损之权,诚如清庄存与(1719—1788)《春秋正辞》所云:"不书多于书。以所不书知所书,以所书知所不书。"②或笔或削相形,或书或不书相较,可以体现微辞隐义。司马光说杜甫《春望》诗,称"意在言外,使人思而得之",此之谓也。

今以杜甫诗史为指归,以杜甫叙事歌行为范围,取其有《春秋》笔削见义、六义比兴者,如《丽人行》《哀江头》《戏作花卿歌》《赠花卿》《丹青引赠曹将军霸》《韦讽录事宅观曹将画马图歌》诸什,阐说论证如下:

(一)《丽人行》

杜甫《丽人行》,约作于天宝十二载(753)春天三月。一年九个月之后,安史之乱发生。此诗叙写诸杨游宴曲江之事,犹如暴风雨前夕,一片奢华绮丽之景象。所叙故事,与《明皇杂录》《杨太真外传》《旧唐书》相对照,大抵为实录,与信史相去不远。所不同者,出于叙事歌行之体,微婉显晦,讽刺多见于言语之外。其诗曰:

> 三月三日天气新,长安水边多丽人。态浓意远淑且真,肌理细腻骨肉匀。绣罗衣裳照暮春,蹙金孔雀银麒麟。头上何所有?翠微匐叶垂鬓唇。背后何所见?珠压腰衱稳称身。(足下何所着?红蕖罗袜穿镫银。)就中云幕椒房亲,赐名大国虢与秦。紫驼之峰出翠釜,水精之盘行素鳞。犀箸厌饫久未下,鸾刀缕切空纷纶。黄门飞鞚不动尘,御厨络绎送八珍。箫鼓哀吟感鬼神,宾从杂沓实要津。后来鞍马何逡巡,当轩下马入锦茵。杨花雪落覆白苹,青鸟飞去衔红巾。炙手可热势绝伦,慎莫近前丞相嗔。③

杜甫《丽人行》,铺陈皇亲国戚之游春气象,特写秦国夫人、虢国夫人之姿容服饰,妖冶艳丽,游宴之豪贵骄奢,可以想见。宋赵次公《杜诗先后解》称:"鞍马之多,必至触扬花而覆白苹。青鸟,应如鹦鹉之类,豢养驯熟,飞衔红巾。此正借西王母

---

① 赵汸:《假笔削以行权第二》,纳兰成德编:《春秋属辞》通志堂经解本,台北:大通书局,1970年,第2页。
② 庄存与:《庄侍郎春秋正辞》《春秋要指》,阮元编:《皇清经解》卷三百八十七,台北:复兴书局,1961年,第1页。
③ 杜甫:《丽人行》,仇兆鳌注:《杜诗详注》卷二,北京:中华书局,1979年,第156页。

以青鸟为使名之,且以托言昵戏之事矣!"①杨花、白蘋、青鸟、红巾,以之托言昵戏之事,六义比兴,妙在不说破,意在言语之外,绝妙讽喻。明锺惺《诗归》所谓:"本是讽刺,而诗中直叙富丽。"清施补华(1835—1890)《岘佣说诗》云:"前半竭力形容杨氏姊妹之游冶淫佚,后半叙国忠之气焰逼人,绝不作一断语,使人意外得之。"②清顾炎武《日知录》,有所谓"于序事中寓论断"之法;其法之特色,为"不待论断,而于序事之中即见其指者"③。于杜甫《丽人行》诗,可悟"于序事中寓论断"之妙。

案诸《春秋》之教,比事,即是排比相近或相反之事类,都不说破;读者比事以观,自然浮现言外之意。《春秋》书法之一,在"为尊者讳耻",此中有之。杜甫《丽人行》诗之善讽处,在微指椒房,直言宰相,曲笔直书兼而有之。其殊胜处,则在"为尊者讳耻"之《春秋》书法。④ 试想:诸杨姊妹、兄长,如此骄纵、淫佚、奢华、跋扈,孰令致之? 不皆源于明皇之宠禄太过乎? 然帝王尊者,不可直斥其非,是以顾左右而言他:曲笔讳饰,但铺叙秦国夫人、虢国夫人冶容,诸杨春日游宴之乐而已。杨太真身份尊贵,故《丽人行》"但言辇前才人",亦侧笔见态,顾左右而言之,为尊者讳也。宋张戒《岁寒堂诗话》推崇之,以为"此意尤不可及",盖得诗家含蓄蕴藉之妙。

比事与属辞,为《春秋》书法之两大脉络。"丽"字,为《丽人行》前半篇之诗眼,亦属辞约文之所在。就比事而言,排比游女之丽、丰神之丽、体貌之丽、服色之丽,以及通体华丽诸事,皆以相近相类而比事见义。然后约文属辞,以"丽人"二字概括之,以为诗题,遂成一篇体物浏亮之赋体杰作。⑤ 属辞刻镂之精工,亦令人赞赏不置。除类比之外,《丽人行》接续以对比叙事,个中微妙,清蒋金式(弱六)考察全诗布局,为之拈出:"美人相、富贵相、妖淫相后,乃现出罗刹相。"⑥美人相、富贵相,为类比叙事;妖淫相、罗刹相,为对比叙事。编比史事,或类比,或对比,多可以体现诗心史义,于此可见。

细案《丽人行》一诗,抑扬予夺之际,确实存在"为有所刺讥褒讳挹损之文辞,不可以书见"之现象,⑦故每出于微辞与曲笔,为尊长讳过、讳耻也。清仇兆鳌

---

① 杜甫:《丽人行》,《杜诗赵次公先后解辑校》卷三,赵次公注,林继中辑校,上海:上海古籍出版社,2012年,第67页。

② 施补华:《岘佣说诗》,丁福保编:《清诗话》,台北:明伦出版社,1971年,第985页。

③ 顾炎武:《史记于序事中寓论断》,《日知录集释》卷二十六(全校本),黄汝成集释,上海:上海古籍出版社,2006年,第1429页。

④ 《春秋公羊传注疏》卷九,阮元校刊:《十三经注疏》,何休解诂、徐彦疏,台北:艺文印书馆,1955年,第14页。闵公元年:"为尊者讳耻,为贤者讳过,为亲者讳疾。"

⑤ 王嗣奭:《丽人行》,《杜臆》卷一,上海:上海古籍出版社,1983年,第24页。《丽人行》称:自"态浓意远"至"穿蹙银",状极姿色、服饰之盛;而后接以"就中云幕"二句,突然又是"紫驼之峰"四句,极状馔食之丰侈。……"态浓意远""骨肉匀",画出一个国色。状姿色,曰"骨匀匀",状服饰,曰"稳称身",可谓善于形容。

⑥ 杜甫:《丽人行》,《杜诗境铨》卷二,杨伦辑,台北:台湾中华书局,1969年,第11页。

⑦ 司马迁:《十二诸侯年表序》,《史记会注考证》卷十四,[日]泷川资言考证,台北:万卷楼图书公司,1993年,第7页。

(1638—1717)《杜诗详注》引卢元昌曰:"中云'赐名大国虢与秦',后云'慎莫近前丞相嗔',玩此二语,则当时上下骄淫,渎伦乱礼,已显然言下矣。"又引朱注云:"国忠与虢国,为从兄妹。不避雄狐之刺,故有'近前丞相嗔'之语,盖微辞也。"①前文提及欧阳修《论尹师鲁墓志》云:"《春秋》之义,痛之益至,则其辞益深;诗人之意,责之愈切,则其言愈缓。"吾于杜甫《丽人行》叙事歌行,曲笔讳书处,亦云。

清高宗(1711—1799)御定《唐宋诗醇》,品评《丽人行》,谓"托刺微婉,意指遥深,较《卫风(鄘风)·君子偕老篇》,则微而显矣。"②案:"微而显",为《春秋》五例之首。杜甫诗,寓含《春秋》书法可见。清浦起龙(1679—1762)《读杜心解》评云:"无一刺讥语,描摹处语语刺讥。无一慨叹声,点逗处声声慨叹。"③顾炎武所谓"于序事中寓论断",此《春秋》藉比事以体现文心史义之方法,而于杜甫《丽人行》见之。

清郭曾炘(1855—1928)《读杜札记》,亦以为"此诗之妙,在于意在言外。"④托刺微婉,所以能意指遥深者,盖运化六义之比兴,因而富于意在言外之妙。

(二)《哀江头》

至德二载之春(757),杜甫身陷长安贼营中,目睹江水江花,哀思而作《哀江头》之诗。因玄宗与贵妃时常游幸曲江,于是兴哀于马嵬坡之事,专为贵妃而作,故以《哀江头》为名。诗曰:

> 少陵野老吞声哭,春日潜行曲江曲。江头宫殿锁千门,细柳新蒲为谁绿。忆昔霓旌下南苑,苑中万物生颜色。昭阳殿里第一人,同辇随君侍君侧。辇前才人带弓箭,白马嚼啮黄金勒。翻身向天仰射云,一箭正坠双飞翼。明眸皓齿今何在,血污游魂归不得。清渭东流剑阁深,去住彼此无消息。人生有情泪沾臆,江水江花岂终极。黄昏胡骑尘满城,欲往城南忘南北。⑤

明黄生《杜诗说》云:"诗意本哀贵妃,不敢斥言,故借江头行幸处,标为题目耳。"⑥属辞命题,有为尊者讳书者,即此是也。由此观之,《哀江头》自是因诗取兴,引类譬喻;附意切事,托谕成章;借事明义,推见至隐;讽喻政治,主文谲谏之作。杜甫所谓"比兴体制,微婉顿挫之词"也。

杜甫所作叙事歌行,体现《春秋》书法者,宋人诗话笔记已多所提示。⑦除前文

---

① 杜甫:《丽人行》,仇兆鳌注:《杜诗详注》卷二,北京:中华书局,1979 年,第 161 页。
② 清高宗御定:《唐宋诗醇》卷九,杜甫:《丽人行》评语。
③ 浦起龙:《丽人行》,《读杜心解》卷二之一,北京:中华书局,1961 年,第 229 页。
④ 郭曾炘:《读杜札记·丽人行》,上海:上海古籍出版社,1984 年,第 37 页。
⑤ 杜甫:《哀江头》,仇兆鳌注:《杜诗详注》卷四,北京:中华书局,1979 年,第 329 页。
⑥ 杜甫:《哀江头》,仇兆鳌注:《杜诗详注》卷四,北京:中华书局,1979 年,第 329 页,引黄生曰。
⑦ 张高评:《〈春秋〉书法与宋代诗学——以宋人笔记为例》《会通与宋代诗学——宋诗话"以〈春秋〉书法论诗"》,《会通化成与宋代诗学》,台南:成功大学出版组,2000 年,第 100—128 页。

引述杨万里《诚斋诗话》，以"微婉显晦、尽而不污"之《春秋》书法论诗外，张戒《岁寒堂诗话》尤其大张旗鼓，标榜曲笔讳书、微婉有礼、宛在目前、寄于言外诸诗美与诗艺。如杜甫《哀江头》诗，张戒评之曰：

> 杨太真事，唐人吟咏至多，然类皆无礼。太真配至尊，岂可以儿女语渎之耶？惟杜子美则不然，《哀江头》云："昭阳殿里第一人，同辇随君侍君侧"；不待云"娇侍夜""醉和春"，而太真之专宠可知；不待云"玉容""梨花"，而太真之绝色可想也。至于言一时行乐事，不斥言太真，而但言辇前才人，此意尤不可及。如云"翻身向天仰射云，一笑正坠双飞翼"；不待云"缓歌慢舞凝丝竹，尽日君王看不足"，而一时行乐可喜事，笔端画出，宛在目前。"江水江花岂终极"，不待云"比翼鸟""连理枝"；"此恨绵绵无尽期"，而无穷之恨，《黍离》麦秀之悲，寄于言外。题云《哀江头》，乃子美在贼中时，潜行曲江，睹江水江花，哀思而作。其词婉而雅，其意微而有礼，真可谓得诗人之旨者。《长恨歌》在乐天诗中为最下，《连昌宫词》在元微之诗中乃最得意者，二诗工拙虽殊，皆不若子美诗微而婉也。元白数十百言，竭力摹写，不若子美一句。人才高下乃如此。①

安史之乱，太真实为祸阶，而祸由专宠行乐。明皇贵为天子，杜甫叙及宫闱大内之事，固当出以"为尊者讳耻"之《春秋》书法。何况，如张戒《岁寒堂诗话》所言："太真配至尊，岂可以儿女语渎之耶？"然清王嗣奭曰："公追遡乱根，自贵妃始。故此诗直述其宠幸宴游，而终之以血污游魂。深刺之，以为后鉴也。"②此诗既不便直陈，又不得不曲笔讳书，故半露半藏，若悲若讽如是。张戒《岁寒堂诗话》称《哀江头》："其词婉而雅，其意微而有礼，真可谓得诗人之旨者。"较之白居易《长恨歌》，元稹《连昌宫词》之直书其事，不为尊者讳，皆不若子美诗微而婉也。信然！

《春秋》之义，昭乎笔削；而笔削之义，不仅比事以见始末，属辞约文以成章法而已。以义则孔子"窃取之"之旨观之，其中必有详人之所略，异人之所同，重人之所轻，而忽人之所谨者。③简言之，详略、异同、重轻、忽谨之去取从违，可以体现出笔削之指义，艺术之匠心。据此《春秋》书法，以考察杜甫《哀江头》，诗篇前幅三分之二，详叙重写贵妃游苑，极言盛时之乐；后幅三分之一，略叙轻点马嵬西狩之痛，深致乱后之悲。欢乐事与悲凉景对比映衬，抚今追昔，睹物思人，故淋漓顿挫如此。

宋孙奕《履斋示儿编》称："杜公伤唐末之离乱，故作诗史；于歌行，每以呜呼结其篇末。"此犹欧阳脩伤五代之离乱，而作《五代史》者然。孙奕胪举杜甫《析槛行》《冬狩行》《茅屋为秋风所破歌》《天育骠骑歌》诸诗为例。尤其凸显《乾元中寓居同

---

① 张戒：《岁寒堂诗话》，丁福保辑：《历代诗话续编》，北京：人民文学出版社，1983 年，第 457 页。

② 杜甫：《哀江头》，仇兆鳌注：《杜诗详注》卷四，北京：中华书局，1979 年，第 332 页，引王嗣奭曰。然，查考明王嗣奭《杜臆》，卷二《哀江头》，并无此字。

③ 章学诚：《答客问上》，《文史通义校注》卷五，叶瑛校注，北京：中华书局，2008 年，第 470 页。

谷县作歌七首》,每章皆以"呜呼"作结,于是以为:"公独有伤今思古之意。"①歌行出于"呜呼"作收者,盖杜公心有郁结,不能通其道,故发抒于情性如此,此犹小焉者。杜甫歌行若运以六义比兴,则茹远纾徐,韵味无穷,富于沉郁顿挫之妙。此其大者、伟者、有味者。

清黄生(1622—1696?)《杜诗说》评《哀江头》,以为长于叙事:"善述事者,但举一事,而众端可以包括,使人自得于言外。若纤悉备记,文愈繁而味愈短矣。"②宋苏黄门(苏辙)曾曰:"《哀江头》,即《长恨歌》也。《长恨》费数百言而后成歌,杜公言太真之被宠,则'昭阳殿里第一人'足矣。言富贵,则'辇前才人带弓箭,白马嚼啮黄金勒'足矣。言马嵬之死,只'血污游魂归不得'足矣。"③按:《春秋》书事非一,或不可胜讥,故择其重者而讥之;或亦不可胜贬,故择其重者而贬之。④《春秋》之书法,往往录其重者,录其犹可得而言者;其轻者略之,其不可者讳之。⑤文学创作有以偏概全之法,《文心雕龙·物色》示以少总多之术,苏轼《传神记》倡"颊上三毫,得其意思所在"之说。凡此,皆"以其所书,推见其所不书",或偏载略取,或举轻明重,此皆或笔或削书法之流亚。

《哀江头》以一句叙写一事,传神阿堵,得其意思所在,文约而义丰,事称而辞举,此即举重明轻、录重录可之《春秋》书法。刘知几(661—721)著《史通》,《叙事》篇标榜尚简、用晦,所谓:"略小存大,举重明轻,一言而巨细咸该,词组而洪纤靡漏。"⑥或笔或削之《春秋》书法,此中有所体现。由此观之,《哀江头》之叙事,固切合叙事尚简、用晦之道;其妙若一言以蔽之,更得或笔或削《春秋》书法之启益。

(三)《戏作花卿歌》《赠花卿》

《戏作花卿歌》《赠花卿》二诗,唐肃宗上元二年(761),杜甫作于成都。花卿,即四川牙将花惊定,事详《旧唐书·肃宗纪》上元二年、《旧唐书·高适传》。《戏作花卿歌》,本述花卿,题曰"戏作",中有讽意焉。

宋蔡梦弼《杜工部草堂诗笺·跋》称扬杜甫诗:"比兴发于真机,美刺该夫众体。

---

① 孙奕:《呜呼》,《履斋示儿编》卷十(文渊阁《四库全书》本),台北:台湾商务印书馆,1983年,第8—9页。
② 黄生:《哀江头》,《杜诗说》卷三,徐定祥点校,合肥:黄山书社,1994年,第87页。
③ 杜甫:《哀江头》,《杜诗赵次公先后解辑校》乙峡卷之二,赵次公注,林继中辑校,上海:上海古籍出版社,2012年,第178页。注九"赵曰"云云;仇兆鳌注《杜诗详注》,卷四《哀江头》录潘氏《杜诗博议》,亦引苏辙之言,第332页。
④ 参见张高评:《比事属辞与古文义法》,《〈春秋〉书法与修辞学——钱锺书之修辞观》附录二,台北:新文丰出版公司,2016年,第522—527页。
⑤ 段熙仲:《第七章详略·第三"轻重"》,《春秋公羊学讲疏》第三编属辞,鲁同群等点校,南京:南京师范大学出版社,2002年,第221页。
⑥ 刘知几:《叙事》,《史通通释》卷六,浦起龙释,上海:上海古籍出版社,1978年,第173页。

白唐迄今,余五百年,为诗学宗师,家传而人诵之。"①宋蔡梦弼笺评杜诗,持比兴与美刺相提并论,以为发于真机,该夫众体,诚一针见血之论。试看杜子美《戏作花卿歌》《赠花卿诗》,陈善、胡仔、魏庆之、蔡正孙诸家之评论,可见一斑。

依据《旧唐书》《肃宗传》《高适传》:上元二年(761),梓州刺史段子璋谋反,成都猛将花惊定平贼有功。叛逆既诛,花卿恃勇,剽掠东蜀,蜀中患之。② 杜甫《戏作花卿歌》,反映当代之史实,妙在"于序事中寓论断",当作于此时。其诗曰:

> 成都猛将有花卿,学语小儿知姓名。用如快鹘风火生,见贼唯多身始轻。绵州副使著柘黄,我卿扫除即日平。子章髑髅血模糊,手提掷还崔大夫。李侯重有此节度,人道我卿绝世无!既称绝世无,天子何不唤取守东都?③

杜甫以亦庄亦谐之笔,创作叙事歌行之体。诗中塑造花卿之人物形象,以"用如快鹘""见贼唯多",速写轻快利落之将军形象。"绵州副使著柘黄,我卿扫除即日平"二句,呼应花卿轻快利落手段,敉平僭越叛乱,犹如摧枯拉朽。更以"子章髑髅血模糊,手提掷还崔大夫"二句,特写其壮气勃勃,猛鸷出群之鲜明形象。"李侯重有此节度,人道我卿绝世无!"花惊定拨乱反正,平贼之功值得大书特书,故褒崇有加。花卿之勇猛骇俗,功勋绝世,杜甫一路推扬赞赏不置。一笔而进退公卿,此即《春秋》褒贬劝惩之书法。

然诗篇将终,卒章显志,却顺理成章,作一转语云:"既称绝世无,天子何不唤取守东都?"此乃将抑先扬,欲贬先褒之书法。比兴体制之沈郁淋漓,顿挫生姿,此中可见。胡仔《苕溪渔隐丛话》以为:"想花卿当时在蜀中,虽有一时平贼之功,然骄恣不法,人甚苦之。故子美不欲显言之,但云'人道我卿绝世无。既称绝世无,天子何不唤取守京都?'语句含蓄,盖可知矣。"④《春秋》褒讥,寓于书法,魏庆之《诗人玉屑》、蔡正孙《诗林广记》本之,亦以为言。⑤

诗题曰"戏作",自有讽刺之意味在。诗篇最后两句,胡仔《苕溪渔隐丛话》评为"语句含蓄"。此犹《楚辞·离骚》有"乱曰",如曲终奏雅,实有卒章显志之作用。按:《春秋》书法,有显笔、明书,亦有晦书、暗笔。《春秋》五例,所谓"微而显,志而晦,婉而成章",明暗交写,显晦并书,《春秋》微辞隐义之表述,往往见之。清杨伦《杜诗镜铨》评《戏作花卿歌》末二句:"末语刺之,意甚微婉。"⑥即以《春秋》书法品

① 蔡梦弼:《杜工部草堂诗笺·跋》,仇兆鳌注:《杜诗详注》附编,北京:中华书局,1979年,第2249页。

② 杜甫:《戏作花卿歌》《钱注杜诗》卷四,钱谦益笺注,上海:上海古籍出版社,1958年,第125页;杜甫:《戏作花卿歌》,仇兆鳌注:《杜诗详注》卷十,北京:中华书局,1979年,第844—845页。

③ 杜甫:《戏作花卿歌》,仇兆鳌注:《杜诗详注》卷十,北京:中华书局,1979年,第844页。

④ 胡仔:《杜少陵九》,《苕溪渔隐丛话》前集卷十四,廖德明校点,北京:人民文学出版社,1962年,第90页。

⑤ 魏庆之:《子美含蓄》,《诗人玉屑》卷十,台北:世界书局,1971年,第210页;蔡正孙:《戏作花卿歌》,《诗林广记》前集卷二,常振国、绛云校点,北京:中华书局,1982年,第28页。

⑥ 杜甫:《戏作花卿歌》,杨伦注:《杜诗镜铨》卷八,上海:上海古籍出版社,1962年,第368页。

评杜诗。《春秋》笔削鲁史记，微辞隐义多见于文字之外。微辞隐义，究竟如何考求？元赵汸《春秋属辞》提示"以其所书，推见其所不书；以其所不书，推见其所书"，言简意赅，可法易行。《戏作花卿歌》卒章末句，但书"天子何不唤取守东都？"杜甫"其所不书"者为何？此一言外之意，留予读者若干想象空间。清仇兆鳌注《杜诗详注》称："盖以东都之命见召，则惊定既不疑惧，而蜀中可免其患。"调虎离山，一石二鸟，对待枭雄猛将，不失为奇策。然此不过杜甫"戏作"，而微婉讽刺，意在言外。

《戏作花卿歌》之姊妹篇，为杜甫同时于上元二年所作《赠花卿》诗。其诗风华流丽，有顿挫抑扬之妙。诗曰：

> 锦城丝管日纷纷，半入江风半入云。此曲只应天上有，人间能得几回闻？[1]

杜甫《赠花卿》诗，起承转合，圆美流动，明焦竑以为：杜公所作绝句百余首，品评此诗为压卷之作。花惊定平定蜀乱有功，遂恃功骄恣，僭用天子之礼乐，故杜甫作诗讥之。宋陈善《扪虱新话》所谓"当时花卿跋扈不法，有僭用礼乐之意。子美所赠，盖微而显者也。不然，岂天上有曲，而人间不得闻乎？"[2]按："微而显"，典出《左传》成公十四年"君子曰"，为《春秋》五例之首，乃曲笔讳书之书法之一。以此观之，《赠花卿》一诗，为杜甫以《春秋》书法为诗之代表作，已经陈善确认无误。君子赠人以诗，惟语意讽刺，含蓄不露，有得于六义比兴之旨。清杨伦《杜诗镜铨》评后二句："似谀似讽"。此《诗·大序》所谓"言之者无罪，闻之者足以戒"，主文而谲谏之作也。

晋杜预《春秋经传集解·序》，称孔子笔削鲁史记而成《春秋》，假鲁史以寓王法，拨乱世而反之正，于是"其教之所存，文之所害，则刊而正之，以示劝戒"[3]。花惊定既僭用天子礼乐，依杜甫十三世祖杜预之见，当"刊而正之，以示劝戒"。《论语·季氏》引孔子曰："天下有道，则礼乐征伐自天子出；天下无道，则礼乐征伐自诸侯出。"[4]花惊定不过一西川牙将耳，敉平梓州之乱有功，遂恃功骄恣，僭用天子之礼乐；犹八佾舞于庭，孔子以为"是可忍，孰不可忍？"（《论语·八佾》）远祖杜预之《春秋》主解，杜甫宗法体现于诗作之中，于是有《赠花卿》"此曲只应天上有，人间能得几回闻"之讽刺；此即杜预所称孔子作《春秋》，"刊而正之，以示劝戒"之意。同时，自是杜甫实践《祭远祖当阳君文》所云："不敢忘本，不敢违仁"之诚信与然诺。

---

① 杜甫：《赠花卿》，仇兆鳌注：《杜诗详注》卷十，北京：中华书局，1979年，第846页。

② 陈善：《花卿》，《扪虱新话》下集卷三，济南：山东人民出版社，2018年，第7页；俞鼎孙、俞经编：《儒学警悟》，香港：龙门书店，1967年，第210页。

③ 左丘明：《春秋序》，《春秋左传注疏》卷首，杜预注，孔颖达疏，台北：艺文印书馆，1955年，第10页。

④ 朱熹：《论语集注》《季氏第十六》，《四书章句集注》卷八，北京：中华书局，1983年，第172页。

(四)《丹青引赠曹将军霸》

唐刘知几《史通·叙事》称:"国史之美者,以叙事为工。而叙事之工者,以简要为主。"①因论叙事之体,而标榜叙事之尚简与用晦。所举例证,于《春秋》《左传》独多。由此观之,举凡良史,莫不工于叙事传人。杜甫作诗,亦长于叙事传人,或有得于先祖杜预历史叙事学之薪传。

陈贻焮《杜甫评传》称杜甫:"不仅用诗写自传,亦用诗为他人立传。"②自传,如《奉赠韦左丞丈二十二韵》《自京赴奉先县咏怀五百字》《述怀》《北征》《草堂》《昔游》《壮游》《遣怀》诸诗;叙事传人,为他人立传者尤多,如《三吏》《三别》《饮中八仙歌》《八哀》等,以及所谓"诗史"之诗篇,皆属之。本文将讨论《丹青引赠曹将军霸》《韦讽录事宅观曹将军画马图歌》二诗,特为艺术家立传,尤为殊胜。杜诗图写人物,叙次事迹,得叙事尚简、用晦之妙,考其书法,颇有可观。

杜甫《丹青引赠曹将军霸》(以下简称"《丹青引》"),作于代宗广德二年(764)。假诗歌形式,为艺术家曹霸立传。《丹青引》诗,叙写曹霸之家世、门第、出身、学历、嗜好、素养,以及当下境遇。读之,不但见诗如见其画,而且如见其人。诗云:

> 将军魏武之子孙,于今为庶为清门。英雄割据虽已矣,文采风流今尚存。学书初学卫夫人,但恨无过王右军。丹青不知老将至,富贵于我如浮云。开元之中常引见,承恩数上南薰殿。凌烟功臣少颜色,将军下笔开生面。良相头上进贤冠,猛将腰间大羽箭。褒公鄂公毛发动,英姿飒爽来酣战。先帝天马玉花骢,画工如山貌不同。是日牵来赤墀下,迥立阊阖生长风。诏谓将军拂绢素,意象惨淡经营中。斯须九重真龙出,一洗万古凡马空。玉花却在御榻上,榻上庭前屹相向。至尊含笑催赐金,圉人太仆皆惆怅。弟子韩干早入室,亦能画马穷殊相。干惟画肉不画骨,忍使骅骝气凋丧。将军尽善盖有神,必逢佳士亦写真。即今漂泊干戈际,屡貌寻常行路人。途穷反遭俗眼白,世上未有如公贫。但看古来盛名下,终日坎壈缠其身。③

杜甫作《丹青引》,以安史之乱为曹霸艺术生命之分水岭:曹霸之前为宫廷御用画师,画凌烟功臣图像、画天马玉花骢。安史之乱发生后,曹霸随之漂泊,干戈之际,由宫廷画师,遽而沦落为街头画家。或逢佳士亦写真,或屡貌寻常行路人,途穷遭白眼,坎壈日缠身。地位、遭遇,前后反差极大。艺术家曹霸,堪称开元、天宝大时代之缩影。

许𫗧(1091—?)《许彦周诗话》评杜甫作《丹青引赠曹将军霸》,持与苏东坡作

① 刘知几:《叙事》,《史通通释》卷六,浦起龙释,上海:上海古籍出版社,1978年,第168页。
② 陈贻焮:《诗的自传和列传》,《杜甫评传》下卷,上海:上海古籍出版社,1988年,第1029—1033页。
③ 杜甫:《丹青引赠曹将军霸》,仇兆鳌注:《杜诗详注》卷十三,北京:中华书局,1979年,第1147页。

《妙善师写御容》相比较,谓论美妙生动,苏轼诗不如杜甫。《许彦周诗话》云:

> 东坡作《妙善师写御容诗》,美则美矣,然不若《丹青引》云:"将军下笔开生面",又云:"褒公鄂公毛发动,英姿飒爽来酣战"。后说画玉花骢马,而曰:"至尊含笑催赐金,圉人太仆皆惆怅",此语"微而显",《春秋》法也。①

杜甫《丹青引》,为艺术家立传。形容人物,能传神阿睹,得其意思所在,此不具论。至于《许彦周诗话》论杜甫叙曹霸画马,而曰"至尊含笑"云云,评此语以为"微而显,《春秋》法也"。则大有阐说空间。笔者以为:微而显,犹《史通·叙事》所谓用晦、尚简。于《诗》,为六义之比兴;于文学,为避就留余之法;于《春秋》书法,则为或笔或削相形,可以互发其蕴,互显其义之方。

明杨慎(1488—1559)曾言:"马之为物最神骏,故古诗人画工,皆借之以寄其情。"②黄永武教授有《杜甫笔下的马》一篇妙文,论证杜甫平生所写咏马诗,都有其特殊之寓意:马或代表英雄之气概,马或申述暮年之壮志,马或自况一生之辛劳,马或象征君臣之遇合,马或比喻知遇之难觅,马或暗示国势之盛衰,马或绾连先帝之追思。③综观《丹青引》,叙写曹霸之出身、荣遇,及晚年穷困,一身之盛衰就系于先帝事业之盛衰。所以,这首咏马诗,写今昔异时,喧寂顿判,所兴寄者,即是先帝之追思,可作感遇诗看待。清章学诚《文史通义·史德》称:"必通'六义比兴'之旨,而后可以讲'春王正月'之书。"④笔者以为:六义比兴也者,诗、史、文、《春秋》,可以通言之。《丹青引》,又何尝例外?

唐玄宗帝位之升降,大唐国势之隆盛陵夷,在在攸关曹霸一生之穷达荣枯。《丹青引赠曹将军霸》一诗,回环往复,正申明此一现实。明王嗣奭《杜臆》以为:"余谓此诗:公借曹霸以自状,与渊明之记《桃源》相似。读公《莫相疑行》,而知余言之不妄。"⑤比兴寄托,陶渊明《桃花源记》有之,杜甫《丹青引》,借他人酒杯,浇自己胸中之块垒,亦自是兴寄之作。清末郭曾炘(1855—1929)《读杜札记》称:"《丹青引》,太史公列传也。多少事实,多少议论,多少顿挫,俱在尺幅中。"⑥太史公《史记》,鲁迅评为"无韵之《离骚》",以叙事传人多出于六义之比兴。视杜甫《丹青引》,为太史公列传,已洞见其比兴寄托之意趣。

杜甫《丹青引》,叙写曹霸列传,自治世至乱世,由一以知万,小中而见大,颇具艺术之匠心。前幅叙写宫廷画师曹霸之荣宠恩遇,后幅描绘街头画家曹霸之落魄

① 许顗:《许彦周诗话》,何文焕编:《历代诗话》,北京:人民文学出版社,1982年,第381页。
② 许顗:《许彦周诗话》,何文焕编:《历代诗话》,北京:人民文学出版社,1982年,第1152页,引杨慎曰。
③ 黄永武:《杜甫笔下的马》,辑入氏:《中国诗学·思想篇》,台北:巨流图书公司,2009年,第187—197页。
④ 章学诚:《史德》,《文史通义校注》卷三,叶瑛校注,北京:中华书局,1985年,第221—222页。
⑤ 王嗣奭:《丹青引赠曹将军霸》,《杜臆》卷六,上海:上海古籍出版社,1983年,第200页。
⑥ 郭曾炘:《丹青引赠曹将军霸》,《读杜札记》,上海:上海古籍出版社,1984年,第255页,引张惕庵云。

潦倒。同为一人,前后对比叙事,配以约文属辞,杜甫所谓"比兴体制,微婉顿挫之词"者,于此见之。清姜炳璋(1709—1786)《读左补义》论《春秋》属辞比事之法云:

> 若一传之中,彼此相形,而得失见;一人之事,前后相絜,而是非昭。……伯未兴之前,与有伯相比;有伯之后,与无伯相比,而世变可知。条理灿著,脉络贯通,触处皆属辞比事之旨也。[①]

杜甫薪传《春秋》家学,运化属辞比事之《春秋》书法,作为篇章经营、属辞约文之利器。诗篇结构布局,详写重叙往昔之宠遇殊荣,略言轻点现今之萧瑟凄凉,前后两相对比叙事,照应有情,沉着有味,盛衰荣枯之实境,遂跃然纸上。于是俯仰之间,感慨系之。姜炳璋《读左补义》说属辞比事,所谓"彼此相形,前后相絜",而世变可知。

由此观之,杜甫《丹青引赠曹将军霸》诗,所谓"微而显,《春秋》法"者,盖深得比事属辞《春秋》教之心法。当不止于"至尊""圉人"二句而已,已如上述。

(五)《韦讽录事宅观曹将军画马图歌》

代宗广德二年(764),杜甫于成都草堂,作《韦讽录事宅观曹将军画马图歌》(以下简称"《观曹将军画马图歌》")。此诗与《丹青引》,为同时期作品。二诗之诗题、内容,虽皆关涉曹霸,然叙事之视角不同,凸显之主轴有异,各自有其侧重,故不失为名篇佳制。

《观曹将军画马图歌》,本咏曹霸画马:"照夜白"、"拳毛骢"、"狮子花"、七匹、九马,皆曹霸画笔下之马,而巧手丹青,画马似真马;杜甫咏画,以真拟画,形容妙肖有如此者。其诗曰:

> 国初已来画鞍马,神妙独数江都王。将军得名三十载,人间又见真乘黄。曾貌先帝照夜白,龙池十日飞霹雳。内府殷红玛瑙盘,婕妤传诏才人索。盘赐将军拜舞归,轻纨细绮相追飞。贵戚权门得笔迹,始觉屏障生光辉。昔日太宗拳毛骢,近时郭家狮子花。今之新图有二马,复令识者久叹嗟。此皆战骑一敌万,缟素漠漠开风沙。其余七匹亦殊绝,迥若寒空动烟雪。霜蹄蹴踏长楸间,马官厮养森成列。可怜九马争神骏,顾视清高气深稳。借问苦心爱者谁,后有韦讽前支遁。忆昔巡幸新丰宫,翠华拂天来向东。腾骧磊落三万匹,皆与此图筋骨同。自从献宝朝河宗,无复射蛟江水中。君不见金粟堆前松柏里,龙媒去尽鸟呼风。[②]

---

① 姜炳璋:《纲领下》,《读左补义》卷首(影印同文堂藏本),台北:文海出版社,1968年,第8—9页。
② 杜甫:《韦讽录事宅观曹将军画马图歌》,仇兆鳌注:《杜诗详注》卷十三,北京:中华书局,1979年,第1152页。

《观曹将军画马图歌》，叙写曹霸曾图绘先帝照夜白，继画太宗拳毛騧、郭子仪家之狮子花，又画七匹殊绝之骏马。终因照夜白，忆及玄宗之爱马爱才：昔者"腾骧磊落三万匹"，今则玄宗驾崩，"龙媒去尽鸟呼风"。盛衰今昔，对比强烈如此，不能无感慨。清浦起龙《读杜心解》称："此以先朝已往之真马作衬，以三万匹衬九匹，是多衬少。"①举轻明重，小中见大，纳须弥于芥子之中，此叙事尚简之书法。明王嗣奭《杜臆》称："马之盛衰，国之盛衰也。公阅此图，有不胜其痛者矣！"②咏物（马），能因小见大，有所寄托，故笔有远情。杜甫叙事咏物，兼用六义比兴，此又一例。

烘云托月之陪叙法，往往为编比史事之艺术，《观曹将军画马图歌》首尾尤多体现：开篇以江都王陪衬曹霸，转折处再将支遁烘托韦讽，此就叙记人物而言，已藉比事以见指义。诗篇之主体，在叙次九马之神骏，却先叙照夜白，以为陪衬，详其宠锡之所出。怀思先王之主意，见于言外。本结九马，却旁叙到三万匹去。因三万匹骏马，再次联结到先皇。如曲终江上，卒章显志，不胜龙媒之悲。③ 其殊胜处，尤在陪叙之错综穿插运用。清姜炳璋《读左补义》所谓"彼此相形""前后相絜"之属辞比事书法，于此再次体现。

杜甫《观曹将军画马图歌》，作为画马图之诗篇，堪称咏物诗之美妙者。黄永武教授《咏物诗的评价标准》指出：美妙之咏物诗，必须体物得神，参化工之妙；因小见大，有所寄托；投入生命，唤起心灵。④ 以此衡之，《丹青引赠曹将军霸》《观曹将军画马图歌》二诗，沉郁顿挫，为其共同风格。《杜诗详注》引张潜评此诗："杜诗咏一物，必及时事，故能淋漓顿挫。"杜甫所谓"比兴体制"，即此是也。曹霸艺术生涯之登峰造极，与开元、天宝盛世，如云从龙、风从虎，声应气求，息息相关。抚今追昔，感慨遂不能自已。兴寄从之，亦情理之当然。

孔子笔削鲁史记，而成《春秋》，其微辞隐义，经由叙事之或详或略，或重或轻，委婉表述。杜甫作《观曹将军画马图歌》之比事，可作明证。黄生《杜诗说》以为：杜甫叙赐物，详略有法；叙九马，亦详略有度。⑤ 自章学诚《文史通义》《答客问上》称："《春秋》之义，昭乎笔削。"详略、异同、重轻、忽谨之去取从违，可借以表现出笔削之指义，艺术之匠心。《观曹将军画马图歌》，如图绘先帝照夜白时，所叙赐物及荣光，如"内府殷红玛瑙盘，婕妤传诏才人索。盘赐将军拜舞归，轻纨细绮相追飞。贵戚权门得笔迹，始觉屏障生光辉。"相较于画太宗拳毛騧，画郭家狮子花，为详、为重。为先帝图绘，杜诗则详书重叙；为唐太宗、郭子仪画图，赐物则略去阙如。怀思先帝

---

① 浦起龙：《韦讽录事宅观曹将军画马图歌》，《读杜心解》卷二之二，北京：中华书局，1961年，第292页。

② 王嗣奭：《韦讽录事宅观曹将军画马图歌》，《杜臆》卷六，上海：上海古籍出版社，1983年，第199页。

③ 杜甫：《韦讽录事宅观曹将军画马图歌》，杨伦注：《杜诗镜铨》卷十一，上海：上海古籍出版社，1962年，第533页。

④ 黄永武：《咏物诗的评价标准》，《诗与美》，台北：洪范书店，1984年，第166—177页。

⑤ 黄生：《韦讽录事宅观曹将军画马图歌》，《杜诗说》卷三，徐定祥点校，合肥：黄山书社，1994年，第91页。

之立意,见诸属辞比事之详略去取矣!至于叙九马,亦重轻详略有序。照夜白,重写详叙。拳毛𬴂、狮子花二马,略叙轻点。叙写"其余七匹"之殊绝,曰:"迥若寒空动烟雪。霜蹄蹴踏长楸间,马官厮养森成列。"再总提"可怜九马争神骏,顾视清高气深稳"。以上,大抵多从题面"画马图"叙写,详略重轻之不同,见分主分宾之殊异。

唯六义比兴之法,往往触事生情,主客易位。先帝云云、忆昔云云、自从云云,乃追思之意趣,却题外生情。可知,此诗"意不在画,并不在曹将军",而在追思先帝明皇。就诗题而言,主轴既不在曹将军,亦不在画马图,却聚焦在题外之先帝,详宾而略主,借宾以形主,诗材之取舍笔削如此,造就详略、重轻之绝妙烘托。由此看来,详略、重轻之笔削取舍,与全诗立意之主从重轻,大有关系。

清方苞说义法,宣称:"义,即《易》之所谓言有物也;《法》,即《易》之 所谓'言有序'也。义以为经,而法纬之,然后为成体之文。""义以为经,而法纬之"二语,最称警策:意在笔先,法随义变,此为义法说之核心。① 详略、重轻,法也;一篇之命意,一书之旨趣,义也。自《春秋》《左传》《史记》之历史叙事,经杜预《春秋经传集解》,至杜甫叙事歌行,要之,多不离《孟子·离娄下》所称"其事、其文、其义"之叙事义法。

四、余论

陈贻焮教授《杜甫评传》言:"杜甫不仅用诗写自传,也用诗为他人立传。"杜甫诗之叙事歌行,号称诗史,与推见至隐之《春秋》书法相关,与六义之比兴寄托亦相交涉。杜甫《祭远祖当阳君文》,既赞扬"《春秋》主解,稿隶躬亲",宣称不敢忘本,不敢违仁。故继志述事,作叙事歌行,多体现《春秋》或笔或削之书法。杜甫叙事歌行,所谓诗史者,本文选取其中之六篇,已论证如上。

宋张戒《岁寒堂诗话》,论《北征》《新婚别》《洗兵马》三诗,为"微而婉,正而有礼";称"《乾元中寓居同谷七歌》",真所谓主文而谲谏。微而婉、主文谲谏,牵涉到忌讳叙事之《春秋》书法。其他,如《悲陈陶》《悲青阪》《留花门》《杜鹃行》《杜鹃》《忆昔二首》《诸将五首》诸什,杜甫诗史所陈,多为现代、当代之历史,其中"有所刺讥褒讳挹损之文辞,不可以书见"者必多。杜甫诗史,如何"为尊者讳耻,为贤者讳过"?此攸关《春秋》书法之另个面相——忌讳叙事之艺术,值得再探。

杜甫所作其他叙事歌行,历宋朝至清代千年间,见于诗话、笔记、文集、序跋讨论,杜诗学者评述者不少。如《北征》《洗兵马》《留花门》《大麦行》《苦战行》《去秋

---

① 张高评:《方苞义法与〈春秋〉书法》,《比事属辞与古文义法——方苞"经术兼文章"考论》附录一,台北:新文丰出版公司,2016年,第501—506页。"方苞《左》《史》义法说之三层面·法随义变"。

行》《冬狩行》《负薪行》《最能行》《折槛行》《虎牙行》《锦树行》《岁晏行》《蚕谷行》等诗,多反映时事于新题乐府中。叙事歌行诸篇,于笔削见义、六义比兴之体现如何?宋、清诗评家于叙事传统之接受又何若?值得另立专题探讨之。

再如咏物诗篇,如《义鹘行》《天育骠图歌》《瘦马行》《杜鹃行》《杜鹃》《观公孙大娘舞剑器行》诸什,亦皆发乎比兴之叙事诗史,要皆值得探究。限于篇幅,他日再议。

《饮中八仙歌》与盛唐诗仙群体

胡可先

浙江大学中文系

我们一般认为,盛唐时代能称得上"诗仙"者就是李白一人,而唐代具有"诗仙"名号者也只有李白一人。而读了杜甫的《饮中八仙歌》,再考索这八位诗人的生平与文学生涯,我们就知道他们都是盛唐时代的诗人,又都被杜甫归入"八仙"的行列,从中也可见盛唐时代存在一个特具个性的"诗仙"群体。通过文献的钩稽,探讨《饮中八仙歌》与盛唐诗仙群体的构成情况,研究盛唐时期的诗人集结、群体崇尚,可以进一步揭示唐诗繁荣的诗人和时代因素。通过《饮中八仙歌》的考察,我们可以揭示出:盛唐的开元、天宝年间,因为皇帝的提倡与朝廷的推动,社会上饮酒的风气很盛,李白来长安,与当时浪漫诗人贺知章等为诗酒之游,更推波助澜,在社会上产生较大影响,故杜甫以此为题材而作《饮中八仙歌》;"诗仙"的名号来源于道家的"八仙",文人群体具有道家化的思想崇尚,《饮中八仙歌》所咏的八人,都有不同程度的道家追求;在盛唐诗坛上存在着一个"诗仙"文人群体,而李白是这一群体的代表,故而"诗仙"名号最后落在了李白的头上;杜甫《饮中八仙歌》既是盛唐诗仙群体的整体再现,也是诗人形象的个性展示。

一、出土文献与"饮中八仙"新证

杜甫的著名诗篇《饮中八仙歌》通过饮酒以塑造了八位文人的形象,而这八位文人,很多我们可以从出土文献中找到印证的材料,这里我们进行一定的钩稽。

1. 贺知章

吟咏酒中八仙之一贺知章:"知章骑马似乘船,眼花落井水底眠。"作为盛唐时期的大文学家贺知章,近年出土他所撰的墓志很多,这样诗人和散文家的形象也就完整地展现在我们的面前。这里我们不做全面的论述,仅将贺知章撰写的墓志列之于下:(1)开元二年《唐故朝议大夫给事中上柱国戴府君(令言)墓志铭》,题署:

"太常博士贺知章撰。"①(2)开元二年《唐银青光禄大夫使持节曹州诸军事曹州刺史上柱国颖川县开国男许公(临)墓志铭》,题署:"朝议郎行太常博士□□贺知章撰。"②(3)开元四年《唐故光禄少卿上柱国虢县开国子姚君(彝)墓志铭并序》,题署:"起居郎会稽贺知章撰。"③(4)开元九年《大唐故银青光禄大夫行大理少卿上柱国渤海县开国公封□(祯)□□□》,题署:"秘书□□会稽贺知章撰。"④(5)开元九年《□□□银青光禄大夫沧州刺史始安郡开国公张府君(有德)墓志铭》,题署:"秘书少监贺知章撰。"⑤(6)开元十三年《大唐故大理正陆君(景献)墓志铭》,题署:"礼部侍郎贺知章撰。"⑥(7)开元十五年《大唐故司空窦公夫人邠国夫人王氏(内则)墓志铭并序》,题署:"右庶子集贤学士皇子侍读贺知章撰。"⑦(8)开元十五年《大唐故金紫光禄大夫行郴州刺史赠户部尚书上柱国河东忠公杨府君(执一)墓志铭》,题署:"右庶子集贤学士贺知章撰。"⑧(9)开元十五年《大唐故中散大夫尚书比部郎中郑公(绩)墓志铭》,题署:"贺知章撰。"⑨(10)开元二十年《皇朝秘书丞摄侍御史朱公妻太原郡君王氏墓志》,题署:"秘书监集贤学士贺知章纂。"⑩(11)《唐故银青光禄大夫济州刺史岐王府长史裴府君(子余)墓志铭并序》,志云:"礼部侍郎贺知章,当朝硕彦,知音之友。勒铭操翰,以旌休烈。"⑪裴子余卒于开元十四年正月七日,因为初葬和迁葬的原因,先后由礼部侍郎贺知章撰写铭文,济州刺史裴耀卿续加题记,太仆少卿韦述最后叙铭。这篇墓志的最后完成时间是天宝四载十月廿日。

2. 李琎

吟咏酒中八仙之一李琎:"汝阳三斗始朝天,道逢曲车口流涎,恨不移封向酒泉。"⑫饮中八仙都是富于文才之人,但以前我们读杜诗时没有李琎的作品加以印证,《大唐西市博物馆新藏墓志》收录李琎《让皇帝第十一男管母夫人韦氏墓志铭并序》,题署:"兄昆孤子光禄大夫前行秘书监上柱国汝阳郡王琎撰。"传世的唐代文献当中没有见到李琎的文章,这是新出土墓志中所见的第一篇李琎的作品,有助于了

---

① 吴钢:《全唐文补遗》第七辑,西安:三秦出版社,2000年,第32—33页。

② 赵君平、赵文成:《河洛墓刻拾零》,北京:北京图书馆出版社,2007年,第214页。

③ 毛阳光、余扶危主编:《洛阳流散唐代墓志汇编》,北京:国家图书馆出版社,2013年,第172页。

④ 吴钢:《全唐文补遗》第四辑,西安:三秦出版社,1997年,第16—17页。

⑤ 胡海帆、汤燕:《北京大学图书馆新藏金石拓本菁华:1996—2012》,北京:北京大学出版社,2012年,第176页。

⑥ 赵君平、赵文成:《秦晋豫新出墓志搜佚》,北京:北京图书馆出版社,2012年,第402页。

⑦ 胡戟、荣新江:《大唐西市博物馆藏墓志》,北京:北京大学出版社,2012年,第447页。

⑧ 王仁波:《隋唐五代墓志汇编》陕西卷第一册,天津:天津古籍出版社,1991年,第108页。

⑨ 吴钢:《全唐文补遗》第一辑,西安:三秦出版社,1994年,第216页。

⑩ 陈长安:《隋唐五代墓志汇编》洛阳卷第十册,天津:天津古籍出版社,1991年,第55页。

⑪ 毛阳光:《洛阳流散唐代墓志汇编续集》,北京:国家图书馆出版社,2018年,第334页。

⑫ 仇兆鳌注:《杜诗详注》卷二,北京:中华书局,1979年,第82页。

解杜甫《饮中八仙歌》中人物的文学才能。因为墓主韦贞范作为一位女性,可以叙述的经历并不多,故而墓志的主体就描写其品行:

> 二八之年,容华婉丽,属椒房妙选,皆是良家。宸睠一临,便参紫掖。授礼经于保傅,习女诫于姆师。去泰去奢,守真守素。我皇上分忧列岳,委镇藩维,二畿托以腹心,三辅成其手足。天平海晏,国富人安。均雨露于万方,布风献于百郡。兔 园 修竹,岂独在于宋郊;桂苑文台,亦□闻于岐部。夏六月,敕宫官铨于王庭,以颁宠命,即夫人行焉。于是驿骑□奔,上官按之于后;诏书驰转,常侍引之于前。舍宿卸(御)亭,将及岐矣。于时先 已 跪捧纶旨,辟彼阃闱。设重茵,馔香味,束身而出,延之以入。爰命郡掾,使崇简奉表陈让, 不 敢当之。恩□载驰,鸿波广洽,言无戏发,行不复拔。方始拜首公衙,洁斋别寝,七日七夜,礼以聘之。因后螽斯之道既彰,澣濯之功克著。至明内朗,厚节外融。尤善属文,妙达弦管。屡移寒暑,几变星霜。先君以宾奏于京,转迁绛郡。扈巡于沇,化洽高平。旬雨将甘雨齐飞,大风与仁风共扇。数年之后,诞育一男,实而无何,遂婴寝疾。岂谓名医 不 律,良筮虚传,非无西国之香,而有北都之变。①

这段文字对于人物的描写,可谓惟妙惟肖,而且用骈体文字出之,说明李琎当时也是一位撰写骈文的名家。墓志作为传记,李琎按墓主的时序叙事;作为文学作品,李琎又刻画了墓主的形象。墓主因属良家之女,容华婉丽,被选为宫妃。无论在宫廷还是在地方,都随其夫婿辗转,"至明内朗,厚节外融",而且"善于属文,妙达弦管",可谓德行兼备,才艺双美。这样,作为传记文学的特征也就凸显出来。墓志写于天宝元年韦贞范迁葬之时,距其卒年已达二十四年之久,仍然是深情溢于言表,更是难能可贵的。这篇仅见的李琎之文,对我们解读杜甫的诗篇具有重要的意义。

出土文献中最新所见的李琎之文是他所撰的《罗婉顺墓志》,由颜真卿书丹,是近年来出土文献中引起巨大影响的文章与书法。现据新出拓片录之于下。《大唐故朝议郎行绛州龙门县令上护军元府君夫人罗氏墓志铭》,题署:"外侄孙特进上柱国汝阳郡王琎撰,长安县尉颜真卿书。"志云:

> 夫人讳婉顺,字严正,其先后魏穆皇帝叱罗皇后之苗裔。至孝文帝除叱以罗为姓,代居河南,今望属焉。夫人孝德自天,威仪式序,动循礼则,立性聪明。八岁丁母忧,擗地号天,风云为之惨色;一纪钟家祸,绝浆泣血,鸟兽于焉助悲。

---

① 胡戟、荣新江主编:《大唐西市博物馆藏墓志》,北京:北京大学出版社,2012年,第524—525页。

荏冉岁时，祥禫俄毕。作嫔君子，才逾廿年，既而礼就移天，蘋繁是荐；孰谓祸来福去，元昆夭伤。攀慕哀摧，屠肝碎骨。夫人乃与言曰："大事未举，抚膺切心，形骸孤藐，何所恃赖？"宗戚之内，睹之者悽伤；闺阃之外，闻之者慨叹。故知宗庙之间，不施敬于人而人自敬；丘垅之间，不施哀于人而人自哀。譬若贮水物中，方圆有象；发生春首，小大无偏。夫人乃罄囊中之资，遵合祔之礼，爰即亡兄，棺椁亦列以陪茔。每感节蒸，尝冀神通配享，虔诚如在，终身不忘。而能克谐六亲，养均王子，躬组纴之事，服澣濯之衣。随开府仪同三司、使持节灵州诸军事、灵州刺史、石保县开国公昇，夫人之高祖也。皇驸马督尉、骠骑大将军、右宗卫率平氏县开国男俨，夫人之曾祖也。皇金明公主男福延，夫人之祖也。高尚不仕，志逸山林，恶繁华于市朝，挹清虚于泉石。皇朝散大夫行嘉州司仓参军㬂，夫人之父也。夫人即司仓之第二女，容华婉丽，辞藻清切，仁心既广，品物无伤。礼则恒持，诸亲咸仰。唤子有啮指之感，临事无投杼之惑。苍穹不惄，祸来斯钟。以天宝五载景戌，律中沽洗，日在胃建，壬辰癸丑朔，丁巳土满，因寒节永慕，兼之冷食，遂至遘疾，薨于义宁里之私第，春秋四百五十甲子。呜呼哀哉！天乎天乎，祸出不图。其福何在，哲人斯殂。痛惜行迈，哀伤路隅。吊禽夜叫，白马朝趋。知神理之难测，孰不信其命夫？悠以天宝六载，丁亥律夹钟日在奎建，癸卯丁未朔，己酉土破，迁合于元府君旧茔，礼也。呜呼呜呼！松檟兹合，魂神式安。冈泉扃今已矣，顾风树而长叹。府君之德行，前铭已载。嗣子不疑等，望咸阳之日远，攀灵輴以催辔，号天靡辞，叩地无依，斫彼燕石，式祈不朽，乃为铭曰：启先茔兮松檟合，掩旧扃兮无所睹。痛后嗣兮屠肝心，从今向去终千古。

这篇墓志与韦贞范墓志相比，墓主的身份不同，其描写手法并不一致，而是富于变化。罗婉顺为绛州龙门县令元大谦之妻。墓志重在对罗婉顺家世与身世的描写，通过其悲惨的一生，以突出其孝道，并且字里行间透露出作者的哀伤之情。志文又是大书家颜真卿书写，其时颜真卿为长安县尉，三十八岁，正值早年，官职也不高。故而这方墓志的出土，呈现出颜真卿早年书法的影像，可以看出真迹书法从早年瘦硬秀逸到晚年丰腴雄浑的变化。墓志书法与文章齐美，是极其难得的。李琎给罗婉顺撰写墓志，是因为题署中标明二者关系为"外侄孙"。李琎的父亲是李宪，李宪死后被唐玄宗追封为让皇帝，妻子元氏也被追封为恭皇后。恭皇后的父亲是元大简，与罗婉顺的父亲元大谦是兄弟。实际上这是李琎为自己岳父的兄弟撰写墓志，故称"外侄孙"。

罗婉顺之夫元大谦墓志也同时出土，题署："外侄孙光禄大夫行秘书监柱国汝阳郡王琎撰，侄孙豫书。"是新出土李琎的又一篇重要文章，亦备录于下：

府君讳大谦，字仲和，河南洛阳人也。后魏昭成帝子常山王之七代孙。志气少清,诗书长习,览无不博,造乃洞明。哂童子之游,耻而遂罢;慕孔丘之德,专而必精。曾祖乾昙,魏金紫光禄大夫、御卫大将军、东雍州牧、赵平郡王。武冠三军,才雄八斗。至仁能断,至柔能刚。应物变通,盖随时之义也。大父兴,随〔隋〕使持节、青卫恒定四州诸军事、四州刺史、凉川郡开国公。声美百城,化归千里。人多五袴,麦秀两歧。甘泽随车,仁风逐扇。父武干,皇左监门卫中郎将、上柱国、朔方县开国子。清禁防闲,朱门警窃。外为牙爪,内作股肱。蕴江生之韵风,得庚子之见重。府君即中郎之第八子也。德高前哲,才茂后贤。禀山岳之英灵,负江河之秀气。延载元年,起家拜姚州都督府录事参军。纠察无私,匡政有誉。芳流十室,训洽一隅。神龙二年,转陇州司仓参军。赈乏恤孤,均不继富。纳新易旧,法岂暂逾。雅绩闻天,嘉猷塞路。唐元年,特敕迁右骁卫长史。佐彼戎司,威恩式序。勒其骁果,备预不时。明候暗巡,夜严昼肃。然心多政术,志在字人。开元五年,拜绛州龙门县令。居一同之寄,施百里之威。出入戴星,火风去患。已行抱鼓,未届攀辕。以开元六年三月十三日遘疾薨于任所,春秋五十有八。呜呼哀哉!府君身长六尺,腰带三围。资质端雅,风神爽励。贞幽素邈,清慎无遗。含光藏辉,识高量伟。作廊庙之领袖,为衣冠之轨模。木秀于林,有泰则否。苗而不实,虽亨亦屯。歼我国英,归乎常道。以开元廿七年单阏在岁南吕统月再旬有四日甲申,迁祔于京兆府咸阳县武安乡肺浮原先茔之侧,礼也。呜呼哀哉!腾公马伏,石记佳城,郁郁三千,正当今也。嗣子不疑等,念劬劳之罔极,展孝思之就礼。虑高山为谷,深谷为陵,刊石勒铭,永旌厥德。班朿奉余光,恭陪讽谕,诚实不佞,敢疏铭云,其词曰:於戏国珍兮至理难量,其心守真兮藏辉含光。识洞明兮道义优长,才周用兮仁信何央。在于陆兮大厦栋梁,在彼川兮巨济舟航。布硕德兮施阳,孝至能兮允臧。类春兰兮畜芳,若危桐兮遇霜。痛府君之去代,感永诀兮增伤。闭泉扃兮已矣,传嘉颂兮无疆。

元大谦墓志与罗婉顺墓志,都发布于《文物与考古》2021年第2期《陕西咸阳唐代元大谦、罗婉顺夫妇墓发掘简报》。新出土的李琎撰文的三方墓志,使得李琎的文学才能重现于今世,对于我们深入理解杜甫的《饮中八仙歌》具有极大的帮助。杜甫有《八哀诗·赠太子太师汝阳郡王琎》也述说到李琎的文才:"挥翰绮绣扬,篇什若有神。川广不可溯,墓久狐兔邻。宛彼汉中郡,文雅见天伦。"[①]这是李琎卒后杜甫的怀念之作,回忆李琎生前出入于翰墨文场,诗章篇什如有神助,文章雅事表现自然之理。

3.李适之

吟咏酒中八仙之一李适之:"左相日兴费万钱,饮如长鲸吸百川,衔杯乐圣称避

---

① 仇兆鳌注:《杜诗详注》卷一六,第1392—1393页。

贤。"《李适之墓志》近年也已经出土,全题为"唐故光禄大夫行宜春郡太守渭源县开国公李府君墓志铭并序",志云:"天宝初,迁左相,兼兵部尚书、弘文馆学士、光禄大夫、上柱国、渭源县开国公。制曰:'自左相虚位,中朝选贤,求于列辟之中,尔副苍生之望。'自拜相已来,朝野胥悦,未有若公之盛者也。时李林甫久居右弼,威福由己,便辟巧险,意阻谋深。凡所爱憎,未尝口议,同恶相济,密为奏论。及至君前,顺之而已。由是恶迹难露,众莫知之。不利青宫,天下震惧。公意深社稷,彼难措心,转公为太子少保。又谋陷妃族,构以飞语,出为宜春太守。"①墓志中的这段话,讲述李适之为左相时受到李林甫的排挤情况,以至于罢相外迁,都可以与杜甫的诗句相印证。

4. 崔宗之

吟咏酒中八仙之一的崔宗之:"宗之潇洒美少年,举觞白眼望青天,皎如玉树临风前。"崔宗之不仅能够作诗,《全唐诗》尚存其诗。近年亦出土其所撰写的墓志铭,《□□□□□□刺史李公墓志铭并序》:"□□□家,字承家,陇西狄道人也。……开元十五年二月廿八日,遘疾终于贝州之官舍,凡寿六十八。以天宝元年七月十九日,与故夫人河东裴氏继夫人太原王氏合祔于武德冯封北原旧茔,礼也。"末署:"朝议大夫行右司郎中上柱国齐国公崔宗之撰。"②又新出土《大唐故工部尚书东都留守上柱国南皮县开国子赠扬州大都督韦公(虚心)墓志铭并序》,题署:"外甥朝散大夫守礼部郎中上柱国齐国公崔宗之撰。"墓主天宝元年正月十五日葬。志文言及与墓主的关系:"宗之少托外氏,夙遭闵凶。郭秀早孤,思庾哀之抚视;羊昙尚在,怀谢傅之深仁。雪涕为文,以志泉壤。"③志文对韦虚心的一段评价:"灵庆所钟,早服训度,莹然玉立,泉然海静,奉以忠信,宣以柔嘉。风格之仪邈乎其峻也,温良之性颓乎其顺也。浅深莫测其量,挹仰未臻其方。自筮仕而登华发,口无莠言,身无择行,虽山甫之夙夜在位,吴汉之不离公门,未足喻焉。夫其季文清节,博山密慎,张仲孝友,史鱼亮直,皆雅性所合,一以贯之。加以闺门严肃,子弟祗畏,俨然终日。虽宴必冠,顾谭威重,未尝见其倾弛。王邵简素,造次必于矜庄,故得服冕乘轩卅余载。所居人化,□去见思,盛德布于官曹,仁惠存乎乡党。清议无点,直道始终,可谓大明君子,古之遗爱者矣。"这是一篇多达三千零三十六字的长篇墓志,不仅体现出崔宗之对于其舅氏一生功绩的叙说和评价,而且也展示了作为文章大手笔的文才。

5. 苏晋

吟咏酒中八仙之一的苏晋:"苏晋长斋绣佛前,醉中往往爱逃禅。"苏晋诗作亦存于世,近年亦出土其撰写的墓志铭,《唐代墓志汇编》开元○七一《大唐故银青光

---

① 赵君平、赵文成:《河洛墓刻拾零》,北京:北京图书馆出版社,2007年,第406页。
② 赵君平、赵文成:《秦晋豫新获墓志搜佚续编》,北京:国家图书馆出版社,2015年,第711页。
③ 李明、刘呆运、李举纲:《长安高阳原新出土隋唐墓志》,北京:文物出版社,2016年,第178页。

禄大夫卫尉卿扶阳县开国公护军事韦公(项)墓志铭并序》(开元六年七月廿九日),题:"前中大夫守泗州刺史上柱国野王县开国男苏晋撰。"①又开元四〇〇《唐同州河西主簿李君故夫人苏氏(充)墓志铭并序》(开元廿二年四月六日):"今银青光禄大夫、左庶子、河内郡开国公晋之第五女。"②则为苏晋之女的墓志。《大唐故冠军大将军左卫大将军凉州都督御史大夫同紫微黄门平章兵马事安西大都护上柱国潞国公(郭湛)墓铭并序》,题署:"礼部侍郎苏晋撰,前干定桥三陵判官前濮州鄄城县丞诸葛嗣宗书。"③志云:"公讳湛,字虔瑾,其先太原人也。"墓主开元十四年九月卒,十二月葬。

6. 李白

吟咏酒中八仙之一的李白:"李白斗酒诗百篇,长安市上酒家眠。天子呼来不上船,自称臣是酒中仙。"有关新出文献对于李白诗的解读,笔者曾撰有《新出文献与李白研究述论》④,可以参见。这里仅就新出墓志中直接点明李白的几方述之如下:新出土《唐刘复墓志》:"贞元八年,君卧病长安,而自叙曰:刘复,字公孙,彭城绥余里□。……廿有四,通马迁《史记》、班固《汉书》。天靖其性,少于交结,未尝与人论及此学。时吴郡大儒陆皞知之,每列坐,则劝令学文,遂入吴容山,深居一年,制文四十首,为时人所重。后游晋陵、丹杨,与处士琅耶颜胄、广陵曹评往来赠答。江宁县丞王昌龄、剑南李白、天水赵象、琅耶王偓多所器异。江宁云:'后来主文者子矣。'然性孤直,勉于所忤,尔后五六年,凋求丧略尽,惟公孙独存,仕至兰台正字。"⑤新出土裴虔余撰《唐故秀才河东裴府君(岩)墓志铭并序》:"性聪明,弱冠,嗜学为文,不舍昼夜。数年之间,遂博通群籍,能效古为歌诗,迥出时辈,多诵于人口。前辈有李白、李贺,皆名工,时人以此方之。"⑥

7. 张旭

吟咏酒中八仙之一的张旭:"张旭三杯草圣传,脱帽露顶王公前,挥毫落纸如云烟。"张旭是唐代诗人兼书法家。新出土墓志中有张旭书的《严仁墓志》,全题为"唐故绛州龙门县尉严府君(仁)墓志铭并序"(天宝元年十二月一日),末署:"前邓州内乡县令吴郡张万顷撰,吴郡张旭书。"⑦

8. 焦遂

吟咏酒中八仙之一的焦遂:"焦遂五斗方卓然,高谈雄辩惊四筵。"在新出土文

---

① 周绍良:《唐代墓志汇编》,上海:上海古籍出版社,1992年,第1202页。

② 周绍良:《唐代墓志汇编》,上海:上海古籍出版社,1992年,第1432—1433页。

③ 毛阳光:《洛阳流散唐代墓志汇编续集》,北京:国家图书馆出版社,2018年,第204—205页。

④ 胡可先:《新出文献与李白研究述论》,《浙江大学学报(人文社会科学版)》2015年第5期。

⑤ 赵君平、赵文成:《河洛墓刻拾零》,北京:北京图书馆出版社,2007年,第466页。

⑥ 吴钢:《全唐文补遗·千唐志斋新藏专辑》,西安:三秦出版社,1994年,第394页。

⑦ 樊有升、李献奇:《河南偃师唐严仁墓》,《文物》1992年第10期。

献中,焦遂以外的七人,我们都可以找到一些材料进行程度不同的印证,只有焦遂只字未见。盖焦遂作为平民身份,不仅出土文献,即使是传世文献记载也较少。唐代的文献中,只有袁郊的《甘泽谣·陶岘》条有这样一段记述:"焦遂,天宝中为长安饮徒,时好事者为《饮中八仙歌》云云:'焦遂五斗方卓然,高谈雄辩惊四筵。'"①

二、杜甫对李白的理解

《饮中八仙歌》描绘八仙并不是平均用力的,对于所咏叹的八位文人,明显对李白着力最多,八人之中实际以李白为主,突出了李白"酒中仙"的形象。

"李白斗酒诗百篇,长安市上酒家眠",是对李白形象最突出的表现。这两句所要拈出的关键词有"诗""酒""市"三字,细致地刻画了李白在长安游于集市倚酒放狂的情态。就"诗"而言,李白是一位浪漫诗人,他借酒醉而作诗,表现出飘逸的境界。就"酒"而言,李白一生与酒结下了不解之缘,"百年三万六千日,一日须倾三百杯"(《襄阳歌》),"花间一壶酒,独酌无相亲。举杯邀明月,对影成三人"(《月下独酌》),"人生得意须尽欢,莫使金樽空对月"(《将进酒》),这样的诗句在李白的诗中俯拾皆是。李白不仅号为"诗仙",更称为"醉圣"。王仁裕《开元天宝遗事》卷下载:"李白嗜酒,不拘小节,然沉酣中所撰文章,未尝错误。而与不醉之人相对议事,皆不出太白所见,时人号为'醉圣'。"就"市"而言,李白在长安,经常往来于集市,《新唐书·李白传》云:李白初至长安,玄宗召见,"赐食,亲为调羹。有诏供奉翰林,白犹与饮徒醉于市"②。在长安,最值得重视者是特别繁华的西市。他有《少年行》诗曰:"五陵年少金市东,银鞍白马度春风。落花踏尽游何处,笑入胡姬酒肆中。"③五陵年少踏尽落花,笑入胡姬酒肆,表现出风流豪放、倜傥潇洒、爽朗率真的少年形象,也展现出盛唐人物自尊自信的精神风貌。诗写到此,也表现出长安西市最繁华也最有魅力的境界。李白沉醉于此,故把长安市上之酒家描绘得令人艳羡,令人向往。美国学者薛爱华在其《撒马尔罕的金桃:唐代舶来品研究》中也说:"在这里,精明强干的老板娘会雇佣带有异国风韵的、面目姣好的胡姬(比如说吐火罗姑娘或者粟特姑娘),用琥珀杯或玛瑙杯为客人斟满名贵的美酒。而这些姑娘则会使酒店的生意更加兴隆。由胡儿吹箫伴奏的甜润的歌唱表演和迷人的舞蹈,也是酒店老板增加销售量的重要手段,友好和善的服务,正是招揽顾客的不可或缺的手段。'胡姬招素手,延客醉金樽',这些温顺可人、金发碧眼的美人儿使诗人们心荡神迷,从

---

① 袁郊:《甘泽谣》,《丛书集成初编》本,北京:商务印书馆,[出版时间不详],第4页。

② 欧阳修、宋祁:《新唐书》卷二〇二,北京:中华书局,1975年,第5763页。

③ 王琦辑注:《李太白全集》卷六,北京:中华书局,1977年,第242页。

当时的文学作品中我们还依稀可以看到她们绰约的风姿。"①这段论述可以作为"长安市上酒家眠"的注脚。

"天子呼来不上船,自称臣是酒中仙",范传正《李白新墓碑》云:"玄宗泛白莲池,公不在宴,皇欢既洽,召公作序。时公已被酒翰苑中,命高将军扶以登舟。"②《唐诗快》云:"八人中惟李白有谪仙之号,余七人皆未尝仙也,然因其自号'酒中八仙',少陵从而仙之。至今读其诗,不但飘飘有仙气,亦且拂拂有酒气。"③《唐国史补》:"白在翰林,多沉饮,玄宗命撰乐词,醉不可待,以水沃之,白稍能动,索笔一挥十数章,文不加点。"④《新唐书·李白传》亦言:"帝坐沉香子亭,意有所感,欲得白为乐章,召入,而白已醉,左右以水颒面,稍解,受笔成文,婉丽精切,无留思。帝爱其才,数宴见。"⑤实则上,这两句是刻画李白形象的神来之笔。宋人赵次公注云:"盖在翰院被酒,则在长安市中来而扶以登舟。则竟上船矣,非不上船也。"⑥仇兆鳌《杜诗详注》引吴论曰:"当时沉香亭之召,正眠酒家,白莲池之召,扶以登舟,此两述其事。"⑦《钱注杜诗》:"此尤似儿童之语。夫天子呼之而不上船,正以扶曳登舟状其酒狂也。岂竟不上船耶?"⑧杜甫正是用了这样夸张的笔法,生动地描绘出李白饮中的状态,衬托出"酒中仙"的形象。

杜甫描写李白的这四句诗,生动地刻画了醉中李白的形象。"斗酒诗百篇",状其才思敏捷;"市上酒家眠",状其风流倜傥;"呼来不上船",状其醉后狂傲;"臣是酒中仙",状其豪放纵逸。而这四句诗合在一起,表现李白的性格还在于旷达。杜甫最为了解李白,这首诗既赞李白之诗,又状李白之酒,再描写其游于市,更表现其酒中仙。综合起来,表现出李白那种敏捷不滞于酒、豪迈不拘于俗、傲岸不屈于势、狂放不流于肆的旷达性格。这样的形象,风貌骏发,神采飞扬,千载而下,掩卷遐思,犹在目前。

这首诗侧重描写李白,说明杜甫对于李白非常尊崇,也最能理解。以至于有些学者认为全诗的主旨是表现对于李白的怀念,而其他七人仅仅是李白的陪衬,是连

① 薛爱华:《撒马尔罕的金桃:唐代舶来品研究》,北京:中国社会科学出版社,2016年,第77—78页。
② 范传正:《唐左拾遗翰林学士李公新墓碑》,王琦辑注《李太白全集》附录,北京:中华书局,1977年,第1461页。
③ 陈伯海主编:《唐诗快》,《唐诗汇评》,上海:上海古籍出版社,2015年,第1409页。
④ 李肇:《唐国史补》卷上,上海:上海古籍出版社,1979年,第16页。
⑤ 欧阳修、宋祁:《新唐书》卷二〇二,北京:中华书局,1975年,第5763页。
⑥ 林继中:《杜诗赵次公先后解辑校》卷二,上海:上海古籍出版社,1994年,第39页。
⑦ 仇兆鳌注:《杜诗详注》卷二,北京:中华书局,1979年,第81页。
⑧ 钱谦益:《钱注杜诗》卷一,上海:上海古籍出版社,1980年,第23页。

类旁及而已。① 这一说法虽然不完全符合诗意,但还是能够启发读者在阅读《饮中八仙歌》的时候,对于李杜关系的进一步思考。李白与杜甫天宝三载在洛阳相遇,成为中国文学史上的佳话。杜甫《与李十二白同寻范十隐居》诗云:"李侯有佳句,往往似阴铿。余亦东蒙客,怜君如弟兄。醉眠秋共被,携手日同行。"②是对于李白诗歌的称颂与二人情谊的书写。故而闻一多在《唐诗杂论》中饱含激情地赞叹李白与杜甫的情谊:"我们该当品三通画角,发三通擂鼓,然后提起笔来蘸饱了金墨,大书而特书。因为我们四千年的历史里,除了孔子见老子(假如他们是见过面的)没有比这两人的会面,更重大,更神圣,更可纪念的。"③在杜甫的诗集中,还留下了《赠李白》《送孔巢父谢病归游江东兼呈李白》《饮中八仙歌》《梦李白二首》《昔游》《遣怀》《与李十二白同寻范十隐居》《春日忆李白》《冬日有怀李白》《天末怀李白》《寄李十二白二十韵》《不见》等诗十四首。《饮中八仙歌》也代表着盛唐时期的诗人个性鲜明、情谊真诚、尚群尚党的时代风尚。

三、杜甫对自己的定位

杜甫是《饮中八仙歌》的作者,但诗人应该并不是作为一个完全的旁观者来审视八仙的行径,而是作为一个激情迸发的参与者表现八仙的个性。尽管杜甫的《饮中八仙歌》具体的作年尚难以确定,但作于杜甫早年也就是天宝以前的盛唐时期则无可疑。我们考察这个时候杜甫的立身行事,对于理解《饮中八仙歌》具有重要意义。《饮中八仙歌》不是自述诗,没有直接描写作者自己,但我们还是可以根据作诗的情境对照杜甫作诗时所处的环境以及其他诗作的参证,来探测杜甫对于自己的定位。程千帆先生对杜甫与"饮中八仙"的关系,定位为"一个醒的与八个醉的",认为:"如果我们注意到《饮中八仙歌》是杜甫以一双醒眼看八个醉人的情况之下写的,表现了他以错愕和怅惘的心情面对着这一群不失为优秀人物的非正常精神状态,因而是他后期许多极为灿烂的创作的一个不显眼的起点,这并非是不重要的。"④程千帆先生以极其敏锐的眼光发现了杜甫作此诗时自己的位置,而这一位置对于杜甫后期的诗歌创作道路影响很大。我们这里还需要重点考察的是杜甫在盛唐时期能够做出这首诗而立足于诗酒并与"饮中八仙"的性格关联。

杜甫早年的情况,在《壮游》诗中有着较为具体的表述:

---

① 邓魁英:《关于杜甫的〈饮中八仙歌〉》,《北京师范大学学报(浙学社会科学版)》1982 年第 3 期。实际上,这种说法滥觞于清人何焯,他说:"以太白为纲领,白传因此诗而附会八人,未尝如昔人为'竹林之游'也。"(《义门读书记》卷五一)

② 仇兆鳌注:《杜诗详注》卷一,北京:中华书局,1979 年,第 45 页。

③ 闻一多:《唐诗杂论》,武汉:武汉大学出版社,2008 年,第 126—127 页。

④ 程千帆:《一个醒的与八和醉的——杜甫〈饮中八仙歌〉札记》,《中国社会科学》1984 年第 5 期。

性豪业嗜酒,嫉恶怀刚肠。脱略小时辈,结交皆老苍。

饮酣视八极,俗物都茫茫。……

放荡齐赵间,裘马颇清狂。春歌丛台上,冬猎青丘旁。

呼鹰皂枥林,逐兽云雪冈。射飞曾纵鞚,引臂落鹙鸧。

苏侯据鞍喜,忽如携葛强。快意八九年,西归到咸阳。

许与必词伯,赏游实贤王。曳裾置醴地,奏赋入明光。

天子废食召,群公会轩裳。脱身无所爱,痛饮信行藏。①

这里我们可以拈出几个关键词"性豪""嗜酒""饮酣""放荡""清狂""快意""痛饮",这样的表现,与李白为首的饮中八仙在对酒的崇尚方面并无二致。实际上,如果从饮酒以表现纯真狂放的个性表达方面,杜甫与李白是非常一致的。《寄薛三郎中》诗:"早岁与苏郑,痛饮情相亲。二公化为土,嗜酒不失真。"②也谈到早年"痛饮"和"嗜酒"但不失真性情。《寄题江外草堂》:"我生性放诞,雅欲逃自然。嗜酒爱风竹,卜居必林泉。"③"饮中八仙"之一贺知章亡后,杜甫作《遣兴五首》之一云:"贺公雅吴语,在位常清狂。上疏乞骸骨,黄冠归故乡。爽气不可致,斯人今则亡。"④崇尚贺知章的主要方面就是其"清狂"和"爽气"。作于天宝年间的《醉时歌》,是题赠广文博士郑虔之诗:"得钱即相觅,沽酒不复疑。忘形到尔汝,痛饮真吾师。清夜沉沉动春酌,灯前细雨檐花落。但觉高歌有鬼神,焉知饿死填沟壑?"⑤他最赞赏郑虔的"痛饮",故称"痛饮真吾师",透露出杜甫自己也有与郑虔"忘形尔汝"、痛饮狂歌的形态,这样的形态、这样的行为,我们将其置于"饮中八仙"这一群体之中,也是非常适合的。

其实,《饮中八仙歌》的八位文人,没有一位是真的"醉"的,他们是通过"醉"而表现醉趣,通过"醉"而透露仙气,通过"醉"来排遣块垒。他们对于现实都有清醒地认识,他们的时代是共同的,而他们的遭遇是不同的;他们的内心是入世的,而他们的理想是幻灭的;他们的个性是各异的,而他们对诗酒是沉湎的。杜甫对八仙之所以能够认识得如此清楚并且能够细致地表现出来,当然与自己的身世和心灵要有剧烈的碰撞与契合。杜甫在开元、天宝年间有志于用世而终于无成,使他对八仙的遭遇有着深切的认识与同情之理解。他在天宝九载《进三大礼赋表》中说:"臣生长陛下淳朴之俗,行四十载矣。与麋鹿同群而处,浪迹于陛下丰草长林,实自弱冠之年矣。岂九州岛牧伯不岁贡豪俊于外?岂陛下明诏不仄席思贤于中哉?臣之愚

---

① 仇兆鳌注:《杜诗详注》卷一六,北京:中华书局,1979 年,第 1438 页。

② 仇兆鳌注:《杜诗详注》卷一八,北京:中华书局,1979 年,第 1620 页。

③ 仇兆鳌注:《杜诗详注》卷一二,北京:中华书局,1979 年,第 1013 页。

④ 仇兆鳌注:《杜诗详注》卷七,北京:中华书局,1979 年,第 564 页。

⑤ 仇兆鳌注:《杜诗详注》卷三,北京:中华书局,1979 年,第 174 页。

顽,静无所取,以此知分,沈埋盛时,不敢依违,不敢激□,默以渔樵之乐,自遣而已。顷者卖药都市,寄食朋友,窃慕尧翁击坏之讴,适遇国家郊庙之礼,不觉手足蹈舞,形于篇章。"①进赋的目的是要由"沉埋盛时"而得到朝廷使用。而他的目的并没有完全达到,这与李白的遭遇非常类似。杜甫《奉赠韦左丞丈二十二韵》也有这样的诗句:"甫昔少年日,早充观国宾。读书破万卷,下笔如有神。赋料扬雄敌,诗看子建亲。李邕求识面,王翰愿卜邻。自谓颇挺出,立登要路津。致君尧舜上,再使风俗淳。此意竟萧条,行歌非隐沦。骑驴十三载,旅食京华春。朝扣富儿门,暮随肥马尘。残杯与冷炙,到处潜悲辛。"②对自己的才能非常自信而处境又非常艰难。这样的矛盾处境与心灵失落感使得他与"饮中八仙"也产生了极大的共鸣,我们觉得这是触发杜甫创作《饮中八仙歌》的现实和心理动机。

杜甫虽然主要崇尚儒家用世之心,但在现实碰壁后也有一定程度上走向道家一路,这也与"饮中八仙"的道家化倾向就有了一致的方向。他在《壮游》诗中说"饮酣视八极,俗物都茫茫"③,《遣怀》诗中说"白刃雠不义,黄金倾有无。杀人红尘里,报答在斯须"④,这也就与李白并无二致了。杜甫的这种性格,也受到其友人的赞赏,任华在《寄杜拾遗》诗中说:"昔在帝城中,盛名君一个。诸人见所做,无不心胆破。郎官丛里作狂歌,丞相阁中常醉卧。"⑤这几句诗描写杜甫,与杜甫《饮中八仙歌》描写饮中八仙在主体上达到了惊人的一致。当然道教对于杜甫的影响也是时代风气使然,他在年轻时甚至于专门赴王屋山拜访道士华盖君,《忆昔行》有这样的句:"秋山眼冷魂未归,仙赏心违泪交堕。弟子谁依白茅室,卢老独启青铜锁。巾拂香余捣药尘,阶除灰死烧丹火。悬圃沧洲莽空阔,金节羽衣飘婀娜。落日初霞闪余映,倏忽东西无不可。松风涧水声合时,青兕黄熊啼向我。"⑥他虽拜访华盖君而未遇,而这首《忆昔诗》却留下了杜甫曾经崇尚道教心迹的记载。

总而言之,矛盾处境与心灵失落使得杜甫也在纵酒痛饮,他在"饮中八仙"的身世和思想上找到契合之处,因而有感而作歌。杜甫作《饮中八仙歌》时,是把自己也置于"饮中八仙"这一大的饮仙和诗仙群体之中的。

四、"饮中八仙"与盛唐诗仙群体

明人王嗣奭《杜臆》云:"描写八公,各极生平醉趣,而都带仙气。或两句,或三

---

① 仇兆鳌注:《杜诗详注》卷二四,北京:中华书局,1979年,第2103页。
② 仇兆鳌注:《杜诗详注》卷一,北京:中华书局,1979年,第73页。
③ 仇兆鳌注:《杜诗详注》卷一六,北京:中华书局,1979年,第1438页。
④ 仇兆鳌注:《杜诗详注》卷一六,北京:中华书局,1979年,第1447页。
⑤ 《全唐诗》卷二六一,北京:中华书局,1960年,第2903页。
⑥ 仇兆鳌注:《杜诗详注》卷二一,北京:中华书局,1979年,第1888页。

句四句,如云在晴空,舒卷之自如,亦诗中之仙也。"①这段话启迪我们思考是:"酒仙"亦是"诗仙",而且不仅仅是李白一人,诗中的八人都是"诗仙",盛唐诗坛上实际存在着一个"诗仙"群体,李白是这一群体的代表人物。

在当代学者中,研究《饮中八仙歌》最有影响的文章,应该数到程千帆的《一个醒的和八个醉的——杜甫〈饮中八仙歌〉札记》②。这篇论文对于唐代文学产生了巨大的影响,学者们以为程千帆先生读出了杜甫的"文心","在以一双醒眼看八个醉人的情况下写的,表现了他的错愕和惆怅的心情面对着这一群不失为优秀人物的非正常精神状态",因而归结为"八个醉的",而杜甫则是"一个醒的",由此而得出这是杜甫现实主义创作的起点。③我们觉得程先生的这篇文章的重要意义在于在很多方面给我们启迪,引发我们思考。而其关键不在于"醉"与"醒"的关系方面,更不是要给连同杜甫的九个人进行"醉"和"醒"的定位,也不是简单地将这首诗归结为杜甫现实主义创作的起点,而是要考察盛唐文士通过酒和诗以熔铸自我个性的情况。尤其值得我们探讨的是由《饮中八仙歌》推衍开去,我们可以考察盛唐时期所存在的"诗仙"群体。

杜甫的《饮中八仙歌》,一般认为"饮中八仙"是贺知章、李琎、李适之、崔宗之、李白、苏晋、张旭、焦遂八人。但唐人的记载并不一致,李阳冰《草堂集序》云:"公乃浪迹纵酒,以自昏秽。咏歌之际,屡称东山。又与贺知章、崔宗之等自为八仙之游。"这里列举的贺知章、崔宗之都载于《饮中八仙歌》。但范传正《李白新墓碑》则云:"时人又以公及贺监、汝阳王、崔宗之、裴周南等八人为酒中八仙,朝列赋谪仙人诗凡数百首。"④这里所说的"裴周南"则不见于《饮中八仙歌》。而李白有《送裴十八图南归嵩山二首》诗,有关"裴周南"和"裴图南",历代有所争议。郭沫若说:"裴周南既与李白有这样深厚的交谊,他和裴图南是否就是一个人?我看是很可能的。'周'与'图'字形相近,二者必有一误,论理以'图南'为更适。"⑤李白诗中称与裴图南的关系:"临当上马时,我独与君言。……同归无早晚,颍水有清源。"说明李白与裴图南有同隐的志趣。但在唐代确有裴周南其人,除了范传正所作《李公新墓碑》以外,《唐御史台精舍题名》卷三、《旧唐书·高仙芝传》均有记载,故知郭沫若的推测并非完全可信。⑥清人王琦《李太白年谱》将裴周南列入"饮中八仙":"天宝二年

① 王嗣奭:《杜臆》卷一,上海:上海古籍出版社,1983年,第8页。
② 程千帆:《一个醒的和八个醉的——杜甫〈饮中八仙歌〉札记》,《中国社会科学》1984年第5期。
③ 参见郭国庆:《通向成功之路——程千帆先生的治学方法》《古典文学知识》2002年第2期。
④ 李阳冰:《草堂集序》,王琦辑注:《李太白全集》卷三一(附录一),北京:中华书局,1977年,第1443页。
⑤ 郭沫若:《李白与杜甫》,北京:人民文学出版社,1971年,第45页。
⑥ 参见赵睿才:《"饮中八仙"的演化与李白为"翰林供奉"的时间问题》,《山东大学学报(哲学社会科学版)》2008年第5期。

癸未,四十三岁。公在长安与贺知章、汝阳王琎、崔宗之、裴周南为酒中八仙之游。"①而这样的系年并非没有问题。我们追溯宋人黄鹤对于《饮中八仙歌》的考证:"蔡兴宗《年谱》云天宝五载,而梁权道编在天宝十三载。按史,汝阳王天宝九载已薨,贺知章天宝三载,李适之天宝五载,苏晋开元二十年并已死。此诗当是天宝间追旧事而赋之,未详何年。盖李白自知不为亲近所容,与知章、李适之、汝阳王琎、崔宗之、苏晋、张旭、焦遂为'酒八仙人',公所以有此作也。"②这样的说法较为圆融通达。这是说在盛唐时期,长安有一批饮酒的文人饮酒赋诗,以李白为代表,产生了很大的社会影响,故而杜甫对于这一文人群体赋咏赞叹而作诗。

至于"饮中八仙"或"酒八仙人""酒中八仙",也不一定是杜甫诗中的八人,"八仙"之名也并非杜甫首创。浦江清云:"汉、六朝已有'八仙'一名词,所以盛唐有'饮中八仙'。既言饮中,则此外别有可知。……杜甫于贺李诸公为后辈,他不能妄自尊大,忽加人以徽号。据李阳冰说,当时李白浪迹纵酒,以自昏秽,与贺知章崔宗之等目为八仙之游。朝列赋谪仙人诗凡数百首。所以饮中八仙一名目非杜甫所创,而且杜甫诗中有苏晋而无裴周南。一说有裴周南而八仙之游在天宝初,苏晋早死了。要之,唐时候有'八仙'一空泛名词,李白等凑满八人,作八仙之游,而名录也有出入。"浦江清先生进一步论述道:"由此看来,在唐前后,八仙观念是道家的,而且非常空泛。随时随地,可以八人实之。杜甫的《饮中八仙歌》是因为李白贺知章等自谓八仙之游,所以歌咏了。"③也就是说,这一群体的形成具有明显的道家化倾向。我们考察杜甫诗中的所谓"八仙",贺知章为道家人物,至天宝三载八十岁时还归乡入道。崔宗之,据《旧唐书》记载:"(李白)浪迹江湖,终日沉饮。时侍御史崔宗之谪官金陵,与白诗酒唱和,尝月夜乘舟自采石达金陵。白衣宫锦袍于舟中,顾瞻笑傲,旁若无人。"④苏晋是一位特殊人物,信佛而饮酒,宋人蔡梦弼《杜工部草堂诗笺》注此诗言苏晋"常于市中饮酒食猪首,时人无识之者"⑤,是其虽信佛而其行事颇具道家化。焦遂,有关记载较少,唐人记载见于袁郊《甘泽谣》:"(陶岘)自制三舟,备极坚巧。一舟自载上,一舟致宾,一舟贮馔饮。客有前进士孟彦深、进士孟云卿、布衣焦遂,各置仆妾共载。……焦遂,天宝中为长官饮徒,时好事者为《饮中八仙歌》。"⑥记载其行事也是明显的道家气派。张旭的行事,具有道家风尚,新、旧《唐书》和唐人笔记中都有记载,不烦赘述。李适之与李琎,属于高官受人排挤而不

---

① 王琦辑注:《李太白年谱》,《李太白全集》卷三五(附录五),北京:中华书局,1977 年,第 1587 页。
② 仇兆鳌注:《杜诗详注》卷二,北京:中华书局,1979 年,第 81 页。
③ 浦江清:《八仙考》,《浦江清文录》,北京:人民文学出版社,1958 年,第 3 页。
④ 刘昫:《旧唐书》卷一九〇下,北京:中华书局,1975 年,第 5053 页。
⑤ 蔡梦弼:《杜工部草堂诗笺》卷二,《古逸丛书》本,第 10 页。
⑥ 袁郊:《甘泽谣》,《丛书集成初编》本,北京:商务印书馆,[出版时间不详],第 4 页。

得志者。适之罢相后作诗曰:"避贤初罢相,乐圣且衔杯。为问门前客,今朝几个来?"①古人以"圣贤"喻酒,清酒为圣人,浊酒为贤人。李适之"罢相"是为了"避贤",也就是避开浊务,"衔杯"才进入"乐圣"的境界,"圣人"为清酒,"乐圣"也是对清净生活的崇尚。唐冯贽《云仙杂记·泛春渠》引《醉仙图记》:"汝阳王琎,取云梦石鬶泛春渠以蓄酒,作金银龟鱼浮沉其中,为酌酒具,自称'酿王兼曲部尚书'。"②李适之和李琎的这些举动,都多少带有一些道家气派。

我们还要注意的是,盛唐时期的政治背景促成了"饮中八仙"群体的形成。唐代开元盛世,因为皇帝的提倡与朝廷的推动,促成了饮酒赋诗的宽松的文化环境。开元十八年二月,"令百官于春月旬休,选胜行乐,自宰相至员外郎凡十二筵,各赐钱五千缗。上或御花萼楼,邀其归骑留饮,迭使起舞,尽欢而去"③。开元二十年四月,"宴百官于上阳东洲,醉者赐以衾褥、肩舆以归,相属于路"④。《唐语林》卷一载:"玄宗御勤政楼大酺,纵士庶观看百戏,人物嗔咽,金吾卫士指遏不得。上谓力士曰:'吾以海内丰稔,四方无事,故盛为宴乐,与万姓同欢。'"⑤《唐摭言》云:"曲江游赏,虽云自神龙以来,然盛于开元之末。……进士关宴,常寄其间。"⑥因为盛唐时期具有这样的背景,故而饮酒群体应运而生。文人饮酒又增添了饮酒的文化氛围,形之于诗,更体现出饮者的个性。《饮中八仙歌》所用的手法是夸张的、浪漫的,但所描写的人物行径都是有现实基础的。即如张旭,诗中有三句表现:"张旭三杯草圣传,脱帽露顶王公前,挥毫落纸如云烟。"参之李颀《赠张旭》诗:"张公性嗜酒,豁达无所营。皓首穷草隶,时称太湖精。露顶据胡床,长叫三五声。兴来洒素壁,挥笔如流星。下舍风萧条,寒草满户庭。问家何所有?生事如浮萍。左手持蟹螯,右手执丹经。瞪目视霄汉,不知醉与醒。诸宾且方坐,旭日临东城。荷叶裹江鱼,白瓯贮香粳。微禄心不屑,放神于八纮。时人不识者,即是安期生。"⑦与杜甫所描写的张旭形象有异曲同工之妙,只是李颀二十四句诗所表现的内容,杜甫只凝聚在三句之中。因此,我们现在不少研究文章,将饮中八仙的个性张扬与当时的现实政治对立起来的论述,是有失偏颇的。

① 李适之:《罢相作》,《全唐诗》卷一〇九,北京:中华书局,1960年,第1125页。
② 冯贽:《云仙杂记》卷二,《丛书集成初编》本,北京:商务印书馆,[出版时间不详],第12页。
③ 司马光:《资治通鉴》卷二一三,北京:中华书局,1956年,第6788页。
④ 司马光:《资治通鉴》卷二一三,北京:中华书局,1956年,第6798页。
⑤ 周勋初:《唐语林校证》卷一,北京:中华书局,1987年,第54页。
⑥ 王定保:《唐摭言》卷三,上海:古典文学出版社,1957年,第29页。
⑦ 《全唐诗》卷一三二,北京:中华书局,1960年,第1340页。

五、结语

由此我们可以得出结论:第一,盛唐的开元、天宝年间,因为皇帝的提倡与朝廷的推动,社会上饮酒的风气很盛,李白来长安,与当时浪漫诗人贺知章等为诗酒之游,更推波助澜,在社会上产生较大影响,故杜甫以此为题材而作《饮中八仙歌》;第二,"诗仙"的名号来源于道家的"八仙",文人群体具有道家化的思想崇尚,《饮中八仙歌》所咏的八人,都有不同程度的道家追求;第三,在盛唐诗坛上存在着一个"诗仙"文人群体,而李白是这一群体的代表,故而"诗仙"名号最后落在了李白的头上;第四,杜甫《饮中八仙歌》既是盛唐诗仙群体的整体再现,也是诗人形象的个性展示。即如清人李子德云:"似赞似颂,只一二语可得其人生平。妙是叙述,不涉议论,而八公身分自见。"① 其描写八人饮酒个性特征各不相同,贺知章是醉的状态"骑马似乘船",汝阳王是量的夸张"三斗始朝天",李适之是势的烘托"长鲸吸百川",崔宗之是形的表现"白眼望青天",苏晋是神的入化"往往爱逃禅",李白是诗的激发"斗酒诗百篇",张旭是书的成就"三杯草圣传",焦遂是辩的奋启"阔论惊四筵"。

---

① 杨伦:《杜诗镜铨》卷一,上海:上海古籍出版社,1980 年,第 18 页。

论杜甫乾元元年创作

——《早朝大明宫》《饮中八仙歌》盛世记忆和现实情感

戴伟华

广州大学人文学院

《早朝大明宫》是乾元元年(758)杜甫在长安左拾遗任上发生的一次重要唱和。地点:朝廷。人物:贾至、王维、岑参、杜甫。政治活动:早朝。文学活动:诗歌唱和。诗题:"早朝大明宫"。这次唱和的基调受到方回的质疑,为什么离安史之乱发生的755年未远,唐朝及帝京长安元气尚未得到恢复,而长安在诗人笔下还出现了如此热烈的盛世颂歌,如杜甫"五夜漏声催晓箭,九重春色醉仙桃。旌旗日暖龙蛇动,宫殿风微燕雀高",王维以大手笔写下"九天阊阖开宫殿,万国衣冠拜冕旒"。四人所写京城气象和现实应有相当的距离,诗中呈现的图景应是盛世的记忆和现世景象的叠合。同样,杜甫《饮中八仙歌》也正是昔日帝京风流的追忆和现实情景的慨叹,与其看作是杜甫困守长安时的诗歌,还不如放在乾元元年更为合理。《早朝大明宫》和《饮中八仙歌》分别代表了杜甫乾元元年公共空间和私人空间的写作。

一、早朝大明宫:盛世与现时的合奏

能参加早朝是文士的荣耀,早朝的仪式感最为神圣。贾至等人早朝大明宫诗歌唱和,颇能反映在朝文人对皇权的赞颂。《唐诗纪事》"贾至"条载:"《早朝大明宫》云:'银烛朝天紫陌长,禁城春色晓苍苍。千条弱柳垂青琐,百啭流莺绕建章。剑佩声随玉墀步,衣冠身惹御炉香。共沐恩波凤池里,终朝默默侍君王。'王维、杜甫、岑参同和。"①诗作于乾元元年春,贾至和王维时为中书舍人。"维集中有《和贾舍人早朝大明宫之作》,贾舍人即贾至,时为中书舍人,尝赋《早朝大明宫呈两省僚友》,维此诗即其和章。又,岑参有《奉和中书贾至舍人早朝大明宫》,杜甫有《奉和贾至舍人早朝大明宫》,皆同和之作。……考当时同赋者除维之外,尚有岑、杜,二人是时各官补阙、拾遗,则为中书舍人者,自然非王维莫属了。维和诗曰:'朝罢须

---

① 王仲镛:《唐诗纪事校笺》卷二二,北京:中华书局,2007 年,第 706 页。

裁五色诏,佩声归向凤池头。''朝罢'句亦指为君王草诏,由此益可证维是时当官中书舍人,不当为给事中。又参和诗曰:'鸡鸣紫陌曙光寒,莺啭皇州春色阑。'知诗当作于本年春末,维迁中书舍人,即在是时。"①杜甫时为左拾遗,岑参为右补阙。

王维《和贾舍人早朝大明宫之作》:"绛帻鸡人送晓筹,尚衣方进翠云裘。九天阊阖开宫殿,万国衣冠拜冕旒。日色才临仙掌动,香烟欲傍衮龙浮。朝罢须裁五色诏,佩声归向凤池头。"②岑参《奉和中书贾至舍人早朝大明宫》:"鸡鸣紫陌曙光寒,莺啭皇州春色阑。金阙晓钟开万户,玉阶仙仗拥千官。花迎剑佩星初落,柳拂旌旗露未干。独有凤凰池上客,《阳春》一曲和皆难。"③杜甫《奉和贾至舍人早朝大明宫》:"五夜漏声催晓箭,九重春色醉仙桃。旌旗日暖龙蛇动,宫殿风微燕雀高。朝罢香烟携满袖,诗成珠玉在挥毫。欲知世掌丝纶美,池上于今有凤毛。"《杜诗详注》引朱注云:"春色之秾,桃红如醉,以在禁中,故曰仙桃,非用王母事也。"顾注云:"贾诗言凤池,公即用凤毛,贴贾氏父子,不可移赠他人,结语独胜。"仇注评云:"此诗比诸公所作,格法尤为谨严。""前人评此诗,谓其起语高华,三壮丽,四悠扬,无可议矣。颇嫌五六气弱而语俗,得结尾振救,便觉全体生动也。"④

仇注引诸家评论,其中朱瀚、黄生之评对四人有轩轾之意:

> 朱瀚曰:作诗须知宾主,前半撮略宾意,后半重发主意,始见精神。王岑宾太详,主太略,岑掉尾犹有力,王则迂缓不振矣,必如此诗,方见格律。

> 黄生曰:王元美嫌此诗后半意竭,不知自作诗与和人诗,体固不同。唐贤和诗,必见出和意。王岑二首,结并归美于贾,少陵后半特全注之,此正公律格深老处,可反以此为病哉。且王结美掌纶,岑结美倡咏,惟杜兼及之,又显其世职,写意周到,更非二子所及。又曰:合观四作,贾首倡,殊平平,三和俱有夺席之意。就三诗论之,杜老气无前,王岑秀色可揽,一则三春秾李,一则千尺乔松,结语用事,天然凑泊,故当推为擅场。⑤

集体唱和,自身就含有竞争与高低之分。谁高谁低,判断未必一致。四首七律早朝诗,无山林气,雍容壮观,格局整肃,正如杨仲弘所云:"荣遇诗,如贾至诸公《早朝》篇,气格雄深,句意严整,宫商迭奏,音韵铿锵,真麟游灵囿,凤鸣朝阳也,熟之可洗寒俭。"⑥胡苕溪《丛话》云:"老杜《和早朝大明宫》诗,贾至为唱首,王维、岑参皆有和,四诗皆佳绝。今苏台、闽中《杜工部集》皆不附此三诗。惟钱塘旧本有之,今

---

① 陈铁民校注:《王维集校注》附录五,北京:中华书局,1997年,第1367—1368页。
② 陈铁民校注:《王维集校注》卷六,北京:中华书局,1997年,第488页。
③ 廖立笺注:《岑嘉州诗笺注》卷五,北京:中华书局,2004年,第711页。
④ 仇兆鳌注:《杜诗详注》卷五,北京:中华书局,1979年,第427—429页。
⑤ 仇兆鳌注:《杜诗详注》卷五,北京:中华书局,1979年,第429页。
⑥ 仇兆鳌注:《杜诗详注》卷五,北京:中华书局,1979年,第431页。

附于左。"①

如将四诗比较,各有胜场,微有不同,这就可能有了高低之分。

谢榛《诗家直说》载:"予客都门,雪夜同张茂参、刘成卿二计部酌酒谈诗。茂参曰:'贾舍人《早朝大明宫》诗及诸公和者,可能定其次第否?'予曰:'有美玉罗于前,其色赤黄白黑,烂然相辉,色虽异而温润则同,予非玉工,焉能品其次第哉。成卿世之宗匠,盍先定之?'成卿曰:'予僭评之,何异蠡测海尔。杜其一也,王其二也,岑其三也,贾其四也。'予曰:'子所论讵敢相反。颠之倒之,则伯仲叔季定矣。贾则气浑调古;岑则词丽格雄;王、杜二作,各有短长,其次第犹是一辈行。或有拟之者,难与为伦。'茂参曰:'使诸公有知,许谁为同调邪?'"②这一段评论富有现场感、立体感。刘成卿所评为"杜其一也,王其二也,岑其三也,贾其四也",而谢榛则反之。

胡震亨称誉王维为第一,胡应麟则推重岑参精工。《唐音癸签》云:"《早朝》四诗,名手汇此一题,觉右丞擅场,嘉州称亚,独老杜为滞钝无色。富贵题出语自关福相,于此可占诸人终身穷达,又不当以诗论者。胡元端云:岑作精工整密,字字天成。景联绚烂鲜明,蚤朝意宛然在目;独颔联虽绝壮丽,而气势迫促,遂致全篇音韵微乖。王起语意偏,不若岑之大体;结语思窘,不若岑之自然;景联甚活,终未若岑之骈切;独颔联高华博大,而冠冕和平,前后映带宽舒,遂令全首改色,称最当时。但服色太多,为病不小。而岑之重两春字,及曙光、晓钟之再见,不无微颣。信七律全璧之难。"③持岑参第一的还有陆时雍、周容。"唐人早朝,惟岑参一首,最为正当,亦语语悉称,但格力稍平耳。老杜诗失'早'字义,只得起语见之;龙蛇燕雀,亦嫌秭拟太过。"④(陆时雍《诗镜总论》)"《早朝》四诗,贾舍人自是率尔之作,故起结圆亮而次联强凑少陵殊亦见窘。世皆谓王、岑二诗,宫商齐响。然唐人最重收韵,岑较王结更觉自然满畅。且岑是句句和早朝,王、杜未免扯及未朝、罢朝时矣。"⑤(周容《春酒堂诗话》)也有推首唱贾至第一的:"早朝倡和,舍人作沉婉秾丽,气象冲逸,自应推首;'衣冠身'三字微拙。右丞典重可讽,而冕服为病,结又失严。嘉州句语停匀华净,而体稍轻扬,又结句承上,神脉似断。工部音节过厉,'仙桃''珠玉'近俚,结使事亦粘滞,自下驷耳。四诗互有轩轾,予必贾、王、岑、杜为次也。"⑥(毛先舒《诗辩坻》卷三)

其实,"四诗皆佳绝",为朝廷唱和诗典范。如以句摘批评,可视为一说。由于贾至首唱用了数字联"千条弱柳垂青琐,百啭流莺绕建章",其他三首都用了数字对

① 蔡正孙:《诗林广记·前集》卷二,北京:中华书局,1982年,第16页。
② 谢榛:《谢榛全集》卷二三,济南:齐鲁书社,2000年,第767—768页。
③ 胡震亨:《唐音癸签》卷一〇,上海:上海古籍出版社,1981年,第95页。
④ 陈伯海主编:《唐诗论评类编(增订本)》上,上海:上海古籍出版社,2015年,第638页。
⑤ 陈伯海主编:《唐诗论评类编(增订本)》上,上海:上海古籍出版社,2015年,第638页。
⑥ 陈伯海主编:《唐诗论评类编(增订本)》上,上海:上海古籍出版社,2015年,第638页。

联:岑参"金阙晓钟开万户,玉阶仙仗拥千官",王维"九天阊阖开宫殿,万国衣冠拜冕旒",杜甫"五夜漏声催晓箭,九重春色醉仙桃",除杜甫数字联句放在首联外,其余两位都依贾至首唱格式,置于颔联。王维《终南山》等诗能写壮景,不宜仅以淡雅目之,贺贻孙《诗筏》指出右丞诗中雄伟之句:"王右丞诗境虽极幽静,而气象每自雄伟。如'草枯鹰眼疾,雪尽马蹄轻','苜蓿随天马,葡萄逐汉臣','日落江湖白,潮来天地青','暮云空碛时驱马,秋日平原好射雕','云里帝城双凤阙,雨中春树万人家','归鞍竞带青丝笼,中使频倾赤玉盘'等语,其气象似在'九天阊阖开宫殿,万国衣冠拜冕旒'之上。如但以气象语求之,便失右丞远矣。"① 贺贻孙认为王维许多称为雄伟的诗句其气象都在"九天阊阖"联之上,这正说明"九天阊阖"一联是在雄伟气象之列。但贺氏认为王维诗以"幽静"为胜,故不要以雄伟气象类去探求其诗。贺氏认为王维"九天阊阖"联不是最具雄伟气象的诗句,也是见仁见智而已,但"如但以气象语求之,便失右丞远矣"的看法也未必正确,王维诗中确有"幽静"外之"雄伟"一路,这正好说明王维是多面手,才华卓绝,在评论王维诗时,也应该重视。再说,面对"明月松间照,清泉石上流"和"日落江湖白,潮来天地青",只能从风格不同的角度评价,而不能强分高低。王维《和贾舍人早朝大明宫之作》"九天阊阖开宫殿,万国衣冠拜冕旒",其数字联最为今人称道。概括力强,有气势、有威力。王闿运云:"'九天阊阖开宫殿,万国衣冠拜冕旒。'大语不廓落。"②大语而不廓落,是说虽然是大话但不空泛。在四人唱和的数字联中,王维最有高度和广度,"九天阊阖开宫殿"写出帝王的尊严,"万国衣冠拜冕旒"写出唐帝国的声威。可见王维善写大景,精于提炼。但应注意到,这样的情景在开元、天宝年间属于平常,而在乾元元年就夸大了。以后,大历诗人唱和中出现《忆长安》,樊珣《忆长安》云:"忆长安,十月时,华清士马相驰。万国来朝汉阙,五陵共腊秦祠。昼夜歌钟不歇,山河四塞京师。"③"万国来朝汉阙"是忆长安,而王维"万国衣冠拜冕旒"何尝不是忆长安。因此,乾元元年《早朝大明宫》四人唱和,无疑是昨日长安与今日长安的合奏。

此组唱和诗写作时间(758)离安史之乱发生时间(755)未远。安史之乱前后长安城应有变化,但在诗中没有留下痕迹,而评论者亦少有涉及于此。元方回《瀛奎律髓》岑参"鸡鸣紫陌"云:"四人早朝之作,俱伟丽可喜,不但东坡所赏子美'龙蛇''燕雀'一联也。然京师喋血之后,疮痍未复,四人尽夸美朝仪,不已泰乎?"④

方回目光敏锐,提出四人唱诗和与安史之乱的联系。因为乾元元年去安史之乱未远,为何在诗中没有痕迹?方回的意思很明白,四人诗作伟丽,夸美朝仪,但京

---

① 张进、侯雅文、董就雄编:《王维资料汇编》六,北京:中华书局,2014 年,第 885 页。

② 王闿运:《湘绮楼诗文集》,《湘绮楼说诗》卷一,长沙:岳麓书社,2008 年,第 121 页。

③ 王仲镛:《唐诗纪事校笺》卷四七,北京:中华书局,2007 年,第 1601 页。

④ 李庆甲:《瀛奎律髓汇评》卷二,上海:上海古籍出版社,1986 年,第 61 页。

师长安在乱后遭受过破坏应未修复,为何四人而无一点涉及,难道长安已经安泰了? 这里从客观和主观两个角度来回答方回之问。

一是客观情况,安史之乱中长安未受大的破坏。据《资治通鉴》载,玄宗离开长安时,"门既启,则宫人乱出,中外扰攘,不知上所之。于是王公、士民四出逃窜,山谷细民争入宫禁及王公第舍,盗取金宝,或乘驴上殿。又焚左藏大盈库。崔光远、边令诚帅人救火,又募人摄府、县官分守之,杀十余人,乃稍定"①。而安禄山不意西进长安,留在洛阳,进入长安的安禄山部下,以纵酒声色为事。"安禄山不意上遽西幸,遣使止崔干佑兵留潼关,凡十日,乃遣孙孝哲将兵入长安……然贼将皆粗猛无远略,既克长安,以为得志,日夜纵酒,专以声色宝贿为事,无复西出之意。"②乱中细民乃焚大盈库,而乱军则焚太庙,"太庙为贼所焚,上素服向庙哭三日"③。

安史乱起到至德二年(757)才收复长安。长安城虽遭抢掠,但其基本建筑应未遭大的破坏,这和洛阳很不一样。洛阳遭受了严重破坏,《旧唐书·吐蕃传》载:"而安禄山已窃据洛阳,以河、陇兵募令哥舒翰为将,屯潼关……曩时军营边州无备预矣。乾元之后,吐蕃乘我间隙,日蹙边城,或为虏掠伤杀,或转死沟壑。数年之后,凤翔之西,邠州之北,尽蕃戎之境,湮没者数十州。"④《旧唐书》郭子仪论奏云:"夫以东周之地,久陷贼中,宫室焚烧,十不存一。百曹荒废,曾无尺椽,中间畿内,不满千户。井邑榛棘,豺狼所嗥,既乏军储,又鲜人力。"⑤刘晏《遗元载书》云:"所可疑者,函、陕凋残,东周尤甚。过宜阳、熊耳,至武牢、成皋,五百里中,编户千余而已。居无尺椽,人无烟爨,萧条凄惨,兽游鬼哭。"⑥洛阳在安史乱中和乱后,受到破坏,其状况正如郭子仪、刘晏所言。长安城被严重破坏则在广德元年(763)吐蕃入长安之时,也就是贾至等四人《早朝大明宫》写作之后。"戊寅,吐蕃入长安……吐蕃剽掠府库市里,焚闾舍,长安中萧然一空。"⑦除抢掠府库市里,还焚烧闾舍。

从颂扬京师角度看,四诗写出京师长安建筑雄伟、风景祥和、人物雍容,应与实际相去不远。这四位诗人在安史乱前,都有长安生活经历,甚至有较长的时间,因此,可以说诗中所写必定融入了盛世图景,诗中景象叠合着过去记忆和现在感触。后世读这一组诗,感受到的是盛世风采,甚至在描绘盛唐之音时也会引用其中诗句如"金阙晓钟开万户,玉阶仙仗拥千官"等以为例证。于此当慎重。

二是主观方面,方回之问对四人唱和内容是有微词的。而四人唱和中没有一

① 司马光:《资治通鉴》卷二一八,北京:中华书局,1956年,第6971—6972页。
② 司马光:《资治通鉴》卷二一八,北京:中华书局,1956年,第6979—6980页。
③ 司马光:《资治通鉴》卷二二〇,北京:中华书局,1956年,第7042页。
④ 刘昫:《旧唐书》卷一九六上,北京:中华书局,1975年,第5236页。
⑤ 刘昫:《旧唐书》卷一二〇,北京:中华书局,1975年,第3457页。
⑥ 刘昫:《旧唐书》卷一二三,北京:中华书局,1975年,第3513页。
⑦ 司马光:《资治通鉴》卷二二三,北京:中华书局,1956年,第7151—1752页。

首触及刚刚发生的安史之乱及其给城市和文人心理造成的影响,这就是作者主观上的选择所致。

诗歌无警醒与批判精神,甚至连"劝百讽一"之"讽"都不见踪影。而且杜甫和岑参其时都是谏官,分别为左拾遗、右补阙。"左补阙二员,从七品上。左拾遗二员。从八品上。古无此官名。天后垂拱元年二月二十九日敕:'记言书事,每切于旁求;补阙拾遗,未弘于注选。瞻言共理,必藉众才,寄以登贤,期之进善。宜置左右补阙各二员,从七品上,左右拾遗各二员,从八品上,掌供奉讽谏,行立次左右史之下。仍附于令。'天授二年二月,加置三员,通前五员。大历四年,补阙拾遗,各置内供奉两员。七年五月十一日敕,补阙拾遗,宜各置两员也。补阙拾遗之职,掌供奉讽谏,扈从乘舆。凡发令举事,有不便于时,不合于道,大则廷议,小则上封。若贤良之遗滞于下,忠孝之不闻于上,则条其事状而荐言之。"①补阙拾遗设置初衷就是"掌供奉讽谏",其地位重要,可随侍皇帝,直接陈言,以为讽谏,"凡发令举事,有不便于时,不合于道,大则廷议,小则上封"。换句话说,补阙拾遗的职责就是专门寻找、研究朝廷决策和工作中的不足或缺点,并提供给朝廷参考,以减少失误的。

安史乱后,国家元气大伤,长安城阙依旧,但已失去往日的辉煌。政治运作难免艰窘,经不起风吹雨打,危机潜伏,随时都可能爆发。事实也是如此,乾元元年(758)唱和后的广德元年(763)吐蕃入长安之时,致使"长安中萧然一空"。

至德二年(757)九月收复长安,而乾元元年(758)六月前贾至等四人有早朝大明宫唱和之事,不到一年时间。具体到个人,如杜甫至德二年十一月才到长安。杜甫对苦难现实的反映,此前此后都在诗中有所呈现。对刚过去的残酷现实,在四人唱和诗中失语了,而且如此干净。长安沦陷亦如昨日,诗中不存任何痕迹,战乱的创伤如此被遗忘,实在令人费解。

还有一个原因,属于个人因素。王维被授伪职而得到肃宗的特赦,而杜甫则是在长安任左拾遗,上朝当值,一展平生抱负。他们在《早朝大明宫》中的歌颂实是发自内心的感恩。《旧唐书·王维传》载:"禄山陷两都,玄宗出幸,维扈从不及,为贼所得。维服药取痢,伪称瘖病。禄山素怜之,遣人迎置洛阳,拘于普施寺,迫以伪署。禄山宴其徒于凝碧宫,其乐工皆梨园弟子、教坊工人。维闻之悲恻,潜为诗曰:'万户伤心生野烟,百官何日再朝天?秋槐花落空宫里,凝碧池头奏管弦。'贼平,陷贼官三等定罪。维以凝碧诗闻于行在,肃宗嘉之,会缙请削己刑部侍郎以赎兄罪,特宥之,责授太子中允。乾元中,迁太子中庶子、中书舍人,复拜给事中,转尚书右丞。"②王维受伪职而被用,心存感激,诗即写于任中书舍人时。杜甫在长安任左拾遗,算是一生中最好的时光,尽管有伤嗟之作,但大多是因穷困和伤于白发。他在

---

① 刘昫:《旧唐书》卷四三,北京:中华书局,1975 年,第 1845 页。
② 刘昫:《旧唐书》卷一百九〇下,北京:中华书局,1975 年,第 5052 页。

《端午日赐衣》诗中表达的情感是真实的："宫衣亦有名，端午被恩荣。细葛含风软，香罗叠雪轻。自天题处湿，当暑著来清。意内称长短，终身荷圣情。"①此前和此后杜甫已少有这样的状态了。

从岑参和杜甫诗歌赠答中也可见一斑当时的心态。杜甫《奉答岑参补阙见赠》："窈窕清禁闼，罢朝归不同。君随丞相去，我往日华东。冉冉柳枝碧，娟娟花蕊红。故人得佳句，独赠白头翁。"②《杜诗详注》附岑参诗。岑参《寄左省杜拾遗》云："联步趋丹陛，分曹限紫微。晓随天仗入，暮惹御香归。白发悲花落，青云羡鸟飞。圣朝无阙事，自觉谏书稀。"③二人皆有"白头""白发"之叹。

二、饮中八仙：帝京风流的记忆

基于对《早朝大明宫》唱和诗的认识，亦当重新审视和认识杜甫《饮中八仙歌》。至德二年（757）九月，长安收复。十一月杜甫回到长安，仍任左拾遗，乾元元年（758）六月被贬为华州司功参军。其时杜甫心情与以往不同，于国长安失而复得；于己在长安做左拾遗，此前至德二年五月，是在凤翔被授予左拾遗的。动乱之后的暂时平静，致使当局者误判了形势，过分乐观，岑参甚至说"圣朝无阙事，自觉谏书稀"。这段时间，他们工作努力，报答皇恩，杜甫《春宿左省》云"明朝有封事，数问夜如何"④。他们除了处理日常公务和上朝、当值外，私人生活亦相当随意，只是感叹白发增多，兴致未尽。忧伤来自"白头"感叹，"自知白发非春事，且尽芳樽恋物华"⑤。

757—758 年，杜甫遇到毕曜这一邻里，私人生活更为愉悦。杜甫《偪侧行赠毕四曜》："况我与子非壮年。街头酒价常苦贵，方外酒徒稀醉眠。速宜相就饮一斗，恰有三百青铜钱。"鹤注："此当是乾元元年春在谏院作，故诗中有朝天语。因章首偪侧二字以为题，非以偪侧贯全诗也。"⑥杜甫与毕曜同居一巷，一在巷南，一在巷北，邻里之间。杜甫《偪侧行赠毕四曜》云："偪侧何偪侧，我居巷南子巷北。可怜邻里间，十日不一见颜色。"⑦和邻里毕曜相交，其中一乐便是饮酒。

关于《饮中八仙歌》作年，《详注》引诸说云："黄鹤注：蔡兴宗《年谱》云天宝五载，而梁权道编在天宝十三载。按史：汝阳王天宝九载已薨，贺知章天宝三载、李适

① 仇兆鳌注：《杜诗详注》卷六，北京：中华书局，1979 年，第 479 页。
② 仇兆鳌注：《杜诗详注》卷六，北京：中华书局，1979 年，第 452—453 页。
③ 仇兆鳌注：《杜诗详注》卷六，北京：中华书局，1979 年，第 453 页。
④ 仇兆鳌注：《杜诗详注》卷六，北京：中华书局，1979 年，第 438 页。
⑤ 杜甫《曲江陪郑八丈南史饮》，仇兆鳌注：《杜诗详注》卷六，北京：中华书局，1979 年，第 445—446 页。
⑥ 仇兆鳌注：《杜诗详注》卷六，北京：中华书局，1979 年，第 466—468 页。
⑦ 仇兆鳌注：《杜诗详注》卷六，北京：中华书局，1979 年，第 466 页。

之天宝五载、苏晋开元二十二年,并已殁。此诗当是天宝间追忆旧事而赋之,未详何年。钱笺:《新书》云:白与贺知章、李适之、汝阳王李琎、崔宗之、苏晋、张旭、焦遂,为酒中八仙人,此因杜诗附会耳。且既云天宝初供奉,又云与苏晋同游,何自相矛盾也。蔡梦弼曰:按范传正《李白新墓碑》:在长安时,时人以公及贺监、汝阳王、崔宗之、裴周南等八人为酒中八仙。公此篇无裴,岂范别有稽耶?"①可见诗歌创作时间为天宝五载(746)、天宝十三载(754)之说,都没有依据。

　　杜甫写这首诗是有激情的,也可以看出杜甫一时狂放心态。乾元元年春,杜甫写作《饮中八仙》最为可能。杜甫上朝、办公勤勉认真,但私下却饮酒狂纵。《曲江二首》:"朝回日日典春衣,每日江头尽醉归。酒债寻常行处有,人生七十古来稀。"《杜诗解》云:"承前一首,遂力疾行乐也。八句,通首是痛饮诗,却劈头强安'朝回'二字,妙。便是'浮名绊身'四字,一气说下语;而后首'懒朝'二字,亦全伏于此矣。'酒债'说是'寻常',妙甚。须知穷人酒债,最不寻常。一日醉,一日债;一日无债,一日不醉。然则'日日典春衣',一年那有三百六十春衣?'每日尽醉归',三百六十日又那可一日不醉而归?如是而又毕竟以酒债为'寻常'者。细思人望七十大不寻常,然则酒债乃真是寻常,真惊心骇魄之论也!'日日''每日',接口成文。"②他常去曲江饮酒,故云"每日江头尽醉归"。又《曲江对酒》云:"纵饮久判人共弃,懒朝真与世相违。"③《杜诗详注》引《方言》云:楚人凡挥弃物谓之判。仇注以为此处"判"是用楚方言,似有可议。楚方言"判"似与"人共弃"之"弃"同义。如"判"以"判定"解,也可通,即放肆饮酒早为人认定是可恶之事,而被人嫌弃的。无论是哪一种解释,都说明杜甫对纵酒、醉归有所反思,放纵饮酒其害在于二:一是经济上不允许,如此典衣以偿酒债,虽说"寻常",事实上是不能持久的,他对邻里毕曜说过:"街头酒价常苦贵。"二是身体健康不允许,难道真是"人生七十古来稀",就惜时而去狂饮?同样,他有时是控制不住饮酒欲望的,他也对毕曜说过"况我与子非壮年",但还是要"速宜相就饮一斗,恰有三百青铜钱"。

　　"纵酒久判人共弃",夫子自嘲如此。那位邻里毕曜也应是一位酒徒,否则二人如此"偪侧",偪侧,仇注谓"所居密迩",偪侧,一作偪仄,亦有"聚会之意",张衡《西京赋》"骈田偪仄"薛综注云"聚会之意"④。往来如此频繁,以至于杜甫感叹"可怜邻里间,十日不一见颜色",杜(甫)、毕(曜)二人十天不见,杜甫就十分思念,觉得太久了。

　　好不容易在动乱中安定下来,又在长安为官,早朝当值,尽管有许多不尽如人

　　① 杜甫:《饮中八仙歌》,仇兆鳌注:《杜诗详注》卷二,北京:中华书局,1979年,第81页。

　　② 金圣叹:《唱经堂杜诗解》卷二,《金圣叹全集·诗词曲卷》,陆林辑校整理,南京:凤凰出版社,2016年,第676页。

　　③ 仇兆鳌注:《杜诗详注》卷六,北京:中华书局,1979年,第449—450页。

　　④ 高步瀛:《文选李注义疏》卷二,北京:中华书局,1985年,第387页。

意之处,但客观说,这是杜甫一生中最优游的光阴,可惜时间太短了。杜甫倍感珍惜。这一时期,每个人心里都有一情结,就是对逝去盛世的向往。正如在《早朝大明宫》中以现实和过去的交织来表达对盛世的怀念和对未来的期待,在饮酒的私事上,也有对逝去岁月的此地异时感叹。在"速宜相就饮一斗"中,在"每日江头尽醉归",在"且尽芳樽恋物华"中,不免对此地异时发生的人和事产生丰富的联想。一次次推杯换盏,一次次搀扶醉归,那些开元、天宝年间的饮宴风流,那些长安酒仙往事,都在他们之间一遍一遍地重复叙述,令人神往而叹息再三。而这些正促成了杜甫《饮中八仙歌》的诞生。每一个人,每一个故事,并非一天咏唱而成,而是缺少长安这一生活空间写不成《饮中八仙歌》,缺少心境狂放也写不了《饮中八仙歌》,缺少尽日醉的生活体验也写不了《饮中八仙歌》。《饮中八仙歌》深刻而灵动、简洁而饱满,每个酒仙的时代气息,在与共饮者的对话之间,在曾经酒仙们痛饮的地方回忆前辈昔日风度之中,一次次被强化,一次一次被提炼,在特定的时间、特定的空间、特定的模仿中完成了传世经典之作。

据岑参说"圣朝无阙事,自觉谏书稀",杜甫和岑参工作性质相同。如此,杜甫会有充裕时间来完成《饮中八仙歌》。

饮中八仙之名及八仙具体所指有不同看法。钱大昕说:"范传正撰《李太白墓碑》云:'时人以公及贺监、汝阳王、崔宗之、裴周南等八人为酒中八仙。'按子美《饮中八仙歌》无周南名,盖传闻异词。《唐书·李白传》载'酒八仙人'姓名,与杜诗同。"①俞樾说:"裴周南为饮中八仙之一,国朝钱大昕《养新录》云:范传正撰《李太白墓碑》云:'时人以公及贺监、汝阳王、崔宗之、裴周南等八人为酒中八仙。'子美《饮中八仙歌》无周南名,盖传闻异词。按范碑止五人,余三人不知尚有异同否?"②如果杜甫诗即以"饮中八仙"名,则后来范传正提到"酒中八仙"当牵附杜诗,而杜诗中应初有裴周南之名,后以他人取而代之。所谓饮中八仙,实因杜诗而存,非谓杜诗写作时已有"酒中八仙"传世。故杜诗后以他人入诗,而删裴周南之名,与后世以"酒中八仙"命名无关。可见,范传正谓时人所传八仙有裴周南,只是一种版本而已。裴周南,"思顺讽群胡割耳劓面请留,监察御史裴周南奏之,制复留思顺"③。当即其人。此事发生在天宝十载(751),"安西节度使高仙芝入朝,献所擒突骑施可汗、吐蕃酋长、石国王、朅师王。加仙芝开府仪同三司。寻以仙芝为河西节度使,代安思顺;思顺讽群胡割耳劓面请留己,制复留思顺于河西"④。

关于《饮中八仙歌》的艺术成就,颇多赞词,这里仅引《杜诗详注》评论以为

① 钱大昕:《十驾斋养新录》,《嘉定钱大昕全集》(增订本),南京:凤凰出版社,2016年,第428—429页。
② 俞樾:《茶香室续钞》卷三,北京:中华书局,1995年,第560页。
③ 刘昫:《旧唐书》卷一〇四,北京:中华书局,1975年,第3206页。
④ 司马光:《资治通鉴》卷二一六,北京:中华书局,1956年,第6904页。

参考：

一贺知章。"知章骑马似乘船，眼花落井水底眠。"仇注："此极摹贺公狂态。骑马若船，言醉中自得。眼花落井，言醉后忘躯。吴人善乘舟，故以比乘马。"

二汝阳王李琎。"汝阳三斗始朝天，道逢曲车口流涎，恨不移封向酒泉。"仇注："三斗朝天，醉后入朝也。见曲流涎、欲向酒泉，甚言汝阳之好酒。"

三李适之。"左相日兴费万钱，饮如长鲸吸百川，衔杯乐圣称避贤。"仇注："费万钱，言其豪侈。吸百川，状其纵饮。乐圣避贤，即述适之诗中语。"

四崔宗之。"宗之萧洒美少年，举觞白眼望青天，皎如玉树临风前。"仇注："宗之萧洒，丰姿超逸。白眼望天，席前傲岸之状。玉树临风，醉后摇曳之态。"

五苏晋。"苏晋长斋绣佛前，醉中往往爱逃禅。"仇注："持斋而仍好饮，晋非真禅，直逃禅耳。逃禅，犹云逃墨、逃杨，是逃而出，非逃而入。《杜臆》云：'醉酒而悖其教，故曰逃禅。后人以学佛者为逃禅，误矣。'"

六李白。"李白一斗诗百篇，长安市上酒家眠。天子呼来不上船，自称臣是酒中仙。"仇注："斗酒百篇，言白之兴豪而才敏。吴论：当时沉香亭之召，正眠酒家，白莲池之召，扶以登舟，此两述其事。酒中仙，兼述其语。"

七张旭。"张旭三杯草圣传，脱帽露顶王公前，挥毫落纸如云烟。"仇注："旭书为人传颂，故以草圣比之。脱帽露顶，醉时豪放之状。落纸云烟，得意疾书之兴。"

八焦遂。"焦遂五斗方卓然，高谈雄辩惊四筵。"仇注："谈论惊筵，得于醉后，见遂之卓然特异，非沉湎于醉乡者。"

仇注评总评云："此诗参差多寡，句数不齐，但首尾中腰，各用两句，前后或三或四，间错成文，极变化而仍有条理。"①

《杜甫：一个被边缘化的当代诗人》一文曾评论过作者与八仙关系："以前人解此诗，因诗题有'饮中八仙'字，而以'酒'解之。"程千帆先生《一个醒的和八个醉的》文，区分了作者和所描写对象在存在状态上的差异，这启发我们从另一个角度去区分作者和饮中八仙的差异，即其所处地位不同，"饮中八仙"是高贵者，或出身名门，或地位尊贵，或擅长一技，或以貌压众。而作者地位低下，"他以欣赏的态度描写高贵者的神采，以仰慕的态度赞美成功者的风姿。饮中八仙各以其特有的风貌名震京师，可谓是'京城八杰'，各显神通。他们都是长安的名人，是名人的代表。杜甫只是借酒为线索，写出对名人的崇拜。全诗的视角是仰视，不是平视，更不是俯视。也可以说这首诗表达了杜甫自己的悲观情绪和失落感"②。这一说法可以补充修改，其一，作年并非传统所言为杜甫困守长安十年中的天宝五、六载，也不是天宝十三载，而是乾元元年的春天。

---

①　仇兆鳌注：《杜诗详注》卷二，北京：中华书局，1979年，第81—85页。

②　戴伟华：《杜甫：一个被边缘化的当代诗人》，《文艺争鸣》2013年第8期。

其二,作者与八仙关系不是平视,而是仰视与崇拜,但这都还和酒有关系。杜甫自叹没有八仙身处盛世的风流倜傥,也没有八仙在饮酒中的放荡无碍。更羡慕八仙豪饮而不必典衣偿债,有邻里毕曜过从对饮还算差强人意。另有《曲江陪郑八丈南史饮》,诗云:"自知白发非春事,且尽芳樽恋物华。"①又借机表达了自己对饮酒的看法。《饮中八仙歌》与其说是"一个醒的和八个醉的",不如说是"一个醉的"怀想"八个醉的"。

其三,杜甫此时已不是一位被边缘化的诗人了,他与中书舍人贾至、王维,补阙岑参同朝唱和。不过,杜甫和岑参此时有诗歌往还,但只言诗,不言酒,《奉答岑参补阙见赠》云"故人得佳句,独赠白头翁"②。岑参诗也只谈工作,不谈饮酒,《寄左省杜拾遗》云"晓随天仗入,暮惹御香归"③。同朝唱和的王维、贾至、岑参都是工作上的同僚,创作上的诗友,还真不是酒友,《早朝大明宫》唱和,固然有咏唱对象性质的关系,但诗中是"滴酒不沾"。这也可能是杜甫感到寂寞的地方,而去怀想曾叱咤风云的长安饮中八仙。杜甫也正在长安任职,可是无酒中知己。在杜甫即将离开长安时,杜甫仍然保持着对酒的豪情,其《酬孟云卿》诗,《杜诗详注》引鹤注云"当是乾元元年六月出为华州司功将行时作"。诗云"但恐天河落,宁辞酒盏空"④,真有豪情,可惜不能与昔时长安酒中八仙并列为饮中九仙。从酒的角度审视,不足一年的长安左拾遗任职期间,这是杜甫最狂放的时段。以后杜甫写《闻官军收河南河北》:"却看妻子愁何在?漫卷诗书喜欲狂。白首(一作日)放歌须纵酒,青春作伴好还乡。"⑤表明人生极乐时,仍以酒来助兴庆祝。

其四,杜甫写《饮中八仙歌》时,确有生不逢时之叹。八仙中的一些人,在他困守长安时见过或听说过,但因地位低微,奔走干谒,无缘预其列,无缘像他们那样醉酒轻狂;而现在位为拾遗,早朝暮值,八仙曾痛饮狂欢的场所犹在,但没有如饮中八仙中的人物。关于八仙的传说,在杜甫与如毕曜等狂时,成为谈资,不断被修饰美化,不断被补充添加细节,也有可能不断增减人物。然后,杜甫在饮宴间不断举杯邀约那些仙人,将之写入长卷,呈现出传世《饮中八仙歌》风神。

对《饮中八仙歌》作意赋予太多政治意义,可能会离写作意图渐远,也会减损其艺术价值。《饮中八仙歌》本来就是写生活的样子,展现一群文士与饮酒相关的图景,于存在与想象中结撰。在纵酒方面,杜甫和八仙一样,谓之醉,或谓之醒,皆可。杜甫以酒为媒,创作《饮中八仙歌》,展现出对帝京的风流记忆和缅怀。

---

① 仇兆鳌注:《杜诗详注》卷六,北京:中华书局,1979 年,第 445—446 页。
② 仇兆鳌注:《杜诗详注》卷六,北京:中华书局,1979 年,第 453 页。
③ 仇兆鳌注:《杜诗详注》卷六,北京:中华书局,1979 年,第 453 页。
④ 仇兆鳌注:《杜诗详注》卷六,北京:中华书局,1979 年,第 479—480 页。
⑤ 仇兆鳌注:《杜诗详注》卷一一,北京:中华书局,1979 年,第 968 页。

以武事比文艺

——杜甫及中晚唐诗人的一种论文方式

刘青海

北京语言大学中华文化研究院

中国古代诗论源远流长,其中以诗论诗是唐宋诗人很重要的论诗方式。它与诗人的创作活动紧密联系,所以历来受到研究者的重视。盛唐李杜两家是以诗论诗方法的主要开创者。杜甫尤其如此,他的诗论都是用诗来表达的。杜甫的诗论,不但其艺术主张及对创作中具体问题的阐述值得我们深入探讨,而且他运用多种修辞方法来论述诗歌的语言表达方式也很值得研究。杜甫的论诗方式是多种多样的,其中尤以比拟之法为多,他常用历史上的大家、名家来比拟时人,如"赋料扬雄敌,诗看子建亲"(《奉赠韦左丞丈二十二韵》)[①]、"清新庾开府,俊逸鲍参军"(《春日忆李白》)[②]之类,这些都是我们熟悉的,历来研究者引述较多。以诗论诗与以文论诗不同,它不仅是理论的阐述,还是一种艺术形象的创造。因此,杜甫的以诗论诗也创造出各种类型的艺术形象。其中以武事比文艺,就是杜甫论诗的重要方式。他常将文学创作这种创造性的精神活动,用骑射、战阵来加以生动的形容和比拟,这形成他的诗论的一个重要特色。这种主要由杜甫开创的以武事比文艺的论文方式对中晚唐诗人乃至宋代的欧梅、苏黄等人的诗论产生了明显的影响[③]。可以说,它不仅是一种论文的方式,同时也是创造诗歌意象的一种方式。对此问题,前人未有系统深入的阐述。本文即以杜甫以武事比文艺为主要探讨对象,追溯其渊源,兼及中晚唐诸家对杜甫以武事比文艺之论诗方式的继承与发展的情况,从一个角度展示杜甫在意象创造方面对中晚唐诸家的影响。

---

① 仇兆鳌注:《杜诗详注》卷一,北京:中华书局,1999 年,第 74 页。

② 仇兆鳌注:《杜诗详注》卷一,北京:中华书局,1999 年,第 52 页。

③ 周裕锴:《以战喻诗:略论宋诗中的"诗战"之喻及其创作心理》,《文学遗产》2012 年第 3 期。该文对杜甫以武事比文艺的一种"诗战"略有论述,并举韩诗、杜牧诗、孙樵文、权德舆语各一例。

一

杜甫诗论中以武事比文艺,按照喻体的不同,可以分为骑射和战阵两个大的方面。其中以射事喻文事源于汉人。汉代选拔文官的考试方法叫"射策",取义于六艺之"射",是以武事比文艺的最早用例。周代贵族教授六艺之学,射属其一,也是周天子用以考察诸侯的重要手段。据《礼记·射义》,天子试贡士于射宫,以射中之多少决定诸侯是否参与祭祀,受庆贺还是责让,益地还是削地①,这体现了周人尚武的一面。汉人"射策"之试,题书于简策,分甲乙科,列置案头,应试者随意取答,主考官据其题目之难易和所答内容而定优劣。应试者之应答,犹如士之飞箭,以中的为优,故称"射策"。汉代有射声校尉,为武职,《汉书·百官公卿表》服虔注云:"工射者也,冥冥中闻声则中之,因以名也。"②"射策"和"射声"的构词法相同。"射声"者,所闻者"声",追求的是应声而中的;"射策"者,所发者"策",追求的是一语以中的。汉以后,魏晋南北朝孝廉、明经科的经术考试仍称为"射策"。相应地,南朝诗歌中也有关于"射策"的描写:

> 少年射策罢,擢第云台中。(范云《答何秀才诗》)③
> 思发泉涌,纸飞云落。射策除郎,明经拜爵。(费昶《赠徐郎诗》)④
> 定交太学里,射策云台边。(沈炯《建除诗》)⑤

虽然只是将"射策"如实地写入诗歌,但像"射策云台边",已经具有一定以武事写文事的形象特点。

"射策"一词也为唐人诗赋所沿用。唐代科举考试中有"策论"。不过,唐诗中的"射策",并不专指写作策论,而是逐渐成为士人应考的代名词:

> 射策名先著,论兵气自雄。(李嘉祐《送李中丞杨判官》)⑥
> 射君东堂策,宗匠集精选。制可题未干,乙科已大阐。(杜甫《八哀诗·故秘书少监武功苏公源明》)⑦
> 共许郄诜工射策,恩荣请向一枝看。(皇甫冉《送钱塘路少府赴制举》)⑧

① 郑玄注、孔颖达疏:《礼记正义》卷六二,北京:中华书局,1991年,第1687页。
② 班固:《汉书》卷一九上,北京:中华书局,1990年,第738页。
③ 逯钦立:《先秦汉魏晋南北朝·梁诗》卷二,北京:中华书局,1983年,第1545页。
④ 逯钦立:《先秦汉魏晋南北朝·梁诗》卷二七,北京:中华书局,1983年,第2084页。
⑤ 逯钦立:《先秦汉魏晋南北朝·陈诗》卷一,北京:中华书局,1983年,第2446页。
⑥ 陈贻焮主编:《增订注释全唐诗》卷一九五,北京:文化艺术出版社,2001年,第1698页。
⑦ 仇兆鳌注:《杜诗详注》卷一六,北京:中华书局,1999年,第1404页。
⑧ 陈贻焮主编:《增订注释全唐诗》卷二三八,北京:文化艺术出版社,2001年,第550页。

杜甫的创造，首先在于将"射策"这样一个已经固化的词语重新激活，转化为百步"穿杨"的生动画面：

> 只今年才十六七，射策君门期第一。旧穿杨叶真自知，暂蹶霜蹄未为失。（《醉歌行》）①

因"射策"之"射"，联想到百步穿杨，由此"射策"一词中有关武事的内涵更加具体化了。这可以说是杜甫对这个古老词语的一种新的创造。由是开创了唐宋诗人以武事比文艺的意象类型，为后世诗人形容士人应试的得第、落第，开出无数法门：

> 千钧何处穿杨叶，二月长安折桂枝。（刘商《送杨行元赴举》）②
>
> 自知群从为儒少，岂料词场中第频。桂折一枝先许我，杨穿三叶尽惊人。（白居易《喜敏中及第，偶示所怀》）③
>
> 射策端心术，迁乔整羽仪。幸穿杨远叶，谬折桂高枝。（白居易《叙德书情四十韵上宣歙崔中丞》）④
>
> 战文重掉鞅，射策一弯弧。（《东南行一百韵寄通州元九侍御、澧州李十一舍人、果州崔二十二使君、开州韦大员外、庾三十二补阙、杜十四拾遗、李二十助教员外、窦七校书》）⑤
>
> 古称射策如弯弧，一发偶中何时无。由来草泽无忌讳，努力满挽当亨衢。（刘禹锡《送裴处士应制举》）⑥
>
> 彀中飞一箭，云际落双鹄。舍人一举登科，又判入等第。（刘禹锡《酬郑州权舍人见寄二十韵》）⑦

刘商、白居易先后将"穿杨"和"折桂"对举，遂成近体诗中形容文人得第的常语。白居易以"杨穿三叶"形容白敏中"频得第"；刘禹锡以"弯弧"形容射策，以"一发偶中"比喻得第，而以"努力满挽当亨衢"鼓励对方全力以赴，一箭双鹄喻其两科连捷，相较杜诗"穿杨"之喻，都称得上是举一反三，青出于蓝。尤其是"努力满挽当亨衢"，想象中在通衢弯弓搭箭、弓如满月、凝神以射的画面也极为鲜明，饱含着诗人对裴处士才华的肯定和得第的期许。刘、白皆以"弯弧"形容射策，到了唐末，顾云《投顾端公启》"弯弧乏勇，睨鹄增忧"⑧，就直接以"弯弧"作为应试的代指了。

---

① 仇兆鳌注：《杜诗详注》卷三，北京：中华书局，1999年，第241页。
② 陈贻焮主编：《增订注释全唐诗》卷二九三，北京：文化艺术出版社，2001年，第1078页。
③ 白居易：《白居易集》卷一九，北京：中华书局，1985年，第416页。
④ 白居易：《白居易集》卷一三，北京：中华书局，1985年，第249页。
⑤ 白居易：《白居易集》卷一六，北京：中华书局，1985年，第324页。
⑥ 刘禹锡：《刘禹锡集》卷二八，北京：中华书局，1990年，第378页。
⑦ 刘禹锡：《刘禹锡集》卷三六，北京：中华书局，1990年，第536页。
⑧ 《全唐文》卷八一五，上海：上海古籍出版社，1995年，第3802页。

杜甫并非简单地继承前人以射艺比文艺的取喻方法,而是通过自己的艺术实践,形成了前人所不曾明确的一些艺术思想。尤其是对于具体创作问题的重视,为前此诗论所少见。杜甫的以武事比文艺,当然是他阐述深刻的艺术问题的论述方式。从以射艺论文来说,他将射箭之"破的"与诗歌创作中的"法度""入神"等范畴相联系,赋予其深刻的理论内涵,使之成为杜甫特有的诗学范畴:

> 谏官非不达,诗义早知名。破的由来事,先锋孰敢争。思飘云物外,律中鬼神惊。毫发无遗憾,波澜独老成。(《敬赠郑谏议十韵》)①

"的"是箭靶的中心。"破的",即中的,射中靶心。《文心雕龙·议对》:"言中理准,譬射侯中。"②可见,这里所谓"的","即准的,标的,亦即达到完美的艺术的方法和途径"。这里的"破的",意思近于得法,故能取得非凡的艺术效果,无人可与争锋。"在杜甫的诗学思想和创作实践中,法直接指向诗歌的艺术理想,法的实现即已是艺术上最高境界之完成。"③五言有五言之法,七言有七言之法,盛唐李颀"吾家令弟才不羁,五言破的人共推"(《放歌行答从弟墨卿》)④,正是说李墨卿已经掌握了五言诗创作的法度,故能为众人所推服。元稹"胜概争先到,篇章竞出奇。输赢论破的,点窜肯容丝"(《酬翰林白学士代书一百韵》)⑤,以"破的"为文章较量输赢的标准,用的也是杜诗此义。"点窜肯容丝",犹言"毫发无遗憾",意为"破的"之作本身就是法度的体现,故无须哪怕丝毫的改动。

同样是以射事比拟创作,"破的"指向的是法度,而"鸣镝"则更强调应机敏捷。

> 诵诗浑游衍,四座皆辟易。应手看捶钩,清心听鸣镝。精微穿溟涬,飞动摧霹雳。(《夜听许十损诵诗爱而有作》)⑥

"镝"是令箭,镝鸣则箭发。"鸣"则有声,切"诵",正见杜诗用意之深切,而造语之不可易。仇兆鳌云:"捶钩,喻功之纯熟。鸣镝,喻机之迅捷。""清心听鸣镝",谓射手凝神谛听镝鸣之声,随时准备着应声而射,杜诗用以比喻诗人得心应手、"随时敏捷"的创作状态,故能及时捕捉住转瞬即逝的诗思。这其中所包含的诗学内涵是很丰富的,让我们联想到《庄子·养生主》"以神遇而不以目视,官知止而神欲行"⑦的描写,正是一切艺事所能达到的最精神微妙之境,是诗人在创作上得法的体现,

---

① 仇兆鳌注:《杜诗详注》卷二,北京:中华书局,1999年,第110页。

② 范文澜:《文心雕龙注》卷五,北京:人民文学出版社,2006年,第439页。

③ 钱志熙:《杜甫诗法论探微》,《文学遗产》2001年第4期。

④ 陈贻焮主编:《增订注释全唐诗》卷一二二,北京:文化艺术出版社,2001年,第976页。

⑤ 元稹:《元稹集》卷一〇,北京:中华书局,1982年,第116页。

⑥ 仇兆鳌注:《杜诗详注》卷三,北京:中华书局,1999年,第247页。

⑦ 王先谦:《庄子集解》,北京:中华书局,1999年,第29页。

苏轼云:"作诗火急追亡逋,清景一失后难摹。"(《腊日游孤山访惠勤、惠思二僧》)①,对此是深有体会的。晚唐唐彦谦《送樊琯司业归朝》"惬心频拾芥,应手屡穿杨。辩急如无敌,飞腾固自强"②,以穿杨、拾芥比喻创作的得心应手,称心如意,无论句法和用意,都受到杜诗的启发。

杜甫诗论的另一范畴"飞动"也和射事相关。他以"精微穿溟滓,飞动摧霹雳"下接"清心听鸣镝",可见"飞动"正是"破的"之射在力与美上的一种体现。在其他的场合,杜甫也常以"飞动"来形容自己和朋友的创作:

> 意惬关飞动,篇终接混茫。(《寄彭州高三十五使君适、虢州岑二十七长史参三十韵》)③
>
> 平生飞动意,见尔不能无。(《赠高式颜》)④
>
> 放蹄知赤骥,捩翅服苍鹰。……神融蹑飞动,战胜洗侵凌。(《寄刘峡州伯华使君四十韵》)⑤

"飞动"不是一般地指向诗歌创作中的生动表现,而且在审美上崇尚雄健和壮美的倾向,可以上下九天、横绝四海。可以说,"飞动"体现了杜甫诗歌在审美上的一种追求。而这种审美理想的形成,和他对骑射和飞鸟的观察和领悟是分不开的。所谓"意惬关飞动,篇终接混茫",正是形容创作之得心应手,所向如意,达到一种艺术上的自由境界。所以杜诗的"飞动",有别于其他盛唐诗人,是以雄健为基础的,是杜诗"沉郁顿挫"美学的一个重要侧面和组成部分。

古人射箭多在马上,故骑、射二事联系紧密。杜诗以武事比文艺,亦多兼骑、射,如前引《醉歌行》,即以"穿杨"比应举,以"暂蹶霜蹄"比落第。杜甫善用骑术来比拟古今文人艺术成就之高下。如他论四杰之文坛地位:

> 纵使卢王操翰墨,劣于汉魏近风骚。龙文虎脊皆君驭,历块过都见尔曹。(《戏为六绝句》其三)⑥

杜甫将古今文人的优劣化为骏马历块过都的生动画面,深得"飞动"之妙。后两句以龙文虎脊比拟四杰之才具文学足供君王驱遣,当其纵横驰骋,越过都市,轻快得如同经过一个小山丘。杜甫又以"方驾""后尘"来形容当代人物与前代文学传统或并驾齐驱,或瞠乎其后的关系:

---

① 苏轼:《苏轼诗集》卷七,北京:中华书局,1982 年,第 318—319 页。
② 陈贻焮主编:《增订注释全唐诗》卷六六六,北京:文化艺术出版社,2001 年,第 1007 页。
③ 仇兆鳌注:《杜诗详注》卷八,北京:中华书局,1999 年,第 640 页。
④ 仇兆鳌注:《杜诗详注》卷六,北京:中华书局,1999 年,第 483 页。
⑤ 仇兆鳌注:《杜诗详注》卷一九,北京:中华书局,1999 年,第 1719 页。
⑥ 仇兆鳌注:《杜诗详注》卷一一,北京:中华书局,1999 年,第 899 页。

总戎楚蜀应全未,方驾曹刘不啻过。(《奉寄高常侍》)①
窃攀屈宋宜方驾,恐与齐梁作后尘。(《戏为六绝句》其五)②

刘孝标《广绝交论》谓任昉"遒文丽藻,方驾曹、王"③,杜诗本此,以两马之并驾齐驱比喻今人之媲美古人(曹刘/屈宋)。"后尘"与"并驾"相对,以大车扬起的尘土比喻追随其后。显然,杜甫是肯定"方驾"而否定"后尘"的。这一方面自然是因为屈宋、曹刘为唐人所推崇,而齐梁则为唐人所鄙弃;另一方面,也是杜甫对各种文学传统的基本态度是"不薄今人爱古人",这里的"今人"当然也包括杜甫自己,他对古人的基本态度是转益多师且力争上游的,而非妄自菲薄、随人作计。

上述杜甫以骑射比喻文艺的种种,自然让我们联想到他壮年时飞鹰逐兔、裘马轻狂的生活:"放荡齐赵间,裘马颇清狂。春歌丛台上,冬猎青丘旁。呼鹰皂枥林,逐兽云雪冈。射飞曾纵鞚,引臂落鹙鸧。"(《壮游》)④,"胡马挟雕弓,鸣弦不虚发。长鈚逐狡兔,突羽当满月"(《七月三日亭午已后校热退晚加小凉稳睡有诗因论壮年乐事戏呈元二十一曹长》)⑤。暮年流落时期,他还有"自倚红颜能骑射"(《醉为马坠,诸公携酒相看》)⑥的表白,可见对自己的骑射功夫颇为自负。他有关骑射的联想来自个人丰富的体验,故能格外生动。各种技艺之间的道理,原本就能相互触发,而最高境界也是相通的。杜甫正是了然于此,又善于"引譬连类"⑦,"近取诸身,远取诸物"(《周易·系辞下》)⑧,故能信手拈来,也为后世论文留下了很丰富的发展空间。

"破的""飞动""鸣镝",乃至于"方驾""后尘"等一系列杜诗中以骑射比喻文艺的词汇,不仅是杜诗中富有特色的意象,实际上也可视为一些重要的理论批评的概念。

二

以战事喻文艺,是唐人的另一种论文方式。在杜甫之前,唐人的文章中已经出现了以战喻文的先例,见于杨炯《王勃集序》:

尝以龙朔初载,文场变体,争构纤微,竞为雕刻。……思革其弊,用光志

① 仇兆鳌注:《杜诗详注》卷一三,北京:中华书局,1999年,第1122页。
② 仇兆鳌注:《杜诗详注》卷一一,北京:中华书局,1999年,第900页。
③ 严可均辑校:《全上古三代秦汉三国六朝文·全梁文》卷五七,北京:中华书局,1987年,第3289页。
④ 仇兆鳌注:《杜诗详注》卷一六,北京:中华书局,1999年,第1438页。
⑤ 仇兆鳌注:《杜诗详注》卷一五,北京:中华书局,1999年,第1316页。
⑥ 仇兆鳌注:《杜诗详注》卷一八,北京:中华书局,1999年,第1590页。
⑦ 何晏集解、皇侃义疏:《论语集解义疏》卷九,北京:中华书局,1985年,第245页。
⑧ 王弼、韩康伯注,孔颖达正义:《周易正义》卷八,上海:上海古籍出版社,1990年,第86页。

业。薛令公朝右文宗,托末契而推一变;卢照邻人间才杰,览青规而辍九攻。……遂使繁综浅术,无藩篱之固;纷绘小才,失金汤之险。积年绮碎,一朝清廓;翰苑豁如,词林增峻。①

杨炯将新旧文风的更替比作一场战斗,旧的风气在以王勃为代表的新风气的进攻下,"无藩篱之固","失金汤之险";又将卢照邻欲对王勃从欲一较短长变为心悦诚服比作"览青规而辍九攻",极为生动地表现出王勃革新当时文坛风气的实绩。联系他本人"愧在卢前,耻居王后"(《旧唐书·杨炯传》)②的表述,可知这种以战喻文的手法,正是文风丕变时诗歌创作中竞争意识的一种表现。可惜的是,他这种富于创造性的表述方式并未受到初盛唐诗人的重视。杜甫好以武事比文艺,对四杰评价亦颇多,似乎也未特别注意此文。

盛唐诗人中,杜甫和岑参都曾以战喻文,然具体的用法有别。岑参多以科举考试为文战,以"战胜"喻指科考中第:

> 去马疾如飞,看君战胜归。(《送蒲秀才擢第归蜀》)
> 战胜时偏许,名高人总闻。(《送王伯伦应制授正字归》)
> 归去新战胜,盛名人共闻。(《送薛播擢第归河东》)
> 故人适战胜,匹马归山东。(《送魏升卿擢第归东都,因怀魏校书、陆浑乔潭》)
> 战胜真才子,名高动世人。(《送严诜擢第归蜀》)③

杜甫论诗时,"战胜"并不专指科举考试,也用来形容创作的一种理想状态:

> 近有风流作,聊从月窟征。放蹄知赤骥,捩翅服苍鹰。卷轴来何晚,襟怀庶可凭。会期吟讽数,益破旅愁凝。雕刻初谁料,纤毫欲自矜。神融踆飞动,战胜洗侵凌。妙取筌蹄弃,高宜百万层。(《寄刘峡州伯华使君四十韵》)

显然,"放蹄知赤骥,捩翅服苍鹰",所表现的正是创作本身之敏捷和雄健。而"战胜洗侵陵"则是诗人心目中所能达到的一种入神之胜境,所以能抵御任何敌人之来犯。这里的"战胜",主要是通过诗人的自我超越而非和外敌的对抗来实现的,类似于我们常说的"不战而屈人之兵";就艺术而论,则为深谙艺术的法度,达到神妙之境,故能独高众类。而岑参以得第为"战胜",是实实在在地胜过一众落第的士子,实无关于创作本身。

除了"战胜",杜甫还以"笔阵"形容诗笔雄健有法,如同排兵布阵:

---

① 杨炯:《杨炯集》卷三,北京:中华书局,1984年,第36页。
② 刘昫:《旧唐书》卷一九〇上,北京:中华书局,1987年,第5003页。
③ 刘开扬:《岑参诗集编年笺注》,成都:巴蜀书社,1995年,第38、155、217、270、800页。

词源倒流三峡水,笔阵独扫千人军。(《醉歌行》)

此联从昭明太子萧统"谈丛发流水之源,笔阵引崩云之势"(《十二月启·太簇正月》)①化出。不过,萧统之"笔阵",论的是书法运笔之势,承书论"纸者,阵也;笔者,刀稍也"(王羲之《题卫夫人笔阵图后》)②而来。而杜甫则用以论文。"笔阵独扫千人军",和"战胜洗侵陵"一样,也包含了和同侪较量争胜之意。

有阵则有垒。杜甫又用"劘垒"来形容自己敢于比肩古人的自负:

气劘屈贾垒,目短曹刘墙。

"劘(摩)垒",迫近敌垒,谓挑战,《左传·宣公十二年》:"吾闻致师者,御靡旌,摩垒而还。"③此二句将屈宋、曹刘比作战场上的敌人,以摩垒、窥墙比喻自己挑战古人的自负。前举"破的由来事,先锋孰敢争",杜甫又以率先迎敌的先锋比拟郑谏议在诗歌创作上的开创。此种实开中晚唐人以战喻诗之先河。据《新唐书·秦系传》,权德舆云:"长卿自以为五言长城,系用偏师攻之,虽老益壮。"④以攻占比喻唱酬,以"长城"喻刘长卿原唱,而以"偏师"喻秦系之和作,与摩垒、先锋之喻同一机轴。与权德舆先后同时的皎然《酬薛员外谊见戏一首》云:"遗弓逢大敌,摩垒怯偏师。频有移书让,多惭系组迟。"⑤同样是以攻占比酬和,以"偏师"和"摩垒"分属唱、酬双方。可见杜甫以后的诗人,以攻占比喻唱酬已渐成风气,至元白、韩愈诸人则盛行矣。

"战胜""笔阵"之外,以武器之锋刃论文锋,也是杜甫以武事论文艺的另一个重要内容。"词锋"一词,本指谈锋犀利,释慧净《和琳法师初春法集之作诗》"静言澄义海,丛论上词锋"⑥。盛唐诗人中,李白《魏郡别苏明府因北游》"洛阳苏季子,剑戟森词锋"⑦,亦沿前人谈锋之意。杜甫则专以剑锋比拟文锋文势,且用例多,用思深,可谓极刻画之能事:

健笔凌鹦鹉,铦锋莹鸊鹈。(《奉赠太常张卿二十韵》)⑧

篆刻扬雄流,溟涨本末浅。青荧芙蓉剑,犀兕岂独剚。(《八哀诗·故秘书少监武功苏公源明》)

郑氏才振古,啖侯笔不停。遣辞必中律,利物常发硎。(《桥陵诗三十韵,

① 严可均辑校:《全上古三代秦汉三国六朝文·全梁文》卷一九,北京:中华书局,1987年,第3062页。
② 栾保群编:《书论汇要》,北京:故宫出版社,2014年,第21页。
③ 杜预注、孔颖达等正义:《春秋左传正义》,上海:上海古籍出版社,1990年,第1881页。
④ 欧阳修、宋祁:《新唐书》卷一九六,北京:中华书局,2003年,第5608页。
⑤ 陈贻焮主编:《增订注释全唐诗》卷八一一,北京:文化艺术出版社,2001年,第464页。
⑥ 逯钦立:《先秦汉魏晋南北朝·隋诗》卷一〇下,北京:中华书局,1983年,第2772页。
⑦ 王琦辑注:《李太白全集》卷一五,北京:中华书局,1977年,第714页。
⑧ 仇兆鳌注:《杜诗详注》卷三,北京:中华书局,1999年,第220页。

因呈县内诸官》)①

　　清文动哀玉,见道发新硎。(《奉酬薛十二丈判官见赠》)②

　　第一例"鹝鹈"即野鸭,涂其膏可令宝剑生光。"铦锋莹鹝鹈",字面意为涂抹了鹝鹈之膏的宝剑莹然生光。一联之中,"健笔"和"铦锋"对举,显然是以"铦锋"之锐不可当,形容张垍文章词锋之锐利。第二例"篆刻"代赋,谓苏源明之赋堪比扬雄,然于其文章不过末流。"青荧芙蓉剑,犀兕岂独剚",盛赞其文锋势不可挡,如同宝剑,虽犀兕亦可剚截。白居易"词锋敌辘轳""词锋不可摧"(白居易《予自到洛中。与乐天为文酒之会。时时措咏。乐不可支。则慨然共忆梦得。而梦得以分司至止,欢惬可知。因为联句》)③,都受到杜诗此联的启发,但精彩略逊。第三、四例"发(新)硎"语本《庄子·养生主》"刀刃若新发於硎",杜甫借以形容友人之文章遣词造句得法,已臻于道,故能如庖丁解牛,游刃有余。"利物常发硎"正是"中律"的具体表现,故第四例中与"见道"连用。后来杜牧"雅韵凭开匣,雄铓待发硎"(《分司东都,寓居履道,叨承川尹刘侍郎大夫恩知,上四十韵》)④,"发硎"比喻文章之锋芒,用法与老杜不同。

三

　　杜甫以武事比文艺的论诗及创造意象的方式,对中晚唐诗人、文家影响很大。中唐韩孟、元白都是杜诗艺术的继承者。他们在这方面受杜诗的影响也很明显。杜甫以骑射、战阵论艺事,主要是为了阐发艺术创作上的一些妙理,也含有比较古今诗人在艺术上的高低的意思。其中《戏为六绝句论》是一个重要代表,其"龙文虎脊皆君驭,历块过都见尔曹""窃攀屈宋宜方驾,恐与齐梁作后尘"的论述,就含有对艺事高低的评价。中唐时期,随着艺术流派的出现,艺术倾向的不同,艺事高低之论自然成了这个时期文学批评中的一个重要主题。其中韩孟、元白对李杜之高下的不同看法,就是当时的一个重要事情。元稹《唐故工部员外郎杜君墓系铭并序》云:

　　　　苟以为能所不能,无可无不可,则诗人以来,未有如子美者。时山东人李白,亦以奇文取称,时人谓之李杜。予观其壮浪纵恣,摆去拘束,摹写物象,及乐府歌诗,诚亦差肩于子美矣。至若铺陈终始,排比声韵,大或千言,次犹数

① 仇兆鳌注:《杜诗详注》卷三,北京:中华书局,1999年,第235页。
② 仇兆鳌注:《杜诗详注》卷一九,北京:中华书局,1999年,第1685页。
③ 刘禹锡:《刘禹锡集》卷三四,北京:中华书局,1990年,第490页。
④ 冯集梧注:《樊川诗集注》,上海:上海古籍出版社,1982年,第405页。

百,词气豪迈而风调清深,属对律切而脱弃凡近,则李尚不能历其藩翰,况堂奥乎!①

针对上述以元稹为代表的扬杜抑李之论,韩愈提出李杜并尊这一重要诗歌思想:

> 李杜文章在,光焰万丈长。不知群儿愚,那用故谤伤。蚍蜉撼大树,可笑不自量。(《调张籍》)②

元白、韩愈分别引领了中唐诗歌两个最重要的流派,他们对李、杜高下的评价中,显然都包含着一种明显的较量胜负观念。

中唐较量艺事高低,不仅体现在对古今诗人的具体评价上。同时,在创作方面,像联句、唱和、酬答风尚的兴盛,从另一方面显示出中唐诗坛较量艺事风尚的兴盛。正是在这样的背景下,杜甫诗论中以战喻文的特点得到了相当的重视,不仅以"笔阵""词锋"比拟文锋文势,"战文""战诗""诗敌""文章敌手"等表达也频繁出现,且见于联句、赠答、酬和诸场合:

> 决胜文场战已酣,行应辟命复才堪。(韦应物《送张八元秀才擢第往上都应制》)③

> 别来少遇新诗敌,老去难逢旧饮徒。(白居易《早春醉吟寄太原令狐相公苏州刘郎中》)④

> 甲子等头怜共老,文章敌手莫相猜。(白居易《喜梦得自左冯翊归洛兼呈令公》)⑤

> 酒军诗敌如相遇,临老犹能一据鞍。(白居易《和令狐相公寄刘郎中兼见示长句》)⑥

> 操词握赋为干戈,锋锐森然胜气多。齐入文场同苦战,五人十载九登科。二张得隽名居甲,美退争雄重告捷。(白居易《醉后走笔酬刘五主簿长句之赠,兼简张大、贾二十四先辈昆季》)⑦

> 持论峰峦峻,战文矛戟深。(刘禹锡《乐天是月长斋。鄙夫此时愁卧。里间非远。云雾难披。因以寄怀。遂为联句。所期解闷。焉敢惊禅》)⑧

---

① 元稹:《元稹集》卷五六,北京:中华书局,1982年,第601页。
② 钱仲联:《韩昌黎诗系年集释》卷九,上海:上海古籍出版社,1984年,第989页。
③ 韦应物:《韦苏州集》卷四,上海:商务印书馆,1929年,第162页。
④ 白居易:《白居易集》卷三一,北京:中华书局,1985年,第693页。
⑤ 白居易:《白居易集》卷三三,北京:中华书局,1985年,第748页。
⑥ 白居易:《白居易集》二七,北京:中华书局,1985年,第620页。
⑦ 白居易:《白居易集》卷一二,北京:中华书局,1985年,第229页。
⑧ 刘禹锡:《刘禹锡集》卷三四,北京:中华书局.1990年,第508页。

两京大道多游客,每逢词人战一场。(刘禹锡《送王司马之陕州》)①

插羽先飞酒,交锋便战文。(李绅《刘二十八自汝赴左冯途经洛中相见联句》)②

战诗谁与敌,浩汗横戈鋋。(韩愈《送灵师》)③

回军与角逐,斫树收穷庞。(韩愈《病中赠张十八》)④

笔阵戈矛合,文房栋桷撑。(元稹《答姨兄胡灵之见寄五十韵》)⑤

戈矛排笔阵,貔虎让文韬。(元稹《奉和浙西大夫李德裕述梦四十韵大夫本题言赠于梦中诗赋以寄一二僚友故今所和者亦止述翰苑旧游而已次本韵》)⑥

海岱词锋截,皇王笔阵驱。(元稹《酬乐天东南行诗一百韵》)⑦

可见以文喻战,在中唐人的诗论中已经是较为普遍的存在。诗中"文场",最早是指文人会聚之场,如梁代刘孝绰《司空安成康王碑铭》"义府文场,词人髦士"⑧,唐代多用于代指举行科考之贡院。像张九龄盛赞苏颋之"俊赡无敌,真文阵之雄帅也",唐玄宗称誉张九龄为"文场之元帅"⑨,其用法已近后世之"文坛"⑩,然尚不多见,中唐以后渐成较文之场的代称。这一变化,意味着在贡院之外,文学创作有了自己的阵地和评价标准,这和中唐以来文人各相标榜,分门别派的现实情况是一致的。晚唐杜牧《雪晴访赵嘏街西所居三韵》"命代风骚将,谁登李杜坛"⑪,则以军事上的登坛拜将比拟文人称雄于诗界,宋人林逋《赠张绘秘教九题·诗将》"风骚推上将,千古耸威名。子美常登拜,昌龄合按行"⑫、欧阳修《答梅圣俞寺丞见寄》"文会忝予盟,诗坛推子将"⑬、张耒《赠无咎以既见君子云胡不喜为韵八》"诗坛李杜后,

① 刘禹锡:《刘禹锡集》卷二八,北京:中华书局.1990年,第368页。
② 刘禹锡:《刘禹锡集》卷三四,北京:中华书局.1990年,第489页。
③ 钱仲联:《韩昌黎诗系年集释》卷二,上海:上海古籍出版社,1984年,第202页。
④ 钱仲联:《韩昌黎诗系年集释》卷一,上海:上海古籍出版社,1984年,第63页。
⑤ 元稹:《元稹集》卷一一,北京:中华书局,1982年,第123页。
⑥ 元稹:《元稹集》外集卷七,北京:中华书局,1982年,第690页。
⑦ 元稹:《元稹集》卷一二,北京:中华书局,1982年,第136页。
⑧ 《全上古三代秦汉三国六朝文·全梁文》卷六〇,严可均辑校:《全上古三代秦汉三国六朝文·全梁文》卷五七,北京:中华书局,1987年,第3313页。
⑨ 王仁裕:《开元天宝遗事》卷下,北京:中华书局,1985年,第22、24页。
⑩ 江总《特进光禄大夫徐陵墓志铭》:"耕耘书圃,弋猎文场。藻思绮合,尺牍绣扬。辞奔太史,笔利干将。心缄武库,口定雌黄。"(《全上古三代秦汉三国六朝文·全隋文》卷一一,严可均辑校:《全上古三代秦汉三国六朝文·全梁文》卷五七,北京:中华书局,1987年,第4075页)此处"文场",以弋猎拟写作,隐然已有后世"文坛"之意,但还不甚明确。
⑪ 冯集梧注:《樊川诗集注》卷二,上海:上海古籍出版社,1982年,第184页。
⑫ 沈幼征校注:《林和靖诗集》,杭州:浙江古籍出版社,1986年,第51页。
⑬ 欧阳修:《欧阳修全集·居士外集》卷三,北京:中国书店出版社,1992年,第361页。

黄子擅奇勋"①、杨万里《正月十二日游东坡白鹤峰故居。其北思无邪斋真迹犹存》"但登诗坛将骚雅,底用蚁穴封王侯"②、苏轼《端砚诗》"骚坛意莫逆"③等,皆由此变化而来,由此衍生出"骚坛""诗坛""诗将"等一系列意象。这些概念的相继出现和流行,正表明文战意识的不断强化。

元白以六义风雅相标榜,提倡新乐府,相互揄扬。其唱和之作中,尤多以战喻文之论,毫不掩饰他们在文学创作上的自负。白居易《与刘苏州书》云:"微之先我去矣,诗敌之劲者,非梦得而谁?前后相答,彼此非一。彼虽无虚可击,此亦非利不行。但止交绥,未尝失律。"④刘禹锡在与白居易等人的联句时也说"疲兵再战,劲敌难降",可见以文为战,为其共有之观念,故前引例,以元、白、刘三人诸多。尤其白居易之作,在具体的艺术表现上,较杜诗又有新的发展:

> 中第争无敌,专场战不疲。辅车排胜阵,掎角搴降旗。(《代书诗一百韵寄微之》)⑤

> 赋力凌鹦鹉,词锋敌辘轳。战文重掉鞅,射策一弯弧。(《东南行一百韵》)
> 早接文场战,曾争翰苑盟。(《江州赴忠州,至江陵已来,舟中示舍弟五十韵》)⑥

接战、排阵、胜败、争盟,是排兵布阵,争夺胜负;搴旗、调鞅、射策、弯弧,是冲锋陷阵,决战疆场;再辅之以戈铤、矛戟——显然,元白对文战的表现,显得更加丰富多样。这也可以说是元白诗歌崇尚写实的倾向在以战喻诗方面的体现。另外,通过这些纷繁的比喻,我们发现,元白不像杜甫那样热心于探讨文章之艺之本身,他们更关注的是文战中自身的胜败以及盟主地位的取得。换句话说,在花样翻新的取譬形容之中,元白逐渐将写作的焦点从对诗艺的探讨,转向了对文战之过程和事实本身的表现。诗人们也因此开始追求对文战过程的戏剧化描写。这里白居易以"辅车排胜阵,掎角搴降旗"形容文战之势如破竹,显然受到刘禹锡《西塞山怀古》"千寻铁锁沉江底,一片降幡出石头"⑦对战争的戏剧化表现的影响。这种写法,对于晚唐陆龟蒙乃至宋代欧梅、苏黄有更直接的启发。

晚唐在杜牧之外,陆龟蒙对文战笔阵的表现最富于故事性:

> 笔阵初临夜正清,击铜遥认小金钲。飞觥壮若游燕市,觅句难于下赵城。

---

① 张耒:《张耒集》卷七,北京:中华书局,1998年,第91页。
② 杨万里:《杨万里诗文集》,南昌:江西人民出版社,2006年,第314页。
③ 苏轼:《苏轼诗集》卷四八,北京:中华书局,1982年,第2635页。
④ 白居易:《白居易集》卷六八,北京:中华书局,1985年,第1445页。
⑤ 白居易:《白居易集》卷一三,北京:中华书局,1985年,第246页。
⑥ 白居易:《白居易集》卷一七,北京:中华书局,1985年,第375页。
⑦ 刘禹锡:《刘禹锡集》卷二四,北京:中华书局,1990年,第300页。

……梁王座上多词客,五韵甘心第七成。(陆龟蒙《秋夕文宴》)①

吾祖仗才力,革车蒙虎皮。手持一白旄,直向文场麾。(陆龟蒙《袭美先辈以龟蒙所献五百言。既蒙见和。复示荣唱。至于千字。提奖之重。蔑有称实。再抒鄙怀。用伸酬谢》)②

一战文场拔赵旗,便调金鼎佐无为。(王仁裕《贺王溥入相》)③

莼鲈方美别吴江,笔阵诗魔两未降。(殷文圭《玉仙道中》)

一战平畴五字劳,昼归乡去锦为袍。(殷文圭《寄贺杜荀鹤及第》)④

在陆龟蒙笔下,不仅出现了临阵、击铜和下赵城一系列的事象,并且开始用像"下赵城"这样的事典来拓展对战事的想象。北宋梅欧、苏黄诗论,其中以唱和为麾战是一个很重要的类型,其直接延续的,主要就是中晚唐从元白到陆龟蒙的这一传统,并且在戏剧性和以才学为诗的两个方面有了更进一步的发展。不过,这一路径的战文诗相对于杜诗,更重视如何表现作为喻体之战阵的过程和胜败之结果,而对作为本体之文艺的表现,在理论的深度和广度上都远不能与杜甫诗论相比。这和中唐以来诗歌创作中唱和之风盛行,文人各分流派、各有阵营有很重要的关系。

四

唐人对于"笔阵""文战"的表述,不仅限于诗歌,也见于赋、书、制等其他文体:

文战而未觉先鸣,齐驱而适闻后殿。(郭行则《对矜射判》)⑤

既而中贵遥宣:劳卿远见,咸精笔阵,勉赴文战。(黎逢《贡举人见于含元殿赋(以题中字为韵)》)⑥

策蹇步于利足之途,张空拳于战文之场。(白居易《与元九书》)⑦

具官杨巨源,词律铿金,词锋切玉……郭同元,文战得名,吏途称最。(元稹《授杨巨源郭同元河中兴元少尹制》)⑧

我有笔阵与词锋,可以偃干戈而息戎旅。(元稹《观兵部马射赋》)⑨

上述用例中,"文战"基本都是科考的代名词,唯末一例"笔阵""词锋",是以战

① 何锡光:《陆龟蒙全集校注》,南京:凤凰出版社,2015年,第590页。
② 何锡光:《陆龟蒙全集校注》,南京:凤凰出版社,2015年,第82页。
③ 陈贻焮主编:《增订注释全唐诗》,北京:文化艺术出版社,2001年,第1562页。
④ 陈贻焮主编:《增订注释全唐诗》卷七〇一,北京:文化艺术出版社,2001年,第1367—1368页。
⑤ 《全唐文》卷四五七,上海:上海古籍出版社,1995年,第2067页。
⑥ 《全唐文》卷四八二,上海:上海古籍出版社,1995年,第2180页。
⑦ 白居易:《白居易集》卷四五,北京:中华书局,1985年,第959页。
⑧ 元稹:《元稹集》外集卷五,北京:中华书局,1982年,第665页。
⑨ 元稹:《元稹集》卷二七,北京:中华书局,1982年,第324页。

阵和武器之锋芒来比喻一般文学创作的文势、文锋。可见即便是对同一作者来说，相对于诗歌，其文章之以战喻文，尚停留在相对初始的阶段。但白居易"张空拳于战文之场"，以李广自比，颇能传神，是值得注意的现象。

和中唐相比，晚唐骈文中以战喻文的情况似乎更加普遍，从朝廷制文到私人书启，涵盖了各类公私文体：

> 因收败卒，决战文场。奋藻儒林，争衡笔阵。（顾云《代新及第人谢盐铁使启》）

> 俯临文阵，方假词锋。（顾云《上盐铁路纲判官启》）

> 圣上嫌文教之未张，思得如高宗朝拾遗陈公，作诗出没二雅，驰骤建安。削苦涩僻碎，略淫靡浅切，破艳冶之坚阵，擒雕巧之酋帅。皆摧撞折角，崩溃解散。扫荡词场，廓清文祲。（《顾云〈唐风集〉序》）①

> 士林擢秀，闻尔则百尺无枝；笔阵交锋，闻尔则一战而霸。（薛廷珪《授起居郎李昌远监察陆扆并守本官充翰林学士制》）②

> 吾尝文战将北，羁游极西。（周针《登吴岳赋》）③

其中顾云序《唐风集》，以战阵比拟新、旧两种文风的对立和斗争，显祖杨炯《王勃集序》；对两种文风的描绘，乃至"扫荡""廓清"等表述，显然也受到杨《序》的影响。此外像破阵、擒帅、削掠、摧折等表述，则又受到杜甫以来诗文中以战喻诗的影响而有所发展。

晚唐以战喻文的普遍，和这一时期骈文的卷土重来以及律赋的流行是分不开的。律赋和骈文相对于散体文，更讲究辞藻和用典，具有更强的竞技性。其中，段成式和温庭筠二人以骈体书笺往返酬答，是一个突出的例子。二人之酬答，本因赠墨而起。温（庭筠）、段（成式）和李商隐一样，在晚唐皆以长于骈文而著称，二人倾箱倒箧，搜罗与"墨"相关的典实，往来不绝，以此争雄，唐人所谓战文，正是此种。而在表述上，为表谦逊，往往以战喻文，自承败北，竞推对方为盟主：

> 方且惊神褫魄，宁惟矜甲投戈。（温庭筠《答段成式书七首》之三）④

> 支策长望，梯几熟观。方困九攻，徒荣十部。齐师其遁，讵知脱局。（段成式《与温飞卿书八首》之四）⑤

> 疲兵怯战，惟愿竖降。（段成式，之五）⑥

① 《全唐文》卷八一五，上海：上海古籍出版社，1995年，第3805、3805、3806页。
② 《全唐文》卷八三七，上海：上海古籍出版社，1995年，第3905页。
③ 《全唐文》卷九五四，上海：上海古籍出版社，1995年，第4392页。
④ 曾益等《温飞卿诗集笺注》附录二，上海：上海古籍出版社，1998年，第234页。
⑤ 元锋、烟照编注《段成式诗文辑注》，济南：济南出版社，1995年，第95页。
⑥ 元锋、烟照编注《段成式诗文辑注》，济南：济南出版社，1995年，第97页。

便当北面，不独栖毫。（温庭筠，之五）①

阵崩鹤唳，歌怯鸡鸣。复将晨压我军，望之如墨也。（段成式，之六）②

岂敢犹弯楚野之弓，尚索神亭之戟。（温庭筠，之七）③

飞卿笔阵堂堂，舌端衮衮。一盟城下，甘作附庸。（段成式，之八）④

"矜甲投戈"、"怯战"、"竖降"、"北面"、"阵崩"、"甘作附庸"、不敢弯弓索戟，这都是自承败北以示心悦诚服；而"九攻""笔阵""晨压我军"，则是推许对方之辞。值得注意的是，段成式还用了不少相关的典故，如"齐师其遁"，语出《左传·襄公十八年》⑤，此处段成式以败北的齐师自比，而以晋师属温庭筠。又"阵崩鹤唳"，用《晋书·谢玄传》"风声鹤唳"之典⑥，亦以苻坚败军自比，而将温庭筠之文比作东晋王师。这种以唱酬双方比作交战之两国的写法，带有以文为戏的性质，对宋代欧梅、苏黄在唱和时以战喻诗产生了深刻的影响。

唐末以战喻文的另一幅笔墨，可以南唐韩熙载《上睿帝行止状》为代表。该文是其早年欲投效吴主所上的自荐状：

敢期坠印之文，上愧担簦之路。于是撄龙颔，编虎须，缮献捷之师徒，筑受降之城垒。争雄笔阵，决胜词锋。运陈平之六奇，飞鲁连之一箭。场中勍敌，不攻而自立降旗。天下鸿儒，遥望而尽摧坚垒。横行四海，高步出群。⑦

韩熙载自负"有经邦治乱之才，可以践股肱辅弼之位"，故其自叙文才，皆以克敌制胜为喻。尤其是"缮献捷之师徒，筑受降之城垒"，"运陈平之六奇，飞鲁连之一箭"，善用经史，真有运筹帷幄而决胜千里之气概，让我们不禁联想到骆宾王"以此制敌，何敌不摧；以此攻城，何城不克"（《代李敬业传檄天下文》）⑧以及李白"但用东山谢安石，为君谈笑静胡沙"（《永王东巡歌十一首》其二）⑨的气概。

晚唐以战喻文之作中，林滋《文战赋（以"士之角文，当如战敌"为韵）》⑩尤值一提。该文以骈俪为体，既谓"念斯文之枢要无极，将一战而是非可分。索隐穷微，既不愆于夫子；解经挫锐，爰取譬于将军"，则他所说的"战文"，主要还是针对经义策论而言，所秉持的仍然是学古求道的观念，故云"措词苟得于朝闻，游刃宁甘于夕

---

① 曾益等：《温飞卿诗集笺注》，上海：上海古籍出版社，1998年，第234页。
② 元锋、烟照编注：《段成式诗文辑注》，济南：济南出版社，1995年，第98页。
③ 曾益等：《温飞卿诗集笺注》，上海：上海古籍出版社，1998年，第235页。
④ 元锋、烟照编注：《段成式诗文辑注》，济南：济南出版社，1995年，第101页。
⑤ 杜预注、孔颖达等正义：《春秋左传正义》卷三三，上海：上海古籍出版社，1990年，第1965页。
⑥ 房玄龄：《晋书》卷七九，北京：中华书局，1987年，第2082页。
⑦ 《全唐文》卷八七七，上海：上海古籍出版社，1995年，第4067页。
⑧ 陈熙晋：《骆临海集笺注》卷一〇，北京：中华书局，1961年，第329页。
⑨ 王琦辑注：《李太白全集》卷八，北京：中华书局，1977年，第427页。
⑩ 《全唐文》卷七六六，上海：上海古籍出版社，1995年，第3533页。

死"。林滋乃会昌三年进士,文中所体现的观念,可以视作是中唐古文运动的余衍。另一位古文家孙樵《与王霖秀才书》云:"诚谓足下怪于文,方举降旗,将大夸朋从间,且疑子云复生。"①则以"举降旗"来称美王霖《雷赋》之怪。

晚唐以战喻文,多用典故,除前举"齐师其遁""阵崩鹤唳"外,如韩熙载"运陈平之六奇,飞鲁连之一箭",兼用《史》《汉》。这些都为宋人欧梅、苏黄所汲取,正可以说明宋人以才学为诗的特点。

结　论

杜甫精于骑射,而深于诗学,二者本有可以沟通之处。杜甫以武事喻诗,以"破的"比喻艺术创作的得法,以"鸣镝"形容随时敏捷的创作状态,以"飞动"传达他以雄健为尚的审美倾向,既体现杜甫对诗法的独特认知,又不失表达之生动、浑成,每予人以"毫发无遗憾"之感。中晚唐诸人,无论是在诗学的深广还是骑射的熟谙这两方面都不如杜甫,故于杜诗此种或有体会,但总的来说是缺少认识,遑论嗣响。他们继承的,主要还是盛唐诗人以射策、中的来比喻科举考试、中第的一种。在这方面,杜甫的独特创造在于,将"射策""中的"从已经僵化的指代中解放出来,化为"穿杨""历块过都"等生动形象,中晚唐诗人于此取资不少,中以刘禹锡、白居易诸人领会最深,可称探骊得珠。

杜甫以战阵喻诗,主要表现为多用"劚垒""先锋""战胜""笔阵""铦锋""发硎"等来表现自己在创作上的自负及雄健的文风文势。无论是"笔阵独扫千人军""神融蹑飞动,战胜洗侵凌",还是"青荧芙蓉剑,犀兕岂独刜""遣辞必中律,利物常发硎",他在以战喻诗时,喻体(战阵)和比体(文事)之间,始终都浑融一体,同时体现出杜甫特有的用思深刻而刻画鲜明的特点,具有杜诗独有的既深刻又丰满的力量美。中唐诗歌分派,唱和盛行,较长量短成为文人在创作中一种普遍的意识。故元白、韩愈、刘禹锡乃至晚唐陆龟蒙等人于联句、唱和、酬答之际,尤爱以战喻诗。相对于杜甫,中晚唐诸人的一个显著变化,是在以战喻诗时,更多地将关注点放在喻体(战阵)本身,不断地丰富细节,融入典实,加以戏剧化描写上;相对来说,对于本体(文艺)的关注,基本上局限于战阵的过程和结果之胜负本身,故变化虽多,却鲜有对诗艺本身的阐发。这和杜甫是很不一样的。

上述从杜甫到中晚唐诗人的变化表明,中晚唐诗人普遍的争胜意识和流派门户之别相互交织在一起,对于诗人的创作实践产生了复杂的影响。一方面是诗人们对于诗艺空前的重视,热衷于较量短长;另一方面我们也要看到,中晚唐诗人的争胜,尤其是像元白、皮陆等人的争胜,主要还是着眼于诗歌的形式,对于诗歌本质

---

① 孙樵:《孙可之文集》,上海:上海古籍出版社,2013年,第34—35页。

的思考,不但没有超越,甚至远未达到杜甫的深度。故中晚唐诗歌创作虽然流派众多,元白、韩孟、皮陆等诗人也都学杜,但相对于杜甫诗歌艺术的雄浑、飞动,不免皆有所不及,这其中的原因当然是多种多样的,和时代的风会以及个人的才具都有关系,学杜之不得法,应该也是其中的一个重要原因。所以李商隐有"推李杜则怨刺居多,效沈宋则绮靡为甚"①的批评,直揭本源,实为肯綮之论。究竟该如何学,学杜的成败利钝,从以武事比文艺的角度,似乎也可以窥见消息。本文的写作,亦希望由此,对杜甫的诗论以及中晚唐诗人学杜的利钝,能从以武事比文艺这一角度作一新的解读。

(本文的修订稿已发表于《陕西师范大学学报(哲学社会科学版)》2021 年 1 期)

---

① 刘学锴、余恕诚:《李商隐文编年校注》,北京:中华书局,2002 年,第 1188 页。

唐人"吴体"与江左风流及其地理文化内涵

仲　瑶

浙江大学中文系

"吴体"之名最早见于杜甫《愁》诗自注,宋以来即解注纷纷。其中,方回的"拗字诗在老杜集七言律诗中谓之'吴体'"①一说影响甚大。然疑者继有,黄生云:"乃知当时吴中俚俗为此体,诗流不屑效之。"②此说为许印芳《诗谱详说》所承"'吴体'之名不注于前,而注此诗之下,作者本分自明,解者何庸附会""当时吴中歌谣,有此格调,诗流效用之也"③。现当代学者论"吴体"者大抵本乎此二说,如夏承焘《杜诗札丛·吴体》指出:"杜甫的'吴体'是仿效南方民歌声调的,和一般文士所作的变体格律诗在对句或本句中用平仄相救的实不相同。"④郭绍虞《论吴体》进一步详辨"吴体""拗体"之异同,认为"吴体原出吴中民间诗",乃"拗体中接近民歌之格""不是苍莽历落纯用古调的拗体"⑤。

其后,学界在进一步探究"吴体"的声、体特征⑥的同时,也多注意到"吴体"与吴中俚俗之体的关系问题⑦,然存疑、抵牾之处仍多。笔者认为,杜甫以及晚唐皮(日休)、陆(龟蒙)二人的"吴体"创作与作为江左名士风流之一种的好"吴声",操"吴语",发"吴吟"有着深刻的地理文化渊源。以此为切入点,对"吴体"加以重新观

---

① 李庆甲:《瀛奎律髓汇评》,上海:上海古籍出版社,2005 年,第 1107 页。

② 仇兆鳌:《杜诗详注》,北京:中华书局,1979 年,第 1599 页。

③ 转引自郭绍虞《论吴体》,《照隅室古典文学论集》(下编),上海:上海古籍出版社,1983 年,第 456 页。

④ 夏承焘:《月轮山词论集》,北京:中华书局,1979 年,第 203 页。

⑤ 郭绍虞:《照隅室古典文学论集》,上海:上海古籍出版社,1983 年,第 456 页。

⑥ 邝健行《吴体与齐梁体》认为,"吴体"乃"齐梁体"(参见《唐代文学研究》,中华书局,1994 年),而杜晓勤《盛唐"齐梁体"诗及相关问题考论》则通过细密的声律分析,指出"吴体"非"齐梁体",(《北京大学学报(哲学社会科学版)》2011 年第 2 期)。

⑦ 赵昌平《"吴中诗派"与中唐诗歌》指出,"无论'吴体'之'吴'是指'吴中'还是'吴均',其根本性质为效学吴中俗体诗者"(《中国社会科学》1984 年第 4 期)。景遐东《唐诗中的吴体诗刍议》进一步指出"吴体"乃"吴均体"(《湖北师范学院学报(哲学社会科学版)》2010 年第 5 期)。此外,王辉斌《杜诗吴体探论》则认为,凡篇中杂以吴地方言俚语及其声调(即"吴声")的近体诗,即为"吴体","吴体"非"吴均体"(《太原师范学院学报(社会科学版)》2009 年第 3 期)。

照和考察无疑更能接近"吴体"产生的文化和诗学语境,由此也可以廓清围绕"吴体"与"拗体"之间的种种遮蔽。

一

作为文化地理概念的"江左"始于东晋,《晋书·温峤传》:"于时江左草创,纲维未举,峤殊以为忧。及见王导共谈,欢然曰:'江左自有管夷吾,吾复何虑!'"①迄于南朝,则专称东晋为"江左"。作为门阀世族的鼎盛期,东晋百余年间名士辈出,故言"魏晋风度"者,往往首推东晋:"右军本清真,潇洒出风尘"(李白《王右军》)、"山阴道上桂花初,王谢风流满晋书"(羊士谔《忆江南旧游二首》其一)、"大抵南朝多旷达,可怜东晋最风流"(杜牧《润州二首》其一)。就地理而言,作为东吴、东晋以及南朝政治、经济、文化中心的吴、会之地亦即"江东"②又堪称名士渊薮。此外,与名士风流关系甚密的吴中风土、名物,如"鲈鱼""莼羹"等也介由《世说新语》及《晋书》的传播而成为极具地理文化内涵的诗歌意象。

除了人物风流和风土、名物,"江左风流"浓厚的地域色彩又集中体现在作为名士风流、任诞之一种"吴声""吴歌"之风。《世说新语·排调》:"晋武帝问孙皓:'闻南人好作《尔汝歌》,颇能为不?'皓正饮酒,因举觞劝帝而言曰:'昔与汝为邻,今与汝为臣。上汝一杯酒。令汝寿万春!'"③东晋已还,随着文化中心的南移,此风尤盛。《言语》载:"桓玄问羊孚:'何以共重吴声?'羊曰:'当以其妖而浮。'"④又《晋书·王恭传》载,会稽王司马道子"尝集朝士,置酒于东府,尚书令谢石因醉为委巷之歌。"⑤所谓"委巷歌谣"当即以男女相思怨慕为主的吴声。

除了音声之美,"吴声""吴歌"的俚俗之调也恰好契合了名士好流俗而以之为任诞、放达的心理,转而加以拟仿,如王献之《桃叶歌》、孙绰《碧玉歌》、谢灵运《东阳溪中赠答》等。如同楚辞之"书楚语,作楚声,纪楚地,名楚物",杂吴音以咏江左风物、人情的俚俗之作也是吴声、吴歌的重要篇体内涵,如鲍照《吴歌二首》其一:"夏口樊城岸,曹公却月戍。但观流水还,识是侬流下。""夏口"乃荆楚之地,而曰"吴歌",盖因荆楚为东吴故地。其中,"侬"字是标志性的吴语。又其二:"人言荆江狭,荆江定自阔。五两了无闻,风声那得达。""五两"乃楚语,《文选·江赋》李善注引许慎语云:"綄,侯风也,楚人谓之五两也。"⑥唐人泛称荆楚乃至巴蜀之语为吴语或即沿此。

① 房玄龄:《晋书》卷六七,北京:中华书局,1974 年,第 1786 页。
② 李伯重:《东晋南朝江东的文化融合》,《历史研究》2005 年第 6 期。
③ 余嘉锡:《世说新语笺疏》卷下之下,北京:中华书局,1983 年,第 918 页。
④ 余嘉锡:《世说新语笺疏》卷上之上,北京:中华书局,1983 年,第 186 页。
⑤ 房玄龄:《晋书》卷八四,北京:中华书局,1974 年,第 2184 页。
⑥ 萧统编,李善注:《文选》卷一二,北京:中华书局,1977 年,第 188 页。

"吴声""吴歌"之外,江左名士又习慕"吴音""吴语"。陈寅恪先生曾指出:"东晋南朝官吏则用北语,庶人则用吴语,是士人皆北语阶级,而庶人皆吴语阶级。"①因此,相较"北语","吴语""吴音"的地域和俚俗色彩更浓。作为名士风流之渊薮,《世说新语》保存了很多颇具戏谑意味的方言俗语,如《文学》:"桓宣武语人曰:'昨夜听殷、王清言甚佳,仁祖亦不寂寞,我亦时复造心,顾看两王掾,辄翣如生母狗馨。'"②除了任诞不羁的名士性情,名士作"吴语"的言语和行为方式背后又始终与南、北文化的融合与对抗相交织。南渡之初,东吴豪族对司马氏江左政权颇为轻视,乃至讥为"伧父"。过江宰相王导乃刻意效吴语以笼络东吴大族。《世说新语·排调》:"刘真长始见王丞相,时盛暑之月,丞相以腹熨弹棋局,曰:'何乃淊!'刘既出,人问见王公云何,刘曰:'未见他异,唯闻作吴语耳。'"③"淊",吴人谓冷。及侨寓日久,北来大族亦多沾染土风、俗语。司马道子好吴声之余,亦好作吴语,所谓"侬知侬知"④。

与之相对的,江东世族则在与北来大族以及皇权的融合、相抗中寻求政治、文化上的存在空间,以不改"吴音"自矜。《世说新语·轻诋》:"人问顾长康何以不作洛生咏,答曰:'何至作老婢声!'"⑤"洛生咏"乃北音,其声重浊,风流宰相谢安最善,名流多学之。顾长康,即顾恺之,乃东吴四姓之一,而以"老婢声"讥之,自矜之气亦可见。又《宋书·顾琛传》:"先是宋世江东贵达者,会稽孔季恭、季恭子灵符、吴兴丘渊之及琛,吴音不变。"⑥与"洛咏"之风流相对的,"吴咏""吴吟"也以其独特的音调、情致成为名士风流之一种。《世说新语·文学》:"袁虎少贫,尝为人佣载运租。谢镇西经船行,其夜清风朗月,闻江渚间估客船上有咏诗声,甚有情致。所诵五言,又其所未尝闻,叹美不能已。即遣委曲讯问,乃是袁自咏其所作咏史诗。因此相要,大相赏得。"⑦

以迄于唐,"吴音"不改在以"吴中四士"为代表的新一代江左士人群体身上得以延续,并被赋予了彰显自身独特地域文化身份的重要内涵,如贺知章《答朝士》:"钑镂银盘盛蛤蜊,镜湖莼菜乱如丝。乡曲近来佳此味,遮渠不道是吴儿。"题下注云:"朝士以贺知章吴越人,戏云:'南金复生此中土',知章赋诗云云。"唐代复都长安、洛阳,政治、文化重心再次北移,朝士也多北人。"南金",乃北人称吴中才士之谓。《晋书·薛兼传》:"兼清素有器宇,少与同郡纪瞻、广陵闵鸿、吴郡顾荣、会稽贺

① 陈寅恪:《陈寅恪史学论文选集》,上海:上海古籍出版社,1992年,第299页。
② 余嘉锡:《世说新语笺疏》卷上之下,北京:中华书局,1983年,第251页。
③ 余嘉锡:《世说新语笺疏》卷下之下,北京:中华书局,1983年,第930页。
④ 房玄龄:《晋书》卷八四,北京:中华书局,1974年,第2184页。
⑤ 余嘉锡:《世说新语笺疏》卷下之下,北京:中华书局,1983年,第992页。
⑥ 沈约:《宋书》卷八一,北京:中华书局,1997年,第2087页。
⑦ 余嘉锡:《世说新语笺疏》卷上之下,北京:中华书局,1983年,第317页。

循齐名,号为'五俊'。初入洛,司空张华见而奇之,曰:'皆南金也。'"①"吴儿",则用贾充谓夏统"此吴儿是木人石心也"②语。北人呼南人为"吴儿"多有嘲谑之意,贺知章则反其意而用之,其人之性放旷,善谈笑亦可见。

与脱略形骸的名士趣味相应的,此诗风格俚俗近乎口语、民歌。至于"蛤蜊""莼菜"皆吴中风物。"遮渠",乃吴中方言。形式上,大抵合律,而不相粘连,初唐七绝多有此种。这种以吴音、吴语写吴中人物、风土,吴风浓郁,且充满谐趣的小诗反过来又构成了贺知章吴中名士风流形象的一个重要的新内涵。温庭筠《秘书省有贺监知章草题诗笔力遒健风尚高远》:"越溪渔客贺知章,任达怜才爱酒狂。鸂鶒苇花随钓艇,蛤蜊菰菜梦横塘。"即全从《答朝士》诗衍出。宋人"吴体"亦有格调俚俗之七绝一种,如胡诠《司业口占绝句奇甚铨辄用韵和呈效吴体》:"南山旧说王隐者,北斗今看韩退之。不须觅句花照眼,行见调羹酸著枝。"

不仅如此,贺知章及其《答朝士》所蕴含的独特文化内涵和身份认同意识与书写形态也为中晚唐吴中士人群体所承,如顾况《和知章诗》:"钑镂银盘盛炒虾,镜湖莼菜乱如麻。汉儿女嫁吴儿妇,吴儿尽是汉儿爷。"前二句全自贺诗化出,后二句更是戏谑狂傲之极。顾况之"和"知章,显然是继效前辈风流之意。《唐国史补》卷中:"吴人顾况,词句清绝,杂之以诙谐,尤多轻薄。为著作郎,傲毁朝列,贬死江南。"③形式上,也同样完全不拘近体的平仄格律。与贺知章的雅好吴音相似,顾况亦好吴音,如《琼公洞庭孤橘歌》:"不种自生一株橘,谁教渠向阶前出,不羡江陵千木奴。下生白蚁子,上生青雀雏。"又《送少微上人还鹿门》:"少微不向吴中隐,为个生缘在鹿门。""渠""奴""个"皆吴语俚词。

这种"吴中"("江东")情结以及南北文化的碰撞在"吴中四士"之一的包融之子包佶身上也有所体现,如《顾著作宅赋诗》:"已觉不嫌羊酪,谁能长守兔罝。脱巾偏招相国,逢竹便认吾家。""顾著作",即顾况。"羊酪",典出《世说新语·排调》:"陆太尉诣王丞相,王公食以酪。陆还遂病。明日与王笺云:'昨食酪小过,通夜委顿。民虽吴人,几为伧鬼。'"④"逢竹",则用同书王子猷看竹之典。包(佶)、顾(况)二人之往还及其典故的选择中所蕴含的正是同为吴人的文化和身份的强烈认同。这类唱和之作某种意义上已开皮、陆"吴体"唱和之先。

包、顾之外,中唐东吴士人中著名者还有陆畅。范摅《云溪友议》卷中"吴门秀"条云:"予以宋齐已降,朱、张、顾、陆,时有奇藻者欤。陆郎中畅,早耀才名,辇毂不改于乡音。自贺秘书知章、贾相耽、顾著作况,讥调秦人,至于陆君者矣。""在越,每

---

① 房玄龄:《晋书》卷六八,北京:中华书局,1974 年,第 1832 页。

② 房玄龄:《晋书》卷九四,北京:中华书局,1974 年,第 2430 页。

③ 李肇:《唐国史补》卷中,上海:上海古籍出版社,1979 年,第 34 页。

④ 余嘉锡:《世说新语笺疏》卷下之下,北京:中华书局,1983 年,第 928 页。

经游兰亭,高步禹迹、石帆之绝境,如不系之舟焉。初为西江王大夫仲舒从事,终日长吟,不亲公牍。府公微言,拂衣而去,辞曰:'不可偶为大夫参佐而妨志业耶!'"①名士性情亦可见一斑。所谓"辇毂不改于乡音",与前辈名士如顾恺之、顾琛、贺知章等人在深层文化身份和精神趣味上也是相通的。

其言语、诗作也颇杂吴音,"贡举之年,和群公对雪,落句云:'天人宁底巧,剪水作花飞。'""底"即吴语。"及辞王仲舒幕,固留不已。请举自代,然后登舟,曰:'洿子侄得耳,渠曾数辟不就,畅召必来。'"②"得""渠",亦吴音。如同贺知章之作《答朝士》,陆畅也因"吴音"被嘲。云安公主出降,陆畅为傧相,奉诏作催妆诗,"内人以陆君吴音,才思敏捷,凡所调戏,应对如流,复以诗嘲之。陆亦酬和,六宫大哈,凡十余篇,嫔娥皆讽诵之"③。

由上所述,以名士风流为精神内核,与政治、文化层面的融合与相撞相交织,操"吴语",作"吴声",发"吴吟"不仅构成了江左名士风流的重要文化内涵,还是六朝以迄唐代吴中士人群体彰显自我身份和文化认同的一种独特表达方式。以贺知章《答朝士诗》为代表的杂"吴音"以咏吴中风物,风格俚俗的徒诗体七绝正是杜甫"吴体"的最直接源头。

二

有唐一代,尤其是盛唐士人对于逝去的江左风流倾慕有加④,且屡形诸于笔墨:"不及兰亭会,空吟被禊诗"(孟浩然《江上寄山阴崔少府国辅》)、"秀色发江左,风流奈若何"(李白《五松山送殷淑》)、"张翰黄花句,风流五百年"(李白《金陵送张十一再游东吴》)。其称"江左""江东""吴中""东吴"地理内涵略同,且大抵指向名士风流,如王昌龄《赵十四兄见访》"嵇康殊寡识,张翰独知终。忽忆鲈鱼鲙,扁舟往江东",李白《赠宣州灵源寺仲濬公》"风韵逸江左,文章动海隅",崔颢《维扬送友还苏州》"渚畔鲈鱼舟上钓,羡君归老向东吴",崔融《吴中好风景》"洛渚问吴潮,吴门想洛桥"等。

不仅如此,唐人又多有漫游吴、越的经历,如高适《秦中送李九赴越》:"吴会独行客,山阴秋夜船。谢家征故事,禹穴访遗编。镜水君所忆,莼羹余旧便。"当置身其地,清切婉媚的"吴声""吴歌""吴吟"就成为逝去的"江左风流"的最直接触媒和载体。如同江左名士之好吴声,崔国辅《长干行》、崔颢《江南曲》、李白《横江词》、

① 陶敏主编:《唐五代笔记小说大观》,上海:上海古籍出版社,2000年,第1281—1282页。
② 陶敏主编:《唐五代笔记小说大观》,上海:上海古籍出版社,2000年,第1282页。
③ 陶敏主编:《唐五代笔记小说大观》,上海:上海古籍出版社,2000年,第1282页。
④ 参见仲瑶:《盛唐文士与魏晋风度——以杜甫〈饮中八仙歌〉为中心》,《文史哲》2017年第2期。

《秋浦歌》等小乐府已不单纯是对南朝乐府民歌的拟承,更有地域文化和精神旨趣上的追慕。除了男女相思,吟咏江左风土、风物也是这类作品的题中之义,如李白《秋浦歌》:"秋浦田舍翁,采鱼水中宿。妻子张白鹇,结罝映深竹。"同时,又杂以吴音,如"寄言向江水,汝意忆侬不","白发三千丈,缘愁似个长","侬""个"正江左"彼""我"之辞。

"吴声""吴语"之外,"吴吟"也成为异世风流之一种,李白《夜泊黄山闻殷十四吴吟》:"昨夜谁为吴会吟,风生万壑振空林。龙惊不敢水中卧,猿啸时闻岩下音。我宿黄山碧溪月,听之却罢松间琴。朝来果是沧洲逸,酤酒醍盘饭霜栗。半酣更发江海声,客愁顿向杯中失。"可窥"吴吟"音声之妙。而这种妙又不仅在音声而已,还在于月下咏诗之袁宏及其名士风流。其《夜泊牛渚怀古》"牛渚西江月,青天无片云。登舟望秋月,空忆谢将军。余亦能高咏,斯人不可闻。明朝挂帆去,枫叶落纷纷",即咏此事。至于中唐,"吴吟"成为一种充满名士风流趣味的独特吟唱和创作方式,如刘禹锡《和乐天洛下醉吟寄太原令狐相公兼见怀长句》:"昨来亦有吴趋咏",白居易《过李生》"何以醒我酒,吴音吟一声"、《重答汝州李六使君见和忆吴中旧游五首》"吴调吟时句句愁"等。又元稹《病醉》:"醉伴见侬因病酒,道侬无酒不相窥。那知下药还沾底,人去人来剩一卮。"题下注云:"戏作吴吟赠卢十九经济张三十四弘辛丈丘度。"形式上,乃七绝而杂以"侬""底"等标志性的吴语。遣辞俚俗,且充满名士放达之态,体调与贺知章《答朝士》颇为相似,"吴吟"之风貌与篇体内涵也由此可窥。

更重要的是,以"吴中四士"为代表的新一代江东士人群体在延续江左风流的同时,更将此种文化记忆和传统以及吴语之风引入长安。神龙中,贺知章与越州贺朝、万齐融,扬州张若虚、邢巨,湖州包融,俱以吴、越之士,文词俊秀,名扬于上京①。其中,贺知章又俨然是"江左风流"的异代化身。史称其"性放旷,善谈笑,当时贤达皆倾慕之"。狂傲如李白亦倾慕有加,《送贺宾客归越》:"镜湖流水漾清波,狂客归舟逸兴多。山阴道士如相见,应写黄庭换白鹅。"将其比作潇洒出风尘的王羲之。及杜甫作《饮中八仙歌》,八仙之中吴人有其二,以贺知章居首"知章骑马似乘船,眼花落井水底眠",且以爱酒晋山简作比。

盛唐时期,吴中士子有文名,且以风流见赏者甚多。储光羲,润州延陵人,与王维、裴迪、祖咏等人都有交游。殷璠《河岳英灵集》称其"格高调逸,趣远情深,削尽常言,挟《风》《雅》之迹,浩然之气"②。又綦毋潜,虔州人。王维《别綦毋潜》"盛得江左风,弥工建安体""适意偶轻人,虚心削繁礼"云云,于文辞之外,更赞其人有江左之遗风。至如《送綦毋秘书弃官还江东》"清夜何悠悠,扣舷明月中。和光鱼鸟

① 刘昫:《旧唐书》卷一九〇,北京:中华书局,1975 年,第 5035 页。
② 傅璇琮:《唐人选唐诗新编》,西安:陕西人民教育出版社,1996 年,第 178 页。

际,澹尔兼葭丛",更可想见其风神。此外,如张彦远,永嘉人,与王维为诗酒丹青之友,天宝中谢官归故山。王维曾有《答张五弟》"终南有茅屋,前对终南山。终年无客常闭关,终日无心长自闲。不妨饮酒复垂钓,君但能来相往还",足见其名士性情。

在与吴中士人的交游往还中,北人亦时效吴语以为风流。其中,与綦毋潜、储光羲、丘为等吴中士人交游甚笃的王维尤好作吴语,如《酬黎居士淅川作》:"侬家真个去,公定随侬否。""淅"宋蜀本、述古堂本、明十卷本俱作"浙"①。其中,"侬家""个"亦皆吴语方言词汇。又《戏题示萧氏甥》:"怜尔解临池,渠爷未学诗。老夫何足似,弊宅倘因之。芦笋穿荷叶,菱花罥雁儿。郗公不易胜,莫著外家欺。""尔""渠""儿"皆吴语。"郗公",典出《世说新语·简傲》:"王子敬兄弟见郗公,蹑履问讯,甚修外生礼。及嘉宾死,皆箸高屐,仪容轻慢。命坐,皆云:'有事,不暇坐。'既去,郗公慨然曰:'使嘉宾不死,鼠辈敢尔。'"②此处用之,以见"戏题"之意,则萧氏甥或当为江东人。此外,《赠吴官》一首也是与吴中士人交游之产物:

> 长安客舍热如煮,无个茗糜难御暑。空摇白团其谛苦,欲向缥囊还归旅。江乡鲭鲊不寄来,秦人汤饼那堪许。不如侬家任挑达,草屩捞虾富春渚。

"茗糜"即茗粥,乃江左风物。杨华《膳夫经手录》云:"茶,古不闻食之,近晋宋以降,吴人采其叶煮,是为茗粥。"③此外,"白团""鲭鲊""富春渚"等也是典型的吴中风物、风土。同时,又杂以"个""来""许""侬家"等吴音词,体调与风格之戏谑、俚俗也与贺知章《答朝士》如出一辙。无独有偶,储光羲集中有《吃茗粥作》一首:"当昼暑气盛,鸟雀静不飞。念君高梧阴,复解山中衣。数片远云度,曾不蔽炎晖。淹留膳茶粥,共我饭蕨薇。敝庐既不远,日暮徐徐归。"内容上与王作颇相合,令人不免联想到王维所赠之"吴官"或即与其交游甚密的储光羲一辈。

形式上,此诗采用了七言八句体,然押仄韵,且完全不拘七律之粘对、对仗规则,乃律体未定型前接近口语的民歌体调④。以近体之粘对规则考察,此类作品则又呈现出鲜明的破体意识,王世贞《艺苑卮言》卷四云:"摩诘七言律,自《应制》《早朝》诸篇外,往往不拘常调。至'酌酒与君'一篇,四联皆用仄法,此是初盛唐所无。"⑤就内容、风格而言,此诗题旨谐谑,风格俚俗,与名士的风流、任达之气颇相得益彰。殷璠《河岳英灵集叙》所谓"鄙体"当即此种,此体与吴中民歌之体调渊源亦可窥。更重要的是,王维此体之民歌渊源及其所蕴含的破弃近体声律之尝试,对

---

① 陈铁民:《王维集校注》,北京:中华书局,1997年,第233页。
② 余嘉锡:《世说新语笺疏》卷下之上,北京:中华书局,1983年,第911页。
③ 晁载之:《续谈助》卷五,《丛书集成初编》,北京:中华书局,1985年,第114页。
④ 郭绍虞:《照隅室古典文学论集》,上海:上海古籍出版社,1983年,第462页。
⑤ 丁福保:《历代诗话续编》,北京:中华书局,2006年,第1009页。

于同样精通近体的杜甫之七律及其拗体以及"吴体"创作无疑具有直接的启发。无独有偶,杜甫对王维之诗本就极推崇,《解闷十二首》其八"最传秀句寰区满",《奉赠王中允》又称"中允声名久"。合以上种种而观之,王维《赠吴官》一体某种意义上已开杜甫"吴体"之先声。

<h1 style="text-align:center">三</h1>

与李白、王维等盛唐士人相似,杜甫对江左名士风流也极为倾慕,且青年时期曾漫游吴、越。及漂泊流寓西南之际,这段壮游经历与江左逸韵遂成为逝去的"盛世"与"青春"的双重寄托:"贱子且奔走,三年望东吴"(《草堂》)、"永怀江左逸"(《偶题》)、"轻舟下吴会,主簿意何如"(《逢唐兴刘主簿弟》)、"暂忆江东鲙,兼怀雪下船"(《夜二首》其一)、"窗含西岭千秋雪,门泊东吴万里船"(《绝句四首》其三)。在这之中,又夹杂着北归之思以及与亲人团聚等现实考量。这种复杂心绪在《春日梓州城楼二首》其二中得到了集中体现:"天畔登楼眼,随春入故园。战场今始定,移柳更能存。厌蜀交游冷,思吴胜世繁。应须理舟楫,长啸下荆门。"樊晃《杜工部小集序》称其"行于江汉之南,常蓄东游之志,竟不就"[①],即就此而言。

吴越人物、风土之摹写外,杜甫也以"吴语""吴咏"为江左风流之一种,如《夜宴左氏庄》:"诗罢闻吴咏,扁舟意不忘。""吴咏"即用袁虎月下长咏之典。仇注云:"吴咏,谓诗客作吴音。"[②]又《遣兴五首》其四:"贺公雅吴语,在位常清狂。上疏乞骸骨,黄冠归故乡。爽气不可致,斯人今则亡。山阴一茅宇,江海日凄凉。"显然是将"雅吴语"作为贺知章名士风流的最重要特征之一。其诗也多杂吴语方言词,如《江上值水如海势聊短述》:"焉得思如陶谢手,令渠述作与同游。""渠"即吴语,盖陶、谢皆广义上的江左名士,以见相戏之意。此外,在杜诗中频繁出现的如"个""侬""能""残""底"等亦皆吴语。

概言之,杜甫的戏作"吴体"正是基于上述时代风气和文化心理,同时又与其个人遭际相交织。按《愁》诗作于夔州时期,且与前述强烈的"思吴"情绪显然是分不开的:"江草日日唤愁生,巫峡泠泠非世情。盘涡鹭浴底心性,独树花发自分明。十年戎马暗万国,异域宾客老孤城。渭水秦山得见否,人经罢病虎纵横。"前四句写巫峡一带的风土、风物,同时又杂以吴语。杨慎《升庵诗话》卷十二:"蜀江三峡中,水波圆折者名曰'盘'。'盘'音'漩'。"[③]此外,"底"也是吴语。清人梁运昌《杜园说杜》"凡篇中杂以方言谐词者皆是吴体",即就此而言。然其不称"吴歌""吴声""吴

---

① 仇兆鳌:《杜诗详注》附编,北京:中华书局,1979 年,第 2237 页。

② 仇兆鳌:《杜诗详注》卷一,北京:中华书局,1979 年,第 22 页。

③ 丁福保:《历代诗话续编》,北京:中华书局,2006 年,第 885 页。

吟",而称"吴体",似有意别于以五言四句为主,且隶属歌诗系统的"吴声"以及文士之拟吴声歌类乐府小诗。这与杜甫以徒诗形态为主的近体创作格局也是一致的。

与王维《赠吴官》采七律的八句之体相似,杜甫的"吴体"也仅取七律的八句之体,而刻意违反近体之粘、对规则:江草日日唤愁生(平仄仄仄仄平平),巫峡泠泠非世情(平仄平平平仄平)。盘涡鹭浴底心性(平平仄仄仄平仄),独树花发自分明(仄仄平仄仄平平)。十年戎马暗万国(仄平平仄仄仄仄),异域宾客老孤城(仄仄平仄仄平平)。渭水秦山得见否(仄仄平平平仄仄),人经罢病虎纵横(平平平仄仄平平)。此外,又有"三仄脚",如"得见否"。然不同于王维《赠吴官》的全然不合近体格律,通篇散体,且用仄韵,杜甫此诗仍押平韵,且中二联对仗。同时又杂以双声,如"异域",且多用入声如"浴""独"等造成一种短促的音节。王国维曾云:"苟于词之荡漾处多用叠韵,促节处用双声,则其铿锵可诵,必有过于前人者。"[1]这种独特的音节之美正是杜甫"晚节渐于诗律细"(《遣闷戏呈路十九曹长》)的一个重要内涵和体现,与"拗体"的"外方而内圆,先忤而复合,所以于不谐和之中,只觉其峭劲而不觉其佶屈,只觉其爽朗而不觉其生涩"[2]亦相通。

因此,所谓"强戏为吴体"之"强",不仅因杜甫乃北人,不善吴音,还蕴含着声律、音节层面的苦心。在这一点上,"吴体"与"拗体"是一致的。余冠英、王水照就曾指出:"间有所谓'吴体'的,都是所谓'拗体'。这些拗体并非率意为之,而是为了追求别一种声律,有心创造出来的。读者对于杜诗声律的'细'处,也可以从他的拗体去体会。"[3]至于"戏",则更蕴含着杜甫诗学中的另一机制即"游戏"精神。这种游戏精神也与名士的任诞好流俗有关。当近体渐拘于法律之时,"游戏"精神尤为重要。杜甫晚年多游戏之体与其近体呈现出的破体倾向正相表里。《蔡宽夫诗话》云:

> 子美以"盘涡鹭浴底心事,独树花发自分明"为吴体;以"家家养乌鬼,顿顿吃黄鱼",为俳谐体;以"江上谁家桃树枝,春寒细雨出疏篱",为新句。虽若为戏,然不害其格力。[4]

"若为戏"三字可谓中的,而其之所以拈出"盘涡鹭浴底心事,独树花发自分明"二句为"吴体",当以杂吴音谐词,如"盘涡""底"之故。但与贺知章、王维等人的纯为俳谐、游戏体调不同,杜甫的"愁诗"题旨、精神上仍是一贯的伤世忧时之雅意。这也是此诗与"俳谐体"的区别。与集中的"拗体"相似,此诗音节的拗峭迫促与情感的愁闷沸郁亦相得益彰。《杜臆》云:"胸有抑郁不平之气,而以拗体发之,公之拗

① 王国维:《人间词话删稿》,北京:人民文学出版社,1960年,第223页。
② 郭绍虞:《照隅室古典文学论集》,上海:上海古籍出版社,1983年,第469页。
③ 余冠英、王水照:《唐诗发展中的几个问题》,《文学评论》1978年第1期。
④ 胡仔:《苕溪渔隐丛话》(前集)卷一四,北京:人民文学出版社,1962年,第93页。

体诗,大都如是。"①这种形式与情感,内容与风格的高度统一也使得杜甫的"吴体"具有了典范性。

杜甫"吴体"及其地理文化内蕴和体制、风格诸层面的内涵也因此为晚唐皮、陆二人的"吴体"创作所承。陆龟蒙本东吴大族,六世祖陆元方为武则天朝宰相,五世祖陆象先则是开元宰相,且与贺知章甚相友善。也因此,相较皮日休,其"吴人"的身份意识和地域认同感也更浓,而体现为好吴歌,如曾作《吴俞儿舞歌》。此外,又有《和胥口即事》,中有"莫问吴趋行乐"之句,似效陆机《吴趋行》之意。同时,又延续了顾、陆等江东世族人物以吴中风物自矜,讥诋洛客的传统,如《奉酬袭美先辈初夏见寄次韵》"吾祖傲洛客,因言几为伧。何须乞鹅炙,岂在斟羊羹",又如《江南秋怀寄华阳山人》"莼丝内史羹""羊酪未饶伧"等。

与贺(知章)、顾(况)诸作相似,皮、陆之作也多吴语,且好以吴中风物入诗,如陆龟蒙《新秋月夕客有自远相寻者作吴体二首以赠》其二"清谈白纻思悄悄",皮日休《奉和鲁望早秋吴体次韵》"捣药香侵白袷袖,穿云润破乌纱棱"等。形式上,不同于贺知章、顾况的七言四句式的歌谣体七绝,皮、陆二人的"吴体"则直承杜甫的七言拗律之体,以别于乐府一体的"吴声"。杜甫"吴体"以及"拗体"的杂双声、叠韵且多入声的音节特征也为皮、陆所袭并加以凸显,如陆龟蒙《早春雪中作吴体寄袭美》:"光填马窟盖塞外,势压鹤巢偏殿巅。""盖塞外""偏殿巅"皆三字叠韵,较杜甫"盘涡"两句更增巧致。又《独夜有怀因作吴体寄袭美》:"人吟侧景抱冻竹,鹤梦缺月沈枯梧。清涧无波鹿无魄,白云有根虬有须。"如"枯梧""虬有"皆叠韵,"月""魄"等乃入声。故虽不合律,而并不佶屈、生涩。至于皮日休《奉和鲁望独夜有怀吴体见寄》:"病鹤带雾傍独屋,破巢含雪倾孤梧。濯足将加汉光腹,抵掌欲扪梁武须。""独屋""孤梧"之叠韵为对也与陆龟蒙之作如出一辙。这一特征的凸显与二人热衷于创作双声、叠韵一类杂体诗是分不开的,而次韵以为唱和本即南朝杂体诗之余绪,且为名士好尚流俗、俳谐风气之直接产物。

就内容、风格而言,皮、陆二人的"吴体"也深受杜甫"愁"诗郁戾不平之气与拗峭之姿的影响,如陆龟蒙《早秋吴体寄袭美》:"荒庭古村只独倚,败蝉残蛩苦相仍。虽然诗胆大如斗,争奈愁肠牵似绳。短烛初添蕙帏影,微风渐折蕉衣棱。安得弯弓似明月,快箭拂下西飞鹏。"以幽冷奇峭的意象寄疏狂、愁郁之气。杜甫"吴体"的拗峭之姿与"愁"绪也因此得以进一步凸显,并最终成为"吴体"的重要诗体内涵之一。

综上所述,与名士之任诞、放达相交织,作为"江左风流"重要载体的"吴声""吴语""吴吟"被赋予了浓郁的文化地理内涵和名士风流色彩。昔日风流之外,以"吴中四士"为代表新一代江东士人群体又将名士风流和"吴语"之风引入长安。在与

---

① 仇兆鳌注:《杜诗详注》卷一八,北京:中华书局,1979 年,第 1599 页。

江东士人交游中,以名士风流为接引,北人亦时戏作吴语,如王维《赠吴官》等杂吴音写吴中风物,风格俚俗谐谑,且完全不拘近体规则的七言之作实已开杜甫"吴体"之先。杜甫戏作"吴体"正是这一文化大背景与个人际遇的共同产物。名曰"吴体"似有意区别于歌诗系统的"吴声""吴歌"。形式上,则杂以"双声""叠韵"以破弃近体之平仄规则,造成一种拗峭迫促之调。在这一点上,"吴体"与集中之"拗体"又是相通的。其独特的文化、体制、风格内涵为晚唐皮、陆之"吴体"所承,并进一步发扬。

李白"诗仙"之称、杜甫"诗圣"之称的出处与来源考辨

葛景春

河南省社会科学院

现在称李白为"诗仙",称杜甫为"诗圣",好像是唐以来就是如此,理所当然。其实,李白被称为"诗仙"和杜甫被称为"诗圣"的时间却相当晚。

一、李白"诗仙"名号的最早来源和出处

先说李白"诗仙"名号问题。李白称仙的时间的时候较早,在天宝元年(742)秋,也就是李白42岁之时,李白与贺知章相见于长安紫极宫。贺知章见其《蜀道难》之作,大为称赞赏,叹曰:"子,谪仙人也!"[①]由此,李白的"谪仙人"的名号,就流传开来。杜甫在《寄李十二白二十韵》曰:"昔年有狂客,号尔谪仙人。落笔惊风雨,诗成泣鬼神。"[②]李白在自己《对酒忆贺监二首》其一诗序中,确认其事:"四明有狂客,风流贺季真。长安一相见,呼我谪仙人。"[③]此诗前有李白诗序曰:"太子宾客贺公,于长安紫极宫一见余,呼余为谪仙人。因解金龟,换酒为乐。没后对酒,怅然有怀,而作是诗。"但是在整个唐代,也没有人称李白为"诗仙"的。

其实在唐代是有人自称和被称为"诗仙"的。但不是李白,而是白居易。白居易在其文《与元九书》中说:"知我者以为诗仙,不知我者以为诗魔。"[④]这是白居易自称"诗仙"。又唐宣宗《吊白居易》诗中说:"缀玉联珠六十年,谁教冥路作诗仙。"[⑤]诗中也尊称白居易为"诗仙"。此后相当长的时间里,"诗仙"这一名号是属

---

① 欧阳修、宋祁:《新唐书·文艺中·李白传》第三栏,《二十五史》第六册,上海:上海古籍出版社、上海书店,1986年,第615页。

② 萧涤非主编:《杜甫全集校注》,北京:人民文学出版社,2014年,第2614页。

③ 詹锳主编:《李白全集校注汇释集评》,天津:百花文艺出版社,1996年,第3363页。

④ 朱金城:《白居易集笺校》,上海:上海古籍出版社,1988年,第2795页。

⑤ 《全唐诗》卷四,北京:中华书局,1960年,第49页。

白居易的。当然,也有称刘禹锡、贾岛等人为"诗仙"的。唐牛僧孺《李苏州遣太湖石奇状绝伦因题二十韵奉呈梦得乐天》:"念此园林宝,还须别识精。诗仙有刘、白,为汝数逢迎。"①诗中称刘禹锡、白居易二人为诗仙。姚合《别贾岛》:"懒作住山人,贫家自赁身。诗多笔渐秃,睡少枕长新。野客狂无过,诗仙瘦始真。秋风千里去,谁与我相亲。"②此诗却以贾岛为"诗仙"。在北宋中期,刘攽(1023—1089)曾称杜甫为"诗仙",他在《和苏子瞻韵为石苍舒题》中说:"杜陵诗仙有祖风,笔洒云雾挥琼琚。我今才薄厌数语,勉力和歌惭起予。"③

比刘攽稍早的范仲淹(989—1052),可能是始称李白为"诗仙"。范仲淹《依韵和苏州蒋密学》:"余杭偶得借麾来,山态云情病眼开。此乐无涯谁可共,诗仙今日在苏台。"诗后有作注云:"白乐天谓韦苏州为诗仙"④诗下注中说,是白居易谓韦应物为"诗仙",因韦应物当过苏州刺史。查白居易集中,并无白居易称韦苏州(即韦应物)为"诗仙"事。其实,此诗中的"诗仙",所指的应是李白,因李白写过《苏台览古》。此诗注不知是否是范仲淹的原注,或是后人误加之注。而此处诗仙是借指苏州蒋密学。既然有此歧解,我们还不能肯定范仲淹为第一个称李白为诗仙的人。与苏轼同时期的徐积(1038—1103)则明确地指称李白为"诗仙"了。徐积《李太白杂言》:"噫嘻欷奇哉,自开辟以来,不知几千万余年,至于开元间,忽生李诗仙。是时五星中,一星不在天。"⑤到了南宋时,杨万里(1127—1206)尤其喜称李白为诗仙,例如"诗仙诗满云梦胸,那更相逢此花触"(《和罗武冈钦若酴醾长句·再和》)、"何年笔战明光殿,夺得诗仙紫绮裘。"(《寄题俞叔奇国博郎中园亭二十六咏》其十一《紫君林》)、"阿胧青山自一村,州民岁岁与招魂。六朝陵墓今何在,只有诗仙月下坟"(《望谢家青山太白墓》)⑥。可见杨万里一直是视李白为诗仙的。从此之后,金、元、明、清各代,称李白为"诗仙"的多了起来。

金代的元好问(1190—1257)《俳体雪香亭杂咏十五首》其六:"诗仙诗鬼不谩欺,时事先教梦里知。禁苑又经人物散,荒凉台榭水流迟。"⑦诗中将诗仙和诗鬼并列,显指诗仙李白和诗鬼李贺。

---

① 《全唐诗》卷四六六,北京:中华书局,1960年,第5291页。

② 《全唐诗》卷四九六,北京:中华书局,1960年,第5632页。

③ 《彭城集》卷七,文渊阁四库全书本(电子版),上海:上海人民出版社、迪志文化出版有限公司,1999年。

④ 《范文正集》卷四,文渊阁四库全书本(电子版),上海:上海人民出版社、迪志文化出版有限公司,1999年。

⑤ 《宋诗抄》卷四一,文渊阁四库全书本(电子版),上海:上海人民出版社、迪志文化出版有限公司,1999年。

⑥ 《诚斋集》卷三、卷二一、卷三三,文渊阁四库全书本(电子版),上海:上海人民出版社、迪志文化出版有限公司,1999年。

⑦ 《遗山集》卷一二,文渊阁四库全书本(电子版),上海:上海人民出版社、迪志文化出版有限公司,1999年。

元代的王奕《彭泽新县靖节祠》:"已曾采石酹诗仙,又拜书岩荐菊泉。京口火头才负乘,柴桑处士便归田。驰驱名并诸公驾,尸祝谁碑百世贤?近代从容人死义,后先二尹合俱传。"①诗中"采石酹诗仙",显然是称李白为"诗仙"。元人王恽(1227—1304)《和姚左辖梨花诗韵》:"主人爱花情不薄,泪粉阑干愁寂寞。东栏一树要洗妆,走报诗仙挥翠杓。醉歌不惜玉山颓,明月春风纷雪落。"②诗中用了李白在沉香亭写《清平调词》的典故,诗仙应指李白,而借指他人。

明人王稚登(1535—1612)《合刻李杜诗集序》曰:"诗者有云,供奉之诗仙,拾遗之诗圣。圣可学,仙不可学。亦犹禅人所谓顿、渐。李顿而杜乃渐也。"③明人王嗣奭(1566—1648)《梦杜少陵作》:"青莲号诗仙,我翁号诗圣。仙如出世人,轩然遽泥泞。在世而出世,圣也斯最盛。"④此二首诗,明确地指称李白为"诗仙",杜甫为诗圣,说明在明代诗仙李白、诗圣杜甫,已分别成了固定的称号。

清代的乾隆皇帝《再咏南池四首》其三:"诗仙诗圣漫区分,总属个中迥出群。李杜劣优何以见,一怀适已一怀君。"⑤清人吴锡麟(1746—1818)《太白酒楼》:"供奉诗仙还酒仙,襟抱磊落空尘缘。薄游江海滞齐鲁,裙屐杂还罗英贤。"⑥清人张云璈(1747—1829)《采石吊李白》:"诗中之仙数青莲,在酒亦仙水亦仙,诗仙酒仙之狂都上天。江波西来变美酒,魂魄与月万古相周旋。君不见杓有舒州铛力士,果然同生复同死。""'舒州杓,力士铛,李白与尔同死生'太白句也。"⑦清人阮元(1764—1849)《西南风阻留住采矶太白楼》:"南风连日阻江船,太白楼边水接天。且借诗仙楼槛下,横铺一榻纳凉眠。谢宅青山近可攀,朝朝岚翠如楼间。飘然诗思生花笔,一朵莲花青敌山。"⑧等都称李白为"诗仙"。明清以后,从皇帝到文人诗客,都认为"诗仙"是对李白的专称。

其实,李白的"谪仙"名号一直在使用,它与诗仙的名号并行,而且称李白为谪仙的,比称诗仙的更为普遍。据文渊阁《四库全书》电子版查询,"谪仙"一词出现有二千四百八十四条,绝大部分是称李白的。而"诗仙"一词出现有四百七十五条,且大部分不是指李白的,而是题中和诗中两句上下的"诗"字与"仙"字相联结者,或称

① 《玉斗山人集》卷一,文渊阁四库全书电子版,上海:上海人民出版社、迪志文化出版有限公司,1999年。

② 《秋涧集》卷七,文渊阁四库全书本(电子版),上海:上海人民出版社、迪志文化出版有限公司,1999年。

③ 王琦辑注:《李太白全集》卷三三,北京:中华书局,1977年,第1516页。

④ 《诸家咏杜》,萧涤非主编:《杜甫全集校注》附录,北京:人民文学出版社,2014年,第6812页。

⑤ 《自怡集》卷四,文湾阁四库全书本(电子版),上海:上海人民出版社、迪志文化出版有限公司,1999年。

⑥ 裴斐、刘善良编:《李白资料汇编》金元明清之部,北京:中华书局,1994年,第975页。

⑦ 裴斐、刘善良编:《李白资料汇编》金元明清之部,北京:中华书局,1994年,第1002页。

⑧ 裴斐、刘善良编:《李白资料汇编》金元明清之部,北京:中华书局,1994年,第1069页。

美其他的能诗者。明确指属为李白者约有四分之一。

称李白为谪仙的时间更为久远,而其诗仙之称是由谪仙演变而来的。如北末年叶廷珪云:"世传杜甫诗,天才也。李白诗,仙才也,李贺诗,鬼才也。"①此条中称李白诗是仙才,也就指诗人中的仙才,可简称为"诗仙"。但谪仙的意涵要比诗仙更广泛一些,其中还要包括其思想、人格和形象等,不仅只指其诗歌。称李白为"谪仙人",更符合后人对李白的全面认识和推崇。所以白居易只敢称自己是"诗仙",而不敢称"谪仙"。

二、杜甫"诗圣"名号的最早来源和出处

再说"诗圣"名号的问题。诗圣的本意,原来仅指"圣于诗",即诗写得好,或善于诗者。但最早称"圣于诗"的,反而不是杜甫,而是李白。南宋朱熹(1130—1200)称李白为"圣于诗者":"李太白诗非无法度,乃从容于法度之中,盖圣于诗者也。"②他的这个说法得到了一些后人的赞同。例如:元人赵子昂(1254—1322)和蒲道源(1260—1336)也有李白"圣于诗"的说法:赵子昂《襄阳歌》诗评:"太白圣于诗者。魏公书此,真可谓诗之劲敌。后之书者,虽奋力追之,吾知其不能及也。"③蒲道源《新修二贤祠堂记》:"李太白诗非无法度,乃从容于法度之中,盖圣于诗者也。"④更有甚者,后人也有直称李白为"诗圣"的。例如明人杨慎(1488—1559)直称李白为"诗圣",他在《周受庵诗选序》中说:"陈子昂为海内文宗,李太白为古今诗圣。"⑤(但他也称杜甫为"诗圣":韩成武先生在其《"诗圣"一词首出于杨慎〈词品·序〉》中,引杨慎《诗品·序》:"然诗圣如杜子美而填词若李白之《忆秦娥》《菩萨蛮》者,集中绝无。"⑥也称杜甫为"诗圣",说明杨慎对称杜甫为"诗圣"的不彻底和不唯一性。)当然,此时期和之后也有一些学者和诗人将李、杜并称为《诗圣》的,如明人杭淮(1462—1538)《挽李献吉四首用曹太守韵》其一:"李杜得诗圣,迥出诸家前。寂寞千载后,身死名流传。悲风动万里,长虹烛遥天。楚魂不可招,空有吊湘篇。"⑦明人黄省曾(1490—1540)《上李嵝峒书》:"昔李、杜诗圣而文格未光,柳、韩文薮而

---

① 王琦辑注:《李太白全集》卷三四,北京:中华书局,1977 年,第 1524 页。

② 《朱子语类》卷一四〇,文渊阁四库全书本(电子版),上海:上海人民出版社、迪志文化出版有限公司,1999 年。

③ 倪涛撰:《六艺之一录》卷三五五,文渊阁四库全书本(电子版),上海:上海人民出版社、迪志文化出版有限公司,1999 年。

④ 《闲居丛稿》卷一四,文渊阁四库全书本(电子版),上海:上海人民出版社、迪志文化出版有限公司,1999 年。

⑤ 王琦辑注:《李太白全集》卷三四,北京:中华书局,1977 年,第 1527 页。

⑥ 参见韩成武:《杜甫新论》,保定:河北大学出版社,2006 年,第 138 页。

⑦ 张忠纲:《说"诗圣"》,《安徽大学学报(哲学社会科学版)》2012 年第 1 期。

诗道不粹,岂惟聪识之难兼哉?"①有相当一个时期,李白和杜甫是同被称为"诗圣"的。

正式称杜甫为"诗圣"的,有人认为应是明人王嗣奭(1566—1648)。王嗣奭曾在《梦杜少陵作》中说:"青莲号诗仙,我翁号诗圣。"②但是据考证,提出杜甫为诗圣的,还有比王嗣奭更早的明人费宏、孙承恩。

张忠纲先生认为:"第一次正式称杜甫为诗圣的,大概是明代的费宏(1468—1535),他的《题蜀江图》云:'杜从夔府称诗圣,程向涪中传易学。独醒亭畔诵骚辞,八阵碛边怀将略。图穷尚有岳阳楼,志士登临非取乐。……',但此时的诗圣还不是杜甫的专名。"③张先生指出费宏是第一个指出杜甫称"诗圣"是对的。但费宏认为杜甫称"诗圣"是有条件的。就是杜甫从夔府之后才称"诗圣"。可在夔府之前呢,他没有说。这个诗圣,只是指夔府以后的杜甫。实际上,他只肯定了杜甫是半个诗圣。即只以杜甫从夔府以后才称诗圣,并未包括夔府以前的杜甫。因此,还不算对杜甫为"诗圣"的全面认可。但也是在推杜甫为诗圣的过程中,走了一大步。

与费宏约生于同时期的还有孙承恩。他的生卒年是明成化十七年至明嘉靖四十年(1481—1561)。孙承恩曾在《杜工部(子美)》中说:"诗圣惟甫,崇雅镇浮。力敌元化,手遏颓流。"④孙承恩是第一个提出"诗圣惟甫"的人。将李白等人,都推出了诗圣以外。也可以说他明确认为"诗圣"惟杜甫莫属。指出了杜甫称"诗圣"的唯一性。费、孙二人的年龄相近,都是明中期人。而王嗣奭的生卒年是明嘉靖四十五年至清顺至五年(1566—1648),是明晚期人。费宏、孙承恩,要比王嗣奭的生年要早八九十年。所以说目前所查到称杜甫为"诗圣"的,费宏是第一个,孙承恩是第二个,杨慎是第三个。此三人中称杜甫是唯一的"诗圣"的应是孙承恩。所以我认为孙承恩才是第一个正式称杜甫为"诗圣"的第一人。此外,像明代的王稚登(1535—1612)、胡应麟(1551—1602)、周婴(1583—1651)等人都与王嗣奭都是同一时代的人,他们都在孙承恩之后,但他们都纷纷尊杜甫为"诗圣",说明杜甫的诗圣之称,在明朝中后期,已成了共识。此后到了清代,尊李白为诗仙,尊杜甫为诗圣,就水到渠成了。

诗圣的另一层含义,不仅仅是指诗写得好,而更包含思想人格和道德的意思。因中国古代"圣"的意思,是指皇帝和圣人。称皇帝为"圣上"且不必讲,就圣人来

---

① 贺复征编:《文章辨体汇选》卷二三七,文渊阁四库全书本(电子版),上海:上海人民出版社、迪志文化出版有限公司,1999 年。

② 仇兆鳌注:《杜诗详注·补注》,北京:中华书局,1979 年,第 2294 页。

③ 参见曹学佺编选:《石仓历代诗选》卷四三〇,文渊阁四库全书本(电子版),上海:上海人民出版社、迪志文化出版有限公司,1999 年。

④ 《文简集》卷四〇,文渊阁四库全书本(电子版),上海:上海人民出版社、迪志文化出版有限公司,1999 年。

说,儒家只指周公、孔子。孟子称"亚圣",只是半个圣人。而孔子还是被称为集大成的人物。在儒学兴盛和尊崇儒家思想为主导的宋代来说,杜甫是宋代最为推崇的伟大诗人。他的思想主要是儒家的,他的忠君报国的政治操守和忧国忧民的思想和行为,都以儒家行为规范为道德标准,以仁义为怀的崇高人格,都是很全面的,是像孔子一样的集大成式的人物。再加上他在诗歌上各种诗歌体裁都很擅长驾驭的全面性,也是集大成的。故宋人就开始拿他与孔子相比,认为他是诗人的最高典范,诗界的圣者。如北宋王安石(1021—1086)在《杜甫画像》中称赞杜甫"吾观少陵诗,谓与元气侔。力能排天斡九地,壮颜毅色不可求。浩荡八极中,生物岂不稠?丑妍巨细千万殊,竟莫见以何雕锼……常愿天子圣,大臣各伊周。宁令吾庐独破受冻死,不忍四海赤子寒飕飗。伤屯悼屈止一身,嗟时之人我所羞。所以见公像,再拜涕泗流。推公之心古亦少,愿起公死从之游"①,在诗中极力推赞杜甫的诗歌艺术和崇高的人格,是古之所少。其中就有"圣"的意思在内。苏轼(1037—1101)在《书吴道子画后》写道:"诗至于杜子美、文至于韩退之、书至于颜鲁公、画至于吴道子,而古今之变,天下之能事毕矣。"②将杜甫的诗推崇到"天下之能事毕矣"的地步,则说明杜诗已达到极致,也是"圣于诗"的变相说法。秦观(1049—1100)《韩愈论》也说:"孔子,圣之时者也。孔子之谓集大成。呜呼! 杜氏、韩氏亦集诗文之大成者欤!"③文中说的是杜甫和韩愈,在诗和文方面分别为"集大成"的人物,其中就有说杜甫如孔子,是诗人中的圣人的意思。

到了南宋,杨万里(1127—1206)称杜甫和黄庭坚为"圣于诗"者。他在《江西宗派诗序》中说:"今夫四家者流,苏似李,黄似杜。李、苏之诗,子列子之御风也。杜、黄之诗,灵均之乘桂舟驾玉车也,无待神于诗者欤! 有待而未尝有待者,圣于诗者欤。"④这就为杜甫为"诗之圣"者,奠定了基础。后来,明代的费宏、孙承恩、杨慎、王稚登、胡震亨、周婴、王嗣奭等人才先后称杜甫为"诗圣",以后诗圣就成了杜甫的专号。清代仇兆鳌在《杜诗详注序》中说:"宋人之论诗者,称杜为诗史,为其诗可以论世知人也。明人之论诗者,推杜甫为诗圣,谓其立言忠厚,可以垂教万世也。"⑤说得十分到位。

---

① 《临川文集》卷九,文渊阁四库全书本(电子版),上海:上海人民出版社、迪志文化出版有限公司,1999年。

② 《东坡全集》卷九三,文渊阁四库全书本(电子版),上海:上海人民出版社、迪志文化出版有限公司,1999年。

③ 《淮海集》卷二二,文渊阁四库全书本(电子版),上海:上海人民出版社、迪志文化出版有限公司,1999年。

④ 《诚斋集》卷八〇,文渊阁四库全书本(电子版),上海:上海人民出版社、迪志文化出版有限公司,1999年。

⑤ 仇兆鳌注:《杜诗详注·序》卷首,北京:中华书局,1979年。

三、"诗仙"和"诗圣"主要来源于对李白和杜甫的思想的定位

从前面论述来看,李白被认为是当之无愧的"诗仙"的名号,主要是从"谪仙人"而来的。而谪仙人则是充满道家和道教思想意味的。李白的主要思想就是道家思想。李白从小就受到道家和道教思想的熏陶,其诗云:"家本紫云山,道风未沦落,况怀丹丘志,冲赏归寂寞。"①他对道教的神仙思想,非常向往:"余尝学道穷冥筌,梦中往往游仙山。何当脱屣谢时去,壶中别有日月天。"②李白幼习庄老,庄老思想对其影响很大。因庄子就有神仙思想:"至人神矣。大泽焚而不能热,河汉冱而不能寒,疾雷破山风振海而不能惊;若然者,乘云气、骑日月而游乎四海之外,死生无变于已,而况利害之端乎?"③又说:"千岁厌世,去而上仙,乘彼白云,至于帝乡。"④后来这种神仙思想被道教发展为得道成仙的各类神仙,对古人的影响甚巨,李白喜欢道教中的神仙故事,很想修仙学道,得道升仙。但神仙是很难修成的,或者说是根本修不成的。于是便产生"谪仙"的说法。天上的神仙被谪下凡,即所谓"谪仙人",是仅次仙人一等而高于凡人的非凡人物。而汉武帝时期的东方朔,就自称是"谪仙",而李白对东方朔这样的"谪仙"是很向往的。他作诗说:"世人不识东方朔,大隐金门是谪仙。"⑤而在唐代天宝元年时,李白就被贺知章冠以"谪仙人"名号的,李白也以此为荣。这是唐玄宗时期崇道思想大行于世的结果。将李白的诗歌成就与"谪仙人"联系起来,从而逐渐演变为"诗仙"的称呼,是顺理成章的。"诗仙"这一名号,在历史上虽然在唐宋时称过他人,但后来人们还是觉得称李白最为合适,故后来就固定为李白的名号了。

"诗圣"之名号之于杜甫,也是如此。杜甫是一个正统的儒者,他的思想和诗歌是以儒家思想为主导的,故在宋代忠君崇儒思想的社会思潮里,他被推为儒家诗人的"集大成"者,固然与其诗的巨大成就有关,主要还是其思想行为符合圣人之道,与之有着重要关系。李白和杜甫二人各代表中国诗歌的儒道互补的追求自由的超现实主义和关注社稷民生的现实主义的思想和诗风,他们各不相同的思想倾向和诗风,影响了中国一千多年来的诗歌的成长和发展。

---

① 李白:《题嵩山逸人元丹丘山居》,詹锳主编:《李白全集校注汇释集评》,天津:百花文艺出版社,1996年,第3591页。

② 李白:《下途归石门旧居》,詹锳主编:《李白全集校注汇释集评》,天津:百花文艺出版社,1996年,第3091页。

③ 王先谦:《庄子集解·齐物论第二》,《诸子集成》第3册,北京:中华书局,1986年,第15页。

④ 王先谦:《庄子集解·天地篇第十二》,《诸子集成》第3册,北京:中华书局,1986年,第72页。

⑤ 李白:《玉壶吟》,詹锳主编:《李白全集校注汇释集评》,天津:百花文艺出版社,1996年,第1003页。

　　清以后,人们又将崇信佛教的王维称为"诗佛"。清人王士禛(1634—1711)说:"尝戏论唐人诗:王维,佛语;孟浩然,菩萨语;刘眘虚、韦应物,祖师语;柳宗元,声闻辟支语;李白、常建,飞仙语;杜甫,圣语;陈子昂,真灵语;张九龄,典午名士语;岑参,剑仙语;韩愈,英雄语;李贺,才鬼语;卢仝,巫觋语;李商隐、韩渥,儿女语;苏轼有菩萨语,有剑仙语,有英雄语。独不能作佛语、圣语耳。"①此文中称王维诗为"佛语",李白诗为"飞仙语",杜甫诗为"圣语"即王维为诗佛、李白为诗仙、杜甫为诗圣之意。这就形成了李(白)、杜(甫)、王(维)分别各为盛唐道、儒、释三家思想的诗人代表。从诗风上来讲,李白之奔放飘逸、杜甫之沉着厚重、王维之静穆灵秀,皆是受道、儒、佛各家思想之影响的表现,故"诗仙"李白、"诗圣"杜甫和"诗佛"王维三人在盛唐鼎足而立,是盛唐儒、释、道三教并行文化在唐诗界的典型代表人物。

---

　　① 《居易录》卷五,文渊阁四库全书本(电子版),上海:上海人民出版社、迪志文化出版有限公司,1999年。

杜甫献《三大礼赋》背景及其与崔昌关系考述

孙　微

山东大学儒学高等研究院

一、杜甫献《三大礼赋》的政治文化背景述略

天宝九载(750)，处士崔昌上书向玄宗建议，请求确立唐朝为土德，即所谓的"以土代火"说，新、旧《唐书》及《资治通鉴》《册府元龟》《唐会要》均记载此事，其中《资治通鉴》曰：

> (天宝九载八月)辛卯，处士崔昌上言："国家宜承周、汉，以土代火；周、隋皆闰位，不当以其子孙为二王后。"事下公卿集议，集贤殿学士卫包上言："集议之夜，四星聚于尾，天意昭然。"上乃命求殷、周、汉后为三恪，废韩、介、酅公。①

另《册府元龟》曰：

> 初，崔昌上封事，推五行之运，以皇家土德，合承汉行。自魏晋至隋，皆非正统，是闰位。书奏，诏公卿议，是非相半。时上方希古慕道，得昌疏，甚与意惬，宰相林甫亦以昌意为是。会集贤院学士卫包抗疏奏曰："昨夜云开，四星聚于尾宿。又都堂会议之际，阴雾四塞，绪言之后，晴空万里，此盖天意明国家承汉之象也。"上以为然，遂行之。②

《唐会要》"二王三恪"条曰：

> (天宝)九载六月六日，处士崔昌上封事，以国家合承周、汉，其周、隋不合为二王后，请废。诏下尚书省，集公卿议。昌负独见之明，群议不能屈。会集

---

① 司马光：《资治通鉴》卷二一六，北京：中华书局，1956年，第6899页。

② 王钦若等编纂、周勋初等校订：《册府元龟》卷四，南京：凤凰出版社，2006年，第44页。

贤院学士卫包抗表,陈论议之夜,四星聚于尾宿,天象昭然。上心遂定,乃求殷、周、汉后为三恪,废韩、介、酅等公。[1]

崔昌所论"以土代火"说来源于战国时齐国阴阳家邹衍所创制的"终始五德"说,此说以阴阳五行理论来阐释历史的兴衰更替,认为王朝更迭是五德转移、相生相克的结果,其实质是为王朝争正统,为政权的合法性提供形而上的理论依据。

当然唐代的"以土代火"说并非崔昌首创,此说至少可以追溯至隋代的王通及初唐的王勃。王通《中说·关朗》曰:

> 元魏以降,天下无主矣。开皇九载,人始一……此吾所以建议于仁寿也。陛下真帝也,无踵伪乱,必绍周汉,以土袭火。色尚黄,敷用五除四代之法,以乘天命,千载一时,不可失也。[2]

王通将此说献给隋文帝,建议其秉承土德,以土袭火,然而由于隋朝短祚,并未来得及采纳,其孙王勃于唐高宗朝又重提此说,《新唐书·王勃传》载:

> 自黄帝至汉,五运适周,土复归唐,唐应继周、汉,不可承周、隋短祚。乃斥魏晋以降非真主正统,皆五行沴气,遂作《唐家千岁历》。……天宝中……有崔昌者采勃旧说,上《五行应运历》,请承周、汉,废周、隋为闰。[3]

可见此说由王通、王勃以迄崔昌有着清晰的传承脉络。崔昌的"以土代火"说无疑得到了宰相李林甫的支持,《册府元龟》载"宰相林甫亦以昌意为是",另《新唐书·王勃传》曰:"右相李林甫亦赞佑之"。又曰:

> 集公卿议可否,集贤学士卫包、起居舍人阎伯玙上表曰:"都堂集议之夕,四星聚于尾,天意昭然矣。"于是玄宗下诏,以唐承汉,黜隋以前帝王,废介、酅公,尊周、汉为二王后,以商为三恪,京城起周武王、汉高祖庙。授崔昌太子赞善大夫,卫包司虞员外郎。[4]

在朝廷讨论"以土代火"说期间,适逢"四星聚尾"特异天象出现,卫包等人以"天意昭然"为由使玄宗下定决心接受崔昌此说。据《史记·天官书》:"五星合,是为易行,有德受庆,改立大人,掩有四方,子孙蕃昌,无德受殃若亡。"[5]凡遇四星或五星相聚的特异天象,均被认为是有德受庆、无德受殃之兆。开元三年(715)八月,就曾出现过五星聚于箕、尾二宿之象,当时被公认为开元盛世之征。故玄宗决定采

---

① 王溥:《唐会要》卷二四,北京:中华书局,1955年,第462页。
② 张沛:《中说校注》,北京:中华书局,2013年,第257—258页。
③ 欧阳修、宋祁:《新唐书》卷二〇一,北京:中华书局,1975年,第5740页。
④ 欧阳修、宋祁:《新唐书》卷二〇一,北京:中华书局,1975年,第5740页。
⑤ 司马迁:《史记》卷二七,北京:中华书局,1959年,第1321页。

纳崔昌之说,确立国家之土德,于次年正月举行三大礼,以示有德受庆。《旧唐书·玄宗纪下》曰:"十载春正月乙酉朔。壬辰,朝献太清宫;癸巳,朝飨太庙;甲午,有事于南郊,合祭天地,礼毕,大赦天下。"①这就是杜甫献《三大礼赋》的政治文化背景。

二、杜甫与崔昌关系考述

(一)杜甫《三大礼赋》与崔昌"以土代火"说的密切关联

详细解读杜甫的《三大礼赋》就可发现,这三篇赋乃是对崔昌"以土代火"说的紧密呼应。杜甫在赋中首先对玄宗采纳崔昌之议表示肯定和赞许。《朝献太清宫赋》开头云:"冬十有一月,天子既纳处士之议,承汉继周,革弊用古,勒崇扬休。明年孟陬,将摅大礼以相籍,越彝伦而莫俦。"又《朝献太清宫赋》曰:"伊庶人得议,实邦家之光。"其次,在五行统绪中孰为正统、孰为闰位问题上,杜甫和崔昌的论调完全一致,都认为魏、晋以至于周、隋,皆"五行之沴气","不可承之"。《朝享太庙赋》曰:"臣窃以自赤精之衰歇,旷千载而无真人。及黄图之经纶,息五行而归厚地,则知至数不可以久缺,凡材不可以长寄。"又《朝献太清宫赋》曰:

> 上穆然,注道为身,觉天倾耳,陈僭号于五代,复战国于千祀。曰:呜呼!昔苍生缠孟德之祸,为仲达所愚。龆齿其俗,窦窳其孤。赤乌高飞,不肯止其屋;黄龙哮吼,不肯负其图。伊神器椓兀,而小人呴喻。历纪大破,创痍未苏,尚攘挈于吴蜀,又颠踬于羯胡。纵群雄之发愤,谁一统于亨衢?在拓跋与宇文,岂风尘之不殊。比聪庞及坚特,浑貔豹而齐驱。愁阴鬼啸,落日枭呼。各拥兵甲,俱称国都。且耕且战,何有何无。惟累圣之徽典,恭淑慎以允缉。兹火土之相生,非符谶之备及。炀帝终暴,叔宝初袭,编简尚新,义旗爰入。既清国难,方睹家给。窃以为数子自诬,敢正乎五行攸执。
>
> ……天师张道陵等,洎左玄君者,前千二百官吏,谒而进曰:今王巨唐,帝之苗裔,坤之纪纲。土配君服,宫尊臣商。起数得统,特立中央。②

这实际上就是以文学性的语言,对崔昌所论"以土代火""土复归唐"说进行的生动阐释。杜甫在赋中认为,自魏晋以迄北魏、北周、隋皆不敢"正乎五行攸执",这与崔昌"自魏晋至隋,皆非正统,是闰位"之论真可谓珠联璧合、一唱一和。这说明杜甫对崔昌、卫包等人"以土代火"之论不仅非常熟悉,而且对其精神内涵已做到深刻理解,这甚至让人有点怀疑他是否也是崔昌此论的最早谋划者。若果真如此的

---

① 刘昫:《旧唐书》卷九,北京:中华书局,1975 年,第 224 页。
② 萧涤非主编:《杜甫全集校注》卷二一,北京:人民文学出版社,2014 年,第 6133—6134 页。

话,杜甫也就有可能在天宝九载(750)八月之前,提前对《三大礼赋》进行构思和创作了。张忠纲先生已指出,杜甫献《三大礼赋》乃是天宝九载冬预献,即天宝九载十二月底之前①。而《朝献太清宫赋》曰:"冬十有一月,天子既纳处士之议。"又曰:"明年孟陬,将摅大礼。"既然杜甫在赋中提到十一月,说明三赋只能作于此后。另外,赋中说"壬辰,既格于道祖""甲午,方有事于采坛绀席",正好与《旧唐书》所记三大礼的时间完全吻合,这说明杜甫作赋时已经提前知道了三大礼的具体日程安排,则此赋的最终完成时间已经非常接近天宝九载的年底了。这样一来,《三大礼赋》的创作时间就必须于十一月至十二月之间完成,可问题是如此短促的时间杜甫真的能完成这三篇恢宏巨制的写作吗?《三大礼赋》创作除了构思章节、斟酌字句之外,既需要了解"以土代火"的理论内涵,又需要了解三大礼的具体礼仪和实施步骤,甚至找献纳使投匦献赋以上达天听无疑都需要一些时间,即使才华横溢如杜甫,在短时间恐亦难以完成。而假若杜甫通过其他渠道预知了崔昌上书的内容,于其上书之前便预先进行构思写作,时间上无疑会从容得多。毕竟在赋中关于三大礼的确切时日可以暂先草拟一下,直到最后献赋时再将获知的准确时间加以修改替换即可。而从《三大礼赋》的内容及艺术成就来看,绝不像是短时间内匆匆完成的,假若杜甫有充裕的创作时间,那是不是更说明他与崔昌等人早就熟识呢?

关于杜甫与崔昌二人之间的关系,学界此前尚未见有人提及,陈冠明《杜甫亲眷交游考》及张忠纲主编《杜甫大辞典》"家世交游"部分均未收与崔昌有关的条目,似乎二人并无交集。然从杜甫献《三大礼赋》及其与崔昌建言的默契程度来看,二人不可能没有交往。况崔姓乃杜甫母系之姓,杜集中提到许多崔姓舅氏,那么崔昌是否也是杜甫母系家族的亲属呢?今检杜集中有《奉送崔都水翁下峡》一诗,似为杜甫与崔昌关系的唯一诗证,诗曰:

> 无数涪江筏,鸣桡总发时。别离终不久,宗族忍相遗?白狗黄牛峡,朝云暮雨祠。所过凭问讯,到日自题诗。②

此诗作于梓州,都水,即都水使者之简称。诗中说"宗族忍相遗",表明杜甫与这个"崔都水"确实是亲属关系。仇兆鳌曰:"崔为都水使,与公为甥舅,故称曰翁。"那么这个崔都水是否即是崔昌呢?这就需要考察一下崔昌是否担任过都水使者之职。

(二)崔昌官职变迁考略

崔昌于天宝九载献"以土代火"说时还只是一个"处士",即未任官职。其建言

① 张忠纲:《杜甫献〈三大礼赋〉时间考辨》,《文史哲》2006年第1期。
② 仇兆鳌注:《杜诗详注》卷一二,北京:中华书局,1979年,第982页。

被玄宗采纳后,授为太子赞善大夫之职。据《旧唐书·职官志》,太子左右赞善大夫为正五品上阶。不过到了天宝十二载(753),右相杨国忠反李林甫之政,将当年参与策划此事的崔昌、卫包、阎伯玙等人全部外贬,其中崔昌被贬为乌雷尉。《唐会要》曰:"(天宝)十二年五月九日,魏、周、隋依旧为三恪及二王后,复封韩、介、酅等公,其周汉、魏晋、齐梁帝王庙依旧制。六月九日,崔昌、卫包等皆贬官。"①可知崔昌贬为乌雷尉的时间应在是年六月九日。乌雷属玉山郡,即今广西东兴,唐时属下县。据《旧唐书·职官志三》,下县县尉的品阶为从九品下。崔昌从正五品上的太子赞善大夫被贬为从九品下的乌雷尉,官阶连降十九级,几乎是一撸到底,可见这次贬谪对崔昌而言是多么严厉的惩罚。崔昌在乌雷尉任上大约数年后,改任为试都水使者之职务,改任的具体时间不详。由于崔昌参与了上元二年(761)嗣岐王李珍谋逆案被处死,关于崔昌的任职情况才得以前后连贯起来。李珍谋逆事,见《旧唐书·李范传》:

> 珍赐死,其同谋右武卫将军窦如玢、试都水使者崔昌、右羽林军大将军刘从谏、蔚州长塞镇将朱融、右卫将军胡洌、直司天台通玄院高抱素、右司御率府率魏兆、内侍省内谒者监王道成等九人,特宜斩决。试太子洗马兼知司天台冬官正事赵非熊、陈王府长史陈闳、楚州司马张昂、右武卫兵曹焦自荣、前凤翔府郿县主簿李屺、国子监广文进士张奂等六人,特宜决杀。驸马都尉薛履谦预逆谋,宜赐自尽。乃以济兼桂州都督、侍御史,充桂管防御都使。左散骑常侍张镐坐与交通,贬辰州司户。②

又《旧唐书·肃宗本纪》曰:

> 夏四月乙亥朔,嗣岐王珍得罪,废为庶人,于溱州安置,连坐窦如玢、崔昌处斩,驸马都尉杨洄、薛履谦赐自尽,左散骑常侍张镐贬辰州司户长任。③

又《旧唐书·敬羽传》载:

> 嗣薛王珍潜谋不轨,诏羽鞫之……珍坐死,右卫将军窦如玢、试都水使者崔昌等九人并斩,太子洗马赵非熊、陈王府长史陈闳、楚州司马张昂、左武卫兵曹参军焦自荣、前凤翔府郿县主簿李屺、广文馆进士张夐等六人决杀,驸马都尉薛履谦赐自尽,左散骑常侍张镐贬辰州司户。④

又《唐大诏令集》卷三十九有《嗣岐王珍免为庶人制》,署为"上元二年四月"。⑤

---

① 王溥:《唐会要》卷二四,北京:中华书局,1955年,第462—463页。
② 刘昫:《旧唐书》卷九五,北京:中华书局,1975年,第3017页。
③ 刘昫:《旧唐书·肃宗本纪》卷一〇,北京:中华书局,1975年,第261页。
④ 刘昫:《旧唐书·敬羽传》卷一八六下,北京:中华书局,1975年,第4860—4861页。
⑤ 宋敏求:《唐大诏令集》卷三九,上海:商务印书馆,1959年,第180页。

可知崔昌参与谋反时所任官职为"试都水使者"。《旧唐书·职官志三》:"都水监,使者二人,正五品上。……掌川泽、津梁之政令,总舟楫、河渠二署之官属。"①所谓"试"者,即试任其职或试假其衔,《通典》曰:"试者,未为正命。"②一般是指资历低而担任高级职务者。崔昌从九品下阶的乌雷尉被擢拔为正五品上阶之试都水使者,系超阶任用,试都水使者与其当年释褐所任太子赞善大夫一职同为正五品上阶,故从官阶的角度来看,似有官复原职之意。综上所述,崔昌历任官职分别为:太子赞善大夫(天宝九载九月)、乌雷尉(天宝十二载六月)、试都水使者(任职时间不详),并于上元二年(761)四月在试都水使者任上因参与谋反被肃宗处死。

通过以上考证可见,崔昌确实担任过试都水使者之职,因此杜甫漂泊梓州期间所作《奉送崔都水翁下峡》一诗极有可能就是送别崔昌时所作。若果真如此的话,杜甫与崔昌确为亲戚关系,故其在崔昌上"以土代火"说之前定有较为密切的交往,如此再反观其献《三大礼赋》与崔昌上"以土代火"说得高度一致,也就容易理解了。

(三)杜甫《奉送崔都水翁下峡》实际作年应为上元二年(761)

如前所论,杜甫《奉送崔都水翁下峡》一诗中的"崔都水翁"确是试都水使者崔昌,则历代杜诗注本中关于《奉送崔都水翁下峡》作年的结论需要进行相应更改。因为崔昌于上元二年(761)四月即因谋反被处死,则此诗的作年当不晚于此年。那么,杜诗旧注中一般将此诗系于何年呢?检黄鹤《黄氏补注》将此诗系于广德元年(763),从仇兆鳌《杜诗详注》以至于萧涤非《杜甫全集校注》、谢思炜《杜甫集校注》均依黄鹤此说。黄鹤认为此诗作于广德元年(763)的理由:"诗云:'无数涪江筏',当是广德元年梓州作。观末句,则知公有意于到夔矣。"③可知黄鹤确定此诗编年的依据就是诗中"无数涪江筏"之句,因为这句诗中提到了"涪江",于是黄鹤便将"涪江"与梓州联系起来,而杜甫广德元年(763)确实到过梓州,故而这首诗便如此被确定为广德元年梓州所作。如今已知"崔都水"确为崔昌,则将此诗编于广德元年显然不能成立,此诗必作于上元二年四月崔昌谋反被杀之前。值得注意的是,《奉送崔都水翁下峡》一诗颈联"白狗黄牛峡,朝云暮雨祠"乃是用当句对预拟崔翁经过之地,暗中透露出此次崔都水的行踪路线乃是从梓州的涪江入嘉陵江再入长江,然后返回京师,似为都水监对这些水系郡县所作的一次全面考察。考虑到由梓州乘船经水路至京师长安需耗费不少时日,则杜甫此诗只能作于上元二年年初方较为合理。检诸种杜甫年谱,于上元二年均未有去梓州的记载,不过杜甫曾于上元元年(760)秋曾去彭州访高适,又去新津会裴迪、王缙,上元二年(761)春复往新津

① 刘昫:《旧唐书·职官志三》卷四四,北京:中华书局,1975年,第1897页。
② 杜佑:《通典》卷一九,北京:中华书局,1988年,第471页。
③ 黄希、黄鹤补注:《黄氏补千家注纪年杜工部诗史》卷二四,北京:北京图书馆出版社,2006年。

游历,则亦不能排除其上元二年初曾游梓州之可能。或许有人会质疑,杜诗的编年经历代注家反复梳理,难道可以随便改易吗? 其实此诗的情况较为特殊,检宋本《杜工部集》并未收此诗,宋百家本则收录于《补遗》之中,乃是未定编年之作。又检钱谦益《钱注杜诗》卷十八可知,此诗最早收录于吴若本《杜工部集》之中,乃宋朝奉大夫员安宇所收 27 篇杜甫佚诗之一,故《奉送崔都水翁下峡》一诗最初并无明确编年,完全可以按照实际情况重新编排酌定。

三、杜甫与李林甫集团关系之反思

通过对杜甫与崔昌关系的重新考察,促使我们对杜甫与李林甫的关系进行再反思。由于杜甫在《奉赠鲜于京兆二十韵》中说过"破胆遭前政,阴谋独秉钧。微生沾忌刻,万事益酸辛"的话[①],故研究者往往都将杜甫与李林甫的关系对立起来看,如仇兆鳌《杜诗详注》曰:"公初应诏而见黜,后以召试而仍弃,皆林甫为之。"[②]天宝六载(747)李林甫玩弄"野无遗贤"闹剧,将前来应试的举子全部黜落,确实殃及了首次应诏的杜甫。然而说杜甫天宝十载(751)"以召试而仍弃,皆林甫为之"却真是冤枉了李林甫。王勋成先生、韩成武先生已指出,杜甫献《三大礼赋》之后,经过中书省考试,获得出身,没有立即得到官职,是唐代铨选制度决定的,因为当时的铨选制度规定:献赋获得出身者,与制举获得出身者、进士及第者同等待遇,即候选三年,然后参加吏部铨选,才能获得官职。[③] 陈铁民先生指出,初盛唐进士及第后必须守选三年才能授官的定制并不存在,史料中有不少进士及第后多年尚未授官的例子。[④] 不过受到传统看法的影响,当代学界仍延续着仇兆鳌等人的认识。甚或以为杜甫一直没走李林甫这个后门,说明君子有所为有所不为,这都把杜甫说得过于清高了。究其原因,是因为在人们心目中李林甫是口蜜腹剑的大奸臣,而杜甫则是崇高而忠贞的诗圣,即便杜甫曾于李林甫之女婿杜位宅守岁,人们仍不愿承认杜甫与李林甫在政治上有什么瓜葛。其实饥寒交迫的杜甫斯时曾先后向哥舒翰、鲜于仲通乃至杨国忠投赠诗篇,有饥不择食之急迫,倘若他真的通过杜位——李林甫这层关系对朝廷的动向有所了解,抓住时机献赋,我们又如何忍心对其进行苛责呢?"以土代火"说实施的背后有着李林甫、杨国忠两股势力暗中角逐的背景,而从杜甫献《三大礼赋》的举动可以看出,他无疑是旗帜鲜明地站在李林甫一方的。考虑到地位寒微的杜甫难以和位高权重的李林甫搭上关系,因此李林甫之婿杜位的

① 仇兆鳌注:《杜诗详注》卷二,北京:中华书局,1979 年,第 140 页。
② 仇兆鳌注:《杜诗详注》卷二,北京:中华书局,1979 年,第 143 页。
③ 韩成武:《杜甫献赋出身而未能立即得官之原因考》,《杜甫研究学刊》2008 年第 3 期。
④ 陈铁民:《守选制与唐代文人的诗歌创作研究》,北京:中国社会科学出版社,2021 年,第 43—60 页的

中介作用就非常值得关注了。另外陈贻焮先生在《杜甫评传》中认为,杜甫这次献《三大礼赋》的时机实在是选择得太妙了,一定有高人在后面替他出谋划策,并从《奉赠太常张卿垍二十韵》等投赠诗分析,认为对杜甫进行点拨的高人,非张垍、张均兄弟莫属。① 实际上,我们若从杜甫与崔昌集团的密切关系来看,就可以发现这一判断也是值得商榷的。杜甫通过杜位、李林甫这层关系侦知朝廷上的最新动态,无疑要比张垍、张均兄弟的渠道更为直接、方便。当然,作为"以土代火"说具体的策划者,崔昌、卫包、阎伯玙无疑是站在最前列的,杜甫则只是此事的鼓噪者和宣传者,况且这种鼓噪又是在皇帝决定采纳崔昌的建言之后,政治上毫无风险,或许也正是因此之故,他才未被划入崔昌一伙,从而侥幸躲过了天宝十二载(753)的杨国忠对崔昌集团的清算。这样一来,从杜甫与崔昌集团关系的角度来看,其献《三大礼赋》后未被立即授官,对他来说反而是一种保护了,如若不然的话,杜甫于天宝十载(751)便因献赋而授官,到了天宝十二载杨国忠报复时岂不是要列为崔昌一党,同被外贬? 故从这一角度来看,我们似乎应该为杜甫躲过一次政治劫难而替他感到庆幸,不过从中也可窥见杜甫作为一个外围人员与李林甫集团若即若离的政治身份。

总之,天宝九载崔昌上"以土代火"说与杜甫献《三大礼赋》联系紧密,说明二人之间的关系非同寻常,然而此前学界对此却并未关注。杜甫《奉送崔都水翁下峡》一诗中的"崔都水"即是崔昌,杜甫母亲姓崔,则崔昌或为杜甫舅氏亲族。崔昌于上元二年(761)四月在试都水使者任上因参与嗣岐王李珍谋反案被肃宗处死,故《奉送崔都水翁下峡》必作于上元二年之前。

① 陈贻焮:《杜甫评传》,北京:北京大学出版社,2003 年,第 154 页。

《同诸公登慈恩寺塔》创作时间献疑

——兼谈同题唱和诗的艺术成就

杨　琼

浙江大学中文系

杜甫《同诸公登慈恩寺塔》诗是其天宝年间滞留长安时的登览之作,同时登塔作诗的还有高适、岑参、薛据、储光曦等人,清人王士禛在《池北偶谈》卷十八云:"盛唐高、岑、子美诸公,同登慈恩寺塔赋诗,或云'秋色从东来,苍然满关中,五陵北原上,万古青蒙蒙'(岑),或云'秋风昨夜至,秦塞多清旷。千里何苍苍,五陵郁相望'(高),或云'秦山忽破碎,泾渭不可求。俯视但一气,焉能辨皇州'(杜)。此是何等气概!视章作,真小儿号嗄耳。每思高、岑、杜辈同登慈恩寺塔,高、李、杜辈同登吹台,一时大敌,旗鼓相当,恨不厕身其间,为执鞭弭之役。"①感慨这是一场千载难逢的伟大诗人聚会,所作皆为流芳百世名篇佳制,相比之下,章八元《题慈恩寺塔》则黯然无光了。后世学人对于此组同题唱和之作,目光不约而同地聚集在诗歌水平优劣上,代表作有程千帆、莫砺锋先生《他们并非站在同一高度上——论杜甫等同题共作的慈恩寺塔诗》②、胡燕青《大雁塔的几个高度——试读杜甫的〈同诸公登慈恩寺塔〉兼谈高适、岑参、储光羲同题诗》③等。相较之下,对于这组诗歌产生的年代背景却疏于讨论。实则,结合同一时期的几首诗歌来看,登慈恩寺塔诗的创作时间尚有值得探讨之处,同时,以往对于这组诗歌的分析往往集中在思想境界的高低上,对于诗歌的文本解读以及艺术价值分析则比较缺乏,本文将从以上几个层面出发对这组诗歌进行探讨,以求教于方家。

---

① 王士禛:《池北偶谈》卷一八,北京:中华书局,1997年,第439—440页。

② 程千帆、莫砺锋:《他们并非站在同一高度上——读杜甫等同题共作的慈恩寺塔诗札记》,《名作欣赏》1986年第6期。

③ 胡燕青:《大雁塔的几个高度——试读杜甫的〈同诸公登慈恩寺塔〉兼谈高适、岑参、储光羲同题诗》,《香港中国古典文学研究论文选粹·诗词曲篇》,南京:江苏古籍出版社,2002年,第272—281页。

一、登慈恩寺塔诗创作时间献疑

关于杜甫《同诸公登慈恩寺塔》的创作时间，自古颇有争议。宋人梁权道将其编在天宝十三载(754)，对此，黄鹤《补注杜诗》曰："玄奘自西域归，始于寺西建塔，其后颓圮。至长安中更造，尝观雁塔题名有公题字，云：'杜甫、李雄、李谟。'年月在上第二层。而第二层年月已湮没不可考。谓之'同诸公'，则非止二李，当又别是一时。梁权道编在天宝十三载，不知何据？应在禄山陷京师之前，十载奏赋之后。高注以末句指伪署官，而云非李适。"①黄氏遂将该诗系于天宝十载(751)。高崇兰编次、刘辰翁评点《集千家注杜工部诗集》用黄鹤说，置于《兵车行》与《投简咸华两县诸子》之间。仇兆鳌《杜诗详注》亦用此说，置于《乐游园歌》后。朱鹤龄《杜工部诗集辑注》置于《兵车行》与《示从孙济》之间。杨伦《杜诗镜铨》用朱氏编次。直到近代闻一多先生《岑嘉州系年考》，将此诗重新系于天宝十一载(752)秋，理由有四：一是天宝十载(751)秋多雨，既非登塔之时，而杜甫卧病，又无参与斯游之理；二是天宝十二载(753)五月至九月，高适在河西，不得同游；三是天宝十三载(754)积雨六十余日，杜甫因霖雨乏食，携家前往奉先，岑参已于四月去北庭；四是仇氏杜诗当作于天宝十载(751)献赋之后，则该诗当作于十一载无疑。② 至此，登慈恩寺塔诸诗作于天宝十一载(752)秋便成定论。然细考之，所论理由尚有可商榷之处。

首先是天宝十载和十三载多雨不适宜游塔一说。从史料记载来看，天宝十载、十二载、十三载皆为多雨天气。《旧唐书》卷九："(天宝十载)是秋，霖雨积旬，墙屋多坏，西京尤甚。……(天宝十二载)八月，京城霖雨，米贵，令出太仓米十万石，减价粜与贫人。……(天宝十三载)是秋，霖雨积六十余日，京城垣屋颓坏殆尽，物价暴贵，人多乏食，令出太仓米一百万石，开十场贱粜以济贫民。东都瀍、洛暴涨，飘没十九坊。"③然高适和储光羲分别有《同薛司直诸公秋霁曲江俯见南山作》《同诸公秋霁曲江俯见南山》诗作，其中薛司直盖即薛据，二诗当与登慈恩寺塔诗同时。从"秋霁"来看，是诸公秋日雨过天晴一起游曲江所作。储光羲另有《同诸公秋日游昆明池思古》，则同游之处除了慈恩寺塔和曲江，尚有昆明池，诗云："仆人理车骑，西出金光逵。苍苍白帝郊，我将游灵池。太阴连晦朔，雨与天根违。凄风披田原，横污益山陂。农畯尽颠沛，顾望稼穑悲。"④亦言连日多雨，放晴后前往昆明池游览。其中描述的天气状况以多雨导致农田作物毁坏的状况与杜甫《九日寄岑参》颇

---

① 杜甫撰：《补注杜诗》卷一，黄希原注，黄鹤补注，《文渊阁四库全书》第1069册，台北：商务印书馆，1986年，第63页。

② 闻一多：《唐诗杂论》，上海：上海古籍出版社，1998年，第110—111页。

③ 刘昫：《旧唐书》卷九，北京：中华书局，1976年，第225—229页。

④ 《全唐诗》卷一三八，北京：中华书局，1960年，第1397页。

为相似："出门复入门,雨脚但仍旧。所向泥活活,思君令人瘦。沉吟坐西轩,饭食错昏昼。寸步曲江头,难与一相就。吁嗟乎苍生,稼穑不可救!安得诛云师?畴能补天漏?"从杜诗的描述来看,应作于雨灾较为严重的年份,即天宝十载、十二载或十三载。仇注曰:"此当是天宝十三载九月作。"①误,岑参天宝十三载四月已前往北庭,九月在轮台,有《走马川行奉送出师西征》曰:"轮台九月风夜吼,一川碎石大如斗,随风满地石乱走。"故《九日寄岑参》当作于天宝十载或十二载。杜甫在诗中叙述了对岑参的思念,期待在曲江相见,出门几次,雨脚不停方作罢,可见天气并不能构成是否游塔的判断因素。又杜甫《秋雨叹三首》其二有"阑风长雨秋纷纷,四海八荒同一云。去马来牛不复辨,浊泾清渭何当分",所述亦为长安霖雨状况,复观其《同诸公登慈恩寺塔》诗"秦山忽破碎,泾渭不可求。俯视但一气,焉能辨皇州",其中"同一云"与"但一气",牛马不辨与皇州不辨以及泾渭不分,皆可相互呼应,储光羲《同诸公登慈恩寺塔》亦有"雷雨傍杳冥"之语,则诸公登塔之时绝非天朗气清的秋日。结合高适、储光羲游昆明湖、曲江诸诗,可见与闻一多先生所论相反,几位诗人同游曲江、昆明池、慈恩寺塔恰是在多雨的秋季,不过游览时已是雨过天晴。

天宝十载被闻一多先生排除在外,除了多雨不适合登塔,另一条理由是杜甫卧病,不得同游。然其《岑嘉州系年考证》天宝十载下又言:"(岑参)六月抵临洮,初秋应抵长安。是秋,杜甫有《九日寄岑参》。"②上文已述及《九日寄岑参》乃是杜、岑相约曲江,却因雨不得相见而作,似与杜甫卧病不能出游亦相矛盾。且从诸公登塔诗来看,"少昊行清秋""秋风昨夜至""秋色从西来"都点明应是在初秋之时,杜甫卧病并不一定就在此时,也可能在登塔之后。

当然,判定是否有可能在天宝十载,还需考虑一个因素,即高适此年的行踪。高适天宝八载应有道科,中第后授封丘尉,周勋初先生《高适年谱》据高适《陈留郡上源新驿记》中"壬辰岁,太守元公连率河南之三载也……末吏不敏,纪于贞石",证知天宝十一载高适尚在封丘尉任③,所论极是,但不能排除高适在任职期间到过长安。《册府元龟》卷八六:"(天宝)十载正月招:'朕每搜罗贤俊,旌贲丘园,犹虑遁迹藏名,安卑守位。朕言及此,寤寐思焉。其诸色人中,有怀才抱器,未经荐举者,委所在长官审加访择,具奏名录。'"④卷六四三:"(天宝)十载九月辛卯,御勤政殿,试怀才抱器举人,命有司供食。"⑤制举作为将"举士"与"选官"相结合的特科,由皇帝临时颁布制敕进行。从应制举人的身份看,既有自身,又有前资官,六品以下在职

---

① 仇兆鳌注:《杜诗详注》,北京:中华书局,1979年,第208页。
② 闻一多:《唐诗杂论》,武汉:武汉大学出版社,2008年,第111页。
③ 周勋初:《高适年谱》,上海:上海古籍出版社,1980年,第32页。
④ 王钦若:《册府元龟》卷八六,北京:中华书局,1960年,第764页;王钦若:《册府元龟》卷六四三,北京:中华书局,1960年,第7711页。
⑤ 王钦若:《册府元龟》卷六四三,北京:中华书局,1960年,第7711页。

的现任官员也可参加,相比礼部科举与吏部铨选具有更广泛的举士选官基础。制举的目的在于选拔高层次的经世治国之才,要求应举者有广博的经史知识、高明的政治见解,而且要求有一定的政治实践。就唐朝的情况来看,平民中还很少有这样的才识之士,制举可以说是才高位低的一般官僚快速升迁的途径。对于"输效独无因"的封丘县尉高适来说,天宝十载参加制举是难得的升迁机会。高适《崔司录宅燕大理李卿》诗云:"多雨殊未已,秋云更沉沉。洛阳故人初解印,山东小吏来相寻。"①一般认为是高适天宝十一载卸任封丘县尉到长安所作,然既已解官,何仍以"山东小吏"自称,且诗言"多雨殊未已"似与天宝十载的天气更相符,故此诗亦可能是高适天宝十载入长安时所作。

综上,除了天宝十二载五月至九月高适在河西,天宝十三载九月岑参在轮台,短时间不可能往返长安,可以明确排除,天宝十载或十一载四人齐聚长安是有可能的。从储光羲《同诸公秋日游昆明池思古》《同诸公秋霁曲江俯见南山》描述的雨灾状况以及雨后出游的情况来看,天宝十载登塔的可能性更大。

二、杜甫《同诸公登慈恩寺塔》的艺术价值

杜甫所作《同诸公登慈恩寺塔》被认为是同题诸作中的压卷之作,在杜甫的登览诗中也有重要的地位。前人对于杜诗超拔之处的分析往往从思想境界角度出发加以分析,对于其艺术价值则阐述不多,实则从艺术性角度出发,亦可看出杜诗是独具匠心的结撰之作。

根据诗歌的感情脉络,我们可以大致分成三个段落来分析。第一段为开头四句,是全篇的纲领。作者登上慈恩寺塔,体验着塔势高危,上跨苍穹,高标接天,气势覆盖天地,加以烈风迅疾,从视觉到触觉、听觉,精炼传神地点出了塔式之高,使人震撼无比。登高望远,少不了情怀抒发,诗人没有直接进行景物描写,而是点明了登塔的情怀。"自非旷士怀,登兹翻百忧",古代文人好以旷士自居,如鲍照《放歌行》便有"小人自龌龊,安知旷世怀"之语,杜甫反其道而行,以胸怀旷达的高士赞一起登塔的友人高适、薛据诸人,而用王粲《登楼赋》"登兹楼以四望兮,聊暇日以销忧"的典故表明自己与他们形成鲜明的对比:登临塔上,反而百感交集,忧从中来,称不上"旷士"。

第二段从"方知象教力"开始到"日晏昆仑丘"结束。慈恩寺是贞观二十年唐高宗李治为其母长孙皇后祈福所建,寺塔则是永徽三年沙门玄奘所立,塔内有梵本诸经,塔前有褚遂良书唐太宗《三藏圣教序》和唐高宗《述圣迹》二碑,可以说慈恩寺塔乃佛教圣地之一。杜甫"方知象教力,足可追冥搜",前半句紧扣佛寺,后半句则切

---

① 刘开扬:《高适诗集编年笺注》,北京:中华书局,1981 年,第 232 页。

登临。仇兆鳌《杜诗详注》卷二曰："象教,建塔者。冥搜,登塔者。""冥搜"意为探求幽僻之境,用孙绰《天台山赋》:"非夫远寄冥搜,笃信通神者,何肯遥想而存之?"从通神、遥想来看,孙绰此处"冥搜"当为驰骋想象之意。而杜甫的登塔也不是实际上的探幽,登塔以后,高标接天,如临无人之境,亦可放飞思绪,追踪想象,用典准确、精妙。而以象教之力可以追冥搜,意在突出佛家力量之大,所建之塔的巍峨精美超出了登塔者的想象。萧涤非先生《杜甫诗选注》:"此处所谓冥搜,其实是揭露现实,不要为杜甫瞒偶。按唐人作诗,用心甚苦,故多以'冥搜'指作诗。"①朱东润先生《中国历代文学作品选》:"足可句:意谓可以穿窟出幽,穷高极远地追寻胜境。"②所言皆不甚贴切。杜甫紧接着开始写登塔时所见之景:"仰穿龙蛇窟,始出枝撑幽。"仰首向上,看到台阶盘曲而上,如龙蛇之窟,比喻生动逼真。又以"枝撑"来形容塔内柱子,所用乃王延寿《鲁灵光殿赋》典故:"芝栭攒罗以戢香,枝掌权枒而斜据。"李周翰注:"'枝掌,梁上交木也'。"由"蛇窟"到"枝撑",以塔内扶梯盘旋、梁柱交错的构造,突出幽暗的环境,用语奇异。登到塔顶之后,笔锋一转,一切豁然开朗,诗人观景的角度则是全方位的。首先是仰望天象:"七星在北户,河汉声西流。羲和鞭白日,少昊行清秋。"北斗七星犹如就在身旁的窗边一样,触手可及;天上银河向西流动,还能听到水流的声音。时光消逝同羲和驾车,时序更迭像少昊司秋。此句言塔势之高的同时巧妙地点出了登塔的时令。接着写远景:"秦山忽破碎,泾渭不可求。"仇兆鳌《杜诗详注》:"忽破碎,谓大小错杂。"朱鹤龄注曰:"秦山谓终南诸山,登高望之,大小错杂,如破碎然;泾渭二水从西北来,远望则不可求其清浊之分也。"宋胡舜陟《三山老人语录》:"'山'者,人君之象。'秦山忽破碎',则人君失道矣。"③宋蔡梦弼《杜工部草堂诗笺》:"言草木零落也。"④所论皆难圆通。秦山绵延,就算高低错落,亦难言破碎,且"忽"字无着落。上文已叙及登塔之时并非天朗气清,其次是霖雨之后,结合储光羲《同诸公秋日游昆明池思古》"凄风披田原,横污益山陂"之句,则"泾渭不可求"可解。雨后水汽氤氲,雾霭割裂秦山,故言"破碎"。而近观塔下,则是"俯视但一气,焉能辨皇州",万物都被水汽笼罩,故皇州不辨。《汉书》所载中山靖王曰:"云蒸烈布,杳冥昼昏,寺埃拚覆,昧不见泰山。何则?物有蔽之也。"《资治通鉴》云:"上晚年自恃承平,以为天下无复可忧,遂深居禁中,专以声色自娱,悉委政事于林甫。林甫媚事左右,迎合上意,以固其宠;杜绝言路,掩蔽聪明,以成其奸;妒贤嫉能,排抑胜己,以保其位;屡起大狱,诛逐贵臣,以张其势。自皇太子以下,畏之侧足。凡在相位十九年,养成天下之乱,而上不之寤也。"⑤有感于此,诗人

---

① 萧涤非:《杜甫诗选注》,北京:人民文学出版社,1979 年,第 39 页。
② 朱东润:《中国历代文学作品选》,上海:上海古籍出版社,1980 年,第 97 页。
③ 胡仔:《苕溪渔隐丛话》,北京:人民文学出版社,1962 年,第 80 页。
④ 蔡梦弼:《杜工部草堂诗笺》丛书集成初编本,北京:中华书局,1985 年,第 294 页。
⑤ 司马光:《资治通鉴》卷二一六,北京:中华书局,1956 年,第 6914 页。

只能"回首叫虞舜",此处"虞舜"当指开创贞观之治的唐太宗,故其所望之处乃埋葬唐太宗的昭陵,然而"苍梧云正愁",苍梧之野,被乌云所笼罩。诗人此处所见当为实景,然语带双关,义兼比兴,将国势日颓、盛世不再的感悟揉进写景中,这也是杜诗的高妙之处。"惜哉瑶池饮"用周穆王与西王母典故,以瑶池指代骊山温泉,以西王母指代杨贵妃,含蓄地对沉醉酒色的唐玄宗加以批判。"日晏昆仑丘"用《庄子·天地篇》的典故:"黄帝游夫赤水之北,登乎昆仑丘。""日"常用来指称皇帝,此处明显是隐喻太宗,"晏"同"宴",意太阳下山,此句慨叹唐太宗之死,以及其盛世只供后人追慕而难以重现。

最后一段:"黄鹄去不息,哀鸣何所投。君看随阳雁,各有稻粱谋。"《商君书·画策》:"黄鹄之飞,一举千里。"旧注曰:"末以黄鹄哀鸣自比,而叹谋生之不若阳雁,盖忧扰之词。"不确。黄鹄一举千里,却因无所投靠而哀鸣,比喻的是像自己这样怀有才干和抱负,却得不到赏识,不能一展抱负的人,与为稻粱趋炎附势的阳雁形成了鲜明的对比。诚如莫砺锋先生所言:"穷愁潦倒、衣食艰难的诗人并没有把目光局限于他个人的生活。他一登高望远,就立即将眼前景物与整个社会现实联系起来,正如浦起龙所说:'乱源已兆,忧患填胸,触境即动。只一凭眺间,觉河山无恙,尘昏满目。'在胸怀百忧的诗人看来,一切景物都蒙上了一层惨淡的颜色。'烈风无时休'固然是高处应有之景,但又何尝不是时局飘摇、天下将乱的征兆?……慈恩寺既是佛教的一个重要场所,又是唐帝国鼎盛时期的一个象征,当杜甫这位忧国忧民的诗人登上寺塔时,就自然而然地眺望太宗的昭陵而缅怀大唐帝国的全盛时代。可是盛世已经消逝,尽管诗人满怀希望地呼唤它,也不会复返了,剩下的只是愁云惨雾而已。……诗人登塔时,玄宗、杨妃也并不在华清池,但诗人远眺骊山,即景生情,不由得对玄宗沉迷于酒色淫乐而感到惋惜、愤慨。'黄鹄去不息,哀鸣何所投'二句写贤士失职而无所归宿之悲愤,'君看随阳雁,各有稻粱谋'二句,斥奸邪趋炎附势而谋取富贵之无耻,其义甚明。"①可以说是对杜甫《同诸公登慈恩寺塔》思想境界最精准的概括。

三、登慈恩寺塔组诗比较分析

对于这组同题诗的成就评价,后人基本达成了共识,程千帆、莫砺锋先生文曰:"当四位诗人登上慈恩寺塔举目远眺时,就观察自然景物来说,他们都站在同样高度的七级浮图上,可是,对于观察社会现象来说,杜甫却独自站在一个迥然挺出的高度上。这样,岑、储看到的是浮图的崇丽和佛教义理的精微;高适所看到的与岑、储同,所感到的则是个人命运的蹭蹬。而杜甫除了高塔远景之外还看到了'尘昏满

---

① 莫砺锋:《杜甫评传》,上海:上海古籍出版社,1979年,第38—39页。

目',除了个人命运蹭蹬之外,还感到了国家命运的危机。"①突出了杜诗的崇高地位,也因此,历来对其他三篇诗作的分析不管是从艺术手法还是思想情感上都比较简略。若结合几位诗人同一时期的诗作,对几首诗歌进行分析,则对研究诸人之作有所启迪。

(一)岑参《与高适、薛据登慈恩寺浮图》

岑参之诗,开篇便与杜甫诗角度不同:"塔势如涌出,孤高耸天宫。登临出世界,磴道盘虚空。突兀压神州,峥嵘如鬼工。"很明显,岑参写塔的外观,重点在塔之"势",而观察角度则是从下往上,"涌出"一词,有动态感,读来塔似非人力所造,故能直达天宫。而登塔的人更有超脱凡尘之势,沿着虚空、盘旋的磴道前往天宫,描写大胆夸张,"盘"字又形象地描绘出阶梯九曲回肠的险峻。如此高塔出现在地面上,自然是"突兀"的,能实现的也就只有"鬼工"了,"压神州"将塔的力量与大地的力量进行了对比,颇具新意。接着写在塔上所见之景。"四角碍白日,七层摩苍穹",与杜甫一样,先写仰望之景,因距离苍穹太近,白日被四角遮蔽了;"下窥指高鸟,俯听闻惊风",鸟虽飞高,俯视而在下,"惊风"言风之大、急、响。此处从仰望到俯视,主要是为了突出塔之高,意与头四句颇类,只是观察角度不同,然其仰望所见之景四角蔽日,相比杜甫眼观北户七星,耳听河汉西流的开阔则逊一等。接着岑参又写了长安全景。东面远望"连山若波涛,奔凑似朝东"以及近观,"青槐夹驰道,宫馆何玲珑",从塔上往下看,原本巍峨的宫殿都变得小巧玲珑。所绘之景清新优美,然视觉高度则下降了不少。眺望西面和北面"秋色从西来,苍然满关中。五陵北原上,万古青蒙蒙",从色彩角度点明季节。诗歌最后四句点明创作主旨,因登佛塔,忽悟净理,想辞官皈依佛教。

杜甫《渼陂行》有"岑参兄弟皆好奇",这首咏塔诗就充分展示了岑参诗歌好奇的一面。诗在描摹慈恩寺塔的巍峨高大方面,可谓匠心独运。"如涌出""耸天宫""碍白日""摩苍穹""盘虚空"等,语语奇绝,与佛塔的神秘莫测非常和谐,令人有身临其境之感。同时因所登乃佛教浮图,自然由苍茫秋景转入禅理之悟,进而欣羡佛境,因思挂冠出世。总体而言,诗歌充满了乐观的情怀,相比杜甫的"翻百忧",别有意趣。

(二)高适《同诸公登慈恩寺浮图》

杜甫《同诸公登慈恩寺塔》诗下有原注曰:"时高适、薛据先有作。"可见此组登塔诗,高适是首唱,在组诗中有引领作用。

① 程千帆、莫砺锋:《他们并非站在同一高度上——读杜甫等同题共作的慈恩寺塔诗札记》,《名作欣赏》1986年第6期。

"香界泯群有,浮图岂诸相",首句四处用典:香界,《维摩诘经》:"有国名众香,佛号香积。其国香气比于十方诸佛世界人天之香,最为第一。其界一切皆以香作楼阁。"群有,《文选》卷五九王简栖《头陀寺碑文》:"行不舍之檀而施洽群有。"李善注:"群有,谓有色无色,有想无想,以其不一,故曰'群有'。僧肇《维摩经注》曰:镜群有以通玄,而物我俱一。"浮图,《弘明集》卷八:"《经》云,浮图者,圣瑞灵图浮海而至,故云浮图也。"诸相,《广弘明集》卷二七《随喜万善门二十九》:"传写诸相,好显示于法身。"故香界、浮图均指佛寺,群有、诸相皆指万物。高适此诗开篇与岑、杜、储三诗迥异,着眼点不在建筑本身的高度和具体形象,而是紧扣慈恩寺塔的佛教属性,从认识理念角度写,比较概念化。

从"登临骇孤高"到"山河尽向"八句,写登塔与塔况,前六句"骇""疑""觉"等字眼可见诗人偏重登塔的主观感觉,借此表现佛塔的高巍,因而显得抽象,只有后两句"宫阙皆户前,山河尽檐向",从客观景物关系写塔的孤高,较为具体形象。"登塔"与塔况部分不如杜、岑、储诗写得形象鲜明,诗意显豁。"秋风昨夜至"以下四句,与岑参诗"秋色从西来"以下四句颇类。总体来看高诗就佛塔说佛理,虽描写了登塔所见的景致,但重于理而轻于景,未免显得局促呆板。最后"盛时惭阮步"到"斯焉可游放",是感叹身世之语。写此诗时高适身居下僚,壮志难酬,故以阮籍、周防自比,抒写盛时失志之感。

高适此诗与佛教联系最为密切,因其早年便有佞佛端倪。早在出任封丘县尉时,送兵北上便有《同群公登濮阳圣佛寺阁》,诗云:"佛因初地识,人觉四天空。"其后又有《和窦侍御登凉州七级浮图之作》《登广陵栖灵寺塔》等,都有宣扬佛教教义的文字,故其登慈恩寺塔诗紧扣佛家来写,亦与其沉潜佛家教义颇有关系,但结语"输效独无因,斯焉可游放"又说明此时仍汲汲于功名,思想状况十分复杂。

(三)储光羲《同诸公登慈恩寺塔》

储光羲的诗起句"金祠起真宇,直上青云垂"与岑参的颇为相似,也是在塔外,从下往上观察塔势。首四句关键字在于"静"。"真宇"耸立于清静的天空之中,登塔也是因为"地静"和"人闲",时间上"清秋"也体现出清静之感。后两句"苍芜宜春苑,片碧昆明池。谁道天汉高,逍遥方在兹",一般认为是诗人登塔所见所感。宜春苑位于曲江,秋日到来,一片荒凉之景,昆明池在长安西外廓城金光门外,储光羲《同诸公秋日游昆明池思古》云:"石鲸既蹭蹬,女牛亦流离。猿猱游渚隅,葭芦生溏湄。坎埳四十里,填淤今已微。""四十里"本为昆明池大小,填淤乃水退成陆。"葭芦"为野生水草,可见昆明池秋日的荒败之象,故言:"苍芜宜春苑,片碧昆明池。"储诗此处当是实指几位诗人共游宜春苑与昆明池一事,并与慈恩寺塔对比,突出登塔才是真正逍遥之事。

"虚形宾太极,携手行翠微。雷雨傍杳冥,鬼神中蹙踞。"此四句一般以为是诗人在塔上驰骋想象，笔者以为更符合登塔的过程。"太极"其指天地未开、混沌未分阴阳之前的状态，诗人想象自己以虚形游弋其中。《文选·左思〈蜀都赋〉》："郁葐蒀以翠微，崛巍巍以峨峨。"刘逵注："翠微，山气之轻缥也。""行翠微"亦是向上攀登的过程。之后天气忽变，从极高极远之处，传来雷雨之声，光线暗淡下来。"蹭蹬"，盘曲蠕动状，诗人想象自己在鬼神中艰难前行。紧接着"灵变在倏忽，莫能穷天涯"，环境又迅速发生变化，视野变得开阔无比，当是登于塔顶，看到无边无际的风景。诗人此处主要突出自己逍遥的心态，置身太极之中，与鬼神共处，同时又极具变化，"雷雨""鬼神""杳冥""蹭蹬"极言亦真亦幻的变化，想象和用词奇绝，手法高妙无比。后四句作者重新置身现实之中，"冠上闾阖开，履下鸿雁飞。宫殿低逦迤，群山小参差"分别从仰望、俯视、近景、远景精炼地描绘了登塔所见之景，从虚入实，又是一变。

虚实之间，诗人得出"俯仰宇宙空，庶随了义归"，佛家万物为虚无的境界，也是人生的最终归宿，从登塔到悟道，储光羲这首诗歌与杜、岑、高三首诗歌相比是独树一帜的。结束两句"勖勗非大厦，久居亦以危"，诗人也感觉到繁盛时代背后蕴藏的危机，只是其表现没有像杜诗那样深沉，个人身世与时代命运的融合不如杜诗那般交汇无间，但仍是别具匠心之作，历代学者在评析登慈恩寺塔诗歌时，对于储光羲诗作较为忽略，也是十分遗憾的。

总的来看，前人对于诸公诗作的分析主要着眼于思想境界和字句不同。通过上述分析，我们看到了几位诗人的侧重点和产生的艺术效果是不同，或注重佛理，或注重登览。其中高适因本身沉潜佛教义理，其诗亦紧扣寺塔和佛理，纵观他的登览之作，《同群公登濮阳圣佛寺阁》《和窦侍御登凉州七级浮图之作》《登广陵栖灵寺塔》诸诗与此诗亦有异曲同工之妙。岑参之作重在登高览胜，胜在写景，手法大胆夸张，堪称千古佳制。储光羲诗想象奇绝，虚实结合之间巧妙地将登塔、观景与佛教义理融合在一起。杜诗则重在登览感怀，是几首诗中将个人身世之感、国家命运之思与写景融合最为熨帖的一首，无愧首冠群雄之作。从中我们也可以认识到登慈恩寺塔组诗，需要同时对比阅读，才能发现其真意，尽管诸位诗人落笔的侧重点不同，思想境界或有高下之分，然其艺术手法、表达技巧实各有千秋，孤立地阅读其中任何一首诗，都是不全面的。

杜甫"早充观国宾"当为十九岁至二十岁时

——由太学预监举参加科考事考辨

胡永杰

西安外国语大学中国语言文学学院

杜甫《奉赠韦左丞丈二十二韵》诗云:"甫昔少年日,早充观国宾。读书破万卷,下笔如有神。赋料扬雄敌,诗看子建亲。李邕求识面,王翰愿卜邻。"①由于"观国宾"有被乡贡参加科考的含义,且杜甫曾云"中岁贡旧乡""忤下考功第"(《壮游》)②,表明在开元二十三年或二十四年(735/736)杜甫曾由乡贡参加过进士考试,学界遂把"早充观国宾"释为"中岁贡旧乡"之事。

此说其实存在一些疑点,如作开元十三年至十九年之间(725—731,即杜甫十四岁至二十岁时)入太学、由国子监举荐参加科考解释,不仅更为合理,也可对杜甫早年的生平事迹有更为准确具体的认识。

一、"早充观国宾"为开元二十三年前后预乡贡之说的源流

由后人注解"早充观国宾",可知最早的注解者是宋代的师尹(字民瞻)、蔡梦弼和黄鹤。《黄氏补千家注纪年杜工部诗史》卷一《奉赠韦左丞丈廿(二十)二韵》诗此句下黄鹤集诸家注并补注云:

> 洙曰:贾谊洛阳年少。定功曰:沈休文《别范安成》云:"平生少年日。"赵曰:《易》:"观国之光,利用宾于王。"彦辅曰:杜尝策名荐书也。师曰:天宝十三载,甫献三赋,召试文章,故云。[补注]鹤曰:按公本传:"尝举进士不第。"故《壮游》诗云"中岁贡旧乡""忤下考功第"。殆是公尝预京兆贡举,故云。……则公预举在二十四年之前,时方二十余岁,宜自谓少年也。师云献三赋召试,

① 萧涤非主编:《杜甫全集校注》卷二,北京:人民文学出版社,2014年,第277页。
② 萧涤非主编:《杜甫全集校注》卷一四,北京:人民文学出版社,2014年,第4084页。

则非。①

从黄鹤所集诸家注的情况看,他见到的前人注解中,唯师尹注解了此句的具体所指,把它释为天宝十三载(754)献赋、诏试文章之事,其他注者皆未作解释。黄鹤没有接受师尹之说,而是主张应指开元二十四年(736)之前预乡贡之事。他在《黄氏补千家注纪年杜工部诗史》卷首的《年谱辨疑》中重申了此说,且更为明确地系于开元二十二年(734):

> 开元二十二年甲戌。是年先生自越归,赴乡举,故云:"归帆拂天姥,中岁贡旧乡。"《上韦左丞》诗云:"甫昔少年日,早充观国宾。"是年方二十三岁,宜谓少年矣。②

蔡梦弼《杜工部草堂诗笺》卷三"早充观国宾"句下注云:"甫于开元二十五年尝预京兆荐贡。"③蔡梦弼的解释和黄鹤相近,只是对"中岁贡旧乡"的时间理解稍异,系于开元二十五年(737)。蔡梦弼笺与黄鹤补注成书时间相近,蔡笺可能略早,但黄鹤没有提及他的注解,应是未见到其书。应该说黄鹤和蔡梦弼都是此说的最早提出者。

当然,蔡梦弼、黄鹤可能都受到了《新唐书·杜甫传》的影响。此传云:"甫字子美,少贫,不自振,客吴越、齐赵间。李邕奇其材,先往见之。举进士,不中第,困长安。"④把李邕"先往见之"置于"客吴越齐赵间"和"举进士不中第"之间,似乎已认为"李邕求识面"在开元二十三年(735)前后举进士之时。但明确把"早充观国宾"解释为"中岁贡旧乡"之事者,则是蔡梦弼和黄鹤。

蔡梦弼此说虽稍早于黄鹤,但是他的解释很简略,后人未见提及其说,主要是接受黄鹤的看法。如钱谦益《钱注杜诗》卷一、朱鹤龄《杜工部诗集辑注》卷一、仇兆鳌《杜诗详注》卷一、浦起龙《读杜心解》卷一之一、杨伦《杜诗镜铨》卷一解释此句皆径引黄鹤之说。

20世纪以来的注解者虽在细微之处稍有修正,但在总的看法上也没有提出异议。如洪业《杜甫:中国最伟大的诗人》中把预京兆府乡贡修正为预河南府乡贡,考进士的时间调整为开元二十四年(736)⑤;萧涤非主编的《杜甫全集校注》卷二也解

---

① 黄希、黄鹤补注《黄氏补千家注纪年杜工部诗史》卷一,《中华再造善本》影印本,北京:北京图书馆出版社,2006年,第3册。

② 黄希、黄鹤补注《黄氏补千家注纪年杜工部诗史》,《中华再造善本》影印本,北京:北京图书馆出版社,2006年,第1册。

③ 蔡梦弼:《杜工部草堂诗笺》卷二,清光绪十年黎庶昌《古逸丛书》刻本。

④ 《杜甫传》,欧阳修、宋祁:《新唐书》卷二○一,北京:中华书局,1975年,第5736页。

⑤ 洪业:《杜甫:中国最伟大的诗人》,曾祥波译,上海:上海古籍出版社,2014年,第27—28页。

释为开元二十四年(杜甫)二十五岁时在洛阳"中岁贡旧乡""忤下考功第"之事①;谢思炜《杜甫集校注》卷一则注云:"此指杜甫开元二十三年应进士举。"②

总之,关于杜甫"早充观国宾",古今注解者基本上都是解释为"中岁贡旧乡"之事。此说最早由宋人黄鹤、蔡梦弼提出,后人则皆承袭黄鹤之说。诸说虽在细微之处略有差异,但总体上没有异议。

二、"早充观国宾"为开元二十三年前后预乡贡说的几个疑点

从黄鹤的注释看,他把"早充观国宾"释为开元二十二年或二十四年(734/736)前预乡贡(即"中岁贡旧乡")之事并无确切的依据,乃是臆测之说,所以他用了"殆是"一词。其实此说是存在不少疑点的。

(一)与"少年"之年不合

黄鹤释"甫昔少年日,早充观国宾"云"是年方二十三岁,宜谓少年矣""时方二十余岁,宜自谓少年也",也未尝不可。但是,杜甫自云他由乡贡考进士之事则称"中岁贡旧乡"(《壮游》)③,从他自称"中岁"的习惯看,又把二十三岁左右年纪称为"少年",有嫌不妥。其实从杜甫"忤下考功第"之言看,他参加进士考试当在开元二十四年④,则获乡贡应在二十三年冬。其时已二十五岁上下,很难称得上"早"。

(二)与"读书破万卷"之事不合

《奉赠韦左丞丈二十二韵》诗中,此句的上下文为:

> 甫昔少年日,早充观国宾。读书破万卷,下笔如有神。赋料扬雄敌,诗看子建亲。李邕求识面,王翰愿卜邻。自谓颇挺出,立登要路津。致君尧舜上,再使风俗淳。此意竟萧条,行歌非隐沦。⑤

从这段的整体意思看,"早充观国宾"后紧承的是读书作文之事,并没有提及预乡贡。虽然这里有可能是杜甫泛言其十四五岁至三十余岁间的经历,"早充观国宾"作预乡贡解亦通,但毕竟这只是多种可能性解释中的一种,并不能作为定论。

---

① 萧涤非主编:《杜甫全集校注》卷二,北京:人民文学出版社,2014年,第278页。
② 谢思炜:《杜甫集校注》卷一,上海:上海古籍出版社,2015年,第3页。
③ 萧涤非主编:《杜甫全集校注》卷一四,北京:人民文学出版社,2014年,第4084页。
④ 杜甫由乡贡参加进士考试的时间,一般皆从黄鹤所提出的开元二十三年之说,但也有主张在开元二十四年者。参见洪业:《杜甫:中国最伟大的诗人》,曾祥波译,上海:上海古籍出版社,2014年,第28页;《杜甫年谱简编》,萧涤非主编:《杜甫全集校注》附录,北京:人民文学出版社,2014年,第6514—6515页。
⑤ 萧涤非主编:《杜甫全集校注》卷二,北京:人民文学出版社,2014年,第277页。

(三)与"李邕求识面,王翰愿卜邻"的时间不合

杜甫提及"早充观国宾"时"李邕求识面,王翰愿卜邻"之事,那么杜甫何时可能在东都与李邕、王翰结识?《旧唐书·王澣(翰)传》载:

> 张说镇并州,礼澣(翰)益至。会说复知政事,以澣(翰)为秘书正字,擢拜通事舍人,迁驾部员外。……说既罢相,出澣(翰)为汝州长史,改仙州别驾。至郡,日聚英豪,从禽击鼓,恣为欢赏。文士祖咏、杜华常在座。于是贬道州司马,卒。①

《新唐书》卷二〇二本传所载略同。从王翰的行迹看,他在两京的时间是张说复知政事(开元九年)至罢相(开元十四年)间②。之后,他被贬在汝州、仙州(其地临近汝州),又贬为道州司马而卒。可见,开元十四年(726)被贬后,王翰已不大可能再较为稳定地居住在两京。又王翰《奉和圣制送张尚书巡边》《奉和圣制同二相已下群官乐游园宴》《奉和圣制送张说上集贤学士赐宴得筵字》三首诗③,可以确知是开元十年、十一年、十三年在两京所作④,其中《奉和圣制送张说上集贤学士赐宴得筵字》为开元十三年(725)在东都作⑤。所以,"王翰愿卜邻"最可能是开元十三、十四年间事,之后开元二十二年至二十四年间(734—736),杜甫在洛阳和他交往的可能性不大。

再来看李邕开元间的行迹。《新唐书·李邕传》记载:

> 玄宗即位,召为户部郎中。张廷珪为黄门侍郎,而姜皎方幸,共援邕为御史中丞。姚崇疾邕险躁,左迁括州司马,起为陈州刺史。帝封泰山还,邕见帝汴州,诏献辞赋,帝悦。然矜肆,自谓且宰相。邕素轻张说,与相恶,会仇人告邕赃贷枉法,下狱当死。许昌男子孔璋上书天子曰:"……伏见陈州刺史邕……"疏奏,邕得减死,贬遵化尉,流璋岭南。邕妻温,复为邕请戍边自赎,曰:"邕少习文章,疾恶如仇,不容于众,邪佞切齿,诸儒侧目。频谪远郡,削迹朝端,不宦十载。岁时叹恋,闻者伤怀。属国家有事泰山,法驾旋路,邕献牛酒,例蒙恩私。妾闻正人用则佞人忧,邕之祸端,故自此始。……妾愿使邕得充一

---

① 刘昫:《旧唐书》卷一九〇中,北京:中华书局,1975年,第5039页。
② 张说复知政事和罢相的时间,参见陶敏、傅璇琮:《新编唐五代文学编年史》初盛唐卷,沈阳:辽海出版社,2012年,第394—395、425页。
③ 参见《全唐诗》卷一五六,北京:中华书局,1960年,第1604—1605页。
④ 参见陶敏、傅璇琮:《新编唐五代文学编年史》初盛唐卷,沈阳:辽海出版社,2012年,第399、410、417—418页。
⑤ 《旧唐书》卷八《玄宗纪上》:"(开元十三年)夏四月丁巳,改集仙殿为集贤殿,丽正殿书院改集贤殿书院;内五品已上为学士,六品已下为直学士。"(北京:中华书局,1975年,第188页)这时,玄宗驻跸于东都,集贤书院即在东都所改。

卒,效力王事,膏涂朔边,骨粪沙壤,成邑凤心。"表入不省。

邕后从中人杨思勖讨岭南贼有功,徙澧州司马。开元二十三年,起为括州刺史,喜兴利除害。复坐诬枉,且得罪,天子识其名,诏勿劾。后历淄、滑二州刺史,上计京师。始,邕蚤有名,重义爱士,久斥外,不与士大夫接。既入朝,人间传其眉目瑰异,至阡陌聚观,后生望风内谒,门巷填隘。中人临问,索所为文章,且进上。以谗媚不得留,出为汲郡、北海太守。①

按,据《旧唐书》卷八《玄宗纪》上,姚崇为相在先天二年(开元元年)十一月至开元四年十二月;又《旧唐书·李邕传》载:"开元三年,擢为户部郎中。"②则李邕"左迁括州司马"当在开元三年至开元四年间(715—716)。此后,他在开元十一年(723)前后又任海州刺史③,开元十三年(725)十一月以陈州刺史身份在汴州献辞赋、牛酒,"例蒙恩私"。其间是他"频谪远郡,削迹朝端,不啻十载"的时期,显然他不在两京。开元十三年十一月"例蒙恩私"之后不久,他又被下狱(即杜甫《八哀诗》所谓"洛阳狱")、贬遵化④;在遵化从杨思勖讨贼有功,徙澧州司马⑤,开元二十三年(735)起为括州刺史;后累转淄州(开元二十七年至二十八年)⑥、滑州刺史(开元二十九年至天宝元年)、汲郡、北海太守(天宝初至天宝六载)⑦;天宝六载(747)在北海太守任上被李林甫派人杖杀⑧。自开元十四年(726)被贬遵化至天宝六载被害这期间,他除任淄州、滑州刺史时曾"上计京师"外,其他时间显然也没有到两京的机会,所以《新唐书》本传称他"久斥外,不与士大夫接。既入朝,人间传其眉目瑰异,至阡陌聚观"。

从李邕开元间的经历看,开元三年至开元二十七年之间(715—739),他只有在汴州献牛酒、累献辞赋、"例蒙恩私"至下狱、被贬为遵化尉,即开元十三年末至开元

---

① 欧阳修、宋祁:《新唐书》卷二○二,北京:中华书局,1975 年,第 5755—5757 页。
② 刘昫:《旧唐书》卷一九○中,北京:中华书局,1975 年,第 5041 页。
③ 陶敏、傅璇琮:《新编唐五代文学编年史》初盛唐卷考,李邕《唐婆罗木碑》署"唐开元十一年海州刺史李邕文并书",沈阳:辽海出版社,2012 年,第 408 页。按,海州治今连云港市。
④ 参见李邕:《谢恩慰谕表》,《全唐文》卷二六三,上海:上海古籍出版社,1995 年。
⑤ 据《旧唐书》卷八《玄宗纪上》,杨思勖赴岭南讨贼共有四次:开元十年(722)、十二年(724)、十四年(726)二月、十六年(728)正月。又载玄宗东封泰山返回之时为开元十三年(725)十一月甲午,十二月己巳至东都。则李邕在玄宗封禅返回途中于汴州献辞赋、例蒙恩私,当在开元十三年(725)十一月;然后被下狱、贬遵化,当在开元十四年(726);他在岭南从杨思勖讨贼应为开元十六年(728)。又《金石萃编》卷七七载《端州石室记》,后署"开元十五年正月廿五日李邕记"。(《历代碑志丛书》影印清嘉庆十年经训堂刊本,南京:江苏古籍出版社,1998 年,第 538 页)端州(今广东肇庆一带)乃赴遵化(今广西钦州一带)途经之地(宋之问贬泷州,即经过端州),同属岭南,亦可佐证李邕被贬遵化当在开元十四年(726)。
⑥ 据郁贤皓《唐刺史全编》卷七四"淄州",李邕约在开元二十七年(739)至开元二十八年(740)任淄州刺史。郁贤皓:《唐刺史全编》,合肥:安徽大学出版社,2001 年,第 1061 页。
⑦ 参见陶敏、傅璇琮:《新编唐五代文学编年史》初盛唐卷,沈阳:辽海出版社,2012 年,第 525、534、552 页。
⑧ 参见《玄宗纪下》,《旧唐书》卷九,南京:江苏古籍出版社,1998 年。

十四年这段时间在洛阳。而这时杜甫正值"往者十四五,出游翰墨场",所以"李邕求识面"在开元十三年末至开元十四年下洛阳狱前最为可能。而开元二十二年至开元二十四年(734—736)杜甫预乡贡,在东都参加进士考试时,李邕正在澧州(治所在今湖南澧县)司马和括州(治所在今浙江丽水市东南)刺史任上,这时两人在东都相识几无可能。

这里还有必要谈论一下杜甫《八哀诗·赠秘书监江夏李公邕》中对李邕的追述:

> 往者武后朝,引用多宠嬖。否臧太常议,面折二张势。衰俗凛生风,排荡秋旻霁。忠贞负冤恨,宫阙深旒缀。放逐早联翩,低垂困炎厉。日斜鹏鸟入,魂断苍梧帝。荣枯走不暇,星驾无安税。几分汉廷竹,夙拥文侯彗。终悲洛阳狱,事近小臣毙。祸阶初负谤,易力何深嚌。伊昔临淄亭,酒酣托末契。重叙东都别,朝阴改轩砌。论文到崔苏……坡陀青州血,芜没汶阳瘗。哀赠竟萧条,恩波延揭厉。①

这段诗中可以说意在全面评述李邕的一生。杜甫重点谈了四件事:其一,武后、中宗朝时"否臧太常议,面折二张势",并因此得罪而被放逐;其二,开元十四年在洛阳下狱;其三,天宝四载两人在济南相会之事;其四,李邕在青州(北海郡)被李林甫派人杖杀之事。"面折二张势"乃李邕一生最堪敬仰、最能体现他刚正不阿风操之事,自应大书特书。被杖杀是他一生最悲惨、令人愤愤不平之事,显然不得不提。济南相会之事写得最细,乃因杜甫亲身经历之故。而洛阳狱之事则算不上李邕一生中的大事,而且其背后还牵涉着李邕和张说的矛盾问题,张说毕竟也是杜甫所尊敬的前辈。那么杜甫为什么要写及此事?笔者怀疑可能也是因为它为杜甫亲历之故,当时他毕竟就在洛阳"出游翰墨场"。从"重叙东都别"(在济南)之语看,杜甫和李邕可能一生仅有这两次深入交往,所以他记忆深刻,特别要写出。而且,这首诗没有提及"李邕求识面"之事,可能是因为它和"东都别""洛阳狱"同时,杜甫把它们作同一事看待之故。如果这一推测成立,则可佐证杜甫和李邕结识就是在开元十三年与开元十四年之间,也即"李邕求识面"和"洛阳狱"是同时之事。

(四)"早充观国宾"时杜甫声名显著的形势和"中岁贡旧乡"时与洛阳人事较为生疏的情形不合

杜甫由乡贡参加进士考试的时间为开元二十三年至开元二十四年。这时他刚结束长达数年之久的吴越漫游,之前又有晋地的郇瑕之游,离开洛阳多年,和这里人事之间关系似乎已经有些陌生。如他《昔游》诗云:"昔谒华盖君,深求洞宫脚。

---

① 萧涤非主编:《杜甫全集校注》卷一四,北京:人民文学出版社,2014年,第4007页。

玉棺已上天,白日亦寂寞。……余时游名山,发轫在远壑。良觌违夙愿,含凄向寥廓。"①他因远游名山,长期在外,以至于连心仪已久的华盖君在与洛阳咫尺之近的王屋山仙逝之事都不知道。《壮游》诗云:"归帆拂天姥,中岁贡旧乡。……忤下考功第,独辞京尹堂。"②开元二十三年任河南尹者为李适之③,即杜甫《饮中八仙歌》中的"左相",杜甫应甚得李适之的赏识,所以得以预河南府乡贡。他"独辞京尹堂"虽表明和洛阳名流也有所交往,但一"独"字似透露出当时较为寥落的处境。这和"早充观国宾"时"李邕求识面,王翰愿卜邻",在东都声名显著,广受赞誉的情形显然不同。

(五)使杜甫的"同学"之说无法解释

杜甫诗中曾两次提及"同学"一词:"取笑同学翁,浩歌弥激烈。"(《自京赴奉先县咏怀五百字》)"同学少年多不贱,五陵衣马自轻肥。"(《秋兴八首》其三)④从学界对杜甫生平的旧有认识来看,他并没有过求学的经历,所以"同学"之说就显得没有来历。这其实也是一个疑点。

这里有必要考察一下古代"同学"一词的义项,以便准确理解杜甫所云"同学"的含义。检文献所载,它主要有三个含义:

其一,在太学等各级学校中共同学习者。

从大量文献记载来看,古代学子在太学等各级学校共同学习者,是"同学"的最基本义项,如:

> 莽兄永为诸曹,蚤死,有子光,莽使学博士门下。莽休沐出,振车骑,奉羊酒,劳遗其师,恩施下竟同学。诸生纵观,长老叹息。(《汉书》卷九九上《王莽传上》)⑤

> 年十五,诣太学,师事颍令东海申君。……时同学石敬平温病卒,封养视殡敛。(《后汉书》卷八一《戴封传》)⑥

> 其生与高祖同日,太祖甚爱之,养于第内,及长又与高祖同学。(《周书》卷

① 萧涤非主编:《杜甫全集校注》卷一七,北京:人民文学出版社,2014年,第5181页。按,"昔谒华盖君"一般认为是指天宝三载或稍后与李白游梁宋时赴王屋山之事。但诗云"余时游名山,发轫在远壑"与天宝三载前数年家中父亲、二姑母、继祖母相继去世,"二年客东都"的事实不合。笔者怀疑是开元二十三年之事,此问题将有另文探讨。

② 萧涤非主编:《杜甫全集校注》卷一四,北京:人民文学出版社,2014年,第4084页。

③ 参见杜甫《唐故德仪赠淑妃皇甫氏神道碑》;《河南府(洛州)上》,郁贤皓:《唐刺史考全编》第四编卷四九,合肥:安徽大学出版社,2000年,第590—591页。

④ 萧涤非主编:《杜甫全集校注》卷三、卷一三,北京:人民文学出版社,2014年,第668、3082页。

⑤ 班固:《汉书》,北京:中华书局,1964年,第4040页。

⑥ 范晔:《后汉书》,北京:中华书局,1965年,第2683页。

四〇《宇文孝伯传》)①

这类材料,文献记载甚多,能够看出在太学等各类学校中共同学习者是"同学"一词的主要含义。

其二,私门同师受业者。

私门同师受业之义可能产生更早,因为毕竟汉代官学产生之前,私学是甚为盛行的。如:

> 望之好学,治《齐诗》,事同县后仓且十年。以令诣太常受业,复事同学博士白奇。又从夏侯胜问《论语》《礼服》,京师诸儒称述焉。(《汉书》卷七八《萧望之传》)②

此处"复事同学博士白奇"句,颜师古注云:"常同于后仓受业,而奇后为博士。"萧望之和白奇受业于后仓当为私门。又如唐代诗人王建《送同学故人》诗云:"各为四方人,此地同事师。业成有先后,不得长相随。"(《全唐诗》卷二九七)按,张籍有《登城寄王建》诗:"十年为道侣,几处共柴扉。"又有《逢王建有赠》诗:"年状皆齐初有髭,鹊山漳水每追随。使君座下朝听《易》,处士庭中夜会诗。"③王建此处所谓"同学"当指和他一同在"鹊山漳水"事师求学的张籍等人,"鹊山漳水"属邢州,不在两京,他们当是私门求学。

其三,释道之士同师学道者。

如同为禅宗五祖弘忍弟子的神秀和慧能,同为慧能弟子的神会和惠明即被称为"同学":

> 神秀同学僧慧能者,新州人也。(《旧唐书·神秀传》)④
>
> 第六祖曹溪能公,能公传方岩策公,乃永嘉觉、荷泽会之同学也。(唐释皎然《唐湖州佛川寺故大师塔铭并序》)⑤

从这几种情况看,古代对"同学"一词的使用并不是很宽泛,各个义项都不离同窗或同师受业学习这一含义。刘禹锡《和苏郎中寻丰安里旧居寄主客张郎中》诗云:"同学同年又同舍,许君云路并华辀。"⑥这里同时及第者被称为"同年",可见"同学"并不具有共同参加科考者之义。

这样来看,杜甫所谓的"同学"也应作"同窗或同师受业"理解。那么他的同学

---

① 令狐德棻:《周书》,北京:中华书局,1971年,第716页。

② 班固:《汉书》,北京:中华书局,1964年,第3271页。

③ 徐礼节、余恕诚校注:《张籍集系年校注》卷三、卷四,北京:中华书局,2016年,第245、478页。

④ 刘昫:《旧唐书》卷一九一,北京:中华书局,1975年,第5110页。

⑤ 《全唐文》卷九一七,北京:中华书局,1983年,第9558页。

⑥ 陶敏、陶红雨:《刘禹锡全集编年校注》卷八,北京:中华书局,2019年,第924—927页。注云:"同舍,同时为郎官。"

从何而来？从杜甫一生行迹看,未见他有私塾受业的经历,二十岁(开元十九年)以后生活以漫游、求仕、为官、漂泊为主,已不是集中读书的时期。唯有十四岁至十九岁之间是他居住于洛阳的一段稳定时期,他的"同学"很可能产生于这一时期。就如闻一多所云:"子美自弱冠以后,直到老死,在四方奔波的时候多,安心求学的机会很少。若不是从小用过一番苦功,这诗人的学力哪得如此的雄厚?"①杜甫二十岁之前必然有过一段集中读书学习的阶段。他生活于东都洛阳,如仅是家教自学,实难合乎常理。

三、"观国宾"释义

杜甫"早充观国宾"为开元二十三年(735)前后预乡贡之说既然有诸多疑点,为什么古今论者都没有对之提出异议?这当是唐人使用"观国"和"观国宾"时确和乡贡相关,且杜甫早年事迹不明,唯开元二十三年前后预乡贡之事可确知之故。如储光羲即云:"十年别乡县,西去入皇州。此意在观国,不言空远游。"(《游茅山五首》其一,《全唐诗》卷一三六)"伊昔好观国,自乡西入秦。"(《秋庭贻马九》《全唐诗》卷一三七)皎然《送穆寂赴举》诗更云:"天子锡玄纁,倾山礼隐沦。君抛青霞去,荣资观国宾。"(《全唐诗》卷八一八)②他们言及"观国""观国宾"确实都和科考求仕有关。

但是,唐代文人获举荐参加科考,并非仅乡贡一条途径,他们还可以通过国子监举荐或两馆举荐。监举和馆举是否也可以称为"观国宾"?这里有必要对"观国光"和"观国宾"的含义作一些考察。

"观国光"之说出自《周易》,观卦爻辞曰:"观国之光,利用宾于王。""象曰:观国之光,尚宾也。"王弼注:"居观之时,最近至尊。观国之光者也,居近得位,明习国仪者也,故曰利用宾于王也。"③可见,"观国光"的原意是接近君王,能够观瞻政绩、礼仪等国家的光辉。

而"观国宾"一词的产生,则又和古代乡饮酒礼不无关系。《周礼·地官·大司徒》记载:"以乡三物教万民,而宾兴之。一曰六德,知、仁、圣、义、忠、和;二曰六行,孝、友、睦、姻、任、恤;三曰六艺,礼、乐、射、御、书、数。"郑玄注:"物,犹事也。兴,犹举也。民三事教成,乡大夫举其贤者能者,以饮酒之礼宾客之,既则献其书于王矣。"④《仪礼·乡饮酒礼》云:"乡饮酒之礼。主人就先生而谋宾介。"郑玄注:"主

---

① 《杜甫》,闻一多:《唐诗杂论》,上海:上海古籍出版社,1998 年,第 136 页。
② 《全唐诗》,北京:中华书局,1960 年。
③ 阮元校刻:《十三经注疏·周易正义》卷三,北京:中华书局,1980 年,第 36 页。
④ 阮元校刻:《十三经注疏·周礼注疏》卷一〇,北京:中华书局,1980 年,第 707 页。

人,谓诸侯之乡大夫也。先生,乡中致仕者。宾介,处士贤者。……诸侯之乡大夫贡士于其君,盖如此云。古者年七十而致仕,老于乡里,大夫名曰父师,士名曰少师,而教学焉,恒知乡人之贤者。是以大夫就而谋之,贤者为宾,其次为介,又其次为众宾。而与之饮酒,是亦将献之,以礼礼宾之也。"①可知,乡饮酒礼是地方学校中学子学业有成,其贤能者将被贡举于君王时,乡大夫(地方长官)为其举行的表示礼遇的一种礼仪。这种礼仪中要设酒馔,乡大夫为主人,将被贡举的士子为座上宾,所以被称为"宾""介""众宾"。

可见,"观国宾"之意有两个来源:一是"观国光",意在接近君王,观瞻国家的礼仪等辉光;二是"宾",意在饮酒礼仪上具有"宾"的身份。先秦时期学有所成的贤士被推荐到君王身边,君王可能也为他们有酒馔礼仪之设,《周易》爻辞云"观国之光",又称他们为"宾",可能即有这样的含义。所以从根本上言,"观国宾"乃是源自诸侯国向君王的贡士制度。学有所成的贤士是以君王的宾客的名义被举荐到朝廷,所以他们被称为"观国宾"。但由于文献所缺,具体情况已不可知。

汉代以后,在太学、国学中举行的礼敬先师的释奠礼成为"观国光"的主要内容,如西晋潘尼《释奠颂》云:

> (元康)三年春闰月,将有事于上庠,释奠于先师,礼也。越二十四日丙申,侍祠者既齐,舆驾次于太学。……天子乃命内外群司、百辟卿士、蕃王三事,至于学徒国子,咸来观礼,我后皆延而与之燕。……是日也,人无愚智,路无远迩,离乡越国,扶老携幼,不期而俱萃。……其辞曰:……莘莘胄子,祁祁学生。洗心自百,观国之荣。②

这里所述西晋释奠之礼,"学徒国子"是观礼者之一,且"我后皆延而与之燕",似乎太学诸生也可以称为"观国宾"。但唐代之前未见有直接使用"观国宾"一词,尚不敢遽然断定。

唐代的礼制比前代更为丰富,国学诸生可以参加的礼仪有束脩礼、释奠礼,而且还有可能参加皇帝、皇太子视学、皇子齿胄、皇太子束脩、皇太子释奠、皇帝养三老五更(在太学)这些更为隆重的礼仪。州县学校也有束脩礼、释奠礼,还有为乡贡明经、进士举行的乡饮酒礼。另外,还有在国子监专门为参加省试的举子举行的谒先师礼。③ 但是,国学诸生有"观国光"之事,却无"宾"的身份,"观国宾"应专指被举荐获得参加省试资格的举子。我们从两条玄宗的诏书中可看到此点:

---

① 阮元校刻:《十三经注疏·仪礼注疏》卷八,北京:中华书局,1980年,第980页。
② 《潘尼传》,房玄龄《晋书》卷五五,北京:中华书局,1974年,第1510—1511页。
③ 参见《大唐开元礼》,影印日本东京大学东洋文化研究所大木文库藏光绪十二年(1886)洪氏公善堂刊本卷五二、五三、五四,北京:民族出版社,2000年;《新唐书》卷一五《礼乐志五》、卷一九《礼乐志九》、《唐会要》卷三五,上海:上海古籍出版社,2006年;《唐六典》卷二一《国子监》,北京:中华书局,1992年。

儒道有百王之政,元良乃万国之贞。属太学举贤,宾庭贡士,当其谒讲,故行齿奠,所以弘风阐教,尚德尊贤。宜有颁锡,以成光宠。……学生赐物三匹,得举者及诸方贡人各赐五匹。(开元七年十二月《皇太子诣太学诏》)①

敕:每岁举人,求士之本,专典其事,宁不重欤?顷年以来,惟考功郎中所职,位轻事重,名实不伦。欲尽委良吏长官,又铨选猥积。且六官之职,体国是同,况宗伯掌礼,宜主宾荐。自今以后,每(岁)诸色举人及斋郎等简试,并于礼部集,既众务烦杂,仍委侍郎专知。(张九龄《敕令礼部掌贡人》,开元二十四年)②

"宾荐"之事是由吏部(或礼部)主管,这说明唐代继承古制,仅是把举荐到吏部(或礼部)参加省试的举子称为"宾"。如果具体一点说,"观国宾"一词的产生当在开元五年之后,这和这年之后开始举行的谒先师礼有关:

开元五年九月诏曰:古有宾献之礼,登于天府,扬于王庭,重学尊师,兴贤进士。……其诸州乡贡明经、进士见讫,宜令引就国子监谒先师。学官为之开讲,质问其义,宜令所司优厚设食。两馆及监内得举人亦准(此)③。其日清资官五品已上及朝集使往观礼,即为常式。(《唐摭言》卷一"谒先师")④

可知,谒先师礼是在国子监专为到(在)京参加科考的举子举行的礼仪,玄宗开元五年(717)方始施行。其内容和释奠之礼相近⑤,其参加者为乡贡明经、进士,监举举子,弘文、崇文两馆学生。从这时起,监举、两馆所荐和乡贡举子参加科考,既要考试,也要到国子监参加谒先师之礼,还享有"有司优厚设食"的礼遇,兼备了"观国之光"和"为君王之宾"两种意义,可真正称为"观国宾"。而且从开元七年(719)十二月《皇太子诣太学诏》来看,谒先师之礼之时,还可能举行由皇太子参加的齿胄之礼,国子监、两馆得举者及诸方贡人甚至可以获得赏赐,确实可称得上礼仪隆重,礼遇尊崇。

所以,"观国宾"一词很可能是开元五年设立谒先师礼之后才产生并流行起来的一个术语。这之前,国子监、两馆举荐的举子只有在读书期间能参加释奠,束脩,皇帝、皇子视学等礼,有观国光之事但没有"宾"的身份;乡贡举子在乡饮酒礼上为"宾",但在京无观国之礼,也难称为"观国宾"。而从文献中对其使用情况看,唐代

---

① 《齿胄》,宋敏求编:《唐大诏令集》卷二九,北京:商务印书馆,1959年,第108页。
② 熊飞校注:《张九龄集校注》卷七,北京:中华书局,2008年,第484页。
③ 按,两馆,《旧唐书·礼仪志四》作"弘文、崇文两馆学生"。弘文馆生30人,崇文馆生20人,人数甚少,当以《旧唐书》为是。
④ 王定保《唐摭言》卷一,北京:中华书局,1959年,第10页;又载《崇儒》,宋敏求编:《唐大诏令集》卷一〇五,北京:商务印书馆,1959年,第538页。
⑤ 《礼仪志四》"谒先师"载:"其日,祀先圣已下,如释奠之礼。"刘昫:《旧唐书》卷二四,北京:中华书局,1975年,第917页。

及其之前"观国宾"一词只有两处:一处即杜甫的"早充观国宾";另一处是中唐皎然《送穆寂赴举》诗所云"君抛青霞去,荣资观国宾"(《全唐诗》卷八一八),他们都在开元五年之后。

总之,综上所考,唐代可称"观国宾"者乃有三类:一是在国学学有所成,获得两监贡举的学生①;二是弘文、崇文两馆获贡举的学生;三是乡贡举子。这时我们再来看杜甫所谓的"早充观国宾",其实是可以作预监举和预乡贡两种解释的。

四、杜甫"早充观国宾"当为开元十八年、十九年由太学预监举、参加科考之事

既然"观国宾"的含义可作预乡贡和预监举两种解释,而杜甫"早充观国宾"为开元二十二年(734)或二十三年(735)预乡贡说又存在诸多疑点,那么它作在太学预监举解是否可通? 笔者认为答案是肯定的,而且也更合理。

(一)杜甫有入太学的资格

杜甫欲获得国子监举荐,需先在国学完成学业。从其家庭情况看,他具有入太学的资格。据《新唐书》卷四四《选举志上》,两京国子监下属的学校有六:国子学、太学、四门学、律学、书学、算学。其外还有隶于门下省的弘文馆、隶于东宫的崇文馆。其中太学五品官以上子孙有资格进入②。

据杜甫《唐故范阳太君卢氏墓志》及《旧唐书》卷一九〇下《杜甫传》,杜甫之父杜闲曾任兖州司马、朝议大夫、奉天令,已至五品③,但杜甫如十四岁入太学,杜闲的官阶可能还没有达到五品。不过,他可凭借祖父杜审言的官阶获得资格。《新唐书·杜审言传》载:"授著作佐郎,迁膳部员外郎。神龙初,坐交通张易之,流峰州,入为国子监主簿,修文馆直学士。卒,大学士李峤等奏请加赠,诏赠著作郎。"④《新

---

① 按,两监即唐代西京国子监和东都国子监,参见王定保:《唐摭言》卷一"两监""西监""东监"等条,北京:中华书局,1959年,第5—7页。

② 欧阳修、宋祁:《新唐书》,北京:中华书局,1975年,第1159—1160页。

③ 关于兖州司马、朝散大夫的品阶:《旧唐书》卷三八《地理志》、《新唐书》卷三八《地理志》均载兖州为上都督府。《旧唐书》卷四二《职官一》正第五品下阶有:"中都督、上都护府司马""朝议大夫(文散官)"(《旧唐书》卷四二,北京:中华书局,1975年,第1795页)。按,仇兆鳌注《杜诗详注》卷二五《唐故范阳太君卢氏墓志》"故朝议大夫、兖州司马"句下注:"《旧唐·职官志》:朝议大夫,文散官,正五品下阶;兖州为上州,上州司马从五品下阶。"(仇兆鳌:《杜诗详注》卷二五,北京:中华书局,1978年,第2233页)关于奉天令的品阶:《旧唐书》卷四二《职官一》正第六品上阶:"京兆、河南、太原府诸县令。"正第五品上阶:"万年、长安、河南、洛阳、太原、晋阳、奉先、会昌县令。"又《新唐书》卷四九下《百官志》:"京县令各一人,正五品上。畿县令各一人,正六品上。"据《新唐书》卷三七《地理志》奉天、昭应(会昌)、奉先皆为次赤县。杜闲任奉天令当在兖州司马之后,为正五品上阶。

④ 欧阳修、宋祁:《新唐书》卷二〇一,北京:中华书局,1975年,第5735—5736页。

唐书》卷四七《百官志二》:"著作局。郎二人,从五品上。著作佐郎二人,从六品上。"①可知,杜审言卒后赠著作郎,已为五品官阶,而且杜审言还曾任国子监主簿,杜甫显然有入太学的资格。

(二)杜甫的时代有重监举、轻乡贡的风气

从杜甫当时的时代风气看,初盛唐时期进士考试其实是重监举,相对轻视乡贡的。《唐摭言》卷一"两监"条云:"按《实录》:西监隋制,东监龙朔元年所置。开元以前,进士不由两监者,深以为耻。……李肇舍人撰《国史补》亦云:天宝中,袁咸用、刘长卿分为朋头,是时常重两监。"卷一后"论曰"又云:"永徽之后,以文儒亨达,不由两监者稀矣。于时场籍先两监而后乡贡,盖以朋友之臧否,文艺之优劣,切磋琢磨,匪朝伊夕,抑扬去就,与众共之。"②可见,杜甫乃生活在一种普遍追求入国学读书,由监举科考入仕的时代风气氛围中。而且,入太学等国学中读书,不仅利于及第,而且能与大量朋友、同学相处,是相互交流切磋、交往获誉的很好途经。

从杜甫的就学条件看,他的曾祖父杜依艺曾迁居于河南府的巩县(今巩义市),所以杜甫当占籍在巩县或洛阳,居住生活地则主要在洛阳,他拥有在洛阳东监读太学最便利的条件。

在这样多方面的条件和环境下,杜甫入太学读书,走监举参加科考,可以说是势所必然之事。但是,他却曾"中岁贡旧乡",通过乡贡之途参加过进士考试。在"进士不由两监者,深以为耻"的风气下,他放弃势所必然的途径,而是在二十四五岁的年纪去走乡贡之途,这显然不合乎常情。

(三)杜甫入太学当始于开元十三年十四岁时,业成预监举当在开元十八年十九岁时,明年初(二十岁)参加省试,但没有及第

在以上考论的基础上,我们可做出这样的一个推测,作为对以上诸多疑点的一个解释:杜甫"早充观国宾"当是指在太学预监举之事。但他这次考试没有及第,之后他便离开洛阳到郇瑕、吴越漫游了四五年。结束漫游后再想入仕,就只能"中岁贡旧乡",走乡贡之途。在这一推测下我们来看杜甫"早充观国宾"前后的过程。

1. 始入太学当在开元十三年(十四岁)时

据《新唐书》卷四四《选举志上》,唐代国子学、太学等,"凡生,限年十四以上,十九以下"③。而杜甫《壮游》诗云:"往者十四五,出游翰墨场。斯文崔魏徒,以我似

① 欧阳修、宋祁:《新唐书》卷四七,北京:中华书局,1975年,第1215页。
② 王定保:《唐摭言》卷一,北京:中华书局,1959年,第5、11—12页。
③ 欧阳修、宋祁:《新唐书》卷四四,北京:中华书局,1975年,第1160页。

班扬。"①可见他十四岁开始"出游翰墨场"时正是入太学的年龄。所以把他入太学系于开元十三年(725)十四岁时比较合适。

又,《江南逢李龟年》诗云:"岐王宅里寻常见,崔九堂前几度闻。"②岐王即玄宗之弟李范,崔九为崔涤。据《旧唐书》卷九五《李范传》、卷七四《崔仁师传附崔涤传》,李范、崔涤都卒于开元十四年(726)。开元十二年(724)末至十五年(727)十月,玄宗和朝中主要臣僚因封泰山而驻于东都,杜甫出入李范、崔涤之宅显然也是开元十三、十四年他在洛阳时,和"往者十四五,出游翰墨场"是同时之事。可见,杜甫十四五岁时"出游翰墨场。斯文崔魏徒,以我似班扬""岐王宅里寻常见,崔九堂前几度闻",这和"早充观国宾"时"赋料扬雄敌,诗看子建亲。李邕求识面,王翰愿卜邻"的情形很相似。它们很可能是同时之事。

2.完成学业预监举当在开元十八年(十九岁)前后

杜甫开元十三年十四岁时入太学,当在开元十八年(730)十九岁时完成学业,通过国子监考试获举荐参加省试。

关于国学中诸生的学习时间,文献中没有明确记载。可能各人情况不同,学习时间短长也不等。如郭元振:"十六入太学,与薛稷、赵彦昭同业。……十八擢进士第。"(张说《兵部尚书代国公赠少保郭公行状》)③仅两年即获得监举。但国子监规定:"凡六学生有不率师教者,则举而免之。其频三年下第,九年在学及律生六年无成者,亦如之。"④从这一规定看,太学生正常的学习时间应以六年为宜。因为唐代国子监规定,国学诸生完成学业,至少需通二经(一大经、一小经,或二中经),又需通《论语》《孝经》(共限一年)⑤;每一经的学习时间,大经限三年,中经两年,小经一年半或两年。而且毕业考试相当严苛,完成学业并非易事,如开元十七年(729)时国子祭酒杨玚向玄宗上《谏限约明经进士疏》云:

> 伏闻承前之例,监司每年应举者,尝有千数,简试取其尤精,上者不过二三百人。省司重试,但经明行修,即与擢第,不限其数。自数年以来,省司定限,天下明经、进士及第,每年不过百人,两监惟得一二十人。若常以此数而取,臣恐三千学徒,虚废官廪,两监博士,滥縻天禄。……至于明经、进士,服道日久,请益无倦,经策既广,文辞极难。监司课试,十已退其八九,考功及第,十又不

---

① 萧涤非主编:《杜甫全集校注》卷一四,北京:人民文学出版社,2014 年,第 4084 页。
② 萧涤非主编:《杜甫全集校注》卷二〇,北京:人民文学出版社,2014 年,第 5994 页。
③ 《全唐文》卷二三三,北京:中华书局,1983 年,第 2353 页。
④ 《国子监》,《唐六典》卷二一,北京:中华书局,1992 年,第 557 页。国子学、太学等学校学制,也可参见《新唐书》卷四四《选举志》,北京:中华书局,1975 年。
⑤ 参见《国子监》,《唐六典》卷二一,北京:中华书局,1992 年;《选举志》,《新唐书》卷四四,北京:中华书局,1975 年。

收其一二。①

杨场开元十六年(728)迁国子祭酒②,此表上于开元十七年三月③,正是杜甫读太学期间。当时诸生通过国子监课试者才十之一二,可见其难。

以此来看杜甫,他自云"读书破万卷,下笔如有神""自谓颇挺出",十分自信,当是以优异的成绩顺利完成了学业。从他十四岁(开元十三年)始入学算起,当在开元十八年业成获监举,并于次年初参加吏部省试。此点从他稍后游郇瑕的时间也可得到印证。

3. 杜甫获监举后当于明年参加省试,但没有及第,遂有郇瑕之游

太学毕业获得国子监荐举后,杜甫无疑会参加明年初吏部举行的省试,从当时情形推测,他很可能会选择进士科。他参加省试当在开元十九年(二十岁)。关于此,除从在太学的正常学习时间大致推算外,我们还可从他游郇瑕之事中窥得。杜甫在诗中两次提及此事:

> 往别郇瑕地,于今四十年。来簪御府笔,故泊洞庭船。诗忆伤心处,春深把臂前。南瞻按百越,黄帽待君偏。(《奉酬寇十侍御锡见寄四韵复寄寇》)④
> 凄怆郇瑕邑,差池弱冠年。丈人叨礼数,文律早周旋。(《哭韦大夫之晋》)⑤

《奉酬寇十侍御锡见寄四韵复寄寇》诗作于杜甫人生最后一年的大历五年(770)⑥,诗云"往别郇瑕地,于今四十年",前推四十年即开元十九年(731),表明在开元十九年他二十岁时曾有郇瑕(今山西临猗县一带)之游。但论者多把此事系于开元十八年(730)十九岁时⑦,把"四十年"作为约略之言而看。如闻一多《少陵先生年谱会笺》"开元十八年"条下云:

> 《哭韦之晋》诗曰:"凄怆郇瑕地,差池弱冠年。"《酬寇侍御》诗曰:"往别郇

---

① 《全唐文》卷二九八,北京:中华书局,1983 年,第 3027 页。

② 参见《杨场传》,刘昫:《旧唐书》卷一八五下,北京:中华书局,1975 年,第 4820 页。

③ 参见杜佑:《通典》卷一七,北京:中华书局,1988 年,第 415 页。

④ 萧涤非主编:《杜甫全集校注》卷二〇,北京:人民文学出版社,2014 年,第 6015 页。

⑤ 萧涤非主编:《杜甫全集校注》卷二〇,北京:人民文学出版社,2014 年,第 5809 页。

⑥ 萧涤非主编:《杜甫全集校注》卷二〇,北京:人民文学出版社,2014 年,第 6014—6015 页。

⑦ 《黄氏补集千家注纪年杜工部诗》附黄鹤《年谱辨疑》"开元二十四年丙子"条云:"又大历五年《酬寇十侍御》云:'往别郇瑕地,于今四十年。'自今年至大历五年,方才三十五年,亦举成数而言也。"把郇瑕之游系于开元二十四年(736)。朱鹤龄辑注《杜工部诗集辑注》卷二〇《奉酬寇十侍御锡见寄四韵复寄寇》诗后云:"按,公《哭韦之晋》诗云:'凄怆郇瑕邑,差池弱冠年。'此诗云:'往别郇瑕地,于今四十年。'则公十八九岁时尝至晋州,而年谱俱失书。黄鹤谓公适郇瑕,在游齐赵时,大谬。"(保定:河北大学出版社,2009 年,第 827 页)闻一多《少陵先生年谱会笺》系于开元十八年。(闻一多:《唐诗杂论》,上海:上海古籍出版社,1998 年,第 42—43 页)之后论者皆从闻一多之说。

瑕地,于今四十年。"朱鹤龄曰:"郇瑕,晋地。公弱冠之时尝游晋地,当是游晋后为吴越之游也。"按,《酬寇侍御》诗鹤注曰:"诗云'故泊洞庭船',当是大历五年潭州作,其云'春深把臂前',盖指去年之春。"大历五年,距开元十八年,适得四十年,知公游晋,实在十九岁时。前诗云"差池弱冠年",必非实指二十也。①

从这段话的意思看,闻一多把郇瑕之游定于开元十八年(730)十九岁时,乃是对"于今四十年"之"今"和"差池弱冠年"之"差池"理解有异之故。

他把"今"理解为作诗之时(大历五年)的"去年春",从大历四年(769)(所谓"大历五年,距开元十八年,适得四十年"之"大历五年"当是"大历四年"之误)往前推算四十年,则为开元十八年(730)。"差池"一词似乎被理解为"差不多"的意思,所以据之把"差池弱冠年"解释为"必非实指二十也",得出"知公游晋,实在十九岁时"的看法。

但是,"差池"一词其实在古代仅有"参差不齐"和"差错"二义,并没有"差不多"之义②。"参差不齐"义又可引申为"前后相次"的意思,如沈佺期《送乔随州侃》诗:"拜恩前后人,从宦差池起。"(《全唐诗》卷九五)杜甫《九日杨奉先会白水崔明府》诗:"晚酣留客舞,凫雁共差池。"《秋日荆南述怀三十韵》:"差池分组冕,合沓起蒿莱。"③"差错"则是"参差不齐"的引申义,如李端《古离别二首》其二云:"与君桂阳别,令君岳阳待。后事忽差池,前期日空在。"(《全唐诗》卷二八四)韩愈《寄崔二十六立之》:"每旬遗我书,竟岁无差池。"(《全唐诗》卷三四〇)元稹《酬乐天雨后见忆》:"雨滑危梁性命愁,差池一步一生休。"(《全唐诗》卷四一五)所以,把"差池弱冠年"理解为"差不多弱冠年"有嫌勉强,而且"差池"和上句的"凄怆"也不太对得上。如果把"差池"理解为"差错"或"不称意",不但意思更通顺,能和"凄怆"对应,而且杜甫当时"凄怆"的心境也有了着落,这应是他这年省试失利,不甚称意之故。

关于"诗忆伤心处,春深把臂前"两句的含义,乃有两种解释。一种看法认为,这两句乃是就当年杜甫与寇锡在郇瑕时之事而言。如赵次公注云:"两句以言在郇瑕相见作别之时。谓之'春深把臂前',则三月、四月之交矣。把臂相见,而春深晚之候在其前也。当时赋诗必有言伤心之句,今则怀之。"④另一种看法则认为是就杜甫与寇锡在湖南相见之事而言。如明末清初人张溍云:"诗即所寄四韵。伤心处,必寇诗忆及年来别况可伤心也。"⑤闻一多引黄鹤之说及他自己的看法也属后

①　参见闻一多:《唐诗杂论》,上海:上海古籍出版社,1998年,第42—43页。
②　参见《汉语大词典》第2册,上海:汉语大词典出版社,1989年,第975页。
③　萧涤非主编:《杜甫全集校注》卷三、卷一九,北京:人民文学出版社,2014年,第628页,第5543页。
④　林继中辑校:《杜诗赵次公先后解辑校》己帙卷之四,上海:上海古籍出版社,1994年,第1409页。
⑤　张溍:《读书堂杜工部诗集注解》卷二〇,转引自萧涤非主编:《杜甫全集校注》卷二〇,北京:人民文学出版社,2014年,第6015—6016页,此诗注三。

者。后一种解释的思路是：寇锡南赴百越之地，去年春（大历四年）路过洞庭湖，泊舟暂驻，与杜甫相见。今年（大历五年）又有诗相寄，忆及郇瑕相别以来或去年春天相别以来的伤心之情和把臂执手的情形。这样理解大致虽通，但"诗忆伤心处"一句终有牵强之嫌。一者，去年春相见之事，距今甚近，已称之"忆"，似嫌不妥；二者，两人相见，毕竟是喜事，虽可能会有感慨四十年来人生的不得意之事，但是，寇锡虽在安史之乱中陷贼受伪职，后以例贬谪，但他后来又逐渐迁升，这次是以监察御史之职受命监岭南选事①，谈不上不得意，所以用"伤心"之语，也嫌不妥；三者，"处"字作"地"解更胜，作"想到伤心处"之"处"解，有嫌平平，如作"地"解，应指郇瑕。总之，后一种解释虽可备一说，但毕竟不是定论。如作前一种解释，思路则是：他们在湖南可能就没有相见，所以寇锡寄诗给杜甫，诗中回忆他们当年春天在郇瑕交游的情形及杜甫伤心的往事等。如这样解释，"伤心处"和《哭韦大夫之晋》诗中所云"凄怆郇瑕邑，差池弱冠年"则恰相合。

这样来看，"于今四十年"并不一定是约略之语，郇瑕之游的时间作二十岁（开元十九年）解更为合理。杜甫当于这年初参加省试，没有及第，心情不佳，加之学生生涯结束，便走出去漫游了一趟②，以为消遣散心。这样，"凄怆""差池"两词就容易理解了。杜甫在《进三大礼赋表》中也云："臣甫言：臣生长陛下淳朴之俗，行四十载矣。与麋鹿同群而处，浪迹于陛下丰草长林，实自弱冠之年矣。"③他这里也提及弱冠之年，可见这是他人生的一个重要转折点不过其中也有令人疑惑之处。因为弱冠之年上下正是唐代青年人士参加科考，积极进取的人生阶段，杜甫却于此时开始"浪迹于丰草长林"。其中原因固然主要是杜甫志大才高，不屑于像一般青年一样羁束于科场，亦是渴望漫游多地，饱览山川，开阔眼界。可是，他漫游各地达十多年之久，其间仅二十四五岁时由乡贡参加过一次进士考试，这毕竟过于不合常理。如果从他曾入太学，才华卓异，广受赞誉，却在弱冠之年进士考试失利这个角度来认识，才高志大的他遭此挫折，遂干脆历游各地，姑且恣意浪迹，这样就显得容易理解了。

当然，这次失利对他影响并不大。郇瑕之游后，他随即又开始为期三四年左右的吴越之游，之后才再次参加科考。当时他"归帆拂天姥，中岁贡旧乡。气劘屈贾垒，目短曹刘墙"，自信满怀的气概丝毫未减。

总之，鉴于"早充观国宾"为开元二十三年（735）前后预乡贡之说的诸多疑点，笔者认为作开元十八年至十九年（十九岁至二十岁）由国子监举荐参加科举考试解

---

① 参见《寇锡墓志》，周绍良主编：《唐代墓志汇编》大历 064，上海：上海古籍出版社，1992 年，第 1805 页。

② 按，开元十九年十月玄宗始发长安幸东都，杜甫这年应赴长安参加进士考试。他也许是从长安返洛阳的途中顺便赴郇瑕游览。

③ 萧涤非主编：《杜甫全集校注》卷二一，北京：人民文学出版社，2014 年，第 6125 页。

释更为合理。这进而又引出杜甫开元十三年(十四岁)起曾入太学,一生曾于开元十九年、二十三年或二十四年两次参加进士考试,游郇瑕的时间当在开元十九年(二十岁)而非过去认为的开元十八年(十九岁),郇瑕之游的原因当为因科考失利而漫游散心等诸多问题。

崔氏山庄与杜甫华州期间的家居生活

——杜甫辋川之作考释及弃官求食说新证

查屏球

复旦大学中文系

一、"把茱萸"与移家蓝田

华州弃官是杜甫生平研究中一个复杂问题,因为杜甫这一举动与其自诩的"奉儒守官,未坠素业"人生观全然不符。故自宋以来,解杜者多有辨析,罢官说、弃官说、求食说,不一而足。由于文献有限,似难有明确结论。笔者以为诸说多有未惬之处,重新审理相关材料,扩大思考空间,尽可能还原杜甫当时的生存状况,或许能发现新的信息,做出新的推断。如考察杜甫在这之前所作二诗,可发现杜甫在华州期间的家居生活方式,进而可具体分析杜甫在这一时期的生存心态。这两首诗曰:

《崔氏东山草堂》

爱汝玉山草堂静,高秋爽气相鲜新。有时自发钟磬响,落日更见渔樵人。

盘剥白鸦谷口栗,饭煮青泥坊底芹。何为西庄王给事,柴门空闭锁松筠。①

《九日蓝田崔氏庄》

老去悲秋强自宽,兴来今日尽君欢。羞将短发还吹帽,笑倩傍人为正冠。

蓝水远从千涧落,玉山高并两峰寒。明年此会知谁健,醉把茱萸仔细看。②

二诗所写地点都是蓝田崔氏山庄,东山草堂应是崔氏山庄中一处,有寺庙,还有渔民,当是山下水边,白鸦谷、青泥坊,两地距蓝田跟县城不远,在辋川东边。《九家集注杜诗》卷十九引赵次公注云:"考蓝田……此所谓青泥坊也。志虽不载白鸦

---

① 郭知达编:《九家集注杜诗》卷十九,影印南京曾噩刊本,上海:上海古籍出版社,1981年,第5—6页。

② 郭知达编:《九家集注杜诗》卷十九,影印南京曾噩刊本,上海:上海古籍出版社,1981年,第4—5页。

谷,应是相近地名。落句及王摩诘者,盖辋谷在蓝田县,谓之西庄,则在崔氏草堂之西也。"①其实,西庄是地名,并非在崔氏山庄西边。以诗中"玉山""蓝水"诸词看崔氏庄或在今蓝桥镇一带,在辋川东北边。

二诗写作时间相近,都在九月九重阳前后。后一首入选《千家诗》,人多熟悉,但多忽略末句"把茱萸"这一细节。重阳戴茱萸是一个古老习俗,源于汉时,梁朝吴均《续齐谐记》记:"汝南桓景,随费长房游学累年。长房谓曰:'九月九日汝家中当有灾,宜急去。令家人各作绛囊,盛茱萸以系臂,登高饮菊花酒,此祸可除。'景如言举家登山。夕还,见鸡犬牛羊一时暴死。长房闻之曰:'此可代也。'今世人九日登高饮酒,妇人带茱萸囊,盖始于此。"把茱萸,是重阳节家人团聚时的一个活动,如王维所述"遍插茱萸少一人"。据此分析,杜甫似在参加一次家庭聚会,这一年重阳节他应是与家人在一起的,都居于崔家。崔氏是杜甫舅父系的亲属,由诗题称氏、君看,似与他平辈,属表兄弟之类,杜甫到华州后,其家人可能也由京城移居到蓝田崔氏山庄。蓝田距华州一百三十千米,杜甫在公务之余也可与家人团聚。杜甫家一个大家庭,除了自家妻子与两个孩子之外,还有四个弟弟:颖、观、丰、占,一年后,寄居生活无以为继,杜甫才弃官携家人到秦州生活。关于这一段生活,杜甫少有直接描述,但可据相关信息进行推断,以下分三层说明。

二、"强自宽"与归京后居家长安生活之艰

至德二载(757)九月二十八日,唐肃宗收复长安,十月二十三日由凤翔返回长安,杜甫也在此后不久携家人离开麟州羌村回长安故居生活,并在朝中担任左拾遗工作,至次年五月离开长安赴华州任职,在京生活半年多。虽然身处政治中心,满足了他在乱前孜孜以求的理想;但是唐肃宗整肃玄宗旧臣的政治气氛已让其不安,战乱后京城残破,生活艰难,维持一家人生计,衣、食、住、行多有困难,更让其忧愁不断。如"食":

> 《曲江二首》:一片花飞减却春,风飘万点正愁人。且看欲尽花经眼,莫厌伤多酒入唇。江上小堂巢翡翠,苑边高冢卧麒麟。细推物理须行乐,何用浮名绊此身。②

> 朝回日日典春衣,每日江头尽醉归。酒债寻常行处有,人生七十古来稀。穿花蛱蝶深深见,点水蜻蜓款款飞。传语风光共流转,暂时相赏莫相违。③

肃宗回长安后,对中兴之臣都加官晋爵,但对玄宗旧臣如房琯集团成员,不仅

---

① 郭知达编:《九家集注杜诗》卷十九,影印南京曾噩刊本,上海:上海古籍出版社,1981年,第5页。
② 郭知达编:《九家集注杜诗》卷十九,影印南京曾噩刊本,上海:上海古籍出版社,1981年,第28页。
③ 郭知达编:《九家集注杜诗》卷十九,影印南京曾噩刊本,上海:上海古籍出版社,1981年,第29页。

有意忽略,而且还有整体驱除的计划。前一首中对浮名的超脱,应是源于这一的政治背景,其在长安居处是曲江附近,能见到高坟、江头,应在今西安城南附近,其宅应是他乱前留下的旧居。"朝回日日典春衣"表明其时生活颇困顿,因当时家人与杜甫生活在一起,杜甫一人的俸禄不足以保障全家生活开支。又如"居":

《题李尊师松树障子歌》:"老夫清晨梳白头,玄都道士来相访。握发呼儿延入户,手提新画青松障。"①

《送李校书二十六韵》:"十五富文史,十八足宾客。十九授校书,二十声辉赫。众中每一见,使我潜动魄。自恐二男儿,辛勤养无益。""乾元元年春,万姓始安宅。舟也衣彩衣,告我欲远适。"②"顾我蓬屋资,谬通金闺籍。"③

"呼儿"足见家人与其一起在京生活。"二男儿""蓬屋资"也见出杜甫在京的生活状况。又如《曲江陪郑八丈南史饮》:

雀啄江头黄柳花,鸬鹚鸂鶒满晴沙。自知白发非春事,且尽芳樽恋物华。近侍即今难浪迹,此身那得更无家。丈人才力犹强健,岂傍青门学种瓜。④

《册府元龟》卷一百三十九:

(兴元元年)十二月,以前祠部郎中王础为比部郎中,前起居舍人郑南史为司封员外郎,前工部员外郎史官修撰荀尚为驾部员外郎,前左庶子张蔵为彭州刺史,碱等并朱泚时潜不仕也。⑤

丈,丈人行,指父辈。杜甫外祖母崔氏嫁李唐王室,生女一嫁杜家,又一嫁郑家,生子,为玄宗驸马。故郑家兄弟多为杜甫父辈。乾元元年(758)杜甫四十六岁,郑南史正是才力犹健之时,约在四十岁左右,到郑南史的兴元元年,已过了二十六年,郑南史的年龄可能已过六十,仍为从六品的起居舍人,司封员外郎,仕途颇不畅。又,杜甫叹自己作为近臣难有浪迹的自由,很想给自己安个家(图1)。其时,其家人或暂居于长安,左拾遗的俸禄尚不足以置屋生活。又如"行":

《逼侧行赠毕四曜》:"逼仄何逼仄,我居巷南子巷北。可怜邻里间,十日不一见颜色。自从官马送还官,行路难行涩如棘。我贫无乘非无足,昔者相遇今不得。不是爱微躯,非关足无力。徒步翻愁官长怒,此心炯炯君应识。晓来急雨春风颠,睡美不闻钟鼓传。东家蹇驴许借我,泥滑不敢骑朝天。已令请急会

① 郭知达编:《九家集注杜诗》卷七,影印南京曾噩刊本,上海:上海古籍出版社,1981年,第15页。
② 郭知达编:《九家集注杜诗》卷四,影印南京曾噩刊本,上海:上海古籍出版社,1981年,第28页。
③ 郭知达编:《九家集注杜诗》卷四影印南京曾噩刊本,上海:上海古籍出版社,1981年,第29页。
④ 郭知达编:《九家集注杜诗》卷十九,影印南京曾噩刊本,上海:上海古籍出版社,1981年,第47—48页。
⑤ 王钦若:《册府元龟》,北京:中华书局,1960年,第1688页。

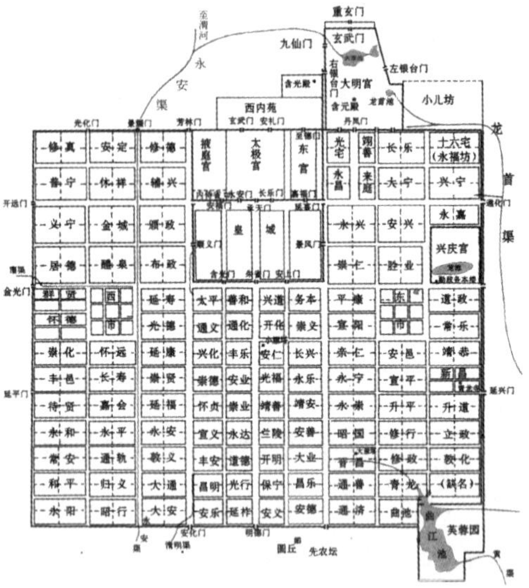

图 1　唐西京长安城曲池坊为杜甫当时的家

通籍,男儿性命绝可怜。焉能终日心拳拳,忆君诵诗神凛然。辛夷始花亦已落,况我与子非壮年。街头酒价常苦贵,方外酒徒稀醉眠。速宜相就饮一斗,恰有三百青铜钱。"①

杜甫居城南曲池坊每天要往城北大明宫上朝,无马之后,唯借驴行走。两地相距近二十里,步行约两小时,早上朝,天没亮就得离家了,确实辛苦。又如"衣":

《端午日赐衣》:"宫衣亦有名,端午被恩荣。细葛含风软,香罗叠雪轻。自天题处湿,当暑著来清。意内称长短,终身荷圣情。"②

诗作于杜甫离京之前,得到朝廷的赐衣,他无比激动,其中一个重要的原因,就是赐衣解决了他无衣可换的困局。足见,他在京生活之难。

即便如此,肃宗的政治清除仍然落到了他的头上,乾元元年五月,他被贬为华州参军,其《至德二载,甫自京金光门出,间道归凤翔。乾元初,从左拾遗移华州掾,与亲故别,因出此门。有悲往事》记其事:

此道昔归顺,西郊胡正烦。至今犹破胆,应有未招魂。近得归京邑,移官岂至尊。无才日衰老,驻马望千门。③

他对由归京后移官颇为伤感,以诗题记往事以示自己忠而被弃。由诗题看,他

① 郭知达编:《九家集注杜诗》卷三,影印南京曾噩刊本,上海:上海古籍出版社,1981年,第3—4页。
② 郭知达编:《九家集注杜诗》卷十九,影印南京曾噩刊本,上海:上海古籍出版社,1981年,第51页。
③ 郭知达编:《九家集注杜诗》卷十九,影印南京曾噩刊本,上海:上海古籍出版社,1981年,第57页。

在长安已与亲故别,当是一人赴华州,家人留在京。由上文看,他在朝时,家庭生活已很艰苦,离开长安后家人一定更难。郭子仪《请宣示俭德表》一文记录其时凋敝之状:"伏惟乾元大圣光天文武孝感皇帝陛下,缵成盛业,备历诸艰,功存造化,泽被屯俗。至于服用之饰,声乐之娱,宜有所增加,以彰圣德。今月十六日,臣等伏蒙天恩,幸沾内宴,切见后庭伎乐,其数非多,衣制俭薄,颇为逼下。顾无丽绮之玩,是行质素之风,恭惟睿慈,允臻于道。……陛下以农桑未乂,军务犹虞,思维富教之繇,率先俭约之化。"[①]以皇家之尊尚且如此节俭,如杜甫这样的下级官员生活当更加艰难。推以实情,其家人在京可能难以独立维持,故很有可能在杜甫离京后不久就移居崔氏山庄了。

三、"崔氏庄"与杜甫辋川之行

杜甫在乱前任右率府兵曹参军从八品,禄米年 62 石,职田 250 亩(每亩年收 6 斗粟,唐朝官方比价:粟 2 石＝稻 3 石＝米 1.2 石,年可得 $250 \times 3.6 = 900$ 石米),月俸 1.85 贯,约 18 石米,另配有三名应役仆人。看似不少,但他约在天宝十四载(755)九十月就职,未得年禄、职田补充,仅靠每月的月俸,维持一家人消费尚有困难。他只得将家人安置到九十公里之外的奉先,托舅氏崔氏帮助照料,自己一人在京任职。乱后归京,他官升到正八品,但身逢乱世,生活依然艰难。其离开京城后,家里生活就更难维持了。所以,他到华州后也应作了与乱前相似的安排,将家人安置在舅家崔氏处。由以上两首诗看,其安置的地点就是蓝田,其舅崔氏乱前任职于白水县,其山庄在蓝田玉山下。其六月到华州,九月即到蓝田辋川崔氏山庄休息并与家人团聚。

杜甫母亲在杜甫年幼时已逝,但杜家与崔家有世家关系,杜甫与舅家一直保持着密切关系。白水县令崔氏是杜甫舅父,杜甫称其为"十九翁",望县县令,比杜甫官阶高两级。杜甫有三首诗记其事:

《九日杨奉先会白水崔明府》:今日潘怀县,同时陆浚仪。坐开桑落酒,来把菊花枝。天宇清霜净,公堂宿雾披。晚酣留客舞,凫舄共参差。[②]

《白水崔少府十九翁高斋三十韵》:客从南县来,浩荡无与适。旅食白日长,况当朱炎赫。高斋坐林杪,信宿游衍阒。清晨陪跻攀,傲睨俯峭壁。崇冈相枕带,旷野怀咫尺。始知贤主人,赠此遣愁寂。危阶根青冥,曾冰生淅沥。上有无心云,下有欲落石。泉声闻复息,动静随所激。鸟呼藏其身,有似惧弹

---

① 董浩等编:《全唐文》卷三百三十二,北京:中华书局,1983 年,第 3361—3362 页。

② 郭知达编:《九家集注杜诗》卷十八,影印南京曾噩刊本,上海:上海古籍出版社,1981 年,第 32—33 页。

射。吏隐道情性,兹焉其窟宅。白水见舅氏,诸翁乃仙伯。杖藜长松阴,作尉穷谷僻。为我炊雕胡,逍遥展良觌。坐久风颇愁,晚来山更碧。相对十丈蛟,欻翻盘涡坼。何得空里雷,殷殷寻地脉。烟氛蔼崷崒,魍魉森惨戚。昆仑崆峒颠,回首如不隔。前轩颓反照,巉绝华岳赤。兵气涨林峦,川光杂锋镝。知是相公军,铁马云雾积。玉筯淡无味,胡羯岂强敌。长歌激屋梁,泪下流衽席。人生半哀乐,天地有顺逆。慨彼万国夫,休明备征狄。猛将纷填委,庙谋蓄长策。东郊何时开,带甲且未释。欲告清宴罢,难拒幽明迫。三叹酒食傍,何由似平昔。①

《白水明府舅宅喜雨得过字》:吾舅政如此,古人谁复过。碧山晴又湿,白水雨偏多。精祷既不昧,欢娱将谓何?汤年旱颇甚,今日醉弦歌。②

天宝十四载九月,其到奉先见地方官,杨奉先是他妻家亲属,崔明府是舅家崔十九翁。其时,他已经将家室安排在奉先并托妻家父辈及自己舅家关照。相对而言,舅氏崔氏一家对他一家照顾尤多。所以,战乱后,杜甫仍托崔氏照顾家人。崔氏即崔十九,或由白水移居到辋川。杜崔两家姻亲关系一直持续着③,自其祖、父之后,杜甫小弟杜观也娶崔氏女为妻,杜甫有二诗记其事:

《舍弟观赴蓝田取妻子到江陵,喜寄三首》:汝迎妻子达荆州,消息真传解我忧。鸿雁影来连峡内,鹡鸰飞急到沙头。峣关险路今虚远,禹凿寒江正稳流。朱绂即当随彩鹢,青春不假报黄牛。//马度秦关雪正深,北来肌骨苦寒侵。他乡就我生春色,故国移居见客心。欢剧提携如意舞,喜多行坐白头吟。巡檐索共梅花笑,冷蕊疏枝半不禁。//庾信罗含俱有宅,春来秋去作谁家。短墙若在从残草,乔木如存可假花。卜筑应同蒋诩径,为园须似邵平瓜。比年病

---

① 郭知达编:《九家集注杜诗》卷二,影印南京曾噩刊本,上海:上海古籍出版社,1981年,第50—53页。
② 郭知达编:《九家集注杜诗》卷十八,影印南京曾噩刊本,上海:上海古籍出版社,1981年,第38页。
③ 据[日]松原朗、李寅生《抚育杜甫成长的世界——继祖母卢氏的氏族观探微》(《杜甫研究学刊》2019年第2期)统计,其与崔氏舅辈交往者主要有:崔明府(白水明府舅),白水县令(从六品上),见杜甫《白水明府舅宅喜雨》《九日杨奉先会白水崔明府》。崔二(崔卿),任江陵尹韦伯玉上佐之职(州司马,从四品下)杜甫在夔州为之作《上卿翁请修武侯庙,遗像缺落,时崔卿权夔州》,而《奉送崔二翁统节度镇军还江陵》中有"寒空巫峡曙,落日渭阳明"之句。"渭阳"一词出自《诗经》秦风·渭阳中的"我送舅氏,曰至渭阳。"崔四,767年作为监察御史(正八品上)巡察夔州、澧州、朗州。杜甫在夔州为之作《巫峡敞庐奉赠侍御四舅别之澧朗》。崔十一,见《阆州东楼筵,奉送十一舅往青城县,得昏字》。崔十七,官职不详。杜甫在夔州为之作《奉送十七舅下邵桂》。崔项(崔十九·崔少府),白水县尉(从九品上)。见杜甫《白水县崔少府十九翁高斋三十韵》:"白水见舅氏,诸翁乃仙伯。"崔伟(二十三舅),770年任郴州(上州)录事参军(从七品上)。杜甫在湖南为之作《奉送二十三舅录事之摄郴州》,其中有"贤良归盛族,吾舅尽知名"之句。题下注:"崔伟"。崔二十四(二十四舅),青城县令(从六品上)。杜甫在阆州作《阆州奉送二十四舅使自京赴任青城》。

酒开涓滴,弟劝兄酬何怨嗟。①

《舍弟观归蓝田迎新妇,送示两篇》:汝去迎妻子,高秋念却回。即今萤已乱,好与雁同来。东望西江水,南游北户开。卜居期静处,会有故人杯。//楚塞难为别—作"路",蓝田莫滞留。衣裳判白露,鞍马信清秋。满峡重江水,开帆八月舟。此时同一醉,应在仲宣楼。②

诗作于杜甫晚年,杜家已经衰落到极点,崔家仍不变婚约,按期让并无功名与官职的杜观迎娶妻子。足见两家关系之密切。杜甫素以舅氏为傲,其诗言;"舅氏多人物(夔州,表弟崔公辅)""贤良归盛族,吾舅尽知名。(潭州,舅崔伟)"后有多首与舅氏交往之作:

《奉送崔都水翁下峡》:无数涪江筏,鸣桡总发时。别离终不久,宗族忍相遗。白狗黄牛峡,朝云暮雨祠。所过凭问讯,到日自题诗。③

《寄邛州崔录事》:邛州崔录事,闻在果园坊。久待无消息,终朝有底忙。应愁江树远,怯见野亭荒。浩荡风尘外,谁知酒熟香。④

《别崔潩因寄薛据、孟云卿(内弟潩赴湖南幕职)》:志士惜妄动,知深难固辞。如何久磨砺,但取不磷缁。夙夜听忧主,飞腾急济时。荆州过薛孟,为报欲论诗。⑤

《王阆州筵奉酬十一舅惜别之作》:万壑树声满,千崖秋气高。浮舟出郡郭,别酒寄江涛。良会不复久,此生何太劳。穷愁但有骨,群盗尚如毛。吾舅惜分手,使君寒赠袍。沙头暮黄鹤,失侣亦哀号。⑥

《赠舅父崔十三评事公甫》:飘飘西极马,来自渥洼池。飒飒定山桂,低徊风雨枝。我闻龙正直,道屈尔何为。且有元戎命,悲歌识者谁。官联辞冗长,行路洗敧危。脱剑主人赠,去帆春色随。阴沉铁凤阙,教练羽林儿。天子朝侵早,云台仗数移。分军应供给,百姓日支离。黠吏因封己,公才或守雌。燕王买骏骨,渭老得熊罴。活国名公在,拜坛群寇疑。冰壶动瑶碧,野水失蛟螭。入幕诸彦聚,渴贤高选宜。骞腾坐可致,九万起于斯。复进出矛戟,昭然开鼎彝。会看之子贵,叹及老夫衰。岂但江曾决,还思雾一披。暗尘生古镜,拂匣

① 郭知达编:《九家集注杜诗》卷三十二,影印南京曾噩刊本,上海:上海古籍出版社,1981年,第34—36页。
② 郭知达编:《九家集注杜诗》卷二十八,影印南京曾噩刊本,上海:上海古籍出版社,1981年,第21—23页。
③ 郭知达编:《九家集注杜诗》卷二十四,影印南京曾噩刊本,上海:上海古籍出版社,1981年,第12页。
④ 郭知达编:《九家集注杜诗》卷二十五,影印南京曾噩刊本,上海:上海古籍出版社,1981年,第3—4页。
⑤ 郭知达编:《九家集注杜诗》卷三十一,影印南京曾噩刊本,上海:上海古籍出版社,1981年,第4页。
⑥ 郭知达编:《九家集注杜诗》卷二十五,影印南京曾噩刊本,上海:上海古籍出版社,1981年,第2页。

照西施。舅氏多人物,无惭困翩垂。①

《奉送二十三舅录事之摄郴州》:贤良归盛族,吾舅尽知名。徐庶高交友,刘牢出外甥。泥涂岂珠玉,环堵但柴荆。衰老悲人世,驱驰厌甲兵。气春江上别,泪血渭阳情。舟鹢排风影,林乌反哺声。永嘉多北至,句漏且南征。必见公侯复,终闻盗贼平。郴州颇凉冷,橘井尚凄清。从役何蛮貊,居官志在行。②

《阆州奉送二十四舅使自京赴任青城》:闻道王乔舄,名因太史传。如何碧鸡使,把诏紫微天。秦岭愁回马,涪江醉泛船。青城漫污杂,吾舅意凄然。③

直至杜甫晚年漂荡湖湘也是依崔氏而行,如《入衡州》:"诸舅剖符近,开缄书札光。频繁命屡及,磊落字百行。江总外家养。谢安乘兴长。下流匪珠玉,择木羞鸾凰。"④赵次公云:"公诗每以崔姓为舅,剖符近,则必有姓崔者为刺史矣。岂崔侍御溪乎?"⑤由这一背景看,杜甫由华州来辋川的原因就清楚了。之前注家认为他来蓝田是为避暑,这或许是他来此的原因之一,其《早秋苦热堆案相仍》应作于本年,诗言:

七月六日苦炎蒸,对食暂餐还不能。每愁—作"常恐"夜中—作"来"皆是蝎,况乃秋后转多蝇。束带发狂欲大叫,簿书何急来相仍。南望青松架短壑,安得赤脚踏层冰。⑥

暑热中已想到山间避暑。诸家多将本诗系于后一年,认为杜写完本诗后就携家去了秦州。由《月夜忆舍弟》中"露从今夜白"一句看,杜甫约于白露(八月五日)前已经到秦州,华州距秦州九百里,以一天三十里计算也需三十天。七月六日到八月五日,不足三十天,杜甫携家而行,行程不会太快。故本诗当作于这一年。但是,重阳时,暑气已退去,避暑不应是主要原因。其来蓝田既是要避暑,更是要探望家人,与家人过节团聚。

自宋以来,注家多从《旧唐书·杜甫传》之说:"属关辅饥乱,弃官之秦州。"⑦且

① 郭知达编:《九家集注杜诗》卷二十七,影印南京曾噩刊本,上海:上海古籍出版社,1981年,第10—12页。
② 郭知达编:《九家集注杜诗》卷三十六,影印南京曾噩刊本,上海:上海古籍出版社,1981年,第24—25页。
③ 郭知达编:《九家集注杜诗》卷二十五,影印南京曾噩刊本,上海:上海古籍出版社,1981年,第2页。
④ 郭知达编:《九家集注杜诗》卷十六,影印南京曾噩刊本,上海:上海古籍出版社,1981年,第27—28页。
⑤ 郭知达编:《九家集注杜诗》卷十六,影印南京曾噩刊本,上海:上海古籍出版社,1981年,第28页。
⑥ 郭知达编:《九家集注杜诗》卷四,影印南京曾噩刊本,上海:上海古籍出版社,1981年,第35页。
⑦ 王洙:《杜工部集序》,仇兆鳌注《杜诗详注》附编,北京:中华书局,1979年,第2239页。

以杜甫《秦州杂诗》三之"无钱居帝里^①，因人作远游^②"一句印证，应是有根据的。华州及洛伊一带经战乱之后，凋敝严重，乾元二年(759)三月，史思明南下，官军相州大溃，退出洛阳，华州几乎成为前线，形势益发紧张起来。其时困难之状，郭子仪《请车驾还京奏》一文可证：

> 夫以东周之地，久陷贼中，宫室焚烧，十不存一。百曹荒废，曾无尺椽，中间畿内，不满千户。井邑榛棘，豺狼所嗥，既乏军储，又鲜人力。东至郑汴，达于徐方，北自覃怀，经于相土，人烟断绝，千里萧条，……且圣旨所虑，岂不以京畿新遭剽掠，田野空虚，恐粮食不充，国用有阙？^③

此文作于代宗朝初，郭子仪所述东都、中原及关中情况，虽然是几年之后事，但也反映了战乱后中原经济凋敝实情，据此可推想杜甫任职华州期间家庭生活之艰难，乾元二年(759)三月，唐军于相州大溃，四月史思明称帝，洛阳大乱，华州几乎又成了前线，经济更加困难。蓝田崔氏对他家的资助也力不从心了，杜甫家庭的生计或许更加艰难，其离职求食也是不得已之举。之前他已检讨过："所愧为人父，无食致夭折。"^④这次显然不想让悲剧重演。所以，听到在秦州他有朋友能帮助解决求食之事，就毅然前行了。

四、"西庄"与杜、王交往

至德二载(757)十月归京之后，杜甫与王维有交往，在乾元元年春杜甫与王维一起参与贾至发起的《早朝大明宫呈两省僚友》唱和活动。在此事前，杜甫已经与王维有交往，有《奉赠王中允维》记其事：

> 中允声名久，如今契阔深。共传收庾信，不比得陈琳。一病缘明主，三年独此心。穷愁应有作，试诵《白头吟》。^⑤

按，本诗应作至德二年(757)，王维作为降官，先被统一收审，后降为中允，次年改元复旧职。

王维《谢除太子中允表》：

> 臣维稽首言：伏奉某月日制，除臣太子中允。诏出宸衷，恩过望表，捧戴惶

① 杜甫：《寄彭州高三十五使君适三十韵》，郭知达编《九家集注杜诗》卷二十，影印南京曾噩刊本，上海：上海古籍出版社，1981年，第42页。

② 郭知达编《九家集注杜诗》卷二十，影印南京曾噩刊本，上海：上海古籍出版社，1981年，第1页。《秦州杂诗二十首(其一)》："满目悲生事，因人作远游。"

③ 董浩等：《全唐文》卷三百三十二，北京：中华书局，1983年，第3366页。

④ 郭知达编：《九家集注杜诗》卷二，影印南京曾噩刊本，上海：上海古籍出版社，1981年，第50页。

⑤ 郭知达编《九家集注杜诗》卷十九，影印南京曾噩刊本，上海：上海古籍出版社，1981年，第53页。

惧，不知所裁。臣闻食君之禄，死君之难。当逆胡干纪，上皇出宫，臣进不得从行，退不能自杀，情虽可察，罪不容诛。伏惟光天文武至圣孝感皇帝陛下孝德动天，圣功冠古，复宗社于坠地，救涂炭于横流。少康不及君亲，光武出于支庶。今上皇返正，陛下御乾，历数前王，曾无比德，万灵抃跃，六合欢康。仍开祝网之恩，免臣衅鼓之戮。投书削罪，端衽立朝，秽污残骸，死灭馀气。伏谒明主，岂不自愧于心？仰厕群臣，亦复何施其面？跼天内省，无地自容。且政化之源，刑赏为急。陷身凶虏，尚沐官荣，陈力兴王，将何宠异？况臣夙有诚愿，伏愿陛下中兴，逆贼殄灭，臣即出家修道，极其精勤，庶裨万一。顷者身方待罪，国未书刑，若慕龙象之俦，是避魑魅之地，所以钳口，不敢萌心。今圣泽含宏，天波昭洗，朝容罪人食禄，必招屈法之嫌。臣得奉佛报恩，自宽不死之痛，谨诣银台门冒死陈请以闻。无任惶恐战越之至。①

表明王维被任中允子是在收复长安后不久。旧注系于乾元元年（758）当误。王维又有诗纪其事，《既蒙宥罪旋复拜官伏感圣恩窃书鄙意兼奉简新除使君等诸公》：

> 忽蒙汉诏还冠冕，始觉殷王解网罗。日比皇明犹自暗，天齐圣寿未云多。花迎喜气皆知笑，鸟识欢心亦解歌。闻道百城新佩印，还来双阙共鸣珂。②

诗言花、鸟，表明王维复职是在至德二载（757）冬春之交。贾至《早朝大明宫呈两省僚友》："银烛熏天紫陌长，禁城春色晓苍苍。千条弱柳垂青琐，百啭流莺绕建章。剑佩声随玉墀步，衣冠身惹御炉香。共沐恩波凤池上，朝朝染翰侍君王。"③凤池是指中书省，王维以中书舍人身份与贾至为同事，时在乾元二年（759）春末。岑参诗曰："莺啭皇州春色阑。"④乾元元年春，王维已经为中书舍人，太子中允子应在此之前。故杜甫《奉赠王中允维》应作于至德二载冬。

王维在乱后已放弃辋川别业，已不居于辋川。

《请施庄为寺表》：臣维稽首：臣闻罔极之恩，岂有能报？终天不返，何堪永思？然要欲强有所为，自宽其痛。释教有崇树功德，宏济幽冥。臣亡母故博陵县君崔氏，师事大照禅师三十余岁，褐衣蔬食，持戒安禅，乐住山林，志求寂静。臣遂于蓝田县营山居一所，草堂精舍，竹林果园，并是亡亲宴坐之余，经行之所。臣往丁凶衅，当即发心，愿为伽蓝，永劫追福。比虽未敢陈请，终日常积恳诚。又属元圣中兴，群生受福，臣至庸朽，得备周行。无以谢生，将何答施？愿献如天之寿，长为率土之君，惟佛之力可凭，施寺之心转切。效微尘于天地，固

① 赵殿成笺注：《王右丞集笺注》卷十六，上海：上海古籍出版社，1961年，第294—295页。
② 赵殿成笺注：《王右丞集笺注》卷十，上海：上海古籍出版社，1961年，第185页。
③ 董浩等编：《全唐文》卷二百三十五，北京：中华书局，1983年，第2596页。
④ 董浩等编：《全唐文》卷二百三十五，北京：中华书局，1983年，第1085页。

先国而后家,敢以鸟鼠私情、冒触天听?伏乞施此庄为一小寺,兼望抽诸寺名行僧七人,精勤禅诵,斋戒住持,上报圣恩,下酬慈爱。无任恳款之至。①

中兴,特指肃宗。故王维在肃宗时已捐庄为寺了。其《与魏居士书》:

> 仆年且六十,足力不强,上不能原本理体,裨补国朝;下不能殖货聚谷,博施穷窭。偷禄苟活,诚罪人也。然才不出众,德在人下,存亡去就,如九牛一毛耳。实非欲引尸祝以自助,求分谤于高贤也。②

其言六十足力不强,不到辋庄了,时当宝应元年(762)时,其捐庄为寺,当更早。又王维诗言其事:

> 《晚春严少尹与诸公见过》:"松菊荒三径,图书共五车。烹葵邀上客,看竹到贫家。鹊乳先春草,莺啼过落花。自怜黄发暮,一倍惜年华。"③

> 《酬严少尹徐舍人见过不遇》:"公门暇日少,穷巷故人稀。偶值乘篮舆,非关避白衣。不知炊黍否,谁解扫荆扉。君但倾茶碗,无妨骑马归。"④

严武乾元元年六月前为京兆少尹,其时,王维已经居于长安穷巷中了。王维母约卒于至德二载(757)冬,他约于同时捐庄为寺⑤。

> 王维《崔濮阳兄季重前山兴》(山西去亦对维门):秋色有佳兴,况君池上闲。悠悠西林下,自识门前山。千里横黛色,数峰出云间。嵯峨对秦国,合沓藏荆关。残雨斜日照,夕岚飞鸟还。故人今尚尔,叹息此颓颜。⑥

诗题下注文表明崔氏山庄跟王维辋庄不远,蓝田崔氏山庄可能是崔家本庄,杜甫舅氏(崔十九)、王维表弟崔兴宗(崔九)、崔季重都居于此。

由杜诗看,杜甫了解王维在辋川有别墅,并知道这是文人雅集之所。同时,他还不知王维舍庄为寺之事。显然,作为一个年小十二岁的后辈,他还只是这位天宝明星的崇拜者,并不是一个知己朋友。

---

① 赵殿成笺注:《王右丞集笺注》卷十七,上海:上海古籍出版社,1961年,第320页。
② 赵殿成笺注:《王右丞集笺注》卷十八,上海:上海古籍出版社,1961年,第334页。
③ 赵殿成笺注:《王右丞集笺注》卷七,上海:上海古籍出版社,1961年,第128页。
④ 赵殿成笺注:《王右丞集笺注》卷七,上海:上海古籍出版社,1961年,第118—119页。
⑤ 《同崔兴宗送衡岳瑗公南归》《送钱少府还蓝田》(赵殿成笺注:《王右丞集笺注》卷八,上海:上海古籍出版社,1961年,第137页)。钱起《晚归蓝田酬王维给事赠别》(彭定术等编:《全唐诗》卷二百三十七,北京:中华书局,1960年,第2629页)《崔九弟欲往南 山马上口号与别》(彭定术等编:《全唐诗》卷一百二十八,北京:中华书局,1960年,第1303页)。崔九,崔兴宗,王维有《送崔九兴宗游蜀》(赵殿成笺注:《王右丞集笺注》卷八,上海:上海古籍出版社,1961年,第140页)。崔兴宗有《留别王维》(彭定术等编:《全唐诗》卷一百二十九,北京:中华书局,1960年,第1316页)。裴迪同作诗存(彭定术等编:《全唐诗》卷一百二十九,北京:中华书局,1960年,第1315页)。
⑥ 赵殿成笺注:《王右丞集笺注》卷三,上海:上海古籍出版社,1961年,第35页。

杜甫的春天

——论杜甫的伤春心理及其诗史意义

吴怀东

安徽大学文学院

清代学者陶开虞说:"尝见注杜者不下百余家,大约苦于牵合附会,反晦才士风流。少陵一饭不忘君,固也,然兴会所及,往往在有心无心之间,乃注者遂一切强符深揣,即梦中叹息,病里呻吟,必曰关系朝政,反觉少陵胸中多少凝滞,没却洒落襟怀矣。……子美随地皆诗,往往见志。朝雨晚晴,慰藉草堂之寂寞;枯棕病橘,感伤寇盗之凭陵。"[1]杜甫的生命感受丰富而特别,他不仅关心政治,他也爱花草等大自然中的植物,喜爱春天,富有生活情趣,"一重一掩吾肺腑,山鸟山花吾友于"(杜甫《岳麓山道林二寺行》[2]),近代学者梁启超因此说杜甫是伟大的"情圣"[3]。刘勰说:"诗人感物,联类不穷。"(《文心雕龙·物色》)宋代范晞文说杜诗"景无情不发,情无景不生"(《对床夜话》卷二),其实已注意到杜甫及其诗对自然景物异常敏感的特点。杜甫高度关心政治,这一思想特点及相应的诗歌创作(如被后代诗论家赞为"诗史"的"三吏""三别")在文学史上产生了巨大影响,已受到古今学者的高度关注和深入研究,而杜甫作为一名普通人在日常生活中的情感反应特点及其创作在文学史上的深刻影响,则尚未得到深入研究[4]。杜甫有着无与伦比的深刻而丰富的生命感知能力与经验——这也是他强大文学创造力的重要来源之一,身为一个感性的生命体,当杜甫和他那个时代所有人一起沐浴着大唐王朝的烂漫春光,春天的

---

① 转引自仇兆鳌注:《杜诗详注》附编,北京:中华书局,1979年,第2338页。

② 关于本文所引杜诗文本及编年,主要参考萧涤非主编《杜甫全集校注》(北京:人民文学出版社,2014年)。

③ 《杜甫》,中华书局编:《杜甫研究论文集》一辑,北京:中华书局,1962年,第2页。

④ 也许是受到"盛唐"、盛世这一潜在文化价值观念的影响,学术界比较关注唐诗里的春天描写,比如最早的有日本学者林田干之助《长安之春》(钱婉约译,北京:清华大学出版社,2015年),最新的如尚永亮先生的《诗映大唐春——唐诗与唐人生活》(北京:北京大学出版社,2017年),而就笔者目力所及,近年来不少硕士、博士学位论文更关注唐诗的春天以及"落花"描写,关注唐人世俗、日常的社会与精神生活史,不过,上述研究大多着眼于宏观,不太关注作家的个体差异,对杜甫其人其诗特点的讨论不多(当然,讨论杜甫与秋天关系、特别是夔州诗与秋天关系的文章甚多),且没有从诗歌史和诗歌美学角度做深入考察。

桃红柳绿在他的心里和诗中产生了何种与众不同的反应？本文着重考察杜甫面对花开花落、春和景明景象所产生的悲、喜情感反应的特点及其内涵①，最后简单讨论其诗史意义②。

一

　　杜甫春天感知的特点，最突出地体现于其对花开花落景象③的心理反应中。

　　春回大地，万物复苏，生机勃勃，这是一年中最美的季节，春来花自开，桃红柳绿，万紫千红，花开与花落是春天最有特征、最令人欣喜的景象。花本身是自然界中最神奇之物，色彩、形状都很美丽（如果不考虑其真正的生物功能），有的还芳香醉人，自古即是人类喜爱的审美对象，见花心喜也是人类普遍而正常的心理反应，杜甫也不例外。

　　杜甫是一个富有生活情趣的人，爱好大自然，对花也很着迷，他自述"春来花鸟莫深愁"（《江上值水如海势聊短述》）、"花边行自迟"（《大云寺赞公房四首》之二）、"身过花间沾湿好"（《崔评事弟许相迎不到应虑老夫见泥雨怯出必愆佳期走笔戏简》）。杜甫安住成都草堂后尤其爱花，因为得天独厚，成都的风土特别适合花的生长："草堂少花今欲栽"（《诣徐卿觅果栽》），"不是爱花即欲死"（《江畔独步寻花七绝句》之七）。他对花开花落的时序甚至有专门研究，他知道"冰雪莺难至，春寒花较迟"（《人日两篇》之一），"楚草经寒碧，庭春入眼浓。旧低收叶举，新掩卷牙重。步履宜轻过，开筵得屡供。看花随节序，不敢强为容"（《庭草》）；他还注意到花鲜艳的

<hr/>

　　① 吴贤哲《杜甫诗歌中的春天自然意象》（《杜甫研究学刊》1995年第4期）较早从宏观角度研究杜诗中春天意象及其审美内涵等问题，不过，作者并没有关注杜甫情感反应的悲、喜变化，以及处理情、景关系的阶段性特点。哈燕《杜甫咏春诗研究》（硕士学位论文，西北师范大学，2015年）则对杜甫涉及春天景象的诗歌进行了全面、系统的专题研究，其将这些诗歌视作一个类型，并讨论了这些诗内容以及形式上的特点，不过，这些诗能否算严格类型学意义上的咏物诗以及其是否具有形式上的共同特点可商。

　　② 有关杜诗花草景物描写，前人已有研究，宋人范温云："齐梁诸诗人，以至刘梦得、温飞卿辈，往往以绮丽风花累其正气，由于理不胜而辞有余也。……（杜诗）虽涉于风花点染，然穷理尽性，巧移造化矣。"（转引自仇兆鳌注：《杜诗详注》，北京：中华书局，1979年，第2321—2322页。）王飞就注意到杜甫描写花卉植物技法上的特点，"杜甫写花，往重在抒情，而不主咏物故其咏花之作并不局限于花，并不执着于花"（《论杜诗中的花》，《杜甫研究学刊》1994年第1期）。

　　③ 杜诗中出现大量有关花的词语或意象，根据洪业以郭知达《九家集注杜诗》为底本编纂的《杜诗引得》检索所收录杜诗，杜诗中出现"花"字总共280余次，其中除了"花"单独成词，还有由"花"字组成的词语，如花丛、花蕊、花卉、花萼、花径、花钿，以及山花、白花、玉花、飞花、幽花、落花、桃花、黄花、荷花、江花等，还有指非植物的花，如眼花、五花马、玉花骢、浪花、檐花、灯花、烟花、烛花、雪花等。王飞《论杜诗中的花》指出，"在现存一千四百多首杜诗中，与'花'相关涉者近三百首，约占五分之一强"。其实，每一种花能够进入作家（包括杜甫）的笔下并引发诗人相应的思想、情感反应，都有各不相同的具体社会背景甚至政治因素，英国汉学家麦大维研究杜甫诗歌中樱桃、橘子和莲花、菊花的不同政治内涵及其背景（麦大维：《不安的记忆：杜甫、皇家园林和国家》，《中州学刊》2015年第10期，此译文转引自王莹《麦大维对杜诗生态隐喻之探微》）。

色彩、浓郁的香气,"采花香泛泛"(《九日五首》之三);注意花与环境的协调,"花亚欲移竹"(《入宅三首》之一),"花禁冷叶红"(《大历二年九月三十日》),"独树花发自分明"(《愁(强戏为吴体)》),"带雨不成花"(《对雪》)。杜甫对花开花落观察细致,"花开满故枝"(《伤春五首》之二),他还写到"老年花似雾中看"(《小寒食舟中作》)这样特别的感受。

在杜诗的描写中,花有时候作为独立的观赏对象,有时作为环境的一部分而造就环境之美,有时还具有一定的比兴意义(托物言志之作用),总体上都是作为美的对象而被诗人所关注和欣赏。杜甫赏花时大都兴高采烈①,如《陪李金吾花下饮》,从诗题就可以看出杜甫对花的沉湎,和李白的名作《春夜宴从弟桃李园序》一样。

然而,花开花落在杜甫的心理反应中并非始终都是欢乐,而且,这种不愉快的感受从他天宝后期长安仕进不遇已开始。相对于表达快乐心情的诗例,表达不愉快感受的诗例相对少一些,但更值得我们注意,如其入仕前诗例:

> 象床玉手乱殷红,万草千花动凝碧。(《白丝行》)
> 风吹客衣日杲杲,树搅离思花冥冥。(《醉歌行》)

入仕后,因经历了因疏救房琯被"诏三司推问"打击,杜甫看花时情绪低落:

> 且看欲尽花经眼,莫厌伤多酒入唇。(《曲江二首》之一)
> 江上小堂巢翡翠,花边高冢卧麒麟。(《曲江二首》之一)
> 退朝花底散,归院柳边迷。(《晚出左掖》)
> 韦曲花无赖,家家恼杀人。(《奉陪郑驸马韦曲二首》之一)
> 故园花自发,春日鸟还飞。(《忆弟二首》之二)

流落到成都之后,有时甚至出现见花开而生气的极端反应:

> 花飞有底急,老去愿春迟。(《可惜》)
> 雨后过畦润,花残步屐迟。(《答郑十七郎一绝》)
> 恰似春风相欺得,夜来吹折数枝花。(《绝句漫兴九首》之二)
> 江上被花恼不彻,无处告诉只颠狂。(《江畔独步寻花七绝句》之一)
> 犹残数行泪,忍对百花丛。(《登牛头山亭子》)
> 药残他日里,花发去年丛。(《老病》)

在这些诗例中,杜甫有时刻意突出的是虽然花开却并非好看,如"恰似春风相欺得,夜来吹折数枝花";有的并非花本身不好看,而是花开引发了诗人对某些政治状况、不幸遭遇的联想或离别的伤感,而较多的是花开花落引发诗人对时间流逝的伤感、对美好事物消失的担心,如"只恐花尽老相催"(《江畔独步寻花七绝句》之

---

① 按,杜诗表现赏花时欢乐感受的诗例甚多,为省篇幅,没有列举。

七)、"繁花能几时"(《暮春题瀼西新赁草屋五首》之一)等。

比较而言,上述诗例中,杜甫只是有些隐约不爽的情绪,而在以下几例中,杜甫感情表现极其鲜明,惆怅、愁苦、悲哀,有时到了见花而哭泣的严重程度:

> 人生有情泪沾臆,江水江花岂终极。(《哀江头》)
> 春花不愁不烂漫,楚客唯听棹相将。(《十二月一日三首》之二)

《江南逢李龟年》的名句"最是江南好风景,落花时节又逢君",按照流行的理解,它表达得也是十分悲哀的情绪。这种悲哀情绪表达最强烈的是如下三例:

> 感时花溅泪,恨别鸟惊心。(《春望》)

《春望》作于杜甫陷贼于长安时,"国破山河在,城春草木深",诗人前一年(756)八月被安史叛军抓到长安,次年(757)春天创作此诗。花开本是美丽并令人快乐的景象,如今时局如此,他由春天花开想到叛军占据长安又一年①,触景生情,因此产生了悲哀的情绪,换言之,杜甫不是简单的"对花落泪",而是"感时"——有感于时局而落泪②。

> 一片花飞减却春,风飘万点正愁人。(《曲江二首》之一)

《曲江二首》创作时间与背景清楚,此诗作于唐肃宗乾元元年(758)春天,时杜甫在左拾遗任上。之前因上疏救房琯而被肃宗疏远,安史叛军被逐出关中唐肃宗回到长安后,因为唐玄宗与唐肃宗新老皇帝之间斗争激烈,杜甫被视为唐玄宗一派而即将被贬(很快被贬到华州任司功参军),杜甫因此满怀牢愁。曲江水光草色,花红柳绿,本来是长安的春游胜地,"三月三日天气新,长安水边多丽人"(《丽人行》),但诗人已无心欣赏风景,他从花落联想到美好时光的消失,情不自禁悲哀起来。

> 花近高楼伤客心,万方多难此登临。(《登楼》)

---

① 关于"连三月",或曰连续三个月,或曰从去年三月至今年三月实指一年,我们认为后说可从:"自禄山乱起,至此已一年余"(浦起龙:《读杜心解》卷三),"至今已连逢两个三月也"(赵星海:《杜解传薪摘抄》卷三)。

② 关于这句诗中"花是否落泪",当代两位学术名家曾有过争论。著名文艺理论家黄药眠先生,在20世纪50年代中期,讨论文学创作独特的思维规律时,举例而涉及之:"抒情诗不仅反映生活,而且还给客观世界以美学的评价,给予爱抚,赋予它以社会生活的内容和意义,使他所看到的、接触到的,都成了人化。比方'感时花溅泪',‘花'并不‘溅泪',但诗人有这样的感觉,因此,由带着露水的花,联想到它也流泪,这样赋予它以社会生活的内容和意义,也就是所谓的形象化。这样的例子在诗里是很多见的。"(《关于抒情诗的形象问题》,《北京文艺》1956年第4期,"读者信箱"栏目,今《中国现代学术经典·黄药眠卷》有收录,北京师范大学出版社,2012年)黄药眠先生文章发表之后,杜甫研究名家萧涤非先生很快表达了不同意见,且二十多年后,萧涤非先生还进行了更为详细的辨析和论证:"花本美丽,讨人喜爱,但因伤心国破,所以见了花反而更觉伤心,以至于流泪,而且是泪珠四溅。溅泪的是人,不是花。有同志说这是诗人由带着露水的花,联想到花也在流泪。这说法是不对的。带露的花只能说‘泣',前人也确有把花上的露珠和眼泪联系起来的,但也只是说‘泣',……不能说‘溅'。因为花上的露是静止的,而‘溅'却是跳跃式的,杜甫另一句诗‘涕泪溅我裳'便是证明。"(《杜甫研究》修订本,济南:齐鲁书社,1980年,第362—363页)

《登楼》这首七律是唐代宗广德二年（764）创作于成都，其时杜甫流寓于草堂。明代学者邵傅云："花近高楼，登临反伤心者，万方多难故也。"（《杜律集解》卷六）清代学者李文炜云："此公登楼眺望，而多难伤心，因景感事而赋此诗。"①

在杜甫的感知反应中，花开花落都是美好的景象，他赏花时兴高采烈，和世俗大众、其他诗人无异，可是，因为特定的意外事件，诗人赏花时并非都是快乐的心情，有时美景反而刺激他产生悲哀的情绪，因为他从花开花落中看到时间的流逝、美好事物的转瞬即逝，并联想到自己遭遇的不幸和时代的苦难。

二

春季的景象当然不止于花开花落，"客舍青青柳色新"（王维《送元二使安西》）、"草色遥看近却无"（韩愈《呈水部张十八员外》）、"三春晖"（孟郊《游子吟》）甚至"春"字都会激起春天的感觉，杜甫对一般春天风景反应如何？因为涉及春天风景的杜诗用例太多，这里仅仅将包含"春"及有关词汇并写景明显的诗句作为主要考察对象。②

杜甫对春天风景观察细腻，颇富生活情趣，如"绿垂风折笋，红绽雨肥梅"（《陪郑广文游何将军山林十首》之五）、"草牙既青出，蜂声亦暖游"（《晦日寻崔戢、李封》）、"东风吹春冰，泱莽后土湿"（《送率府程录事还乡》）等。春天引起杜甫注意的原因也不尽一致，如《喜晴》诗写道："出郭眺四郊，肃肃春增华。青荧陵陂麦，窈窕桃李花。春夏各有实，我饥岂无涯。"可见杜甫固然欣赏初春之景，但他从春景中期待的是农业丰收。又如他赞美春雨："好雨知时节，当春乃发生。随风潜入夜，润物细无声。"（《春夜喜雨》），他赞美春雨润物，期待着春雨浇灌下有"花重锦官城"的美景。有的只是代表明确的时间（如"乾元元年春""旅食京华春""春歌丛台上""冬至阳生春又来"等），当然，在更多用例中，则不只是简单代表客观的时间和风景，还构成一种欣欣向荣、令人愉快的氛围，杜甫不同时期创作都有这类诗例③，如：

渭北春天树，江东日暮云。（《春日忆李白》）
枝枝总到地，叶叶自开春。（《柳边》）

---

① 转引自萧涤非主编：《杜甫全集校注》，北京：人民文学出版社，2014年，第3162页。
② 潘富俊研究发现：在唐代诗人中，白居易《白氏长庆集》收录诗歌2873首，"为唐人中数目最多者，共引述植物208种，植物的种数也居冠。杜甫则在两方面都次之，其总集《杜少陵集》有诗1448首，植物有166种，都仅次于白居易。"（《草木缘情：中国古典文学中的植物世界》，北京：商务印书馆，2015年，第30页）可以据此对这些植物按照季节进行分类，观察杜甫感受特点。宋代学者宋祁早就发现杜甫对植物花草树木的关注："少陵宅畔吟声歇，柳碧梅青欲向谁？"（《春日出浣花溪》，转引自华文轩编：《古典文学研究资料（杜甫卷）》，北京：中华书局，1964年，第65页。）
③ 按，杜诗表现春天时欢乐感受的诗例甚多，为省篇幅，这里只是举例。

> 迟日江山丽,春风花草香。(《绝句二首》之一)
>
> 侵陵雪色还萱草,漏泄春光有柳条。(《腊日》)
>
> 百草竞春华,丽春应最胜。(《丽春》)

因为春天是一年之始,万物萌生,色彩绚烂,活力四射,生机勃勃,一般来说,杜甫的情绪是快乐向上的。

如同杜甫赏花的情绪反应一样,杜甫观察、描写春天时也常出现伤感情绪,而且,相对于表达快乐心情的诗例,这方面的诗例相对少一些,但更值得注意。同样,这种情绪从杜甫在天宝后期在长安仕进不遇就已开始,如:

> 自知白发非春事,且尽芳尊恋物华。(《曲江陪郑八丈南史饮》)

被安史叛军捕至长安时:

> 国破山河在,城春草木深。(《春望》)

到成都后,杜甫伤春的情绪更为浓烈,组诗《伤春五首》云:"天下兵虽满,春光日自浓。"(其一)"莺入新年语,花开满故枝。天青风卷幔,草碧水通池。牢落官军速,萧条万事危。鬓毛元自白,泪点向来垂。不是无兄弟,其如有别离。巴山春色静,北望转逶迤。"(其二)清代学者何焯评论说:"言春光虽日浓,天下兵方满,故可伤也。"(《义门读书记》)

> 今春看又过,何日是归年。(《绝句二首》之二)
>
> 花飞有底急,老去愿春迟。(《可惜》)

晚年,杜甫一家漂泊荆湘,他尤其伤春:

> 病渴身何去,春生力更无。(《过南岳入洞庭湖》)

春天所引发杜甫的悲伤情绪,具体心理反应正是伤逝,正如看见花开花落一样,春季既是美好的景象,也是时间的象征,春季很快消失、美丽很快消失,所以,诗人情不自禁伤感起来。在杜诗中出现了"春愁""伤春"等概念,如复京在长安时诗句:

> 一片花飞减却春,风飘万点正愁人。(《曲江二首》之一)

蜀中时诗句:

> 幸不折来伤岁暮,若为看去乱春愁。(《和裴迪登蜀州东亭送客逢早梅相忆见寄》)

夔州时诗句:

> 他日辞神女,伤春怯杜鹃。(《秋日夔府咏怀奉寄郑监李宾客一百韵》)

荆湘时期诗句：

> 论交翻恨晚，卧病却愁春。（《送赵十七明府之县》）

"春愁""伤春"反复出现，表明其已成为固定搭配，说明杜甫这种情绪反应已具有一定的惯性。不过，杜甫的伤感情仍然与其特定时间、地点的遭遇有关，尚未形成伤春、春愁的心理习惯或心理反应模式。相比"花"引发杜甫感伤情绪，"春"引发杜甫感伤情绪的概率更高，可见杜甫"伤春"的感情倾向十分明显。

三

综述所述，杜甫春天感知的基本特点是：

第一，杜甫喜爱桃红柳绿的风景，喜爱生机蓬勃的春天。

第二，面对春天的美景，杜甫和常人一样也是兴高采烈的，但是，更常有伤感的时候——其感伤情绪出现频率之高和给人印象之深刻，至少在后代读者的阅读印象中，伤春在杜诗中表现突出[1]。

第三，从一般意义来说，伤春基本的心理内涵是伤逝——担心美景消失，而杜甫的伤春显然不是单纯感伤春天美景的消失[2]，他常常由春天的景象联想到个人遭遇的不幸，联想到时局和政治的糟糕，换言之，杜甫对自然风景的感觉实深刻关联着对社会政治的感知，杜甫对春天感知方式的变化实具有重要的社会指标意义，杜甫伤春的本质其实就是感时伤世。

杜甫的遭遇确是其所处政治好坏变化乃至时代盛衰转折的标志，杜甫人生历程过程中几次巨大的挫折正与大唐王朝顶层的政治人物、政治事件、政治生态密切关联：第一，应试。杜甫天宝六载参加科举考试因李林甫从中作梗而落选。"破胆遭前政，阴谋独秉钧。微生沾忌刻，万事益酸辛"（《奉赠鲜于京兆二十韵》），此事对杜甫生活及心理影响十分深刻，迫使杜甫从一个期待"致君尧舜上，再使风俗淳"的理想主义者沦落到社会底层，甚至"卖药都市，寄食友朋"（《进三大礼赋表》），"骑驴十三载，旅食京华春。朝扣富儿门，暮随肥马尘。残杯与冷炙，到处潜悲辛"（《奉赠韦左丞丈二十二韵》），拉开了他与上层社会的距离，变成了一个清醒的现实主义者，看到了更多的社会黑暗和危机——"忧端齐终南"（《自京赴奉先县咏怀五百

---

① 这和盛唐其他诗人有着比较明显的区别，盛唐其他诗人对春天的描写及其与杜甫的差异在他们代表性作品中就直观地表现出来，如孟浩然的"春眠不觉晓，处处闻啼鸟"（《春晓》）、王维的"人闲桂花落，夜静春山空"（《鸟鸣涧》）、李白的"故人西辞黄鹤楼，烟花三月下扬州"（《送孟浩然之广陵》）等，描绘的景象都很唯美，诗人心态比较娴雅。

② 田晓菲就注意到，早在杜甫之前的谢灵运、沈约、谢朓的诗以及萧纲的赋中，落花与哀愁就已产生关联："对凋谢的春花感到哀伤，虽然不是一种新的情感，但是描写这种情感却构成了一种前所未有的新的话语。"参见田晓菲：《烽火与流星》，北京：中华书局，2010年，第144页，第四章论"春花飘零始自何时"。

字》)。第二,出仕。杜甫后来通过上大礼赋引起玄宗注意并得到亲友的鼓吹提携,终于正式出仕,可是,安史叛军打进关中,皇帝奔逃,杜甫意外地被安史叛军抓获并押解至长安,得以耳闻目睹安史叛军对长安和唐王朝的巨大破坏——"昨夜东风吹血腥"(《哀王孙》),"江头宫殿锁千门"(《哀江头》),安史之乱导致唐王朝盛极而衰,杜甫不幸而有幸成为这个重大历史事件和历史转折的亲历者和见证人。第三,参政。杜甫从安史叛军占领下的长安逃奔唐肃宗,唐肃宗任命他为左拾遗,可是他不谙官场规则,被动地卷入唐玄宗与唐肃宗的宫廷之争。杜甫自觉失意,辞去华州司功参军一职而带领家人西去,颠沛流离,从秦州到同谷再到成都,后离开蜀中漂泊到夔州,哀哀无助,寄人篱下,直到最后终老于荆湘。杜甫的诗歌创作自然记录着他的"艰难苦恨",也记录着他春天感知的变化。杜甫不仅感伤自己的不幸遭遇,更是对政治隳坏的失望,是对盛唐盛世消失的感伤——"长安之春"①正如"流水落花春去也"(李煜《浪淘沙令》)。

杜甫自然感觉的社会性特点也体现在他对花的审美偏好与选择上。从进入其笔下的花来看,杜甫似乎对哪种花、哪种植物、哪种树木并未予以特别关注,但他忽视某些花确是审美偏好刻意选择的结果②。众所周知,唐代人对牡丹花十分陶醉,"唯有牡丹真国色,花开时节动京城"(刘禹锡《赏牡丹》),牡丹的大红大紫——"一枝红艳露凝香"(李白《清平调三首》之二),似乎对应着盛唐时期人们对自己所处时代具有欣欣向荣、积极向上这一特点的敏锐感知与自豪判断,然而,盛唐人如此迷恋的牡丹花竟然在杜诗中没有出现③,这似乎不是偶然,说明对盛唐社会阴暗面有更多感知的杜甫,在审美偏向上本能地对艳丽、灿烂的牡丹不感兴趣。杜甫对牡丹的忽视,正是社会性感觉影响他自然景象感觉的生动例证。

从其全部诗歌看,杜甫审视社会的思维特点和价值观念是,他绝不仅仅关注个人世俗得失,或者说,他往往从个人的世俗性得失中,"由小见大",发现社会问题、政治治乱。因此,即使面对大自然美丽的风景,他也会联想大唐王朝政治的隳坏、盛世的消失,杜甫对自然景物的感知也始终与社会政治形势密切关联,春天的美景格外引起他的伤感。杜甫的伤春与杜诗总体风格——"沉郁顿挫"完全一致,同时,

① 借自日本学者石田干之助《长安之春》(钱婉约译,北京:清华大学出版社,2015年)的概念。

② 杜甫对花的刻画是精心选择的,并不是触目即写。晚唐郑谷《蜀中赏海棠》诗云:"浓淡芳春满蜀乡,半随风雨断莺肠。浣花溪上空惆怅,子美无心为发扬。"并自注:"杜工部居西蜀,诗集中无海棠之诗。"此论引发了后代学者热烈的讨论。

③ 杜甫有诗《花底》,历代注杜者多谓与其另一首《柳边》诗同作于广德元年(763)春流寓梓州时期,推测所咏为梅花、桃花或绛梅,而明人薛凤翔著《牡丹史》疑此诗所咏为牡丹,因而将其收入《艺文志》门。路成文《"诗圣"或曾咏牡丹——兼谈杜甫两首诗的编年问题》(《杜甫研究学刊》2017年第4期)采信薛凤翔之说,认为《花底》诗中提及的"花"就是牡丹花,且根据此诗感情内涵推测此诗不作于梓州,而作于天宝六年(747)杜甫待诏阙下、被李林甫黜落之前。此说实属"大胆想象"。其实,即使此诗所咏为牡丹,杜甫却不直接提及"牡丹"之名,亦可见杜甫对牡丹并不十分关注和喜爱。

杜甫的伤春心理和其对秋天的感知竟然有一定程度的相通,自古文人"睹落叶而悲伤,感秋风而凄怆",如他面对"无边落木萧萧下"的夔州苍凉秋景,激荡在杜甫内心的就是人生的不遇感和不幸感——"万里悲秋常作客"(《登高》)、"一卧沧江惊岁晚"(《秋兴八首》其五)和对盛世的飘零感和绝望感——"闻道长安似弈棋,百年世事不胜悲"(《秋兴八首》其四)。

<h2 style="text-align:center">四</h2>

伤春在杜甫之前还没有形成一个和悲秋平行并称的传统,但是,杜甫正是在唐王朝经历安史之乱由盛转衰历史巨变的社会背景下,以伤逝——感伤美好景象消失为心理感受内涵的伤春意识,逐渐形成与悲秋并行的普遍的时代心理和文学惯例。

安史之乱最终导致盛世的戛然而止,从此唐王朝百病丛生,一蹶不振,对那些经历过盛唐的诗人而言,这种挫折感、衰败感可能更加强烈,从盛唐向中唐过渡时期的大历诗人普遍具有一种感伤主义气质,如出生于盛唐并经历唐王朝盛极而衰巨大转变的韦应物,其《寄李儋元锡》就抒发了他面对花开花落情不自禁地感伤:"去年花里逢君别,今日花开已一年。世事茫茫难自料,春愁黯黯独成眠。身多疾病思田里,邑有流亡愧俸钱。闻道欲来相问讯,西楼望月几回圆。"韦应物从花开花落中看到的是时间流逝,感受到的是面对时间流逝的无可奈何。明代学者胡应麟就说,相对于盛唐诗歌,大历时期诗歌是"大历后……钱、刘以降,篇什虽盛,气骨顿衰,景象既殊,音节亦寡"(《诗薮·内编》卷二)。从此,盛唐气象的理想主义退让于感伤主义,对于春季、对于花开花落的景象的表现和感受也与对时代氛围和政治状况感受桴鼓相应——由喜转悲,即使是对春天美丽景象的表现,诗人们偏爱落花并刻画落花的凋残之美、感伤之美,"落花逐渐与伤春、惜春之情紧密地结合起来"[1],与此同时,中、晚唐诗人普遍偏爱黄昏要超过早晨——"夕阳无限好,只是近黄昏"(李商隐《乐游原》),偏爱秋天要超过春天——"秋阴不散霜飞晚,留得枯荷听雨声"(李商隐《宿骆氏亭寄怀崔雍崔衮》)[2]。

在古典文献中,"伤春"这个词语最早出现在《楚辞·招魂》之中:"湛湛江水兮上有枫,目极千里兮伤春心。"日本学者小川环树就指出,不同于《诗经》里的年轻女子"怀春",这里的"伤春""只是诉说春日里无来由的惆怅"[3]。黎活仁先生曾经根

---

① [日]青山宏:《唐宋词研究》,程郁缀译,北京:北京大学出版社,1995年,第333页。

② 日本学者中原健二《诗语"春归"考》(《东方学》1988年第75辑)研究发现,伤春、惜春等概念及其相关诗歌在中唐以后出现激增的现象,转引自黎活仁:《春的时间意识在中国文学的表现》,阎纯德主编:《汉学研究》第三辑,北京:中国和平出版社,1999年。

③ [日]小川环树:《风与云——中国诗文论集》,周先民译,北京:中华书局,2005年,第17页。

据有关春的词汇研究春的意识在宋前文学中的演进情况①,而日本学者松浦友久系统研究也发现,尽管之前也有一些惜春、伤春的文学表现,只有到了"六朝后期",伤春才形成了一种写作惯例。松浦友久虽注意到杜甫"一片花飞减却春,风飘万点正愁人""传语风光共流转,暂时相赏莫相违"等诗句的作用,但却认为只有经过中唐白居易诗歌传播及其影响,在五代以来词体文学创作中才成为普遍风尚和心理习惯②。应该说,从六朝后期开始经初盛唐到中唐,伤春、伤逝已经形成普遍性的思想与感受大潮,而亲身经历安史之乱的动荡与破坏并形成"沉郁顿挫"诗歌风格的杜甫,显然参与了上述过程并以其忧国忧民的诗歌内容和"沉郁顿挫"的诗风,对中晚唐诗人产生了重要启示作用。

我们要注意"伤春"历史发展的阶段性及其内涵的演变:《诗经》时代的"伤春",更多的是人对大自然春生秋收本能的感应;《楚辞》以来"伤春"渐渐与社会人事密切联系,而到了杜甫所在的时期甚至中、晚唐,则更多地与社会政治活动产生关联,到宋代之后则脱离具体政治情境而变成一种普遍性的心理反应惯例,尤其和词体文学相结合——宋代的作家面对欣欣向荣的花开花落,写诗作文可以是兴高采烈,而填词却习惯性地"对花落泪,对月伤心"。与杜甫在伤春传统建构中的作用相比,杜甫在悲秋传统建构过程中的作用更大,引人注目,可是,我们也不必因此而忽视杜甫在建构伤春传统中的重要作用——杜甫甚至融通了伤春与悲秋的内在精神,是杜甫影响中国诗歌史的重要内容之一。

清代学者乔亿说:"节序同,景物同,而时有盛衰,境有苦乐,人心故自不同。以不同接所同,斯同亦不同,而诗文之用无穷矣。"③(《剑谿说诗》下卷)杜甫的春天,既是现实的,也是心灵的;既是个体的,也是大唐时代的。在杜甫的春天里,有风景也有激情,有美丽还有哀愁,有欢乐更有忧伤——这才是最具杜甫特点的春天的感觉,杜甫的伤春貌似个体的偶然发生其实是对盛世的告别和伤感,杜甫伤春的本质特点其实就是感时伤世——与他诗歌的总体风格"沉郁顿挫"桴鼓相应,并且与他的悲秋心理有一定的相通之处,杜甫对大自然的感觉仍然带有社会性和政治性,这是杜甫忧国忧民、悲天悯人思想性格形塑的结果。伤春是杜甫独特的生命意识和文化创造,深深地影响了中国诗史乃至中国人的日常感知习惯。

① 《春的时间意识于中国文学的表现》,阎纯德主编:《汉学研究》第三辑,北京:中国和平出版社,1999年。
② [日]松浦友久:《中国诗歌原理》,孙昌武、郑天刚译,沈阳:辽宁教育出版社,1990年,第25—26页。
③ 郭绍虞:《清诗话续编》,上海:上海古籍出版社,1983年,第1097页。

隐逸与园林：关于杜甫农业诗中的几个问题

——兼评《杜甫农业诗研究》

郝润华

西北大学文学院

中国古代的农业诗，可上溯到《诗经》，如《豳风·七月》《小雅·大田》等都是与农事相关的典型作品，到魏晋时期出现了文人创作的田园诗，如陶渊明《归园田居五首》等。田园诗与农事诗虽然并非一回事，但它们之间又不无关联，由此影响到后来的田园诗甚至农事诗。杜甫是一个心怀天下的儒家文人，"致君尧舜上，再使风俗淳"（《奉赠韦左丞丈二十二韵》，钱谦益：《钱注杜诗》，上海：上海古籍出版社，1979。本文凡引杜诗，均出自此书，后文不再一一出注）是他的政治理想；杜甫也心系下层百姓，同情广大农民，曾作过"禾头生耳黍穗黑，农夫田妇无消息。城中斗米换衾裯，相许宁论两相直"（《秋雨叹》）、"谁能扣君门，下令减征赋"（《宿花石戍》）、"去年米贵阙军食，今年米贱大伤农"（《岁晏行》）这样关注同情农民的诗歌。由于特殊的时代与遭际，在避难寓居秦州、成都、夔州时期，杜甫为生计而不得不参与农事劳动，"卧病识山鬼，为农知地形"（《奉酬薛十二丈判官见赠》），亲自参加农事劳动也使杜甫创作出了不少与农业相关的诗歌，且具有十分鲜明的艺术特色。

一、杜甫农事诗与《杜甫农业诗研究》

关于杜甫创作农业诗的情形，有学者指出：

作为当事人，杜甫与农业实践的关系极为密切，在中国文学史上，杜甫是第一个将具体的农业实践全部融入自己的诗歌创作中的诗人，这真是一份新鲜的惊喜。不仅如此，杜甫将自己的思想和人生、喟叹和喜悦写进这些诗作中，作为"诗圣"，他的才华淋漓尽致地发挥出来，可以说，每一首诗都是杰作。

比起杜甫那些揭露社会矛盾、同情农民的初期作品群（这些都是被后世传颂的名篇），笔者觉得其成都时期，特别是移居夔州后亲自参与农业实践的诗作要有趣得多。在此基础上，笔者对杜甫的认知也发生了变化，从内在觉察到了杜甫的有趣之处①。

杜甫在秦州、成都、夔州时创作的与农业相关的诗作较丰富，如《为农》（"锦里烟尘外，江村八九家"）、《大雨》（"西蜀冬不雪，春农尚嗷嗷"）、《刈稻了咏怀》（"稻获空云水，川平对石门"）、《秋行官张望督促东渚耗稻向毕清晨遣女奴阿稽竖子阿段往问》（"东渚雨今足，亿闻粳稻香"）等，在叙写日常生活细节中又多了一个有意思的题材。总之，杜甫在这一时期从事农业生产，并将自己的生活体验与感受在诗歌中细腻地反映出来，在扩大诗歌题材的同时，对后世的诗歌创作起到了积极影响。因此，杜甫的农事诗值得关注，也值得专门研究。而日本学者古川末喜著、董璐译《杜甫农业诗研究——八世纪中国农事与生活之歌》正是这样一部专题性研究著作。

《杜甫农业诗研究》一书，集中对杜甫秦州、成都、夔州三个时期的农业诗作了系统梳理分析。作者以细腻的观察力与笔触考察杜甫与农业相关的诗歌，尤其是对与农业相关的如地理环境、房屋营建与位置、蔬菜种植与饮食、树木品种与栽种、田地之归属、人物之形象等专门问题的关注，以及对某些物象与意象如蘘菜、柑橘等食物的具体阐述，对于我们进一步研究与把握杜甫诗歌的内涵与价值具有积极启示作用。此书共分四个部分：第一部秦州时期，分两章，包括"秦州期杜甫的隐逸计划及其对农业的关注"、"杜甫与蘘菜——以秦州期的隐逸为中心"；第二部成都时期，分两章，包括"浣花草堂的外在环境与地理景观"、"农事和生活的歌者——浣花草堂时期的杜甫"；第三部夔州时期的农业生活，分三章，包括"杜甫诗歌所咏夔州时期的瀼西宅"、"支撑杜甫农业生活的用人和夔州时期的生活诗"、"生活底层之思绪——杜甫夔州瀼西宅"；第四部夔州时期的农事，分三章，包括"杜甫的橘子诗与橘园经营"、"杜甫的蔬菜种植诗"、"杜甫的稻作经营诗"。此书结构安排虽然只有四部分，但总共十章，每一章下有若干节，总计97节，安排周密详尽，每一节标题都很具体而有趣。以第二部"成都期"第一章为例，此章"浣花草堂的外在环境与地理景观"共有十五节，题目分别是：成都城西、锦江之畔、浣花、桥、桥之感怀、"コ"字形蜿蜒流淌的锦江内侧、浣花溪诸相、爱川、西岭、知识分子阶层的邻居们、农民阶层的邻居们、村、近邻等，如此详细又具体的章节安排，独具匠心，使读者一目了然，看标题而大致知道作者将要阐释的论题，读起来也不至感到枯燥乏味。

此书的最大特点是分析十分细密，论述也较深入。作者对一些杜诗相关地理空间、名物、人物的考证十分细致。地理，如西枝村与西谷、东柯谷、仇池山、赤谷、太平寺、浣花溪、爱川、西岭、瀼西、赤甲山、白盐山等。农业名物，如蘘菜、苍耳、橘子、莴苣等。甚至由此及彼，运用意象学说进行详细论述。作者不放过任何一个与

---

① ［日］古川末喜：《杜甫农业诗研究·后记》，董璐译，西安：西北大学出版社，2018年。凡此书引文均不再出注。

杜甫农业诗有关的物象,包括人物,就连杜诗中出现的佣人,如夔州时期出现于杜诗中的阿段、信行、伯夷、辛秀、阿稽等人物,作者也都不厌其烦地作了考察分析,诸如身份、与杜甫的关系、杜甫对他们的态度等。作者以为杜诗不仅将佣人写进自己的作品中,而且还有情感体验,这种认识与杜甫一贯思想行为相一致。作者进而联系到杜甫"示"体诗,并由此推测诗人之情。这些细节问题关系到杜诗后期创作中内容题材的变化与发展,也都是国内研究者容易忽略的地方。

尤为引起笔者注意的是,作者花大量篇幅考察杜甫赖以生存的田地问题。如成都期第二章第四节"田园的所有形式",作者在对杜甫《大雨》("西蜀冬不雪")诗做出分析后指出:

> 成都时期的杜甫,很可能是以托管的方式拥有农田,并且这些田地还附带了农夫。也就是说,农田并非杜甫所有,但是杜甫拥有田地的收获和收益。所以杜甫才在诗中歌咏了自己看到黍豆茁壮成长的喜悦之情,不管是自家的田地还是其他农户种植,两种解读方法似乎都行得通。也是中国古典诗歌的特点,因为严格控制字数而带来内涵的丰富性和多种解读的可能性。
>
> 为了论述方便,此处先提出一个假设,……也就是说,杜甫无须直接参与农园的耕作,当然也无须参与小麦、黍米等谷物以及蔬菜等商品作物的经营管理,但是农园的获和收益却归杜甫所有。自己仅需在菜园从事供家庭消费的小规模蔬菜种植。(第 94 页)

此结论虽是一个预先的假设,但却不无道理。因为,杜甫在成都至少有好友严武等人的帮助,能够帮助他以租赁的形式拥有一些田产,供其全家生活。在夔州也同样,有军阀朋友柏茂琳的资助,他在瀼西购买了果园,又主管东屯公田,手下还有一些奴仆可以使唤。

为证明论点的准确性,作者在研究中常运用比较的方法进行举一反三地分析,而不是自说自话,这也是作者态度严谨、论证周密的表现。作者注意到杜甫与古代其他诗人以及作品的差异性,如第一部第一章第九节"结语"部分,在谈到杜甫对农业表现出的关注角度时,作者将杜甫与陶渊明、王绩、孟浩然作了比较。又如,关于蕹菜的意象问题,作者将杜诗与六朝人作品作比较,凸显杜诗中蕹菜的表现用途。第二章第八节"结语"总结:

> 在诗人们进行诗歌创作的时候,《文选》中的措辞和意象往往会在潜意识中发挥作用。就蕹菜的意象来看,在《文选》中主要有以下两种:一是蕹叶之上消散的露水意象(诗);二是故乡庄园中种植的蔬菜"白蕹",在晚秋到初冬的霜降之日,形成了所谓的"霜蕹"意象(赋)。
>
> 但是,在现存杜甫诗歌之中并未使用传统的"蕹露"意象,……无论是潘岳还是谢灵运,将采蕹置于归隐和归田之赋中,是一种被程序化的范畴。赋,原

本就存在将同类事物如类书一般并列使用的叙述之法。因此,潘岳和谢灵运在赋中所写的薤菜,只不过是各类蔬菜中的一种而已。薤菜之个性被埋没在赋的陈列式叙述当中。但在杜甫的诗中,薤菜不是点缀在自己故乡庄园中品目繁多的蔬菜之一,也不是相对之物。对杜甫而言,薤菜是唯一具有个性的存在。(第51页)

在第二部成都时期的论述中,作者也将杜甫草堂与谢灵运、白居易等人营建园林作了对比,得出如下结论:

> 笔者从外在环境和地理环境层面,对杜甫隐逸生活的舞台——草堂进行考察确认。……笔者认为,这种创作诗歌的态度,在杜甫之前和之后的时代有明显的区别。在杜甫之前,诗人们在描写园林或者实际的隐逸生活时,总充斥着虚构的成分。似乎这也是一种诗歌创作的态度。多数情况下,现实生活的描写,……或许能够达成优美的诗歌境界,但杜诗对园林进行描写时,大都采取了一种写实的态度,这一点表现得非常明显。(第86页)

作者将杜甫草堂界定为园林,这一点是否合理准确,我们先不予讨论,值得注意的是:作者通过对比分析认为从杜甫开始诗人们对园林的描写会采取写实的态度,这一问题的发现确是作者独具慧眼的地方。

书中时有新意,精彩叠见。作者对杜甫诗歌作了细致阅读,发现并分析杜诗中所描写的与日常生活有关的一些细节与物象,而且兴趣十足地对其进行讨论。这些问题看似非常微小,容易被忽略,但是作者却能以小见大,于微妙处看出端倪,并归纳提出文学史中的某些规律性的现象,时有精彩之论。

如,秦州时期第二章第四节"阮隐居所赠薤菜",作者说:

> 在这里,需要引起注意的是,杜甫在诗中记叙了自己获取生活物资的过程,并且通过诗歌的方式进行回复。杜甫的很多名篇均是得到别人物质赠予后写下的答谢回信。这一现象在中唐以后逐渐流行起来,作为文人趣味的兴起,这种现象在宋代也非常流行。杜甫起到的先驱性作用在此就不再赘述。(第43页)

又,第五节"与菜瓜、苍耳搭配的薤菜":

> 在诗或赋中描写食用薤菜,杜甫的这首诗乃是第一首。除此之外,他还将琐碎的日常饮食生活特意以诗歌的方式进行叙写。杜甫似乎是有意用诗歌这种方式宣传和推广自己新奇而有趣的食用方法。在另外一首《槐叶冷淘》中,杜甫还描写了做凉面的一种新方法。这种在饮食生活上倾注大量心血和创意的态度,在杜甫之前的诗歌中很少见,这种态度从中唐开始到宋代逐渐多了起来。(第44页)

第八节"结语"总结道:

> 后世诗人是如何看待杜甫创造出的蓹菜意象的。……从整体来看,毫无疑问,后世诗人茫然接受了杜甫诗歌创造的蓹菜意象。在实际创作过程中,他们只截取杜甫诗歌意象的一小部分用在自己的诗中,杜诗好似舞台背景一般被引入创作当中,诗人们稍加变化,便能创造出更为丰富的意象。……不论创做出怎样的作品,杜甫诗歌意象都成为大家的共享之物。只要以中小地主自给自足庄园经济为基础的士大夫世界一直延续,那么,由杜甫创造出的蓹菜意象就会反复在诗中被再创作。(第51、52页)

> 一个诗人,如何用语言创造一个事物意象,这一意象如何被后世诗人共享,继而消失。作为一个具体的例子,或许通过杜甫所创造的蓹菜意象,我们便能窥探一二。(第52页)

以上三例采用的都是以小见大的研究思路,作者通过对杜诗中蓹菜书写与意象的分析,提出了三个颇有意思的论点:第一,杜甫诗歌中的一个独特题材——得到别人物质赠予后会写诗答谢回复,这对中唐以后尤其是宋代以后诗歌题材的扩大有所影响;第二,对饮食生活倾注大量心血和创意的态度,在杜甫之前的诗歌中很少见,从中唐开始到宋代逐渐多了起来;第三,杜甫所创造的独特的蓹菜意象,影响到中唐以后的诗歌意象,甚至被后代诗人所共享。作者得出的这三个结论,不仅对于我们深入研究杜诗有所借鉴,并且对于宋以后古典诗歌题材与意象的细化研究也有所启示。

与以上蓹菜同类的还有对于橘子的研究,也是作者能够见微知著的一个范例。此书第四部"夔州期的农事"第一章"杜甫的橘子诗与橘园经营",共设十一节,基本是对橘子与橘园的集中讨论。作者对如下问题做了精心论述:成都时期的橘子诗,瀼西草堂、春天的橘子,三寸黄橘,月亮与夜露中的橘子,收获前的橘园,东屯诗中的橘子,橘子收获以及橘园转让等,最后得出三个主要结论:

> 杜甫诗中出现的橘子,抑或咏吟橘子的诗作,其中表现出的态度,并非自中唐以来宋代以后出现的趣味式花木鉴赏。对杜甫而言,具有更为实践性的意味,乃是在收获和经营橘子的立场上进行描写的。正如迄今所探讨的那样,杜甫的橘子诗作与其自身的农业生活密切相关。(第209页)

> 橘园经营带给杜甫以希望,使他能够保有精神上的闲暇。故此,杜甫的橘子诗作总体上多是明朗、高扬的格调。杜甫的这些橘子诗中,古体诗较少,近体诗很多,这也反映了上述格调。说到杜甫,大家脑海中都会立刻浮现出他忧国忧民、沉闷、深刻的形象。但是在橘子诗中,杜甫稍稍从那样的形象中脱离出来。对他而言,橘子诗乃是其拓展诗风的一个侧面。依靠这些橘子农业诗,杜甫的诗风呈现出多彩的一面。(第210页)

> 对杜甫而言,橘子是善之存在。无论是对其人生还是诗作,橘子都是正向积极的。……对杜甫而言,能够在夔州这个自己最后的安居之地收获橘子和稻米,应该也是人生的一大快事。橘子对杜甫的人生和诗作产生了极大影响,发掘橘子与杜甫际遇的意义,也是小论的一个目的。(第 210 页)

作者通过对橘子诗与橘园的分析,认为杜甫书写橘子,与其他诗人的花木意象审美有所不同,杜甫的橘子诗与其农业生活息息相关,更为写实;杜诗中的橘子诗,格调明朗、高扬,以近体为多,反映了杜甫拓展诗风的一个侧面;橘子对杜甫的文学创作发生了不小的影响,也可见橘子对于杜甫人生的极大意义。

作者在提出论点的同时,也往往能在认真梳理文献的基础上兼采各家观点,如《秦州杂诗》其十五,此诗究竟作于什么地方?作者根据诗句诗意认为是在秦州城内所作,而非作于东柯谷。因为"陈贻焮先生认为,杜甫描写东柯谷和杜佐草堂的诗作均是其通过想象创作出来的。笔者也赞同陈氏的观点……"(第 13 页)。但是为谨慎起见,又在脚注中对前人的代表性说法作了列举:

> 究竟此诗作于东柯谷,还是作于秦州城内,有不同看法。举其中代表性观点,如赵次公就认为"东柯遂疏懒"乃是"言遂得东柯谷之隐",这是前者之观点。仇兆鳌则认为"在秦而羡东柯也",这是后者之观点。(第 14 页)

从中可以一窥作者对于文献的梳理与把握,亦可见作者研究之绵密。如以上这样的细节讨论在杜甫研究已十分成熟的当下对我们极具启发意义。

二、漂泊西南:是流寓不是隐逸

值得注意的是,《杜甫农业诗研究》一书是基于隐逸而讨论杜甫农业诗的创作,正如《译后记》所总结:"古川先生这本书贯穿了两条基本主线,即隐逸和农业。可以说,这本书是沿着杜甫隐逸的历程来探讨他与农业的关系。"(第 300 页)书中的研究也基本围绕着隐逸这一问题而展开。如:

> 究其原因,或许是因为杜甫到达秦州之后,在多首诗中表达过想要隐逸秦州的愿望,并且非常认真地实地寻访过几处隐逸的备选之地。毋宁说,对于隐逸的希冀,亦是其秦州诗的一个基调。(第 5 页)

又如:

> 第二年是上元元年(760),这年春天,在一位强有力后援的帮助下,杜甫于成都锦江上游浣花溪购置了一块土地,营建草堂,……在这里,杜甫终于过上了自己后半生最为安定的隐逸生活。(第 55 页)

作者甚至认为"从事农业作为隐逸的代名词是常有之事"(第 92 页),由此将杜甫作于宝应元年(762)的《屏迹三首》作为隐逸诗来专门考察(见第 94 页)。这一思路在章节标题中也有表现,如第一部分第一章题目为"秦州期杜甫的隐逸计划及其对农业的关注",第二章题目"杜甫与薤菜——以秦州期的隐逸为中心",第二部分第二章第五节是"隐逸诗三首"。可见,作者立论的基点的确是杜甫的隐逸生活与农业诗创作。

何为隐逸?在中国古代,文人或隐居不仕,躬耕田园,如陶渊明;或不愿与统治者同流合污而遁匿山林,如伯夷、叔齐、商山四皓之类。主要指政治人物或文人主动遁世隐居,即身居乡野而不出仕。如《后汉书·岑彭传》:"迁魏郡太守,招聘隐逸,与参政事,无为而化。"晋葛洪《抱朴子·贵贤》:"世有隐逸之民,而无独立之主者,士可以嘉遁而无忧,君不可以无臣而致治。"历数中国古代的诗人,真正称得上隐逸者的只有陶渊明,其"不为五斗米折腰",主动归隐田园,并创做出了许多优秀的田园诗,表达自己对生活的热爱与淡泊的人文情怀。可见所谓文人隐逸,是指文人不愿与当局者合作,主动隐居山林、田园,从事一些农业劳动。若家中有足够财产,连起码的农业生产也无须参加。文人隐逸,与其说是一种生存方式,不如说是一种姿态,一种价值观的体现。从这个意义来说,无论长期还是短期从事农业生产,如果是主动的,那就是隐逸;只要是被动的,为了生计而从事农业劳动,似乎不能看作是隐逸。杜甫的漂泊西北、西南,究竟是不是隐逸呢?以下试作分析。

此书作者首先对秦州期杜甫涉农诗作了讨论,认为杜甫西行的目的就是想隐逸于秦州,他说:"藉此可知,杜甫离开帝都的秦州之行,乃是为了寻求隐逸永驻之地。"(第 7 页)作者进一步认为:

> 对杜甫而言,秦州是农作物的集散地,农业亦很发达,这点相当重要。秦州时至今日依然被称为"陇上江南",农林业发达。对于想在此地终老一生,过上隐逸生活的杜甫而言,有适合从事农业的土地,乃是其选择秦州的最基本条件。(第 8 页)

其实,据古代有关秦州(今甘肃天水)的地理书与笔者实地调研,秦州自古农业并不发达,原因是其特殊的地理条件:秦州境内山脉纵横,地势西北高,东南低。东部和南部是山地地貌,北部是黄土丘陵地貌,中部小部分区域是渭河河谷地貌。因此,秦州地形主要以山地为主,不宜耕种粮食作物,但森林覆盖面积较广,因此,林业较发达,可种植木本植物与药材。对于秦州的特殊地理环境杜甫应该比较清楚,其认识不会产生这样的误差。因此,即使杜甫有隐逸的愿望,但似不会选择秦州作为终老之地。作者是否对秦州做过实地调研,不得而知。

我们再看当时的历史背景。至德二载(757)十月,安庆绪率军从洛阳逃往邺城(今河南安阳),唐军收复洛阳。乾元元年(758)九月至次年三月,肃宗令郭子仪、李光弼等九节度率军围攻相州(今河南安阳)安庆绪部,结果与援军史思明交锋。战前肃宗恐诸节度拥兵自重，不令设总帅，加之又派宦官鱼朝恩为观军容宣慰处置使，令其监督牵制，致使九路兵马大败。郭子仪退至河阳桥，李光弼返回太原，其余节度使各回本镇，史思明重新占领洛阳。乾元二年(759)辞去华州司功参军后的杜甫，已不可能回到再次失陷的洛阳；此时的杜甫对肃宗统治集团已十分失望，也不可能留在居大不易的长安。因此，只好选择西行避难，试图先寻觅一地作为暂居之所。正像莫砺锋先生所分析：

> 诗人弃官西去的原因是什么？《旧唐书》本传说是"关畿乱离，谷食踊贵"，这当然是事实。但是也还有另外的原因，那就是杜甫对于朝廷政治越来越失望了。诗人就是怀着"唐尧真自圣，野老复何知"(《秦州杂诗二十首》之二十)的满腹牢骚，永远离开了疮痍满目的关辅地区，也永远离开了漩涡险恶的政治中心。
>
> 杜甫带着一家人翻越了高峻的陇山，在秋风萧瑟时来到秦州。他本以为在秦州可以得到一处避难之所，因为那一年秦州秋收较好，而且他的侄儿杜佐和他在陷贼长安时结识的和尚赞上人都在秦州居住，有希望得到他们的接济。可是当他到达秦州后，发现那里也并不太平，日益强大的吐蕃正威胁着这座边城，黄昏时满城是鼓角之声，还常常有报警的烽火自远方传来。而且杜佐和赞上人都没能给他很多帮助，他想在城外建一个草堂的计划也随之落空。他被迫重操卖药的旧业，以维持衣食①。

可见，杜甫是迫于安史之乱后长安米贵无法生存以及对统治者的失望而决定逃难西北，他之所以选择秦州也是想到了亲人杜佐与朋友赞上人，因此，想借助亲友暂时在秦州避难，待战争完全结束再做打算。因此，可以说杜甫的西行，是被动的，完全是因生计所迫，恐非想去隐逸。

凡是论述与农事相关问题，作者在书中总是强调隐逸，如："在梦想隐居住所的时候，其中必定亦有自己的家园。隐逸而居与开辟农田是分不开的。也就是说，对杜甫而言，在表现隐逸的众多意象中，开辟农田是最重要的一个。"(第246页)笔者以为，与寓居秦州一样，漂泊西南也是杜甫原本未预料到的，也是处于被动，无论在成都还是夔州，杜甫虽也有隐逸的意识，但其行为均属流寓。"杜甫在成都虽然过了几年较为安定的生活，对他辛苦经营起来的草堂也怀有深厚的感情，但他内心深处是不愿终老于斯的。"②杜甫在成都作《屏迹三首》，其一云：

> 用拙存吾道，幽居近物情。桑麻深雨露，燕雀半生成。村鼓时时急，渔舟个个轻。杖藜从白首，心迹喜双清。

---

① 莫砺锋：《杜甫评传》，南京：南京大学出版社，1993年，第128页。
② 莫砺锋：《杜甫评传》，南京：南京大学出版社，1993年，第167页。

毋庸讳言,此诗真实表现了诗人的短暂隐居生活,乃"居士实录"(苏轼跋语)。其他文人是甘心情愿享受这份隐逸生活的宁静与洒脱,而杜甫终究是不开心的。此诗第二首即云:

> 晚起家何事,无营地转幽。竹光团野色,舍影漾江流。失学从儿懒,长贫任妇愁。百年浑得醉,一月不梳头。

诗人无事可做,百无聊赖,孩子们因失学而变得懒惰,妻子由于贫穷而愁眉苦脸,自己整日醉酒,浑浑噩噩,一个月连头发都未梳。这种状态下的诗人,他的"隐居"完全是逼不得已,因此,《屏迹三首》不能不说是杜甫的自嘲之作。无论如何,作者将其界定为隐逸诗,似不大准确。

在夔州的几年生活也是如此,"直到大历三年(768)正月才出峡东下。杜甫在夔州居住了将近两年,此时他的生活还算安定。当时任夔州都督兼御史中丞的柏茂琳待杜甫甚厚,杜甫得以在瀼西买果园四十亩,又主管东屯公田一百顷,还有一些奴仆,如獠奴阿段、隶人伯夷、辛秀、信行、女奴阿稽等。然而诗人的心情是压抑的,心境是悲凉的"[1]。"小臣议论绝,老病客殊方"(《壮游》)正是杜甫当时生活状态与心境的真实写照,绝非一种隐逸诗人的状态。

因此,陶渊明与杜甫的区别是:前者"不为五斗米折腰"而选择隐逸,后者是因没有五斗米而须从事农业劳动,杜甫为此而"支离东北风尘际,漂泊西南天地间"(《咏怀古迹五首》其一),过着奔波艰辛的流寓日子。"南方瘴疬地,罹此农事苦"(《雷》),从事农业生产,对于杜甫来说是为了生存而迫不得已的一种辛苦选择,如果不从事农业,他和他的家人都会遭受饥寒甚至饿死。因此,笔者以为杜甫农业诗似不能等同于古典文学中所谓的隐逸诗。

三、杜甫成都草堂并非园林

《杜甫农业诗研究》一书,通过对成都杜甫草堂外部环境如锦江、浣花溪、桥、江岸爱川、西岭、村以及邻居的细致考察,认为草堂是杜甫用来隐居、用来自我拯救的一个园林[2]。如说:"杜甫在诗作中多次提到自己草堂(园林)的所在和周边的自然环境,这绝非偶然性的描写。"(第86页)

我们先来看"园林"的概念。园林,传统的解释是:种植花木,兼有亭阁设施,以供人游赏休息的场所。如西晋张翰《杂诗》:"暮春和气应,白日照园林。"(据《汉语大词典》)现代的解释是:在一定的地域运用工程技术和艺术手段,通过改造地形

---

[1] 莫砺锋:《杜甫评传》,南京:南京大学出版社,1993年,第169页。
[2] 在此之前已有侯乃慧《诗情与幽境——唐代文人的园林生活》,将杜甫草堂纳入园林范畴之中。此书作者也有介绍。

（或进一步筑山、叠石、理水）、种植树木花草、营造建筑和布置园路等途径创作而成的美的自然环境和游憩境域。明代计成《园冶·园说》云：

> 凡结林园，无分村郭，地偏为胜。开林泽，剪蓬蒿，景到随机，在涧共修兰芷。径缘三益，业拟千秋。围墙隐约于萝间，架屋蜿蜒于木末。山楼凭远，纵目皆然，竹坞寻幽，醉心即是。轩楹高爽，窗户虚邻，纳千顷之汪洋，收四时之烂漫。梧荫匝地，槐荫当庭，插柳沿堤，栽梅绕屋。结茅竹里，浚一派之长源；障锦山屏，列千寻之耸翠。虽由人作，宛自天开。

很显然，园林需要精心营构，要地偏，要建屋，要开林，要插柳，要植树，要曲折，要艺术化，要满足隐逸者的审美要求。而营构园林则需要大量物资投入，如假山、大石、花草、树木、筼竹、湖水、房屋、廊桥、亭台、楼阁等，园林是古人雅致生活的一个表现，也是自我放松的一个精神家园。

关于杜甫草堂，古代文人也有较详细的注解，如《钱注杜诗》曰：

> 本传云：于成都浣花里，种竹植树，结庐枕江。《卜居》诗："浣花流水水西头。"《狂夫》诗："万里桥西一草堂，百花潭水即沧浪。"《堂成》云："背郭堂成荫白茆。"《西郊》诗："时出碧鸡坊，西郊向草堂。"《怀锦水居止》诗："万里桥南宅，百花潭北庄。"然则草堂背成都郭，在西郊碧鸡坊外，万里桥南，百花潭北，浣花水西，历历可考。[①]

钱谦益长于地理的考证，但在这里他也只是借助杜诗本身考清了成都草堂的具体位置，并未言说草堂是一座园林建筑。杜甫此时期写过《江亭》诗，其中有"坦腹江亭暖，长吟野望时"句，这个江亭是否在草堂之内？笔者以为，这个"江亭"其实就是《高楠》中"楠树色冥冥，江边一盖青。近根开药圃，接叶制茅亭"的"茅亭"，它其实是浣花溪（锦江）边可供游人休憩的一个草亭，属公共设施，并不属于草堂，但因草堂没有围墙，它又离草堂很近[②]，杜甫可以随时去江边亭子中休息，因此诗人才能观赏到"夕阳薰细草，江色映疏帘"（《晚晴》）的景色。同样"新添水槛供垂钓，故著浮槎替入舟"（《江上值水如海势聊短述》）的"水槛"也不在草堂之内，而是在浣花溪边。

综合以上，可以说虽然草堂地偏幽静，修筑时在周围也栽种了一些友人赠送的树木花草，但它充其量不过是个简陋的农村宅院，由茅屋、树林与一小块土地构成，是一个可供杜甫全家暂时居住的栖身之所。杜甫《卜居》《堂成》等诗，主要描写草堂的修筑过程以及草堂周围的环境，也不过是"田舍清江曲，柴门古道旁。草深迷

---

① 《狂夫》诗注，钱谦益：《钱注杜诗》卷十一，上海：上海古籍出版社，1979年，第371页。
② 杜甫《魏十四侍御就敝庐相别》："有客骑骢马，江边问草堂。"亦可证草堂建于锦江附近，江亭即锦江之亭。

市井,……榉柳枝枝弱,枇杷树树香"(《田舍》)。从中看不出有园林的规模与样貌。杜甫《茅屋为秋风所破歌》详细描写草堂的情境,"八月秋高风怒号,卷我屋上三重茅",确是实写。杜甫作于上元元年(760)夏天的《狂夫》还说:"厚禄故人书断绝,恒饥稚子色凄凉。"《江村》也说:"但有故人供禄米,微躯此外更何求。"杜甫一家过着食不果腹的生活,虽然在成都时期入严武幕府任过官职,但是时间并不久,他的生活也并未因此改善多少。虽然,没有文献材料记载当时成都草堂的细节,但可以想象杜甫一家迫于生活压力居住的一定是一所简陋的仅能栖身的茅屋,包括后来在夔州的住所也是如此。这样的房子怎能称得上是园林?

作者想要塑造杜甫隐逸生活形象,不仅对杜甫流寓生活的艰辛认识不足,而且对于杜诗三个时期诗歌中展现的情感与基调缺乏总体把握,甚至美化了杜甫的生活状态。因此,笔者以为作者似乎过多关注了杜甫三个时期与农业相关的诗歌,对这一时期的杜甫其他作品则有所忽略,也就是说我们研究这三个时期的杜甫农业诗,必须对这一时期的杜甫所有诗歌以及这些诗歌的整体基调与作者当时的情绪、心理有整体宏观的关照,否则这种研究就会有一叶障目不见泰山之嫌。

结　语

虽然在隐逸与园林问题上尚有进一步讨论的空间,但我们不得不承认,《杜甫农业诗研究》一书,对杜甫秦州、成都、夔州三个时期相关农业诗及其物象的关注,研究视角新颖,分析论述细腻而缜密,新意迭出,是近年来海内外杜甫研究中的优秀著作,它的面世,必将推进海内外杜甫诗歌研究向纵深方向发展。对于杜甫农业诗这一问题,据此书后记所述,作者似乎一直以来将其作为一个新的研究课题而不断展开,所以是十分具有学术识见的一个选题,也是一项颇具价值的工作,也需引起国内学者的进一步关注。

灾异观念与灾难书写:杜甫、白居易时事诗新论

吕家慧

香港城市大学中文及历史学系

内容提要 在传统的天人感应观念下,太平盛世必呈祥瑞,而衰乱之世则必现灾异。这种观念深刻地影响了文学家的思想与书写方式。安史乱后,开天之世的盛景不再,天人感应下的灾异观念凸显,成为观察与书写灾难记忆的重要基础。前辈学者讨论杜甫以及中唐以后诗,往往突出其与时事的关联。杜甫号称"诗史",对杜诗所涉时事的研究,也常强调他的纪实性创作。白居易《新乐府》被认为是中唐哀民病的代表作,"其事核而实,使采之者传信也",也强调《新乐府》"信实"的一面。但考察杜甫、白居易等人的创作,可以发现,这些纪实作品的背后有着深厚的灾异观念,他们乃是在传统灾异观念下观察、理解与书写的,本文试图揭示被文学史家忽略的一面。

关键词 灾异 杜甫 白居易 诗史 纪实

在文学史中,杜甫与白居易被作为唐代的现实主义诗人。文学史家论杜甫,每每突出其"诗史"特征,强调其真实地叙写时事;论白居易,也强调其《新乐府》"信实"的一面。[①] 而写实正是现实主义的核心。在追述其写实思想渊源时一般强调其体现传统的信史精神。这些论述自有其合理性。但本文试图揭示被研究者长期忽略的另一面,即杜甫、白居易叙写时事记述民生疾苦的诗作背后,还有另外一个观念,那就是灾异观念。灾异观念不仅呈现出作者对于时事的政治思考,还影响到诗歌的书写方式。

---

① 如钟优民认为白居易《新乐府》"强调真实的审美倾向"。钟优民:《新乐府诗派研究》,沈阳:辽宁大学出版社,1997年,第220页。许总认为"(白居易)在这种写实表象的深层,实际上更多的是主观理念的成分",从作品背后的政治理念探讨白居易的创作。但值得注意的是,白居易的政治观念实包含汉代以降的天人思想。许总:《论元白文学思想的现实功利性及其诗化形态》,《上海师范大学学报(哲学社会科学版)》1997年第2期。

一、灾异:观念与叙事

灾异观念在传统政治文化中一直扮演重要的角色。① 与祥瑞一样,灾异也是建立在天人感应的观念基础之上。祥瑞是上天对于人间善治的肯定,而灾异则是对人间乱政的警告。汉代董仲舒论述灾异推原至《春秋》,谓:"《春秋》之中,视前世已行之事,以观天人相与之际,甚可畏也。"按照他的说法:"国家将有失道之败,而天乃先出灾害以谴告之。不知自省,又出怪异以警惧之。"②什么是董氏所言的"失道之败"呢?他说:"及至后世,淫佚衰微,不能统理群生,诸侯背畔,残贼良民以争壤土,废德教而任刑罚。刑罚不中,则生邪气;邪气积于下,怨恶畜于上。上下不和,则阴阳缪戾而妖孽生矣。此灾异所缘而起也。"③依董氏所言,灾异是阴阳二气乖舛所致,而二气之乖舛与政治关系密切。

董仲舒的这套灾异理论对帝王统治产生重大的影响,书灾异是史官的重要责任之一,大臣也往往借灾异表达其政治主张。东汉和帝"每有灾异,辄延问公卿,极言得失"④即是这种观念的体现。这种观念在唐代依然有重大的影响。魏征等编《隋书·五行志》称:"汉时有伏生、董仲舒、京房、刘向之伦,能言灾异,顾盼六经,有足观者。"⑤认为汉代的灾异观念承自《六经》。在唐人看来,灾祥与人事对应,这是经学的传统;杜邺称"《春秋》灾异,以指象为言语"⑥,正是如此。《隋书》特别引用刘向之语:"君道得,则和气应,休征生;君道违,则乖气应,咎征发。"⑦将政治的得失与气之调和、乖舛关联起来,确立祥灾与人事之间的对应关系。宋务光说"灾变应天,实系人事"⑧,与汉人观念正相一致。

---

① 学界对灾异的讨论多集中在汉代,对唐代的研究甚少。关于汉代的灾异研究有顾颉刚:《汉代学术史略》,北京:东方出版社,1996 年;徐兴无:《谶纬文献与汉代文化建构》,北京:中华书局,2003 年;陈业新《灾害与两汉社会研究》,上海:上海人民出版社,2004 年;陈侃理:《谶纬与灾异论》,《儒家典籍与思想研究》第三辑,北京:北京大学出版社,2011 年;程苏东《〈洪范五行传〉灾异思想析论——以战国秦汉五行及时月令文献为背景》,《苏州大学学报(哲学社会科学版)》2018 年第 6 期……这些著作对于汉代灾异的渊源、观念、影响及有关文献的成书过程均有论述。至于唐代,孙英刚《神文时代:谶纬、术数与中古政治研究》(上海:上海古籍出版社,2015 年)曾个案研究唐代的祥瑞与灾异,及其与唐代政治的互动。陈侃理《儒学、术数与政治:灾异的政治文化史》(北京大学出版社,2015 年,第 198—209 页)第四章第二节讨论"灾异咎责与汉唐间的政治变革",涉及唐代政治背后的灾异观念,但未讨论其对文学的影响。
② 班固:《汉书》卷五六,北京:中华书局,1962 年,第 2498 页。
③ 班固:《汉书》卷五六,北京:中华书局,1962 年,第 2500 页。
④ 《后汉书》卷四,北京:中华书局,1965 年,第 194 页。
⑤ 《隋书》卷二二,北京:中华书局,1973 年,第 617—618 页。
⑥ 班固:《汉书》卷八五,北京:中华书局,1962 年,第 3476 页。
⑦ 《隋书》卷二二,北京:中华书局,1973 年,第 617—618 页。
⑧ 《洛水涨应诏上直言疏》,《全唐文》卷二六八,太原:山西教育出版社,2002 年,第 1623 页。

灾异观念的表达及在政治实践中的应用，形成一套灾异话语，这套灾异话语构成一种灾异叙事。唐人以灾异观念论政正是如此。开元十四年（726）春，亢阳不雨，六月大风，玄宗诏群臣陈得失，①此一政治举措背后的观念正是灾异与人事间的对应关系。吴兢上《大风陈得失疏》，先引《传》曰"上下蔽隔，庶位逾节，阴侵于阳，则旱灾应"，突出阴阳失序与灾异关联，这是灾异的原理。人间政治秩序与自然秩序存在对应关系，君臣关系对应阴阳关系，政治失序会引起阴阳失序，阴阳失序。这是制约灾异叙事的基本原理。吴氏将这一原理应用到当时政治实践中，针对当时旱灾，指出旱灾源于阴阳失序，再推论造成这种阴阳失序的政治原因："阴类大臣之象，恐陛下左右，有奸臣擅权，怀谋上之心。"②以阴阳关系对应君臣关系，并由原理推论，旱灾所对应的政治原因，是奸臣擅权。唐人论政，往往援引灾异观念作为依据。韩愈《论今年权停举选状》主张超拔寒士③："宜求纯信之士，骨鲠之臣，忧国如家、忘身奉上者，超其爵位，置在左右。"其理由便是灾异观念："人之失职，足以致旱。"旱灾与人事关联的根据在于："君者阳也，臣者阴也，独阳为旱，独阴为水。今者陛下圣明在上，虽尧舜无以加之。而群臣之贤，不及于古，又不能尽心于国，与陛下同心，助陛下为理。有君无臣，是以久旱。"④自然的阴阳与人间的君臣关系对应；独阳足以致旱，有君无臣可以导致自然阳气太盛，而提拔寒士而致贤臣，君臣相得，可以使阴阳和谐，便可以消除旱灾。韩愈拔擢寒士，下启宋代文化固是事实，但就其论述观之，背后犹受阴阳五行及灾异观念的影响。⑤

唐人灾异话语涉及不同文体，但可以概括出其基本的叙事模式，大体包括四个方面或称"四元素"：一、灾异呈现为自然景象，故会有灾异景象的描述；二、灾异会影响到民生，故有人间灾难的叙写；三、灾异的原因，会根据天人灾异观念从自然推原政治因素；四、提出解决的途径，归结到政治措施。具体因文体有别，构思差异，结构与表达方式会有不同，但实质是以上诸元素的不同组合。本文主要以杜甫、白居易相关作品为中心，考查其在诗歌方面的体现与影响。

① 据《旧唐书》卷八"玄宗本纪"载："（开元十四年）六月戊午，大风，拔木发屋，毁端门鸱吻，都城门等及寺观鸱吻落者殆半。上以旱、暴风雨，命中外群官上封事，指言时政得失，无有所隐。"（北京：中华书局，1975年，第190页）

② 《大风陈得失疏》，《全唐文》卷二九八，太原：山西教育出版社，2002年，第1801页。

③ 葛晓音先生指出："综观韩愈的全部文章，不难发现他们集中表述了一个鲜明的主导思想，这就是：反复强调国家的用人标准应是道德才学而不是门第出身。要求消除统治阶级内部的贵贱之别，设立以贤役愚的社会秩序。主张朝廷大力提拔寒俊，将'纯信之士，骨鲠之臣，忧国如家、忘身奉上者，超其爵位，置在左右'，使正人君子均能得其位而行其道。"葛晓音：《论唐代的古文革新与儒道演变的关系》，《中国社会科学》1987年第1期。

④ 《全唐文》卷五四九，太原：山西教育出版社，2002年，第3289页。

⑤ 这套天人感应的观念也体现在韩愈的诗歌创作当中。如《归彭城》载："天下兵又动，太平竟何时。訏谟者谁子，无乃失所宜。前年关中旱，闻井多死饥。去岁东郡水，生民为流尸。上天不虚应，祸福各有随。"《全唐诗》卷三三七，北京：中华书局，1960年，第3773页。

二、杜甫:时事书写与灾异观念

杜甫受灾异观念影响,①可以《说旱》为代表。此文作于宝应元年(762),据《旧唐书》载宝应元年"八月己酉朔。自七月不雨,至此月癸丑方雨"②,但未言蜀地之旱。在传统灾异观念中,干旱的原因在于阳气太盛,阴阳失序,上节言政治上的君臣失序可以导致自然的阴阳失序,除此之外,刑罚不当也会造成阴阳失序。班固曾云:"刑罚妄加,群阴不附,则阳气胜,故其罚常阳也。"③妄加刑罚而致冤狱,受冤致群阴不附,可以导致阳气偏胜,也会造成干旱。张九龄《上封事书》:"臣闻乖政之气,发为水旱,天道虽远,其应甚速。昔者东海杀孝妇,旱者久之。一吏不明,匹妇非命,则天为之旱,以昭其冤。"④也是此意。杜甫说:"得非狱吏只知禁系,不知疏决,怨气积,冤气盛,亦能致旱。"⑤此说正是上述观念的延续。既然干旱出于阳亢,那么解决旱灾的关键就在于让阴阳二气重归于调和;刑罚不公可以导致阳盛,那么刑罚回归公正则可以使阴阳重归调和,而从解决干旱问题。杜甫论旱灾与刑罚关系的观念基础正在于此。要解除旱情,具体的做法便是使严武"亲问囚徒,除合死者之外,下笔尽放,使囹圄一空,必甘雨大降",再加上存恤"老男老女""问其疾苦,亦和气合应之义也,时雨可降之征也"⑥,以人事的和谐消解自然的亢阳之气,从而回复阴阳和谐,天降时雨。从《说旱》可知,杜甫接受这套源于阴阳五行的灾异观念,并将其运用到现实政治上。尽管这套解释模式相较于两汉的天人之说并无新意,但对杜甫而言却是其思考现实政治问题的一种方式。"忧苍生"是杜甫思考政治问题的重要立足点,他在以灾异观念论述政治问题时往往把苍生之忧带入灾异的观念架构,从而体现出个人的特征。

灾异首先呈现为自然现象,进入诗歌范围,灾异的景象也是物色,自然灾异的描写就属于体物。但灾异的景物不仅是物色,同时还有灾异脉络中的意义。杜甫

① 叶嘉莹曾指出,杜甫"在写实中所把握的,并不仅仅是一种对现实描写的'真实'"。并从"感发"的角度,亦即"中国诗歌里边的情意与形象之间的关系,也就是诗人的内心与外物之间的关系",来讨论杜甫的物色描写。可以进一步讨论的是,杜诗除了"感发"之外,部分作品仍可见天人的知识传统的影响。叶嘉莹:《杜甫诗在写实中的象喻性》,《华中师范大学学报(人文社会科学版)》2005年第4期。李慧智已经注意到杜甫对于天人感应观念的接受,但本文除了进一步探讨汉代以降,这套天人感应的观念如何在杜甫的思想中延续外,还讨论了灾异作为物色与时事之间的关系。同时,杜甫对于灾异思想的接受亦不仅限于灾异诗,灾异作为一套具有象征意义的符号,亦进入其他的时事书写当中,为世乱的书写服务。李慧智:《杜甫灾异诗的"天人感应"解读》,《山西大学学报(哲学社会科学版)》2010年第3期。
② 刘昫:《旧唐书》卷十一,北京:中华书局,1975年,第270页。
③ 班固:《汉书》卷二七中之上,北京:中华书局,1962年,第1376—1377页。
④ 熊飞:《张九龄集校注》卷一六,北京:中华书局,2008年,第846页。
⑤ 仇兆鳌注:《杜诗详注》卷二五,北京:中华书局,1979年,第2209页。
⑥ 仇兆鳌注:《杜诗详注》卷二五,北京:中华书局,1979年,第2209页。

有不少作品涉及灾异的书写即是如此。以下分别以古代常见的灾异：旱、水、风灾，以及天文的异象为例，分析灾异在杜诗时事书写中的呈现。

《雷》①诗咏"旱雷"，此本自然现象，但作者将其放到灾异脉络中书写，其背后的观念与《说旱》相呼应。诗开头便写干旱之景象，"大旱山岳焦，密云复无雨"二句写旱象，"南方瘴疠地，罹此农事苦"写旱灾。"封内必舞雩，峡中喧击鼓"是祈雨的场景；"真龙竟寂寞，土梗空俯偻"，说明祈雨无效。在传统观念中，龙能致雨，祈雨是求龙致雨。在灾异脉络中，则是通过政治方式干预阴阳以致雨。前引《说旱》说祭天祈雨非当其时，无法求雨，可从政治方面解决；此则说祈雨无效，昨夜虽然雷声殷殷，仅有狂风而未降雨。既然祈雨无效，那么致旱的原因就非自然的，而是政治问题，因而救旱的关键就不在于求龙致雨，而应该从政治解决。在诗人看来，"旱雷"不雨的关键原因是方镇未能偃兵薄敛，不足上格天心，致使"愆阳"，亦即阳气过盛而导致春旱。这种观念来自《洪范五行传》，言师旅兴可以致旱："君持亢阳之节，暴虐于下。兴师旅，动众劳民以起城邑，臣下悲怨而心不从。故阳气盛而失度，故旱灾应也。"②杜甫提出旱象可能的解决途径是"偃甲兵"，正是因为旱灾与人事的对应关系。就诗的内容言，《雷》写的是旱灾的时事，从现实主义的脉络言，乃是写实；但从灾异脉络论，乃是一个灾异叙事。作者用灾异的观念诠释此一时事，不是仅将之视为自然灾害，而是归因于政治，其解决之道也是政治式的。灾异的叙事模式实际上成为本诗的基本叙写方式。

《雷》是直接叙写干旱与灾异的关系，《喜雨》也将干旱与兵灾联系，但不是直述其关联，而是用物象指向其灾异意义脉络。诗云："春旱天地昏，日色赤如血。农事都已休，兵戎况骚屑。巴人困军须，恸哭厚土热。"③这首据原注有"浙右多盗贼"句，说的是岁旱与兵兴二事。前二句写干旱之景象，其中"日色赤如血"写干旱烈日景象，但此景象在灾异脉络中具有特别意义。《晋书·天文中》载："光熙元年五月壬辰、癸巳，日光四散，赤如血流，照地皆赤。甲午又如之。占曰：'君道失明。'"④在灾异脉络中，日如赤血与君道失明相关，杜甫用此实指向灾异脉络，天旱与君道失明相关，君道失明造成"兵戈骚屑"。仇注首四句"岁旱兵兴，两意并提"，两者一是自然灾害，一是政治灾难，表面不相干，但灾异的脉络中两者却有关联。《夏日叹》："上苍久无雷，无乃号令乖。雨降不濡物，良田起黄埃。飞鸟苦热死，池鱼涸其泥。"⑤仇注："此有感时政，而叹久旱为灾。雷比政令，雨比恩泽，鱼鸟言万物皆

①　仇兆鳌注：《杜诗详注》卷一五，北京：中华书局，1979 年，第 1295—1297 页。
②　《隋书》卷二二引"五行传"，第 635 页。又见《艺文类聚》卷一百，上海：上海古籍出版社，1999 年，第 1723 页。
③　仇兆鳌注：《杜诗详注》卷一二，北京：中华书局，1979 年，第 1019 页。
④　房玄龄《晋书》卷一二，北京：中华书局，1974 年，第 342—343 页。
⑤　仇兆鳌注：《杜诗详注》卷七，北京：中华书局，1979 年，第 540 页。

枯。"这是从政治比兴角度理解。但比兴背后更有一个灾异的脉络,干旱与政治有密切关系。仇注引《后汉书·郎颙传》中,郎颙引《易传》语"当雷不雷,阳德弱也"①此正是灾异脉络的意义。

再看杜甫对水灾的书写。《秋雨叹》三首作于天宝十三载(754),是年长安霖雨,造成严重的灾患。根据《旧唐书》载:"是秋,霖雨积六十余日,京城垣屋颓坏殆尽,物价暴贵,人多乏食,令出太仓米一百万石,开十场贱粜以济贫民。东都瀍、洛暴涨,漂没一十九坊。"②雨灾在灾异的脉络中是阴盛阳衰所致,对应政治上的君臣失序。《后汉书》有载"春秋大水,皆为君上威仪不穆,临莅不严,臣下轻慢,贵幸擅权,阴气盛彊,阳不能禁,故为淫雨"③,由阴盛又引申出臣盛凌君的政治状态。天宝时期的这场雨灾如果放到灾异传统中诠释,必然会指向权相杨国忠。正是为此,面对这场天灾,杨国忠"恶言灾异"。房琯上言水灾,国忠使御史按之,故"天下无敢言灾者",④只有高力士对玄宗说"淫雨不已",并解释其原因"自陛下以权假宰相,赏罚无章,阴阳失度"⑤,即是从灾异角度言之。高力士对于淫雨的政治解释实际上代表了当时人的共同观念。杜甫《秋雨叹》正是作于在这种观念传统与政治背景下,亦正可从灾异的观念背景解释。第三首结尾:"雨声飕飕催早寒,胡雁翅湿高飞难。秋来未曾见白日,泥污后土何时干。"⑥仇注:"日者君象,土者臣象,日暗土污,君臣俱其道矣。"⑦即是从君臣失道的角度诠释杜甫所写秋雨之景的政治意涵,指向灾异的脉络,能得杜甫之微意。第二首也有类似的表现,开头"阑风伏雨秋纷纷,四海八荒同一云。去马来牛不复辨,浊泾清渭何当分"⑧。仇注"上四皆积雨之象,下四慨伤稼而阻饥也"⑨,但正是四海八荒同一云之"云"遮蔽三章所谓"白日",导致秋雨成灾。浮云蔽日是秋雨天自然景象,在比兴脉络中乃权臣蔽君之喻,而在灾异脉络中此乃阴盛阳衰之象,淫雨成灾之因,而指向君臣失序。此诗后半写伤稼阻饥之慨:"禾头生耳黍穗黑,农夫田父无消息。城中斗米换衾裯,相许宁论两相直。""禾头生耳"是自然灾害引起的灾年之兆,⑩但在灾异的传统当中,自然灾害源于人

---

① 仇兆鳌注:《杜诗详注》卷七,北京:中华书局,1979年,第540页。
② 刘昫:《旧唐书》卷九,北京:中华书局,1975年,第229页。
③ 《后汉书》卷四六,北京:中华书局,1965年,第1562页。
④ 《资治通鉴》卷二一七,"玄宗天宝十三载",北京:中华书局,2011年,第6928页。
⑤ 《资治通鉴》卷二一七,"玄宗天宝十三载",北京:中华书局,2011年,第6928页。
⑥ 仇兆鳌注:《杜诗详注》卷三,北京:中华书局,1979年,第218—219页。
⑦ 仇兆鳌注:《杜诗详注》卷三,北京:中华书局,1979年,第219页。仇兆鳌评论此诗:"语虽微婉,而寓意深切,非泛然作出。"其"寓意"之彰显,正在于物色背后的灾异观念。
⑧ 仇兆鳌注:《杜诗详注》卷三,北京:中华书局,1979年,第217页。
⑨ 仇兆鳌注:《杜诗详注》卷三,北京:中华书局,1979年,第217页。
⑩ 《朝野佥载》卷一:"谚曰:'春雨甲子,赤地千里。夏雨甲子,垂船入市。秋雨甲子,禾头生耳。'"北京:中华书局,1985年,第12页。

事的乖违,对天宝十三年(754)的这场灾患来说,对应的就是"帝以国事付宰相,而国忠每事务为蒙蔽"①。又因大臣"蒙蔽"君王,所以"农夫田父无消息",灾情不得上报,最后"城中斗米换衾裯",进一步对民生造成伤害。这首诗前半写物色,后半写人事,但无论物色或人事,背后都有对政局的不满,二者的联结便在于雨灾背后的灾异观念。《秋雨叹》极写灾难下生民百姓之困境,体现杜诗穷年忧庶黎的一面,但水灾之"象"的背后,又隐含杜甫对于时政的看法,蕴涵一套灾异政治叙事。

再说风灾,杜甫《柟树为风雨所拔叹》和《茅屋为秋风所破歌》被认为是同时之作。朱注:"考草堂本,此与《茅屋歌》俱编入上元二年(761)成都诗内,今从之。黄鹤据史永泰元年(765)三月,大风拔木,谓此诗作于其时,太泥。"②黄鹤据史书"大风拔木"断定这两首诗的时间固有拘泥之嫌,但可注意的是,"大风拔木"属于灾异,源出《尚书·金縢》"天大雷电以风,禾尽偃,大木斯拔,邦人大恐"③,《旧唐书·五行志》"雷震暴雨"条有载④。"大风拔木"被批评家视为系年的根据,就说明杜甫这两首诗予人灾异的联想。《开元占经》有多条暴风致"发屋折木"的记载,正与这两首诗的主题相应。如《占经》所记"李淳风曰:'……古云发屋、折木、扬沙、走石,今谓之怒风,多为不吉之象。'""雷或霹雳,大风甚雨,发屋折木,此皆小人处位,贤士隐"⑤等。《柟树叹》"虎倒龙颠委榛棘"与《茅屋歌》"安得广厦千万间,大庇天下寒士俱欢颜"等,正可由灾异"小人""贤士"的解释出发,寄托寒士不得其位的意义。

再如天文,《伤春》五首之三:"日月还相斗,星辰屡合围。不成诛执法,焉得变危机。大角缠兵气,钩陈出帝畿。烟尘昏御道,耆旧把天衣。"⑥"日月"句据《晋书·天文》"数日俱出,若斗,天下兵起,大战"⑦;"星辰"句则出《汉书·天文》"高祖七年,月晕,围参、毕七重,……是岁上至平城,为单于所围"⑧,天文异象均与人间战争关联。至于"大角钩陈"联,胡夏客曰:"刘向云'秦项之灭,星孛大角,故借以言西

<hr/>

① 仇兆鳌注:《杜诗详注》卷三,北京:中华书局,1979年,第219页。
② 仇兆鳌注:《杜诗详注》卷十,北京:中华书局,1979年,第830页。
③ 屈万里:《尚书集释》,台北:联经出版社,1983年,第132页。
④ 刘昫:《旧唐书·五行志》卷三七,"雷震暴雨"载:"永泰元年二月甲子夜,雷电震烈。三月,降霜为木冰。辛亥,大风拔木。"第1361页。《旧唐书》帝纪载:"(高祖武德二年)壬子,大风拔木。"卷一,第10页。"(太宗贞观三年)己卯,大风折木。"卷二,第37页。"(贞观十四年)六月乙酉,大风拔木。"卷三,第51页。"(高宗咸亨二年)夏四月戊子,大风折木。"卷五,第95页。"(玄宗开元四年)辛未,京师、华、陕三州大风拔木。"卷八,第176页。"(开元十四年)六月戊午,大风,拔木发屋,毁端门鸱吻,都城门等及寺观鸱吻落者殆半。"卷八,第190页,都可见大风"折木""发屋",是被当成灾异写入正史。
⑤ 瞿昙悉达:《开元占经》卷九一,北京:中央编译出版社,2006年,第677页。
⑥ 仇兆鳌注:《杜诗详注》卷一三,北京:中华书局,1979年,第1083页。
⑦ 房玄龄:《晋书》卷一二,北京:中华书局,1974年,第330页。
⑧ 班固:《汉书》卷二六,北京:中华书局,1962年,第1302页。

京之乱。'"顾炎武解释"钩陈"句引《水经注》曰："紫微有钩陈之宿,主斗讼兵阵。"①亦借天文言兵事。是以《杜臆》解释此段"上用日月星辰,下用大角钩陈,俱借天文以写灾变。插入执法,使人知为荧惑星,又知其为程元振,可谓微而显矣"②,见杜诗将天象异变与人事相应成诗。类似的例子又见《自京赴奉先县咏怀五百字》"蚩尤塞寒空,蹴踏崖谷滑"③,据《河图稽耀钩》曰："荧惑之精,流为蚩尤旗,主惑乱。"④又与兵乱的现实相应,故钱笺曰："借蚩尤以喻兵象也。"⑤

"虹蜺"也与兵象有关,《石龛》"熊罴哮我东,虎豹号我西。我后鬼长啸,我前狨又啼。天寒昏无日,山远道路迷。驱车石龛下,仲冬见虹霓",仇注此段"俯视物类,仰观天气,备写凄惨阴森之象",就是从诗歌物色的一面言的。但又引《月令》曰："孟冬之月,虹藏不见,仲冬见之,纪异也,亦地燠使然。"⑥虹蜺非时而出,乃是异象。如"虹蜺,邪阴之气,而有照曜,以蔽日月。云谗言流行,忠良浸微也"⑦"虹蜺出,乱惑弃和"⑧"虹,百殃之本也"⑨等,均以虹蜺为不祥之气。因此,这首诗的后半段进入人事的描写,"伐竹者谁子,悲歌上云梯。为官采美箭,五岁供梁齐。苦云直篠尽,无以应提携。奈何渔阳骑,飒飒惊蒸黎"。仇注"梁齐,谓河北官军。渔阳,谓思明余孽",从物色转到人事,其过渡除了物色阴惨外,当与灾异的传统相关。杨慎评此首"起得奇壮突兀,末段深为时虑"⑩,灾异传统正是其"时虑"背后的观念基础。

由上可见,杜甫对于战乱灾害的书写常与灾异相关。他的描写并不只是实写其事,背后蕴涵一套灾异的观念,在这种意义上说,他写时事也是一种灾异叙事。书写时事,寄托对于生民苦难的哀悯固是杜诗的极为重要的面向,但此一面向往往与灾异观念或隐或显地关联在一起,灾异观念会影响到其观察角度与书写方式。揭示此一侧面并不影响杜诗原有的诠释面向及价值,反而由于新面向的加入而呈现出杜诗内涵的丰富性。

---

① 顾炎武著,董汝成集释:《日知录集释》卷二七,上海:世界书局,1936年,第650页。《水经注》见郦道元原著,陈桥驿注释:《水经注》卷五,杭州:浙江古籍出版社,2001年,第69页。

② 仇兆鳌注:《杜诗详注》卷一三,北京:中华书局,1979年,第1083页。

③ 仇兆鳌注:《杜诗详注》卷四,北京:中华书局,1979年,第268页。

④ 仇兆鳌注:《纬书集成》,《河图稽耀钩》,上海:上海古籍出版社,1994年,第1106页。

⑤ 仇兆鳌注:《杜诗详注》卷四,北京:中华书局,1979年,第268页。

⑥ 仇兆鳌注:《杜诗详注》卷八,北京:中华书局,1979年,第687页。

⑦ 《史记·息夫传》卷四五,张晏注语,北京:中华书局,1982年,第2188页。

⑧ 赵在翰辑,钟肇鹏、萧文郁点校:《七纬》(附论语谶),北京:中华书局,2012年,第564页。

⑨ 以虹为"百殃之本",见载于《晋书》《隋书》等史籍《天文志》。

⑩ 仇兆鳌注:《杜诗详注》卷八,北京:中华书局,1979年,第687—688页。

三、白居易：灾异框架下的新乐府

中唐白居易是另一个现实主义诗人，其讽喻诗，尤其是《新乐府》被认为是现实主义的代表作品，但值得注意的是，这些作品与灾异观念而有密切关系，也是在灾异观念的框架下展开叙事。① 白居易创作《新乐府》时任谏官，《新乐府》有以诗歌向皇帝建言之意。② 古代帝王在天人观念的指导下重视灾异和政治的关系，《新乐府》将白居易的教化思想与灾异观念结合，又体现出不同于杜甫的特色。

白居易显然熟习这套灾异观念。《策林》"辨水旱之灾，明存救之术"：

> 古之君人者，逢一灾，偶一异，则回视反听，察其所由。且思乎军镇之中，无乃有纵暴者耶；刑狱之中，无乃有冤滥者耶；权宠之中，无乃有不肖者耶；放弃之中，无乃有忠贤者耶；内外臣妾，无乃有幽怨者耶；天下穷人，无乃有困死者耶；赋入之法，无乃有过厚者耶；土木之功，无乃有屡兴者耶？若有一于此，则是政令之失，而天地之谴也。③

将灾异与人主失职联系，这说明白居易的思想中存有天人感应的灾异观念。特别值得注意的是，白居易罗列的失职内容，包括刑狱冤滥、权宠不肖、放弃忠贤、臣妾幽怨、穷人困死、赋人过厚以及土木屡兴等，往往可与《新乐府》的主题对应。例如《秦吉了》"哀冤民也"、《蛮子朝》"刺将骄而相备位也"、《涧底松》"念寒俊也"、《上阳白发人》"愍怨旷也"、《缚戎人》"达穷民之情也"、《杜陵叟》"伤农夫之困也"，以及《杏为梁》"刺居处僭也"，④均可相应于白居易的水旱存救之术。可以说《新乐府》诸作的背后存在一套灾异的观念。

元和三年(808)发生大旱。这场大旱或是促成《新乐府》写作的直接原因之一。关于这场大旱，首先要关注列于白居易讽谕诗之首的《贺雨》诗。这首诗体现的就

---

① 葛晓音考察新乐府的观念根源，论证白居易《策林》对于风俗教化的讨论如何落实到新乐府的创作上。她指出，新乐府之所以"大部分篇幅都是针对朝廷的弊端而发"，是因为白居易"一步步地将儒家一向以歌颂王化为礼乐之本的传统观念，转移到通过美刺讽喻以褒贬得失、裨补教化的观念上来，使讽刺朝廷的歌诗与'和人心''厚风俗'的礼乐在'本意''本情'上趋于一致"。但未关注《策林》在讨论"水旱灾"的时候，背后实有一套天人感应的观念，而这套观念又影响了新乐府的写作。见葛晓音：《新乐府的缘起和界定》，《诗国高潮与盛唐文化》，北京：北京大学出版社，1998年，第192—193页。

② 陈贻焮指出"白居易《新乐府》等讽谕诗，不仅具有一般所说的很强的政治意义，简直可以说是'谏官的诗'"。陈贻焮：《从元白和韩孟两大诗派略论中晚唐诗歌的发展》，《唐诗论丛》，长沙：湖南人民出版社，1980年，第338页。新乐府是李绅、元稹、白居易同唱之作，陈才智也认为《新题乐府》也是元稹尽其监察御史之职的有明确政治目的的文学创作"。陈才智：《元白诗派研究》，北京，社会科学文献出版社，2007年，第168页。

③ 谢思炜：《白居易文集校注》卷二五，北京：中华书局，2011年，第1406页。

④ 谢思炜：《白居易诗集校注》卷三，北京：中华书局，2006年，第267—271页。

是灾异的观念结构。本诗先写元和三年冬到春不雨，"皇帝嗣宝历，元和三年冬。自冬及春暮，不雨旱爞爞。上心念下民，惧岁成灾凶。遂下罪己诏，殷勤告万邦"①，正因为认为旱灾不只是自然现象，更与政治相关，才有皇帝下罪己诏。按宪宗皇帝为此下《亢旱恤抚百姓德音》，云："自去冬以来，时雪微降，及此春暮，积为愆阳。……得非刑狱之冤滞未申？货财之聚敛未息？忠鲠之言未尽达？不急之务未尽除？有一于兹，即伤和气，居高莫喻，愧悼是怀。"②此诏体现的正是灾异观念，即政治失序导致自然失序，导致旱灾。白居易诗中转述皇帝罪己诏"或者天降沴，无乃儆予躬"，"沴"即指阴阳不和。皇帝反省政治失误，改善政治，以消除灾害。白居易《奏请加德音中节目二件》，请将"缘今时旱请更减放江淮旱损州县百姓今年租税"与"请拣放后宫内人"纳入德音内容，《贺雨》则诗记录帝王消除旱情的内容，包括"上思答天戒，下思致时邕。莫如率其身，慈和与俭恭。乃命罢进献，乃命赈饥穷。宥死降五刑，责己宽三农。宫女出宣徽，厩马减飞龙。庶政靡不举，皆出自宸衷"，正是通过政治措施消除灾害。其后曰："奔腾道路人，伛偻田野翁。欢呼相告报，感泣涕沾胸。顺人人心悦，先天天意从。诏下才七日，和气生冲融。凝为悠悠云，散作习习风。昼夜三日雨，凄凄复蒙蒙。"③这是皇帝的善政感动上天，降下甘雨。整首诗由上天降灾示警、皇帝反省并改善政治、感动上天消灾，是一篇典型的天人感应的灾异叙事。

《新乐府》五十首当中，不少作品都有灾异观念的脉络。值得注意的是，《贺雨》诗所载帝王除旱措施又与元和四年白居易《新乐府》的主张呼应。如白居易建议且为宪宗采纳入德音的"请拣放后宫内人"，即可与《上阳白发人》《陵园妾》的主题相应。"请拣放后宫内人"云：

> 右，伏见大历已来四十余载，宫中人数，积久渐多。伏虑驱使之余，其数犹广，上则虚给衣食，有供亿糜费之烦，下则离隔亲族，有幽闭怨旷之苦，……。臣伏见自太宗、元宗以来，每遇灾旱，多有拣放，书在国史，天下称之。伏望圣慈，再加处分，则盛明之德，可动天心，感悦之情，必致和气，光垂史册，美继祖宗，贞观、开元之风，复见于今日矣。④

旱灾放宫人乃建立在灾异的观念基础之上。宫女"幽闭怨旷之苦"，正是致使阴阳之气不和、导致旱灾的原因之一。放宫女，其喜悦之情可以致和气，从而消灾异。从灾异的背景看，《上阳白发人》"愍怨旷也"、《陵园妾》"怜幽闭也"⑤，其主旨

---

① 谢思炜：《白居易诗集校注》卷一，北京：中华书局，2006年，第1页。
② 《全唐文》卷六二，太原：山西教育出版社，2002年，第404页。
③ 谢思炜：《白居易诗集校注》卷一，北京：中华书局，2006年，第1页。
④ 谢思炜：《白居易文集校注》卷二一，北京：中华书局，2011年，第1215页。
⑤ 谢思炜：《白居易诗集校注》卷四，北京：中华书局，2006年，第408页。

的背后都有灾异的观念，只是角度不同。"请拣放后宫内人"是站在朝廷立场，以"致和气"作为旱灾的解决之道；新乐府则就宫女的角度，陈其怨苦。白居易之所以此时陈宫女之怨苦，正是由于旱灾的现实与灾异的观念传统，而具体陈其怨苦，而正是这些怨苦造成阴阳失调，从而导致旱灾。元稹《献事表》也提出"出宫人以消水旱"[①]的建议。同题新题乐府"王无妃媵主无婿，阳亢阴淫结灾累。何如决壅顺众流，女遣从夫男作吏"[②]，亦明确指出干旱是"阳亢阴淫"所致，"出宫女"正是以顺导冤气的方式调和阴阳的。这些都说明《上阳白发人》背后的灾异观念背景。

按照灾异观念，人情之怨苦可以导致阴阳失调，对于农民而言，租税的苛重会让他们怨苦，也会导致阴阳失调，因而农夫的困苦也是灾异的原因之一。白居易新乐府中一些写农夫的作品与这种观念相关。《杜陵叟》"伤农夫之困也"，记旱灾："杜陵叟，杜陵居，岁种薄田一顷余。三月无雨旱风起，麦苗不秀多黄死。九月降霜秋早寒，禾穗未熟皆青干。"又述皇帝"白麻纸上书德音，京畿尽放今年税"[③]的措施。这也是灾异叙事。所叙情事背后的观念，正与白居易奏章"缘今时旱请更减放江淮旱损州县百姓今年租税"相通："伏望圣恩更与宰臣及有司商量，江淮先旱损州，作分数更量放今年租税。当疲困之际，降恻隐之恩，感动人情，无出于此。"[④]"降恻隐之恩，感动人情"不只是出于收买人心的考量，关键在于人心的喜欢可以影响阴阳之气，消除灾异。正如权德舆所言："销天灾者，莫若修政事；感人心者，莫若流惠泽。人和浃洽，则天地之和应矣。"[⑤]又根据《通鉴》卷二三七"唐纪宪宗纪"载：

> 上以久旱，欲降德音。翰林学士李绛、白居易上言，以为"欲令实惠及人，无如减其租税"，又言："宫人驱使之余，其数犹广，事宜省费，物贵徇情。"又请"禁诸道横敛，以充进奉"，又言："岭南、黔中、福建风俗，多掠良人卖为奴婢，乞严禁止。"闰月，己酉，制降天下系囚，蠲租税，出宫人，绝进奉，禁掠卖，皆如二臣之请。己未，雨。[⑥]

德音降下后，"己未，雨"，说明史家认为以上举措和旱气的消解有因果关系，而

---

① 《全唐文》卷六五〇，太原：山西教育出版社，2002年，第3892页。

② 《全唐诗》卷四一九，北京：中华书局，1960年，第4615页。

③ 谢思炜：《白居易诗集校注》卷四，北京：中华书局，2006年，第387页。

④ 陈寅恪："诗中'十家租税九家毕，虚受吾君蠲免恩。'句，可与白氏长庆集肆壹奏请加德音中节目，'缘今时旱请更减放江淮旱损州县百姓今年租税'及李相国论事集肆论放和损百姓租税条：'昨正月中所降德音，量放（江淮）去年钱米，伏闻所放数内已有纳者'相证，以深之与乐天同之状，其所言者，虽为江淮等处之税，然其情事则正与乐天此篇诗句所言相符同故也。"可以进一步指出的是，乐天所提出的政策是解决灾异的方案是站在调和民气的角度论说，背后有一套灾异的观念框架。陈寅恪：《元白诗笺证稿》，台北：世界书局，2010年，第243—244页。

⑤ 权德舆：《论旱灾表》，《全唐文》卷四八八，太原：山西教育出版社，2002年，第2952页。

⑥ 《资治通鉴》卷二三八"宪宗元和四年"，北京：中华书局，2011年，第7657页。

不仅是安抚百姓的措施，还是一种天人感应的思想观念。因此，"感动人情"实际上是以人事的"和气"消解阴阳失调所带来的旱情，可见这首新乐府的创作亦有灾异的背景，只是突出杜陵叟在旱灾下的苦厄遭遇。另外，白居易提出"禁掠卖"的主张，亦与《道州民》"吾君感悟玺书下，岁贡矮奴宜悉罢"①相应，可见元和三年的这场干旱，是白居易《新乐府》的重要动因。

《新乐府》的叙事背后往往可见灾异的观念框架。如《时世妆》：

> 时世妆，时世妆，出自城中传四方。时世流行无远近，腮不施朱面无粉。乌膏注唇唇似泥，双眉画作八字低。妍蚩黑白失本态，妆成尽似含悲啼。圆鬟无鬓堆髻样，斜红不晕赭面状。昔闻被发伊川中，辛有见之知有戎。元和妆梳君记取，髻堆面赭非华风。②

此诗描绘了元和妆，但强调这种妆式"非华风"。其所以如此强调，在于他把这种妆式放到灾异脉络中看。"昔闻"二句用《左传》典："辛有适伊川，见被发而祭于野者，曰：不及百年，此其戎乎。其礼先亡矣。"③白居易引用此典，显然把元和妆视为"礼先亡"，认为这是灾难的前兆。这种装扮被视为灾异，是所谓"服妖"。《新唐书·五行志》"服妖"即载"元和末，妇人为圆鬟椎髻，不设鬓饰，不施朱粉，惟以乌膏注唇，状似悲啼者。圆鬟者，上不自树也；悲啼者，忧恤象也"④，正与《时世妆》所载相类。《新唐书》虽后出，但其体现的却是传统观念。《新唐书·五行志》"讹言"载："又有胡旋舞，本出康居，以旋转便捷为巧，时又尚之。"⑤见"胡旋舞"在大乱之后被当成一种灾异的预示。白居易《胡旋舞》："……天宝季年时欲变，臣妾人人学圆转。中有太真外禄山，二人最道能胡旋。梨花园中册作妃，金鸡障下养为儿。禄山胡旋迷君眼，兵过黄河疑未反。贵妃胡旋惑君心，死弃马嵬念更深。从兹地轴天维转，五十年来制不禁。"⑥以胡旋之"旋"类比地轴天维之"转"，类喻朝纲败坏。

《李夫人》则从女色的角度谈乱政。这首诗借汉武帝与李夫人的故事，带出"马嵬坡下念杨妃"的讽喻主题，从而生发"生亦惑，死亦惑，尤物惑人忘不得。人非木石皆有情，不如不遇倾城色"⑦的感慨。唐玄宗对于杨贵妃的宠爱被认为是安史之乱的因由之一，而在"五行志"的传统中，女色惑主也被视为一种灾异。《洪范五行传》曰："华者，犹荣华容色之象也。以色乱国，故谓华孽。"⑧是故《隋书·五行志》

---

① 谢思炜：《白居易诗集校注》卷三，北京：中华书局，2006年，第333页。

② 谢思炜：《白居易诗集校注》卷四，北京：中华书局，2006年，第402—403页。

③ 杜预：《春秋左传集解》第六"僖公中"，上海：上海人民出版社，1977年，第323页。

④ 《新唐书》卷三四，第879页。

⑤ 《新唐书》卷二五，第921页。

⑥ 谢思炜：《白居易诗集校注》卷三，北京：中华书局，2006年，第305—306页。

⑦ 谢思炜：《白居易诗集校注》卷四，北京：中华书局，2006年，第405页。

⑧ 《隋书》卷二三，上海古籍出版社，1999年，第657页。

"华孽"条载:"陈后主时,有张贵妃、孔贵嫔,并有国色,称为妖艳。后主惑之,宠冠宫掖,每充侍从,诗酒为娱。一入后庭,数旬不出,荒淫侈靡,莫知纪极。……天下怨叛,将士离心。……女德之咎也。及败亡之际,后主与此姬具投于井,隋师执张贵妃而戮之,以谢江东。"①陈后主宠爱张贵妃、孔贵嫔。致使"天下怨叛,将士离心",与安史之乱带来的军事危机相类。从这个角度来看,《李夫人》"尤物惑人"的背后亦有"华孽"的观念。《古冢狐》"一朝一夕迷人眼,女为狐媚害即深。日长月增溺人心,何况褒妲之色善蛊惑。能丧人家覆人国,君看为害浅深间。岂将假色同真色"②,也是从美色乱国的角度出发,与"华孽"的性质有共通处。再如《牡丹芳》:

> ……花开花落二十日,一城之人皆若狂。……元和天子忧农桑,恤下动天天降祥。去岁嘉禾生九穗,田中寂寞无人至。今年瑞麦分两歧,君心独喜无人知。无人知,可叹息。我愿暂求造化力,减却牡丹妖艳色。少回卿士爱花心,同似吾君忧稼穑。③

这首以都人爱牡丹和天子忧农对比。其言天子乃是天人感应的祥瑞脉络,天子恤农桑,感动上天,天降祥瑞。但都人却不理解君心,反而爱牡丹。此虽未明确将都人若狂的现象和灾异联系,但在天子祥瑞的脉络中,这是一种反常的现象。而这种反常是由"妖艳"的牡丹所造成,亦可谓"以色乱国",也就是"华孽"。

《新乐府》再如《捕蝗》本是传统的灾异主题,"捕蝗捕蝗谁家子,天热日长饥欲死。兴元兵久伤阴阳,和气蛊蠹化为蝗。始自两河及三辅,荐食如蚕飞似雨"④,正与穆质解释旱蝗的说法一致:"抑又闻军旅之后,必有凶年。其握兵者,不本乎仁义,贪于残戮,人用愁苦,怨气积下,以伤阴阳之和也。则国家兵先于河北,河北旱蝗随之;次及河南,河南旱蝗亦随;次及关中,关中又蝗旱。旱既仍岁,蝗亦比年,无乃陛下用兵者不详其道也。"⑤因兵兴而有民怨,继而伤阴阳之和,遂导致蝗灾。穆质此文出自贞元元年(785)《对贤良方正能直言极谏策》,可见这套将自然灾害与人事对应的灾异观念,在唐人的观念结构中仍有重大的影响。白居易《捕蝗》虽旨在"刺长吏",但对灾异的解释仍不脱传统观念。又如《八骏图》"穆王得之不为戒,八骏驹来周室坏。至今此物世称珍,不知房星之精下为怪"⑥对应《贺雨》诗"厩马减飞龙"⑦;《杏为梁》"俭存奢失今在目,安用高墙围大屋"虽旨在"刺居处僭"⑧,但

① 《隋书》卷二三,上海古籍出版社,1999年,第657页。
② 谢思炜:《白居易诗集校注》卷四,北京:中华书局,2006年,第432页。
③ 谢思炜:《白居易诗集校注》卷四,北京:中华书局,2006年,第379页。
④ 谢思炜:《白居易诗集校注》卷三,北京:中华书局,2006年,第321页。
⑤ 《对贤良方正能直言极谏策》,《全唐文》卷五二四,太原:山西教育出版社,2002年,第3152页。
⑥ 谢思炜:《白居易诗集校注》卷四,北京:中华书局,2006年,第372页。
⑦ 谢思炜:《白居易诗集校注》卷一,北京:中华书局,2006年,第1页。
⑧ 谢思炜:《白居易诗集校注》卷四,北京:中华书局,2006年,第416页。

对照《旧唐书》有"木妖"的说法:"及安、史大乱之后,法度隳弛,内臣戎帅,竞务奢豪,亭馆第舍,力穷乃止,时谓'木妖'。"①都见这些作品背后的灾异观念。

白居易《春雪》:"……上天有时令,四序平分别。寒燠苟反常,物生皆夭阏。我观圣人意,鲁史有其说。或记水不冰,或书霜不杀。上将儆正教,下以防灾孽。兹雪今如何,信美非时节。"②特别提出《春秋》(鲁史)书灾异事。结合《司天台》"天文时变两如斯,九重天子不得知"的内容,可见白居易在观念上还是认为史官有记录灾异的责任,这是《春秋》以来的传统。而《采诗官》"若求兴谕规刺言,万句千章无一字"③,又突出诗歌讽刺的一面。白居易《新乐府》结合《春秋》灾异和诗歌讽刺的传统,为时事的书写服务,体现"为君、为臣、为民、为物、为事而作"的理想。

唐诗中有众多作品是在灾异的观念结构下进行叙事的。灾异的现象初唐即有,但经安史乱后,灾异的现象与政治的动荡结合,更加频繁地出现在乱后书写时事的作品当中。过去文学史研究面对这些作品,往往仅从纪实的角度进行讨论,忽略了纪实背后的一套传统的天人观念,探究唐诗背后的这类灾异观念对于进一步理解唐人与唐诗背后的思想世界,当是非常有意义的。

---

① 刘昫:《旧唐书》卷一五二,北京:中华书局,1975 年,第 4067 页。
② 谢思炜:《白居易诗集校注》卷一,北京:中华书局,2006 年,第 67 页。
③ 谢思炜:《白居易诗集校注》卷四,北京:中华书局,2006 年,第 443 页。

风流与日常

——重斟李杜之争及其垂范意义

陈才智

中国社会科学院文学研究所

一、日月或双星

四川江油建有李白纪念馆,馆中有杜甫堂,堂前有联:"谪仙诗圣自古日月联璧,巴蜀中原而今风雨同舟。"下联正切李白故里2008年遭受震灾,河南人民不远万里前来援建,现实与历史、时间与空间、人文与社会,均得兼顾。惟上联称日月联璧,似略含轩轾,不免白璧微瑕。因为李白和杜甫有异有同,而难辨日月,宋人王巩《闻见近录》即称"李杜,自昔齐名者也"①,以致公认李杜为诗歌史上的双子星座。②这里的诗歌史,首先指向盛唐,即元人贝琼所称"诗盛于唐,尚矣;盛唐之诗,称李太白、杜少陵而止"③,其次涵盖全唐,即唐人黄滔所称"大唐前有李杜,后有元白,信若沧溟无际,华岳干天"④,最后面向全部诗歌史,即宋人严羽所称:"论诗以李杜为准,挟天子以令诸侯也。"⑤由盛唐、全唐乃至全部诗歌史,李杜皆为齐名并尊。

李杜之所以能够华岳干天,沧溟无际,称首于盛唐、有唐乃至中国诗歌史,达到冠绝万世、后代难以超越的高度。一方面是因为他们站在大唐文明和盛唐诗坛的平台之上,融会前代和当代诗歌的成就,最大限度地发挥各自的笔墨擅场,开出极富独创性的艺术境界;另一方面,更主要的,则是历代诗歌评论者延续未断的诗学

---

① 王巩:《闻见近录》宋刻本。

② 郭沫若在北京世界文化名人杜甫诞辰1250周年纪念会的开幕词《诗歌史中的双子星座》(《光明日报》1962年6月9日)发表之后的半个多世纪以来,"双子星座"可谓流行最广的关于李杜的结论性冠冕。

③ 贝琼:《乾坤清气序》,《清江贝先生文集》卷一,四部丛刊景清赵氏亦有生斋本。

④ 黄滔:《答陈磻隐论诗书》,《黄御史集》卷七,《文渊阁四库全书》第1084册,第163页。

⑤ 严羽:《沧浪诗话·诗评》,郭绍虞《沧浪诗话校释》,北京:人民文学出版社,1998年,第170页。

建构的结果,离李杜所在8世纪诗坛的实况早已渐行渐远,若即若离。其中,日月联璧这样的建构性话语,较近的灵感当源自影响很大的闻一多《杜甫》一文,文中形容李杜初次相会就像"青天里太阳和月亮走碰了头",不过闻一多接下来的描述是:"李白和杜甫——诗中的两曜,劈面走来。"①日、月、五星均可称"曜",日月只是李白式的比喻,两曜才是杜甫式的比拟,因此双子星座更能准确表达诗史的实际。至于双星或两曜如何从齐名并尊,转为比光较芒,以致引发李杜之争,乃中国诗歌史上由来已久的公案,足以与唐宋诗之争相提并论,值得重斟其是非曲直及其垂范意义。

追溯起来,明代诗歌评论家胡应麟《诗薮》曾云:"李、杜之称,当出身后,未必生前。"②但是中唐时期的元稹却说:"时山东人李白亦以奇文取称,时人谓之李杜。予观其壮浪纵恣,摆去拘束,模写物象,及乐府歌诗,诚亦差肩于子美矣。至若铺陈终始,属对律切,而脱弃凡近,则李尚不能历其藩翰,况堂奥乎?"③其所言"时人",恐未必为李杜身后之中唐人。而元稹好友白居易在《与元九书》轩轾李杜优劣,称:"李之作,才矣奇矣,人不逮矣。索其风雅比兴,十无一焉。"④如果说元和八年(813)元稹《唐故工部员外郎杜君墓系铭》始称李杜彼此差肩,终则抑李扬杜,尚属尊题之需要,那么,元和十年(815)白居易《与元九书》的轩轾优劣,则绝非仅仅意在附和好友的见解,而是有通盘考量的诗歌史建构之意图。随后,韩愈在《调张籍》中声称:"李杜文章在,光焰万丈长。不知群儿愚,那用故谤伤。蚍蜉撼大树,可笑不自量。"⑤韩愈一向并尊李、

---

① 闻一多:《杜甫》,《新月》1928年第1卷第6期;后收入闻一多:《唐诗杂论》,上海:上海古籍出版社1998年版,第143页。

② 胡应麟:《诗薮》外编卷三"唐·上",王国安校补本,上海:上海古籍出版社,1979年,第180页。

③ 元稹:《唐故工部员外郎杜君墓系铭》,《元氏长庆集》卷五十六。据文末"维元和之癸巳,粤某月某日之佳辰,合窆我杜子美于首阳之前山",时在元和八年(813)。参见卞孝萱:《元稹年谱》,济南:齐鲁书社,1980年,第214页。五代后晋时的《旧唐书·文苑传·杜甫传》所云:"天宝末,诗人杜甫与李白齐名,时人谓之李杜。"当据此而来。而成书于北宋嘉祐年间的《新唐书》更把时间提前,称杜甫"少与李白齐名,时号李杜"。

④ 参见李俊:《白居易、元稹对杜甫理解的差异》,《唐都学刊》2001年第1期。

⑤ 方世举:《韩昌黎诗集编年笺注》,郝润华、丁俊丽整理,北京:中华书局,2012年,第517页。其作年,或云长庆年间,或云元和十一二年,均晚于元白之文。钱谦益《邵梁卿诗草序》:"唐人之诗,光焰而为李杜,排纂而为韩孟……"(钱仲联标校:《牧斋初学集》卷三十二,中册,第936页)《唐宋诗醇》卷三十分析这首《调张籍》说:"此示籍以诗派正宗,言已所手追心慕,惟有李杜虽不可几及,亦必升天入地以求之,籍有志于此,当相与为后先也。其景仰之诚,直欲上通孔梦;其运量之大,不减远绩禹功,所以推崇李杜者至矣。"所言甚是。

杜，①其诗中也每每李、杜并称，②从《旧唐书》以来，魏泰、张戒、元好问、方世举等人，皆以为韩愈隐然针对元、白而并尊李杜，但也有学者对此提出异议，如吴庚舜《李白三论》云："千百年来不少论著认为韩愈《调张籍》……是针对元、白的。这实际是既不了解元、白，也不了解韩愈所致。因为元、白和韩愈一样都是并尊李、杜的，而且元稹是现存唐人文献中并尊李、杜的第一人。他在唐德宗贞元十年（794）写的《代曲江老人百韵》中咏盛唐文学已做出'李杜诗篇敌'的论断。"③惟谢思炜《元稹〈代曲江老人百韵〉诗作年质疑》（《清华大学学报（哲学社会科学版）》2004 年第 2 期）根据诗体、题材、用语，认为《代曲江老人百韵》原注"年十六时作"（时贞元十年）之说，很可能是作者元稹本人提供的不可靠之词，此诗写作时间应在元和五年（810）之后。这一判断更符合李、杜并称过程的发展实际。

宋元以降，李、杜优劣之争，逐渐降级为异同之辨，酿为诗歌史上历久未衰的一大公案，前贤颇多探讨，而诗宗盛唐的明人于此最为热衷，如张含编有《李杜诗选》（杨慎等评点），顾明亦编有《李杜诗选》（史秉直评释），李廷机、池显方、屈大均也都编有《李杜诗选》，朱权有《李杜诗抄》，刘世教有《合刻李杜分体全集》，万虞恺、许自昌皆有《李杜诗集》，赖进德、高节成皆有《李杜诗解》，林兆珂有《李杜诗钞述注》，王象春有《李杜诗评》，沈寅、朱崑有《李杜诗直解》，梅鼎祚有《李杜二家诗钞评林》（屠隆集评）和《李杜约选》，李延大有《李杜诗意》，萧思伦有《李杜诗正声》，陈懋仁有《李杜志林》，黄淳有《李杜或问》，伊乘有《李杜诗句图》，胡震亨有《李杜诗通》，可见明人合刻李、杜蔚然成风，而其意多在辨析比较李、杜诗歌创作之异同。至清代，潘德舆有《养一斋李杜诗话》，秉承朱子"作诗先看李杜，如士人治本经"之说，辨析李、杜生平事迹、风格品评和诗体异同。乾隆皇帝敕编《唐宋诗醇》，对李杜公案加以评骘，于《唐宋诗醇·凡例》谓"李、杜一时瑜亮，固千古希有"，李白诗选序又云：

> 陇西李白。有唐诗人至杜子美氏，集古今之大成，为风雅之正宗，谭艺家迄今奉为矩矱，无异议者。然有同时并出，与之颉颃上下，齐驱中原，势均力敌，而无所多让，太白亦千古一人也。夫论古人之诗，当观其大者远者，得其性情之所存，然后等厥材力，辨厥渊源，以定其流品。一切悠悠耳食之论，奚足道哉！

---

① 刘攽《中山诗话》云："韩吏部……于唐世文章，未尝屈下，独称道李杜不已。"（《历代诗话》，北京：中华书局，2011 年，第 288 页）宋魏仲举则谓："退之有取于李、杜，如《荐士》《醉留东野》《望秋》《石鼓》等诗，每致意焉。然未若此诗之专美也。"（方世举《韩昌黎诗集编年笺注》卷九，北京：中华书局，2012 年，第 520 页）清赵翼《瓯北诗话》卷三云："韩昌黎生平所心摹力追者，惟李杜二公。"

② 韩愈并称李、杜者，如《酬司门卢四兄云夫院长望秋作》："远追甫白感至诚。"《荐士》："勃兴得李、杜，万类困凌暴。"《城南联句》："精神驱五兵，蜀雄李杜拔。"《石鼓歌》："少陵无人谪仙死，才薄将奈石鼓何。"《感春四首》其二："近怜李杜无检束，烂漫长醉多文辞。"《醉留东野》："昔年因读李白杜甫诗，长恨二人不相从。"

③ 吴庚舜《李白三论》，《千年诗魂，蜀道李白：纪念李白诞辰一千三百周年李白诗歌研讨会论文集》，成都：四川大学出版社，2003 年；又见吴庚舜撰《元稹的思想》，董乃斌、吴庚舜主编《唐代文学史》下册，北京：人民文学出版社，1995 年，第 299—300 页。

李、杜二家，所谓异曲同工、殊途同归者，观其全诗可知矣。太白高逸，故其言纵恣不羁，飘飘然有遗世独立之意。子美沉郁，其言深切著明，往往穷极笔势，尽乎事之曲折而止。白之遇明皇也，出于特知，金銮召见，待以殊礼，虽遭谗毁，犹赐金遣归，得以遨游齐、鲁、吴、越之间，浮沉诗酒，放浪湖山，其诗多汗漫自适，近于佯狂玩世者。子美年将四十，始以献赋除官，其后崎岖兵间，穷愁蜀道；流离转徙，几不自存，故其发于声音者，多沉痛哀切之响。此二家之所以异也。

若其蒿目时政，忧心朝廷，凡祸乱之萌，善败之实，靡不托之歌谣，反复慨叹，以致其忠爱之志，其根于性情，而笃于君上者，按而稽之，固无不同矣。至于根本风骚，驰驱汉魏，撷六籍之菁华，扫五代之靡曼，词华炳蔚，照耀百世，两人又何以异哉！

论者不察，漫置轩轾于其间，是犹焦明已翔于寥廓，而罗者犹视夫薮泽也。善乎韩愈氏之言曰："李杜文章在，光焰万丈长，不知群儿愚，那用故谤伤，蚍蜉撼大树，可笑不自量。"彼元稹、苏轼、王安石之流，得无愧此言乎？太白尝言："齐梁以来，艳薄斯极，沈休文又尚以声律，将复古道，非我而谁？"故其所作，摆脱骈丽旧习，轶荡人群，上薄曹、刘，下凌沈、鲍，朱子以为圣于诗者，盖前贤亦重之矣。今略举两家之同异及其远大之旨，知太白之与子美，并称大家而无愧者如此。至有谓李、杜当日名相埒而相忌，其诗有交相讥者，此犹末流倾轧之心，不可以语君子之知交也。[①]

名为李白诗歌之序，实则兼论李、杜，相互对比，加以平衡，反对在李、杜之间强分优劣、漫置轩轾，并且通过异同的比较，凸显各自的风格和特色："太白高逸，故其言纵恣不羁，飘飘然有遗世独立之意。子美沉郁，其言深切著明，往往穷极笔势，尽乎事之曲折而止。"总体上认为，李、杜二人在诗歌史上异曲同工，殊途同归，且势均力敌，并称大家，可谓清代在这一公案上的官方定论。

近人论著在表述模式和研究方式的现代性转换背景之下，由传统诗话转向实证研究，从片段和点滴的感悟转向系统分析，既有判断亦重推证，不轻视直觉而更重理性分析，对此又有深入，著作方面有汪静之《李杜研究》（上海：商务印书馆，1928 年）等 17 部，论文方面，则有胡小石演讲、苏拯笔记《李杜诗之比较》（《国学丛刊》1924 年第 2 卷第 3 期）等 94 篇，作者基本涵括了民国以来的唐代文学研究的重量级专家和学者。可见从民国迄今，围绕李杜之争，引发了唐诗学界持续未断的讨论，不仅关涉李杜各自的接受史和研究史，同时也构成整个唐代文学研究一道别致的风景线。在这道风景线之外，本文拟进一步归纳综合，梳理分析，比较权衡，以略申己见。

---

① 爱新觉罗·弘历:《唐宋诗醇》各家小序,清乾隆十五年内府五色套印本。

二、操持事略齐

李杜能够齐名,不仅源于二人的真挚友谊,更因为他们在诗学理念和诗歌创作上多有同契,即晚唐李商隐《漫成五章》其二所云"李杜操持事略齐"①。在诗歌的艺术风格上,李杜同具一种壮丽飞动之美。与李杜同代的狂才任华,撰有《寄李白》和《寄杜拾遗》(见《全唐诗》卷二六一),前者称李白具"奔逸气""耸高格",后者则称杜甫诗具有"虎豹""蛟螭""沧海""华岳"般的壮丽,二者那种崇高壮丽的高逸之美是共通的,都表现出盛唐时代对昂扬奔放的个性的推崇,此即韩愈(768—825)《调张籍》一诗所表彰的"巨刃磨天扬"那样的气势之雄阔,"刺手拔鲸牙,举瓢酌天浆"那样的思致之壮美,以及《感春四首》其二所谓"近怜李杜无检束,烂漫长醉多文辞"②,白居易(772—846)《与元九书》所谓"诗之豪者,世称李杜"③,皇甫湜(777—835)《题浯溪石》所咏"李杜才海翻,高下非可概"④,张祜《叙诗》所咏"波澜到李杜,碧海东弥弥"⑤,后蜀韦縠《才调集·叙》所谓"李杜集……天海混茫,风流挺特"⑥,亦如杜牧(803—853)《冬至日寄小侄阿宜诗》所咏"李杜泛浩浩"⑦,司空图(837—908)《与王驾评诗》所云"宏思(肆)于李杜"⑧,欧阳修(1007—1072)《六一诗话》所云"李杜豪放之格"⑨,杨万里《予因集杜句跋杜诗呈监试谢昌国察院谢丈复集杜句见赠予以百家衣报之》所咏"谁登李杜坛,浩如海波翻"⑩,均可看出,在诗歌审美特征乃至诗学理念方面,李杜所具有的共同倾向。

20 世纪 50 年代,在探讨李白诗歌时,舒芜先生首次拈出"盛唐气象"一词,用来概括盛唐诗歌的精神面貌。⑪唐代社会以其强大的国力、广阔的疆土、开放的心态为底蕴,确实呈现出一种盛世的时代特征,因此"盛唐气象"又由一种诗歌特质,

① 刘学锴、余恕诚:《李商隐诗歌集解》,北京:中华书局,2013 年,第 1003 页。
② 方世举:《韩昌黎诗集编年笺注》,郝润华、丁俊丽整理,北京:中华书局,2012 年,第 188 页。
③ 谢思炜:《白居易文集校注》,北京:中华书局,2011 年,第 323 页。
④ 彭定求等编:《全唐诗》,北京:中华书局,1960 年,第 4151 页。
⑤ 陈尚君编:《全唐诗补编》上册,北京:中华书局,1992 年,第 216 页;尹占华:《张祜诗集校注》,兰州:甘肃文化出版社,1997 年,第 287 页。
⑥ 傅璇琮:《唐人选唐诗新编》,西安:陕西人民教育出版社,1996 年,第 691 页。
⑦ 何锡光:《樊川文集校注》,巴蜀书社 2007 年版,第 67 页。(换上古本)
⑧ 《司空表圣文集》卷一,《四部丛刊》影印旧抄本。
⑨ 何文焕辑:《历代诗话》,北京:中华书局,1981 年,第 67 页。
⑩ 辛更儒:《杨万里集笺校》卷一九,北京:中华书局,2007 年,第 957 页。
⑪ 舒芜在 1954 年 3 月 29 日《光明日报》上发表《关于李白》,首次使用"盛唐气象"这一概念(又见其《李白诗选》前言,北京:人民文学出版社,1954 年 8 月,第 8 页,末署"1953 年 7 月 10 日撰"),1954 年 10 月 17 日,林庚在同刊发表《诗人李白》,对"盛唐气象"进行理论上的探讨,四年后,林庚又发表《盛唐气象》(《北京大学学报(人文科学版)》1958 年第 2 期),"盛唐气象"由此进入学术研究视野,引发热烈持久的讨论。

扩展到整个文艺,乃至文采风流、恢宏壮阔的时代特征。这一时代特征,在李杜诗中有着最为鲜明的体现。而李杜诗所取得的辉煌成就,所提供的宝贵艺术实践经验,对后世诗歌影响无可替代,所以李杜自然被视为盛唐气象的代表或化身。有学者称,杜甫、李白等人"在'飞动'等题目之下,其实是未尝不可以视为一个文体、诗风的共同体的,某种意义上这是一种追求壮丽、壮美风格的时代风尚,与后人概括的'盛唐气象'尤有契合之处"①所言极是。而盛唐气象正是李杜壮丽飞动之美背后的内在源泉。

但值得辨析的是,李杜齐名,实际上是提高了杜甫的地位,因为当时杜甫年资、诗誉和声名皆逊于李白。在这个意义上,杜甫自己在《长沙送李十一衔》诗中所谓"李杜齐名真忝窃"②,如果用来指代与李衔齐名,在用典之余,或有"自谦"③,但如果加以引申,用来指代与李白齐名,实际上就不免会有高攀之意。南宋刘克庄《后村诗话》云:"甫、白真一行辈,而杜公云'李杜齐名真忝窃',其忠厚如此。"明人郑仲夔《玉麈新谭》云:"少陵诗'李杜齐名真忝窃',用范滂母'汝今得与李杜齐名,吾复何恨'语,范母特指李膺、杜密,少陵则借以自寓己与太白也。"④均将杜诗《长沙送李十一衔》中"李杜齐名真忝窃"的"李杜"视为李白、杜甫,亦有学者径将"李杜齐名真忝窃"作为杜甫生前即提到自己与李白齐名的证据。⑤这些恐怕都不妥。就算是言说"李杜齐名真忝窃"的对象李衔,是杜甫十二年前在西康州(即同谷)结识的老友,而那时杜甫对年长其十二岁的李白格外怀念,恐怕也无法将赠送李衔的"李杜齐名"移给李白。尽管李衔事迹别无可考,但他毕竟不是李白。有学者认为,李衔即杜甫秦州诗中出现的赞公之本名⑥,但证据尚不充分。还有学者认为,李衔即《积草岭》所云"邑有佳主人"之"佳主人",杜甫《同谷七歌》其六"山中儒生旧相识,但话宿昔伤怀抱"中的"山中儒生",也应是"避地西康州"的李衔⑦,这倒是有可能。

诗坛上真正值得信服的李杜齐名,当始于前引狂才任华所撰《寄李白》和《寄杜拾遗》,以风貌相近的长诗分别寄赠李白、杜甫二人,无形中昭示出李杜同尊并美的地位,陈尚君《杜诗早期流传考》即认为:"赠李杜二诗,题同,体同,遣词造句亦相

---

① 吴光兴:《八世纪诗风:探索唐诗史上"沈宋的世纪"》,北京:社会科学文献出版社,2013年,第174页。

② 杜甫:《长沙送李十一衔》《杜工部集》卷一八,大历四年或五年秋作于长沙。

③ 蔡梦弼:《杜工部草堂诗》卷三十八,古逸丛书覆宋麻沙本。卢元昌注《杜诗阐》卷三十三亦云:"子固李膺、李固,我非杜乔、杜密,从来李杜,本是齐名,今日齐名,诚为忝窃。"(清康熙二十一年刻本)

④ 郑仲夔:《玉麈新谭》卷六,明刻本。

⑤ 参见白旭:《试论李杜并称兼谈唐诗分期问题》,《安徽文学·下半月》2008年第2期。

⑥ 参见高天佑:《杜甫陇蜀纪行诗注析》,兰州:甘肃民族出版社,2002年;高天佑:《杜甫同谷诗"佳主人"新考》,张全新主编:《陇南文史》第7辑,兰州:甘肃人民出版社,2012年。

⑦ 参见刘雁翔:《杜甫陇上萍踪》,兰州:甘肃教育出版社,2014年,第112页。

类,为一时之作,可视作《旧唐书·杜甫传》'天宝末诗人李白与甫齐名'的佐证。"①
其《李杜齐名之形成》亦云:"明确将李白、杜甫拉到一起顶礼膜拜的是任华。"②而
吴光兴《李杜独尊与八世纪诗歌的价值重估》则认为:"这种推断是不可靠的,李杜
齐名应是指其作为一种诗歌理想的代表被发现而受尊崇,他们没有被作为普通诗
人而齐名的可能。作为一种新诗歌观念的重要主张,独尊李杜的理论论证,它的基
本条件是:诗歌风气需要改变,成为一种时代性的要求;李杜具备被阅读的条件,李
杜集开始行世;论证这一主张的理论基础已经成熟。这些条件的具备,大约在八九
十年代。所以,任华的评论最多只能被视为可能有过的并尊李杜的现存最早的个
人尝试。"③李杜作为一种诗歌典范是宋元以后的事,而李杜齐名并非出自某人(包
括杜甫本人)一厢情愿的臆构,实际上来自任华以降,元白和韩愈等中唐时期重量
级诗人的评说。

三、李杜之差异

李杜齐名并称的前提,即二者存在共性,但共性在这里或有偶然,而差异则是
必然的。任华之后,经过元稹、白居易对李杜的评说,以及权德舆、孟郊、皇甫湜、张
祜、杨凭、窦牟等人的称引,李杜齐名与优劣之争始终交织未定,至韩愈《调张籍》
等,并尊李杜的意见得以定调。"当李杜作为共同的风格被宣扬时,这表明一种诗
歌观念和理想还处在建立之中;而当论者开始分析李杜的不同特点时,其前担乃
是:作为典范,李杜独尊的局面已最终完全形成。这不仅事关李杜两位诗人的被接
受史和研究史,也不仅局限于唐诗学术史,在这一重大事件背后,影响诗史至巨的
诗歌观念正在完成其历史性的转变。8 世纪的两个普通诗人李白、杜甫,从 8、9 世
纪之交开始被推崇,至 11 世纪成为神圣权威,其间历时约三百年。"④李杜在世之
际,就皆不普通,但也均还没能真正地成仙为圣,从 8、9 世纪之交迄今,关于李杜的
差异,前人之说,涵盖思想个性、哲学取径、时代条件、生活理想、人生轨迹、际遇交
游,涉及文学思想、诗歌风貌、创作方法、艺术风格、表现手法、后世影响,概言之,李
杜分别代表着中华民族两个不同地域的文化系统。而在学术史上,从着眼李杜之
同,转到辨析李杜之异,意义重大。

巴蜀文化滋养下的李白(701—762),祖籍陇西成纪(今甘肃天水附近),先世于
隋末移居中亚碎叶城,李白就生在碎叶。五岁时随父迁居绵州(今四川江油)。李

---

① 陈尚君:《杜诗早期流传考》,《中国古典文学丛考》第一辑,上海:复旦大学出版社,1985 年,第 179
页,又收入陈尚君:《唐代文学丛考》,北京:中国社会科学出版社,1997 年,第 333 页。
② 陈尚君:《李杜齐名之形成》,《岭南学报》复刊号第一、二辑合刊,上海:上海古籍出版社,2015 年。
③ 吴光兴:《李杜独尊与八世纪诗歌的价值重估》,《文学遗产》1994 年第 3 期。
④ 吴光兴:《李杜独尊与八世纪诗歌的价值重估》,《文学遗产》1994 年第 3 期。

白幼时最原始的记忆就在这里,"五岁诵六甲,十岁观百家","十五好剑术","十五游神仙","十五观奇书,作赋凌相如。"二十岁前后游历成都、峨眉山,还在青城山隐居,种种经历对其思想性格的形成皆有深刻影响。李白实际上是以胡地的风气、胡化的气质和长江文明的气象,改造了盛唐的诗坛:一方面接受传统儒家思想;另一方面又具有浓厚的道家色彩。①

而在中原文化哺育下的杜甫(712—770),祖籍襄阳(今属湖北),后迁居巩县(今属河南),杜甫即生于此。杜甫基本上是中原文明或黄河文明的一个代表。杜甫的家庭有两个特点:一是"奉儒守官"②;二是"立功立言"。③这种家风对杜甫有很深的影响。他的父亲杜闲,曾任朝议大夫、兖州司马,终奉天令。祖父杜审言是修文馆学士,是闻名当时的大诗人,在格律诗成熟中起到关键性作用,所以杜甫说"诗是吾家事"(《宗武生日》),又自我夸耀"吾祖诗冠古"(《赠蜀僧闾丘师兄》)。加上杜甫的远祖杜预是"左传癖",远祖长于史,近祖长于诗,杜氏家族与中原地域的文化基因,一远一近,一史一诗,构成纵横开阖的双轴,深深植入杜甫的早期记忆,印记于杜甫诗性思维的深处,并深刻影响了他的终生,而李白则是用胡地的气质和长江的气质,来丰富和改造中原文坛。

宋人葛立方(1098—1164)《韵语阳秋》卷一云:"杜甫、李白以诗齐名,韩退之云:'李杜文章在,光焰万丈长。'似未易以优劣也。然杜诗思苦而语奇,李诗思疾而语豪。"④韩国学者金万重(1637—1692)《西浦漫笔》云:"李、杜齐名,而唐以来文人左右祖者,杜居七、八。白乐天、元微之、王介甫及江西一派并尊杜。欧阳永叔、朱晦庵、杨用修右李。韩退之、苏子瞻并尊者也。若明弘、嘉诸公,固亦并尊,而观其旨意,率皆偏向少陵耳。诗道至少陵而大成,古今推而为大家无异论,李固不得与也。然物到盛便有衰意,邵子曰:'看花须看未开时'。李如花之始开,杜如尽开。"⑤清人齐召南(1703—1768)《李太白集辑注序》亦云:"至李杜,齐名方驾,一如飞行绝迹,乘云取风之仙,一如万象不同,化工肖物之圣。"⑥皆道出李、杜齐名但各有所长。明代杨慎(1488—1559)《升庵诗话》卷十一云:"杨诚斋云:'李太白之诗,列子之御风也。杜少陵之诗,灵均之乘桂舟驾玉车也。无待者,神于诗者与?有待而未尝有待者,圣于诗者与?宋则东坡似太白,山谷似少陵。'徐仲车云:'太白之

---

① 正如李白在《代寿山答孟少府移文书》中所说:"奋其智能,愿为辅弼,使寰区大定,海县清一。事君之道成,荣亲之义毕,然后与陶朱、留侯,浮五湖,戏沧洲,不足为难矣!"

② 杜甫:《进雕赋表》,《全唐文》卷三五九,上海:上海古籍出版社,1983年,第 页。

③ 杜甫十三世祖杜预,明代佚名《韬略世法存·新编八十六朝名将》(明崇祯刻本)卷一载其语曰:"(杜)预博学明废兴之道,尝言:'立德不可企及,立功立言,其庶几也。'"

④ 何文焕辑:《历代诗话》,北京:中华书局,1981年,第486页。

⑤ 邝健行、陈永明、吴淑钿选编:《韩国诗话中论中国诗资料选粹》,北京:中华书局,2002年,第149页。

⑥ 王琦辑注:《李太白全集》,北京:中华书局,1977年,第1681页。又见阮葵生辑:《七录斋文钞》卷四,清刻本。

诗,神鹰瞥汉;少陵之诗,骏马绝尘。'二公之评,意同而语亦相近。余谓太白诗,仙翁剑客之语;少陵诗,雅士骚人之词。比之文,太白则《史记》,少陵则《汉书》也。"①这一见解也很独到,并无轩轾,值得重视。近人曾毅(1879—1950)《中国文学史》还分析说:

> 李杜二人,时同境同,交情颇密,而其性行、其思想、其文章,则各擅其胜,亦一奇也。李受南方感化,杜受北方感化。李之品如仙,杜之品如圣。李出世,杜入世。李理想派也,杜实际派也。李受道家之影响,杜本儒教之见地。李如李广,杜如孙吴。李以才胜,杜以学胜。李豪于情,杜笃于生。李斗酒百篇,有挥洒自如之概;杜读书万卷,极沉郁顿挫之观。彼海阔天空而乐自然,此每饭不忘而泣时事。彼为智者乐水,此为仁者乐山。二者殆不易轩轾也。②

剖析李杜差异,所言大致切当。而《订正中国文学史》又将"李如李广,杜如孙吴"改为"李如李广,杜如程不识"。溯其源,即清人乔亿《剑溪说诗》所云:"太白诗法,齐尚父、淮阴之兵法也;少陵诗法,孙吴之兵法也。以同时将略论,在汉,李则飞将军,杜则程不识;在唐,李则汾阳王,杜则李临淮。然则李愈与?曰:杜犹节制之师,百世之常法。"③而再溯其始,则为严羽《沧浪诗话》所云"少陵诗法如孙吴,太白诗法如李广,少陵如节制之师"④。

《订正中国文学史》又补充道:"杜集中赠李白诗最多,而李集之与杜者较少,后人祖比之不同,遂生李杜相轻之说,谓李有'饭颗山头'之句,乃讥杜之苦吟,杜有'重与细论文'之言,亦诮李之疏失,皆所谓臆逞也。'无敌'之称,何如其推服,'凉风'之什,'死别'之篇,何如其伤惋。而李于杜之怀想,亦极浓,至《沙丘城下寄杜甫》云:'我来竟何事,高卧沙丘城。城边有古树,月夕运秋声。鲁酒不可醉,齐歌空复情。思君若汶水,浩荡寄南征。'又《尧祠赠杜补阙》云:'我觉秋兴逸,谁言秋气悲。山将落日去,水与晴空宜。云归沧海少,雁度青天迟。相失各万里,茫然空尔

---

① 杨慎:《升庵诗话》,《历代诗话续编》,北京:中华书局,2010年,第850页;杨诚斋语,见杨万里《诚斋集》卷八十《江西宗派诗序》。徐积,字仲车,其《节孝先生集》卷一《李太白杂言》诗有"人生胡用自缧绁,当须荦荦不可羁。乃知公是真英物,万叠秋山耸清骨。当时杜甫亦能诗,恰如老骥追霜鹘"等论李杜之语。升庵所引,不见今存本其集。"神鹰",仇兆鳌注《杜诗详注》卷一《春日忆李白》诗注引作"饥鹰"。

② 曾毅:《中国文学史》,上海:泰东图书局,1915年,第154页。

③ 乔亿:《剑溪说诗》卷下,《清诗话续编》,上海:上海古籍出版社,1983年,第1118页。

④ 严羽:《沧浪诗话·诗评》,郭绍虞《沧浪诗话校释》,北京:人民文学出版社,1998年,第170页。

思.'此首宋洪驹父《诗话》称引之,审此,足知浅人之为妄庸矣。"①在以上辨析李杜并无相轻的前提下,又从李杜在后代接受的角度提出:"后代诗人,多自其渊源以出,其居文学上之位置,较李尤极要也。"②

尽管李、杜二人的年龄只相差十二岁,他们也都经历过唐王朝的全盛时代和由盛入衰的安史之乱,但一个崇道,一个尊儒。而李杜诗歌上的差异,更是由各自取法的对象造成的,他们的诗歌虽然都是荟萃前人之成就,但取径和渊源各自不同。宋人张戒《岁寒堂诗话》卷下谓:"杜子美、李太白,才气虽不相上下,而子美独得圣人删诗之本旨,与《三百五篇》无异,此则太白所无也。"③严羽《沧浪诗话·诗评》则云:"少陵诗,宪章汉魏而取材于六朝。至其自得之妙,则前辈所谓集大成者也。"④元人傅若金(1303—1342)《诗法正论》云:

> 唐海宇一,而文运兴,于是李、杜出焉。太白曰:"大雅久不作",子美曰:"恐与齐梁作后尘",其感慨之意深矣。太白天才放逸,故其诗自为一家;子美学优才赡,故其诗兼备众体,而述纲常、系风教之作为多;《三百篇》以后之诗,而子美为其大成者也。⑤

明人于慎行(1545—1608)《穀山笔麈》云:

> 李诗放而实谨严,不失矩矱;杜诗似严而实跌宕,不拘绳尺,细读之可知也。然皆从学问中来:杜出六经、班汉、《文选》而能变化,不露斧痕;李出《离骚》、古乐府而未免依傍耳。⑥

明人刘世教《合刻李杜分体全集序》则云:

> 自《三百篇》后,学士大夫称诗之盛,前无逾汉,而后宜莫唐。若开元、天宝间陇西、襄阳二先生出,遂穷诗律之能事,观于是止矣。是二先生者,其雄材命世同,其横绝来祀同,弗得志又无弗同。顾千载而下,使人披其编,想见其为人,若陇西不胜乐,而襄阳不胜忧者,何也? 陇西趋《风》,《风》故荡駃,出于情

---

① 按,段成式《酉阳杂俎》前集卷一二:"众言李白唯戏杜考功'饭颗山头'之句,成式偶见李白《祠亭上宴别杜考功》诗,今录首尾曰……"虽误称杜工部为"杜考功",而诗即《尧祠赠杜补阙》,惟李、杜同游齐鲁时,杜尚未仕,后亦未官补阙,故仇兆鳌注《杜诗详注》卷一云:"段成式《酉阳杂俎》谓杜补阙即杜子美,公此诗用李诗迟字以和之。其说非也。公遇李时尚为布衣,其授拾遗,在至德、乾元间。且补阙、拾遗,官衔不同,岂可强作傅会耶"(仇兆鳌注《杜诗详注》,北京:中华书局,1979 年,第 51 页)郭沫若《李白与杜甫》则云:"诗题应该是《秋日鲁郡尧祠亭上宴别杜甫兼示范府御》。'兼示'二字,抄本或刊本或缺,后人注以'阙'字,其后窜入正文,妄作聪明者乃益'甫'为'补'而成'补阙'。"可备一说。
② 曾毅:《订正中国文学史》,上海:泰东书局,1930 年,第 30 页。
③ 张戒:《岁寒堂诗话》,《历代诗话续编》,北京:中华书局,2010 年,第 469 页。
④ 郭绍虞:《沧浪诗话校释》,北京:人民文学出版社,1998 年,第 171 页。
⑤ 傅若金:《诗法正论》,胡文焕辑:《格致丛书》,明万历三十一年。
⑥ 于慎行:《穀山笔麈》卷八,吕景琳点校本,北京:中华书局,1984 年,第 87 页。

之极,而以辞群者也;襄阳趋《雅》,《雅》故沉郁,入于情之极,而以辞怨者也。趋若异而轨无勿同,故无有能轩轾之者。①

清人乔亿(1701—1788)《剑溪说诗》又云:

> 杜子美原本经史,诗体专是赋,故多切实之语;李太白枕藉庄骚,长于比兴,故多惝恍之词。②

清代四库馆臣所撰《御选唐宋诗醇》提要断曰:

> 盖李白源出《离骚》,而才华超妙,为唐人第一;杜甫源出于《国风》、二雅,而性情真挚,亦为唐人第一。自是而外。③

以上宋元明清几代评家追源之议,皆已搔到痒处,然犹可细论。在文学史上,以《诗经》为代表的诗歌传统,注重写实,多写日常感受;以《楚辞》为代表的诗歌传统,则注重想象,展开虚构情境。诚如上引《御选唐宋诗醇》提要所云,李杜分承风骚,正自有日常与风流之异,李白更侧重感发情兴,杜甫则侧重描绘家常。李白以《庄子》和《楚辞》为源头,《文选》亦为李白诗歌的重要渊源,李白三拟《文选》,朱熹云:"李太白始终学《选》诗,所以好;杜子美诗好者亦多是效《选》诗,渐放手,夔州诸诗则不然也。"④杜甫诗所谓"集大成"者,不偏取一家,而是博采兼取,深求其理而不师其貌,往往浑成无迹,"如蜂采百花以酿蜜,不能别蜜味为某花也。如秦人销天下兵器为金人十二,不能别金人之头面手足为某兵器也;合众体以成一子美,要亦得其自体而已"。⑤但细按之,《诗经》、汉魏乐府的表现手法,如对话、比兴、叠字、民谣、叙事等,时见继承和学习的痕迹。而齐梁之华美细致,也不偏废,既别裁伪体,又取其清词丽句;既能学习阴铿、何逊山水诗的苦心构思,又能从庾信的暮年诗赋中找到表现悲凉萧瑟心境的知音,最终形成了其博大精深的特色。⑥

李、杜这两座并峙的高峰,同时也构成唐诗的分野。两人都融会了盛唐诗的表现艺术,擅长各种诗体,但个性、取向和风格迥异,代表着中国诗歌史上两种互成对照的审美取向,交相辉映,难分轩轾。李白写愁,白发被变长"白发三千丈,缘愁似个长",一派前盛唐的文采风流,精神自由,意气风发。愁亦愁得匪夷所思,愁得有前盛唐之魄力。杜甫写愁,白发被变短"白头搔更短,浑欲不胜簪",一派后盛唐的沉痛婉转,锤炼精纯,顿现王朝盛极而衰造成沉郁和深刻的命运感,正前人所谓"杜

---

① 王琦辑注:《李太白全集》,北京:中华书局,1977年,第1516页。
② 乔亿:《剑溪说诗》卷下,《清诗话续编》,上海:上海古籍出版社,1983年,第1087页。
③ 《四库全书总目》卷一九〇集,清乾隆武英殿刻本。
④ 黎靖德编:《朱子语类》卷一四〇,第8册,北京:中华书局,1986年,第3324页。
⑤ 贺贻孙:《诗筏》,《清诗话续编》,第179页。
⑥ 参见蒋寅主编:《中国古代文学通论·隋唐五代卷》,沈阳:辽宁人民出版社,2005年,第71页。

诗锤炼精纯,李诗潇洒落拓"①。李诗不假人工,如行云流水,飘逸豪放,壮浪纵恣,是后人难以再现的天才之美、自然之美;而杜诗沉郁顿挫、深刻悲壮、高大深神、气势磅礴,但却已经严格收纳在工整的音律节奏中,抑扬呼照,皆合于规矩绳墨,更偏于一种人工之美、艺术之美。②正如严羽《沧浪诗话》所说:"子美不能为太白之飘逸,太白不能为子美之沉郁。"③明代胡应麟《诗薮》所云:"李杜二家,其才本无优劣,但工部体裁明密,有法可寻;青莲兴会标举,非学可至"④"李声价重生前,杜誉望隆身后。"⑤王稚登《合刻李杜诗集序》所言:"闻诸言诗者,有云供奉之诗仙,拾遗之诗圣,圣可学,仙不可学,亦犹禅人所谓顿渐,李顿而杜乃渐也。"⑥其《李翰林分体全集序》亦云:"李盖天授,杜由人力,轨辙合迹,鞍辔异趋,如禅宗有顿有渐。"⑦清代仇兆鳌《杜诗详注·进书表》则云:"至开、宝右文之时,蔚起人材,挺生李、杜。李豪放而才由天授,杜混茫而性以学成。"⑧黄子云《野鸿诗的》亦称:"太白以天资胜,下笔敏速,时有神来之句,而粗略浅率处亦在此。少陵以学力胜,下笔精详,无非情挚之词。"⑨故李白诗风在歌行中臻于佳境,杜甫诗风在律诗中达到极致。李白笔力变化在声调和辞藻,杜甫笔力变化在立意和格式;李白诗清浅自然,杜甫诗凝重精深。

"至唐以李杜鸣,然李以气韵雄,杜以研深胜。"⑩李诗集中体现了盛唐清新和豪放这两大类风格,其诗境既具有"天与俱高,青且无际"的美感,⑪又有"清水出芙

---

① 沈复:《浮生六记》,俞平伯点校本,北京:人民文学出版社,1980年,第4页。又见王蕴章:《然脂馀韵》卷一,《民国诗话丛编》第五册,第14页。

② 参见陈才智:《杜甫诗歌的审美品格》,《沈阳师范大学学报(社会科学版)》1997年第1期。

③ 何文焕辑:《历代诗话》,北京:中华书局,1981年,第697页。

④ 李少白《竹溪诗话》(光绪三年冬家刊巾箱本)论李杜诗各取其长,亦引胡应麟此言,谓李杜二家分言之则一高一大,合言之则高者必大,大者必高,偏李偏杜,俱在所不。明佚名云:"李太白才气高迈,故其诗多是乘兴而成,清丽痛快,洒落有馀,而沉郁顿挫处却不足;杜子美工夫缜密,故其诗多是乘兴而成,穷达悲欢,各尽其趣,庄重典雅,山野富丽,浓厚纤巧,随其所遇,各造其极。后之人学杜不成,犹在法度之内,所谓刻鹄不成,尚类鹜者也;学李不成,出外规矩之外,所谓画虎不成,及类狗也。"《永乐大典》卷八二三引《编类》,翼勤:《金元明人论杜甫》,北京:商务印书馆,2014年,第102—103页。

⑤ 胡应麟:《诗薮》外编卷四,王国安校补本,第190页。

⑥ 王琦辑注:《李太白全集》,北京:中华书局,1977年,第1514页。潘德舆:《养一斋李杜诗话》卷一,引王百谷(即王稚登)语略云:"李诗仙,杜诗圣;圣可学,仙不可学矣。"(《清诗话续编》,上海:上海古籍出版社,1983年,第2169页)

⑦ 《合刻分体李杜全集》卷首,明万历四十年刘世教刻本。

⑧ 仇兆鳌注:《杜诗详注》,北京:中华书局,1979年,第2351页。

⑨ 黄子云:《野鸿诗的》,王夫之等撰:《清诗话》,第863页。

⑩ 魏宪:《百名家诗选》卷三六傅为霖小引。

⑪ 计有功:《唐诗纪事》卷四五:"(张)碧,字太碧,贞元中人。自序其诗云:碧尝读李长吉集,谓春拆红翠,霹开蛰户,其奇峭者不可及也。及览李太白词,天与俱高,青且无际,鹏触巨海,澜涛怒翻。"(王仲镛:《唐诗纪事校笺》,北京:中华书局,2017年,第1543页)

蓉,天然去雕饰"那种明丽与天然的风格。杜甫则"尽得古今之体势,而兼人人所独专"[1],且"穷高妙之格,极豪迈之气,包冲澹之趣,兼峻洁之姿,备藻丽之态,而诸家之作,所不及焉"[2]。若从诗歌形式的完备以及对后世的影响而论,杜诗海涵地负,千汇万状,确实略胜一筹。杜诗不仅包有盛唐豪放和清新两类风格,而且集六朝盛唐之大成,更兼备古今各种体势。除了沉郁顿挫以外,杜诗还有多种风格,"或清新,或奔放,或恬淡,或华赡,或古朴,或质拙,并不总是一副面孔,一种格调"[3]。笔者曾论杜诗具有壮美沉郁、慷慨悲歌、高大深神等审美品格,认为杜诗从心所欲不逾矩,内容与形式严格结合统一,保留了盛唐时代的雄豪壮伟,只是加上了形式上的约束规范,开辟并确立了崭新的盛唐美学风貌。[4]可以补充的是,李白和杜甫以各自不同的文化基因,及各自不同的个性风采,代表着中国诗歌的两大美学形态,树立起两座千古共仰的诗歌高峰。正如胡应麟《诗薮》所云:

> 李、杜才气格调,古体歌行,大概相埒。李偏工独至者绝句,杜穷变极化者律诗。言体格,则绝句不若律诗之大;论结撰,则律诗倍于绝句之难。然李近体足自名家,杜诸绝殊寡入彀。截长补短,盖亦相当。惟长篇叙事,古今子美。故元、白论咸主此,第非究竟公案。[5]

以李白为代表的盛唐诗人,善于生发对大自然的妙悟与兴会,描绘和表现世上可视可听、可用常情来理解的事物,其后登上诗坛的杜甫,则意识到诗歌要向前发展,必须超出这种常理,去探索那些"不可名言之理,不可施见之事,不可径达之情"[6]。他的景物描写往往超出可视可听的界线,捕捉潜意识和直觉印象,寄托蒙眬的预感,表现更深一层的内心感觉。盛唐诗人的艺术表现虽然丰富,但技巧手法却服从于浑然一体的艺术境界。杜甫则在大量抒写日常生活情趣的小诗中,非常注重构思、立意及技巧的变化,为后人开出不少表现艺术的法门。[7]明人蔡献臣《读李杜诗放歌》所云:"天仙吐出自超超,呼吸沆瀣凌紫霄。眼前光景口头话,尽是诗家白描画。君不见青莲一斗百篇俱,杜陵光铓万丈余。"[8]其中"天仙吐出自超超,呼吸沆瀣凌紫霄",正是诗仙式样的妙悟与兴会,而"眼前光景口头话,尽是诗家白描画"则从风流转向了日常,从天上转向了人间。因此,李杜从齐名而至异同之辨

---

① 元稹:《唐故工部员外郎杜君墓系铭》,《元氏长庆集》卷五六。
② 秦观:《韩愈论》,《淮海集》卷二二。
③ 陈贻焮:《不废江河万古流——纪念伟大诗人杜甫诞生 1270 周年》,《论诗杂著》,北京:北京大学出版社,1989 年,第 202—210 页。
④ 陈才智:《杜甫诗歌的审美品格》,《沈阳师范大学学报(社会科学版)》1997 年第 1 期。
⑤ 胡应麟:《诗薮》内编卷四,第 69 页。
⑥ 叶燮:《原诗·内篇下》,《清诗话》,上海:上海古籍出版社,1978 年,第 587 页。
⑦ 参见蒋寅主编:《中国古代文学通论·隋唐五代卷》,沈阳:辽宁人民出版社,2005 年,第 74 页。
⑧ 蔡献臣:《清白堂稿》卷十二上,明崇祯刻本。

的意义就在于，在中华诗坛之上，继李白的风流之后，杜甫开辟出日常的新天地，由此在诗歌史上树立起后世学习的典范。

四、垂范之意义

李白和杜甫皆有各自垂范后世的影响史和接受史，这里要谈的是从李杜齐名至优劣之争、再到后世异同之辨，在诗歌史上的垂范意义。常言道，天无二日，而文无第一，但异同之辨，倒是哲学的根本性命题。先来看冯班（1604—1671）的两则议论，其《钝吟杂录》卷五"严氏纠谬·元和体"条云："大历之时，李、杜诗格未行，至元和、长庆始变，此亦文字一大关也。"①其《钝吟杂录》卷七"诫子帖·与瞿邻凫"条又曰：

> 诗至贞元、长庆，古今一大变，李、杜始重。元、白，学杜者也。元相时有学太白处。韩门诸君兼学李、杜。韦左司自是古诗，与一时文体迥异。大略六朝旧格，至此尽矣。李玉溪全法杜，文字血脉却与齐梁人相接。温全学太白，五言律多名句，亦李法也。②

此前，钱谦益（1582—1644）《周元亮赖古堂合刻序》亦曾云："唐之李、杜，光芒万丈，放而为昌黎，达而为乐天，丽而为义山，谲而为长吉，穷而为昭谏，诡诙暴兀而为卢同、刘叉，莫不有物焉。"③可见，从垂范后世的角度来看，李杜之同，在界划中唐之变；李杜之异，则在影响元和时代以后中晚唐诗歌的不同取径。"李杜文章已不同，元和体格竟争雄"④。与唐代其他一时齐名者不同，从垂范后世的角度讲，李杜之异远大于李杜之同，此即清人贺贻孙（1605—1688）《诗筏》所云：

> 同时齐名者，往往同调。如沈宋、高岑、王孟、钱刘、元白、温李之类，不独习尚切劘使然，而气运所致，亦有不期同而同者。独李、杜两人，分道扬镳，并驱中原，而音调相去远甚。盖一代英绝，领袖群豪，坛坫设施，各有不同，即气运且不得转移升降之，区区习尚，何足云乎！⑤

确实，同代齐名往往源自习尚切劘，出于气运所致，惟李杜之坛坫设施，各有不同，难以并称。王士禛亦云："钟退谷惺论高、岑云：'唐人如沈宋、王孟、李杜、

① 冯班：《钝吟杂录》卷五"严氏纠谬"，《丛书集成初编》第223册，第68页。参见郭绍虞：《沧浪诗话校释》，北京：人民文学出版社，1998年，第286页；胡才甫：《沧浪诗话笺注》，北京：中华书局，1937年，第45页。
② 冯班：《钝吟杂录》卷七"诫子帖"，第93页。
③ 周元亮：《赖古堂集》，黄曙辉编，李花蕾点校，上海：华东师范大学出版社，2014年，第7页。
④ 惠周惕：《题江东册子唐礼部实君》，《砚溪先生集·呓语集》，《续修四库全书》影印清康熙惠氏红豆斋刻本。
⑤ 《清诗话续编》，上海：上海古籍出版社，1983年，第142页。

钱刘,虽两人并称,皆有不能强同处,惟高、岑心手如出一人。'此语谬矣。所举数家,惟李、杜门庭判然,其他皆不甚相远。推而至于元白、张王、温李、皮陆之流,莫不皆然。"①田雯(1635—1704)《论诗》亦云:"自苏、李以来,古之诗人各有匹耦。然李、杜并称,其境大异。王、孟则同矣,皮、陆又同矣,韦、柳又同矣,刘、许又同矣。"②

今天看来,在盛唐诗坛乃至全部中国诗歌史上,李白和杜甫是被后人公认为并尊而不可偏废的两颗巨星。李白和杜甫各自以其鲜明的艺术个性和巨大的创造力发展了唐诗,难辨日月,共辉大唐,因此宋代即有李杜之合称。③世人熟知的四川绵阳之李杜祠,今存者为清光绪二十六年(1900)绵州拔贡吴朝品修建,或云乃国内唯一的李、杜合祀一祠之纪念地。其实,甘肃天水亦有李杜祠,在西北天靖山上的玉泉观内,又称大雅堂,明嘉靖时始建,惜于20世纪60年代损毁。所幸尚有清人诗咏,聊可怀思。④杨恩《李杜祠》诗云:"吁嗟天水一抔土,两贤遗迹留今古。磊落崎嵚千载人,流离奔走一生苦。淋漓醉墨帝王前,怨起《清平》第二篇。言路岂能留暗相,覆师不见涛斜川。祸福自掇宁自保,当时无乃惑草草。失脚千重云雾深,去国一日乾坤老。蜀道崎岖走欲僵,何日金鸡下夜郎。耒阳县外船难进,采石江头事可伤。当时不得一日乐,后世徒瞻万丈光。秦川城下聊回步,手拂尘埃开像塑。安知天靖山头今日祠,不是二贤昔日经行处。并袂联榻俨若生,安得杯酒一相赓?瓣香拜罢高回首,满目山川无限情。"⑤正如陇山之分水岭地位,乾元二年(759)的陇右之行,亦老杜人生与诗境之拐点,而杜诗言及李白凡十四处,其中秦州所作尤伙,包括《梦李白二首》《天末怀李白》《寄李十二白二十韵》,这是除二人相见同游之外,杜甫最为集中的交游性创作,这不能不令人才想起,李白即陇西成纪(今天水秦安)人也,杜甫从李白的祖籍秦州开始,经同谷入川,经行的很可能也是李白当年随家人入蜀的路线,此正清人蒋薰《李杜祠》诗所谓:"陇西旧是翰林地,工部诗篇流寓多。天靖山头共颜色,屋梁落月夜如何。"⑥李杜在天水的交叉叠合,提醒我们,第一,李杜齐名,与杜甫以秦州诗为重心的对好兄长李白的怀思、追慕、推尊和全方位叙写有着密切的关系;第二,万丈文焰与千秋诗光,不会因为后世的人为建构而黯淡或走样。清人卢綋《选李杜诗集漫题》说得好:

① 《居易录》卷二一,《文渊阁四库全书》本;又见《带经堂诗话》卷一品藻,夏闳(戴鸿森)校点本,北京:人民文学出版社,1963年,第39页。
② 田雯:《论诗》,《文渊阁四库全书》本《古欢堂集杂著》卷一。
③ 祝穆撰、祝洙增订:《方舆胜览》,施和金点校,北京:中华书局,2003年,第1168页。
④ 清顺治间,李杜祠堂旁,还有诗人宋琬驻节秦州时,于顺治十二年(1655)主持刊刻的二妙轩碑,集王羲之、王献之诸家之法书,刊杜甫陇右诗60首。今已重建于南郭寺的杜少陵祠。参见汪超:《杜甫遗迹研究》,北京:中国社会科学出版社,2021年,第68—77页。
⑤ 王琦辑注:《李太白全集》,北京:中华书局,1977年,第1678页。
⑥ 蒋薰:《留素堂诗删》卷一塞翁编,清康熙刻本。

　　李杜原齐驾，难将伯仲评。清狂凭酒寄，牢壮本忧生。固是仙才绝，应推诗史精。少陵兼古律，供奉妙歌行。诸体咸遵胜，奇光总善惊。居然高气格，何止备声情。千载骚坛重，当时禄秩轻。漫云诗选士，偏此漏科名。①

　　说到"千载骚坛重，当时禄秩轻"，确实如此，又不仅如此。在当时，尽管李白诗名显于盛唐，但王维才是盛唐主流诗坛的代表。②低调一些的说法，也是李白差可与王维齐名盛唐。而杜甫成名则较晚，盛唐时不显，安史之乱入蜀后，方受到有限的赞赏，在读者数量和接受地域方面，还远达不到与李白齐名。在这一意义上讲，李杜齐名带有偶然性；但从诗史上看，李杜之争所代表的才气与学力之别、风流与日常之转折，却具有深刻的必然性。因为诗歌史兼含创作史与接受史，与创作史不同，接受史更多与后世之建构相关，其"吊诡"之处在于，有时会将明明差别很大、难以同日而语者，如年差十二岁的李、杜，在放大和放远的诗歌史平台之上加以并称，建构起新的审美意义上的齐名和同尊。其因缘，即一方来自江陵的墓志，与一封来自江州的书信，偶然开启了李杜优劣之辨。而后世文献中，常见的元白与李杜对仗或联称，却绝非偶然，元白能与李杜并肩而立，绝非沾了李杜的光，其实与元白所建构的李杜齐名并称密切相关。另一个契机，或者说幸运的是，在中唐时代，因为韩愈与元白诗派在诗学观念上的差异和竞争，引发出论争李杜优劣的公案，这一契机才成就了中国诗歌史上的由齐名至互争到互补的两大新典范，也直接导致诗坛谱序的重新书写。从此，在诗歌创作上，后世诗人根据自己的诗学志趣、时代需要、个性爱好，在李白那种飞扬的自由、杜甫那样精严的规矩之间，做出自己的选择。而诗歌批评史和接受史这一边，评论者和接受者逐渐由抑扬或优劣，走向调和与并尊，认识到：从发展的、整体的立场上看，与其扬此抑彼，轩轾偏爱，不如合而观之，兼容并包；从二者不同诗学方式的比较中，以更为开阔的文化视野，寻绎中国诗歌美学的兼容广大之道。

　　总之，今日看来，李杜宜辨异同，而难争高下。同者，李杜诗歌均集中体现出盛唐诗人心胸宽广、积极进取的精神面貌和时代性格，表达了同时代诗人济苍生、安社稷、以天下为己任的共同理想，在追求功业的现实中所产生的不平之气。他们通过各自的遭际加深了对现实的认识，在天宝至安史之乱以后的诗坛上，揭示出严重的政治危机，反映出安史之乱前后广阔的社会生活和历史背景，以深刻博大的内容提高了盛唐诗的思想境界。异者，李白诗的主导风格，形成于大唐帝国最为辉煌的年代，以抒发个人情怀为中心，咏唱对自由人生的渴望与追求，气度风流，一泻千里，成为其显著特征。而杜甫诗的主导风格，却是在安史之乱的前夕开始形成，而

---

① 卢兹：《四照堂诗集》卷四，清康熙汲古阁刻本。
② 参见陈才智：《历史选择了王维》，《博览群书》2018 年第 8 期。

滋长于其后数十年天下瓦解、遍地哀号的苦难之中,在艺术上千汇万状,笔触更加走向日常。两人虽然都是荟萃前人,但渊源不同。两座并峙的高峰,同时也构成唐诗的分野,在风流与日常的不同流脉下,对后世产生不同的垂范意义。

杜甫的儒学意识

——以典故用法为线索

［日］佐藤浩一

东海大学

一、问题的所在

与"杜预①、杜审言"同样对杜甫影响颇深的另一位人物，就是其姑母万年县君京兆杜氏。杜甫自幼丧母，姑母"京兆杜氏"代其母照顾杜甫的生活。天宝元年（742），杜甫 31 岁时，姑母京兆杜氏去世。杜甫为这位给予他无私之爱的姑母，写了墓志铭《唐故万年县君京兆杜氏墓志》，以报答她的恩情。笔者以前②提到过这篇墓志铭的问题：

---

① 笔者关于杜甫受杜预影响的问题作过论考。参见［日］佐藤浩一：《杜甫〈祭远祖当阳君文〉探微》，《唐代文学研究》2010 年第 13 辑。原载《早稻田大学文学研究科纪要》第 45 辑第 2 分册。

在祭祀自己甚为敬爱的远祖——杜预——的这篇文章中，杜甫言道"峻极于天，神有所降"。这句话出典于《诗经·大雅·嵩高》中的"嵩高维岳，骏极于天。维岳降神、生甫及申。维申及甫、维周之翰"。这首《嵩高》记述了得灵气降生的贤人——甫公——的事迹。不难推测，杜甫正是以这位甫公来自比。如下：

贤人	先祖	作为臣下的作用	山岳
甫侯	伯夷	周王室的栋梁	嵩山（岳神伯夷）
杜甫	杜预	唐王室的栋梁	首阳山（伯夷叔齐）

杜甫本人意识到，与甫公得伯夷灵气降生同样，他也是得杜预灵气，为成为唐王室的栋梁而降生的。也就是说，这篇祭文既是对甚为敬爱的杜预的赞辞，同时，也包含着对自己才能颇为自信的杜甫，立志成为唐王室栋梁的决心。

其他的最近研究，胡可先先生的《杜甫的家世——家学与家风》（《杜甫研究学刊》2018 年第 4 期）可以参考阅读。

② 参见［日］佐藤浩一：《杜甫的"义姑"京兆杜氏—— 以唐故万年县君京兆杜氏墓志铭为中心》，《杜甫研究学刊》2002 年第 4 期。

第一，杜甫并不绝对重视文饰。在墓志铭中，杜甫说："是以举兹一隅，昭彼百行，铭而不韵，盖情至无文。其词曰，呜呼有唐义姑，京兆杜氏之墓。"这反映了杜甫不重视文饰的态度。"姑"（平声）和"墓"（去声）在中古的声调不同，所以杜甫不将其看作押韵，这是基于"丧言不文（居丧期间言辞要朴质）"的认识。

第二，虽然杜甫自己表明了这样的态度，但是仔细分析，可以发现这篇墓志铭还是含有相当的文饰成分。比如，"姑"和"墓"虽然其中古的声调不同，但上古时，这两个字同属于"鱼"部。另外还有其他之例。所以，并不像杜甫自己所说的那么"不韵"或"无文"。

第三，看得出杜甫的佛教渊源。在墓志铭里杜甫写道姑母信奉佛教，而且她以自己儿子为牺牲保护了杜甫。杜甫也在其晚年咏了与其姑母的自我牺牲精神相关联的诗作①。

本稿想就第四个观点，以典故用法为线索来精读这篇墓志铭，考察杜甫的儒学意识。这篇墓志写着姑母为了救杜甫的命而牺牲了自己儿子。以现代的道德观来说，很多现代人应该不认为这个插话是美谈，甚至一些专家也没注意到这个插话的核心。但是，无论这个插话是否美谈，如果不提到儒学意识，就不能理解其表现意图。

二、典故的《列女传》鲁义姑

《唐故万年县君京兆杜氏墓志》如下结束：

> 甫昔卧病于我诸姑，姑之子又病间，女巫至，曰："处楹之东南隅者吉。"姑遂易子之地以安我，我是用存，而姑之子卒，后乃知之于走使。甫常有说于人，客将出涕感者久之，相与定谥曰义。君子以为鲁义姑者，遇暴客于郊，抱其所携，弃其所抱，以割私爱，县君有焉。是以举兹一隅，昭彼百行，铭而不韵，盖情至无文。其词曰：呜呼，有唐义姑京兆杜氏之墓。

小时候杜甫卧病于姑母家，姑母的儿子又生病。姑母请教女巫，女巫说"家中柱子的东南角是吉祥处"。姑母随即将自己儿子就寝的东南角换给了杜甫。杜甫由此得以生存，而姑母的儿子夭折。杜甫在这篇墓志里，用《列女传》鲁义姑的典故

① 比如，杜甫在成都说："盘飧老夫食，分减及溪鱼。"（《秋野》诗，仇注卷二〇）、"恐有无母鸡，饿寒日啾啾。我能剖心出，饮啄慰孤愁。"（《凤凰台》诗，仇注卷八）。《秋野》诗中的"分减"的出典是佛典《华严经》，即《菩萨十施》之一"分减施"。《凤凰台》诗则是姑母自我牺牲精神的写照。杜甫哀怜无母雏鸡表达了"愿抛心取出，让你们抵御饥饿"之诗意。自幼丧母的杜甫和无母"雏鸡"，以及宁愿牺牲自己，对他百般爱护的"姑母"与杜甫"我"。这两种都描述了无私之爱的极致情景可谓相得益彰。从杜甫的诗歌中能听到人道主义 Humanitarianism 的呼声。如果说促成这种人道主义的要素源自"分减施"中的意识形态，那么，探究其渊源关系，应归之于幼小时抚养他，给予他无比慈爱的姑母京兆杜氏"义姑"了。

来赞扬姑母。救兄长之子,牺牲自己儿子的鲁义姑;救兄长之子杜甫,牺牲自己儿子的姑母。感激涕零的杜甫给姑母的谥号为唐义姑。

在这里应该注意的是,杜甫用《列女传》鲁义姑的典故来赞扬姑母这一点。原典《列女传》卷五如下:

> 鲁义姑姊者,鲁野之妇人也。齐攻鲁至郊,望见一妇人,抱一儿,携一儿而行,军且及之,弃其所抱,抱其所携而走于山,儿随而啼,妇人遂行不顾。齐将问儿曰:"走者尔母耶?"曰:"是也。""母所抱者谁也?"曰:"不知也。"齐将乃追之,军士引弓将射之,曰:"止,不止,吾将射尔。"妇人乃还。齐将问所抱者谁也,所弃者谁也。对曰:"所抱者妾兄之子也,所弃者妾之子也。见军之至,力不能两护,故弃妾之子。"齐将曰:"子之于母,其亲爱也,痛甚于心,今释之,而反抱兄之子,何也?"妇人曰:"己之子,私爱也。兄之子,公义也。夫背公义而向私爱,亡兄子而存妾子,幸而得幸,则鲁君不吾畜,大夫不吾养,庶民国人不吾与也。夫如是,则胁肩无所容,而累足无所履也。子虽痛乎,独谓义何?故忍弃子而行义,不能无义而视鲁国。"

通过"私爱""公义"一类的关键语,更能明白杜甫参考了鲁义姑的典故。《列女传》说"己之子,私爱也。兄之子,公义也",割弃了私爱,留下来的是公义,所以公义的姑母能称之为"义姑"。这个关系以图式来表示如下,能确认鲁义姑和唐义姑两者是明确对应着的:

鲁义姑　遇暴客于郊　抱其所携=兄长之子 ⎫ 公义　弃其所抱=自己儿子 ⎫ 私爱
唐义姑　卧病于姑家　安杜甫=兄长之子 ⎭ 　　　弃其所抱=自己儿子 ⎭

杜甫这位诗人对他人也倾注了无私的爱。其爱的渊源也是来自这位姑母的,这应该是没有异议的①。割弃私爱是究极的无私爱,这种无私爱,由于杜甫引用了如此恰如其分的典故,更有效地体现出来了,可以说这个典故极为确切。但是,这样用典故来表现的意图,对现代人来说就不容易理解了。下一章,想谈一下这个问题。

三、由现代道德观念产生的误会

在 2019 年的日本高考的考题中,有这篇《唐故万年县君京兆杜氏墓志》②。杜

---

① 参见[日]佐藤浩一:《杜甫的"义姑"京兆杜氏—— 以唐故万年县君京兆杜氏墓志铭为中心》,《杜甫研究学刊》2002 年第 4 期。

② 参见《唐故万年县君京兆杜氏墓志》,https://www.dnc.ac.jp/center/kako_shiken_jouhou/jis-shikekka/index.html,2020 年 12 月 1 日。

甫的散文被看作不工之①中，古来例外地被看作名文的这篇文章，引起了相当的反响。但是，其反响除了欢迎以外，还有一些疑问。作为疑问，多是针对姑母牺牲了自己的孩子这一部分。事实上杜甫恢复了健康，但是姑母的孩子却失去了生命，这样悲剧的哪里能算上美谈呢？就连每年分析高考题的教育杂志上也说："为什么需要牺牲实子——考生们对这个部分感到费解，而且答案在考题文章里也难以找到。所以，这篇文章对考生来说留下了遗憾。"②一般人提出这种疑问还可以理解，但是专家也不知就里，提出了同样的疑问。

的确从今天的伦理和道德的观念来看，姑母之子的死是可以避免的，不足以作为一个美谈。但是这段插话，如果不按照儒家的特有观念来解释的话，就永远不能了解当时的背景。

四、作为关键的"鲁"

《列女传》这个典故中，鲁义母的这个"鲁"，就是关键所在。众所周知，鲁国既是孔子的故乡，也是儒家的圣地，鲁国的儒家意识要比其他地方更胜一筹。比如：

"周礼尽在鲁矣！"（《左传》昭公二年）
"鲁人皆以儒家。"（司马迁《史记·游侠列传》）

这表明鲁国与儒家是有着根源关系的。实际上，各国诸侯为了了解周礼也往往到鲁国学习，鲁国是有名的礼仪之邦，使得鲁国形成了谦逊礼让的淳朴民风。同时也使鲁国国势的发展受到了很大的影响。我们知道汉代统一了鲁国的礼教和秦国的法律，其影响之痕迹在后世也能窥见。

西汉儒者刘向的《列女传》也应该是依据这样的文脉。《列女传》里的鲁义姑，将兄长之子的性命视为首要，这也是基于重视长幼有序、以嫡亲长子为重的观念。尤其，她是个儒教意识浓厚的鲁国人，这样的背景更加重了重视长幼有序的观念，

---

① 参见［日］佐藤浩一：《杜甫文不工的形塑——典型与对偶的诗学》，陈尚君：《水流花开——经典形塑与文本阐释国际学术研讨会论文集》，上海：中西书局，2019年。
② 参见［日］三宅崇广：《关于2029年度大学中心考试的中国古典题》（二〇一九年度センター試験の漢文問題について），《新しい漢字漢文教育》2019第68号。原文如下：素材文で、筆者杜甫にとっての叔母はまことに感謝の堪えない"义"の人になるのでしょうが、叔母の実子にとっての母は如何なる存在なのでしょうか。同様に、"鲁义姑"の実子にとっての母は如何なる存在なのでしょうか。"鲁义姑"と呼れるものなのでしょうか。ある程度漢文を学んだ者には理解できる部分があったとしても、受験生にはわからないはずです。親子関係を一番の基本道徳と考えるはずの漢文で、なぜ実の子を犠牲にしなくてはならないのか—これは受験生にとっては腑に落ちない部分だと思いますし、その答えも文章中から読み取るのは難しいようです。その意味で、受験生にはやや后味の悪さの残る文章だったかもしれません。（71页）三宅崇广是一位著名的升学补习学校的教师。

让她不可废长幼之节。实际上她说："亡兄子而存妾子,幸而得幸,则鲁君不吾畜,大夫不吾养,庶民国人不吾与也。……故忍弃子而行义,不能无义而视鲁国。"通过这个言说,可以理解鲁国的儒教意识如何强烈。结果,鲁国的姑母割弃了私爱,选择了公义。如此公义的姑母,被赞誉为"义姑"。

五、儒教的重要概念"义"

杜甫以其作为典故,将自己的姑母与此相重合。杜甫的姑母是,父亲杜闲的妹妹。她跟鲁义姑一样,牺牲实子,救命长兄之子。因为杜甫是杜审言的长子杜闲的长子,是真正的嫡子。姑母是为了保护杜氏家族的子嗣①,举义起事的。而且,杜甫母亲崔氏是源于皇族系谱的②,也是为了保护其高贵的血统,令她选择了大义的行动。

《唐故万年县君京兆杜氏墓志》里也有杜并③的故事。

> 兄升(当作并),国史有传,缙绅之士,诔为孝童。故美玉多出于昆山,明珠必传于江海。盖县君受中和之气,成肃雍之德,其来尚矣。作配君子,实惟好仇。……或曰:"岂孝童之犹子欤?奚孝义之勤若此?"甫泣而对曰:"非敢当是也,亦为报也。"

周季重陷害杜审言,将审言下狱将欲杀之。少年杜并为报父仇,刺杀周季重。周季重临死前被说了一句非常懊悔的话:"审言有孝子,吾不知,若讷故误我。"——这个故事,是说刺杀一个人,但是作为一种义举传世了。这个"义",也基于父子有亲这一儒教观念。以现代的道德观是难以理解的。

六、结语

杜甫在《唐故万年县君京兆杜氏墓志》里使用了《列女传》鲁义姑的典故。弃实子而救兄子,在这个意义上,鲁义姑和唐义姑完全对应,其用意从表面上也是能够理解的。但是,站在现代的伦理观、道德观的角度上,会令人感到费解。这需要进一步深入儒学意识的层面来解释。杜甫本人说:"自先君恕、预以降,奉儒守官,未

---

① 负责出日本高考考题的人也应该顾全这一点吧。因为第6题"作为'县君有焉'意思选择最适当的"的选择项之中有"叔母好像鲁义姑,重视一族的子嗣这一想法"。原来应该把这个放在注释里。但是不敢注释的意图,可能是,考生解开这题时,没有这个注释也可以解开,所以作成者不注释吧。

② [日]松原朗:《杜甫的贵族意识》,《中国诗文论丛》2017年第36集。

③ 关于杜并,胡可先生的论文能参考。胡可先:《杜甫叔父杜并墓志铭笺证》,《杜甫研究学刊》2001年第2期。

坠素业矣"(《进雕赋表》)。这个典故,由来于"鲁"这一儒学意识的特别浓厚地域,这是很重要的,不用儒学意识来,解释就不可能达到真正的理解。正因为如此,通过这个典故用法,更能窥见杜甫的根深蒂固的儒学意识的一面①。

【补注】

本论脱稿后,拜读了葛景春先生的《杜甫与齐鲁儒学精神》,葛景春先生也认为鲁文化的核心就是孔孟的儒家文化。葛先生说:"杜甫到东鲁地区,本是探亲省父,但此地是儒家文化的核心地区,他借省父之机,去参观访问孔子和孟子的故居,瞻仰这两位儒家文化的最重要人物的文化胜迹,是理所当然的事情。杜甫从小就受到中原文化和家学传统的熏陶,对儒学经典进行过系统的学习,但这次到东鲁地区孔孟的家乡来亲自感受这里的儒学文化传统的氛围,更加强了他对孔孟的原始儒家文化和思想的接触和感受。"②笔者完全赞同葛先生的看法,并将其作为本论的论据之一。

---

① 参见胡可先:《杜甫的家世——家学与家风》,《杜甫研究学刊》2018 年第 4 期。
② 葛景春:《杜甫与齐鲁儒学精神》,葛景春、胡永杰、隋秀玲:《杜甫与地域文化》,北京:社会科学文献出版社,2016 年,第 62 页。

陈、李、杜与"风雅"诗学:中晚唐对盛唐诗的接受

咸晓婷

浙江大学中文系

一、陈、李、杜在中晚唐的崇高地位

在中晚唐对盛唐诗人的接受和评价中,以陈子昂、李白、杜甫三人地位最高,成就最大,最能代表唐代的文学事业。贞元、元和年间的文坛领袖韩愈曾经多次列举有唐一代成就最高的代表性诗人。其《荐士》诗云:"国朝盛文章,子昂始高蹈。勃兴得李杜,万类困陵暴。后来相继生,亦各臻阃奥。"①以李、杜接于陈子昂之后,对三人的文学成就给予了极高的评价。又《送孟东野序》云:"唐之有天下,陈子昂、苏源明、元结、李白、杜甫、李观皆以其所能鸣。"②这两个名单略有不同,但其中重合的人物陈子昂、李白与杜甫无疑是最重要的。

在中晚唐有这样观念的并非韩愈一人。中唐的另一大诗派元白诗派也同样推尊陈、李、杜三人的成就,"每叹陈夫子(自注:陈子昂著《感遇诗》,称于世),常嗟李谪仙(自注:贺知章谓李白为谪仙人)"③,"杜甫陈子昂,才名括天地"④,均以陈子昂、李白、杜甫并举。

这一唐诗最高成就名单至晚唐仍旧如此,皮日休《鲁望昨以五百言见贻,过有褒美,内揣庸陋,弥增愧悚,因成一千言。上述吾唐文物之盛,次叙相得之欢,亦述和之微旨也》云:

> 射洪陈子昂,其声亦喧阗。惜哉不得时,将奋犹拘挛。玉垒李太白,铜堤

---

① 钱仲联:《韩昌黎诗系年集释》卷五,上海:上海古籍出版社,1984年,第527页。
② 阎琦:《韩昌黎文集注释》卷四,西安:三秦出版社,2004年,第352页。
③ 谢思炜:《白居易诗集校注》卷一七,北京:中华书局,2006年,第1339页。
④ 谢思炜:《白居易诗集校注》卷一,北京:中华书局,2006年,第35页。

孟浩然。李宽包堪舆,孟澹拟濔涟。埋骨采石圹,留神鹿门埏。俾其羁旅死,实觉天地屏。猗与子美思,不尽如转辁。纵为三十车,一字不可捐。既作风雅主,遂司歌咏权。谁知耒阳土,埋却真神仙。当于李杜际,名辈或溯沿。①

皮日休在这首诗歌中叙述唐代文物之盛,与韩愈相同,他所认定的唐代成就最高的诗人依然是陈子昂、李白与杜甫,只是在三人之外增加了孟浩然。

陈子昂、李白与杜甫三人之中,又以李白在中晚唐的诗名最大、影响最广,而杜甫次之。

在《全唐诗》中,评论、怀念、提及陈子昂的诗歌有十四首:杜甫《冬到金华山观因得故拾遗陈公学堂遗迹》、杜甫《陈拾遗故宅》、杜甫《送梓州李使君之任》、韩愈《荐士》、白居易《江楼夜吟元九律诗成三十韵》、白居易《初授拾遗》、白居易《伤唐衢》、皇甫湜《题浯溪石》等。评论、怀念、提及杜甫的诗歌二十七首:戎昱《耒阳谿夜行(自注:为伤杜甫作)》、杨巨源《赠从弟茂卿时欲北游》、韩愈《醉留东野》、韩愈《调张籍》、白居易《读李杜诗集因题卷后》、元稹《酬孝甫见赠十首》、元稹《乐府古题序》、白居易《初授拾遗》、白居易《读邓鲂诗》、唐扶《使南海道长沙题道林岳麓寺》等。而评论、怀念、提及李白的诗歌有三十余首:韩愈《醉留东野》、孟郊《招文士饮》、孟郊《赠郑夫子鲂》、白居易《读李杜诗集因题卷后》、白居易《江楼夜吟元九律诗成三十韵》、白居易《李白墓》、姚合《送李余及第归蜀》、姚合《送杜立归蜀》、姚合《送潘传秀才归宣州》、项斯《经李白墓》、温庭筠《秘书省有贺监知章草题诗笔力遒健风尚高远拂尘寻玩因有此》、许棠《宿青山馆》、陆龟蒙《怀宛陵旧游》、郑谷《读李白集》、韦庄《过当涂县》、韦庄《漳亭驿小樱桃》、韦庄《焦崖阁》、曹松《吊李翰林》等。

数量的多少强有力地说明了某位诗人在中晚唐的影响力。初盛唐诗人多以六朝诗人比拟他人或者自比,而中晚唐诗人则以盛唐人为继踵、学习、模仿的对象和榜样。中晚唐人尤其喜欢以李白比拟某位诗人从而褒扬其诗歌成就。孟郊《赠郑夫子鲂》以李白比拟郑鲂:"天地入胸臆,吁嗟生风雷。文章得其微,物象由我裁。宋玉逞大句,李白飞狂才。苟非圣贤心,孰与造化该。勉矣郑夫子,骊珠今始胎。"②姚合《赠张籍太祝》以李白之拜服推尊张籍乐府诗成就之高:"麟台添集卷,乐府换歌词。李白应先拜,刘祯必自疑。"③赵嘏《成名年献座主仆射兼呈同年》以李白比拟座主:"拂烟披月羽毛新,千里初辞九陌尘。曾失玄珠求象罔,不将双耳负伶伦。贾嵩词赋相如手,杨乘歌篇李白身。"④

中晚唐诗人对自己的后世诗名有着强烈的自信。邵谒《览孟东野集》云:"哲人

① 王锡九:《松陵集校注》卷一,北京:中华书局,2018年,第50页。
② 孟郊:《孟东野诗集》卷六,上海:上海书店出版社,1987年,第62页。
③ 姚合:《姚少监诗集》卷四,上海:上海古籍出版社,1994年,第23页。
④ 《全唐诗》卷五四九,北京:中华书局,1960年,第6359页。

归大夜,千古传珪璋。珪璋遍四海,人伦多变改。"①姚合《哭贾岛二首》云:"名虽千古在,身已一生休。"②贯休《览皎然渠南乡集》诗云:"如斯深可羡,千古共清风。"③均认为自己时代人的诗歌有流传千古之价值。而这种自信说到底是源自对以李杜为代表的本朝诗歌早已超越前代诗歌的价值判断基础上的自信。王赞《元英先生诗集序》云:

> 今之诗盖起于汉魏南齐五代,文愈深,诗愈丽。陈隋之际,其君自好之,而浮靡滥觞,流于淫乐。故曰音能亡国,信哉!唐兴,其音复振,陈子昂始以骨气为主,而寝拘四声五七字律。建中之后,其诗弥善,钱起为最。杜甫雄鸣于至德大历间,而诗人或不尚之。呜呼!子美之诗,可谓无声无臭者矣。④

王赞的这种观点在中晚唐时期具有普遍性,认为六朝之音为浮靡淫乐之音,而本朝的文学才是气骨朗健之音。陈子昂、李白、杜甫等人的成就"惊天动地""光焰万丈",可流传千古。总而言之,中唐之后,以李杜为代表的盛唐诗歌取代前代诗歌成为诗坛的典范,是诗人们仰慕、学习、追踪的对象。

二、风雅:中晚唐最高的诗歌创作理想

中晚唐人对陈子昂、李白、杜甫三人的尊崇与他们的诗歌追求和创作理想有关。中晚唐人以"大雅"或曰"风雅"为最高的诗歌理想和价值追求。王建《寄李益少监兼送张实游幽州》云:"大雅废已久,人伦失其常。天若不生君,谁复为文纲。迷者得道路,溺者遇舟航。国风人已变,山泽增辉光。"⑤王建尊李益为当今之"文纲",而李益之所以能够称得上是"文纲",是因为李益的诗是大雅之诗,有重振人伦之功效,使"迷者得道路,溺者遇舟航",可以变"国风",使"山泽增辉光"。晚唐诗人齐己《贺行军太傅得白氏东林集》称:"乐天歌咏有遗编,留在东林伴白莲。百尺典坟随丧乱,一家风雅独完全。常闻荆渚通侯论,果遂吴都使者传。仰贺斯文归朗鉴,永资声政入薰弦。"⑥白居易是中晚唐诗名最高的一个诗人,齐己以"风雅"指称白乐天之诗,同样是因为在齐己的心目中,最有价值的诗歌是"风雅"之诗,或者说只有"风雅"之诗才是最好的诗歌。

前述皮日休《鲁望昨以五百言见贻,过有褒美,内揣庸陋,弥增愧悚,因成一千

---

① 《全唐诗》卷六〇五,北京:中华书局,1960年,第6993页。

② 姚合:《姚少监诗集》卷十,上海:上海古籍出版社,1994年,第60页。

③ 《全唐诗》卷八三三,北京:中华书局,1960年,第9397页。

④ 《全唐文》卷八六五,北京:中华书局,1983年,第9069页。

⑤ 《全唐诗》卷二九七,北京:中华书局,1960年,第3368页。

⑥ 《全唐诗》卷八四四,北京:中华书局,1960年,第9542页。

言。上述吾唐文物之盛，次叙相得之欢，亦迭和之微旨也》一诗叙述有唐一代文物之盛，推尊陈子昂、李白、孟浩然、杜甫四人，而关于这四人的评价，尤其是杜甫，赞其为"风雅之主"："猗与子美思，不尽如转辁。纵为三十车，一字不可捐。既作风雅主，遂司歌咏权。"可见皮日休也同样是从"风雅"的诗歌批评理念出发将杜甫定为有唐一代成就最高的诗人，认为杜甫可司歌咏之权，而"风雅"确为中晚唐人最高的诗歌评价标准和最高的诗歌创作理想。

安史之乱爆发之后，面对家国巨变，追求诗歌的批判现实、反映民生疾苦、干预时政的功能一时成为许多诗人的共识与自觉追求。元结在《箧中集序》中高举风雅比兴之道："风雅不兴，几及千岁，溺于时者，世无人哉。呜呼！有名位不显，年寿不终，独无知音，不见称显，死而已矣，谁云无之。近世作者，更相沿袭，拘限声病，喜尚形似，且以流易为词，不知丧于雅正。"①这一强烈的具有干预现实色彩的诗学追求更集中地体现在复古派先驱李华、独孤及、萧颖士、梁肃等人的作品中。而他们在本朝追踪学习的榜样正是早就以《感遇》诗称名于世的陈子昂。独孤及《检校尚书吏部员外郎赵郡李公中集序》称："则天太后时，陈子昂以雅易郑，学者浸而向方。"②梁肃《补阙李君前集序》称："唐有天下几二百载而文章三变，初则广汉陈子昂以风雅革俘侈。"③李华《扬州功曹萧颖士文集序》称："近日陈拾遗子昂文体最正。"①

陈子昂是以《感遇》诗确立了他在文坛的地位。《旧唐书·陈子昂传》："陈子昂，梓州射洪人。家世富豪，子昂独苦节读书，尤善属文。初为《感遇诗》三十首，京兆司功王适见而惊曰："此子必为天下文宗矣！"由是知名。"⑤杜甫在四川时也曾经寻访陈子昂故宅，作《陈拾遗故宅（宅在射洪县东七里东武山下）》："拾遗平昔居，大屋尚修椽。悠扬荒山日，惨澹故园烟。位下曷足伤，所贵者圣贤。有才继骚雅，哲匠不比肩。公生扬马后，名与日月悬。同游英俊人，多秉辅佐权。彦昭超玉价，郭振起通泉。到今素壁滑，洒翰银钩连。盛事会一时，此堂岂千年。终古立忠义，感遇有遗篇。"⑥对陈子昂的《感遇诗》不无推崇。

早在复古先驱将陈子昂奉为"六义风雅"的楷模之前，陈子昂就已经以《感遇诗》闻名于世。安史之乱之后，复古先驱将陈子昂奉为风雅楷模，与陈子昂这一早就确立的诗坛形象不无关系。实际上，陈子昂倡导的"风骨兴寄"与复古先驱的"六义风雅"二者虽然相关但也有一定的距离。复古先驱对陈子昂的推崇既是对陈子

---

① 傅璇琮、陈尚君、徐俊：《唐人选唐诗新编》（增订本），北京：中华书局，2014 年，第 362 页。
② 《全唐文》卷三八八，北京：中华书局，1983 年，第 3946 页。
③ 《全唐文》卷五一八，北京：中华书局，1983 年，第 5261 页。
④ 《全唐文》卷三一五，北京：中华书局，1983 年，第 3198 页。
⑤ 刘昫：《旧唐书》卷一九〇（中），北京：中华书局，1975 年，第 5018 页。
⑥ 仇兆鳌注：《杜诗详注》卷一一，北京：中华书局，1979 年，第 948 页。

昂的二次阐释,也是对陈子昂既有的诗坛声望和形象的一种借力。

　　与此同时,樊晃在润州收集杜甫的作品。樊晃《杜工部小集序》称:"江左词人所传诵者,皆公之戏题剧论耳,曾不知君有大雅之作,当今一人而已。今采其遗文凡二百九十篇,各以事类,分为六卷,且行于江左。"①据陈尚君先生的研究,樊晃《杜工部小集》所收杜甫作品兼收各体,偏重古诗,其中有不少如《自京赴奉先县咏怀五百字》《悲青坂》《至德二载甫自金光门出间道归凤翔乾元初从左拾遗移华州掾与亲故别因出此门有悲往事》《新婚别》《后出塞五首》《谒先主庙》《秋兴八首》等反映现实、忧国忧民的经典之作,也就是樊晃自己所说"大雅"之作。樊晃是杜诗经典化历程中的第一人,可以说,樊晃对杜甫的发现与复古派先驱对陈子昂的推重实际上是同一历史背景下的产物。

　　贞元、元和年间白居易、元稹倡导"为君、为臣、为民"而作的新乐府运动,与"风雅比兴"的诗歌理想和创作目标互相表里。白居易《读张籍古乐府》说:"为诗意如何,六义互铺陈。风雅比兴外,未尝著空文。读君学仙诗,可讽放佚君。读君董公诗,可诲贪暴臣。读君商女诗,可感悍妇仁。读君勤齐诗,可劝薄夫敦。上可裨教化,舒之济万民。下可理情性,卷之善一身。"②白居易以风雅比兴定义张籍的反映现实的乐府诗创作,可见,元、白所谓的风雅比兴与之前的元结、樊晃并无二致,就是重视文学干预现实的政治功用。

　　在这一创作理念之下,元稹、白居易再次发现了陈子昂、杜甫的价值,从陈、杜那儿找到了思想与创作的资源。元、白都曾经表达过读到陈子昂《感遇诗》时的激动心情。元稹《叙诗寄乐天书》云:"适有人以陈子昂《感遇》诗相示,吟玩激烈,即日为《寄思玄子》诗二十首。"③白居易《与元九诗》说:"唐兴二百年,其间诗人不可胜数,所可举者,陈子昂有《感遇》诗二十首。"④关于杜甫,白居易推重杜甫的"《新安》《石壕》《潼关吏》《芦子》《花门》之章,'朱门酒肉臭,路有冻死骨'之句"。元稹《乐府古题序》认为:"近代唯诗人杜甫《悲陈陶》《哀江头》《兵车》《丽人》等,凡所歌行,率皆即事名篇,无复倚傍。"⑤他们的新乐府诗的创作直接受到杜诗的启发和滋养。

　　当然,杜甫在中晚唐诗歌史地位的确立,绝非仅仅由于他内容方面的"风雅比兴"的反映现实之作,元稹的《唐检校工部员外郎杜君墓系铭》就对杜诗在诗体上的创造和集大成的成就给予了极高的评价和肯定,韩愈对杜甫"平生千万篇,金薤垂琳琅"的如宝藏一般的丰富的诗歌成就也同样寄予了无限的向往与崇敬。但是,杜甫反映现实的诗歌契合了自安史之乱之后中唐文人一脉相承倡导的"风雅"文学思

---

① 仇兆鳌注:《杜诗详注》附编,北京:中华书局,1979年,第2237页。
② 谢思炜:《白居易诗集校注》卷一,北京:中华书局,2006年,第8页。
③ 元稹:《元稹集》卷三〇,北京:中华书局,1982年,第352页。
④ 白居易:《白居易集》卷四五,北京:中华书局,1999年,第961页。
⑤ 元稹:《元稹集》卷二三,北京:中华书局,1982年,第255页。

潮和诗歌理想无疑是中晚唐人推尊杜甫的最为重要的原因和契机。

三、思想的分歧与"风雅"内涵的拓展

"大雅""风雅"诗歌理论的内涵指向更为广阔的社会功能。这是中晚唐人的共识。上述复古派与元白诗派自不必说，晚唐诗人也同样持此观点。晚唐诗人杜荀鹤《读友人诗》云："君诗通大雅，吟觉古风生。外却浮华景，中含教化情。名应高日月，道可润公卿。莫以孤寒耻，孤寒达更荣。"①裴说《湖外寄处宾上人》云："怪得意相亲，高携一轴新。能搜大雅句，不似小乘人。岳麓擎枯桧，潇湘吐白蘋。他年遇同道，为我话风尘。"②从杜荀鹤与裴说的这两首诗来看，大雅诗歌，中含教化之情，与"自了汉"的小乘相对，意味着大雅诗歌包含着更为深广的社会关怀。这在晚唐诗人顾云的《唐风集序》中体现得更为清晰：

> 大顺初，皇帝命小宗伯河东裴公掌贡。次二年，遥者来，隐者出，异人俊士，始大集号下。于群进士中，得九华山杜荀鹤，拔居上第。诸生谢恩日，列坐既定，公揖生谓曰："圣上嫌文教之未张，思得如高宗朝拾遗陈公，作诗出没二雅，驰骤建安，削苦涩僻碎，略淫靡浅切，破艳冶之坚阵，擒雕巧之酋帅，皆摧撞折角，崩溃解散，扫荡词场，廓清文稷。然后有戴容州、刘随州、王江宁，率其徒扬鞭按辔，相与呵乐，来朝于正道矣。以生诗有陈体，可以润国风、广王泽、因擢生以塞诏意，生勉为中兴诗宗。"生谢而退。次年，宁亲江表，以仆故山偕隐者，出平生所著五七言三百篇见简。咏其雅丽清苦激越之句，能使贪吏廉、邪臣正、父慈子孝、兄良弟顺，人伦纲纪备矣。其壮语大言，则决起逸发，可以左揽工部袂，右拍翰林肩，吞贾喻八九于胸中，曾不茧介。或情发乎中，则极思冥搜，游泳希夷，形兀枯木，五声劳于呼吸，万象悉于抉剔，信诗家之雄杰者也。③

从这段文字来看，顾云所理解的"国风""二雅"，诗歌能使"贪吏廉、邪臣正、父慈子孝、兄良弟顺"，以及他所列举的"风雅"的楷模陈子昂、杜甫等与中唐元结、元白等人，在思想观念上是相同的。

但是，在实际的创作中，有些诗歌并不具备明显而直接的针砭时弊的社会功能。倡导新乐府运动的元白，对于李白诗歌的评价，尽管他们也承认李白诗歌的成就很高，"曾有惊天动地文"，但是还是从狭隘的"讽喻"功能出发，将李白的诗歌排除在"风雅比兴"之外。白居易《与元九书》云：

---

① 《全唐诗》卷六九一，北京：中华书局，1960年，第7942页。
② 《全唐诗》卷七二○，北京：中华书局，1960年，第8267页。
③ 《全唐文》卷八一五，北京：中华书局，1983年，第8585页。

唐兴二百年,其间诗人,不可胜数。所可举者,陈子昂有《感遇》诗二十首,鲍鲂有《感兴》诗十五首。又诗之豪者,世称李、杜。李之作才矣,奇矣,人不逮矣;索其风雅比兴,十无一焉。杜诗最多……然撮其《新安》《石壕》《潼关吏》《芦子》《花门》之章,"朱门酒肉臭,路有冻死骨"之句,亦不过三四十。杜尚如此,况不逮杜者乎?①

实际上,安史之乱前后的"大雅"思潮本就源自盛唐,而李白正是盛唐倡导"大雅"诗学的重要人物之一:

《大雅》久不作,吾衰竟谁陈? 王风委蔓草,战国多荆榛。龙虎相啖食,兵戈逮狂秦。正声何微茫,哀怨起骚人。扬马激颓波,开流荡无垠。废兴虽万变,宪章亦已沦。自从建安来,绮丽不足珍。圣代复元古,垂衣贵清真。群才属休明,乘运共跃鳞。文质相炳焕,众星罗秋旻。我志在删述,垂辉映千春。希圣如有立,绝笔于获麟。②

李白的《古风》五十九首正是这种思潮下的产物。只不过,与杜甫反映现实的诗歌相比,一则李白对当时政治的腐败并没有很深刻的认知,作为一名虽是天才但也天真的诗人,李白对人性的残忍和贪婪并没有很深刻的认知,这从他入永王李璘幕一事中可以看出,李白并不懂唐玄宗、唐肃宗、永王父子兄弟之间的争权夺利你死我活;二则李白的《古风》诗中虽然有讽刺统治者穷兵黩武、好色荒淫、谴责奸佞小人弄权的内容,但是这是属于比较通常而宽泛的政治批评,而且由于李白的诗歌使用委婉的比兴手法,多譬喻,少直指现实,针对性不强,与杜甫安史之乱中的作品相比,让人感觉反映现实的力度不足。所以在喜欢直陈时事、针砭时弊的元白诗派看来,李白的诗歌并没有"风雅比兴"的内容。但是无论如何,李白的《古风》之作仍然属于政治关怀之作,虽然与杜甫相比,有深和浅、直与隐的区别,但仍不应该被排除在"风雅比兴"之外。

也正因如此,在当时,并不对"风雅比兴"做狭义理解的韩孟诗派就认为李白的诗歌同样属于继承诗经六义精神的骚雅之作。韩愈就将李白列为唐代成就最高的诗人之一,与陈子昂、杜甫并列。孟郊《读张碧集》同样认为:"天宝太白殁,六义已消歇。大哉国风本,丧而王泽竭。先生今复生,斯文信难缺。下笔证兴亡,陈词备风骨。高秋数奏琴,澄潭一轮月。谁作采诗官,忍之不挥发。"③可见,孟郊是将李白作为盛唐时期"六义"诗风的代表来看的。

中晚唐之际这种"风雅"诗学思想上的分歧,实际上从高仲武的《唐中兴间气

---

① 白居易:《白居易集》卷四五,北京:中华书局,1999 年,第 959 页。
② 郁贤皓:《李太白全集校注》卷一,南京:凤凰出版社,2015 年,第 3 页。
③ 孟郊:《孟东野诗集》卷九,上海:上海书店出版社,1987 年,第 90 页。

集》就已经开始了。高仲武《唐中兴间气集序》云："且夫微言虽绝，大制犹存。详其臧否，当可拟议。古之作者，因事造端，敷弘体要，立义以全其制，因文以寄其心，著王政之兴衰，表国风之善否，岂其苟悦权右，取媚薄俗哉！今之所收，殆革前弊。但使体状风雅，理致清新，观者易心，听者竦耳，则朝野通取，格律兼收。自邺以下，非所敢隶焉。凡百君子，幸详至公。"①

这段文字当分为两截来看。前一截高仲武明显受到当时流行的重社会功能的"风雅"思潮的影响，认为为文当"著王政之兴衰，表国风之善否"。而后一段，表明《中兴间气集》所收之作实为"体状风雅，理致清新"之作。高仲武试图将"体状风雅，理致清新"之作纳入大雅体系中，但是在高仲武的叙述中，"体状风雅，理致清新"的作品有别于六朝的"取媚薄俗"之作，这是盛唐"大雅"思潮针对和批判的对象，而"体状风雅"与大雅文学仍然处于两橛。

这一创作实践与思想认识上的分歧所带来的问题到晚唐时期更加显豁。"风雅"诗学到晚唐时期仍然是士人最高的诗歌理想。在晚唐诗人的读诗诗中，处处可见对"风雅"的推重。

> 岂要私相许，君诗自入神。风骚何句出，瀑布一联新。②（齐己《还族弟卷》）

> 满轴编新句，脩然大雅风。名因五字得，命合一言通。景尽才难尽，吟终意未终。似逢曹与谢，烟雨思何穷。③（韦庄《览萧必先卷》）

> 篇篇高且真，真为国风陈。澹薄虽师古，纵横得意新。剪裁成几箧，唱和是谁人。④（郑谷《读故许昌薛尚书诗集》）

> 记室新诗相寄我，蔼然清绝更无过。溪风满袖吹骚雅，岩瀑无时滴薜萝。⑤（李山甫《山中览刘书记新诗》）

但是，就内涵来看，晚唐诗人所谓的"风雅"与元白所谓"风雅"显然已经不同。晚唐诗歌多怀旧感伤、惆怅消沉的流连光景之作。以元白的标准来看，是算不上直陈时弊的"风雅比兴"之作的。白居易晚年虽然多闲适诗，但是在白居易的观念中，他并不把自己流连光景的作品与讽喻诗等同，而是截然两分。而且，尽管有流连光景之作，但由于早年的"新乐府"作品，白居易对自己的诗坛地位颇为自信，他的新乐府在中晚唐也的确影响很大，"此《秦中吟》《长恨歌》主耳"，为白居易在当时赢得了很高的声誉，这是中晚唐人尊崇重社会功用的诗歌作品的思想意识的体现。

---

① 傅璇琮、陈尚君、徐俊：《唐人选唐诗新编》（增订本），北京：中华书局，2014 年，第 451 页。

② 《全唐诗》卷八四一，北京：中华书局，1960 年，第 9491 页。

③ 《全唐诗》卷六九六，北京：中华书局，1960 年，第 8007 页。

④ 《全唐诗》卷六七六，北京：中华书局，1960 年，第 7759 页。

⑤ 《全唐诗》卷六四三，北京：中华书局，1960 年，第 7367 页。

　　晚唐诗有以杜荀鹤等人为代表的讥讽社会黑暗、同情百姓苦痛的政治讽喻诗，而更多的是包括诗僧群体在内的所创作的表达乱离之感的写景咏物之作。从广义上来讲，前述《中兴间气集》所收肃、代之际的士人的流连光景、清逸幽远之作以及晚唐的写景衰世之作，虽然不是直接反映民生疾苦的篇什，但同样是时代巨变之际士人苦闷、彷徨心态的反应，与针砭时弊之作有隐和显、远曲和切近之别，前者隐，后者显，前者远曲，后者切近。针砭时弊之作是士人社会关怀的更直接、更贴近的表现，而诗歌中士人苦闷、彷徨、衰世情绪的表达则是社会政治意识的更隐微、委曲的反映，也正是在这个意义上，晚唐的衰世写景之作在本质上不同于六朝的浮艳淫靡之作。这与李白政治意识的"古风"之作也有所不同，李白的古风之作相比于直陈时弊的作品显得隐微，但是相比于流连光景之作却显得较为切近政治关怀，但是无论是李白的古风还是晚唐诗人的写景衰世之作应同属广义范围上的风雅之作。

　　高仲武和晚唐诗人均从潜意识中意识到这二者的联系，只是都未能成功地进行理论的阐释。晚唐诗格作品齐己有《风骚旨格》、虚中有《流类手鉴》、五代徐寅有《雅道机要》、徐衍有《风骚要式》等，在这些作品中，"风雅""风骚"几乎已经成为淫靡浮艳之外的诗歌的代名词。不过他们用以弥缝两者距离的方法却是用各种比附来确立士人写景衰世之作的"风雅"性。虚中《流类手鉴》"物象流类"云：

> 日午、春日，比圣明也。残阳、落日，比乱国也。昼，比明时也。夜，比暗时也。春风、和风、雨露，比君恩也。朔风、霜霰，比君失德也。秋风、秋霜，比肃杀也。雷电，比威令也。霹雳，比不时暴令也。①

　　这种以物像比附政治人伦的阐释方法的出现正是中晚唐风雅诗学发展的结果，这是晚唐诗人确立其诗歌的"风雅"性将之纳入风雅范畴的努力，实则过于机械、刻板。其价值和意义则在于，不再以狭隘的眼光范围"六义风雅"，扩大了风雅诗学的外延。

　　也正因为如此，不同于元白诗派，在晚唐人的观念中，李白是当之无愧的风雅之主。吴融《禅月集序》云："国朝能为歌诗者不少，独李太白为称首，盖气骨高举，不失颂咏讽刺之道。厥后白乐天为讽谏五十篇，亦一时之奇逸极言。"②将李白诗与白居易的讽谏诗并举，这恐怕是白公不能同意的。曹松《吊李翰林》诗云："李白虽然成异物，逸名犹与万方传。昔朝曾侍玄宗辇，大夜应归贺监边。山木易高迷故垄，国风长在见遗篇。投金渚畔春杨柳，自此何人系酒船。"③自然而然地视李白的诗歌为继承国风之作。

---

① 张伯伟：《全唐五代诗格校考》，西安：陕西人民教育出版社，1996年，第396页。
② 李昉等：《文苑英华》卷七一四，北京：中华书局，1966年，第3688页。
③ 《全唐诗》卷七一七，北京：中华书局，1960年，第8245页。

四、结 语

　　中晚唐人是如何看待和接受盛唐诗的？中晚唐对盛唐诗的接受是唐诗接受史的重要组成部分,是后世唐诗接受史的源头。本文从风雅诗学的角度,从陈子昂、李白、杜甫三人入手研究中晚唐对盛唐诗歌的接受。这三个问题,可谓"三位一体"。中晚唐对盛唐诗歌的接受是以陈子昂、李白、杜甫为核心的,中晚唐人对陈、李、杜的接受与安史之乱以来的风雅诗学追求互相表里。陈子昂与杜甫反映现实的诗歌契合了自安史之乱之后中唐文人一脉相承的"风雅"文学思潮和诗歌理想是中晚唐人推尊陈、杜的最为重要的原因和契机。晚唐人扩大风雅内涵的努力确立了李白诗歌的风雅合理性。无论是风雅诗学还是中晚唐对陈、李、杜的接受都对后世影响深远。

科考之助：清代杜诗接受的特殊形态

孟国栋

浙江师范大学江南文化研究中心

内容提要 乾隆二十二年(1757)，科举考试重新加入试律诗，此类应试诗歌的核心即诗题得句。试律诗的出处虽广涉经史子集，但各省乡试诗题得句出自杜诗者多达 76 道，远超其他典籍。试律诗主要围绕得句展开刻画、敷写，数量众多的诗题均出自杜诗，势必要求士子们从解题、诗法及具体写作上都围绕杜诗展开。因此即便在日常，士子们也需要不断地研习和揣摩杜诗。对于杜诗接受而言，这显然有着极大的促进作用，可以看作是杜诗接受的特殊形态。

关键词 清代科举 诗题得句 试律诗 杜诗 接受史

基于对杜甫人格魅力和杜诗艺术魅力的双重推崇，自唐人开启扬杜之先河，杜诗日益成为后世学者心目中的典范。不仅学杜、注杜者代不乏人，对杜诗的接受、学习和研究还逐渐变成一种专门之学——金人元好问便明确标举"杜诗学"，此后可纳入"杜诗学"范畴的著作更是层出不穷，可见杜诗对后世影响之深远。

在"杜诗学"的发展进程中，清代可谓自宋以来的第二次高峰。清代的好杜者和学杜者们通过注解、评点、刊刻等多种方式对杜诗进行了研习与阐释，留下了极其丰富的文献资料，学界对此已有较为全面的总结和研究。但现有的成果多集中在单行的杜诗学专书或名家的论杜之言，对散见于群籍中的材料关注不足。如果将研究视野拓展到清代科举考试视域下，我们发现还有一种颇为别致的杜诗接受方式——即以杜诗的某一诗句作为诗题，以排律的形式腾挪敷衍，描绘、刻画或阐释杜诗。这种演绎杜诗的现象，较为集中地出现在清代各类考试和诗课场合的试律诗中,是研究杜诗接受史不可或缺的材料,然而相关研究却仍付阙如。①

一、遭遇科考:清代试律诗中的杜诗得句

自乾隆二十二年(1757)会试开始,消失了 400 多年的试律诗又重新被纳入科举考试中。此后通过各种规定,试律诗被推广到清代的各类考试和选拔人才的场合,日益制度化。除乡、会试外,另有宗室乡、会试,考差之试,翰詹之试,贡生考试,生员岁、科二试及学政观风之试,巡幸献诗,臣工应制或考官拟作,普通学子之诗课等。这种制度一直延续到光绪二十七年(1901)的西南五省乡试,长达 140 余年,使得清代中后期士子几乎从受学伊始就需要长时间,甚至一辈子研习、写作试律诗。

根据规定,乡、会试中的试律诗标准体式是五言八韵排律。至于诗题的具体格式,早在乾隆二十七年(1762)就明确规定:"诗题应正书'赋得某句',旁注'得某字五言八韵',遗漏舛错者议处。"②也就是说,试律诗的诗题为"赋得某句得某字五言八韵"。"某句"即乡会试中诗题的得句,得句必有出处,正如商衍鎏所说:"或用经、史、子、集语,或用前人诗句。"③实际上,前人诗句亦属集部。从乾隆二十二年(1757)至光绪二十四年(1898)67 科会试诗题,出自集部者多达 35 题。④ 乡试诗题得句的来源如何? 出自集部者的具体情况如何? 这些问题尚缺乏系统而深入的研究。

曾有学者指出"乾隆朝乡、会试中的试律诗得句已有近四成来自集部"⑤,出自杜诗者亦有多首。但这样的统计仍不够全面,欲了解乡、会试中采用杜诗得句的详情,还需要全面考察乾隆二十二年(1757)至光绪二十七年(1901)举行的所有会试和乡试。这期间举行的会试诗题得句没有出自杜诗者,但 67 科乡试中却有 50 科诗题得句出自杜诗,详情见表 1。

---

① 学界虽有部分论文涉及科举与杜诗的关系,如詹杭伦《杜甫诗与清代书院诗赋试题》(《杜甫研究学刊》2002 年第 1 期)、黄一玫《杜甫诗赋与清代科举——以清代书院中的杜诗课题为中心》(《杜甫研究学刊》2019 年第 2 期)、马强才《科考律诗新政与清代中后期杜诗学的新变》(《中国诗学》第 17 辑)等,但这些论文多未能从试律诗的角度展开论述,也未深究杜诗作为科考试题的原因。

② 昆冈等:《钦定大清会典事例》卷三三一,《续修四库全书》第 803 册,上海:上海古籍出版社,2002 年,第 291 页。

③ 商衍鎏:《清代科举考试述录及有关著作》,天津:百花文艺出版社,2004 年,第 263 页。

④ 杨春俏、吉新宏:《清代会试试帖诗题目出处及内容类型分析》,《晋阳学刊》2007 年第 2 期。根据其统计,67 科中出自集部者 34 题,其实另有一题"云随波影动",乃出自宋人徐集孙《同杜北山郑渭滨湖边小憩》,故出自集部者当有 35 题。

⑤ 陈圣争:《乾隆时期试律诗艺术风格探析》,《文学与文化》2019 年第 1 期。

表 1　出自杜诗的乡试诗题得句表

序次	乡试科分	省份	乡试诗题	得句出处（杜诗篇目）
1	乾隆三十年乙酉科（1765）	云南	赋得"万里共秋辉"得"清"字（按：原诗作"万里共清辉"）	《月圆》
2	乾隆三十六年辛卯科（1771）	江南	赋得"月涌大江流"得"源"字	《旅夜书怀》
3	乾隆四十二年丁酉科（1777）	山东	赋得"造化钟神秀"得"宗"字	《望岳》
4	乾隆四十四年己亥恩科（1779）	贵州	赋得"千崖秋气高"得"清"字	《王阆州筵奉酬十一舅惜别之作》
5	乾隆四十八年癸卯科（1783）	江西	赋得"月涌大江流"得"秋"字	《旅夜书怀》
5		四川	赋得"月彩静高深"得"楼"字	《送严侍郎到绵州同登杜使君江楼宴》
6	乾隆五十三年戊申恩科（1788）	广西	赋得"月傍九霄多"得"秋"字	《春宿左省》
7	乾隆五十四年己酉恩科（1789）	江南	赋得"重与细论文"得"和"字	《春日忆李白》
8	乾隆五十九年甲寅恩科（1794）	四川	赋得"赏月延秋桂"得"延"字	《夔府书怀》
9	乾隆六十年乙卯恩科（1795）	湖北	赋得"月涌大江流"得"秋"字	《旅夜书怀》
9		广东	赋得"攀桂仰天高"得"香"字	《八月十五夜月二首》其一
10	嘉庆三年戊午科（1798）	山东	赋得"一览众山小"得"东"字	《望岳》
10		四川	赋得"词源倒流三峡水"得"流"字	《醉歌行》
11	嘉庆五年庚申恩科（1800）	四川	赋得"新月动秋山"得"秋"字（按：原诗作"星月动秋山"）	《草阁》
12	嘉庆六年辛酉科（1801）	山西	赋得"攀桂仰天高"得"天"字	《八月十五夜月二首》其一
12		四川	赋得"清高金茎露"得"金"字	《赠李十五丈别（李秘书文巇）》

续 表

序次	乡试科分	省份	乡试诗题	得句出处(杜诗篇目)
13	嘉庆九年甲子科(1804)	陕西	赋得"东来紫气满函关"得"东"字	《秋兴八首》其五
		四川	赋得"攀桂仰天高"得"高"字	《八月十五夜月二首》其一
14	嘉庆十二年丁卯科(1807)	云南	赋得"下笔如有神"得"如"字	《奉赠韦左丞丈二十二韵》
15	嘉庆十三年戊辰恩科(1808)	四川	赋得"攀桂仰天高"得"香"字	《八月十五夜月二首》其一
16	嘉庆十八年癸酉科(1813)	山东	赋得"红见东海云"得"红"字	《晴》
17	嘉庆二十一年丙子科(1816)	浙江	赋得"攀桂仰天高"得"秋"字	《八月十五夜月二首》其一
		广西	赋得"千崖秋气高"得"秋"字	《王阆州筵奉酬十一舅惜别之作》
18	嘉庆二十四年己卯科(1819)	顺天	赋得"心清闻妙香"得"心"字	《大云寺赞公房》四首其一
		河南	赋得"清高金茎露"得"茎"字	《赠李十五丈别(李秘书文嶷)》
19	道光元年辛巳恩科(1821)	四川	赋得"浣花草堂"得"诗"字	《相逢歌赠严二别驾》(一作《严别驾相逢歌》)
20	道光二年壬午科(1822)	山东	赋得"齐鲁青未了"得"秋"字	《望岳》
21	道光五年乙酉科(1825)	四川	赋得"天虚风物清"得"秋"字	《独坐》
		贵州	赋得"千崖秋气高"得"秋"字	《王阆州筵奉酬十一舅惜别之作》
22	道光八年戊子科(1828)	湖南	赋得"秋晚岳增翠"得"秋"字	《湖中送敬十使君适广陵》
23	道光十一年辛卯恩科(1831)	陕西	赋得"露下天高秋气清"得"清"字	《夜》
24	道光十二年壬辰科(1832)	四川	赋得"淡云疏雨过高城"得"清"字	《院中晚景怀西郊茅舍》
25	道光十五年乙未恩科(1835)	陕西	赋得"东来紫气满函关"得"东"字	《秋兴》其五
26	道光十七年丁酉科(1837)	山东	赋得"安得广厦千万间"得"才"字	《茅屋为秋风所破歌》

续　表

序次	乡试科分	省份	乡试诗题	得句出处（杜诗篇目）
27	道光十九年己亥科（1819）	江南	赋得"重与细论文"得"时"字	《春日忆李白》
28	道光二十年庚子恩科（1840）	云南	赋得"雕鹗在秋天"得"秋"字	《奉赠严八阁老》
29	道光二十三年癸卯科（1843）	四川	赋得"万点蜀山尖"得"秋"字	《送张二十参军赴蜀州因呈杨五侍御》
30	道光二十四年甲辰恩科（1844）	山东	赋得"荡胸生层云"得"云"字	《望岳》
		云南	赋得"晴天养片云"得"晴"字	《秦州杂诗二十首》其一
31	道光二十六年丙午科（1846）	广西	赋得"已觉气与嵩华敌"得"山"字	《阆山歌》
32	道光二十九年己酉科（1849）	四川	赋得"每依北斗望京华"得"心"字	《秋兴八首》其二
		广西	赋得"千崖秋气高"得"高"字	《王阆州筵奉酬十一舅惜别之作》
		云南	赋得"月傍九霄多"得"秋"字	《春宿左省》
33	咸丰二年壬子科（1852）	河南	赋得"露下天高秋气清"得"秋"字	《夜》
		云南	赋得"千崖秋气高"得"多"字	《王阆州筵奉酬十一舅惜别之作》
34	咸丰八年戊午科（1858）	陕西	赋得"水面月出蓝田关"得"陂"字	《渼陂行》
		四川	赋得"万里桥西一草堂"得"西"字	《狂夫》
35	同治元年壬戌恩科（1862）	湖南	赋得"净洗甲兵常不用"得"河"字	《洗兵马》
36	同治三年甲子科（1864）	顺天	赋得"一洗万古凡马空"得"龙"字	《丹青引赠曹将军霸》
		广西	赋得"政简移风远"得"风"字	《奉和严中丞西城晚眺十韵》
37	同治六年丁卯科（1867）	四川	赋得"巫峡秋涛天地回"得"秋"字	《送李八秘书赴杜相公幕》
		广东	赋得"二三豪杰为时出"得"时"字	《洗兵马》
		贵州	赋得"净洗甲兵长不用"得"兵"字	《洗兵马》

续 表

序次	乡试科分	省份	乡试诗题	得句出处(杜诗篇目)
38	同治九年庚午科(1870)	山东	赋得"安得广厦千万间"得"欢"字(带补乙卯科)	《茅屋为秋风所破歌》
39	同治十二年癸酉科(1873)	山东	赋得"荡胸生层云"得"层"字	《望岳》
40	光绪元年乙亥恩科(1875)	江南	赋得"重与细论文"得"论"字	《春日忆李白》
		山东	赋得"平野入青徐"得"楼"字	《登兖州城楼》
		广东	赋得"诗成珠玉在挥毫"得"挥"字	《奉和贾至舍人早朝大明宫》
41	光绪二年丙子科(1876)	福建	赋得"南飞觉有安巢鸟"得"飞"字	《洗兵马》
		甘肃	赋得"千崖秋气高"得"秋"字(带补甲子科)	《王阆州筵奉酬十一舅惜别之作》
42	光绪五年己卯科(1879)	甘肃	赋得"陇月向人圆"得"圆"字	《宿赞公房》
		四川	赋得"竹寒沙碧浣花溪"得"溪"字	《将赴成都草堂途中有作先寄严郑公五首》其三
43	光绪八年壬午科(1882)	甘肃	赋得"应图求骏马"得"求"字	《上韦左相二十韵》
44	光绪十一年乙酉科(1885)	陕西	赋得"月傍九霄多"得"多"字	《春宿左省》
45	光绪十四年戊子科(1888)	山东	赋得"海右此亭古"得"亭"字	《陪李北海宴历下亭》
		陕西	赋得"华岳峰尖见秋隼"得"秋"字	《魏将军歌》
46	光绪十五年己丑恩科(1889)	江西	赋得"攀桂仰天高"得"天"字	《八月十五夜月二首》其一
47	光绪十七年辛卯科(1891)	浙江	赋得"赏月延秋桂"得"秋"字	《夔府书怀》
		四川	赋得"峡云笼树小"得"云"字	《送段功曹归广州》
		贵州	赋得"野馆浓花发"得"浓"字	《送翰林张司马南海勒碑(相国制文)》

续　表

序次	乡试科分	省份	乡试诗题	得句出处(杜诗篇目)
48	光绪十九年癸巳恩科 (1893)	顺天	赋得"秋鹰整翮当云霄"得"才"字	《醉歌行赠公安颜少府请顾八题壁》
		河南	赋得"词人解撰河清颂"得"人"字	《洗兵马》
		四川	赋得"吴蜀水相通"得"图"字	《严公厅宴同咏蜀道画图》
49	光绪二十年甲午科 (1894)	山西	赋得"远水兼天净"得"天"字	《野望》
50	光绪二十三年丁酉科	陕西	赋得"西岳峻嶒竦处尊"得"尊"字	《望岳》
		四川	赋得"正直原因造化功"得"功"字	《古柏行》

按:此表乡试诗题情况主要据《清秘述闻三种》(张伟点校,北京:中华书局,1982 年)编列,个别地方据其他文献补。

由表 1 可知,在清代中后期举行的 67 科乡试、1044 道诗题中①,有 50 科、76 道诗题得句来自杜诗,约占总诗题的 7.3‰,比例看似不高,实际上已远远超过其他别集②。试律诗的诗题得句广涉经史子集,乾隆五十五年(1790)状元石韫玉曾言及诗题得句所涉之广:"制艺命题止于四子五经,诗题则百家之说皆可取资,士子非博极群书,将茫然不知所谓。"③出自集部的诗题,既可从文又可从诗中产生,古代文人数量难以统计,杜诗在清代乡试中一枝独秀,个中缘由值得探讨。

二、唯杜是崇:杜诗得句频现之缘由

究竟是什么原因让杜诗在科举考试中脱颖而出,或者说为什么杜诗会成为科举考试中出现频次最高的诗题得句?

首先,与当时普遍流行的崇杜思潮密切相关。明末清初至乾嘉间,社会上出现了一股崇杜热潮,一时间抄杜、注杜、评杜的风气大开。崇杜思潮的流行不仅加速

---

①　清朝乡试最初分 16 省考试,从光绪元年(1875)开始,陕西、甘肃二省分试,此后直至光绪二十三年(1897)均分 17 省乡试,光绪二十七年(1901)仅西南五省乡试有诗题,诗题总数看似为 16×55＋17×11＋5＝1072 题。实际情况颇为复杂,由于太平天国运动等因素,从咸丰元年(1851)恩科乡试至同治六年(1867)所行之 9 科乡试有不少省份停科,有次年补行者,亦有下一科正科并补行者,还有一科而补数科者,也有未补行者。为便于统计,凡补行者仍有诗题,而未补者自是没有诗题,因此去掉这 9 科停科而未补行之省份的乡试数目,实际总数为 1044 题。

②　据笔者统计,第二为苏轼,有 64 题;第三为李白,46 题;第四为白居易,33 题。

③　石韫玉:《独学庐四稿》,《清代诗文集汇编》第 447 册,上海:上海古籍出版社,2010 年,第 495 页。

了杜诗的普及,还影响了科举考试的命题导向。乾隆二十三年(1758)朝廷规定:"外省乡试诗题,惟期于中正雅驯,不得引用僻书私集,有乖科场体制。"①试律诗的命题范围虽广涉经史子集,但不得随意使用僻冷的书,"某句"的由来也必须符合"中正雅驯"的科场体制。经过历代学者的努力,杜诗逐步经典化,成为最能代表古代诗歌艺术水准的作品。对清代士子而言,杜诗可能是他们最容易接触到的诗集之一。笔者根据《杜集叙录》统计,自清初至嘉庆年间,各种单行的杜集注、评、选本即多达 300 余种。最为后人熟知的杜诗经典注本,如《读杜心解》《杜诗详注》《杜诗镜铨》等也都在此间问世。即使是截止到乡试中首次采用杜句的乾隆三十年(1765),杜诗的各种评注本也有 200 多种。杜诗评注本的大量刊行,使世人获取或学习杜诗变得更为便捷。朝廷的某些崇杜之举,也使得士子们有机会大量接触杜诗。乾隆十五年(1750)皇帝御定的《御选唐宋诗醇》,逐渐成为全国各地府县学宫及书院的必备书目。朝廷明文规定:"御纂诸书,颁发各直省,依式锓板流传,并分给各学,存储尊经阁,俾士子咸资诵习。书坊贾肆愿行刊印者,听其颁行各省。"②《唐宋诗醇》作为皇帝"御选"之书赫然在列,根据记载,直到清末,不少地方的尊经阁中都确有此书,甚至还不止一部。《唐宋诗醇》最大的用途便是当作备考科举之资。乾隆二十七年(1762),朝廷下令:"闱中旧存书籍,残缺不完,试官每移取坊间刻本,大半鲁鱼亥豕,自命题发策以及考信订讹,迄无裨益。应将乡、会两试需用各书,汇列清单,就武英殿请领内府官本。"③其中亦包括《唐宋诗醇》。各级士子要想取阅此书,均较为便利。《唐宋诗醇》作为钦定的唐宋六大家诗选,杜诗居其最,选诗多达 722 首,几乎是李白、白居易等人的两倍。更重要的是,此书在很大程度上以杜诗作为衡量其他五家诗的标准。杜诗被乾隆帝打造为"性情之正"的标杆,因此无论在士子还是主考官心目中,入选《唐宋诗醇》的杜诗自然符合"中正雅驯"的标准,其诗句也可作为乡试诗题的得句。如四川乡试,从嘉庆三年(1798)至十三年(1808)的六科,除嘉庆十二年(1807)外,其余五科的诗题得句都源自杜诗。这或许与杜甫长期流寓四川有一定关联,但杜诗出现频率如此之高,恐怕与社会上普遍流行的崇杜思潮密不可分。

崇杜风气不仅影响着清初以来的普通文士,还逐渐影响到馆阁之臣,甚至对朝廷的一些活动也产生了影响。这可追溯到康熙早年,据毛奇龄《制科杂录》载:康熙十八年(1679)举行博学鸿词科时,皇帝在考试前一日命内阁学士及翰林院掌院等人拟题,内阁学士项景襄所拟之题为一论、一诗,诗题为《赋得春殿晴薰赤羽旗》④,

---

①　昆冈等:《钦定大清会典事例》卷三三一,《续修四库全书》第 803 册,上海:上海古籍出版社,2002 年,第 291 页。

②　允裪等:《钦定大清会典》卷三二,《续修四库全书》第 794 册,上海:上海古籍出版社,2002 年,第 293 页。

③　英汇等纂:《科场条例》卷四三,咸丰二年(1852)刻本,第 4b 页。

④　毛奇龄:《制科杂录》,《四库全书存目丛书》史部第 271 册,济南:齐鲁书社,1999 年,第 646 页。

得句即出自杜甫《宣政殿退朝晚出左掖》。虽然该诗题最终未被采纳,却可由此看出杜诗在当时馆阁重臣心目中的地位。又如康熙三十三年(1694)五月间,皇帝曾令翰苑诸臣在各人轮值时以诗文应制,十五日,"检讨胡作海,编修仇兆鳌、徐元正、汪灏入直,拟赋得衣露净琴张应制五律,限五微"①。诗题得句亦源自杜甫《夜宴左氏庄》。

其次,官方的尊崇也是杜诗得句频频出现的推手。《大清会典》载:"凡试,规会试及顺天乡试,书义三题,诗题皆由钦命……各省乡试,四子书题、诗题,皆正副考官公定。"②这就意味着会试与顺天乡试诗题乃出于皇帝"钦定",其他各省乡试之诗题则由每科正、副考官商量后敲定。

无论皇帝还是主考官对杜诗都极为推重。就帝王而言,除了乾隆,嘉庆帝也非常尊崇杜诗。从潜邸到当政,他曾多次推扬杜诗,认为杜甫是继《诗经》之后力挽狂澜者:"毛诗三百篇,谁能继其后?少陵振金声,独奋回澜手。"故而杜甫能够让后世"千秋仰宗风"以至于"诗坛名不朽"③。又因杜诗不仅"诗笔雄",还"言志贵得正",他两次经过济宁南池时,都"展拜心致敬",感慨杜诗"伟哉不朽言"④。与乾隆一样,嘉庆的诗集中,也存有大量试律诗——潜邸时即有恭和其父之试律诗,即位后亦有大量乡、会试及考差、朝考、散馆等诗题之作。尤其值得一提的是,他还集中写过不少以杜诗为题的试律诗习作(均非出现在考试场合,或许仅是其窗课之作),如"水流心不竞"(《江亭》)、"四月熟黄梅"(《梅雨》)、"接叶暗巢莺"(《陪郑广文游何将军山林》)、"江入度山云"(《江阁对雨有怀行营裴二端公》)⑤等。此外,从嘉庆六年(1801)至光绪十二年(1886),朝廷又增设宗室乡、会试,考试题目包括四书文一篇、五言八韵试律诗一首。其中亦有4科诗题出自杜诗,3次均出现在嘉庆年间:嘉庆九年(1804)甲子科乡试——赋得"月林散清影"得"清"字(《游龙门奉先寺》);嘉庆十三年(1808)戊辰恩科乡试——赋得"野云低渡水"得"低"字(《陪章留后侍御宴南楼》);嘉庆二十五年(1820)庚辰科会试——赋得"好雨知时节"得"时"字(《喜雨》)。宗室乡、会试之诗题自然也出自皇帝钦定。不仅如此,嘉庆帝还有多首依题范作,如嘉庆九年(1804)宗室乡试诗题⑥、嘉庆十三年(1808)宗室恩科乡试诗题⑦等。虽是依例之作,但也在很大程度上反映出嘉庆帝对杜诗的尊崇。

至于考官对杜诗的重视,可从不少乡、会试考官的言论中窥其一斑。如乾隆五

---

① 陈康祺:《郎潜纪闻初笔》卷一二,北京:中华书局,1984 年,第 252 页。
② 《钦定大清会典》卷三一,长春:吉林出版集团有限责任公司,2005 年,第 255 页。
③ 爱新觉罗·颙琰:《味余书室全集》卷一八,《清代诗文集汇编》第 458 册,第 372 页。
④ 爱新觉罗·颙琰:《味余书室全集》卷二八,《清代诗文集汇编》第 458 册,第 551 页。
⑤ 爱新觉罗·颙琰:《味余书室全集》卷二一,《清代诗文集汇编》第 458 册,第 455—456 页。
⑥ 爱新觉罗·颙琰:《御制诗二集》卷六,《清代诗文集汇编》第 460 册,第 167 页。
⑦ 爱新觉罗·颙琰:《御制诗二集》卷三九,《清代诗文集汇编》第 460 册,第 610 页。

十一年(1786)，潘奕隽充当贵州乡试副考官时，就在策问中提道："夫诗以道性情，必原本忠孝，根柢风骚。若李杜韩白之于唐，苏陆之于宋，乃能当大家而无愧。我皇上文思天纵，鸿章巨什，集千古之大成，《御选唐宋诗醇》颁行海内已久，诸生溯风雅之渊源，诵圣人之制作，必有奋勉兴起、和声以鸣国家之盛者，愿以心得者著于篇。"①道光年间龙启瑞也说："杜韩苏黄诸大家全集能涉猎更佳，其选本则谨奉《钦定唐宋诗醇》作圭臬足矣。"②甚至一些地方官也告诫士子："恭读《御选唐宋诗醇》，如杜之激昂、韩之倔奇、李、苏之纵肆，咸登于集，为天下之式。"③这些话语中有两个较为重要的指涉，一是都承认杜诗的典范性，二是都提到科举备考书《唐宋诗醇》，这也从一定程度上反映出不同时代的官员对杜诗均极为推崇。阅读杜诗固然以杜集最为全面，但如果为了应付科考，《唐宋诗醇》无疑更为便捷和有效。

虽然短时间内我们无法一一考察这50科以杜诗为诗题得句的乡试考官是否都有"宗杜"倾向，但在一些特定时期，尤其是乾、嘉二朝，皇帝本人都频频鼓吹杜诗，上行下效之风很容易生成，进而产生了一种官方态势的推杜风气。在这种形势下，科场选择杜诗作为诗题得句也就顺理成章了。在清代乡试(包括宗室乡会试)中，杜诗成为集部得句的主要来源，也从很大程度上反映出在当时的官方意识中杜诗有着其他诗歌难以比拟的地位。

三、角逐场屋：试律诗中的杜诗接受

据《大清会典》的记载，每科各省乡试取中人数通常为：顺天，正榜270名，副榜42名；江南，正榜114名，副榜22名；江西、浙江，正榜皆94名，副榜皆18名；福建，正榜87名，副榜17名；湖北，正榜47名，副榜9名；湖南、广西，正榜皆45名，副榜皆9名；河南、广东，正榜皆71名，副榜皆14名；山东，正榜69名，副榜13名；山西、四川，正榜皆60名，副榜皆12名；陕西，正榜41名，副榜8名；甘肃，正榜30名，副榜6名；云南，正榜54名，副榜10名；贵州，正榜40名，副榜8名④。取中人数大致如此，参考人数则远远超过此数。即以湖南而言，乾隆二十七年(1762)乡试，举子有"四千余人"，取中"四十六人"⑤；道光二十九年(1849)乡试，考试人数亦

① 潘奕隽：《三松堂集》卷一，《清代诗文集汇编》第399册，第294页。
② 龙启瑞：《经德堂文集·别集上》，《清代诗文集汇编》第655册，第339页。
③ 董沛：《汝东判语》卷六，光绪正谊堂全集本，第4页。
④ 以上各省取中正副榜人数，乃据《钦定大清会典》统计合并而成(顺天乡试取录人数颇为复杂，此处按其取录最高人数而言)。不过，从现存乡录、同年齿录及硃卷情况来看，这仅为乾、嘉、道三朝的一般情形，咸丰、同治时常有并科现象，正榜取录人数通常超过规定人数。光绪时可能因考生人数增多，取中员额超过规定是常态。详参《钦定大清会典》卷三三，《续修四库全书》第794册，第301页。
⑤ 钱大昕：《潜研堂文集》卷二三，上海：上海古籍出版社，2009年，第367—368页。

是"四千有奇",而"得士如额"①,可见其取录比例约为1%。又如江西,乾隆五十三年(1788)、五十四年(1789)恩科两次乡试,考生分别为"八千有奇""八千余人"②,但其正榜定额人数为94人,取中比例亦约为1%。个别省份取中比例虽然略高,但大多也不会超过2%,如乾隆三十九年(1774)河南乡试,应考者为"四千六百五十有奇",仅"得士七十一人"③。总体看来,各省乡试的取中率仅为1%~2%。

上文曾及,杜句遍及全国50科、17省乡试诗题中,有时一科内便有3省诗题得句出自杜诗。乾嘉时期个别省份的乡试诗作已荡然无存,即使是取中者的试律诗,也已百不存一,我们却可由应考人数对以杜诗为得句的试律诗数量进行推算。各省每科乡试应考人数少者不到三千,多者则可能过万,即以最少者计算,若该科乡试诗题得句恰为杜诗,至少也有近三千人以试律诗来敷写相应的杜句,对于杜诗的研习来说,这是一个较为可观的数字。再大而言之,在清代各省乡试中,杜诗共出现过76次,以杜诗为得句的试律诗曾经有数十万首。可见在这种制度下,研习杜诗的人数是极为惊人的。

与清代试律诗的创作进程相始终,杜诗接受也呈现出了新气象。我们可举数例加以说明。乾隆三十六年(1771)江南乡试诗题为"赋得月涌大江流得源字五言八韵",且看第93名举人王兆鲲之诗:

> 苍溟月为窟,岷山江发源。团团呈皎洁,混混自澜翻。一色连天际,双流赴海门。银毯涛里簸,金镜浪中掀。楚甸光平接,吴山势欲吞。乘风影荡漾,触石响潺湲。不羡看飞瀑,宁夸闻涌溢。共钦明德远,清晏沐皇恩。④

作为试律诗,此诗首联类似于八股文中的破题,点明月与江各自的源头;二、三联刻画月与江各自的状态。逐渐展现出天地之间似乎唯有月与江二物,虽然一在天、一在地,但两者开始逐渐交融。第四联则是两者已然交融后的情景,月亮此时宛若江涛里的一个银球,翻滚不已,江面在月色照耀下如同一面镜子,江中的浪涛则犹如在镜面上掀动不已的波纹。此联呈现出月色如何与江流融会的唯美场景。第五联视野进一步扩大,从近距离转向远距离,想象着水月交融下江流奔腾的气势;第六、七联从色、声两方面继续描绘江流之涌动。最后一联则是试律诗的一般格式,即以"颂圣"结尾,虽与杜句无明显关系,但还是由"月"与"江"衍发而出:"明德"既指月亮之明,又指君王美好的德性,"清晏"既指江流之清澈安宁,亦指四海清平。因此这两个词都具有双重意蕴——从具体物象走向象征意蕴,形成一种有所依托的"颂圣",非凭空式的阿谀之辞。总体而言,此类诗歌所描绘之景虽然并非真

---

① 车顺轨:《湖南乡试录序》,《湖南乡试录》,道光二十九年(1849)刻本,第1b—2a叶。
② 赵佑:《万寿恩科江西乡试录序》,《清献堂集》卷九,《清代诗文集汇编》第360册,第667页。
③ 钱大昕:《潜研堂文集》卷二三,第371页。
④ 顾廷龙主编:《清代硃卷集成》第130册,台北:成文出版社有限公司,1992年,第363页。

实情形，但该诗对杜诗"月涌大江流"这一意境的描绘、刻镂却颇见功力，可见作者对杜诗的把握也是较为精准的。

又如光绪元年(1875)江南乡试，解元万人杰与副榜刁宗楷二人的诗作：

赋得重与细论文 得论字五言八韵　万人杰

自别青莲后，文章孰与论？重来寻旧约，细处溯真源。蜗角名同寄，牛毛理或存。寸心参得失，分手几寒温？唾拾珠玑屑，功舍斧凿痕。阵严仍守律，筌弃岂忘言？神妙毫颠倒，波澜舌底翻。载吟工部句，献赋沐天恩。①

赋得重与细论文 得论字五言八韵　刁宗楷

自别青莲后，文章未细论。还期重把袂，相与并开樽。检点新编富，研摩旧学温。引丝机有绪，吐玉屑无痕。两地衷情密，三唐格律尊。梦怀花管远，迹想草堂存。饭颗前游续，兰盟凤好敦。升平资黼黻，珥笔荷隆恩。②

乍看起来，这两首诗似乎难分轩轾，但为何万占得鳌头，刁却落入副榜？原因可能有多方面，抛却其他因素不论，仅就诗歌本身而言，两者还是有一定区别的。二诗解题之首句虽然完全相同，第二句却略有差异。相较而言，万诗的第二句更切合杜诗本意，"孰与论"三字紧扣杜诗"忆李白"的指向；刁诗之"未细论"则更多体现自己对诗的态度。第二联，万诗想像李、杜"重聚"后论诗之景，尤其注重刻画杜诗中的"细论"，之后数联都从这二字着眼。如"细论"要如辨析牛毛之微一般，且要讲究律法之严苛等等，最后一联则在点明出处的基础上"颂圣"。诗中的典故大多是化用杜句而来，显得极为切合。刁诗第二联"还期"二字从"期待"的角度想像"论文"之情，与题意较为贴合，后面的诗句也有"论文"之意，却忽略了对"细"的刻画，或者说缺少了"细论"的具体情景，就显得流于表面了。且全诗更多的是想像李、杜之间的友情，与诗题略有隔膜。刁宗楷诗，虽然其房师总批曰"诗深稳"、加批曰"措词细腻，落笔浑成"，但与万诗仍有高下之判。

清末民初颇有名望的学人金武祥也参加了这一科的江南乡试，虽然他颇为自得地总结出一条试律诗法，但他这一年再次铩羽而归，据其回忆：

乙亥，江南闱题为"重与细论文"，余诗云："久盼重逢乐，交从李杜敦。奇文应共赏，离绪不堪论。艳说花生笔，狂邀月到樽。吹台同揽古，乐府独承恩。万丈光争吐，三秋兴尚存。老夸诗有律，别忆梦无痕。高咏怀牛渚，相期隐鹿门。归来头欲白，好与数晨昏。"韵尚不杂，而通首切李杜发挥，亦宽题窄做之法也。③

---

①　夏献馨评选：《直省乡墨文萃全集》，光绪元年(1875)琉璃厂善成堂刻本，第23a页。
②　顾廷龙主编：《清代硃卷集成》第358册，第91页。
③　金武祥：《粟香随笔》卷八，南京：凤凰出版社，2017年，第192页。

这首试律诗若放在其他场合,或许是一首不错的借题发挥之作,却不太符合考场试诗规则,尤其是最后两联。从第七联借李白之典故开始,作者便将整首诗拉向了归隐之意,尾联更是顺着第七联流露出了不问世事的心态,犯了试场尾联"颂圣"之大忌。清代科场文字讲究"清真雅正",诗亦如此。乾嘉以来一再有人指出此点,如石韫玉曾云:"其(试律诗)体近于对飏,命意必庄,遣词必雅,一切艳冶、粗豪之语不得杂乎其间。"①姚文田也说:"(试律诗)言必庄雅,无取纤佻,虽源本风雅,而闺房情好之词,里巷忧愁之作,不容一字阑入行间。"②陶鉴亦曰:"赞美处勿涉阿谀,干请处勿失身分,即有规勉,亦当温厚和平……一切不吉之语、衰飒之字,慎勿犯其笔端。"③由此可见,金武祥的应试诗就显得有些文人的里巷穷愁之意,诗语多不庄雅,"归来头欲白"更显颓老、衰飒之态,故而考场失利也就在所难免了。此类落第诗,基本上很难留存于世,所幸有金武祥本人的回忆,才能使得我们对其落第缘由略知一二。

如果说士子们为应付乡、会试中的试律诗而接受杜诗是出于"被迫"的话,那么下至士子日常诗课或窗课,上至翰詹馆课,甚至别集中大量存在的以杜句为题的试律诗,则说明由应付科考而造成的杜诗接受已自觉地内化为他们的日常行为。

四、依题演绎:日常写作中的杜诗接受

从上述 50 科乡试诗题来看,各省乡试都出现过以杜句为题者,在信息沟通不畅的年代,谁也搞不清哪一科、哪个省的乡试诗题会以哪一句杜诗来命题,这势必要求天下士子对杜诗——至少是名篇名句——都极为熟谙,唯有如此方能解题下笔。

试律诗乃依题作诗,解题是第一步。乾隆二十四年(1759),纪昀即从辨体和审题两方面对试律诗的创作提出明确要求:"为试律者,先辨体。题有题意,诗以发之……次贵审题,批窾导会,务中理解。"④无论辨体还是审题,必须清楚诗题出处,因为作试律诗"其法首在认题……认题不真,则所言皆无藉"⑤,若不解其由则难以下笔。石韫玉更进一步指出:"试帖则因题作诗,必于命题之义细意熨帖,不得放言高论,卤莽从事。"⑥士子若要无障碍地遇题解题,就需要对常用常读之经典熟谙于胸,至少得熟悉其中的著名篇章和经典语句,因为考试之诗题得句"皆本经史子集,

① 石韫玉:《独学庐四稿》,《清代诗文集汇编》第 447 册,第 495 页。
② 梁章钜:《试律丛话》卷一,上海:上海书店出版社,2001 年,第 515 页。
③ 梁章钜:《试律丛话》卷一,上海:上海书店出版社,2001 年,第 514 页。
④ 纪昀:《纪晓岚文集》第 3 册,石家庄:河北教育出版社,1995 年,第 11 页。
⑤ 吴甡:《诗赋题笺略·自序》,乾隆二十八年(1763)春晖阁刻本,第 3b 页。
⑥ 石韫玉:《独学庐四稿》,《清代诗文集汇编》第 447 册,第 495 页。

以冠冕为尚，太琐亵者不称体裁"①。诗文集更是如此，不少唐人诗文集乃当时必读书目，如乾隆间沈起元掌教娄东书院时，即于教规中规定："现奉新纶，（试律诗）已入功令，则此艺尤不可不讲。初学入门，宜先读中唐诸公，次读李杜，次读昌黎，次读王孟韦柳，而温李元白，以次而及。"②清代乡试诗题得句中，杜诗频频出现，客观上促进了读书人对杜诗的全方位了解。

解题之后，就面临如何写作的问题。以杜诗得句的试律诗，其写作过程正折射出作者对杜诗的理解程度及推衍阐发的具体经过。这种方式固然存在不少限制，但对杜诗接受来说还是有促进作用的。道光年间路德曾编《关中课士诗》，其中录有不少以杜诗为题的试律诗，如"渭北春天树"（《春日忆李白》）一题，时为书院学生的吴锡岱、阎敬铭、张卿霄等皆有同题之作，路德一一进行了点评。如对吴锡岱诗的点评："抚景怀人，情见乎词，妙在不著一字，能令读者动心，此诗家上乘禅也。"③对阎敬铭诗的评价说："一、高唱入云；二、对面烘出；三、唐音，格高调逸。"④对张卿霄诗的评价也很高："一、自在流出，不假安排；二、读者须领取其声；三、另开一境；四、声东击西，始终不曾说破。"⑤张卿霄的诗究竟如何？

> 瞥眼青如此，春深渭北天。树仍横古渡，窗莫小晴川。塞远波萦曲，林疏野望圆。杜陵三月雨，秦苑几堆烟。绿遍高原上，阴浓大道边。影将浮碧华，色不借蓝田。日午诗人笠，江南酒客船。如何风景好，惟见李龟年。⑥

路德作为试律名家，对此诗的评点颇为到位，所谓"不假安排"，即没有刻意破题敷写，直接由目前之景引出"春深渭北"，其后五联则腾挪描绘渭北春深的具体景象，算是紧扣杜诗原意而深化细致地摹写，还颇为高妙地融合、化用了王维、杜甫、许浑等人的名句。第七联前一句化用李白"饭颗山头逢杜甫"句，点出李白；后一句用杜甫《梦李白》诗意，点出杜诗原意。不过最为高妙处还在于尾联一转，深含二义：表面看来，在如此大好风光下，所见者唯有李龟年；然而，弦外之意又不无感慨，因为见到的仅是李龟年而不是李白。这应该就是路德所言的"另开一境"及"声东击西"。路德在此诗后又借题发挥说"情真景真，怀人意自在言外"，并强调试律诗的用语之忌，"凡用离悲别恨等语者，不但非应制体裁，直是不能切题耳"⑦。作为士子的日常诗课，最后一联虽不失特色，但若在应试场合，极有可能落选，因为缺乏

---

① 蒋义彬：《词馆试律清华集·凡例》，道光四年（1824）刻本，第1a页。

② 王祖畬纂：《民国太仓州志》卷九，民国八年（1919）刻本，第6a页。

③ 路德编：《关中课士诗》，光绪七年（1881）义和堂刻本，第19b页。按：此书为陈圣争先生私藏，承其见示，谨致谢忱。

④ 路德编：《关中课士诗》，光绪七年（1881）义和堂刻本，第20b页。

⑤ 路德编：《关中课士诗》，光绪七年（1881）义和堂刻本，第21a页。

⑥ 路德编：《关中课士诗》，光绪七年（1881）义和堂刻本，第21a页。

⑦ 路德编：《关中课士诗》，光绪七年（1881）义和堂刻本，第21a—b页。

"颂圣"之语,言语也不符合应试诗所要求之"雅正"。此句虽化用杜诗,但江南得逢李龟年时,已寓人至迟暮、国运衰败之意,是为大不祥。洪亮吉曾记载过类似的事例:"庚戌考差题为《林表明霁色得寒字》,吴(锡麒)颈联下句云:'照破万家寒',时阅者为大学士伯和珅,忽大惊曰:'此卷有破家字,断不可取!'吴卷由此斥落。足见场屋中诗文,即字句亦须检点。"①吴锡麒乃乾嘉间试律诗名家,考差时因用"破家"二字落选,普通士子若在科场出现暗含国势衰败的诗作,后果更是可想而知。不过,这也在一定程度上反映了日常诗课比应试诗的要求更加宽松,更多着眼于诗艺的研习。

即使是一些已进入仕途的馆阁文人,也深受杜诗影响,依然采用杜诗得句的方法进行诗歌创作。纪昀所编《庚辰集》中收有不少以杜诗为题的试律诗,于敏中和秦勇均二人皆有以"荷净纳凉时"(《陪诸贵公子丈八沟携妓纳凉》)为题的诗作。纪昀对于诗的评价是"着意纳凉字,自不泛咏荷花。通体娟秀,结亦别有远神"②;对秦诗的看法为"前半写荷净,藏得凉字;后半写纳凉,顺流而下矣。结亦别有思致"。③可见二诗的写法并不相同,着眼点也截然不同:一是注重从"纳凉"衍发,略过"荷净";一是从"荷净"写起,带出"纳凉"。纪昀指出二诗结尾处都别有韵致,于诗的尾联是"陂塘秋渐近,相对意云何",所谓"别有远神",当是针对杜诗而言。杜诗本意及于诗的主体是当暑纳凉,结尾时于敏中却将诗意宕开一层,抛出秋凉时的景象当如何之意。秦诗的结尾是"相逢君子德,当暑亦清和",既紧扣题旨,又婉含"颂圣"之意,远较一般的"颂圣"之语高明,其中亦暗含警策——所称赞之人要有君子之德,纪昀所谓"别有思致"大概指此。已入仕者的试律诗写作可以有较大的自由度,"颂圣"的程度可以弱化,不致造成千人一面甚或令人生厌之感。

以杜诗为题的试律诗习作,一直延续到科举考试废除前夕,时为生童的周作人在1900—1901年曾五次以杜诗为题进行创作,诗题分别为"新晴锦绣纹得纹字""闻道长安似弈棋得安字""二三豪俊为时出得时字""巡檐索共梅花笑得花字""虎气必腾上得腾字"④。因未见具体作品,其创作详情不得而知。但周氏所据之杜诗并非均为名句,可从侧面反映出士子日常对杜诗的熟悉程度,以杜诗为题创作试律诗也具有深远的影响力。

由此可见,因清代科举考试中大量出现杜诗得句,各类人士在应付科考的同时激发出普遍性的学杜、研杜活动。下至生童,上至馆阁重臣甚至帝王,笔下均衍生出以排律形式来敷衍杜句的诗作。这对他们后来的诗歌创作,以及清代的杜诗接

① 洪亮吉:《北江诗话》卷二,北京:人民文学出版社,1983年,第42页。
② 纪昀:《纪晓岚文集》第3册,石家庄:河北教育出版社,1995年,第136页。
③ 纪昀:《纪晓岚文集》第3册,石家庄:河北教育出版社,1995年,第147页。
④ 周作人:《周作人日记》影印本,大象出版社,1996年,第166页、第168页、第177页、第232页、第239页。

受所产生的影响也是不容低估的。

结　语

从乾隆二十二年(1757)开始，试律诗重新纳入科考范围，士子们必须先通过乡、会试的试律诗这一关，才有机会逐步走向仕途。受社会上普遍流行的崇杜思潮和当权者对杜诗推重的双重影响，杜诗成了各省乡试命题中最集中的取材对象，士子们在备考和考试过程中也对杜诗进行了仔细揣摩和推敲。这种举国体制下的考试形式，对杜诗的接受而言，产生了极大的促进作用。

乡、会试中以杜诗为题的试律诗也仅仅是试律诗文献的冰山一角，曾经参与过此类诗歌创作的人数已难确考。但现存的50科采用杜诗得句的乡试资料，以及散见于群籍中的士人诗课、翰詹馆课的试律诗，足以鲜活地告诉我们曾经有无数士人为了琢磨某句杜诗的蕴涵而努力对其诗歌进行刻画、敷衍，又在考试时将之恰切地表达出来。

虽然清代的杜诗接受呈现出多种形态，以杜诗为题与当是社会上的崇杜风气可能交相为用，互相影响。乾嘉以后杜诗学的繁荣诚然不能完全归功于杜诗得句这种形式，但几乎全天下的读书人都在努力学习杜诗、揣摩杜诗，杜诗成为他们启蒙以后即要刻苦研究的对象，这或多或少会对当时的诗歌创作产生一定影响。退而言之，用于科考的试律诗，固然只是一时的表现，但诗题中大量出现杜诗，对于理解杜诗、研习杜诗及杜诗的接受还是产生了极大的推动。更有甚者，即使是已经考取功名的部分士人，依然会在此后的诗作中采用杜诗得句的形式创作试律诗，进一步对杜诗进行推衍。原本为应付科举考试而产生的创作形式逐渐内化为他们日常生活的一部分。凡此，均使得清代中期以后的杜诗接受呈现出了全新的面貌。

邵傅《杜律集解》及其日本和刻本考论

汪欣欣

华南师范大学

明人邵傅的《杜律集解》是一部独特的杜甫律诗集评本,由《杜律五言集解》和《杜律七言集解》组成。邵傅"集"诸家评点,删汰芜杂,展现了集评家总辑辞藻的能力和眼光;而其"解"则进一步明确表现他对诗歌文本及前人评点的思考和衡鉴。更为重要的是,其所集评点多出自元明杜律选评本,此与元明杜律选评的兴起与发展有着相呼应的联系,所以这一集评本充分地展现了鲜明的时代特色。此书虽在国内流传不广,然日本却一再翻刻,和刻本达 20 余种,直接导致了江户时代杜诗阅读的盛行,促使杜甫"一跃为这一时期的一个文化偶像,终于在日本知识阶层中得到了一定的地位"[1],推动了杜诗及杜甫在东亚的接受。因此,无论在杜诗批评史上,还是中外文化交流史上,《杜律集解》都自有其独特的地位与价值。

关于此书,清人仇兆鳌《杜诗详注》有所提及,今人叶嘉莹《秋兴八首集说》亦有所引。当今学界虽有关注[2],然尚有一些问题未得到解决:如邵傅其人的活动时间、《杜律集解》的初刻时间、所用底本、所辑诸家,以及此书的日本和刻本情况等,皆需考辨梳理。现就以上几个问题进行仔细辨析,同时略论其集评特点;并结合此书的域外传播情况,重新定位其历史文化价值。

一、邵傅及《杜律集解》

邵傅,字梦弼,闽县(今属福建)人。黄虞稷《千顷堂书目》载其为明"隆庆贡士,

---

① [日]静永健、陈翀:《近世日本〈杜甫诗集〉阅读史考》,《中国文论》(第一辑),上海:上海古籍出版社,2014 年,第 212 页。

② 详见王燕飞:《邵傅〈杜律集解〉研究》,《语文教学通讯》2013 年第 4 期;綦维:《金元明杜诗学研究》,博士学位论文,山东大学,2002 年。

王府教授"①。周采泉《杜集书录》延黄氏之说②,而张忠纲《杜集叙录》则谓"《(乾隆)福州府志》云其为崇祯间贡生,王府教授"③。

明人陈学乐《刻〈杜工部七言律诗集解〉序》云:"余社友博士邵君梦弼,乃翁符台卿鳌峰公。"④《刻〈杜工部五言律诗集解〉序》又云:"博士君曰:吾于七言律也,……自青衿至皓首。"⑤两序分别作于万历十五年(1587)和万历十六年(1588),而此时邵傅已有"皓首"之叹,则其当历嘉靖、隆庆、万历三朝。《(乾隆)福建通志》"林世璧"条云:"闽县邵傅、福清王廷钦皆豪于文,能诗,与世璧齐名。"⑥林世璧乃嘉靖中诸生,可见邵傅主要活动于嘉靖年间,且名于当时。著有《青门集》《朴巅集》《杜律集解》。邵傅去世后,明代闽地著名藏书家徐𤊹有《哭邵梦弼广文》《小苕溪怀邵梦弼》等诗⑦,表达深切怀思。

《杜律集解》、《成都杜甫草堂收藏杜诗书目》、叶绮莲《杜工部集关系书存佚考》、周采泉《杜集书录》、郑庆笃《杜集书目提要》、张忠纲《杜集叙录》等著录,皆作"杜律集解,六卷"。

今有日本公文馆藏本,作《杜律集解》,六卷,为五、七律合刻本。白口,单鱼尾,四周单边,半叶8行,行17字。五律卷前有万历十六年(1588)陈学乐《刻〈杜工部五言律诗集解〉序》《杜律五言目录》;七律卷前有万历十五年(1587)陈学乐《刻〈杜工部七言律诗集解〉序》《杜律七言目录》、万历十五年(1587)邵傅《〈集杜律七言注解〉序》《〈集解〉凡例》七条。又有福建省图书馆藏本,作《杜律七言集解》,二卷二册,为七律单刻本。白口,单鱼尾,四周单边,半叶8行,行17字。卷前序跋依次是陈学乐《刻〈杜工部七言律诗集解〉序》《杜律七言目录》、邵傅《〈集杜律七言注解〉序》《〈集解〉凡例》七条。此外,《杜律集解》另有多种日本和刻本,因版本较多,后文单独梳理。

邵傅《集〈杜律七言注解〉序》云:"愚自草角逮今皓首,沈玩既久,录其解与杜合者,汇集成帙,间一、二管见,随窃参附,未尝敢语人。近社友陈以成谈及杜解,诸贤异同,莫之权定。因出此卷就正,乃以成极意尚论,谬谅愚衷,且以授梓,遂述数语

① 黄虞稷:《千顷堂书目》,上海:上海古籍出版社,2001年,第9页。另,《鼓山艺文志》载:"(邵傅)隆庆四年(1570)岁贡生,官王府教授。"见福州市地方志编纂委员会整理:《鼓山艺文志》,福州:海风出版社,2001年,第120页。
② 周采泉:《杜集书录》,上海:上海古籍出版社,1986年,第331页。
③ 张忠纲等编著:《杜集叙录》,济南:齐鲁书社,2008年,第215页。
④ 邵傅:《杜律集解》日本贞亨二年(1685)刻本,新北:大通书局,1974年,第283页。
⑤ 邵傅:《杜律集解》日本贞亨二年(1685)刻本,新北:大通书局,1974年,第2页。
⑥ 郝玉麟、谢道承:《(乾隆)福建通志》卷五十一,《文津阁四库全书》第530册,北京:商务印书馆,2006年,第6页。
⑦ 详见徐𤊹:《幔亭集》卷七、卷十三,《文津阁四库全书》第1300册,第274、353页。

于卷端。……万历丁亥（1587）冬十月朔闽三山邵傅书。"①可知，邵氏于万历十五年（1587）冬十月完成《杜律七言集解》，"授梓"于友人陈学乐，并书此序。这点也在陈学乐的《刻〈杜工部五言律诗集解〉序》中得到证明，"余阅之，叹其善发杜老之蕴，而信其为可传也，乃论之梓行。业诗者争凭之作蹊径，以入杜氏门墙"②。是书梓行后，备受学子欢迎。陈氏考虑五律"独阙"，"昔之评少陵氏作者曰：七律圣矣，五律神焉。非圣无以入神，此君之所以先注七言律也。然非神何以尽圣，五言律注可独阙与"③，因此托请邵傅再释"五言律"。邵氏遂"杜门扫轨，几八月而稿就"④，书成之后，亦授陈氏"俾订之"。陈学乐的《刻〈杜工部五言律诗集解〉序》作于"万历戊子（1588）岁夏"，则《杜律七言集解》单行本应刻于八个月之前，即万历十五年（1587）十一月左右；而《杜律集解》（即《杜律五言集解》和《杜律七言集解》合刻本）则刻于万历十六年（1588）。由此可以推测，福建省图书馆藏本或即是万历十五年（1587）单刻本，二卷；而日本公文馆藏本应为万历十六年（1588）合刻本，六卷。

　　另外，需要注意此书的"凡例"。邵傅《〈集解〉凡例》曾谓"杜七言律实多，今《集解》不尽"⑤，并称其所取有"千家注、虞注（即旧题虞集《杜律虞注》）、单注（即单复《杜律单注》）、默翁注（即俞浙《杜诗举隅》），近张罗峰（即张孚敬《杜律训解》）并赵滨州注（即赵大纲《杜律测旨》）"⑥。以上多为杜甫七律选评本，则《凡例》应是邵氏完成《杜律七言集解》后所书。故此，万历十五年（1587）单刻本卷前附陈学乐《刻〈杜工部七言律诗集解〉序》、邵傅《〈集杜律七言注解〉序》及《集解凡例》，而万历十六年（1588）合刻本卷前补录了陈学乐的《刻〈杜工部五言律诗集解〉序》。⑦

二、《杜律集解》之底本及所集诸家考

　　《杜律集解》收杜甫律诗526首，其中，《杜律五言集解》收诗388首⑧，分四卷，卷一88首，卷二98首，卷三102首，卷四100首；《杜律七言集解》收诗136首，分上、下两卷，上卷72首，下卷64首。在编排体例上，此书"诗自随其历履编次，不分门类"⑨。在评点方式上，则主要采用夹行评点（部分诗歌于篇末附总评）。至于其

---

①　邵傅：《杜律集解》日本贞亨二年（1685）刻本，新北：大通书局，1974年，第287—288页。

②　邵傅：《杜律集解》日本贞亨二年（1685）刻本，新北：大通书局，1974年，第1页。

③　邵傅：《杜律集解》日本贞亨二年（1685）刻本，新北：大通书局，1974年，第1—2页。

④　邵傅：《杜律集解》日本贞亨二年（1685）刻本，新北：大通书局，1974年，第3页。

⑤　邵傅：《杜律集解》日本贞亨二年（1685）刻本，新北：大通书局，1974年，第290页。

⑥　邵傅：《杜律集解》日本贞亨二年（1685）刻本，新北：大通书局，1974年，第289页。

⑦　《杜集叙录》称福建邵明伟刊本卷前尚附有邵傅《〈集杜律五言批注〉序》，然查福建省图藏本，卷前无邵傅所书五律序跋。待考。

⑧　《杜律集解》除收杜甫388首五律外，尚于卷二《酬高使君》一诗后附高适《赠杜二拾遗》1首。

⑨　邵傅：《杜律集解》日本贞亨二年（1685）刻本，新北：大通书局，1974年，第289页。

评语,邵傅云:"愚惟缉千狐之腋,稽于却寒;错九鼎之羞,嗌于适口;约百家之注,订于逆志。"①复云:"愚《集解》或以句取,或以意会,或录全文,或错综互发,或繁简损益,不能尽同。"②则此书为邵氏"采诸名家之琼藻"而成,是名副其实的集评本。然邵傅融会各家评语于一体,即除"公自注"外,仅少部分标示前人姓名,大部分糅合引用,不标出处。叶嘉莹谓其"剪裁颇简当,惜多不注明出处"③。这就妨碍了后人对本书具体内容的认识,以下对《杜律集解》所引诸家逐一考辨,并略为说明其引用特点。

(一)《杜律集解》所用底本考

《杜律集解》虽为集评本,但比对评点可知,此书实际选用了 2 家评点本为底本,纂集而成。其中,《杜律五言集解》部分,以赵汸《杜律五言赵注》为底本,以单复《杜律单注》为补充;而《杜律七言集解》部分,则以赵大纲《杜律测旨》为底本,兼采旧题虞集《杜律虞注》评语。需要说明的是,因《杜律七言集解》先行完成,《杜律五言集解》继之,二者在集解体例上关系紧密。故虽现存《杜律集解》在编排上基本皆先列《杜律五言集解》,后列《杜律七言集解》,然为方便考其脉络,以下先就《杜律七言集解》略作考述,再行分析《杜律五言集解》。

1.《杜律七言集解》之底本

《〈集解〉凡例》称:"罗峰(张孚敬)统合诸家,考证翔实而注义略陈。滨州(赵大纲)演会罗峰,章旨亦稍更易。愚出入滨州注尤多。"④"滨州"即赵大纲(? —1572后),字万举,滨州人,著有《杜律测旨》。是书收杜甫七律 150 首,夹行批点。由《凡例》可知,邵傅颇多采辑赵大纲本,基本径自辑录,不标姓氏。以《送郑十八虔贬台州司户参军伤其临老陷贼之故阙为面别情见于诗》诗为例:

　　赵大纲本:郑公樗散鬓如丝,酒后常称老画师。万里伤心严谴日,百年垂死中兴时(此言其远谪司户参军,已自可伤,且将老死复平之世,尤为可悲)。苍皇已就长途往,邂逅无端出饯迟(惟其严谴,故仓惶就道。公又以出饯之迟,不及相遇,此即所谓阙为面别者)。便与先生应永诀,九重泉路尽交期(此言倘若生而得见,良足自慰。纵使生不得见,死亦相从,尽此交期也。然则情之见于诗者,切矣)。

　　邵傅本:郑公樗散鬓如丝,酒后常称老画师。万里伤心严谴日,百年垂死中(去声,即仲字,言已兴而复兴也)兴时(远谪已可伤,且垂老死于复平之世,

①　邵傅:《杜律集解》日本贞亨二年(1685)刻本,新北:大通书局,1974 年,第 288 页。
②　邵傅:《杜律集解》日本贞亨二年(1685)刻本,新北:大通书局,1974 年,第 289 页。
③　叶嘉莹:《杜甫秋兴八首集说》,石家庄:河北教育出版社,1997 年,第 5 页。
④　邵傅:《杜律集解》日本贞亨二年(1685)刻本,新北:大通书局,1974 年,第 289 页。

尤可伤也）。苍皇已就长途往,邂逅无端出饯迟（严谴,故仓惶就道。公又出饯之迟,不及相遇,即题阙面别）。便与先生应永诀,九重泉路尽交期（结言若生得再见,幸也。纵不得见,死亦相从,尽此交期。题谓情见于诗,情何切哉）。

此诗评语全部来自赵大纲本。邵傅剪除了原评中的"此言""惟其""然则"等口头性语言,改"此即"为"即""纵使"为"纵",使词语更为简洁精炼;且变"情之见于诗者,切矣"为"情见于诗,情何切哉",雅化评点语言。其他如《黄草》《登楼》《腊日》等诗,评语的剪裁情况亦相类似。由此可知,邵傅确实选用了赵大纲本为《杜律七言集解》之底本。

除赵大纲本外,邵傅也熔裁《杜律虞注》中的评语,不过,所占比重相对较少。如《宿府》,邵傅集评:

清秋幕府（参谋府事）井梧寒,独宿江城（幕府在蜀郡城）蜡炬残。永夜角声悲自语（心口独念,故曰自语。极不可凭。虞注）,中天月色好谁看（严表公为参谋,而非其志,因宿幕府发之。自语,无人共语也。梧寒,秋暮矣。炬残,夜阑矣。闻角声之悲,而惟自语。对月之好谁,谁与同看? 盖忧思方集,无可为乐也）。风尘荏苒音书绝,关塞萧条行路难。已忍伶俜（独行不正貌,谓乱离）十年事,强移栖息一枝安（所以不乐者,兵戈侵寻而乡书断绝,道路阻梗而故乡难归。自华州弃官,独行十年,忍自茹苦,乃强就幕府一官,如鹪鹩聊安一枝,谁能久郁郁乎）。

此诗前两联所辑评语基本全部来自赵大纲;后两联评语中,"所以不乐者"一段出自赵大纲本,"自华州弃官"一段则采自虞集本。再如《腊日》一诗之评语,"冻全消"一段出自赵大纲本,而"萱草本不畏霜雪"之后则来自虞集本。可见,邵傅多将虞集本评语与赵大纲评点错杂集录。

综上,《杜律七言集解》主要选取赵大纲本作为底本,同时兼采虞集本评语。邵氏极为推崇赵大纲评点,不仅"出入滨州注尤多",且在评点伊始,就采用了与赵氏评本一致的夹评模式。而虞集本虽盛行当时,然是书为尾评,或许考虑到操作不便,邵氏仅采集其部分评语。

2.《杜律五言集解》之底本

至于《杜律五言集解》部分,则以赵汸《杜律五言赵注》为底本,所阙者以单复《杜律单注》为补充。赵汸（1319—1369）,字子常,号东山,元休宁人,著有《杜律五言赵注》。是书收杜甫五言律诗 261 首,分 16 类,评点方式以夹评为主,辅以尾评。《杜律五言集解》的集评内容多采自赵汸本,如《春日怀李白》诗:

赵汸本:白也诗无敌,飘然思不群（言其诗之无敌,由思之不群）。清新庾开府,俊逸鲍参军（言其诗兼庾、鲍之长,可见真个无敌）。渭北春天树,江东日暮云（此言彼我所寓所见。写相望之情，不明言怀而怀在其中矣）。何时一樽酒，重与细论文（此言欲见而未有期。曰重，则旧尝论此事矣）。

  邵傅本：白也诗无敌，飘然思不群（诗由思构，思不群，故诗无敌）。清新庾开府，俊逸鲍参军（言白诗兼庾、鲍之长，见其无敌）。渭北春天树，江东日暮云（二句写所寓相望之景）。何时一樽酒，重与细论文（相思而不相见，故叹何时重与。曰重，则尝论矣）。

  邵傅本所集评语与赵汸本基本相同，只不过稍作剪裁，并略微调整。如增加"诗由思构""相思而不相见"，裁去"此言彼我所寓所见""真个""则"等，变"其"为"白""可见"为"见""其诗之无敌，由思之不群"为"思不群，故诗无敌"等，使评语简洁畅达。其他如《画鹰》《房兵曹胡马》《春望》等诗，评语剪裁情况也多类此。

  不过，诚如上文所言，赵汸本仅选杜甫五律 261 首，其中尚有 28 首白文无评，而邵傅本选评杜甫五律 388 首，比赵汸本多出一百余首。因此，凡赵汸未选、未评者，邵傅均以单复《杜律单注》为补充。单复，字阳元，剡源人，著有《读杜诗愚得》十八卷。是书收杜诗 1454 首，评点方式采用尾评，一般先引旧注，次训释词语、典故，次分段串讲诗意，未标赋、比、兴。嘉靖九年（1530），陈明采《读杜诗愚得》中的 726 首五、七言律诗及评语而成《杜律单注》，其中，五律 587 首。《杜律五言集解》中所标"单注"基本来自《杜律单注》。不过，邵氏鲜少辑录单复本中的前人旧注，而多辑录单氏自评；且基本径自辑录，置于诗后，而不将评语分置句下。如《萤火》诗，赵汸虽然收录此诗，然不作点评，邵傅即以单氏评本为补充。

  单复本：〇言萤火幸托腐草以生，不敢近太阳而飞，随风带雨，故未足以临书卷，有时能点客衣尔。苟十月霜雪，则亦不知所归矣。夫萤，阴物也。公托之以比小人能眩昏暗之主，不敢近圣明之君尔。因即□徐辟求，见孟耳之因因，犹托也。

  邵傅本：幸因腐草出，敢（不敢）近太阳飞。未足临书卷（用囊萤故典而翻案出），时能点客衣。随风隔幔小，带雨傍林微。十月清霜重，飘零何处归（萤火幸托腐草以生，其飞不敢近乎太阳，但随风带雨，然且微细，故未足以临书卷，间时亦能点客衣尔。苟十月霜重飘零，亦知何处归乎？此诗曲尽小人态，为小人者，可寻所归矣）。

  单复本为末尾总评，邵傅也以总评方式辑录之，仅个别字词有所变动。

  当然，《杜律五言集解》中还有部分诗歌的评语兼采赵汸本和单复本。其中，诗歌正文的随文释义部分依然以赵汸评语为主，末尾总评则辑录单复评语。如《登兖州城楼》评语，其圈前的夹行评语基本源自赵汸本，邵氏仅增加了部分名物典故的释义，如"兖州，鲁所都""海岱，东海泰山也"；或调整个别字词，如将赵汸本的"此联容润，俯仰千里""此联微婉，上下千年"改为"此联上下千里，语意宏润""上下千年，语意微婉";而圈后总结性评语"诗叙事起,其言意总在第二句。言初纵目,远则云连海岱,野入青徐;近则孤嶂秦碑,荒城鲁殿。而我临眺踟蹰不能去,平生怀古之意,何其多乎。古今兴衰,天地蜉蝣,达人大观,能无一慨"一段则是自单复"此诗叙事起,而大意在第二句。言纵目之初,远则云连海岱,野入青徐;近则孤嶂秦碑,荒城鲁殿。而以古意临眺结之,其所感者深矣"剪裁、修订而来。

需要注意的是,除以上径自辑录、不标姓名的情况外,《杜律五言集解》尚有多处明确标示赵、单二人姓名,表明此条评语是赵汸或单复之语。其中,大部分直接以"赵注""俱出赵注"或"单注""单阳元云""单古刻"等标注,如《陪王侍御宴通泉山野亭》诗:"结以旷达自释,盖羁旅之极感也。俱出赵注。"①《归雁》诗:"单注:'归雁知时不忘,故主是以秋归而春来,倘旧巢未毁,会飞绕而傍主人矣。比君子知时念主也。'"②少数针对二人评点进行"随窃参附"式的补充点评,如《白帝城最高楼》诗:"单云:'此叹公孙恃险,借伪且警当世之不臣者。'愚谓:叹世者非一端,时衰世乱,内强藩,外横虏,充塞宇宙。极目四方,俱有可痛哭流涕者,故因登最高楼发之。"③进一步解释了时事背景和杜甫创作此时的缘由。或者将二人评点进行比对、品评,如《西郊》诗:"单云:'出碧鸡坊'则柳细梅香,可爱。'向草堂'则齐书减药,可乐。殊不知出坊一句只是提起作话头,乃分扯在诗内。甚是破碎,不如赵注浑融。"④

综上,邵傅以赵汸本为主要集录对象,一方面是因为此前仅有《杜律五言赵注》专门选评杜甫五律⑤;另一方面或许是考虑到已刊刻流布的《杜律七言集解》已采用夹行集录诸家评语的方式,为保持《杜律集解》一书体例上的统一,邵氏遂于《杜律五言集解》中采取同样的集解模式,而以夹评为主的赵汸本显然在操作层面比较符合这一集评要求。不过,赵汸本所评诗歌数量不多,故邵傅又选单复本为补充。

(二)《杜律集解》所集其他诸家考

除去以上所占比重较大的 4 家评点外,《杜律集解》尚辑有"千家注""须溪(刘辰翁)"、"默翁(俞浙)""张罗峰(张孚敬)"4 家评点。它们在《杜律集解》中出现的次数较少,但基本明确标注姓名。其中"千家注"所占比例较大。在传世的宋代杜诗注本中,"千家注"系列的杜集有黄鹤的《黄氏补千家注杜工部诗史》《集千家注分类杜工部诗》和高楚芳辑录刘辰翁评点而成的《集千家注批点杜工部集》3 种,《杜

---

① 邵傅:《杜律集解》日本贞亨二年(1685)刻本,新北:大通书局,1974 年,第 114 页。
② 邵傅:《杜律集解》日本贞亨二年(1685)刻本,新北:大通书局,1974 年,第 78 页。
③ 邵傅:《杜律集解》日本贞亨二年(1685)刻本,新北:大通书局,1974 年,第 372 页。
④ 邵傅:《杜律集解》日本贞亨二年(1685)刻本,新北:大通书局,1974 年,第 115—116 页。
⑤ 明嘉靖时汪瑗(? —1566)的《杜律五言补注》是继赵汸之后的杜甫五言律诗评点本,其虽成书早于邵傅本,然初刻时间却在万历三十一年(1603),晚于邵傅本,因此,邵傅在纂集《杜律集解》时当未见此书。

律集解》所采评语即出自《集千家注批点杜工部集》。邵傅多将"千家注"置于句下，以释古今传志、名物地理等，但又不完全照抄"千家注"内容，而是在引用之后略作评点。如《对雨书怀走邀许主簿》"震雷翻幕燕，骤雨落河鱼"句下云："千家注谓：'幕上为燕形，以系肴，犹橹鸟之类。河鱼乃水面之尘，结成者如釜生鱼也。'恐未然。"①邵氏虽对"千家注"提出疑问，然未作考证解释。原因在于：一是避免行文落于繁杂，"若一一举之，不惟难偏且纷。诗义博雅，君子当自类推"②；二是"删百家之言而阐意彰志"③。因此，《杜律集解》在名物考释上仅略略提及，不做细究。

"须溪"即刘辰翁(1232—1297)，字会孟，号须溪。刘辰翁是南宋末年评点大家，其"首倡杜诗鉴赏"④，开启了杜诗评点之先河。辰翁批语基本保存在《集千家注批点杜工部诗集》中，不过，《杜律集解》所辑"须溪"批语并非直接来源于《集千家注批点杜工部诗集》，而是从赵汸本中辑录而来。《陪郑广文游何将军山林八首》其五评语中即有"赵注引刘云"之语，且邵傅仅于《杜律五言集解》中集录刘辰翁之语，故此可知"须溪"之评应是邵傅在辑录赵汸评点时，一并转辑录而来。《杜律集解》明确标引的"须溪"评语计有8条[《天末怀李白》《送元二适江左》《对雨》《收京》《玉台观》《云安九日郑十八携酒陪诸公宴》《陪郑广文游何将军山林》(其五)及《漫成》(其一)]，多以"刘云""须溪云"标之。

"默翁"即俞浙，字秀渊，号默翁，著有《杜诗举隅》十卷。《杜诗举隅》已佚，仅存宋濂所著《〈杜诗举隅〉序》一篇⑤。《杜律集解》辑录俞浙2条评语(《寄常征君》《雨不绝》)，而这两条俱见单复《杜律单注》。由此推测，邵傅所辑俞浙评语应来自单复本。不过，除《寄常征君》一诗直接征引，不作评点外，《雨不绝》所引评语略有点评，其云："默翁曰：'此咏物一体也，首以本体言，次以物理言，又次以神异言，末以人事言。诗之佳处，在言用不言体，故此诗次联以下皆言用也。'愚谓此评备录，可谓咏物一助，然亦不可拘拘也。"⑥邵傅一方面赞俞浙对咏物诗章法结构的恰切分析，认为其论可为咏物诗创作或欣赏提供指导；另一方面则认为，作诗或论诗亦不必拘于格式套数。因为在他看来，杜律"句中藏字，字中藏意。翻腾典故，变化融液"⑦，故既要沉玩其"矩度精严"，又应保有"跃然诗意"。

"张罗峰"即张孚敬(1475—1539)，原名璁，字秉用，号罗峰，著有《杜律训解》。此书今未见，惟张氏《〈杜律训解〉序》《再识》及《进〈杜律训解〉疏》存于《太师张文忠

① 邵傅：《杜律集解》日本贞亨二年(1685)刻本，新北：大通书局，1974年，第26页。
② 邵傅：《杜律集解》日本贞亨二年(1685)刻本，新北：大通书局，1974年，第289页。
③ 邵傅：《杜律集解》日本贞亨二年(1685)刻本，新北：大通书局，1974年，第429页。
④ 洪业：《杜诗引得序》，《杜诗引得》，上海：上海古籍出版社，1985年，第41页。
⑤ 宋濂：《文宪集》卷五《〈杜诗举隅〉序》，《文津阁四库全书》第1227册，第57页。
⑥ 邵傅：《杜律集解》日本贞亨二年(1685)刻本，新北：大通书局，1974年，第399页。
⑦ 邵傅：《杜律集解》日本贞亨二年(1685)刻本，新北：大通书局，1974年，第287页。

公集》中;而其部分评点则为张綖《杜律本义》(1 条)、颜廷矩《杜律意笺》(14 条)、邵傅《杜律集解》(3 条)、仇兆鳌《杜诗详注》(3 条)所引。邵傅明确征引其评语 3 次(《送路六侍御入朝》《陪李十七司马皂江上观造竹桥》《愁》),均直接辑录,不做点评。邵傅《集解〉凡例》云:"杜诗有千家注、……近张罗峰并赵滨州注,及各诗话不一",又云:"罗峰统合诸家,考证详实而注义略陈。"① 可知《杜律训解》在明代当有刻本,而邵傅所辑录的评语,保存了散佚评本的珍贵片断。

三、《杜律集解》之和刻本及其文化价值

《杜律集解》一书在国内鲜少刊刻,然其传入日本后即风行当时,"一再翻刻"②。关于这些和刻本,学界有所关注,并进行了著录③。不过,诸家著录较为简略,版本信息尚不全面,且馆藏情况也不明确;此外,今日本各图书馆尚藏有多种其他版本,惜学界还未关注。以下就和刻本相关问题进行详细考察。

(一)《杜律集解》传入日本考

静永健、陈翀《近世日本〈杜甫诗集〉阅读史考》著录《杜律集解》和刻本 12 种,其中,最早的版本是宽永二十年(1643)风月宗智刻本,为五、七律合刻。此书今藏日本国立国会图书馆④、大阪大学图书馆、九州大学图书馆、东北大学图书馆、静冈大学图书馆、关西大学图书馆。上文已经考察,《杜律七言集解》单行本刻于万历十五年(1587)十一月左右;而《杜律集解》合刻本则刻于万历十六年(1588)"夏季闰月",则此书传入日本可能在桃山时代(1585—1603)或江户时代(1603—1868)前期。考虑到桃山时代日本战乱尚未真正平息,且《杜律集解》刚刚成书,即刻流传至

---

① 邵傅:《杜律集解》日本贞亨二年(1685)刻本,新北:大通书局,1974 年,第 289 页。
② 周采泉:《杜集书录》上海:上海古籍出版社,1986 年,第 332 页。
③ 《成都杜甫草堂收藏杜诗书目》最早进行著录,称其有宽文十三年(1673)油屋市郎右卫门刻本和元禄九年(1696)美浓屋彦兵卫刻本 2 种。叶绮莲《杜工部集关系书存佚考》(中)著录贞亨二年(1685)刻本、贞亨三年(1686)江户刻本和元禄九年(1696)刻本 3 种,其中,最后 1 种《成都杜甫草堂收藏杜诗书目》已提及。[《杜工部集关系书存佚考》(中),《书目季刊》第 5 卷第 1 期,1970 年,第 47—67 页]而周采泉《杜集书录》和张忠纲《杜集叙录》所著录的版本基本均转自《成都杜甫草堂收藏杜诗书目》和叶氏《杜工部集关系书存佚考》。日本学者静永健、陈翀《近世日本〈杜甫诗集〉阅读史考》则著录的和刻本最多,达 12 种(含与以上几家重复的 4 种),新著录的 8 种分别是:宽永二十年(1643)、万治二年(1659)丸屋庄三郎刻本、万治二年(1659)前川茂右卫门刻本、宽文五年(1665)上村次郎右卫门刻本、宽文五年(1665)刻本(书肆不明)、宽文十年(1670)丸屋庄三郎刻本、天和三年(1683)刻本、元禄七年(1964)西村市郎右卫门刻本。([日]静永健、陈翀:《近世日本〈杜甫诗集〉阅读史考》,《中国文论》(第一辑),上海:上海古籍出版社,2014 年,第 211 页)去其重复,以上诸家著录和刻本共 12 种。
④ 日本东洋文库标为"宽永二十年京风月宗智刊本",日本国立国会图书馆则标为"宽永二年京风月宗智刊",又标出版年月为"宽永 20",疑国立国会图书馆误标为"宽永二年"。

域外的可能性不高,则此书很大可能是在江户时代前期输入日本。也就是说,在陈学乐刻成《杜律集解》后仅仅半个世纪,此书就已经传到了日本。

至于其流传路线,则可能是直接从福建传至日本长崎,然后流布京都。邵傅、陈学乐均为三山(今属福建)人,《杜律集解》亦是一部闽刻杜集。此书未见明代治杜者或藏书家提及,仇兆鳌在《杜诗详注》中仅言"闽人邵傅之《五律集解》"[①],而正文未引,周采泉据此推断仇氏可能"仅知其书而未见",且"国人鲜有知者"[②]。因此,虽然陈学乐称此书刻成之后备受欢迎,"业诗者争凭之作蹊径",然其在国内的流传可能仅限于闽地。而江户时代前期日本输入的汉籍与福建是密切相关的。日本学者大庭修在《江户时代中国典籍流播日本之研究》中考察"唐船持渡书"的出版地时,提及西川如见的《增补华夷通商考》一书,称此书所列举中华十五省土产中,"提到书籍的有南京的应天府和福建省的福州府";大庭修亦自云:"元禄初年之前,来日唐船以包括福州船在内的福建船居多。"[③]而"在整个江户时代,日本与中国的贸易仅限于长崎一港"[④]。虽然无法从文献上查证邵傅《杜律集解》传入日本的具体过程和细节,不过根据这些有限的信息亦可以推测,此书极有可能是在江户时代前期直接从福建输入日本长崎,而后在京都刊刻。

(二)《杜律集解》和刻本流传考

《杜律集解》自宽永二十年(1643)被京都书肆风月宗智加上训读符号出版后,至元禄十年(1697)的半个世纪中,大约出现了20余种和刻本。可以说,此书是当时日本的一大"畅销书"[⑤],促使杜诗"风靡整个江户"[⑥]。以下网罗遗献,闻见毕录,裒辑此书和刻本,并略为说明其流传情况。

1. 万治刻本

万治年间和刻本计有4种,其中,万治二年(1659)有田中庄兵卫刻本、京都丸屋庄三郎刻本和前川茂右卫门刻本3种,万治三年(1660)有江户刻本1种。

(1)万治二年(1659)刻本

万治二年(1659)京都田中庄兵卫刻本,为《杜律五言集解》四卷,《杜律七言集解》二卷,共六卷。花口,双鱼尾,四周双边,无界。版心刻"杜诗"。刊记"万治二亥□□八月日田中庄兵卫板"。今藏立命馆大学图书馆。此外,还有万治二年(1659)

① 仇兆鳌注:《杜诗详注》,北京:中华书局,1979年,第24页。
② 周采泉《杜集书录》,上海:上海古籍出版社,1986年,第332页。
③ 〔日〕大庭修:《江户时代中国典籍流播日本之研究》,杭州:杭州大学出版社,1998年,第43页。
④ 〔日〕大庭修:《江户时代中国典籍流播日本之研究》,杭州:杭州大学出版社,1998年,第19页。
⑤ 张伯伟:《典范之形成:东亚文学中的杜诗》,《中国社会科学》2012年第9期。
⑥ 〔日〕静永健、陈翀:《近世日本〈杜甫诗集〉阅读史考》,《中国文论》(第一辑),上海:上海古籍出版社,2014年,第211页。

京都丸屋庄三郎刻本,书名作《杜律集解》,六卷。今藏大阪大学怀德堂文库、二松学社大学图书馆。万治二年(1659)京都前川茂右卫门刻本,书名作《杜律集解》。今藏九州大学图书馆。

(2)万治三年(1660)刻本

书名作《杜律集解》,六卷。白口,单鱼尾,四周单边,无界,半页 8 行,行 17 字。五律卷前首载陈学乐《刻〈杜工部五言律诗集解〉序》,次《杜律五言目录》;七律卷前首载陈学乐《刻〈杜工部七言律诗集解〉序》,次《杜律七言目录》,次邵傅《〈集杜律七言注解〉序》,次《集解凡例》,卷后附方起莘"跋",末有"万治庚子(1660)"字样。今藏日本公文馆。

2.宽文刻本

宽文年间的和刻本现有 6 种,大约分布在宽文四年(1664)至宽文五年(1665)、宽文十年(1670)至宽文十三年(1672)两个阶段。

(1)宽文四年(1664)—五年(1665)中野道也刻本

书名作《杜律大全》,十二卷。其中,《杜律五言集解大全》八卷,《杜律七言集解大全》四卷。白口,单鱼尾,四周单边,无界,半页 9 行,行 20 字。五律卷前有陈学乐《刻〈杜工部五言律诗集解〉序》《杜律五言目录》。刊记"宽文五年(1665)乙巳林钟吉祥日书林堂中野氏道也新刊"。七律卷前陈学乐《刻〈杜工部七言律诗集解〉序》、邵傅《〈集杜律七言注解〉序》《集解凡例》《杜律七言目录》,卷后附方起莘"跋"。刊记"宽文四年(1664)甲辰林钟吉祥日书林堂中野氏道也新刊"。

静永健、陈翀《近世日本〈杜甫诗集〉阅读史考》著录此版:"宽文五年(1665)书肆不明。书名《杜律集解大全》12 卷。立命馆大。"①然由其刊记推知,中野氏道也应于宽文四年(1664)先刻《杜律七言集解大全》,后于宽文五年(1665)再刻《杜律五言集解大全》,此版当著录为:宽文四年(1664)—五年(1665)中野道也刻本。今藏哈佛大学燕京图书馆、关西大学图书馆、立命馆大学图书馆。

(2)宽文五年(1665)上村次郎右卫门刻本(小本)

该刻本今藏九州大学图书馆。

(3)宽文十年(1670)前川茂右卫门刻本(鳌头注本)

书名作《杜律集解》,六卷。白口,单鱼尾,四周双边,无界,半页 9 行,行 16 字。刊记"宽文拾年(1670)庚戌仲冬吉辰/洛阳书林/前川茂右卫门开板"。今藏京都大学图书馆、早稻田大学图书馆、九州大学图书馆。

(4)宽文十年(1670)—宽文十一年(1671)丸屋庄三郎刻本(鳌头注本)

书名作《杜律集解》六卷。今藏关西大学图书馆、东北大学图书馆。

① [日]静永健、陈翀:《近世日本〈杜甫诗集〉阅读史考》,《中国文论》(第一辑),上海:上海古籍出版社,2014 年,第 211 页。

（5）宽文十年（1670）—宽文十二年（1672）刻本

书名作《杜律集解》，宇都宫由的标注，六卷。白口，单鱼尾，四周单边，无界，半页 9 行，行 16 字。五律卷末有宽文十二年（1672）壬子三月宇都宫由的之"跋"，七律卷末刊记"宽文拾年（1670）庚戌仲冬吉辰／洛阳书林／前川茂右卫门开板"。推测此版亦是先刻《杜律七言集解》，后刻《杜律五言集解》。今藏九州大学图书馆。

《杜律集解》有元禄九年（1696）神雏书肆美浓屋彦兵卫刻本，此版卷后附宇都宫由的"跋"，其云："余向命门人清水玄迪标题补注于《杜律集解》，行于世者二十余季。殆岁月之久，则文字不能不漫灭。书林某欲重梓行，而就余请校雠。余见旧本，则非独文字漫灭，引证解意谬误者，间亦有之矣。……元禄乙亥二月癸丑宇都宫遁庵由的。"①宇都宫由的跋作于元禄八年（1695），而"旧本"行世已"二十余季"，则此宽文十年（1670）—宽文十二年（1672）刻本可能就是清水玄迪的"补注"本。

（6）宽文十三年（1673）油屋市郎右卫门刻本

今藏成都杜甫草堂博物馆、东北大学图书馆、关西大学图书馆、滋贺大学图书馆。

3.天和、贞亨刻本

这一阶段的和刻本较少，天和年间仅有天和三年（1683）刻本 1 种，贞亨年间则有贞亨二年（1685）井上忠兵卫刻本和贞亨三年（1686）京都西村市郎右卫门西村半兵卫刻本 2 种。

（1）天和三年（1683）刻本（旁训本）

此版为《杜律五言集解》四卷《七言集解》二卷。今藏宫城县立图书馆、饭田市立中央日夏耿之助文库、关西大学图书馆。1975 年日本汲古书院据之影印，收入长泽规矩也编《和刻本汉诗集成》第 2 辑。

（2）贞亨二年（1685）井上忠兵卫刻本（新版改正本）

书名作《杜律集解》，六卷。白口，双鱼尾，四周双边，无界，半页 9 行，行 19 字。封页题"新版改正／杜律集解"。五律卷前有陈学乐《刻〈杜工部五言律诗集解〉序》《杜律五言目录》；七律卷有前陈学乐《刻〈杜工部七言律诗集解〉序》、邵傅《〈集杜律七言注解〉序》《集解凡例》《杜律七言目录》，卷后有卷方起莘"跋"及刊记"贞亨二乙丑年（1685）六月吉辰"。今藏国家图书馆、上海图书馆、华东师范大学图书馆②、台湾"中央"图书馆、日本国立国会图书馆、九州大学图书馆、早稻田大学图书馆、京都大学图书馆、名古屋大学图书馆、大阪府立中之岛图书馆。1974 年台湾大通书局

---

① ［日］宇都宫由的：《跋》，《杜律集解》日本元禄九年（1696）乙亥神雏书肆美浓屋彦兵卫刻本，第 63—64 页。

② 华东师大图书馆藏两种，分别标为《杜律集解》，六卷和《杜律集解》，二卷。经查，其所藏均为六卷本《杜律集解》，一为日本贞亨二年（1685）刻本，一为元禄九年（1696）神雏书肆美浓屋彦兵卫刻本。

据台湾"中央"图书馆藏本影印,收入《杜诗丛刊》,然误标为"元禄九年(1696)刊本"。

(3)贞享三年(1686)京都西村市郎右卫门西村半兵卫刻本

书名作《杜律集解》,六卷。白口,双鱼尾,四周单边,无界,半页 10 行,行 18 字。卷末有"贞享第三龙集丙寅/春正月既望/京三条通/西村市郎右卫门/江户神田新苻屋町/同半兵卫重刊"字样。今藏国家图书馆、日本二松学社大学图书馆。

4.元禄刻本

元禄年间有 4 种和刻本,除元禄七年(1694)西村市郎右卫门刻本外,其他 3 种无论题名还是内容,皆有较大改动。

(1)元禄七年(1694)西村市郎右卫门刻本(音注本)

今藏广岛大学图书馆。

(2)元禄九年(1696)神雒书肆美浓屋彦兵卫刻本(鳌头增广)

书名作《杜律集解》,六卷。白口,单鱼尾,四周单边,无界,半页 9 行,行 20 字。五律卷前载陈学乐《刻〈杜工部五言律诗集解〉序》《杜律五言集解目录》。七律卷前载陈学乐《刻〈杜工部七言律诗集解〉序》、邵傅《〈集杜律七言注解〉序》《集解凡例》《杜工部年谱》。卷后有方起苹"跋"、元禄八年(1695)宇都宫由的"跋"。刊记"元禄九年(1696)龙集丙子季秋穀旦神雒书肆美浓屋彦兵卫绣梓"。今藏国家图书馆、台湾"中央图书馆"①、成都杜甫草堂博物馆、哈佛大学燕京图书馆②、日本公文馆、东京大学东洋文化研究所、早稻田大学图书馆、大阪大学图书馆、关西大学图书馆。1975 年日本汲古书院据关西大学图书馆藏本影印,收入长泽规矩也编《和刻本汉诗集成》第 3 辑。

由上文所引宇都宫由的"跋"文可知,清水玄迪于宽文年间"补注于《杜律集解》",可能因此书十分畅销,书林"欲重梓行",托请宇都宫由的"校雠"。宇都宫感于"旧本"行世已久,"文字漫灭,引证解意谬误",于是"交取朱氏《辑注》、张氏《荟萃》、顾氏《批注》等之书,正《集解》之不正,精诗意之不精"③,故此版篇末、书眉附有其为补注邵氏《集解》而集录的朱鹤龄《杜诗辑注》、张远《杜诗荟萃》及顾宸《杜诗批注》等。

---

① 台湾地区图书馆藏本次序及序跋顺序与他本皆有不同,此版先列《杜律七言集解》,卷前序跋依次为陈学乐《刻〈杜工部七言律诗集解〉序》、邵傅《〈集杜律七言批注〉序》《集解凡例》《杜工部年谱》《杜律七言集解目录》,卷后有方起苹跋、宇都宫遁庵由的跋及"刊记";次列《杜律五言集解》,卷前序跋依次为陈学乐《刻〈杜工部五言律诗集解〉序》《杜律五言集解目录》。

② 哈佛大学图书馆藏本序跋顺序与他本略有不同,五律卷前为陈学乐《刻〈杜工部五言律诗集解〉序》《杜律五言集解目录》《集解凡例》《杜工部年谱》《杜律七言集解目录》;七律卷前为陈学乐《刻〈杜工部七言律诗集解〉序》、邵傅《〈集杜律七言批注〉序》,且无方起苹、宇都宫由的跋及"刊记"。

③ 《杜律集解》日本元禄九年(1696)乙亥神雒书肆美浓屋彦兵卫刻本,第 63—64 页。

（3）元禄九年（1696）井筒屋六兵卫刻本

书名作《改正杜律集解》，六卷。单鱼尾，四周单边，半页8行。刊记"元禄九丙午年（1696）林钟日井筒屋六兵卫板"。今藏东京大学东洋文化研究所、名古屋大学图书馆、关西大学图书馆。

（4）元禄十年（1697）美浓屋喜兵卫风月庄左卫门刻本

书名作《杜律集解详说》，十七卷。目录一卷。白口，单鱼尾，四周单边，无界，半页10行，行20字。卷首有《刻〈杜工部七言律诗集解〉序详说》《刻〈杜工部五言律诗集解〉序》。卷末有元禄十年（1697）宇都宫由的"跋"。刊记"华洛书林/美浓屋喜兵卫/风月庄左卫门"。今藏天理大学图书馆、关西大学图书馆、九州大学图书馆。

5.其他刻本

除以上诸本外，尚有3种和刻本未标明确切的刊刻时间。不过，据各图书馆著录，其均为江户时代刻本：（1）大阪大学图书馆藏本，著录为"杜律集解，五言，四卷（存1卷）"，可知，此版为残卷；（2）九州大学图书馆藏本，书名作《杜律集解》，四周单边，无界，半页9行，行16字；（3）大阪大学图书馆藏本，书名作《杜律集解详说》，七言五卷，五言三卷。

综上所述，《杜律集解》和刻本始于宽永年间，盛于万治、宽文年间，并延续至贞亨、元禄年间。元禄末年，《杜律集解》的出版风潮才落下帷幕。此书在江户时代的和刻本共计21种，可以看出其盛行当时。静永健已指出，正是因为《杜律集解》各种复刻本和增订本的问世，才"直接导致杜诗大流行"，而杜甫也因此成为一个"文化偶像"，并在日本知识阶层中有一定的地位。①

需要说明的是，虽然在部分当代学者眼中，《杜律集解》被斥为"仅仅是一部通俗读物而已"②，且"无甚优异"③。然若将之置于17世纪东亚文化嬗变的时代潮流中便会发现，在印刷技术革新，出版业发达，文化下移，"通俗诗学"盛行之时，这类"通俗读物"恰恰承担了文化普及和传播的责任。《杜律集解》在日本江户时代的流行与张性《杜律演义》（即旧题虞集《杜律虞注》）在明代的盛行一样，二者都因为诠释简洁切当、详明流畅而备受中下层知识分子或初学者欢迎，故刊刻成风。④ 而邵傅《杜律集解》又取材于诸家杜律评点本，在原本相对简明的评点基础上进一步熔

---

① ［日］静永健、陈翀：《近世日本〈杜甫诗集〉阅读史考》，《中国文论》（第一辑），上海：上海古籍出版社，2014年，第210—212页。

② 张伯伟：《典范之形成：东亚文学中的杜诗》，《中国社会科学》2012年第9期。

③ 周采泉：《杜集书录》，上海：上海古籍出版社，1986年，第332页。

④ 《杜律演义》（或《杜律虞注》）在明清刻本众多，达40多种。详见汪欣欣：《元明杜律选评本研究》，博士学位论文，澳门大学，2018年。

裁,成为一部"剪裁颇简当"①的杜律集评本;传至日本后又被加上了和训符号,无疑更迎合了江户时代的汉籍市场,静永健即称其"赶上了 17 世纪后期日本这一时期文化转型的时代潮流"②。从这个角度来看,作为"通俗读物"的一些杜诗评点本,在杜诗接受与传播的历史进程中亦有其独特之贡献。

四、余论

综上,《杜律集解》一书是由两部书稿拼合而成,《杜律七言集解》部分以赵大纲《杜律测旨》为底本,以《杜律虞注》为补充,乃邵傅"自青衿至皓首,沈玩既久"而成;《杜律五言集解》部分以赵汸《杜律五言赵注》为底本,以单复《杜律单注》为补充,是邵氏晚年"杜门扫轨,几八月而汇就"。一方面,"成书一慢一快,正可看出邵傅钻研时日之久与功力之高"③;另一方面,正因用时不一,故两部书稿的集解面貌略有差异,即《杜律七言集解》部分熔裁颇为精妙,而《杜律五言集解》部分则略显草率。

邵傅自称其著《杜律七言集解》乃"缉千狐之腋""错九鼎之羞""约百家之注"④,此言虽有夸张之嫌,不过这部分集解确实较为细致。譬如《暮归》诗,邵氏虽直接辑录虞本评语,不过他将虞本评语中的"阙舟楫""鹤栖""乌啼""月皎皎""捣练"等较为零碎的释义剪辑出来,分置句下,而将主旨阐说集于诗后。可见邵傅在辑录过程中,尤其在辑录诠释诗旨的评语时,十分注重行文之完整。又如《宿府》诗,赵大纲本评点道:"自语,言无对语者。井梧寒,则秋将暮矣。蜡炬残,则夜将阑矣。斯时也。闻角声之悲,而谁能听之。"而邵傅修订为:"自语,无人共语也。梧寒,秋暮矣。炬残,夜阑矣。闻角声之悲,而惟自语。"对比可知,邵傅所集更为简洁明快。

至于《杜律五言集解》部分,则有的诗歌评语剪裁颇为高明精妙,有的则略显随意。如《登兖州城楼》评语,除辑录赵汸、单复评语外,邵傅尚在单复所评"以古意临眺结之,其所感者深矣"之后追加"古今兴衰,天地蜉蝣,达人大观,能无一慨"一段内容,旨在解释单复"所感者"。其所增内容不仅具体而微,且所寓情感苍凉豪宕,超然深沉,与诗歌意脉契合,颇能引人深思。而《萤火》一诗的评语则略显随意,邵氏变单复评语"不敢近太阳而飞"为"其飞不敢近乎太阳",变"则亦不知所归矣"为"亦知何处归乎",调整之后的文字不仅佶屈聱牙,且语意晦涩沉滞;至于最后所增"为小人者,可寻所归矣"一句,更有些不知所云。

---

① 叶嘉莹:《杜甫秋兴八首集说》,石家庄:河北教育出版社,1997 年,第 5 页。
② [日]静永健、陈翀:《近世日本〈杜甫诗集〉阅读史考》,《中国文论》(第一辑),上海:上海古籍出版社,2014 年,第 212 页。
③ 张忠纲等编著:《杜集叙录》,济南:齐鲁书社,2008 年,第 215 页。
④ 邵傅:《杜律集解》日本贞亨二年(1685)刻本,新北:大通书局,1974 年,第 288 页。

　　总体而言,《杜律集解》不仅荟萃诸家评点于一个文本中,提供多种评点,便于后人对比研习,亦为保存旧注做出了贡献;且其所集评点多出自元明杜律选评本,此与元明杜律选评的兴起与发展有着相呼应的联系,所以这一集评本充分地展现了鲜明的时代特色。更为重要的是,邵氏采用熔裁式的集评方式,即根据个人的去取标准和审美旨趣熔意裁辞,去芜存菁,使此书成为一部简明平实的通俗读本,在通俗诗学盛行的时代,推动了日本的杜诗接受和中国古典文化的域外传播。因此,《杜律集解》无论在杜诗批评史上还是中外文化交流史上,都自有其独特的地位与价值。

翁方纲论杜诗

张东艳

郑州师范学院初等教育学院

翁方纲为乾隆年间继沈德潜之后文坛执牛耳者,论诗以杜甫、韩愈、苏轼、黄庭坚、元好问、虞集六家为宗,是清代四大诗学之一"肌理"说[①]的创始人,更是清代一位重要的杜诗学家,杜诗学是他诗学思想体系的重要组成部分。《杜诗附记》是翁方纲一生苦心研究杜诗的结晶,另外,他对杜诗的评论散布在《石洲诗话》《五言诗平仄举隅》《七言诗平仄举隅》《七言诗三昧举隅》《诗法论》《格调论》《神韵论》《唐人律诗论》《杜诗"熟精文选理""理"字说》等论诗著作中。本文通过梳理翁方纲的这些诗学著作,探析他对杜诗的总体看法,以及学杜的态度和途径。

一、杜诗:"肌理"说的典范

翁方纲首先借用杜诗提出自己的"肌理"说:

> 昔李何之徒空言格调,至渔洋乃言神韵,格调、神韵皆无可着手也。予故不得不近而指之云"肌理"。少陵云"肌理细腻骨肉匀",此盖系于骨与肉之间,而审乎人与天之合,微乎艰哉![②]

---

① 近年来学界对"肌理"说二分法(义理、文理)多有质疑,如唐芸芸认为,学者将"肌理"解释成"义理"与"文理",掩盖了纷繁的诗学现象。用"肌理"一词囊括翁方纲所有的诗学观念,导致附会百出,将之与"神韵""格调""性灵"三说并立是高估了"肌理"说的影响。(唐芸芸:《翁方纲诗学研究》,北京:中华书局,2018年,第74页。)蒋寅也认为将肌理说视为翁方纲诗学的核心,与王士禛"神韵"说、沈德潜"格调"说和袁枚"性灵"说并列为清代四大流行诗说既不符合历史事实,同时也夸大了"肌理"的影响。(蒋寅:《清代诗学史(第二卷)》,北京:中国社会科学出版社,2019年,第524页。)刘亚文《由苏入杜:论翁方纲学人之诗理论体系的建构》一文(《文学遗产》2020年第4期)认为,从翁方纲诗学的客观存在状态来看,完全可以从义理、文理这两个角度对其加以分析。本文认为,翁方纲将杜诗作为"肌理"说的典范,在《杜诗附记》中分析杜诗之"法",包括正本探源之法和穷形尽变之法,即义理和文理,故"肌理"说的二分法有一定合理性。

② 翁方纲:《仿同学一首为乐生别》,《复初斋文集》卷十五,沈云龙主编:《近代中国史料丛刊》第43辑第421册,台北:文海出版社,1969年,第634页。

翁方纲认为"神韵"说和"格调"说都太虚，无从着手，不能示人以路径，因而借用杜诗《丽人行》中"肌理细腻骨肉匀"提出"肌理"说。"肌理"一词在杜诗中指人之肌肤，但翁方纲继续解释："此盖系于骨与肉之间"，即要通过表面的肌肤，探索骨和肉是如何结合在一起的；对于诗歌而言，不仅要研究诗歌之语言，还要通过语言这个肌肤探索其"理"——诗之所以为诗，即探索"理"与"文"之间的结构方式。

杜诗云"熟精文选理"，韩愈说"雅丽理训诂"，都谈到"理"，翁方纲在此基础上确立了"肌理"说，并指出"'在心为志，发言为诗'，一衷诸理而已。"①将"诗言志"的命题转化为"诗言理"，同时指出作为权威的杜诗是言理的，不但言理，而且所言之理都源于"六经"，其《杜诗"熟精文选理""理"字说》一文云：

> 杜之言理也，盖根极于六经矣。云："斯文忧患馀，圣哲垂象系"，《易》之理也。云："舜举十六相，身尊道何高"，《书》之理也。云："春官验讨论"，《礼》之理也。云："天王狩太白"，《春秋》之理也。其他推阐事变，究极物则者，盖不可以指屈。则夫大辂椎轮之旨，沿波而讨原者，非杜莫能证明也。②

"斯文忧患馀，圣哲垂象系"出自杜诗《宿凿石浦》，"象系"乃《周易》中《象传》与《系辞》的并称，相传文王蒙难而作《象》，孔子忧患而赞《易》，皆从忧患得之。杜甫意谓自己如今也颠沛流离，饱经忧患，故而诗歌能够像《象》《系》一样流传后世。"舜举十六相，身尊道何高"出自杜诗《述古三首》其二，《左传·文公十八年》有"是以尧崩而如一，天下同心戴舜以为天子，以其举十六相，去四凶也"③。杜甫用此典意在讽刺代宗用人不当。"春官验讨论"出自杜诗《奉留赠集贤院崔、于二学士（国辅、休烈）》，《周礼》以大宗伯为春官，后世称礼部尚书为大宗伯，杜甫用"春官"代指礼部。"天王狩太白"出自杜诗《九成宫》，杜甫用《春秋》中"天王狩于河阳"之语指肃宗在凤翔县太白山。以上四例分别涉及《周易》《左传》《周礼》《春秋》中的内容，并无《尚书》，而且杜甫诗歌本意也并非用来阐明经书之理。杜甫所言"熟精文选理"之"理"指的是《文选》所选先秦至梁代各体文章的创作方法。翁方纲偷换概念，用六经之"理"代替杜甫所言《文选》之"理"，不仅是为了阐明杜诗"一衷诸理而已"，更重要的是要赋予杜诗和六经同等重要的地位，所以《杜诗附记·自序》说"是以敢与读诸经条件同题云'附记'"。④

那么，何谓"理"？翁方纲说："理者，民之秉也，物之则也，事境之归也，声音律

---

① 翁方纲：《志言集序》，《复初斋文集》卷四，沈云龙主编：《近代中国史料丛刊》第43辑第421册，台北：文海出版社，第210页。

② 翁方纲：《杜诗"熟精文选理""理"字说》，《复初斋文集》卷十，沈云龙主编：《近代中国史料丛刊》第43辑第421册，台北：文海出版社，第407页。

③ 左丘明撰，杜预集解：《左传》卷六，上海：上海古籍出版社，2015年，第323页。

④ 翁方纲：《翁方纲〈翁批杜诗〉稿本校释》（以下简称《杜诗附记》），赖贵三校释，台北：里仁书局，2011年，第108页。

度之矩也。"①"夫理者,彻上彻下之谓,性道统挈之理即密察条析之理,无二义也。义理之理即文理、肌理、腠理之理,无二义也。其见于事,治玉、治骨角之理,即理官、理狱之理,无二义也。事理之理即析理、整理之理,无二义也。"②翁方纲认为"理"乃世间万事万物之规则,不管是义理、文理、肌理、腠理,还是治理国家之事理,都是相通的,没有本质区别。"理"虽然是唯一的,但杜诗之言理与宋明理学家之言理的方式是不同的:

> 然则,何以别夫击壤之开陈、庄者欤?云:理之中通也,而理不外露。故俟读者而后知之。云尔若白沙、定山之为击壤派也,则直言理耳,非诗之言理也。故云"如玉如莹,爰变丹青",此善言文理者也。理者,治玉也,字从玉,从里声,其在于人,则肌理也;其在于乐,则条理也。《易》云"君子以言有物",理之本也;又云"言有序",理之经也。天下未有舍理而言文者。且萧氏之为《选》也,首原夫孝敬之准式,人伦之师友,所谓"事出于沉思"者,惟杜诗之真,实足以当之。③

翁方纲指出杜诗所言之理不同于理学家陈献章、庄昶之流所言之理,因为他们表达理的方式不一样,诗歌表达理的方式是"中通"而不外露,需要读者用心体会,理学家则是直截了当说理。"如玉如莹,爰变丹青"出自扬雄《法言·吾子》,近人汪荣宝在《法言义疏》中将"丹青"释为文采,云:"屈原以忠信之质,蔚为文章,犹玉以皎洁之色,化为华采。"④翁方纲引用此句,意在表示华丽的文采要与符合诗教的内容即"义理"相统一,这就引出了"文理"的概念。接着引用《周易》"言之有物"为理之本,即义理,"言之有序"为理之经,即文理。翁方纲又说:"风雅颂为三经,赋比兴为三纬,经与纬皆理也。理之义备矣哉!"⑤风雅颂指内容,即义理;赋比兴指表现形式,即文理。至此,翁方纲"肌理"说的含义水到渠成地确立为义理和文理。他指出"为学必以考证为准,为诗必以肌理为准"⑥。萧统《文选》所选之诗既表现了"孝敬之准式,人伦之师友",又"事出于沉思",即既符合诗教,又表现出语言辞藻之美。

① 翁方纲:《志言集序》,《复初斋文集》卷四,沈云龙主编:《近代中国史料丛刊》第43辑第421册,台北:文海出版社,第210页。

② 翁方纲:《理说驳戴震作》,《复初斋文集》卷七,沈云龙主编:《近代中国史料丛刊》第43辑第421册,台北:文海出版社,第323页。

③ 翁方纲:《杜诗"熟精文选理""理"字说》,《复初斋文集》卷十,沈云龙主编:《近代中国史料丛刊》第43辑第421册,台北:文海出版社,第408页。

④ 杨明、羊列荣编著:《中国历代文论选新编》(先秦至唐五代卷),上海:上海教育出版社,2007年,第77页。

⑤ 翁方纲:《韩诗"雅丽理训诂"理字说》,《复初斋文集》卷十,沈云龙主编:《近代中国史料丛刊》,第43辑第421册,台北:文海出版社,第410页。

⑥ 翁方纲:《志言集序》,《复初斋文集》卷四,沈云龙主编:《近代中国史料丛刊》第43辑第421册,台北:文海出版社,第212页。

杜诗不仅体现了义理,还体现了文理,翁方纲运用杜诗阐释了他的诗法说:

> 故云"文成而法立",法之立也,有立乎其先、立乎其中者,此法之正本探原也;有立乎其节目、立乎其肌理界缝者,此法之穷形尽变也。杜云"法自儒家有",此法之立本者也;又云"佳句法如何",此法之尽变者也。夫惟法之立本者不自我始之,则先河后海,或原或委必求诸古人也。①

> 杜公之学,所见直是峻绝。其自命稷、契,欲因文扶树道教,全见于《偶题》一篇,所谓"法自儒家有"也。此乃羽翼经训,为《风》《骚》之本,不但如后人第为绮丽而已。②

翁方纲认为法有两种,一为正本探原之法,一为穷形尽变之法。后者指的是诗歌的艺术表现形式和技巧,即翁方纲所言"文理"。关于前者,钱仲联先生认为正本探原之法"就是要以学问作底子"③,郭绍虞先生认为正本探原之法即"义理之理"④。杜甫常常自比稷契,要在诗歌中阐发儒家经义,体现了儒家温柔敦厚的诗教,所以翁方纲高度评价"杜陵之诗,继《三百篇》而兴者也","文章根于性情,英华发于事业,故云'自许稷与契',又云'圣哲垂象系',思深哉!"⑤

杜甫所言"熟精文选理""读书破万卷,下笔如有神"正符合翁方纲向古人学习,以学问为本的要求。所以他说"若论杜诗,则自有诗教以来,温柔敦厚必归诸杜,兴观群怨必合诸杜,上下古今万法源委必衷诸杜"⑥,"少陵之贯彻上下,无所不赅"⑦,杜诗完美地体现了义理和文理的统一,成为"肌理"说的典范。

二、"铺陈排比":诗歌创作的最高境界

清代自钱谦益肯定了杜甫铺陈排比的传统之后,诗论家和诗人大多对此持肯定态度,如叶燮、朱彝尊等。翁方纲论诗主张"肌理"细腻,讲求韵法、句法、章法等,"肌理"说以宋诗为法,宋诗以理胜,多用赋法,所以越发推崇杜甫的"铺陈终始,排比声律",并且认为:"诗家之难,转不难于妙悟,而实难于'铺陈终始,排比声律',此

① 翁方纲:《诗法论》,《复初斋文集》卷八,沈云龙主编:《近代中国史料丛刊》,第43辑第421册,台北:文海出版社,第330页。
② 翁方纲:《石洲诗话》卷一,《清诗话续编》,上海:上海古籍出版社,2016年,第1318页。
③ 钱仲联:《梦苕庵清代文学论集》,济南:齐鲁书社,1983年,第33页。
④ 郭绍虞:《中国文学批评史》,天津:百花文艺出版社,2008年,第648页。
⑤ 翁方纲:《与冯鱼山编修论杜偶题起句》,《杜诗附记》,赖贵三校释,台北:里仁书局,2011年,第586页。
⑥ 翁方纲:《评陆堂诗》,《复初斋文集》卷十,沈云龙主编:《近代中国史料丛刊》第43辑第421册,台北:文海出版社,第413页。
⑦ 翁方纲:《杜诗"熟精文选理""理"字说》,《复初斋文集》卷十,沈云龙主编:《近代中国史料丛刊》第43辑第421册,台北:文海出版社,第409页。

非有兼人之力,万夫之勇者,弗能当也。"①"杜之魄力声音,皆万古所不再有。其魄力既大,故能于正位卓立铺写,而愈觉其超出。"②"大约古今诗家皆不敢直播鼓心,惟李、杜二家能从题之正面实作。"③"正面实作"就是强调用赋法。④ 但杜诗并非全都以正面铺陈见长,也有相当多优秀的意在言外之作,如《春望》《佳人》《月夜》等,清人施补华《岘佣说诗》云:

> 诗犹文也,忌直贵曲。少陵"今夜鄜州月,闺中只独看",是身在长安,忆其妻在鄜州看月也。下云"遥怜小儿女,未解忆长安",用旁衬之笔;儿女不解忆,则解忆者独其妻矣。"香雾云鬟""清辉玉臂",又从对面写,由长安遥想其妻在鄜州看月光景。收处作期望之词,恰好去路,"双照"紧对"独看",可谓无笔不曲。⑤

杜诗的"铺陈排比"从正面用赋法直接描写,抒情直露,在"诗史"类的题材中更加彰显出其艺术魅力,因而被翁方纲推崇备至,而那些含蓄蕴藉之作则被有意忽视,所以他只是看到复杂多样的杜诗的"冰山一角",而其有意以偏概全是因为他和钱谦益一样"用'铺陈排比'称赞杜甫诗歌,其含义不限于元稹所评排律的范围,而是指杜甫诗歌创作以铺张手法叙事抒情,赋予作品高远浏亮的气格音调之美的总体艺术特征……呼吁继承和发扬杜甫'铺陈排比'的诗歌传统,反映了他对大雅正声的期待"⑥。

三、学习杜诗的态度:"师其意则其迹不必求肖之"

翁方纲讲求诗法,不管其"正本探原"之法还是"穷形尽变"之法,都要"求诸古人",所以强调学古。既然倡导学古,就需要在古人中寻找学习的对象,杜诗成为不二之选,因为:

> 读《杜诗》,则句句见真,步步皆实地也,由此可以理学业,可以定人品;即以诗言,可以加膏沃,可以养笔力、才藻,即所谓"羚羊挂角"三昧之旨,亦必从此得之,此乃八面莹澈之真境也。《苏诗》之酣放,本极精微,然已不能如此。是故,专学韩,则每有意于造奇;学白,每有意于闲旷平直;学李太白,每有意于

① 翁方纲:《石洲诗话》,《清诗话续编》,上海:上海古籍出版社,2016 年,第 1312 页。
② 翁方纲:《石洲诗话》卷一,《清诗话续编》,上海:上海古籍出版社,2016 年,第 1314 页。
③ 翁方纲:《与友论太白诗》,《复初斋文集》卷一一,沈云龙主编:《近代中国史料丛刊》,第 43 辑第 421 册,台北:文海出版社,第 468 页。
④ 张健:《清代诗学研究》,北京:北京大学出版社,1999 年,第 702 页。
⑤ 施补华:《岘佣说诗》,《清诗话》,上海:上海古籍出版社,2015 年,第 1007—1008 页。
⑥ 邬国平:《以杜诗学为诗学——钱谦益的杜诗批评》,《学术月刊》2002 年第 5 期。

超纵；学李义山，每在意趣藻饰；即使专主王、韦三昧，亦每在意存冲澹。凡专立一路者，其路非不正也；然而，意有专趋，则易于渐滋流弊，未有若杜之得正、得真者。①

学习杜诗，其"真"、其"实"可以使学习者整体水平得到提升，同时获得诗歌之真谛。如果单纯学习韩愈、白居易、李白、李商隐、王维、孟浩然中之一家，则会走向某一极端，滋生流弊。只有学习杜诗，才能学到诗歌之正、之真。翁方纲云：

> 古今不善学杜者，无若空同、沧溟；空同、沧溟，貌皆似杜者也。古今善学杜者，无若义山、山谷；义山、山谷，貌皆不似杜者也。夫空同、沧溟所谓格调，其去渔洋所谓神韵者奚以异乎？夫貌为激昂壮浪者谓之袭取，貌为简淡高妙者独不谓之袭取乎？②

他认为明代七子学杜只是貌似，徒有形式，如激昂壮浪的语言；善于学杜者属李商隐和黄庭坚，皆貌不似而神似。"人各有所读之书、所处之境、所值之时，不必其似也。"③所以"求古者，师其意也；师其意则其迹不必求肖之也"。④

四、学习杜诗的途径："由苏入杜"和"黄诗逆笔"

(一)"由苏入杜"

翁方纲于诗"服膺在少陵，瓣香在东坡"⑤，一生苦心研究二人之诗，有《杜诗附记》和《苏诗补注》，杜甫和苏轼在他的诗学体系中占据着重要地位。翁方纲以为：

> 诗必以杜为万法探原处，诗必以杜为千古一辙处。学者必知此义也，而无如博稽古今，见选体以上，若似乎五言必力追杜以前矣；又见宋、元以后，诸家格调之变，家数不同，若似乎未能专以杜为定程者。是以诗道分歧，无由率循也。又其议论歧出者，或谓杜以叙述乱离为长，又或谓杜不长于绝句，此皆偏畸之见也。敖器之论诗云："杜如周公制礼"，此定品也。彼谓杜长叙述乱离

① 翁方纲：《杜诗附记·自序》，《杜诗附记》，赖贵三校释，台北：里仁书局，2011年，第109—111页。
② 翁方纲：《题渔洋先生戴笠像》，《复初斋文集》卷三四，沈云龙主编：《近代中国史料丛刊》第43辑第421册，台北：文海出版社，第1351页。
③ 翁方纲：《徐昌谷诗论》(二)，《复初斋文集》卷八，沈云龙主编：《近代中国史料丛刊》第43辑第421册，台北：文海出版社，第357页。
④ 翁方纲：《格调论》(中)，《复初斋文集》卷八，沈云龙主编：《近代中国史料丛刊》第43辑第421册，台北：文海出版社，第334页。
⑤ 陆廷枢：《复初斋诗集》序，《复初斋诗集》，《续修四库全书》第1454册，上海：上海古籍出版社，2002年，第361页。

者,特管中窥豹耳。凡言诗者,非以貌取也。如以貌取,则绝句当如太白、少伯、右丞、义山、樊川之绝句,不专以杜言矣。岂知杜之神理,无所不赅,即其绝句亦原可赅诸家绝句者耳?惟不以貌取而后知上而风雅颂之典则,即皆杜诗也,下而宋元明之派别,即皆杜诗也,于是乎真诗学出焉矣。[1]

杜诗之具宋元格也,本所应有也。诗至于杜而天地之元气畅泄于此,天地之大,无所不包,日月之明,无所不照,天纵之圣,无所不能……且杜法之该摄中晚唐,该极宋元者,正见其量之足而神之全也。[2]

宋之有苏诗犹唐之有杜诗,一代精华气脉全泄于此。苏亦初不学杜也,然开卷《荆州五律》,何尝不从杜来?[3]

翁方纲所言"诗法",包括"正本探原"之法和"穷形尽变"之法,既包括历来诗学家所言形式技巧层面之"法",也包括内容风格层面之"法",而杜诗很好地体现了他的"诗法"。翁方纲称杜诗之法为"杜法",强调其为"万法探原""千古一辙",学诗者习得杜法就掌握了诗法。"诗至于杜而天地之元气畅泄于此"意为一切诗歌的主题和技巧都被杜甫用尽,杜诗不仅继承了先秦、汉魏六朝诗歌的艺术成就,而且"该摄中晚唐,该极宋元",杜法是汲取了历代诗歌之精华后总结出来的,且艺术水准达到中晚唐、宋元的最高水平。翁方纲曾言"能知杜法,则苏轼皆真诗矣"。[4] 可见,他认为苏轼是学习杜法的成功典范,苏轼的诗歌很好地体现了杜法。

翁方纲在《杜诗附记》中评论《解闷十二首》其七之后有《与叶筠章论"阴何苦用心"句法》一文,文中指出苏诗和杜诗的内在联系:

杜云"孰知二谢将能事,颇学阴何苦用心",此二句必一气读,乃明白也。所赖乎陶冶性灵者,夫岂谓仅恃我之能事,以为陶冶乎?仅恃我之能事,以为陶冶性灵,则必致专骋才力,而不衷诸制之方,以杜公精诣,尚不敢也。所以诗必自改定之,改定而拍节长吟之,有一隙未中窍,有一音未中节者,弗能安也。……"新诗改罢自长吟",愈咀之有味矣。此篇,即《杜诗》全集之总序也。吾尝谓:《苏诗》亦有一句可作通集总序者,云"始知真放本精微","真放"者,即豪荡

---

① 翁方纲:《苏斋笔记》卷九,《复初斋文集》,《清代稿本百种汇刊》第 67 种 27 册,台北:文海出版社,1974 年,第 8657 页。

② 翁方纲:《评陆堂诗》,《复初斋文集》卷一〇,沈云龙主编:《近代中国史料丛刊》第 43 辑第 421 册,台北:文海出版社,第 412 页。

③ 翁方纲:《苏斋笔记》卷一〇,《复初斋文集》,《清代稿本百种汇刊》第 67 种 27 册,台北:文海出版社,1974 年,第 8687 页。

④ 翁方纲:《苏斋笔记》卷一〇,《复初斋文集》,《清代稿本百种汇刊》第 67 种 27 册,台北:文海出版社,1974 年,第 8690 页。

纵横之才力,即此上七字也;"精微",即细肌密理之节制,即此下七字也。①

翁方纲认为杜诗、苏诗的诗法本质上是一致的,苏之"真放"可解释杜之"孰知二谢将能事",苏之"精微"可对应杜之"颇学阴何苦用心",即二人都有纵横之才力,却都能够用"细肌密理"来节制,刻苦锻炼,用心经营,既表达性灵又有所节制。有学者以为"诗歌字面雄放纵横,自然抒发,内里却要精深刻苦。这就是杜、苏两人渊源所在"②。

翁方纲在《读苏诗四首》其一中也阐明了杜甫和苏轼的渊源关系:

> 苏斋读苏诗,回复万古心。嗟此迈往途,敢以薄力任。法自吾儒家,杜陵挈心箴。真气真性情,均钟调瑟琴。洞庭九奏响,勃发于讴吟。庶惟杜韩后,山海量崇深。非由读杜出,诞岸谁追寻? 所以星宿源,凭杜为指针。③

翁方纲认为苏轼习得杜法,有"真气真性情",学诗应以杜甫为指针。发现了苏轼对杜甫诗法的传承,于是翁方纲在和门人论诗的过程中提出了"由苏入杜"的学杜途径。他在诗歌中多次提出"由苏入杜",如"千里金张叩筏津,一源苏杜孰推论。杜惟质厚元无诀,苏取雄奇恐不真"④。"千里金张叩筏津"句下有注云:"手山南山皆有札商由苏入杜之义",金即金学莲(1772—?),字子青,号手山,张即张维屏(1780—1859),字子树,号南山,二人皆翁方纲门人。这是他明确地提出"由苏入杜"说。翁方纲在诗歌中频频强调"由苏入杜",如教导张维屏云:"醰放精微处,崇深黍尺量。于苏窥杜法,诗境乃升堂。"⑤赠门人金学莲云:"苏门问杜法,圭景苦卓立。"⑥晚年送别张维屏时仍强调"傥因苏问杜,不负药名洲。"⑦

清人潘德舆在《养一斋诗话》中表达了对翁方纲主张"由苏入杜"的不满:

> 近人诗话之有名者,如愚山、渔洋、秋谷、竹垞、确士所著,不尽是发明第一义,然尚不至滋后学之惑。滋惑者,其随园乎? 人纷纷訾之,吾无可论矣。独

---

① 翁方纲:《与叶筠章论"阴何苦用心"句法》,《杜诗附记》,赖贵三校释,台北:里仁书局,2011年,第575—576页。

② 何继文:《翁方纲的"由苏入杜"说》,《汉学研究》2010年第28卷第3期。

③ 翁方纲:《读苏诗四首》其一,《复初斋诗集》卷六六,《续修四库全书》第1455册,上海:上海古籍出版社,2002年,第299页。

④ 翁方纲:《墨卿书来云先生春来日与莲裳南山论诗可羡也是日适得南山手书而莲裳归矣》,《复初斋诗集》卷六二,《续修四库全书》第1455册,上海:上海古籍出版社,2002年,第254页。

⑤ 翁方纲:《赠张南山孝廉三首》其三,《复初斋诗集》卷六一,《续修四库全书》第1455册,上海:上海古籍出版社,2002年,第245页。

⑥ 翁方纲:《答金手山》,《复初斋诗集》卷六四,《续修四库全书》第1455册,上海:上海古籍出版社,2002年,第274页。

⑦ 翁方纲:《送张南山还粤东兼寄黄香石》,《复初斋诗集》卷六九,《续修四库全书》第1455册,上海:上海古籍出版社,2002年,第325页。

《石洲诗话》一书，引证该博，又无随园佻纤之失，信从者多。予窃有惑焉，不敢不商榷，以质后之君子。其书亦推张曲江为复古，李、杜为冠冕，杜可直接六经。而酷好苏诗，以之导引后进，谓学诗只此一途，虽根本忠爱之杜诗，必不可学，"人不知杜公有多大喉咙，以为我辈亦可如此，所以梦如乱丝"。夫苏诗非不雄视百世，而杜诗者，尤人人心中自有之诗也。今望而生怖，谓不如苏之蹊径易寻，则是避难就易之私心，犹书家之有侧锋，仕途之有捷径，自为之可耳，岂所以示天下耶！①

潘德舆认为翁方纲指出"由苏入杜"的学杜路径，乃避难就易，学杜者不可效仿。翁方纲提出"由苏入杜"，其原因大致有三②：一是如潘德舆所言，为了降低难度。杜甫更多写实际事境，其精微比苏轼玲珑剔透，学诗者不容易理解；二是关乎翁方纲对唐宋诗之辨的看法，主张由宋入唐；三是翁方纲认为诗法正脉的发展有正有变，杜诗是万法之本源，苏诗则是诗法之极变，所以学者于苏诗能知诗法之本，又见诗法之变，便能缘本以求新，再由末以返本。

(二)"黄诗逆笔"

近代陈衍认为："覃溪自命深于学杜，其实所知者山谷之学杜处耳。"③翁方纲以为："古今善学杜者，无若义山、山谷；义山、山谷，貌皆不似杜者也。"④"义山以移宫换羽为学杜，是真杜也；山谷以逆笔为学杜，是真杜也。"⑤李商隐从音律角度学杜，黄庭坚以逆笔学杜，两人诗歌外貌不同于杜，却都学得杜法之真谛。翁方纲宗宋诗且认为黄诗更好地体现了其"肌理"说，因而并未主张学李商隐，而主张学习黄庭坚之逆笔。翁方纲有《黄诗逆笔说》一文专论"逆笔"：

> 偶见《梧门札记》援愚说山谷诗用逆笔，而其言不详，恐观者不晓也。逆笔者，即南唐后主作书拨镫法也。逆固顺之对，顺有何害而必逆之？逆者，意未起而先迎之势，将伸而反蓄之。右军之书，势似敧而反正，岂其果敧乎？非敧无以得其正也。逆笔者，戒其滑下也。滑下者，顺势也，故逆笔以制之。长澜抒泻中时时有节制焉，则无所用其逆矣。事事言情，处处见提掇焉，则无所庸其逆矣。然而胸所欲陈，事所欲详，其不能自为检摄者，亦势也。是以山谷之书卷典故，非襞绩为工也；比兴寄托，非借境为饰也。要亦不外乎虚实乘承，阴

① 潘德舆：《养一斋诗话》卷一，《续修四库全书》第1706册，上海：上海古籍出版社，2002年，第198页。

② 参见何继文：《翁方纲的"由苏入杜"说》，《汉学研究》2010年第28卷第3期。

③ 钱仲联主编：《清诗纪事》，南京：凤凰出版社，2004年，第5457页。

④ 翁方纲：《题渔洋先生戴笠像》，《复初斋文集》卷三四，沈云龙主编：《近代中国史料丛刊》第43辑第421册，台北：文海出版社，第1351页。

⑤ 翁方纲：《同学一首送别吴毅人》，《复出斋文集》卷一五，沈云龙主编：《近代中国史料丛刊》第43辑第421册，台北：文海出版社，第632页。

阳翕辟之义而已矣。①

顺笔、逆笔是书法中用笔的顺逆之法，顺笔则笔锋出，逆笔则笔锋藏。"所谓拨镫法，李后主得之陆希声者。拨，即笔管着中指名指尖，令圆活易转动也。镫，即马镫，笔管直，则虎口间空圆如马镫也。足踏马镫浅则易出入，手执笔管浅即易拨动也。"②也有认为"镫"通"灯"的，王澍《淳化秘阁法帖考正》云："南唐后主拨灯法，解者殊鲜。所谓拨灯者，逆笔也。笔尖向里，则全势皆逆，无浮滑之病矣。学者试拨灯火，可悟其法。"③不管是"拨镫"还是"拨灯"，都强调五指配合拨动，使笔管转动。逆笔的使用，可以增强用笔力度，起到蓄势的作用，不轻飘、不浮滑、不呆板，且逆笔藏锋，含而不露，有助于笔画两端的平整、厚实、有力。翁方纲借用"逆笔"喻诗歌有曲折含蓄之致。如杜诗《幽人》起句"孤云亦群游，神物有所归"，翁方纲评云："'亦'字逆笔。"④《幽人》这首诗表达杜甫晚年流离失所的痛苦，《周易》云"云从龙，风从虎"，孤云若能得龙将会风云际会，有所归依，这只是假设，但现实是杜甫晚年流离失所，不为朝廷所用，实为"孤云"，要强调"孤"，却先写"群"，欲抑先扬，即"意未起而先迎之，将伸而反蓄之"，故"亦"字乃逆笔。

诗歌中使用逆笔，可使叙事抒情避免直露，避免诗歌流于浮滑。功力深厚者对"胸所欲陈，事所欲详"能够很好地自我控制，就不需要使用逆笔。黄诗之逆笔表现为使用"书卷典故"和"比兴寄托"，意在避免诗歌滑下。"襞绩"即"襞积"，本意为衣服折叠处，引申为修饰；比兴寄托，言在此而意在彼，很容易形成一种意境。翁方纲认为把黄诗之典故和比兴寄托仅仅看作修饰的观点是肤浅的，他从诗歌结构的高度出发，指出黄诗之逆笔最终是为了达到诗歌的"虚实乘承，阴阳翕辟"，即《杜诗附记·自序》所言"篇中情境虚实之乘承，笋缝上下之消纳"。正如张健《清代诗学研究》所言："在抒写过程中，运用比兴和典故，等于变换了意义表达方式，这种表达方式的变换打断原来的抒写过程，原来的意义流被截断，不至于顺势而下，所以，典故、比兴起到了节制的作用。这种作用相当于书法中的逆笔。"⑤那么，是不是学杜者都可以用"逆笔"呢？法式善《陶庐杂录》记载了翁方纲论如何用逆笔：

> 覃溪先生告余云："山谷学杜，所以必用逆法者，正因本领不能敌古人，故不得已而用逆也。若李义山学杜，则不必用逆，又在山谷之上矣。此皆诗家秘妙真诀也。今我辈又万万不及山谷之本领，并用逆亦不能。然则如之何而可？

① 翁方纲：《黄诗逆笔说》，《复初斋文集》卷十，沈云龙主编：《近代中国史料丛刊》第43辑第421册，台北：文海出版社，第420—421页。
② 陈绎曾：《翰林要诀》，崔尔平选编、点校，《历代书法论文选》，上海：上海书画出版社，1993年，第480页。
③ 王澍：《淳化秘阁法帖考正》卷一二，《四部丛刊》三编(31)，上海：上海书店出版社，1985年。(据商务印书馆1935年版重印)
④ 翁方纲：《杜诗附记》，赖贵三校释，台北：里仁书局，2011年，第738页。
⑤ 张健：《清代诗学研究》，北京：北京大学出版社，1999年，第718页。

则且先咬着牙忍性,不许用平下,不许直下,不许连下,此方可以入手。不然,则未有能成者也。"①

翁方纲认为逆笔只是学杜的一种途径,黄庭坚因作诗本领不及李商隐,更不及古人,因而不得不用逆笔。而当下之学杜者才气学力又万万不及黄庭坚,所以连典故和比兴寄托的使用也不能随随便便。学杜者应如何使用逆笔呢?要"先咬着牙忍性,不许用平下,不许直下,不许连下,此方可以入手",这里"平下""直下""连下"都是书法用语,唐人张怀瓘云:"勒(横画)不得卧其笔,弩(竖画)不得直,直则无力。"②"写横画时,最忌的是将笔尖平伸向左,笔身右按——即平'卧'下去,然后从左向右一直'拉'——平拖过去。这是最错误的写法。"③写竖画要写得像万岁枯藤,唐太宗也说:"弩不宜直,直则失力。"④所以,对竖画而言,"直只是势直,点画中的意象应该永远处于直与非直、平与非平、曲与非曲之间"⑤。"连主要用于行草书,最忌笔笔相连,形繁而字俗。一般来说,一字之中当有一、二处为断,从而达到透气、内涵和节拍上的停顿之目的。"⑥字中的断,可以调和节奏,使作品显得干净利落,有板有眼,从容不迫。若用"平下""直下""连下",会怎样呢?东晋王羲之云:

夫欲作书,先乾研墨,凝神静思,预想字形大小、偃仰、平直、振动,令筋脉相连,意在笔先,然后作字。若平直相似,状如算子,上下方整,前后齐平,便不是书,但得其点画耳。⑦

若欲学草书,又有别法。须缓前急后,字体形势,状如龙蛇,相钩连不断,仍须棱侧起伏,用笔亦不得使齐平大小一等。每作一字须有点处,且作余字总竟,然后安点,其点须空中遥掷笔作之……亦不得急,令墨不入纸。若急作,意思浅薄,而笔即直过。⑧

写字之前要胸有成竹,意在笔先,笔断意连,用笔若"平下""直下""连下",一则笔画无力,意思浅薄,毫无韵味;二则字体"平直相似,状如算子,上下方整,前后齐平",只是笔画的堆积而已,算不得书法。翁方纲指出学杜诗不许用"平下、直下、连

① 法式善:《陶庐杂录》卷二,沈云龙主编:《近代中国史料丛刊》第35辑第347册,台北:文海出版社,第78页。

② 张怀瓘:《玉堂禁经》,崔尔平选编、点校,《历代书法论文选》,上海:上海书画出版社,1993年,第219页。

③ 周汝昌,周伦玲编:《永字八法:书法艺术讲义》,桂林:广西师范大学出版社,2006年,第52页。

④ 李世民:《笔诀法》,崔尔平选编、点校,《历代书法论文选》,上海:上海书画出版社,1993年,第118页。

⑤ 白鹤:《中国书法艺术学》,上海:学林出版社,2010年,第120页。

⑥ 白鹤:《中国书法艺术学》,上海:学林出版社,2010年,第122页。

⑦ 王羲之:《题卫夫人〈笔阵图〉后》,崔尔平选编、点校,《历代书法论文选》,上海:上海书画出版社,1993年,第26页。

⑧ 王羲之:《题卫夫人〈笔阵图〉后》,崔尔平选编、点校,《历代书法论文选》,上海:上海书画出版社,1993年,第27页。

下",其目的是保证诗歌的张力和节奏,这样才能厚重而免于肤浅浮滑。同时强调作诗时要考虑全局,意在笔先,抒发情感要有所节制,控制驰骋才力的欲望,切勿堆叠典故、滥用比兴,否则就成了"獭祭鱼"。这实际上是翁方纲"肌理"说中要求肌理细腻,言之有序的表现。杜甫"读书破万卷,下笔如有神",所以"《杜诗》'真'字,每有直下者,此原是笔力独到,故自不妨。若后人频效之,则成空架矣。"①翁方纲主张以逆笔学杜,诗人只有多读书,才能驾驭典故和比兴,这也是他重视以学为诗的表现。

关于"逆笔"之"逆",许总《杜诗学发微》认为还有一层含义,是"'意未起而先迎之'之'逆',实即'以意逆志',先迎杜诗之'意',这就指出了黄诗更重要的是得杜诗之神而不是形,亦即对杜诗之所以能够开创古典诗歌新的美学结构的创新精神的学习。"②综上,"逆笔"一方面指使用典故和比兴的诗歌技巧,另一方面指学习杜甫"语不惊人死不休"的创新精神。

五、结 语

翁方纲在《杜诗附记》中借助评杜,利用杜诗这个权威确立了自己"肌理"说的正确性,同时指出杜诗体现了"肌理"说之"理",进而确立了"理在诗歌中的本然的地位……打破了诗文之辨,也打破了唐宋之辨"③。翁方纲认为能够代表其"肌理"说的典范诗人,在唐代为杜甫,在宋代为苏轼、黄庭坚。学习杜诗要遗貌取神,且不能直接学习杜诗,要先学苏轼和黄庭坚。苏轼既有纵横之才,又能以"细肌密理"来节制,同时具备创新精神,使得苏诗姿态横生,可谓习得杜法真谛。黄庭坚"逆笔"学杜,擅长使用"书卷典故"和"比兴寄托",至于追求"点铁成金""夺胎换骨",实乃杜甫"语不惊人死不休"的创新精神的体现。蒋寅认为"翁方纲再三推崇黄庭坚的逆笔,无非是寻觅可觅的路径,借鉴可鉴的艺术手法,可以视为现实的取法策略。但他这一论说客观上起到通过黄庭坚沟通唐宋两代诗学的作用,坐实了黄庭坚作为杜甫正宗传人的地位"④。的确,"由苏入杜""黄诗逆笔"都是翁方纲为学杜者指出的阳关大道,力图通过它们进而达到诗人之诗和学人之诗的统一。

① 翁方纲:《杜诗附记》,赖贵三校释,台北:里仁书局,2011年,第163页。
② 许总:《杜诗学发微》,南京:南京出版社,1989年,第95页。
③ 张健:《清代诗学研究》,北京:北京大学出版社,1999年,第689页。
④ 蒋寅:《清代诗学史(第二卷)》,北京:中国社会科学出版社,2019年,第538页。

李白和杜甫在日本平安时代的流传与受容

文艳蓉

中国矿业大学

李白和杜甫是我国诗歌史上的双子星座,他们并称为"李杜",以卓越的诗才和特出的人格影响了我国后世一代又一代的文人,同时在日本、朝鲜等为主的东亚汉字圈中也有着极为重大的影响,尤其是在五山时期,李白与杜甫诗歌得到广泛传播。而在深受唐诗影响的日本平安时代(794—1192),流传最广影响最大的诗人却是白居易,李白与杜甫并未受到普遍的关注,但仍能从文献中找到他们诗歌流传和受容的痕迹,并从其窥探日本平安汉诗人对唐诗接受以及中日诗歌流传的一些趋向与偏好。

一、李白诗歌在平安时代的流传与受容

日本文献最早记载李白诗集是藤原佐世(847—898)编定于宽平三年至九年(891—897)的《日本国见在书目录》,其著录《李白歌行集》三卷,但是此集后来罕有流传载录。而《日本国见在书目录》总集家著录殷璠的《河岳英灵集》选录了李白的诗歌。此集遍照金刚《文镜秘府论》南卷《定位》引有殷璠的序,知奈良时期已流传至日本。孙猛先生考证:"尊经阁文库藏前田家第二号《手鉴》(详太田晶二郎《关于河岳英灵集》)、阳明文库藏《大手鉴》中收有《河岳英灵集》残卷,所抄乃此集所载陶翰诗。阳明文库所藏,见《国宝大手鉴(近卫家传来)》下卷表13宫内卿高枝王(淡交社,1971年),据春名好重《解说》,乃桓武天皇之子高枝王所书。又,东京国立博物馆藏残片,亦为陶翰诗,名儿郁明以阳明本与东博本相校,谓两本均为平安初期钞本,内容相同,书体不同,阳明本楷行相杂,东博本近似草书;两本或出同一人之

---

   * 本文为国家社科基金项目《唐诗在日本平安时代的传播与受容研究》(项目号:17BZW091)的阶段性成果之一。

手。"①可见《河岳英灵集》在平安时期一直流传。

大江维时(888—963)《千载佳句》是日本文人编选的大型唐诗秀句集,收录了一千多联唐诗佳句,涉及唐代诗人 150 余名,对《和汉朗咏集》《新撰朗咏集》都有深远的影响。它收录白居易诗歌 500 余联,只收录李白诗两联:一是《天象部·雪》收李白诗《瑞雪》"玉阶一夜留明月,金殿三春满落花";二是《地理部·山水》收《题凤台亭子》"三山半落青天外,二水中分白鹭洲",通行本作《登金陵凤凰台》。此二联皆非歌行体,应不是从《日本国见在书目录》所载《李白歌行集》选录而来。

然而,李白作品在平安时代其实有更早更深入的流传。由于当时日本与我国的交流十分有限,作为汉诗主流的贵族阶层也大多未能留学我国,其创作汉诗多从所得汉籍书本中学习,所以平安时代诗歌主题、意象、用语等多源于我国诗歌。分析诗歌意象和用语便可以了解日本汉诗对我国诗歌的受容。平安初期以嵯峨天皇为首的汉诗人群中便有不少诗人写诗化用李白诗歌。如编于 814 年的《凌云集》载嵯峨天皇(809—823 在位)诗《和左卫督朝臣嘉通秋夜寓直周庐听早雁之作》"凉秋八月惊塞鸿,早报寒声杂远空"②源于李白诗歌意象与用语,见李白诗《白纻辞》三首其一:"寒云夜卷霜海空,胡风吹天飘塞鸿。"③《秋夕书怀》:"北风吹海雁,南渡落寒声。"又《姑熟十咏》之《陵歊台》诗云:"旷望登古台,台高极人目。叠巘列远空,杂花间平陆。"

无独有偶,编于 818 年的《文华秀丽集》有嵯峨天皇等人所唱和《河阳十咏》受容于李白《姑熟十咏》。《河阳十咏》诗题目前可知有《河阳花》《江上船》《江边草》《山寺钟》《故关柳》《五夜月》《河上船》《水上鸥》《河阳桥》等,李白之前沈约虽有《十咏》,从所存诗题《脚下履》《领边绣》等来看,其所咏之物当皆为衣物。刘禹锡元和年间在连州任职期间(815—819)也有《海阳十咏》,但题名有二字、三字,不像《河阳十咏》皆为整齐的三字题,且其作未必早于《文华秀丽集》。李白《姑熟十咏》为《姑熟溪》《丹阳湖》《谢公宅》《陵歊台》《桓公井》《慈姥竹》《望夫山》《牛渚矶》《灵墟山》和《天门山》,与嵯峨等人所咏之物相近,且诗歌内容有受容李白诗之处,如嵯峨天皇《江上船》"风帆远没虚无里,疑是仙查欲上天"④与李白诗句"疑是银河落九天"句式诗语相同。更何况如前所述嵯峨天皇诗歌《凌云集》中已有受容《姑熟十咏》之处。《文华秀丽集》中还载有嵯峨天皇《折杨柳》句"花寒边地雪,叶暖妓楼吹",也明

---

① 孙猛:《日本国见在书目录详考》,上海:上海古籍出版社,2015 年,第 2053 页。

② [日]小野岑守:《凌云集》,《群书类丛》第八辑,1991 年订正版,东京:续群书类丛完成会,第 455 页。本文所涉此集诗歌皆出自此本。

③ 瞿蜕园、朱金城:《李白集校注》,上海:上海古籍出版社,1980 年,第 337 页。本文所涉李白诗歌皆出自此本。

④ [日]藤原冬嗣:《文华秀丽集》,《群书类丛》第八辑,1991 年订正版,东京:续群书类丛完成会,第 482 页。本文所涉此集诗歌皆出自此本。

显是李白《折杨柳》诗句"花明玉关雪,叶暖金窗烟"的改写。

据小岛宪之考证,编于 827 年的《经国集》中所载嵯峨天皇《杂言清凉殿画壁山水歌》正是模仿李白《当涂赵炎少府粉图山水歌》。① 特引于下:

> 良画师,能图山水之幽奇。目前海起万里阔,笔下山生千仞危。阴云朦朦长不雨,轻烟羃羃无散时。蓬莱方丈望悠哉,五湖三江情沿洄。森漫涛如随风忽,行船何事往复来。飞壁栈嵝垂萝薜,会岩盘屈衣苔莓。岭上流泉听无响,潺湲触石落溪隈。空堂寂寞人言少,杂树朦胧暗昏晓。松下群,居都仙,与不语,意犹眇。度岁横琴谁奏曲,经年垂钓未得鱼。驰眼看知丹青妙,对此人情兴有余。画胜真花笑冬春,四时常悦世间人。(嵯峨天皇《杂言清凉殿画壁山水歌》)②

> 峨眉高出西极天,罗浮直与南溟连。名工绎思挥彩笔,驱山走海置眼前。满堂空翠如可扫,赤城霞气苍梧烟。洞庭潇湘意渺绵,三江七泽情洄沿。惊涛汹涌向何处,孤舟一去迷归年。征帆不动亦不旋,飘如随风落天边。心摇目断兴难尽,几时可到三山巅? 西峰峥嵘喷流泉,横石蹙水波潺湲。东崖合沓蔽轻雾,深林杂树空芊绵。此中冥昧失昼夜,隐几寂听无鸣蝉。长松之下列羽客,对座不语南昌仙。南昌仙人赵夫子,妙年历落青云士。讼庭无事罗众宾,杳然如在丹青里。五色粉图安足珍? 真仙可以全吾身。若待功成拂衣去,武陵桃花笑杀人。(李白《当涂赵炎少府粉图山水歌》)

两首诗从诗歌情调,用语都有极相似之处。《经国集》卷一还有嵯峨天皇《春江赋》"菱歌于是频沿沂,客子于是不胜春",化用李白《苏台览古》"旧苑荒台杨柳新,菱歌清唱不胜春"。

平安初期菅原清公也是受容李白较多的汉诗人,《凌云集》录其诗《九月九日侍宴神泉苑各赋一物得秋山》有"三山漂眇沧瀛外,五岳嵯峨赤县中",以"三山""五岳"相对的,李白的《来日大难》有"海陵三山,陆憩五岳"。又诗中入"沧瀛"二字,李白《东海有勇妇》里有"舍罪警风俗,流芳播沧瀛"。菅原清公还有一篇诗受容李白非常明显,得到日本学界的公认,即《经国集》卷十载《七言奉和塞下曲》:"天山秋早雪花开,征客心消上苑梅。万里他乡无与晤,遥瞻汉月自南来。"首句来源于李白《塞下曲六首》其一:"五月天山雪,无花只有寒"。同卷菅原清公《奉和塞上曲》"虏塞草枯膝已寒,将军浴铁向桑干。龙沙日夜风霜烈,壮士为恩未识难",亦源于李白诗《塞下曲六首》"将军分虎竹,壮士卧龙沙"。

---

① [日]小岛宪之氏:《上代日本文学与中国文学——以出典论中心的比较文学的考察》(下),东京:塙书房,1968 年,第 1742—1743 页。诗语下点为小岛氏所加。
② [日]良峰安世:《经国集》,《群书类丛》第八辑,1991 年订正版,东京:续群书类丛完成会,第 533 页。本文所涉此集诗文皆出自此本。

除此之外,《凌云集》中还有仲雄王诗《早舟发》:"早旦偏舟发,微茫海未晴。浦边孤树远,天际片帆征。钓火收残焰,榜歌送迥声。悠悠云水里,乡思转伤情。"李白《姑熟十咏》中《丹阳湖》云:"湖与元气连,风波浩难止。天外贾客归,云间片帆起。龟游莲叶上,鸟宿芦花里。少女棹轻舟,歌声逐流水。""片帆""歌声""云""水"等意象颇为相近。《凌云集》又载贺阳丰年《留别故人》:"一兹阻面□,百里块班条。交臂分张切,涉江悲望遥。风途飞藻散,云路别魂销。唯有流天月,相忆寄秋霄。"以"留别"为诗题为唐人始用,宋之问有《留别之望舍弟》,而李白则有《留别鲁颂》《梦游天姥吟留别》《留别曹南群官之江南》等 17 首,以至《李太白集分类补注》卷十五将"留别"独设一类。另外,诗中"分张""云路"等词与李白《白头吟》"宁同万死碎绮翼,不忍云间两分张"意思相近。尾句月夜相忆之情与李白《送纪秀才游越》"禹穴寻溪入,云门隔岭深。绿萝秋月夜,相忆在鸣琴"相通。又《凌云集》小野岑守《杂言于神泉苑侍宴赋落花篇应制》有诗句云:"三阳二月春云半,杂树众花笑且散。銮驾早来遍历览,奇香诡色互留玩。昔闻一县荣河阳,今见仙源避秦汉。此时澹荡吹和风,落蕊因之满远空。梅院不扫寸余紫,桃源委积尽所红。看花落,落花寂寂听无声。"最后一句源于李白《久别离》:"别来几春未还家,玉窗五见樱桃花。况有锦字书,开缄使人嗟。至此肠断彼心绝,云鬟绿鬓罢梳结,愁如回飙乱白雪。去年寄书报阳台,今年寄书重相催。东风兮东风,为我吹行云使西来。待来竟不来,落花寂寂委青苔。"王维虽也有诗《寒食汜上作》云:"广武城边逢暮春,汶阳归去泪沾巾。落花寂寂啼山鸟,杨柳青青渡水人。"[1]从诗句的诗意与诗体来看,小野此诗还应以李白诗为本。"吹和风"模拟"东风""吹行云","桃源委积"也受到"委青苔"的启发。宿弥第越《三月三日侍宴神泉苑应诏》"看花前后落,听鸟短长吟",源于李白《饯校书叔云》"看花饮美酒,听鸟临晴山"。又忌寸今继《咏史》:"陶潜不狎世,州里倦尘埃。始觉幽栖好,长歌归去来。"第四句直接引用李白诗《对酒醉题屈突明府厅》"陶令八十日,长歌归去来"。宿弥贞主《王昭君》"行行常望长安日,曙色东方不忍看"与李白《单父东楼秋夜送族弟沈之秦》"遥望长安日,不见长安人"颇为相似。《文华秀丽集》载朝野鹿取《飞燕》中"衣玄裳素入兰闺,双去双来不独栖"与李白《双燕离》"双燕复双燕,双飞令人羡,玉楼珠阁不独栖"相关。《经国集》载惟良春道《七言赋得深山寺应太上天皇制》"片石观空何劫尽,孤云对境几年深"化用李白《同族侄评事黯游昌禅师山池二首》其一"一坐度小劫,观空天地间"。

之后,平安中后期李白诗也有少量受容,据吕天雯《大江匡衡〈早夏观曝布泉〉考》考证,大江匡衡《早夏观曝布泉》(粟田障子作,十五首中其五):"闲望一条爆布泉,眼尘暗尽坐岩边。穿云倒泻寒声竖,疑是银河落自天。"尾句来源于李白《望庐山瀑布》"疑是银河落九天",基本上是全句借用。作者还认为《古今和歌集》《金叶

① 陈铁民:《王集集校注》,北京:中华书局,1997 年,第 67 页。

和歌集》中关于瀑布的和歌也受到此诗的影响；并指出《伊势物语》第二十三段曾化用李白的《长干行》中少年男女青梅竹马描写。① 吕文还引用荻谷朴研究，指出日本早期假名日记文学纪贯之的《土佐日记》(927年撰)中"十二月廿七日"条记载，纪贯之从土佐归都，在鹿儿崎出发时、送别之人在海边踏歌的场面受容于李白的《赠汪伦》。

日本平安时期还出现了一种对中国诗歌受容的重要方式——句题诗。句题诗指日本汉诗中以佳句为题之诗。这些佳句多源于我国经、史、子、集等书中的短小句子或是古诗，尤以五言诗最多。成书于天庆二年(939)的《作文大体》载："唐家诗随物言志、曾无句题。我朝又贞观(859—877)以往多以如此。而中古以来好句题。句题者，五言七言诗中、取叶时宜句，又出新题也。"② 直接把句题理解为以符合时宜的五七言诗句为题。平安时期句题诗选择我国古代诗句非常广泛，以白居易诗为最多③。关于李白的句题诗暂时只找到菅原文时《垂杨拂绿水》以及《和汉朗咏集》卷上引菅原诗中两句"潭心月泛交枝桂，岸口风来混叶苹"，《类聚句题抄》亦收此句题诗。"垂杨拂绿水"源于李白《折杨柳》，《乐府诗集》卷二十二、《李太白集》卷六选录。信救《和汉朗咏集私注》对菅原文时此诗进行注释云："《垂杨拂绿水》诗，潭者，渊也。深曰潭。《百咏·月》诗曰：'桂生三五夕'云云。苹，生水之草也。言柳拂水而照潭之月桂交枝，浮波之苹混叶云云。"④ 可见信救未能解读出此句题诗源于李白。但如前所述，嵯峨天皇就曾化用《折杨柳》诗，亦可见此诗在日本一直流传。

二、杜甫诗歌在平安时代的受容流传与受容

杜甫在日本平安时代的流传和受容，没有李白那么多样化。日本承和十四年(846)，入唐僧圆仁曾有《入唐新求圣教目录》载《杜员外集》二卷"⑤，可能是杜甫诗集传入的最早记载，此外没有其他明确文献，而且"敕撰三集"里关于杜甫诗歌的受容也较少。《凌云集》里载藤原冬嗣《奉和圣制宿旧宫应制一首》"宿殖高松全古节，前栽细菊吐新心"中"细菊"二字是前代诗人罕见诗语，杜甫诗《九日奉寄严大

---

① 吕天雯：《大江匡衡〈早夏观曝布泉〉考》，《早稻田大学大学院教育学研究科纪要号》别册25号—1，2017年，第15—25页。

② 佚名：《作文大体》，《群书类从》第九辑，东京：续群书类从完成会，1992年，第362页。

③ 参见文艳蓉：《平安时代句题诗所引中国五言诗及其价值》，《域外汉籍研究集刊》2018年第1期。

④ ［日］伊藤正义：《和汉朗咏集古注释集成》，京都：大学堂书店，1997年，第333页。

⑤ ［日］高楠顺次郎等辑：《大正新修大藏经》第55册，台北：新文丰出版股份有限公司，1998年，第1084页。

夫》中有"小驿香醪嫩，重岩细菊斑"①。《文华秀丽集》载菅原清公《奉和春闺怨》
"可妒桃花徒映靥，生憎柳叶尚舒眉。……奈何征人大无意，一别十年音信赊。"与
杜甫《送路六侍御入朝》"童稚情亲四十年，中间消息两茫然。更为后会知何地，忽
漫相逢是别筵。不分桃花红胜锦，生憎柳絮白于绵。""桃花""生憎"句型相似，"音
信赊"与"消息两茫然"意义相同。清公此诗一直被日本学界公认作杜诗平安早期
已经流传的重要线索。菅原清公之孙菅原道真（845—903）《菅家文草》里还有诗
《重依行字和裴大使被酬之什》"闻得傍人相语笑，因君别泪定添行"，与杜甫诗《奉
寄高常侍》"天涯春色催迟暮，别泪遥添锦水波"也是颇有渊源。此外，据王京钰考
证，菅原道真晚年所作《叙意一百韵》（《菅家后集》）在受容元稹、白居易百韵诗的
同时，更是直接受容了杜甫的《秋日夔府咏怀奉寄郑监李宾客一百韵》②，为我们了
解菅原道真受容杜甫提供了重要信息。

　　《千载佳句》选录的杜诗共收有6句，如下：七律诗《清明二首》中的第二首"秦
城楼阁莺花里，汉主山川锦绣中"③，"莺"，通行本作"烟"；"川"，通行本作"河"；七
律诗《曲江对雨》中的"林花著雨燕脂落，水荇牵风翠带长"；七律诗《九日蓝田崔氏
庄》中的"蓝水远从千涧落，玉山高对两峰寒"；七律诗《奉和贾至舍人早朝大明宫》
中的"五夜漏声催晓箭，九重春色醉仙桃"；七律诗《城西陂泛舟》中的"鱼吹细浪摇
歌扇，燕蹴飞花落舞筵"，《千载佳句》作《城西泛舟》；另有七古诗《乐游园歌》中的
"数茎白发那抛得？百罚深杯亦不辞"，此诗诗题通行本有小字注"晦日贺兰杨长史
筵醉中歌"，《千载佳句》诗题作《陪阳傅贺兰长史会乐游园》，"兰"字旁边还有校注
"一作'萧'"。按，贺兰为复姓，通行本小注贺兰杨长史不通，《千载佳句》本阳傅为
阳姓少傅或太傅，贺兰为长史，诗题无不通之处。此诗别题当为理解本诗提供重要
参考，惜未引起今人重视。《新撰朗咏集》里也收了杜甫诗句"秦城楼阁莺花里，汉
主山河锦绣中"，《新撰朗咏集》不少汉诗句直接《千载佳句》采撷而来，杜甫此诗亦
当如此。

　　另外，藤原实兼记录大江匡房（1041—1111）谈话的《江谈抄》卷五《诗事·王勃
元稹集事》里有明确记载："又被命云，《注王勃集》、《注杜工部集》，所寻取也。《元
稹集》，度度虽诮唐人，不求得云云。"④从上下文来看，大江匡房似已寻得《注杜工
部集》，则我国北宋时期，杜甫的诗注集就已经完整流传至平安朝。值得注意的是，
大江维时《千载佳句》中《人事部·才士》还选录祝元膺的《书怀奉投诸从事》"杜甫
一生怜李白，应缘孔圣道才难"，也是说明他对杜甫与李白比较熟知，并对两人的关

---

　　① 仇兆鳌注：《杜诗详注》，北京：中华书局，1979 年，第 934 页。本文所涉杜甫诗歌皆出自此本。

　　② 王京钰：《菅原道真百韵诗中的杜甫百韵诗的投影》，《九州中国学会报》2000 年第 38 卷。

　　③ ［日］大江维时编纂、宋红校订：《千载佳句》，上海：上海古籍出版社，2003 年，第 86 页，本文所涉《千
载佳句》皆出自此本。

　　④ ［日］川口久雄、奈良正一：《江谈证注》卷五，东京：勉诚社，1984 年，第 933 页。

系有较深的认同。

杜甫和李白诗歌在平安时代的受容情况颇不平衡,尤其是平安初期,杜甫在"敕撰三集"等受容之例非常少见,而受容李白作品则多达 25 例,其中《折杨柳》《白纻辞》《当涂赵炎少府粉图山水歌》《姑熟十咏》《塞下曲六首》《来日大难》《东海有勇妇》《白头吟》《久别离》《双燕离》等乐府、歌吟诗共有 16 例,占到近三分之二。因此,李白诗歌早期流传相对较多的主要原因极可能是这些乐府和歌行与音乐密切相关,便于传唱,也易于流播。

三、李杜诗歌在平安时代流传不广的原因

日本平安时代元白诗歌得到了极广泛的流传,与之相比,在我国声名更盛的李杜却寂寥得多,究其原因,大约有三。

首先,这和当时李白与杜甫诗歌集子流传不稳定密切相关。唐代李白生前有魏颢为序的《李翰林集》二卷流传,又有临终所托李阳冰编录《草堂集》,另据范传正元和十二年(817)撰《唐左拾遗翰林学士李公新墓碑》提及:"文集二十卷,或得之于时之文士,或得之于宗族,编辑断简,以行于代。"可知当时李白集流传的混乱局面。在以手抄为书籍主要流传方式的唐代,李白的诗歌确实不如特别珍视自己诗集编撰和流传的白居易诗集那么完整的流传。我们还从唐人的诗文当中也可看到李杜诗歌的流传情况。元稹《叙事寄乐天书》云:"又久之,得杜甫诗数百首,爱其浩荡津涯,处处臻到,始病沈、宋之不存寄兴,而讶子昂之未暇旁备矣。"[1]元稹所得杜甫诗仅为数百首之本。白居易《与元九书》则云:"又诗之豪者,世称李、杜。李之作才矣奇矣,人不逮矣。索其风雅比兴,十无一焉。杜诗最多,可传者千余篇。至于贯穿今古,覼缕格律,尽工尽善,又过于李。"[2]他所知杜诗可传者有千余首。而白居易《读李杜诗集因题卷后》:"翰林江左日,员外剑南时。不得高官职,仍逢苦乱离。暮年逋客恨,浮世谪仙悲。吟咏流千古,声名动四夷。文场供秀句,乐府待新词。天意君须会,人间要好诗。"所读诗卷又似乎为李杜诗歌之合集。李白与杜甫的诗歌在我国当时流传都不是很稳定,更何况需要漂洋过海方可流传的日本诗坛?

有学者认为,平安时代流传的李杜诗歌还可能源于一些唐代诗文总集。除前述《河岳英灵集》引白诗外,关于《千载佳句》选诗出处,金子彦二郎也认为部分作品可能选自唐代的诗文总集。[3] 三木博雅《中国晚唐期唐代诗受容与平安中期的佳

---

① 周相录:《元稹集校注》,上海:上海古籍出版社,2011 年,第 854 页。本文所涉元稹之作皆出自此本。

② 朱金城:《白居易集笺校》,上海:上海古籍出版社,1988 年,第 2791 页。本文所涉白居易之作皆出自此本。

③ [日]金子彦二郎:《增补平安时代文学和白氏文集——句题和歌·千载佳句研究篇》复刊本,东京:艺林舍,1977 年。

句选——顾陶撰〈唐诗类选〉与〈千载佳句〉、〈和汉朗咏集〉》对此进一步考证,认为
《千载佳句》等集选录的诗歌可能源于《唐诗类选》。① 顾陶《唐诗类选》编于大中十
年(856),二十卷,现已佚,据《文苑英华》保存的《唐诗类选序》,其选诗人颇多。三
木博雅将其所选诗人与《千载佳句》比对,二者相合有 16 人。他从平安时期编撰的
《和汉朗咏集》古注释诗中找到引用《唐诗类选》的三条材料,证明其在平安时期的
流传。又《唐诗类选》颇尊崇李白和杜甫,则李杜流传之诗可能源于此选本。这种
观点即使是合理的,综合前面被日本文人偶一提及的《李白歌行集》《杜员外集》《注
杜工部集》,依然只能说明当时李杜诗集流传之无序与小众。

其次,李杜在平安中后期的声名流播恐怕得益于白居易与元稹的推崇。元稹
在《唐故工部员外郎杜君墓系铭并序》提到"适子美之子子嗣业,启子美之枢襄祔事
于偃师,途次于荆,雅知余爱言其大父为文,拜予为志",并且高度评价杜诗:"至于
子美,盖所谓上薄风骚,下该沈、宋,古傍苏、李,气夺曹、刘,掩颜、谢之孤高,杂徐、
庾之流丽,尽得古今之体势,而兼昔人之所独专矣。使仲尼考锻其旨要,尚不知贵
其多乎哉! 苟以为能所不能,无可不可,则诗人以来,未有如子美者。"白居易亦有
《初授拾遗》云"杜甫陈子昂,才名括天地",《伤唐衢二首》其二云"致吾陈杜间,赏爱
非常意",《读李杜诗集因题卷后》评价李杜"吟咏流千古,声名动四夷"。他们的评
价对后世确立李杜高峰地位有重要的引领作用。

作为对日本平安时代文人影响最为深远的诗人,元白对李杜的赏爱难免引起
他们的注意。大江匡房《江谈抄》卷五《诗事·古集体或有对不对事》云:"古集体或
有对,或有不对,如何? 被命云:是方干者,欠唇者也;卢照邻者,恶疾人也;李白者,
谪仙也。或人问云:以李白号谪仙人之由见《文集》,是谓文章之体譬谪仙欤? 又实
以金骨之类欤? 被答云:实谪仙也。"② 从这段话可知,时人对李白谪仙人的称呼即
来源于《白氏文集》,白居易诗《读李杜诗集因题卷后》诗句"暮年逋客恨,浮世谪仙
悲"后有小注云:"贺监知章目李白为谪仙人。"《江楼夜吟元九律诗成三十韵》诗也
有"每叹陈夫子,常嗟李谪仙"之语。而我国李白为谪仙人的早期记载其实有很多,
杜甫《寄李十二白二十韵》即有"昔年有狂客,号尔谪仙人。笔落惊风雨,诗成泣鬼
神"。但从大江匡房的记载可知,平安文人对李白谪仙人之称非从杜诗得来,却是
从日本流传更为广泛的《白氏文集》得知。

最后,是平安文人的自主选择。《李白歌行集》《注杜工部集》的流入和以上这
些选集或总集的流传依然没能让李杜在平安朝掀起太大的风浪,我们大致还可以
从其时文人的态度能窥一二。大江匡房(1041—1111)《诗境记》是日本平安学者对

---

① [日]三木博雅:《中国晚唐期唐代诗受容与平安中期的佳句选——顾陶撰〈唐诗类选〉与〈千载佳
句〉、〈和汉朗咏集〉》,《国语与国文学》(日本)2006 年第 82 卷第 5 号。

② [日]川口久雄、奈良正一:《江谈证注》卷五,东京:勉诚社,1984 年,第 943 页。

我国诗歌的总结,其文曰:"古诗之体,今则取赋名。联句出于柏梁,五言成于李陵。自汉至宋,四百余载,词人才子,文体三变。后汉之代,张平子为其魁帅。魏文帝昔到其边鄙,曹子建、王仲宣为先导。司马氏之化,陆机、陆云、潘安仁、左大冲,承为著姓。宋明帝、隋炀帝,并欲慰纳,与其豪□鲍明远、萨道衡等争礼,遂不内属。梁时沈约新造法律以副音韵,后人祖述,又定八病八对。□上官仪辈避其半,唐太宗时掌其地。自今以后,王、杨、卢、骆、杜甫、陈子昂之属□□其句。近世白乐天、元微之改风易俗,新立政令,人大妙之,是为元和之体。章孝标、许浑、杜荀鹤、温庭筠等,皆相随之。□人作《琉璃台》,苟定人阶品,世不用之。"①对于我国唐代诗歌,大江匡房看重的仍然是以白居易、元稹等平易浅俗诗风著称之人,将其称为元和体,并且提到章孝标、许浑、杜荀鹤、温庭筠等人与元、白接踵其后。此处当是平安学者之共识,因为藤原佐世《千载佳句》选录的诗中,白居易 500 余句,元稹 65 句,章孝标、许浑、杜荀鹤、温庭筠选诗 16 句至 34 句不等,是选录最多的诗人。

《诗境记》结尾云"人作《琉璃台》,苟定人阶品,世不用之",此处"琉璃台"指藤原孝范(1158—1233?)《明文抄》卷三《人伦部》载《琉璃台诗人图卅六人》,详见金程宇《诗学与绘画——中日所存唐代诗学文献〈琉璃堂墨客图〉新探》一文②。琉璃台编者以官阶评定诗人,将陈子昂定为诗仙;王昌龄为诗天子;薛稷和李白为诗宰相,王维、篆(綦)毋潜、李颀等为诗舍人、窦参、钱起、张谓为诗进士;岑参、章元八、孟浩然、刘禹锡、杜甫、白居易等为 26 人为诗客。琉璃台诗人排名中,李白的地位颇高,杜甫和白居易地位相当,然而大江匡房对此排名并不满意,指出其未受到世人认可,也表明他还是坚持认为以元、白等人为诗家上手。

综上所述,李白与杜甫在日本平安时代受容留存的材料并不算多,但依然对李杜诗歌的流传研究、唐代诗歌流传与音乐的关系研究以及日本汉文学与中国文学关系研究有着重要的参考价值。

---

① [日]黑板胜美编、三善为康:《朝野群载》,东京:吉川弘文馆,1999 年,第 64—65 页。

② 金程宇:《诗学与绘画——中日所存唐代诗学文献〈琉璃堂墨客图〉新探》,《文艺研究》2012 年第 7 期。

思杜札记:杜甫《堂成》与蒋兆和杜甫画像

张志烈

四川大学文学与新闻学院

有友人问及东坡书杜甫《堂成》诗意义、网传蒋兆和绘杜甫像实为蒋本人自画像问题,回答之后,略记要点,以备继续思考。

一、杜甫和苏东坡下的川西林盘

(一)

杜甫《堂成》诗云:"背郭堂成荫白茅,缘江路熟俯青郊。桤林碍日吟风叶,笼竹和烟滴露梢。暂止飞鸟将数子,频来语燕定新巢。旁人错比扬雄宅,懒惰无心作《解嘲》。"

多年来一读这首诗,就自然想起熟悉的川西坝子农村的林盘,那些同乡民生产生活密切相关而又极富情味的事物,鲜明地涌上心头。我忽然悟到杜甫在浣花村建这草堂,其实正是按当时乡村民居的架构在做。林盘屋基大体呈回字形。最外边的是柴门与篱笆或短墙,这在杜诗中曾多次写到。中间的房屋或为四合院,或为三合院及其变体。房舍与篱笆之间的宽大空间,就正是狭义的"林盘"所在,由各种竹子、各种树子,密排地充实。杜甫向朋友要的绵竹、桤木秧、松树秧、各种果秧,大都是栽植在这一区域。在正屋堂前面对的院坝中,则专门种植有"四松"和"五桃"。杜甫在《草堂》诗中说"入门四松在,步屧万竹疏。"又还专门写了一首《四松》诗,写自己对四松的感情和将来的希望。还在《题桃树》诗中写:"小径升堂旧不斜,五株桃树亦从遮。高秋总馈贫人实,来岁还舒满眼花。"由桃树而抒发对天下苍生的民胞物与之怀。我的总感觉是无论杜甫在草堂还是离开草堂到外地,草堂林盘里的竹树花草,都像亲人像朋友一样永远装在他温暖的胸怀中。这对我们是一种深刻的启示。

《堂成》诗中重点突出的"桤林"和"笼竹",正好是千年来川西坝子林盘的基础生物元素。杜甫写桤木,是记录了川西坝子民众生产生活中普遍仰赖的林木之一。杜甫《凭何十一少府觅桤木栽》:"草堂堑西无树林,非子谁复见幽心。饱闻桤木三年大,与致溪边十亩阴。"钱笺引宋子京《益部方物记》:"厥植易安,数年辄成,民家莳之,不三年,材可倍常,故薪之。频种亟取,里人以为利。"说得最准确简要。笔者儿童时代在温江农村桤木林盘中长大,读杜诗并看前人注,更联想到很多事。桤木,属桦木科,落叶乔木。川中千余年来,篱边、道旁、沟边、田埂普遍种植。桤树苗生长四五年后,树干直径可达六七寸。一般砍伐为薪(未砍时其落叶也是很好的柴)。川西民居住房建筑用材以柏为主,但一般农家也往往用粗大的桤木作柱修草房。农家篱笆一般以竹为基础,但需要支柱时,也常利用桤木打桩。都江堰自流灌溉,沟渠纵横,水田淹水时,河沟上要扎堰,堰板和堰桩基本上全用桤木。20世纪40年代,笔者屡见乡村河流上建石板桥。先要建"桥磴"。建桥磴要先打"地符",就是把碗口粗的桤木削尖钉入河床,又用桤木横顺铺成平台,上面再压石条数层形成"桥磴",然后才搭上石板作为桥面。为什么打"地符"要用桤木?因为桤木泡在水中久而不腐。现在《辞海》中介绍桤木有这样的话:"分布于我国四川、贵州、陕西,木材坚韧,可制器具、农具和建筑材料。"这比古人泛言"不材木"要合于实际多了。

再说"笼竹"。笼竹就是今天川西林盘最常见的大竹品种慈竹。宋朝人所写《益部方物记》载:"慈竹性丛产,根不外引,其密间不容笴(箭杆)。笋生阅岁枝叶乃茂。别有数种:节间容八九寸者曰笼竹,一尺者曰苦竹,弱梢垂地者曰钓丝竹。或取节修肤致者用为簟笠。""笼"和"慈"都是形容这种竹子生长的形态特征,初唐诗人王勃的《慈竹赋》说得最明白:"广汉山谷,有竹名慈。生必向内,示不离本。修茎巨叶,攒根沓柢。丛之大者,或至百千株焉,而萦乎咫步……若乃宗生族茂,天长地久。万柢争盘,千株竞纠,如母子之钩带,似闺门之悌友,恐孤秀而成危,每群居而自守。"写到这里,我忽然觉得我们说了多年的"林盘"这个词,与王勃《慈竹赋》中这个"盘"字应该是有联系的。《慈竹赋》中对慈竹生长特性的粗确描绘,使我们在走进杜甫草堂博物馆和薛涛公园看到那参天盖地的一笼笼高大慈竹时更能感受它的气势和风采。

说到慈竹与川西坝子民居的生产、生活的密切的关系,简直是个大话题了。笔者几岁时即学会划篾条编制从小到大的竹器,如漏瓢、筲箕、簸箕、筛子、篾箢、背篼、菜篮等。大型竹器要请篾匠做的,如凉席、箩篼、晒簟等。今本《辞海》介绍"慈竹"说:"亦称子母竹,钓鱼慈。禾本科。秆材坚韧,一般用以劈篾编扎竹器,又可作造纸原料或捣制竹筋,和拌石灰粉墙,竹箨可作布鞋底填充物。笋微苦,可食用。"应该补充的还有两点:一是建草房时房顶盖草,下面必用竹竿、竹片扎架;二是都江堰水系治理工程用的"笼篼"都用大慈竹编织,内装大鹅卵石头,这是水利史上重要的科技创造。

文化是人类历史实践过程中所创造物质财富和精神财富的总和。文化是每个民族应对其所处环境的总成就。文化是显示人类在向真善美迈进的过程中一定发展水平的标识。源远流长的川西坝子林盘屋基所承载的文化内涵是无比丰富的。我们就杜甫一首诗的吟唱举个例,就可见古蜀先民在生产创造、生活安排上的智慧和情味。人深刻认知和把握自己的环境,是为"求真",按照合规律性和合目的性的理想追求去努力实践,是为"求善",而这两者的历史统一,就是在"创美"。这是"今天"认识研究川西林盘文化给我们重要的启迪。

(二)

苏东坡和杜甫都是中华优秀传统文化哺育出来的文化巨星,又都熟知川西坝子风俗民情,所以虽然相隔三百多年,却是心有灵犀。杜甫感兴趣的川西土生土长文化,苏东坡同样极为怀思。

东坡谪居黄洲时,怀念蜀中家乡,曾写下一贴。在《式古堂书画汇考·书》中,标题为《书杜工部桤木诗卷》。全帖共 19 行,161 字。前 7 行所写即杜甫《堂成》诗,共 56 字。后 12 行共 105 字,是东坡写的跋语,一般转录文献称之为"题杜子美桤木诗后"。此帖今藏台北故宫博物院。

跋语全文如下:

> 蜀中多桤木,读如欹仄之"欹",散材也,独中薪耳。然易长,三年乃拱。故子美诗云:"饱闻桤木三年大,为致溪边十亩阴。"凡木所庇,其地则瘠,惟桤不然。叶落泥水中辄腐,能肥田,甚于粪壤,故田家喜种之。得风,叶声发发,如白杨也。吟风之句,尤为纪实云。笼竹,亦蜀中竹名也。
>
> ——苏轼

这段话表明东坡对杜甫《堂成》诗记载的内容很有兴味,对其诗艺很欣赏,对林盘事物、田园风光中承载的物质文化和精神文化深度的理解和发自内心的热爱。

杜诗中写到的桤林和笼竹,东坡诗中也多次提到。元丰八年(1085)所作《送戴蒙赴成都玉局观,将老焉》诗中说:"我欲归寻万里桥,水花风叶暮萧萧。芋魁径尺谁能尽?桤木三年已足烧。"怀念和赞恋的感情,溢于言表。元祐三年(1088)所作《木山》诗中说:"城中古沼浸坤轴,一林瘦竹吾菟裘。二顷良田不难买,三年桤木行可樀。"这四句话的意思是说:我很快就要辞官回眉山,买田置宅,建起供我养老的林盘屋基。在同时所写《送千乘、千能两侄还乡》中又说:"汝归莳松菊,环以青琅玕。桤阴三年成,可以挂我冠。清江入城郭,小圃生微澜。相从结茅舍,曝背谈金銮。"这是嘱咐侄儿,你们回去要修建以竹林环绕,桤木丛栽,有松树,有菊花,有沟渠,有苗圃的林盘,我们的院子要挨得近。待我回来,晒着太阳给你们摆朝廷的龙门阵,东坡先生这时官为翰林学士,可他却真真实实地想过居住川西坝子林盘的生活。

无论走到哪里,东坡都念念不忘慈竹林。元祐七年(1092)所写《送运判朱朝奉入蜀》说:"梦寻西南路,默数长短亭。似闻嘉陵江,跳波吹枕屏。送君无一物,清江饮君马。路穿慈竹林,父老拜马下。"慈竹林,已成为他表达乡心的符号。元祐八年(1093)《三月二十日开园三首》其三云:"何时翠竹江村路,送我柴门月色新。"建中靖国元年(1101)所写《留题显圣诗》云:"只疑归梦西南去,翠竹江村绕白沙。"这两处用语,其实都是对杜诗的呼应。杜甫《南邻》:"白沙翠竹江村暮,相送柴门月色新。"共同的审美怀念与审美期盼,是出现这种书写的原因。

苏东坡为什么追步杜甫,如此钟情于川西林盘呢?他自己说得很清楚。在《跋李伯时卜居图》中说:"余本田家,少有志丘壑。虽为搢绅,奉养犹农夫。"在《题渊明诗二首》其一云:"陶靖节云:'平畴返远风,良苗亦怀新。'非古之偶耕植杖者,不能道此语,非余之世农,亦不能识此语之妙也。"在徐州谢雨道上所作《浣溪沙》说:"软草平莎过雨新,轻沙走马路无尘。何时收拾耦耕身?日暖桑麻光似泼,风来蒿艾气如薰。使君元是此中人。"

他是从孕育天府文化的成都平原农耕聚落里走出来的人,对川西坝子林盘生活的种种美好的体味长怀胸中。

二、关于蒋兆和先生所画杜甫像问题答友人问

同志,你提的五个问题,是比较复杂然而有趣,似乎很不容易弄明白又确实是可以说清楚的。不过,在简切回答你的问题之前,我得先说说跟理解这个难题有关的历史事实。

第一,我们中华民族自古以来就非常重视"绘像"。《孔子家语·观周》云:"孔子观乎明堂,睹四门墉,有尧舜之容,桀纣之像,而各有善恶之状,兴废之诫。"三国时的大文学家曹植说:"观画者,见三皇五帝莫不仰戴,见三季暴主,莫不悲惋;见篡臣贼嗣,莫不切齿;见高节妙士,莫不忘食;见忠臣死难,莫不抗首;……是知存乎鉴戒者图画也。"对于给民族、国家、人民有重大贡献的人绘像,无论是用于瞻仰或祭祀,都是进行思想教育,传承精神文化的重要举措。

第二,到了杜甫生活的唐代,这种称为"写貌"的人物肖像画,发展到极大的规模。唐朝的皇帝,高祖李渊、太宗李世民、中宗李显、玄宗李隆基,都是"书画备能"的;王子和大臣中的名画家就更多了。武德九年(626),为李世民手下的"秦府十八学士"画像,作者是阎立本大画家,他的父亲阎毗,哥哥阎立德都是名画家。贞观十七年(643),太宗下诏画凌烟阁功臣二十四人图,李世民本要亲自题写赞语。在这种风气下,举国上下都重视图貌。唐玄宗开元八年(720)下诏为儒家先师、先贤图像、作赞,在京师国子监(当时最高学府)的庙堂中,塑孔子和颜渊、曾参的像,而在庙壁上则图画七十弟子及二十二贤的像,令当朝文士们分别题赞语。杜甫的朋友

圈中，如郑虔、曹霸、韦偃、王宰等，都是名画家。杜甫说曹霸是"偶逢佳士亦写真"，给上层人物画像；又说"屡貌寻常行路人"，也常与下层普通人画像。那时候，画家画像就跟今天玩手机自拍一样普遍。

第三，经历数百年繁荣昌盛的绘画实践，唐宋两朝写真图貌的人物肖像画的技术水准达到很高的水平。画家们为完成使命会全身心投入。上文提到的武德、贞观时文武臣僚图像，都是绘画高手与表现对象面对面殚精竭思、一毫不苟地反复琢磨完成的。画家们的观察能力、表象记忆能力、特征捕捉能力、笔墨表现能力都达到出神入化的境界。杜甫《丹青引》中写："良相头上进贤冠，猛将腰间大羽箭。褒公鄂公(指尉迟敬德、段志元)毛发动，英姿飒爽来酣战。"就写出了观看这些画时的逼真生动感受。宋代例证尤多，简单说两个：宋初画家武宗元，在洛阳上清宫画三十六天帝。画到"赤明阳和天帝"时，他想到宋王朝是"以火德王"，于是就悄悄地把宋太宗赵炅的像画上去。后来宋真宗(太宗子)祀汾阴回，经过洛阳，到上清宫看壁画，看到这幅，大为吃惊地说："此真先帝也！"马上命设几案祭拜，赞叹作者画笔之神妙。比这稍早，还有个更有趣的故事：有个四川籍的小和尚叫元霭，极善"传写"(画人物像)，在宋太宗的宫中画画。一个很坏的小太监老是欺侮他。他到处打听，别人都不敢说这太监的姓名。元霭实在气不过，就画了这太监的头像，揣在怀中，跑去找管这些太监的"都知"大人李神福，诉说被欺侮的事，李神福说："小底至多，不得其名，谁受其责？"元霭立刻从怀中拿出所画头像，李一见很惊讶说："此邓某也！"于是姓邓的小太监遭到处罚。仓促之间，寥寥几笔，就能画出一个能被一眼认出的人，可见当时画家的普遍技艺。

第四，从六朝到唐宋，与绘画艺术的发展同步，绘画理论也在实践中不断总结、完善，认识不断深化。顾恺之提倡"以形写神"；杜甫论画主张"形神兼备"；而在追求"神似"的写真理论中，苏东坡反对"弃迹以逐妙"而坚持"即数以得其妙"的传神论，要算是很有深度的理论。他在《传神论》中说：

> 传神之难在目。顾虎头云："传神写影，都在阿堵中。"其次在颧颊。吾尝于灯下顾自见颊影，使人就壁模之，不作眉目，见者皆失笑，知其为吾也。目与颧颊似，余无不似者，眉与鼻、口，可以增减取似也。传神与相一道，欲得其人之天，法当于众中阴察之。今乃使人具衣冠坐，注视一物，彼方敛容自持，岂复见其天乎？凡人意思各有所在，或在眉、目，或在鼻、口。虎头云："颊上加三毫，觉精彩殊胜。"则此人意思，盖在须颊间也。优孟学孙叔敖抵掌谈笑，至使人谓死者复生。此岂举体皆似？亦得其意思所在而已。使画者悟此理，则人人可以为顾、陆。

对于写真绘画的传神问题，东坡这篇短文永远是有价值的启蒙教材。他讲了四个观点：一要抓住人"意思所在"，即对象的突出的显著特征，"意思"常在眉目，因为眼睛是心灵的窗户，目光的一点点变化都是反映内心状态的差异；二要"得其神之天"，要在没有干扰的状态下看到真实的神态特征；三是抓住"意思"，并给以准确表现，即能引入境界，少中见多；四是绘画者或欣赏者的主观修养很重要，要永远提高自己的修养、学识、兴趣，有艺术家的眼光，才能看得出那"意思"来。

东坡此文，我研读几十年，的确对我启迪很大。兹举三事：一、20世纪80年代，川人社办的《龙门阵》杂志刊登了陈书舫16岁时张大千给她画的像。我见到陈老师是在她中年以后，但这幅画像却使我看到了她艺术造诣的突出特性，也就是东坡说的"意思"吧。同时也无限钦佩大千先生的观察力和表现力之卓越，他为十六岁少女写真，寥寥几笔传达的"意思"，能够贯穿她一生。二、由于工作原因，我见过从古到今的许多苏东坡的画像。如他同时人李公麟画的《东坡盘陀画像》，元人赵孟頫所绘东坡杖直立像，明人唐寅所画《东坡笠屐图》等。对于东坡面部特征的"意思"所在，似看些感悟。十年前在徐州开会，见到一个人面部特点酷似我在古画中见熟的东坡像，便与同行的朋友说。晚上聚会时，人家介绍说他是东坡大儿子苏迈的后裔。我吃惊的不仅是见到这位苏东坡后人，而是人类的基因传承，证明了古代名画的"酷似本真"的特点。三、我在新都桂湖等处，见到过杨升庵画像。近日乃发短信问新都研究杨升庵的朋友，请教升庵画像的来源和真实度。得告："升庵逝后，已有造像，卒后传写滇蜀，遍行海内。……升庵逝后，其子杨宁仁自泸奔丧，得公遗像而归。清代绘升庵朝衣坐像，实以此为祖本。故今传升庵画像，应为升庵真实遗容，基本保存了升庵形貌神情。"

现在，我终于可以回答你的问题了。

1. 网上有人说："蒋兆和先生的杜甫像，是他自己对着镜子画的画像。"

我觉得网友说的是他们想象出来的。说蒋兆和"我遍跟杜甫有关的古籍，都没有提到杜甫的相貌"，这是笑话。蒋老师是美院教授，他能接触的绘画资料，不知道比我们多多少倍，全国好多地方都有的杜甫像，他这样的艺术家竟然会不知道？这个是说不过去的。我简单地说几句嘛：唐以来至明清，涉及杜甫画像、塑像的文字材料，至少有一百条以上。前蜀韦庄重建的草堂中，就有遗像挂壁。宋人赵抃《题杜子美书室》说"茅屋一间遗像在"。王安石《杜甫画像》："青衫老更斥，饿走半九州……所以见公像，再拜涕泗流。"就描写了杜甫状貌与心胸。黄山谷《老杜浣花溪图引》中就有写画中杜甫形貌的诗句，如"邻家有酒邀皆去，得意鱼鸟来相亲。浣花酒船散车骑，野墙无主看桃李。宗文守家宗武扶，落日塞驴驮醉起。……中原未得平安报，醉里眉攒万国愁。"这些不是相貌是什么。南宋陆游有《题少陵画像》诗，足见宋代传写杜甫像是热门。陆游还到成都，写有《草堂拜少陵遗像》诗，其中"至今壁间像，朱绶意萧散"二句，保存了杜甫画像极重要的信息。南宋朱翌《杜子美画像赞》："凌万乘以峥嵘之气，贮千古以磊落之胸，笔下有神，洗宇宙而一空者，大哉诗人之宗乎！束带峨冠，凛然似谒肃宗而论房琯；神闲意定，超然若溯夔唐而上，泛沿湘而东也。"此文描述的画像神态,对以后的杜甫画像也有很大的启示作用。类似的诗文记载很多,我这里举了六条,限于时间和篇幅,只好打住,总之,说翻遍了与杜甫有关古籍,都没有提到杜甫的相貌,这绝对不是事实。

2. 你问:"杜甫外貌确实没有史料的描述吗?"

留存杜甫外貌的资料分为两种。一种是文字描述,就是我上文才说的那些,是够多的了;还有一种就是传承至今的杜甫画像,又可分为绢本画像和石刻画像。绢本画像如南熏殿旧藏本《唐名臣像》中的杜甫像(《杜诗镜铨》1962 年 12 月版扉页即用此像)。杜甫草堂博物馆藏元人所绘《子美戴笠画像》(故宫博物院也藏有此像)。石刻画像如明万历年间保宇度勒石的杜甫像(在今杜甫草堂工部祠内)。清代王邦镜康熙十年(1671)刻《唐工部杜少陵先生小像》(原石风化,今以旧拓本重刊于楠木板上,陈列于杜甫草堂诗史堂)。清代金俊康熙十二年(1672)重刻《杜子美像》(今存杜甫草堂工部祠后壁上)。清光绪间张骏据南熏殿本摹刻《诗圣杜拾遗像》(今在杜甫草堂工部祠内,据知陕西西安杜公祠,湖南平江杜公祠均有此石刻)。以上这些史料都是真实存在的。

3. 你问:"是不是像李白等诗人的画像,都是画师根据自己的样貌画的?"

我在前文讲有关"历史事实"的第三点时已经详说了:唐宋以来画家的职业道德和技艺修养要求,使他们都忠于自己的事业追求,不会去做欺骗社会的事。

4. 你问:"那这样的话,是否影响我们普通人对杜甫的认知呢? 因为一提到杜甫,我们头脑里想到的都是那个头像。"

这个你就不用担心了。从古到今,画杜甫像的不止蒋兆和一家,而且蒋先生主观上也不会想以自己的像充作杜像。我们把唐末五代到明清的杜像资料——包括文字描述和绘像两大类仔细审视,就会发现明显地分作两大类。其中一类可以张骏据南熏殿藏本摹刻的《诗圣杜拾遗像》为代表。其突出表情是面颊清癯,眼神内敛,眉头重锁,显得忧思满腹。这的确表现了杜甫忧国忧民的仁者情愫。文字描述方面,如黄庭坚所言"醉里眉攒万国愁"。王安石所言:"青山老更斥,饿走半九州。""吟哦当此时,不废朝廷忧。"南宋王洋《宝觉师画少陵像》"破帽麻鞋肩伛偻"。李流谦《杜少陵祠》"赤绶银章玉骨寒"。郑思肖《杜子美骑驴图》"饮愁为醉弄吟颠"。还有一类可以故宫博物院藏元人画杜甫像为代表(杜甫草堂的明何宇度刻石杜甫像属于这一类),其突出表情是面态丰腴,正气满身,从容镇定,凛然自信,的确表现诗圣崇高严正的广阔胸襟。文字描述方面,如陆游说:"至今壁间像,朱绶意萧散。"朱塑《杜子美画像赞》所言"凌万乘以峥嵘之气,贮千古以磊落之胸,笔下有神,洗宇宙而一空者","束带峨冠""神闲意定"。应该说这两种精神态度,都是客观存在于杜甫身上的,由于作画者的胸怀、艺术趣味不同,选择不同,在发展传承中遂形成这两大类了。从演变规律看,应该还是来源于杜像最早的一些"祖本"。我前文说过,杜甫生前的朋友,就有五位以上的大画家,这些人又还有门人弟子。最早的杜像当是出于这批人之手，只是现在我们没法考证而已。这两大类各自突出的情态有别，是在传承中取舍不同而产生的。现在我们可以说，蒋兆和先生作为画杜像的名家，他基本上属于张骏据南熏殿本摹刻的《诗圣杜拾遗像》这一类。他在突出那种杜甫精神特征方面所运用的手法，所表现的"意思"，与他本身的相貌有相近之处，于是"对着镜子画了个自画像""广为人知的杜甫像就诞生了"这类话语就在他作此画后的57年后的今天传出来了。

历史的发展有时是出人意料地有趣。上述两类杜甫画像各自突出的神情，都是杜甫身上具有的。那有没有艺术家想将两者同时表现出来呢？有！我手边的中华书局1962年出版的《杜诗镜铨》的扉页上印的采自南熏殿旧藏《唐名臣像》的杜甫像，就体现了这种效果。还有，由成都杜甫草堂博物馆和四川省杜甫研究会组织编写，由四川省出版集团·天地出版社出版的2007年6月第二版的《杜诗全集今注》上印了张大千绘的杜甫像、傅抱石绘的杜甫像，也鲜明地展现了这种效果。

5. 你问："那杜甫草堂里的雕像也是根据这个而来的吗？"

近年在杜甫草堂作杜甫立体像的老师，都是饱学之士，当代名家。他们对前代艺术家的作品都深有研究，他们都在追求自己的创造，所谓"外师造化，中得心源"，他们不会"随人作计终后人"的。

杜诗"会当临绝顶"异文探讨

——兼议古籍整理中的"较胜"选择

刘明华

西南大学文学院

异文是古典作品经典化过程中的一个重要现象,也是抄本时代作品流传中常见的现象。杜甫作为诗圣,其作品流传过程尤其复杂,杜诗异文在中国古代作家作品中也是最多的。对这一现象的关注,已成为新的重要研究领域。本文就杜甫代表作之一《望岳》的异文展开讨论。

对杜诗《望岳》的讨论,知网收录相关论文 50 余篇,主要集中在三个方面:一是对诗歌的艺术分析,如萧涤非[①]、罗晨等[②];二是对诗歌文体的讨论,如毛庆认为《望岳》非仄韵五律[③];三是对杜甫三首《望岳》诗的比较,如韩成武[④]、丁启阵[⑤]等。而对诗中"凌"字的讨论,则仅见朱明伦着眼于立足位置的分析:"'凌'字更可看出杜甫立足点与绝顶之间,高低悬殊,距离甚远。然而登过泰山的人都知道,上了南天门就是泰山顶。山顶上有'天街'一条,虽非坦途,但比起十八盘来,已由险入夷,行人似履平地。日观峰与玉皇顶高度差不多,相距又很近,诗人如果从日观峰登绝顶尚用'凌'字,岂不小题大做,用词不当了。"[⑥]此外,目前尚未见到对"临""凌"异文的辨证文献。

该诗存在三处异文,即"会当临绝顶"与"会当凌绝顶"之异,还有"夫"与"天""曾"与"层"的异文。目前最权威的杜集校注本《杜甫全集校注》对"夫""曾"相关异文出校记,正文用二王本底本作"夫""曾"。对"临""凌"的异文,认为"凌""较胜"底

---

① 萧涤非:《杜甫〈望岳〉简析》,《名作欣赏》1983 年第 6 期。

② 罗晨、张月:《精微诗艺与"放荡"性情——从杜甫〈望岳〉谈起》,《语文建设》2017 年第 5 期。

③ 毛庆:《〈望岳〉〈游龙门奉先寺〉均非仄韵五律—— 与周汝昌先生商榷》,《杜甫研究学刊》1995 年第 3 期。

④ 韩成武:《泰山、华山、衡山 —— 杜甫的心态里程碑》,《河北师大学报(哲学社会科学版)》2013 年第 2 期。

⑤ 丁启阵:《三首望岳诗画出杜甫一生心灵轨迹》,《杜甫研究学刊》2013 年第 2 期。

⑥ 朱明伦:《关于杜诗〈望岳〉的立足点》,《辽宁大学学报(哲学社会科学版)》1981 年第 4 期。

本的"临"因而定"凌"为正文①。"临""凌"二字有版本传承系统和语义的区别,故本文专门讨论,试图厘清这一异文的来龙去脉,并对古籍整理校勘中"求真"与"求美""义胜"及"较胜"的选择及校勘原则略陈管见。

一、"临绝顶"与"凌绝顶"的宋本分布及时间考察

对杜诗异文的考察,宋本是起点。几种重要传世宋本,如王洙本、吴若本、赵注本、蔡注本和钱钞本等相关情况,张元济②、洪业③、元方④、叔英⑤、叶绮莲⑥、周采泉⑦、黑川洋一⑧、邓绍基⑨、萧涤非⑩、张忠纲⑪、林继中⑫、莫砺锋⑬、陈尚君⑭⑮、许总⑯、孙微⑰、胡可先⑱、曾祥波⑲⑳、蔡锦芳㉑等学者相关论著有详细辨证,可参见。本文重点是对"临"与"凌"在宋本杜集中的异文现象进行考察并提出相关意见,不讨论宋本的源流关系,特此说明。就《望岳》中"临""凌"异文而论,其源流大体分布于两大系统:"临绝顶"出自二王本和蔡注本;"凌绝顶"则出自以赵次公注本为主的其他版本。

从时间看,二王本是目前公认的杜集传世祖本。在杜集整理中,二王本是首选

---

① 萧涤非主编:《杜甫全集校注》,北京:人民文学出版社,2014年,第4页。
② 张元济:《宋本杜工部集跋》,北京:商务印书馆,1957年。
③ 洪业:《杜诗引得序》,上海:上海古籍出版社,1985年。
④ 元方:《谈宋绍兴刻王原叔〈杜工部集〉》,《文学遗产增刊》(十三辑),北京:中华书局,1963年。
⑤ 叔英:《杜甫诗集的几种较早刻本》,《杜甫研究论文集》(三辑),北京:中华书局,1963年。
⑥ 叶绮莲:《杜工部集源流》,《书目季刊》1969年第1期。
⑦ 周采泉:《杜集书录》,上海:上海古籍出版社,1986年。
⑧ [日]黑川洋一:《论王洙本〈杜工部集〉的流传》,刘明华译,《大连师院学报》1990年第3期。
⑨ 邓绍基:《关于钱笺吴若本杜集》,《江汉论坛》1982年第6期。
⑩ 萧涤非主编:《杜甫全集校注》北京:人民文学出版社,2014年。
⑪ 张忠纲:《关于樊晃与〈杜工部小集〉》,《杜甫研究学刊》2012年第4期。
⑫ 赵次公注,林继中辑校《杜诗赵次公先后解辑校》,上海:上海古籍出版社,1994年。
⑬ 莫砺锋:《杜甫诗歌演讲录》,桂林:广西大学出版社,2007年。
⑭ 陈尚君:《杜诗早期流传考》,《中国古典文学丛考》第1辑,上海:复旦大学出版社,1985年。
⑮ 陈尚君、王欣悦:《蔡梦弼〈杜工部草堂诗笺〉版本流传考》,《古籍整理研究学刊》2011年第5期。
⑯ 许总:《宋代杜诗辑注源流述略》,《文献》1986年第2期。
⑰ 孙微、王新芳:《吴若本〈杜工部集〉研究》,《图书情报知识》2010年第3期。
⑱ 胡可先:《杜诗学论纲》,《杜甫研究学刊》1995年第4期。
⑲ 曾祥波:《杜集宋本编次源流考论——兼论〈草堂先生杜工部诗集〉成书渊源及意义》,《中华文史论丛》2019年第4期。
⑳ 曾祥波:《论宋代以降杜集编次的谱系——以高崇兰编刘辰翁评点〈集千家注杜工部诗集〉为中心》,《国学学刊》2016年第1期。
㉑ 蔡锦芳:《〈四库全书·九家集注杜诗〉所用底本考》,《四川师范大学学报(哲学社会科学版)》1999年第2期。

的底本。萧涤非先生主编、张忠纲先生终审统稿的《杜甫全集校注》（以下简称"萧本"）和谢思炜先生校注的《杜甫集校注》（以下简称"谢本"）均是如此。

由王洙编辑、王琪刊行的北宋本已佚，今存《杜工部集》二十卷，补遗一卷，是毛氏汲古阁藏本，潘祖荫旧藏，现存上海图书馆。在张元济编辑出版的《续古逸丛书》中，《宋本杜工部集》标明"景宋本配毛氏汲古阁本"，2019 年 4 月由国家图书馆出版社纳入"国学基本典籍丛刊"影印。到目前为止，这是公认最接近杜诗创作原貌的杜集，也是包括萧本和谢本在内的众多杜集整理本将《宋本杜工部集》作为底本的重要原因。《望岳》一诗，在此本卷一，作"会当临绝顶"。

蔡梦弼《杜工部草堂诗笺》，即蔡注本。该本存世多种，有五十卷本和四十卷本等，分别藏于北京大学图书馆、中国国家图书馆、成都草堂博物馆、台湾"中央图书馆"等处。蔡注本原名会笺本，在 2019 年中国杜甫研究会主办的第六次（夔州）"杜甫读书会"上，曾祥波提交了题为《论蔡梦弼〈杜工部草堂诗笺〉注文来源、改写、冒认及其影响》的论文，揭示了此本名为"会笺"实为单注的"隐情"，经过细致研究，恢复了其单注本的面目。这是杜集文献研究中的一项重要成果，作者的研究使蔡注本的本来面目得以呈现，在文献研究中颇具创新价值。此本亦均为萧本、谢本参校本。几种存世的蔡注本在各地的馆藏情况如下：

中国国家图书馆所藏《杜工部草堂诗笺五十卷》本，为南宋嘉泰间建阳书坊刻本。其卷一系配补清影宋抄本，《望岳》诗作"会当临绝顶"，蔡梦弼注称"登临山之绝顶，俯视众山"。北京大学图书馆所藏《杜工部草堂诗笺五十卷》只有后半部；所藏四十卷本，《望岳》在卷一。中华再造善本《杜工部草堂诗笺》为"临绝顶"，根据卷首说明，此本根据国家图书馆和北大图书馆宋刻本影印。

台湾"中央图书馆"所藏《杜工部草堂诗笺四十卷》本，实为元代大德间桂轩陈氏翻宋刻本。存九卷四册，即卷一至三、九至十四。《望岳》为"临绝顶"。

成都杜甫草堂博物馆所藏蔡本有如下几种：《杜工部草堂诗笺五十卷》，南宋嘉泰间建阳书坊刻本，存二十二卷（卷一至二十二）十册，卷一《望岳》为"会当临绝顶"；《杜工部草堂诗笺五十卷外集二卷》，亦为南宋嘉泰间建阳书坊刻本，存二十六卷七册，卷二十六至五十、外集一，无卷一。

存于上海博物馆的宋刻本《杜工部草堂诗笺五十卷》，仅存五卷二册，有传叙碑铭一卷，年谱二卷，诗话二卷。无《望岳》一诗。

蔡本的编排，以王洙本为据，故《望岳》一诗在卷一。因此，蔡本传世的各种版本，凡缺卷一者，均缺此诗。如上海博物馆藏本、成都博物馆藏本之一等均如是。

清代钱钞本《杜工部集》，是知名的影宋钞本。其所影之吴若本，也有二王本的基础。此处文字亦为"临"。钱钞本也是萧本、谢本之参校本。

"凌绝顶"的文字，始于赵次公注本。杜诗注本始于赵次公，成书大致在绍兴年间(1134—1147)①。赵注本已佚,目前有林继中先生辑佚本,此不赘。赵注本的底本"应是与吴若本相近的一个注本"②。在编排上,《望岳》一诗仍在卷一。与赵注本相关的注本有若干。在后来的"分门"杜集中,《望岳》在卷四之"山岳"门。如藏于上海图书馆的《分门集注杜工部诗二十五卷》(宋王洙、赵次公等注;年谱一卷,宋吕大防、蔡兴宗、鲁訔撰。宋刻本,十册),原为翁同龢翁万戈旧藏,此本为《分门集注杜工部诗》之四部丛刊景宋刊本,作"会当凌绝顶"。此书为萧本参校本。

藏于中国国家图书馆的两种孤本,分别为:《门类增广十注杜工部诗》二十五卷,宋赵次公等注,宋刻本,存六卷六册,铁琴铜剑楼旧藏,此书为萧本参校本;亦藏于中国国家图书馆的《门类增广集注杜诗》二十五卷,宋刻本,存一卷,因存卷量少,未做校本。中国国家图书馆也藏有《分门集注杜工部诗二十五卷》,宋王洙、赵次公等注,年谱一卷,宋吕大防、蔡兴宗、鲁訔撰,宋刻本,二十八册。作"凌"。

藏于台湾"中央图书馆"的黄鹤本《黄氏补千家集注杜工部诗史》,为宋嘉定十五年(1222)建安坊刻本,存九卷八册,目录一卷,卷四至七、十三、二十一至二十三。台湾《"国家图书馆"善本书志初稿》著录为元至元十九年(1342)建刻本。实为元刻本。作"凌"。此书亦为萧本参校本。

藏于苏州图书馆的《王状元集百家注编年杜陵诗史》三十二卷,王季常旧藏。为萧本参校本。该馆所藏之宋本已作为文物收藏,不能借阅,亦无胶片可观。该馆所藏清人《景宋王状元集百家注编年杜陵诗史》三十二卷,应可参考,作"凌"。

藏于台北故宫博物院的《新刊校定集注杜诗》三十六卷,宋曾噩等集注,宋郭知达编。宋宝庆元年(1226)广东漕司刻本。卷一《望岳》,作凌。萧本、谢本均作参校本。

藏于日本静嘉堂文库的《新刊校定集注杜诗》为残卷。仅存六卷(卷六至十一)三册,缺卷一,无《望岳》一诗。

藏于美国国会图书馆的《分门集注杜工部诗二十五卷》,为傅增湘旧藏,其版本同上海图书馆所藏,且仅存卷十四至十六,为时事、边塞、将帅、军旅、文章、书画、音乐、器用、饮食九门。无山岳一门,即无《望岳》一诗。

成都杜甫草堂博物馆所藏海内孤本《草堂先生杜工部诗集》二十卷,残六卷,南宋刻本,陈毅署签"南宋草堂杜集残本",《望岳》一诗不载。此为萧本参校本。

以上存世宋本异文的情况,杜集整理之集大成者《杜甫全集校注》之校记,有详细记载。萧本校勘底本和参校本共有14种,以宋本为主,还有少量元刻、明钞和影宋的几种重要类书。简言之,此处异文,祖本作"临",稍晚的蔡注本作"临",清代的钱钞本作"临"。赵次公始作"凌",受赵影响的相关版本或其他版本作"凌"。在后

① 赵次公注,林继中辑校:《杜诗赵次公先后解辑校》前言,上海:上海古籍出版社,2012年,第3页。
② 赵次公注,林继中辑校:《杜诗赵次公先后角辑校》前言,上海:上海古籍出版社,2012年,第5页。

来的重要版本中,此异文一直存在。清代最重要的几种杜集,作"凌"的居多,如《钱注杜诗》《全唐诗·杜甫卷》《杜诗详注》《杜诗镜铨》等,萧本认为"凌""较胜"因而选择了"凌"。谢本明确不出校记,根据情况确定文字,此处为"凌"。这一异文的选择在古籍整理中也较有代表性,即整理者在异文的选择上,会放弃底本无误的文字,根据参校本做出自己的选择。"较胜",就是不用底本文字而做出的综合判断。

二、"临"与"凌"的字义与唐前使用情况

在杜诗及唐诗乃至古典作品的异文现象中,这类后起的异文被文献整理者选定"取而代之"正文的现象并不少见。在抄本时代,如果某书问世时开始就具有不确定性,在传抄过程中,其作品的异文现象则成必然。杜集是抄本时代的产物,在创作流传过程中,作者自己不断修改,传抄者也参与修改,其传世文本未经作者审定,所以异文大量存在。对于后世来说,几无可能断言其存在异文的某字绝对符合作者原意或作品原貌。在没有可靠正本的情况下,后人有任何改动都不具有合法性。这应是杜诗校勘同时也是古籍整理中面对类似情况时最具挑战性之处。曾祥波说:"经过宋人之手刊刻,从微观层面的'文字校勘'去推测杜甫原意,已经丧失了合法性。如果考虑极端的情况,每一个字都存在被宋人改动的可能性。"[①]这就涉及在古代文献整理中对异文的处理原则,在无法确定何为"真"的情况下,如何根据"较胜"而确定何为"美"何为"善"、何较"优"何较"胜"。一旦进入各本"比较"的过程,就是主观判断的过程,反映的是论者的态度。其结论既可能是综合评估的客观判断,也可能是先入为主的偏见所致。这也是古籍整理中的常见状态。但就本文而言,细寻之,"凌"真"较胜"于"临"吗?如果对杜诗异文用"较胜"的方法来确定正文,则既要考虑到底本的权威可靠,也要参考前人的种种辨证和选择。在底本无误时,要采取"较胜"的选择,还要从更多方面进行综合评判,虽仍难"求真",或庶可近"善"。笔者拟从字义、各时期诗文表述情况、后世接受状态等方面试论之。

下面试从字义方面来讨论二字的义项及演变。

从字义看,"临"和"凌"原始义有别,后起义渐有相同处。

《说文》解"监"为"临",取其义为"监,临下也""临,监也"。段玉裁《说文解字注》:"临,监也,从卧,品声。"《中华大字典》释"临"有若干义项,其一为"居高视下",举例为《诗·小旻》"如临深渊"。《辞源》释"临"为"居上视下",引《诗·邶风·日月》"日居月诸,照临下土",又引"如临深渊"例释为"面对",又举有"到""为"义。后者在作品中的运用则较多使用。

---

① 曾祥波:《杜集宋本编次源流考论——兼论〈草堂先生杜工部诗集〉成书渊源及意义》,《中华文史论丛》2019 年第 4 期。

在《中华大字典》和《词源》中,"凌"均有"积冰"的原始义,并有"侵犯、欺侮""迫近""升高、登""渡过、逾越"等多个义项。后几义与"临"相近。

总体来看,"临"用于动作时,与实体联系多。"凌"的使用则与虚空一类语词相搭,如"凌云""凌空""凌虚""凌波""凌驾""凌上""凌下""凌天""凌霄"之类,且多与气势、气概之类义项相关。

从唐前文献的使用情况看。"临"的"登临"之意较多,且多与山水有关。此处仅以唐前及唐初正史为例说明。《史记·卫将军骠骑列传》:"封狼居胥山,禅于姑衍,登临瀚海。"①《宋书·王敬弘传》:"所居舍亭山,林涧环周,备登临之美。"②《梁书·郑绍叔传》:"令植登临城隍,周观府署。"③《北史·刘炫传》:"登临园沼,缓步代车。"④《晋书·阮籍传》:"或闭户视书,累月不出;或登临山水,经日忘归。"⑤

检索唐前文献中"临绝顶"和"凌绝顶"的使用情况,"临绝顶"仅一例,为王褒《和从弟祐山家二首》其一:"山窗临绝顶,檐溜俯危松。"⑥此处之"临",是"临近"而非"登临"。

由上可见,"凌绝顶"的表达,唐前诗文尚未得见。

三、李白、杜甫诗的相关表达与唐宋诗文状况

首先讨论李、杜二人在这两个词的表达上各自具有的特点。李、杜用"临",意思相近,"登临"和"到""及"义多。杜诗用于"登临"的用例,如《和裴迪登新津寺寄王侍郎》:"风物悲游子,登临忆寺郎。"⑦《登楼》:"花近高楼伤客心,万方多难此登临。"⑧李白的用例如《鲁郡东石门送杜二甫》:"醉别复几日,登临遍池台。"⑨《九日登山》:"筑土按响山,俯临宛水湄。"⑩

李、杜二人用"凌",有同有异。其同,在语词组合上有相关性;其异,在使用上多寡明显。杜诗用"凌"表达气势一类的有十余例,如《后出塞五首》其四:"主将位

---

① 司马迁:《史记》卷一一一,北京:中华书局,1982年,第2936页。

② 沈约:《宋书》卷六六,北京:中华书局,1974年,第1732页。

③ 姚思廉:《梁书》卷一一,北京:中华书局,1973年,第209页。

④ 李延寿:《北史》卷八二,北京:中华书局,1974年,第2767页。

⑤ 房玄龄:《晋书》卷四九,北京:中华书局,1974年,第1359页。

⑥ 李昉:《文苑英华》卷三一九,1982年影印本,北京:中华书局,第1648页。

⑦ 萧涤非主编:《杜甫全集校注》卷七,北京:人民文学出版社,2014年,第2027页。

⑧ 萧涤非主编:《杜甫全集校注》卷一一,北京:人民文学出版社,2014年,第3162页。

⑨ 王琦辑注:《李太白全集》卷一七,北京:中华书局,1977年,第794页。

⑩ 王琦辑注:《李太白全集》卷二〇,北京:中华书局,1977年,第961页。

益崇,气骄凌上都。"①《春日戏题恼郝使君兄》:"使君意气凌青霄,忆昨欢娱常见招。"②《数陪李梓州泛江,有女乐在诸舫,戏为艳曲二首赠李》:"玉袖凌风并,金壶随浪偏。"③《巴西驿亭观江涨呈窦使君二首》其一:"孤亭凌喷薄,万井逼春容。"④相比之下,李白诗喜用"凌"字,去其重复,相关的用例如《古风五十九首》其七:"客有鹤上仙,飞飞凌太清。"⑤《古风五十九首》其二十:"含笑凌倒景,欣然愿相从。"⑥《古风五十九首》其二十九:"至人洞玄象,高举凌紫霞。"⑦《白头吟》其二:"一朝再览大人作,万乘忽欲凌云翔。"⑧《东武吟》:"君王赐颜色,声价凌烟虹。"⑨《出自蓟北门行》:"兵威冲绝幕,杀气凌穹苍。"⑩《江上吟》:"兴酣落笔摇五岳,诗成笑傲凌沧洲。"⑪《鸣皋歌奉饯从翁清归五崖山居》:"我家仙翁爱清真,才雄草圣凌古人,欲卧鸣皋绝世尘。"⑫《酬殷明佐见赠五云裘歌》:"为君持此凌苍苍,上朝三十六玉皇。"⑬《赠任城卢主簿潜》:"临觞不能饮,矫翼思凌空。"⑭《赠郭季鹰》:"一击九千仞,相期凌紫氛。"⑮《赠卢征君昆弟》:"与君弄倒影,携手凌星虹。"⑯《秋日炼药院镊白发,赠元六兄林宗》:"桂枝日已绿,拂雪凌云端。"⑰《在水军宴赠幕府诸侍御》:"月化五白龙,翻飞凌九天。"⑱《忆旧游寄谯郡元参军》:"当筵意气凌九霄,星离雨散不终朝,分飞楚关山水遥。"⑲《留别广陵诸公》:"中回圣明顾,挥翰凌云烟。"⑳《将游衡岳,过汉阳双松亭,留别族弟浮屠谈皓》:"符彩照沧溟,清辉凌白虹。"㉑《鲁中送二从弟赴举之西京》:"平衢骋高足,逸翰凌长风。"㉒《以诗代书答元丹丘》:"鸟去凌紫烟,书

① 萧涤非主编:《杜甫全集校注》卷三,北京:人民文学出版社,2014年,第643页。
② 萧涤非主编:《杜甫全集校注》卷一○,北京:人民文学出版社,2014年,第2759页。
③ 萧涤非主编:《杜甫全集校注》卷一○,北京:人民文学出版社,2014年,第2803页。
④ 萧涤非主编:《杜甫全集校注》卷一○,北京:人民文学出版社,2014年,第2823页。
⑤ 王琦辑注:《李太白全集》卷二,北京:中华书局,1977年,第98页。
⑥ 王琦辑注:《李太白全集》卷二,北京:中华书局,1977年,第114页。
⑦ 王琦辑注:《李太白全集》卷二,北京:中华书局,1977年,第124页。
⑧ 王琦辑注:《李太白全集》卷四,北京:中华书局,1977年,第245页。
⑨ 王琦辑注:《李太白全集》卷五,北京:中华书局,1977年,第312页。
⑩ 王琦辑注:《李太白全集》卷五,北京:中华书局,1977年,第315页。
⑪ 王琦辑注:《李太白全集》卷七,北京:中华书局,1977年,第374页。
⑫ 王琦辑注:《李太白全集》卷七,北京:中华书局,1977年,第398页。
⑬ 王琦辑注:《李太白全集》卷八,北京:中华书局,1977年,第452页。
⑭ 王琦辑注:《李太白全集》卷九,北京:中华书局,1977年,第466页。
⑮ 王琦辑注:《李太白全集》卷九,北京:中华书局,1977年,第500页。
⑯ 王琦辑注:《李太白全集》卷九,北京:中华书局,1977年,第503页。
⑰ 王琦辑注:《李太白全集》卷一○,北京:中华书局,1977年,第515页。
⑱ 王琦辑注:《李太白全集》卷一一,北京:中华书局,1977年,第555页。
⑲ 王琦辑注:《李太白全集》卷一三,北京:中华书局,1977年,第664页。
⑳ 王琦辑注:《李太白全集》卷一五,北京:中华书局,1977年,第718页。
㉑ 王琦辑注:《李太白全集》卷一五,北京:中华书局,1977年,第734—735页。
㉒ 王琦辑注:《李太白全集》卷一七,北京:中华书局,1977年,第820页。

留绮窗前。"①《玩月金陵城西孙楚酒楼,达曙歌吹,日晚乘醉着紫绮裘乌纱巾,与酒客数人棹歌秦淮,往石头访崔四侍御》:"赠我数百字,百字凌风飙。"②《登峨眉山》:"倘逢骑羊子,携手凌白日。"③《自巴东舟行经瞿唐峡,登巫山最高峰,晚还题壁》:"飞步凌绝顶,极目无纤烟。"④《南轩松》:"何当凌云霄,直上数千尺。"⑤《宣城哭蒋征君华》:"池台空有月,词赋旧凌云。"⑥《任城县厅壁记》:"香阁倚日,凌丹霄而欲飞。"⑦《天门山铭》:"光射岛屿,气凌星辰。"⑧《溧阳濑水贞义女碑铭》:"卓绝千古,声凌浮云。"⑨《杂言用投丹阳知己兼宣慰判官》:"云是古之得道者西王母食之余,食之可以凌太虚。"⑩

李、杜二人在"凌"的使用上有明显不同。李白多用,变化亦多;杜诗少用,变化亦少。但二人相同之处却是诗中之"凌"均少有"登临"之意。值得关注的是李白用"凌",颇能体现李诗的飘逸风格。"凌绝顶"仅一例,但"飞步"与"凌绝顶"搭配,颇能表现此字使用的特殊性和李诗风格特点,亦能见出"凌"的使用与"临"的区别。

现代检索技术为本文的研究提供了相对可靠的数据。在几个重要古籍数据库中,如"中国基本古籍库""中华经典古籍库""全宋诗分析系统"等进行反复检索,并一一核实原文,各时期作家使用情况可以有大体把握。

在唐诗中,"临绝顶"或"凌绝顶"的表述,除了李白、杜甫,仅有戴叔伦一例,即《题天柱山图》:"谁能凌绝顶,看取日升东。"⑪

在宋代,"临绝顶"的表述有这样一些。王祐《赠率子连三首》其一:"下瞰虚空临绝顶,上排云雾依山巅。"⑫吴芾《再题周处士山居》其一:"山锁烟萝自古青,更临绝顶敞檐楹。"⑬吴芾《和刘判官喜雪》:"一望琼瑶迷四境,我复白头临绝顶。"⑭陈造《次韵答璧侍者五首》其五:"欲买青山贷寓居,时临绝顶瞰平湖。"⑮刘克庄《罗湖八

① 王琦辑注:《李太白全集》卷一九,北京:中华书局,1977年,第881页。
② 王琦辑注:《李太白全集》卷一九,北京:中华书局,1977年,第895页。
③ 王琦辑注:《李太白全集》卷二一,北京:中华书局,1977年,第968页。
④ 王琦辑注:《李太白全集》卷二二,北京:中华书局,1977年, 第1021页。
⑤ 王琦辑注:《李太白全集》卷二四,北京:中华书局,1977年, 第1131页。
⑥ 王琦辑注:《李太白全集》卷二五,北京:中华书局,1977年,第1202页。
⑦ 王琦辑注:《李太白全集》卷二八,北京:中华书局,1977年, 第1297页。
⑧ 王琦辑注:《李太白全集》卷二九,北京:中华书局,1977年,第1347页。
⑨ 王琦辑注:《李太白全集》卷二九,北京:中华书局,1977年,第1351页。
⑩ 王琦辑注:《李太白全集》卷三〇,北京:中华书局,1977年,第1395页。
⑪ 彭定求:《全唐诗》卷二七四,北京:中华书局,1960年,第3100页。
⑫ 刘克庄:《分门纂类唐宋时贤千家诗选》卷二一,清嘉庆宛委别藏本。
⑬ 吴芾:《湖山集》卷六,《景印文渊阁四库全书》第1138册,台北:商务印书馆,1983年,第504页。
⑭ 吴芾:《湖山集》卷四,《景印文渊阁四库全书》第1138册,台北:商务印书馆,1983年,第476页。
⑮ 陈造:《江湖长翁集》卷一九,《景印文渊阁四库全书》第1166册,台北:商务印书馆,1983年,第240页。

首》其八："欲和苏诗临绝顶,可怜汉节尚随身。"①赵蕃《次滕彦真韵三首》其三："何如临绝顶,得以尽长川。"②张嵲《将池僧舍东轩晓起》:"兹轩临绝顶,远与前山平。"③汪任《游南山》:"攀援临绝顶,气象非尘寰。"④成无玷《洞霄宫》:"振衣临绝顶,云外听天语。"⑤

"凌绝顶"在宋代的用法略少。所见有程洵《丫头岩》:"何年古仙人,飞步凌绝顶。"⑥周谔《望春山》:"我来凌绝顶,倒身丘岛中。"⑦冯山《和蒲安行诚之秘丞游乌奴寺》:"啸傲烟霞凌绝顶,毫芒人物乱交逵。"⑧《涂山寺》:"孤亭凌绝顶,坐有千古意。"⑨陈汝锡《寿周侍讲》:"昔人已仙去,飞步凌绝顶。"⑩薛田《成都书事百韵诗》:"倚剑灵关凌绝顶,梦刀孤垒削危巅。"⑪

宋诗中"临绝顶"多于"凌绝顶",并不能完全说明杜诗"临绝顶"的绝对可靠。因为这两种表述,在宋诗中分别都多于唐诗。且李白一诗的表达是确定的。因此,如能从接受史的角度,从相关文献中推知宋代文人看到的杜诗,或许能接近当时流传的杜集文本。

四、宋人接受史的旁证

"临绝顶"或"凌绝顶"的异文,目前尚无绝对权威的版本可以下定论。在此情况下,李白和杜甫在诗中各自如何表述,或使用频率高低,或谁先用谁后用,仍不能确定杜诗此处异文的"真面目"。如果说前面的讨论,无论是从版本的先后,还是从校勘的思路,如"以训诂统辖校勘"的传统思路,仍不能定论,那就再换个角度,从宋代作家的相关用法或评论中,从接受史角度,再看有无相关可能说明的材料。在直接证据基本难以提供的时候,旁证也许可以说明一些问题。

从上引宋诗看,"临绝顶"或"凌绝顶"的表述共十余例,多数是"临绝顶"。这些材料或能说明杜诗有"临绝顶"的表述,并对宋人创作产生一定影响,但仍不能证明

① 刘克庄著,辛更儒校注《刘克庄集笺校》卷一二,北京:中华书局,2011 年,第 709 页。
② 赵蕃:《淳熙稿》卷九,清武英殿聚珍版丛书本。
③ 张嵲:《紫微集》卷三,《景印文渊阁四库全书》第 1131 册,台北:商务印书馆,1983 年,第 364 页。
④ 陆心源:《宋诗纪事补遗》卷四十,清光绪刻本。
⑤ 厉鹗:《宋诗纪事》卷三六,《景印文渊阁四库全书》第 1484 册,台北:商务印书馆,1983 年,第 695 页。
⑥ 程洵:《尊德性斋小集》卷一,清道光知不足斋丛书本。
⑦ 陈思编、陈世隆补:《两宋名贤小集》卷九二,《景印文渊阁四库全书》第 1362 册,台北:商务印书馆,1983 年,第 887 页。
⑧ 冯山:《安岳集》卷一二,《景印文渊阁四库全书》第 1098 册,台北:商务印书馆,1983 年,第 340 页。
⑨ 冯山:《安岳集》卷二,《景印文渊阁四库全书》第 1098 册,台北:商务印书馆,1983 年,第 297 页。
⑩ 傅璇琮等主编:《全宋诗》卷一三〇一,北京:北京大学出版社,1992 年,第 14765 页。
⑪ 周复俊:《全蜀艺文志》卷五,《景印文渊阁四库全书》第 1381 册,台北:商务印书馆,1983 年,第 55 页。

杜诗《望岳》一定是"临绝顶"。而宋人关于《望岳》一诗接受史中的一些相关材料值得关注。

苏轼并无"临绝顶"或"凌绝顶"的诗句，但《游金山寺》有"登绝顶"一例："试登绝顶望乡国，江南江北青山多。"值得关注的是施注："杜子美《望岳》诗：会当凌绝顶。"①施元之(1102—1174)是南宋注苏的重要学者，与顾僖合编的苏诗编年注本在南宋嘉泰年间开始流行。施元之看到过赵次公的注杜本，而赵次公也是注苏的重要学者。施元之在注苏诗时引用的杜诗，是"临绝顶"而非"凌绝顶"，表现的是施元之对杜诗文本的接受状况。这应该是最有说服力的一个旁证，至少证明早期宋本之"临绝顶"在当时的影响力。

刘克庄也有一则相关材料，颇能证明"临绝顶"在当时的影响，即《罗湖八首》其八："欲知苏诗临绝顶，可怜汉节尚随身。"②刘克庄吟咏的是当年苏轼登罗浮山而观葛洪丹灶事。苏轼题跋《题罗浮》有载③。从赵注的面世时间(1134—1147)看，可以肯定苏轼(1037—1101)是未见过赵次公注杜本的。刘克庄(1187—1269)见到过赵注，且有很高的评价，但刘克庄并不轻信赵注，其《陈教授杜诗补注》云："杜氏左传、李氏文选，颜氏班史，赵氏杜诗，几于无可恨矣。然一说孤行，百家尽扫，则世俗随声接响之过，善观书者不然。郡博士陈君禹锡，示余《杜诗补注》，单字半句，必穿穴其所本，又善原杜诗之意。赵注未善，不苟同矣。旧注已善，不轻废也。……予谓果欲律以轻典，裁以义理，虽杜语意未安，亦盍商榷，况赵乎？禹锡勉之，毋为万丈光焰所眩也。"④刘克庄诗中对苏轼登罗浮山的解读，用的是"临绝顶"。这既可是刘克庄登山的感受和原创，也可认为是引用杜诗典故，从中能够感知刘克庄对杜诗意境的理解。刘克庄熟悉并推崇赵注，将其视为可与杜氏左传、李氏文选，颜氏班史齐名的著述，但却不迷信盲从，而是认为"赵注未善"。从他使用或引用"临绝顶"而非赵注之"凌绝顶"，或许能说明刘克庄对赵注处理这个异文的态度。苏轼面对的杜集，也可能不仅仅是王洙本，从现有材料可知，唐至宋初，已佚的杜集有几十种，《望岳》一诗可能已经出现"临"和"凌"的异文了。但从前面的分析可见，无论苏轼、施元之还是刘克庄，他们读到的《望岳》一诗有无异文，他们在已有的杜集版本中，或在自己的创作中，对杜诗"会当临绝顶"的理解，都是要"登临绝顶""亲临绝顶"。这也能够说明"临绝顶"在当时的传播情况，以及宋代重要诗人在面对可能出现的杜诗异文时所做出的判断和选择。

元明清各时期，尤其是清代，"凌"在"迫近""登临"或"超越"的意义上已无区别

① 苏轼撰，王文诰辑注：《苏轼诗集》卷七，北京：中华书局，1982年，第308页。
② 刘克庄著，辛更儒校注：《刘克庄集笺校》卷一二，北京：中华书局，2011年，第709页。
③ 张志烈：《苏轼全集校注》卷七一，石家庄：河北人民出版社，2010年，第8106页。
④ 刘克庄著，辛更儒校注：《刘克庄集笺校》卷一〇〇，北京：中华书局，2011年，第4208页。

地大量出现。尤其是"凌绝顶"的表达,既有登临之意,又有超越、豪放之情。借助数据库,可查到相关诗句数百例,限于篇幅,各时期略举数列。

元代较之宋代,在两种表述中,"凌绝顶"已多于"临绝顶"。《全元诗》中近 30 例,为 21 比 7。如卢琦(一作萨都剌)《望鼓山》:"何当临绝顶,俯视浴日盆。"[①]李京《雪山》:"安得乘风凌绝顶,倒骑箕尾看神州。"[②]

明代用例渐多,共百余例,而"凌绝顶"多于"临绝顶"。用"临绝顶"者,如胡应麟《舟泊樵李沈纯父邀同陈茂才登烟雨楼》:"昏黑更须临绝顶,蚤知能赋属吾徒。"[③]谢榛《登盘山绝顶谒黄龙祠》:"石径萧萧松吹冷,万折千回临绝顶。"[④]杨慎《雨夕梦安公石张习之觉而有述因寄》:"峨眉临绝顶,瀼水宛中央。"[⑤]用"凌绝顶"者,如李梦阳《华岳二十韵》:"聊游凌绝顶,不为学神仙。"[⑥]王守仁《游清凉寺》:"昏黑更须凌绝顶,高怀想见少陵诗。"[⑦]徐祯卿《庐山》:"壮怀凌绝顶,倦鸟息飞翰。"[⑧]文徵明《题画》:"何当凌绝顶,涵景有虚榭。"[⑨]王直《泰和杂咏》:"定有飞仙凌绝顶,洞箫声里夜乘鸾。"[⑩]

清代用例大增,在 200 余例中,"凌绝顶"仍多于"临绝顶"。如陶炜《登秦望山》:"登临绝顶星辰近,俯瞰平原宇宙宽。"[⑪]刘芳俊《碧峰嶂》:"几得登临绝顶上,河山大地眼中看。"[⑫]陈苌《题闻生三阳龙头山居》:"劝著小亭临绝顶,更乘余兴一跻攀。"[⑬]纪昀《赋得野竹上青霄》:"谁当凌绝顶,卜筑此君亭。"[⑭]梁章钜《潘星斋茂才曾莹玉山纪游画卷》:"他日蓬山凌绝顶,多应说著秀才时。"[⑮]钱谦益《四月十一日登岱五十韵》:"纡回凌绝顶,俯仰荡胸臆。"[⑯]沈德潜《望岳》:"何须凌绝顶,胸已隘

① 卢琦:《圭峰集》卷上,《景印文渊阁四库全书》第 1214 册,台北:商务印书馆,1983 年,第 697 页。

② 顾嗣立:《元诗选》二集卷八,清康熙刻本。

③ 胡应麟:《少室山房集》,上海:上海古籍出版社,1993 年,第 334 页。

④ 于敏中等:《钦定日下旧闻考》卷一一六,《景印文渊阁四库全书》第 498 册,台北:商务印书馆,1983 年,第 740 页。

⑤ 杨慎:《升庵集》卷二一,《景印文渊阁四库全书》第 1270 册,台北:商务印书馆,1983 年,第 171 页。

⑥ 李梦阳:《空同集》卷二八,《景印文渊阁四库全书》第 1262 册,台北:商务印书馆,1983 年,第 236 页。

⑦ 曹学佺:《石仓历代诗选》卷四五五,《景印文渊阁四库全书》第 1393 册,台北:商务印书馆,1983 年,第 207 页。

⑧ 曹学佺:《石仓历代诗选》卷四七八,《景印文渊阁四库全书》第 1393 册,台北:商务印书馆,1983 年,第 540 页。

⑨ 文徵明:《莆田集》卷八,清刻本。

⑩ 曾燠辑:《江西诗征》卷四八,清嘉庆九年刻本。

⑪ 潘衍桐:《两浙輶轩续录》补遗卷二,清光绪刻本。

⑫ 张崇德:《恒岳志》卷下,清顺治十八年刻本。

⑬ 陈苌:《雪川诗稿》卷六,清康熙莺湖苏啸堂刻本。

⑭ 纪昀:《纪文达公遗集》诗集卷十六,清嘉庆十七年纪树馨刻本。

⑮ 梁章钜:《退庵诗存》卷一九,清道光刻本。

⑯ 钱谦益著,钱曾笺注:《牧斋初学集》,上海:上海古籍出版社,2009 年,第 364 页。

尘寰。"①沈钦韩《还元阁呈恒拙上座》:"便欲御风凌绝顶,五湖七十二峰青。"②王士禛《登成都西城楼望雪山》:"谁能凌绝顶,万里一峥嵘。"③尹继善《恭和御制登最高峰元韵》:"勒马春岑凌绝顶,众峰罗列似来朝。"④董平章《长至日同子静游玉泉观步陈研因幕宾韵》:"缥缈吟身凌绝顶,苍茫望眼入遥天。"⑤方文《泰安道中望岱》:"况当凌绝顶,千峰恣遐眺。"⑥龚景瀚《心目豁然因成两律》其二:"会当凌绝顶,眼豁九州烟。"⑦顾景文《赠朝喈陈子兼索其近作》:"君其凌绝顶,一览众嶙嶙。"⑧可以看出,"凌绝顶"的用法占多,明显与清代杜集自《钱注杜诗》及《全唐诗》定为"凌"有关。这是另一个要讨论的问题了。

在众多"临绝顶"及"凌绝顶"的表述中,表达的多是向上、壮怀一类意味,而少有唱反调的。清人毕沅《石梯岩》:"不须凌绝顶,绝顶是穷途。"⑨慕昌湘《度韩侯岭》:"何须凌绝顶,转恐下山难。"⑩皆给人留下深刻印象。例多不引,且本文要讨论的问题,在唐宋诗人的作品中,基本可以得到相关结论了。

五、"校胜"的合理性与复杂性

如前所述,在杜诗异文的校勘和研讨中,宋代以来就一直存在理校的主导倾向。重要原因是杜甫自己的定稿本并未传下来,杜甫的传世稿本中,也可能存在自己改动形成的异文。有唐一代,可以确定是作者自己编定的作品集屈指可数。故今天凡是讨论到杜诗正字,因无铁定的版本依据,均存在异文勘定的合法性问题。从公认的现存的最早杜集注本赵注开始,学者们在杜集整理的过程中,就希望通过自己的阅读理解,从文义的辩证来确定自己认为最正确的或最接近诗人原创的文本。这样的校勘方法是得到人们认可的,也有其合理性的一面,符合古籍整理的基本目标。但这种具有主观选择的文本,自然难以得到绝对一致的认同,因而不断会有人根据自己的理解对异文重新解说,并希望自己的结论得到认可。千百年间,众多追求定本的努力,形成了杜诗异文的"空前盛况",以至于后世要"择善而从",也成了一个甚为艰难的选择,更由此形成了杜诗异文研究永无止境的状况。这一现

① 沈德潜:《归愚诗钞》卷一三,清刻本。
② 沈钦韩:《幼学堂诗文稿》卷五,清嘉庆十八年刻道光八年增修本。
③ 王士禛:《带经堂集》卷二七,清康熙五十年程哲七略书堂刻本。
④ 尹继善:《尹文端公诗集》卷九,清乾隆刻本。
⑤ 董平章:《秦川焚余草》卷一,清光绪二十七年容斋刻本。
⑥ 方文:《嵞山集》续集鲁游草,清康熙二十八年王概刻本。
⑦ 龚景瀚:《澹静斋诗文钞》诗钞卷四,清道光二十年恩锡堂刻澹静斋全集本。
⑧ 顾景文:《顾景行诗集》卷上,清康熙三十一年美闲堂刻本。
⑨ 毕沅:《灵岩山人诗集》卷三四,清嘉庆四年经训堂刻本。
⑩ 徐世昌辑:《晚晴簃诗汇》卷一九二,民国退耕堂刻本。

象引发笔者的另一个思考是:在千家注杜的语境下,今天还有无可能形成一个依托某一底本的相对客观的杜集?

《杜甫全集校注》在校勘中对异文的处理,也有明确的原则:"底本与参校诸本有异而非误者,一般以底本为据,不轻改底本。凡底本之误字、阙字、衍文、倒文,以及其他明显讹误,有上列诸本可供订正者,则择善而从,改正底本,并出校记。"①这应该是通行的校勘原则。但《全集》对《望岳》诗中这一异文的处理,未用底本,不是因为底本有误,而是作者在传世的两种异文中做出的"较胜"的判断和选择。或许,还有可能是在清代的众多杜集的影响下而"纯冕从众"吧。这类不用底本而按"较胜"方式对异文的处理,在全集中还有若干。其中少数,也有值得关注的。对其探讨,将是十分有趣且颇具挑战性的课题。如能解决一二,亦对杜诗经典化的过程阐释具有积极意义。

综上所述,从杜诗最早流传的宋本、"临""凌"的字义和境界、李白杜甫及各时期作家使用情况及演变分析,窃以为"临绝顶"可能是最接近杜甫《望岳》一诗原貌的文字。审慎的办法是正文用"临",异文标"凌",即"会当临—作凌绝顶",庶可两全。本文是笔者关注杜诗异文与杜诗经典化关系的习作,思考多时,方写成小文,深感相关问题极具挑战性。敬请学界批评指正。

---

① 萧涤非主编:《杜甫全集校注》凡例,北京:人民文学出版社,2014年,第6页。

《墨庄漫录》校勘辨析杜诗、苏诗条目考述

王红霞　四川师范大学

王然　四川省党建集团

　　《墨庄漫录》宋张邦基著。张邦基,字子贤。平生喜藏书,有室曰"墨庄",《墨庄漫录》之名则来源于此。此书共计十卷,宋代诸家书目未见著录。该书多记文人轶事,兼及异闻。其对诗词文的记载与评论,较多地保存了一些重要的文学史料,其辨杜甫、苏轼诸家之诗,颇有见地,故四库馆臣评其"皆极典核",并许为"宋人说部之可观者"①,现将这几条材料逐一辨析如下。

一、纠前人之错讹

(一)杜甫《忆郑南砒》"守"当为"寺"

　　杜子美有《忆郑南砒》诗云:"郑南伏毒守,萧洒到天心。"殊不晓"伏毒守"之义。"守"当作"寺"。按《华州图经》有伏毒寺,刘禹锡《外集》有"贞元中,侍郎舅氏牧华州,时予再忝科第,前后由华觐谒,陪登伏毒岩。"今世行本皆作"守",误也。②(卷五"杜诗伏毒守守乃寺之误"条)

　　按:诗题《忆郑南砒》一作《忆郑南》,唐元竑曰:"《忆郑南批》,题甚佳。"③ "萧洒到天心"当作"萧洒到江心","郑南伏毒守"中的"守"字《宋本杜工部集》本作"守",《杜工部集》钱曾王述古堂影宋抄本亦作"守",然师民瞻本作"手"。郑,地名。《新唐书·地理志一》:"华州华阴郡,上辅。义宁元年析京兆郡之郑、华阴置……县四:郑、华阴、下邦、栎阳。"④故,郑乃华州之郑县,郑南乃华州郡郑县之南。若作

---

　　① 纪昀等:《四库全书总目提要》,北京:中华书局,1965年,第1042页。

　　② 张邦基:《墨庄漫录》,北京:中华书局,2002年,第158页。

　　③ 唐元竑:《杜诗攟》,《四库全书》本,上海:上海古籍出版社,1987,第1070册,第52页。

　　④ 欧阳修、宋祁:《新唐书》,北京:中华书局,1975年,第964页。

"伏毒守",上下诗义未通。刘禹锡诗:"曾作关中客,频经伏毒岩。"①《华州图经》有伏毒寺。另宋赵次公注云:"旧本'付毒守'三字难解;师民瞻本则作'伏毒手'亦无义,一本作'寺',却似有义。"②赵次公同"寺"之说。此外,《新刊校定集注杜诗》本、《王状元集百家注编年杜陵诗史》本、《黄氏补千家集注杜工部诗史》本、《分门集注杜工部诗》本、《黄氏补千家集注纪年杜工部诗史》元刻本、《集千家注分类杜工部诗》元刻本、《杜甫全集校注》本俱从赵说,以"守"当作"寺"。故"伏毒守"当作"伏毒寺",言华州郑县之南有伏毒寺之义。

张邦基以《华州图经》与刘禹锡《文集》为佐证,以他校之法言"守"当为"寺",考证有根有据,且一语中的。杜诗注家,言"守"作"寺"者,赵次公乃最早之人。林继中在《杜诗赵次公先后解辑校》的前言中言"其注杜诗当在绍兴四年至十七年之间"③而张邦基《墨庄漫录》所记诸事最后时间乃绍兴十八年(1148),故张氏未必参见赵次公之书,如此张氏之校勘当与赵次公不谋而合。赵氏只言"一本作'寺',却似有义",但未有他书资料辅之说法,故张氏之校勘当优于赵注。今萧涤非《杜甫全集校注》下注杜诗,引张氏之说,且言"其说甚善,兹据正之"④。可见张氏之说以纠前人错讹,并为后世学者称道。

(二)杜诗"功曹无复汉萧何"不误

> 刘贡父《诗话》云:文士用事,误错虽为缺失,然不害其美。杜甫诗云:"功曹无复汉萧何。"按《光武纪》,帝谓邓禹曰:"何以不掾功曹?"又曹参尝为功曹,云郑侯非也。贡父之意,直以少陵误耳。然《前汉·高纪》云:"单父人吕父善沛令,辟仇,从之客,因家焉。"沛中豪杰吏闻令有重客,皆往贺,萧何为主吏,主进,令诸大夫曰:"进不满千钱,坐之堂下。"云云。注,孟康曰:"主吏,功曹也。"然则少陵用此,非误也,第贡父偶思之未至耳。⑤(卷三"杜诗功曹无复汉萧何不误"条)

按:"功曹无复汉萧何"出自杜甫《奉寄别马巴州》,一作"功曹非复汉萧何"。

《刘贡父诗话》乃《中山诗话》,宋刘颁所著。刘颁,字贡父。刘颁于其《中山诗话》言:"曹参尝为功曹,而杜诗云'功曹无复叹萧何',误矣。按光武尝谓邓禹,'何以不掾功曹?'"⑥即刘放认为功曹当为曹参,不当为萧何,直言杜甫用典误矣。而张邦基以《前汉·高纪》所记萧何为主吏,孟康注主吏为功曹之据纠刘颁之误。按:

① 瞿蜕园:《刘禹锡笺证》,上海:上海古籍出版社,1999年,第258页。
② 林继中:《杜诗赵次公先后解辑校》,上海:上海古籍出版社,1994年,第1521页。
③ 林继中:《杜诗赵次公先后解辑校》,上海:上海古籍出版社,1994年,第3页。
④ 萧涤非主编:《杜甫全集校注》,北京:人民文学出版社,2014年,第3598页。
⑤ 张邦基:《墨庄漫录》,北京:中华书局,2002年,第90页。
⑥ 何文焕辑:《历代诗话》,北京:中华书局,1981年,第295页。

刘颁误矣。《三国志》记:"孙策谓虞翻曰:'孤有征讨事未得还府,卿复以为功曹为吴萧何,守会稽耳。'"①《王直方诗话》引江子载说云:"《高祖纪》:'何为主吏。'孟康曰:'主吏,功曹也。'"②又吴可《藏海诗话》云:"功曹非复汉萧何,不特见汉书注,兼《三国志》云:'为功曹当如萧何也。'"③可见,诸家皆言"功曹"当为萧何。其后,宋晁公武《郡斋读书志》,宋汪应辰《跋刘贡父诗话》亦言刘颁之谬,仇兆鳌亦言杜诗当用此典。

江子载,生卒年不详。王直方,约 1055—1105 年在世,其引江子载说。江子载当早于王直方。而张氏南北宋之间人,其稍晚于王直方,故张氏当不为最早纠刘颁之误者,然张氏所纠确也中肯。

(三) 苏轼《四时词》"玉奴"当为"玉如"

> 东坡《四时词》,冬云:"真态生香谁画得,玉奴纤手嗅梅花。"每疑玉奴字,殊无意味。若以为潘淑妃小字,则当为玉儿,亦非故实。刘延仲尝见东坡手书本,乃作"玉如纤手",方知上下之意相贯,愈觉此联之妙也。(卷七"东坡玉奴纤手嗅梅花奴为如之误")④

按:《四时词》"玉奴纤手嗅梅花",今有两说。其一,吴曾言"玉奴"当为"玉儿"之误。其于《能改斋漫录》中说道:"东坡和《杨公济梅花》诗云:'月地云阶谩一尊,玉奴终不负东昏'又《四时诗》云:'玉奴纤手嗅梅花'。《南史》:'齐东昏侯妃潘玉儿,有国色。'牛增孺《周秦行记》:'薄太后曰牛秀才远来,谁为伴?'潘妃辞曰:'东昏侯以玉儿身死国除,不宜负他'。注云:'玉儿妃小字'。东坡盖用此,而两以'儿'为'奴'者,误也。然不害为佳句。"(吴曾:《能改斋漫录》,北京:中华书局,1960 年,第 64 页。)而王十朋、冯应榴、施元之等注家注东坡诗时,皆下引《南史》,注取齐废帝东昏侯妃潘氏玉儿之说。但以上诸家并未从吴曾之说,改为"玉儿"。施元之《注东坡先生诗》《东坡集》《东坡后集》、王十朋《王状元百家注分类东坡先生诗》俱作"玉奴"。其二,即张邦基所说"玉奴"当为"玉如"。赞此说者有宋龚颐正、清查慎行。

张氏所言为是。吴曾言《杨公济梅花》《四时词》两处"玉奴"当为"玉儿"之误。观《杨公济梅花》诗,确为东坡取"玉儿"之典故,但是否亦当作"玉儿",此不赘述。而观《四时词》文意,恐非取"玉儿"之典。张氏言若作"玉儿"之义,亦非故实,并言刘羡延仲尝见东坡手迹乃为"玉如"。而清查慎行注东坡诗时,下注:"《芥隐笔记》云东坡《冬词》'玉奴纤手嗅梅花',真迹作'玉如',《墨庄》谓意方全。杨升庵亦云:

---

① 陈寿:《三国志》,北京:中华书局,1964 年,第 1319 页。
② 郭邵虞辑:《宋诗话辑佚》,北京:中华书局,1980 年,第 76 页。
③ 丁福保辑:《历代诗话续编》,北京:中华书局,1983 年,第 338 页。
④ 张邦基:《墨庄漫录》,北京:中华书局,2002 年,第 198 页。

东坡'玉如纤手嗅梅花'。俗改'玉如'作'玉奴'。今据此改正。"(苏轼著,孔凡礼点校:《苏轼诗集》,北京:中华书局,1982年,第1094页。)查氏据《芥隐笔记》与杨慎之言,确当为"玉如"。自查氏之注后,后世诸本,《苏文忠公诗集》《苏轼诗集合注》《苏轼诗集》等皆从查注,改"玉奴"为"玉如"。另"玉如纤手"当为纤手如玉之义,写尽女子之美态,尚可与上句"真态生香谁画得"的美态形成照应之感。若作"玉奴纤手",当不及"玉如纤手"所含之韵味十足。故张氏之说是矣。

然查慎行之注,实据宋龚颐正《芥隐笔记》,龚颐正言:"东坡四时词,冬词云:真态生香谁画得,玉奴纤手嗅梅花。真迹乃云玉如,《墨庄》谓意方全,予见孙昌符家朱陈词,真迹云:半依古柳卖黄瓜,今印本多作牛依,或迁就为牛衣矣。"①观龚颐正之说,实亦据《墨庄漫录》,故张氏《墨庄漫录》当为最早指出"玉奴"之误。

二、发前人之未发

(一)黄姑乃河鼓

杜甫有云"星落黄姑渚,秋辞白帝城"之句。说者但见古诗云:"东飞伯劳西飞燕,黄姑织女时相见。"意谓黄姑乃牵牛,然不见其所出,不晓黄姑之说。故杨亿大年《荷花诗》云:"舒女清泉满,黄姑别渚通。"刘筠子仪《七夕诗》云:"伯劳东鹜燕西飞,又报黄姑织女期。"大年和云:"天孙已度黄姑渚,阿母还来汉帝家。"皆用此事。予后读纬书,始见引张平子《天象赋》云:"河鼓集军,以嘈杂嚷。"张茂先、李淳风等注云:"河鼓三星,在牵牛星北,主军鼓。盖天子三军之像,昔传牵牛、织女见此星是也。故《尔雅》河鼓谓之牵牛。又古诗云:'东飞伯劳西飞燕,黄姑织女时相见。'黄姑即河鼓也,音讹而然。今之学者或谓是列舍牵牛而会织女,故于此析其疑。"予因此始知黄姑乃河鼓也,为牵牛之别名。昔人云开卷有益,信然。②(卷四"杜诗黄姑释义"条)

按:"星落黄姑渚,秋辞白帝城"出自杜甫《季秋苏五弟缨江楼夜宴崔十三评事、韦少府侄三首》,浦起龙解读此诗说:"此夜江楼之宴,与他处不同。历观两岁羁縻,绝少亲朋高会,无论在两都时,即视蜀中之况,亦远不逮矣。值此一叙,觉种种江光月色,俱并入亲情乡思中,有为之停杯而三叹者。"③"东飞伯劳西飞燕,黄姑织女时相见"出自《玉台新咏》卷九《东飞伯劳歌》,在宋人郭茂倩所编《乐府诗集》之中亦有

---

① 龚颐正:《芥隐笔记》,北京:中华书局,1985年,第28页。
② 张邦基:《墨庄漫录》,北京:中华书局,2002年,第112—113页。
③ 浦起龙:《读杜心解》,北京:中华书局,1978年,第550页。

收录。①

张氏言"黄姑"乃"河鼓"之音讹,其说为是。《荆楚岁时记》:"河鼓,黄姑,牵牛也,皆语之转。"②北宋《太平御览》卷六《天部》云:"故《尔雅》云:'河鼓谓之牵牛。'又古歌曰:'东飞伯劳西飞燕,黄姑织女时相见。'其黄姑者,即河鼓也,为吴音讹而然。"③另《诗经·大东》:"睆彼牵牛,不以服箱。毛传:河鼓谓之牵牛。"④《尔雅》云:"河鼓谓之牵牛。疏:河鼓亦名黄姑,声耳相传,今南方农语犹呼此星为扁担。"⑤故"黄姑"乃"河鼓"之吴音而讹。《晋书·天文志上》:"河鼓三星,旗九星,在牵牛北。"⑥

南宋龚明之(1091—1182)《中吴纪闻》载:"按《荆楚岁时记》:黄姑者,河鼓也。牵牛谓之河鼓,后人讹其声为黄姑。"⑦可见,南宋之人已注意此点,但龚明之并未就杜诗"星落黄姑渚"作一释义。而杜诗注家多同意此说,仇兆鳌《杜诗详注》:"杜诗用'星落黄姑渚',盖因河鼓音近,而讹为黄姑耳。《尔雅》云:河鼓谓之牵牛。《博议》遂以黄姑为牛宿之异名,恐非。"⑧《杜臆》:"'黄姑渚'即天河。季秋昏定而天河已落,则星与之俱落矣。"⑨清《读杜心解》浦注:"黄姑,即河鼓。三星如担,在天河东渚。此云星落,谓河鼓没也。季秋河转西南,河鼓没,则夜半矣。"⑩诸家皆以"黄姑"乃"河鼓"之音讹为是。

然,张氏读书之时引《天象赋》之言,对"黄姑"释义,张氏只引《天象赋》,未言《荆楚岁时记》,可见张氏或并未读此书。张氏乃南北宋间人,其或早于龚明之,抑或与其同时。此来张氏亦未必能观《中吴纪闻》。而仇兆鳌诸人皆清之注杜者。可见,张氏当是较早指出杜诗"黄姑"乃"河鼓"之音讹者,此亦算是张氏发前之杜诗注家之未发者也。

(二)白题为毡笠

杜子美《秦州诗》云:"马骄珠汗落,胡舞白题斜。""题"或作"蹄",莫晓"白题"之语。《南史》:梁武帝时,西北远边有滑国遣使入贡,莫知所出。裴子野云:"汉颍阴侯斩胡白题将一人。服虔注曰:'白题,胡名也。'又,汉定远侯击

---

① 郭茂倩:《乐府诗集》,北京:中华书局,2016年,第842页。
② 宗懔:《荆楚岁时记》,北京:中华书局,1991年,第13页。
③ 李昉:《太平御览》,北京:中华书局,1960年,第30页。
④ 郑玄笺,孔颖达等正义,阮元刻:《十三经注疏·毛诗正义》,上海:上海古籍出版社,1997年,第990页。
⑤ 郭璞注,邢昺疏,阮元刻:《十三经注疏·尔雅注疏》,上海:上海古籍出版社,1997年,第2609页。
⑥ 房玄龄:《晋书》,北京:中华书局,1974年,第296页。
⑦ 《宋元笔记小说大观》,上海:上海古籍出版社,2001年,第2884页。
⑧ 仇兆鳌注:《杜诗详注》,北京:中华书局,1979年,第1776页。
⑨ 王嗣奭:《杜臆》,上海:上海古籍出版社,1983年,第321页。
⑩ 浦起龙:《读杜心解》,北京:中华书局,1978年,第550页。

虏,八滑从之,此其后乎?"人服其博识。予常疑之。盖白题,胡名也,对"珠汉",似无意。后见李长民元叔,云:"在京师围城中,戎骑入城,有胡人,风吹毡笠也。"子美所谓"胡舞白题斜",胡人多为旋舞,笠之斜也,似乎谓此也。①(卷二"白题乃毡笠"条)

按:"题"宋本作"蹄",宋百家本、宋千家本、宋分门本、钱抄本、元千家本、元分类本俱作"蹄"。三蔡本、仇兆鳌本作"题"。今萧涤非《杜甫全集校注》从"题"。

张氏言莫晓"白题"之义,今"白题"有三说。一曰乃白额。《批点千家注》引薛梦符言:"按《南史·裴子野传》,时西北远边有白题入贡,莫知所出。子野曰:'汉颍阴侯斩胡白题将一人。'服虔注云:'白题,胡名也。题者,额也,其俗以白涂垩其额。'"②《杜诗详注》引薛梦符言:"题者,额也,其俗以白涂垩其额,因得名。舞则首偏,故曰白题斜。白题,如黑齿、雕题之类。"③宋赵次公亦为此说。二曰乃白色标识。清梁运昌《杜园说杜》旁批此诗曰:"白题似是舞之标识,如题以旌夏之类,本是如今题扁称额之意,旧解误题为额,误会作頯额耳。无理。"又有眉批称:"《史记·灌阴传》斩胡白题将一人,不可云白额将也,似胡亦以此为军之标识者。"④三曰乃毡笠,即张邦基所言。明王嗣奭《杜臆》:"《代醉编》引李叔元云:'在京师,戎骑入城,有胡人风吹毡笠堕地。后骑云:落下白题。'乃知此胡人毡笠也。"⑤今三说,尚无他证可证谁误谁正,亦正如萧涤非《杜甫全集校注》所言"皆有所据,亦皆可通,故并存可也。究何者中的,尚待存疑,或标识之解差胜也。"

王嗣奭所引《代醉编》即明张鼎思《琅玡代醉编》。张邦基为宋人,张鼎思之说或来自张邦基《墨庄漫录》。总之,"毡笠"说,张氏当乃最早言说者。张氏以李长民所言证"白题"乃"毡笠",其说虽未必中的,但相比于"白色标识"之说稍胜矣。虽解为舞胡舞时,白色标识斜,其说似不当。而解为舞胡舞时,毡笠(帽子)掉落倾斜,其说上下皆通。故,张氏此说当发前人之未发,提出自己的新见解。

(三)杜甫诗"江阁"典出《语林》

杜子美诗云:"江阁要宾许马迎,午时坐起自天明。"晋王修,字敬仁。《语林》曰:敬仁有异才,时贤皆重之。王右军在郡迎敬仁,敬仁辄同车,每恶其迟,后以马迎之。敬仁虽复风雨,亦不以车也。⑥(卷五"杜诗江阁二句用事"条)

① 张邦基:《墨庄漫录》,北京:中华书局,2002年,第58页。
② 黄鹤:《集千家注杜工部诗集》卷五,明嘉靖十五年玉几山人刻本,第24页。
③ 仇兆鳌注:《杜诗详注》,北京:中华书局,1979年,第575页。
④ 梁运昌:《杜园说杜》,北京:书目文献出版社,1995年,第557页。
⑤ 王嗣奭:《杜臆》,上海:上海古籍出版社,1983年,第321页。
⑥ 张邦基:《墨庄漫录》,北京:中华书局,2002年,第158页。

按:"江阁要宾许马迎,午时坐起自天明"出自杜甫《崔评事弟相迎不到,应虑老夫见泥雨怯出,必愆佳期,走笔戏简》。此诗"江阁"二句,历来众多注家,多偏重解此句之义,而少解"江阁"句用事。金圣叹注此句,其言:"午时,言只今已午时矣,然实起自天明。自晨而及于午,以候邀宾之马之来也。乃是倒装句法,自写兴致不浅。"①浦注此句,其曰:"杜岂急于一酒食者?而曰待邀久坐,起笔便是戏简。'午时'二字一读。"②两家皆不言"江阁要宾许马迎"之用典。而解"江阁"句用事用典者,乃顾宸。明孙能传《剡溪漫笔》"马迎"条曰:"王右军在郡迎王敬仁,叔仁辄同车,常恶其迟。后以马迎敬仁,虽风雨亦不以车也。杜诗'江阁邀宾许马迎'用此事。时当泥雨,尤为着题,但骤读之不觉耳。"③孙能传乃明人,其说"江阁"句来自《语林》,实则张邦基早有此说。《杜诗详注》《杜甫全集校注》注"江阁"句时,皆引孙能传之言,以孙能传之说为是,但不引张氏说。实则,张氏早已早于孙能传言"江阁"句之用事用典,故此亦是张氏发前人之未发。

(四)苏轼《儋耳山》"石"当作"者"

> 东坡作《儋耳山》诗云:"突兀临空虚,他山总不如。君看道旁石,尽是补天余。"叔党云:"'石'当作'者'传写之误。"一字不工,遂使全篇俱病。(卷一"东坡儋耳山诗石当作者")④

按:《儋耳山》一诗的作者,一直众说纷纭,尚无定论。一说苏轼、一说郭祥正、一说孔武仲。郭祥正《青山集续集》卷之三《题女娲山女娲庙二首》之二,乃此诗。再者,孔武仲《清江三孔集》卷二五亦收《题女娲山女娲庙二首》。南宋施元父子与顾禧合编的庆元间修刊本《注东坡先生诗集》卷四十之"遗诗三十三首"收此诗。明成化《东坡续集》卷二收此诗,清查慎行《补注东坡先生诗》收此诗,而冯应榴在《苏文忠诗合注》中则不同意此诗为苏轼诗。原因皆在孔武仲《题女娲山女娲庙二首》其一、其二分别见于苏轼《题女唱驿》和《儋耳山》。冯应榴考证到《题女唱驿》之诗"清江《孔毅父集》有《题女娲山》《女娲庙》二首。前一首,即此诗,后一首,即先生《儋耳山》五言绝句也。诗中'揽辔金、房道',当指金州、房州。考《唐书·地理志》,金州、房州同属山南东道采访使。金州平利县,有女娲山。《名胜志》:山在县东十五里,旧有女娲祠。似孔集题近是。则此二诗,当系孔毅父作。题中'唱'字、'驿'字,当是'娲'字、'祠'字之讹耳。"⑤冯应榴误孔武仲为孔毅父,但考据不无道理。

---

① 金圣叹:《金圣叹选批杜诗》,成都:成都古籍书店,1983年,第206页。
② 浦起龙:《读杜心解》,北京:中华书局,1978年,第664页。
③ 孙能传:《剡溪漫笔》卷三,北京:中国书店出版社,1987年,第1页。
④ 张邦基:《墨庄漫录》,北京:中华书局,2002年,第3页。
⑤ 苏轼:《苏轼诗集》,北京:中华书局,1982年,第2599—2600页。

故在《儋耳山》诗下注："似非先生作,但观《墨庄漫录》所云,则又恐孔集误采耳。"王文诰《苏文忠公诗编注集成》中直言冯应榴所引非是,乃苏轼所作,其所依据乃为张氏《墨庄漫录》所记《儋耳诗》'石'当为'者'"条。而今之学者,皆徘徊于三者间,无公认的定论。然,张邦基所著《墨庄漫录》皆凭借其"闻之审,传之的,方录焉"的实录精神,且《墨庄漫录》所记诸事真实性皆正史可证,况苏过确陪苏轼贬居儋州,故张氏言《儋耳山》的此则材料的真实性不容忽视。

《儋耳山》诗《苏轼诗集》《苏轼诗集合注》《苏轼汇评》《苏轼选集》《苏轼全集校注》皆作"君看道旁石",无作"者"者。除《苏轼全集校注》言"今案,此说似过①,他本《苏轼诗集》《苏轼诗集合注》《苏轼汇评》《苏轼选集》皆未表明态度。施山《姜露庵杂记》:"愚谓本当用'石'字,若以为误,写作'者'字,直同呓语矣。宋人谈诗类如此。"②施山直言张氏之误。而张邦基记苏轼子苏过言当为"者",从其说者有《儋县志》。《儋县志》卷十《儋耳山》作"君看道旁者"③,诗下引《墨庄漫录》所言。然,究为"石"还是"者",诸家亦无确证证张氏所言之过,亦无他证证张氏所言乃定论。但张氏此则材料亦是最早提出"石"当为"者"之人,亦算是发前人之未发。

三、补前人之说

(一)王母乃蜀鸟

杜子美《玄都坛歌》:"子规夜啼山竹裂,王母昼下云旗翻。"说者多不晓王母,或以为谓瑶池之金母也。中官陈彦和言:"顷在宣和间,掌禽苑,四方所贡珍禽不可殚举。蜀中贡一种鸟,状如燕,色绀翠,尾甚多而长,飞则尾开,颤袅如两旗,名曰王母。"则子美所言,乃此禽也。盖遐方异种,人罕识者。"子规夜啼山竹裂",言其声清越如竹裂也。④(卷一"王母乃蜀鸟"条)

按:《玄都坛歌》全名为《玄都坛歌寄元逸人》,该诗是杜甫天宝十一年(752年)写给其在玄都坛修行的好友元逸人的,元逸人疑为与李白交游甚密的元丹丘。句中"子规"乃蜀鸟,对此历代注家皆无异议。而诗中"王母"则存两说,一曰"王母"乃西王母之称。张表臣《珊瑚钩诗话》,清袁枚《随园诗话》皆赞此说。袁枚在其《随园诗话》卷一中云:"杜诗'王母昼下云旗翻。'此王母,西王母也。《清波杂志》以'王

① 张志烈、马德富、周裕锴主编:《苏轼全集校注》,石家庄:河北人民出版社,2010年,第4852页。
② 施山:《姜露庵杂记》卷三,光绪年间申报馆丛书。
③ 王国宪:《儋县志》,台北:成文出版社,1973年,第776页。
④ 张邦基:《墨庄漫录》,北京:中华书局,2002年,第38页。

母'为鸟名。则与云旗杳无干涉。"①存此说者,皆言"鸟名"说害诗之美也。二曰"王母"乃鸟名也。《九家注》引《杜正缪》云:"王母,鸟名也,以对子规。段成式《酉阳杂组》云:'齐郡函山有鸟,足青,嘴赤,黄素翼,绛额,名王母使者。'王椿龄齐人也,予尝质之,云其毛色如成式所载,其尾五色,长二三尺许,飞则翩翩,正如旗状。"(宋人杜田《注杜诗补遗正谬》十二卷,今已佚。)②杜田赞成"王母"乃鸟名说。其所乃据唐段成式《酉阳杂俎》卷十六所载:"齐郡函山有鸟,足青,嘴赤,黄素翼,绛额,名王母使者。昔汉武登此山得玉函,长五寸。帝下山,玉函忽化为白鸟飞去。世传山上有王母药函,常令鸟守之。"③材料所引"中官陈彦和"之语的出处已不可考,后明代曹学佺《蜀中广记》卷一百〇八、明代焦周《焦氏说楛》卷三、萧涤非《杜甫全集校注》亦引张邦基此条材料为佐证。

清《皇朝通志》:"鸟凤,一名王母鸟,四月来,南海诸岛多有之。"④唐段成式《酉阳杂俎》亦言有鸟曰"王母",张邦基言"尾甚多而长,飞则尾开,袅袅如两旗"。"王母"对"子规","山竹裂"对"云旗翻",当以鸟名说为好。今萧涤非《杜甫全集校注》赞鸟名说,"王母"句下,已不载西王母之说。可见,张邦基之说与众多注家不谋而合。然张氏之说较之他家,仍有补充之语,即据陈彦和言,"王母"乃蜀鸟,此亦是对"鸟名说"作了补充。

(二)白鸟谓蚊蚋

> 又《寄刘峡州伯华使君长篇》尾句云:"江湖多白鸟,天地亦青蝇。"人多指白鸟为鹭,非也。按:《月令》:"仲秋之月,群鸟养羞。"注引《夏小正》曰:"九月丹鸟羞白鸟"说者谓蚊蚋也。又《金楼子》云:"齐威公卧于柏寝,白鸟营饥而求饱,公开绿纱之厨而进焉。有知礼者不食而退,有知足者隽肉而退,有不知足者长嘘短吸而食,及其饱者,腹为之溃。"盖戒夫贪也。又诗人以青蝇刺谗,然则公诗盖言天下多贪谗之人耳。⑤(上文所引出自《墨庄漫录》卷四"杜诗微意深远"条)

按:材料所引《寄刘峡州伯华使君长篇》当作《寄刘峡州伯华使君四十韵》,"江湖多白鸟,天地亦青蝇"当作"江湖多白鸟,天地有青蝇"。材料所引《金楼子》是节用,且文字有异。《金楼子》所引文本如下:"白鸟,蚊也。齐桓公卧于柏寝,谓仲父曰:'吾国富民殷,无余忧矣。一物失所,寡人犹为之悒悒。今白鸟营营,饥而未饱,

① 袁枚:《随园诗话》,北京:人民文学出版社,1960年,第21页。
② 郭知达:《九家集注杜诗》卷一,清乾隆武英殿刻本,第14—15页。
③ 段成式:《酉阳杂俎》,北京:中华书局,1981年,第155页。
④ 稽璜:《皇朝通志》卷一二六,光绪十一年。
⑤ 张邦基:《墨庄漫录》,北京:中华书局,2002年,第127—128页。

寡人忧之。'因开翠纱之帱,进蚊子焉。其蚊有知礼者,不食公之肉而退。其蚊有知足者,觜公而退。其蚊有不知足者,遂长嘘短吸而食之,及其饱也,腹肠为之破溃。公曰:'嗟乎,民生亦犹是。'"北宋钦宗时期,因钦宗名"桓",故北宋将"齐桓公"改称为"齐威公"。①

尾联中的"白鸟"存两说,一曰"白鸟"乃鸥鹭,喻贤者之洁白。二曰"白鸟"乃"蚊蚋",其如蔡居厚、赵次公、朱鹤龄等人。蔡居厚(? —1125)于《蔡宽夫诗话》言:"人遂以白鸟为鹭。"而《礼记月令》:"'群鸟养羞'郑氏乃引《夏小正》丹鸟白鸟之说,谓白鸟为蚊蚋,则知以对青蝇,意亦深也矣。不然江湖多白鸟,有何说耶?"②宋赵次公亦言:"此言在江湖之间,天地之内,无所逃蚊蝇之害。白鸟者,蚊名,出《大戴礼·夏小正》:丹鸟羞白鸟。丹鸟者,谓丹良也。白鸟者,谓蚊蚋也……杜公之诗,实道其事,而亦寓意,以言小人之多者乎!"③朱鹤龄引《大戴礼记·夏小正》言"白鸟"蚊蚋也。王嗣奭《杜臆》引梁元帝《金楼子》赞此说。蔡梦弼亦以韩昌黎诗"蝇蚊满人区,可与尽力格"言当为蚊蚋也。然杜修可注"白鸟"时则引两说,不作评价。今《杜甫诗集全集校注》亦引各家之言,不作定论。然纵观各说,赞"蚊蚋说"者居多,蚊蚋说为是。《诗经·小雅·青蝇》:"营营青蝇,止于樊。岂弟君子,无信谗言。正义曰:青蝇之为虫也,此虫污白使黑,污黑使白……谗佞人也。"④青蝇即喻佞人小人者,《大戴礼记.夏小正》言"白鸟"为蚊蚋。"江湖多白鸟,天地亦青蝇"句言贤者居于乱世,欲隐却为蚊蚋所嘈,欲出又为青蝇所污。张邦基引《月令·仲秋之月》注中所《夏小正》以及《金楼子》为他证,释"白鸟"为"蚊蚋",见解颇为中的,与众多杜诗注家不谋而合,亦可作为注杜诗的补充材料。

以上为张邦基校勘辨析杜诗诸条,其对杜诗的校勘注释辨析,或能纠正前人之错讹,发人深省;亦能提出张氏自己的独到见解,一语中的;抑或能在前人已有的见解之上,提出补充的材料。总之,张氏对杜诗的校勘注释极为典核。

---

① 许逸民:《金楼子校笺》,北京:中华书局,2011年,第833页。
② 吴文治编:《宋诗话全编》,南京:江苏古籍出版社,1998年,第3602页。
③ 林继中:《杜诗赵次公先后解辑校》,上海:上海古籍出版社,1994年,第799页。
④ 郑玄笺,孔颖达等正义,阮元刻:《十三经注疏·毛诗正义》,第484页。

"盍簪""簪盍""盍戠""戠盍"系列考

蔡锦芳　许琛琛

上海大学文学院中文系

　　杜甫《杜位宅守岁》诗云:"守岁阿戎家,椒盘已颂花。盍簪喧枥马,列炬散林鸦。四十明朝过,飞腾暮景斜。谁能更拘束,烂醉是生涯。"此诗写于天宝十载长安,描写了杜甫在从弟杜位家过除夕的情形。关于其第二联中的"盍簪"一词,仇注云:

> 《易·豫》四爻:勿疑朋盍簪。王弼解盍为合,解簪为速。盖因古冠有笄,不谓之簪耳。程传则解簪为聚,所以聚发也。此诗盍簪对列炬,取朋友聚合之义,直作冠簪说矣。①

又萧涤非主编《杜甫全集校注》于此注云:

> 盍簪,聚首也。盍,合也;簪,插于发髻或连冠于发之长针;指衣冠聚会。《易·豫》:"勿疑,朋盍簪。"朝鲜李植曰:"《易》义今释合聚,此以列炬作对,当释以合集簪缨也。"俞樾《曲园杂纂》卷一《艮宦易说·朋盍簪》:"盍簪二字,当相连为文。盍,合也;簪,冠簪也。盍簪,犹言聚首云尔。质言之曰聚首,文言之曰盍簪。"枥马,枥中之马。潘岳《马汧督诔》:"枥马长鸣。"炬,烛火也。姜夔《除夜归舟寄范石湖》诗:"千门列炬散林鸦。"即用杜句。汪瑗曰:"上见朋友宴集之众,下见主人张筵之盛。"宾朋欢聚,车马喧阗,炬火通明,林鸦惊飞。②

又谢思炜《杜甫集校注》于此注云:

> 盍簪二句:《易·豫》:"勿疑,朋盍簪。"注:"故勿疑则朋合疾也。盍,合也。簪,疾也。"朱翌《猗觉寮杂记》卷上:"王弼云:盍,合也;簪,疾也。谓朋来之速。子美云'盍簪喧枥马,列炬散林鸦',以簪为冠簪之簪。按,古冠有笄,不谓之

---

①　仇兆鳌注:《杜诗详注》卷二,北京:中华书局,2007年,第110页。
②　萧涤非主编:《杜甫全集校注》卷一,北京:人民文学出版社,2014年,第267—268页。

簪。簪,后人所名。以弼言为是。"王应麟《困学纪闻》卷一:"朋盍簪,簪,疾也。至侯果始有冠簪之训。晁景迂云:古者礼冠未有簪名。"若璩按:"杜注号详博,皆未知其从侯果来者。侯果说见李鼎祚《周易集解》。"施鸿保云:"李鼎祚《周易集解》所载侯果说虽在公前,然公非用其说也,但取与'列炬'字对,其义则仍本王弼注。"①

虽然三家注释各有不同,但有一点相同,即杜甫所用之典,来自《易·豫》卦九四"勿疑,朋盍簪"。

而事实上《易·豫》卦九四"朋盍簪"之"簪"曾有多种异文,唐陆德明《经典释文》云:"簪,徐侧林反,子夏《传》同,疾也。郑云速也,《埤苍》同。王肃又祖感反。古文作贷,京作撍,马作臧,荀作宗,虞作戠,戠丛合也,蜀才本依京,义从郑。"②杜甫的时代,人们读《易》,通行的读本是太宗年间孔颖达、贾公彦等学者所撰的《五经正义》,该《五经正义》于《周易》取王弼注,正义即就王弼注而作疏。查《十三经注疏》本《周易注疏》之《豫》卦"九四,由豫大有得,勿疑,朋盍簪"句下,王弼注云:"处豫之时,居动之始,独体阳爻,众阴所从,莫不由之以得其豫,故曰由豫大有得也。夫不信于物,物亦疑焉,故勿疑则朋合疾也。盍,合也;簪,疾也。"[疏]正义曰:"……勿疑朋盍簪者,盍合也,簪疾也,若能不疑于物,以信待之,则众阴群朋合聚而疾来也。"③这里的王弼注,其实对汉郑玄注有一定的传承,郑玄本亦作"朋盍簪"。宋王应麟辑《周易郑注》云:"九四,由豫大有得,勿疑,朋盍簪。[注]由,用也;簪,速也。"④郑玄训"簪"为速也,王弼训"簪"为疾也,都没有训为冠簪之簪。他们对"朋盍簪"的理解都是群朋合聚而疾来也。

杜甫来自"奉儒守官"的家庭,从小到大受到良好的儒家文化的熏陶和教育,他在读经时,《五经正义》应是必读的。杜甫对《周易》非常熟悉,杜诗中来自《周易》的语言典故有一百多条,如著名的《奉赠韦左丞丈二十二韵》诗中所云的"甫昔少年日,早充观国宾",其"观国宾"一词,即出自《易·观》卦"六四,观国之光,利用宾于王"⑤等。一个人如果能将读过的书中的词语作为自己诗文中的典故来使用,就已经能说明他对这个词语是熟悉而理解的。因此,我们认为杜甫在读《易·豫》卦的时候,对"朋盍簪"的意思也是熟悉而理解的,他应该知道王弼注、孔颖达疏中为这句话所做的解释是"群朋合聚而疾来也",句中的"簪"训疾,而不训冠簪。杜诗中的"盍簪喧枥马,列炬散林鸦",意为一批又一批的客人骑着马来了,客人们不仅来得

① 谢思炜:《杜甫集校注》卷九,上海:上海古籍出版社,2017 年,第 1479 页。
② 陆德明:《经典释文》卷二,《四部丛刊》景印通志堂刊本。
③ 王弼注,孔颖达疏:《周易注疏》"周易兼义"上经"需传"卷二,清嘉庆二十年(1815)南昌府学重刊宋本《十三经注疏》本。
④ 王应麟辑:《周易郑注》上经"泰传"第二,清《湖海楼丛书》本。
⑤ 仇兆鳌注:《杜诗详注》卷一,第 74 页。

多,而且来得积极,来得快速,以致马厩里一片喧闹嘈杂;而到了晚上,屋外点燃了很多火炬,一时间灯火通明,栖息在林中的乌鸦也被惊得四处散飞。

杜甫应是第一个在诗文中用此典故的人。以"盍簪"对"列炬",结合谢注中所引阎若璩和施鸿保的观点,我们认为:其在字义上取的是群朋合聚而疾来,但在字面上则是将"簪"字作实物看,视作冠簪之簪,这一点是否受到唐人侯果观点的影响其实很难说。北宋晁说之曾严厉批评过侯果的观点:

> 古之人训诂缓而简,故其意全,虽数十字而同一训,虽一字而兼数用。至隋、唐间何妥、二刘辈,好异务华,训巧而过,使其意散。……《豫》之九四所谓"盍簪",由汉以来,诸儒皆曰"簪,疾也"。虽王弼不知牛在古非稼穑之资,而及乎"簪",则亦曰"疾也"。至侯果,始有"冠簪"之训,适契今日穿窬之学不知古者。《礼》冠未知有簪名也。若此者甚众,可胜言哉![①]

杜甫有无看到过唐人侯果的冠簪之训,其实很难确定,因为侯果的名气并不大,他的说法只见引于李鼎祚的《周易集解》。

杜甫此处用典,也有人批评其用得生僻、难懂。如清人朱彝尊引宋人王禹偁曰:

> 夫文传道而明心也,古圣人既不得已而为之,又欲句之难通、义之难晓,必不然矣。请以《六经》明之,夫岂难通难晓耶?今为文而舍《六经》,又何法焉?若第取《书》之所谓"吊由灵"、《易》之所谓"朋盍簪"者,摹其语而谓之古,亦文之敝矣。[②]

虽然王禹偁没有明指杜甫,但是杜甫也是被包括在其中的。又明人方弘静《千一录》有云:"'北阙更新主',当有哀感意,接以'烂漫倒芳樽',似未稳。'盍簪喧枥马',不知者以为工,颇费搜索耳,非其至者也。"[③]可以想见,早先读杜注杜的人面对此词时,应是颇为费解的。

然而,由于杜诗在后世的强大影响力,杜甫之后,不少人也在诗文中使用此典。如唐权德舆《唐故太子右庶子集贤院学士赠左散骑常侍王公神道碑铭并序》云:"时荐绅先生多游寓于江南,盍簪清议,以天爵为贵,退然絜矩,名动京师。"[④]又《唐故银青光禄大夫守吏部尚书兼御史大夫充诸道盐铁转运等使上柱国赵郡开国公赠尚书右仆射李公墓志铭并序》云:"嘉士尊贤,开怀盍簪,丝桐博奕,谈笑喔嗻。"[⑤]宋陈

---

① 晁说之:《嵩山文集》卷一一,《训诂》篇,《四部丛刊续编》景旧钞本。
② 朱彝尊:《经义考》卷二九六"通说"二,《说经中》,清乾隆四十二(1777)年刻本。
③ 方弘静:《千一录》卷九,明万历刻本。
④ 权德舆:《权载之文集》卷十四,《四部丛刊》景清嘉庆本。
⑤ 权德舆:《权载之文集》卷二二。

傅良《再用前韵简刘连州》诗云："吴楚相望道阻长，我来邂逅挹群芳。……每与盍簪移永日，更须篝火及余䑏。"①明李梦阳《晚秋东庄宴集》云："郊园秋晚只风林，冠盖群游是盍簪。"②清朱彝尊《将归留别粤中知已》云："于役既有年，归哉方自今。不辞路悠长，眷此朋盍簪。"③又《高博士恒懋席上留赠公子缉睿二首》其一云："列席先投辖，升堂喜盍簪。飘零忘蓟北，风物尽江南。"④潘奕隽《丁丑十二月东坡生朝春樊招同吴槐江石琢堂集延月舫得诗一首》云："冲寒为赴盍簪期，岁岁今朝例有诗。"⑤……在这些诗文中，"盍簪"基本上都是指"群朋合聚"，"疾来"的意思已经隐微或没有了。

在使用此典时，也有人会将"盍簪"写作"簪盍"，如北宋梅尧臣《代书寄欧阳永叔四十韵》云："乡亭瓜接畛，风化蚁同膻。即欲朋簪盍，翻为俗事牵。"⑥南宋王十朋《蓬莱阁赋并叙》云："于时天高气肃，秋色平分。簪盍良朋，把酒论文。俯仰湖山，怀古伤今。登高赋诗，以写我心。"⑦明王世贞《再从诸公饮陈常侍别墅》其二云："偶尔朋簪盍，仍劳倒屣迎。斗茶中贵好，赐醴主君情。"⑧虽然他们使用时将"盍簪"二字调成了"簪盍"，但取意仍然一样，指群朋合聚。

不过，随着古人对《易·豫》研究的深入，也有学者逐渐注意到此处的"朋盍簪"似乎作"朋盍戠"更妥。明杨慎《古音丛目》云："戠，《易》'朋盍簪'，虞翻本作'朋盍戠'。"⑨虞翻，是汉代的学者。继杨慎之后，清惠栋也认同汉虞翻本的写法和解说。其《周易述》在讲《易·豫》时，先引汉人注云：

> 九四，由豫大有得，勿疑，朋盍戠。注：由，自也，大有得，得群阴也。坎为疑，据有五阴。坤以众顺，故勿疑。小畜、兑为朋。坤为盍，盍，聚合也。坎为聚，坤为众。众阴并应，故朋盍戠。戠，旧读作撍，作宗也。

然后惠栋云：

> "由自"至"宗也"，此虞义也。……郑氏《禹贡》曰："厥土赤戠坟。今本作埴。"《考工记》用土为瓦，谓之"搏埴之工"。《弓人》云："凡昵之类，不能方。"先郑云：故书，昵作樴。杜子春云：樴，读为不义不昵之昵。或为䐅，䐅，黏也。郑氏谓：樴，脂膏败骒之骒，骒亦黏也。《说文》引《春秋传》曰"不义不䐅"，䐅犹昵

① 陈傅良：《止斋文集》卷六，《四部丛刊》景明弘治本。
② 李梦阳：《空同集》卷二九，明嘉靖十一年（1532）刻本。
③ 朱彝尊：《曝书亭集》卷四，《四部丛刊》景清康熙本。
④ 朱彝尊：《曝书亭集》卷六。
⑤ 潘奕隽：《三松堂集》续集卷四，清嘉庆刻本。
⑥ 梅尧臣：《宛陵集》卷六，《四部丛刊》景明万历梅氏祠堂本。
⑦ 王十朋：《会稽三赋》，清嘉庆刻本。
⑧ 王世贞：《弇州四部稿》卷二九，明万历刻本。
⑨ 杨慎：《古音丛目》卷二"十二侵三十二字"条下，清文渊阁《四库全书》本。

也，故先郑读膱为昵。若然，樴读为戠，謚读为埴，《易》作戠，《书》作埴，《考工》作樴，训为謚。字异而音义皆同。《易》为王弼所乱，都无"戠"字。《说文》"戠"字下缺，郑氏《古文尚书》又亡，《考工》故书偏傍有异，故"戠"字之义，学者莫能详焉。以土合水为培，谓之搏埴。坤为土，坎为水。一阳倡而众阴应，若水土之相黏著，故云"朋盍戠"。京房作撍，荀氏作宗，故云旧读作撍、作宗。王弼从京氏之本，又讹为簪。后人不识字，训为固冠之簪。爻辞作于殷末，已有秦汉之制，异乎吾所闻也。①

惠栋在详细疏解了虞翻的注以后，认为应作"朋盍戠"，意思是朋友聚合若水土之相黏著也，而不应作"簪"，并训为固冠之簪。

在《周易古义上》中，惠栋又再次表达过对虞翻之说的肯定，并批驳唐人侯果之说。云：

《豫》九四曰"朋盍簪"，侯果云："朋从大合，若以簪篸之固括也。"案：《士冠礼》云：皮弁笄。郑注云：笄，今之簪。《说文》曰：先，首笄也，从人匕，象簪形。俗先作簪，从竹瞥。然则簪本作先，经传皆作笄，汉时始有簪名。侯氏之说非也。子夏、郑玄、张揖、王弼，皆训簪为疾，或云速，明非簪字。②

惠栋认为，汉时才有"簪"名，《易》的时代不应用"簪"字，所以侯果解"朋盍簪"之"簪"为固冠之簪，是不对的。

其实，惠栋的观点是本自其父惠士奇。惠士奇《易说》在解说《豫》卦时，云：

古《易》"簪"作"戠"，与"得"协，宜从之。《禹贡》"赤埴"，郑本《尚书》埴作戠，孔疏云：戠、埴音义同。《考工记》"抟埴之工"，然则合土之工为抟埴。戠者，合也。盍戠、盍簪，皆连合之义。或依晋《易》作簪，亦可。盖言连合友朋则近于党，故九四未免于疑。召公犹疑周公，周公安得不恐惧乎？③

惠士奇认为：应从古《易》作"朋盍戠"（所谓古《易》即虞翻所传本），不过若从晋《易》（即王弼注本）作"朋盍簪"亦可。惠栋对其父观点有认同有修正，即肯定"朋盍戠"，而不再认同"朋盍簪"。

惠栋父子关于《易·豫》九四应作"朋盍戠"的观点，在当时即得到不少学者的认可，钱大昕、王昶是曾经直接向惠栋问过学的，他们都认同"朋盍戠"的写法。钱大昕《说文》云："戠，即'朋盍簪'之簪；椯，即'观我朵颐'之朵。"又云："问：'《说文》戠，从戈从音，而阙其义。考《易》朋盍簪，虞翻本簪作戠，戠，丛合也，然与从戈之义亦未协，如何？'曰：'戠与埴同义。《说文》：埴，黏土也。《禹贡》"厥土赤埴坟"，郑康

① 惠栋：《周易述》卷三，清乾隆二十三（1758）年雅雨堂刻本。

② 惠栋：《九经古义》一，清光绪十一年（1885）刻本。

③ 惠士奇：《易说》卷二，清《皇清经解》本。

成本作散，徐、郑、王皆读曰炽。《考工记》"抟埴之工"，郑亦训埴为黏土。是埴、散
同物也。《弓人职》云"凡昵之类，不能方"，注：故书，昵或作樴。杜子春读为不义不
昵之昵。或为㓹，㓹，黏也。玄谓：樴，脂膏腻败之腻，腻亦黏也。埴与腻，散与樴，
文异而义同，皆取黏㓹之意也。《诗》"俶载南亩"，凡三见，郑皆读为炽菑。《方言》：
"入地曰炽，反草曰菑。"炽即散也。散菑，即俶载之转。或讥郑好改字，此未达于古
音也。土之黏者曰散，必以耡入之。《诗》三言"俶载"，其上文或云"覃耜"，或云"良
耜"，或云"有略其耜"，故知炽菑当用郑义。毛公传不训俶载，意当与郑不殊。以俶
为始，出于王肃，虽本《释诂》，未必合毛意也。入散曰散，犹之治乱曰乱，故其文从
戈而取意省声。许君所阙，请以郑义补之。'"①从钱大昕所引文献来看，显然钱大
昕是看到过惠栋父子关于"朋盍散"的解说的。由于"散"字比较生僻，钱大昕在这
里又通过问答方式进一步对"散"字从"戈"作了详细解释。

而认真阅读过惠栋父子《易》学著作的王昶，则在诗文中用此典时直接用作了
"散盍"。如王昶《古风赠学子即送其归里》云：

> 论交得耆旧，惠施定宇征君真超群。同时吕青阳布衣顾震沧司业戴东原上舍，并
> 起芟荒榛。亦有钱晓征编修与褚撝升舍人，贾勇追羲轩。吾兄更雄绝凤喈编修，检
> 覈该皇坟。众贤盛散盍，旋斡回千钧。况逢东阳沈，只手扶奔轮。②

又《袁又恺渔隐小圃记》云：

> 忆庚午岁，余从文悫公至此，迄今已五十年。《西塘酬唱》卷中凡四十馀
> 人，无一存者。独余齿危髮秃，乃得乞身投老，盘跚踯躅其间，以续文宪诸公之
> 后。且见夫亭榭之更新，图书之美富，宾朋之散盍，将与乐圃、南园并美。既以
> 志感，又窃自幸也。③

此两处"散盍"，意皆为（群朋）合聚也。

受惠栋父子、钱大昕、王昶等人的影响，当时及以后的学人也对《易·豫》九四
"朋盍散"多有认同，他们在用此典时或用作"盍散"，或用作"散盍"。

用作"盍散"的，如清彭兆荪《钮非石至三泖渔庄集饮履二斋分得有字》云："予
慵百无赖，技小颜自忸。矧敢学许痴，随例蹿覆瓴。所怜盍散事，虽暂亦非偶。聊
为鸿雪志，濡墨群贤后。"④曾国藩《致李小湖大理》云："京华盍散，曾觌光仪，近岁
展转兵间，无缘瞻对。伏审乘轺闽峤，彩节吴门。为国储材，矩司空之家法；明刑弼

① 钱大昕：《潜研堂集》文集卷一一，清嘉庆十一年（1806）刻本。
② 王昶：《春融堂集》卷六，清嘉庆十二年（1807）塾南书舍刻本。
③ 王昶：《春融堂集》卷四七。
④ 彭兆荪：《小漠觞馆诗文集》诗集卷七，清嘉庆十一年（1806）刻嘉庆二十二年（1817）增修本。

教,践大理之世官。"①李慈铭《庚午九日曹山宴集夜饮秦氏娱园分韵得千字》云:"佳游贵选日,兹晨尤所专。盍簪促秋驾,延伫娱清渊。"②陈作霖有诗《雨中招集谌瑞卿命年丁星躔奎年二丈及冯梦花秦伯虞翁铁梅顾子鹏可园寻秋子鹏即席有作次韵答之》云:"风雨秋来如有约,林中漠漠轻阴阁。盍戠小集众宾朋,衣染天香了无著。"③章炳麟《钱塘吊龚魏二生赋》云:"厉赵氏之旧都兮,惟两生焉终始。龚自珍仁和人,魏源卒于杭州。……嗟訏谟其足立兮,胡忘由基之善息。岐童角以说经兮,古今不可乎盍戠。凌云气画棋局兮,亮玄枵其鲜实。"④……

用作"戠盍"的,如清阮元《嘉庆元年正月人日射鹄子于浙江学署之西园即事联句》云:"虚庭开春首,西梦胡廷森。修竹挂日脚,朋戠盍素心。子白张若采,耦进践清约。"⑤王嘉曾《九月初旬瓜牛庐小集分韵得初字》开头云:"秋气袭长薄,晓露涂阶除。良辰赴嘉招,命驾得所如。游思竹素集,戠盍云霞舒。商略及终古,谭艺沿皇初。"⑥陈庆镛《七月初一日通州晓发》云:"江干我共浮鸥寄,岸上人瞻退鹢翔。回忆京华戠盍处,滂沱涕泪溢双行。"⑦可以看出,不管是"盍戠",还是"戠盍",在这些清人的诗文中,都是指群朋合聚。它们的词义和用法,与"盍簪"或"簪盍"完全一致。

至于晚清俞樾,虽然本文开头所引萧涤非注中引到俞樾《曲园杂纂》卷一《艮宦易说·朋盍簪》的观点,云:"盍簪二字,当相连为文。盍,合也;簪,冠簪也。盍簪,犹言聚首云尔。质言之曰聚首,文言之曰盍簪。"但在另一个地方,俞樾却表达了对"朋盍戠"的认同。其《易贯》二《朋》篇云:

> 《易·豫》九四,即《复》初九也,其辞曰"朋盍簪"。《豫》之"朋盍簪",即《复》之"朋来"也,"簪"字当从虞翻作"戠"。盍,合也;戠,聚会也。《复》言朋来,《豫》言朋合会者,《豫》上体为震,则九四以上两阴爻为得朋,自三至五互体为坎,则九四又以上下两阴爻为得朋,故朋合会也。⑧

这也许可以视作清人对"朋盍戠"的广泛认同对俞樾观点的影响吧。

其实,当年王引之对这个问题也做过探讨,并提出了自己的看法。其《经义述闻》第一"朋盍簪"条云:"九四'朋盍簪',王注曰:盍,合也;簪,疾也。《释文》:簪,徐侧林反,郑云速也,王肃又祖感反,京作撍,蜀才本依京、义从郑。引之谨案:作撍

① 曾国藩:《曾文正公书札》卷二九,清光绪二年(1876)传忠书局刻增修本。
② 李慈铭:《白华绛柎阁诗集》卷壬,清光绪十六年(1890)刻《越缦堂集》本。
③ 陈作霖:《可园诗存》卷一七《冶麓草上》,清宣统元年(1909)刻增修本。
④ 章炳麟:《太炎文録》文録卷二,民国《章氏丛书》本。
⑤ 阮元:《揅经室集》四集诗卷二丙辰,《四部丛刊》景清道光本。
⑥ 王嘉曾:《闻音室诗集》卷二《觉尘初稿》,清嘉庆二十一年(1816)王元善等刻本。
⑦ 陈庆镛:《籀经堂类稿》卷九,清光绪九年(1883)刻本。
⑧ 俞樾:《易贯》二,清光绪二十五年(1899)刻《春在堂全书》《第一楼丛书》本。

者,正字;作簪者,借字也。《玉篇》:撍,侧林切,急疾也。《广韵》:撍,使也。《集韵》:撍,疾也,通作簪,是也。撍之言寁也。《尔雅》曰:寁,速也。《释文》:寁,子感反。子感与祖感同,是撍即寁也。又通作憯。《墨子·明鬼篇》:鬼神之诛若是之憯遫也。憯与撍通,遫即速字,撍亦速也。震为躁,卦又为决躁,决躁谓急疾也,说见本条,故有急疾之象而。侯果乃云:朋从大合,若以簪参之固括也。见《集解》。簪下盖脱冠字,如其说,则经当云朋盍若簪冠,其义始明。岂得径省其文而云朋盍簪乎?盖侯氏不知簪为撍之假借,故臆说横生而卒不可通矣。王应麟曰:朋盍簪,簪疾也,至侯果始有冠簪之训。晁景迂云:古者《礼》冠未有簪名。"①王引之认为:"朋盍簪"当作"朋盍撍",作"撍"者,正字;作"簪"者,借字也。撍、簪都应训作疾也,侯果训簪为冠簪是不对的。在这里,王引之取的是汉代京房本的写法,并对此写法提供了文献支持。然而,王引之的观点在学者和诗人那里似乎都没有得到什么回应,此观点就仿佛被湮没了一般。

虽然在惠栋之后即乾隆朝以后,"朋盍戠"得到了清代学者和诗人们广泛的认同,但"朋盍簪"作为典故其实仍然通行,即使熟知惠栋父子观点的钱大昕、王昶、沈大成等,有时候也会用作"盍簪"。如沈大成《凌世锁高蕙圃卫畏之张静思偶集观荷分得侵韵》云:"奈何迫办严,放棹去江浔。佗时各话雨,今夕聊盍簪。"②钱大昕《暮宿木渎吴企晋园亭》云:"吾友早遗荣,相见惬我怀。盍簪乐情话,容膝升堂阶。"③王昶《九日企晋相招小集因病不赴以诗见示赋此奉酬》云:"风雨重阳节候临,书来相约比兼金。……病中岁月匆匆过,应俟春来再盍簪。"④除了这三家,当时及以后其他诗人也有不少使用"盍簪"之典的,如孙星衍《舟泊扬州大雨三日夜以郭河阳夏霖图留赠曾都转燠》其二云:"结轶朝天喜盍簪,高斋话雨又题襟。待公此去趋宣室,问罢和羹问作霖。时与都转先后入觐。"⑤俞樾《二月十二日汪郎亭侍郎招集……索郎亭和》云:"春水桃潭千尺深,招邀胜侣共题襟。……怜余二十三科客,老耄何缘与盍簪。"⑥王闿运《贾祠集饯刘采九》云:"胜地新分席,良朋旧盍簪。道因词翰重,交托古贤深。"⑦曾纪泽《次韵答汤小秋》云:"炙輠万言倾笑语,盍簪几日纵觥筹。雄谈惊座吾能和,俊句宜人子独优。"⑧不再赘举。

至此可见,由杜甫第一次开始使用的《易·豫》九四"朋盍簪"的典故,在后人诗

---

① 王引之:《经义述闻》第一,清道光刻本。
② 沈大成:《学福斋集》卷一二《百一诗钞》,清乾隆三十九年(1774)刻本。
③ 钱大昕《潜研堂集》诗集卷二。
④ 王昶:《春融堂集》卷四。
⑤ 孙星衍:《孙渊如先生全集》之《租船咏史集》,《四部丛刊》景清嘉庆兰陵孙氏本。
⑥ 俞樾:《春在堂诗编》辛丑编。
⑦ 王闿运:《湘绮楼全集》卷一〇,清光绪刻本。
⑧ 曾纪泽:《归朴斋诗钞》戊集下,清光绪十九年(1893)江南制造总局本。

文集中得到了普遍的效仿和传承，或写作"盍簪"，或写作"簪盍"，这应是杜诗强大的影响力所造成的。与此同时，我们也应该知道，《易·豫》九四"朋盍簪"也可从汉虞翻本作"朋盍戠"，用此典时写作"盍戠"或"戠盍"，也是可以的，惠栋以后的清人诗文集中已经大量出现这样的用法。如果我们不明白这一点，我们在阅读清人文献时，就可能会遇到困惑。如今人陈明洁等点校王昶《春融堂集》时，面对本文前面所引卷四十七《袁又恺渔隐小圃记》那段文字时，就句读为："且见夫亭榭之更新，图书之美富，宾朋之多戠，盍将与乐圃、南园并美。"①显然，他们没有明白"戠盍"是一个词，也不明白"戠盍"是何义，所以困惑之余，竟添一"多"字而句读，这就一错再错了。

今天也有学者根据上海博物馆藏战国楚竹书《周易·豫》卦的两根竹简，认为"朋盍簪"亦作"朋翻讁"，"九四，由豫大有得，勿疑，朋翻讁"，意思是"批评骄傲自大，会大有所得，不要怀疑是朋友在说你的坏话"②。此文观点，与传统解释差异很大，读者可以参考，但因为对人们的用字用典习惯尚无任何影响，故本文略而不论。

现在我们再回过头来看本文开头所引仇注、萧注和谢注对杜诗"盍簪喧枥马"的注释，应该说谢注是比较清晰的。当然也还有一定的修订空间。在这里，也许可以从典故本义和杜甫活用两方面来注"盍簪"：就典故本义来说，应先引郑玄注、王弼注，说明"朋盍簪"的意思是群朋合聚而疾来也；再引虞翻注和惠栋说，说明"朋盍簪"亦可作"朋盍戠"，意思是朋友聚合若水土之相黏著也；同时，也应指出汉时才有簪字，《易》的时代不应用簪字，唐人侯果训簪为固冠之簪，是不妥的。就杜甫活用来说，"盍簪"字义上取唐代通行的王弼注本"群朋盍聚而疾来也"，训簪为疾；字面上则视簪为冠簪之实物，以与"列炬"之"炬"对。鉴于《易·豫》"朋盍簪"异文的多样和训诂的复杂，杜甫在临文创作而不是治学时偶尔活用此典，应是可以谅解的。今天朋友聚会仍是常事，如果要使用此典表示群朋合聚，依据前人的使用惯例，写作"盍簪""簪盍""盍戠""戠盍"，均可；但若要表示群朋合聚而疾来，则学杜甫用"盍簪"，更好。

---

① 王昶撰、陈明洁等点校：《春融堂集》，上海：上海文化出版社，2013 年，第 845 页。
② 廖名春：《楚简〈周易·豫〉卦再释》，《出土文献研究》2004 年第 6 辑。

成都杜甫草堂博物馆馆藏晚清学者
黄云鹄碑刻研究

黄　萍　李霞锋

成都杜甫草堂博物馆

　　黄云鹄是晚清大臣,清咸丰、同治、光绪年间著名学者,经学家、文学家、书法家。他尊崇诗圣杜甫,在任成都知府、四川代理按察使期间,曾经多次游览成都杜甫草堂,关心支持杜甫草堂的文化建设,重建浣花祠之举即是其对成都杜甫草堂历史文化的一个重要贡献。其有关杜甫草堂的诗文作品及碑刻文物,不仅丰富了杜甫草堂的历史文化内涵,还成为人们了解杜甫草堂历史文化的重要史料。黄云鹄在四川文化史上是一位较有影响的重要人物,但人们对黄云鹄的研究大多集中于对其生平的介绍、诗文的研究、《粥谱》的价值及其交游等方面的探讨,如徐莹《黄云鹄诗歌研究》、李秋芳《黄云鹄〈粥谱〉及其价值》、王胜鹏《从黄云鹄〈粥谱〉看四时食粥养生》、高福生《江瀚其人及与黄云鹄、黄侃父子之关系》、卞孝萱《蕲春黄氏与仪征卞氏的关系——〈黄侃日记〉研究之一》、赵永康《黄云鹄先生泸州遗墨》等,而鲜有论及他与成都杜甫草堂的关系者。笔者李霞锋曾经在《成都杜甫草堂古代碑刻初考》中对黄云鹄摹绘《黄山谷先生小象》刻石的情况进行过介绍[①],我们现拟结合其他黄云鹄有关成都杜甫草堂的碑刻文献材料,对成都杜甫草堂博物馆馆藏中的黄云鹄刻作一较为全面介绍讨论。囿于见闻,疏漏错谬之处定复不少,祈请识者予以指正。

一、黄云鹄生平

　　黄云鹄(1819—1898),蕲州(今湖北蕲春县)青石乡人,字祥人,一字湘芸、一作翔云,室名"实其文斋"。北宋黄庭坚后裔。现代著名国学大师黄侃(1886—1935)之父。黄云鹄出身于贫寒家庭,自幼勤奋好学。二十四岁时中乡试第八名举人。

---

　　①　李霞锋:《成都杜甫草堂古代碑刻初考》,《杜甫研究学刊》2013年第1期。

咸丰三年（1853）会试中进士，授刑部主事。同治二年（1863），迁兵部郎中。后因梗直而得罪上司，被贬为马馆监督。同治七年（1868），放任四川，任雅州知府。同治九年（1870），任成都知府。同治十年（1871）冬，升任分巡建昌兵备道，驻雅州。后又任四川盐茶道。光绪元年（1875），因母亲去世，回乡丁忧。光绪四年（1818）冬返川，主持采访忠义局，光绪十二年（1886）署理按察使，后又任川南永宁道道台等职，官至二品大员。在四川从政二十余年，勤政爱民，励精图治，为人正直，居官清廉，颇有政声。他勤民事，理冤狱，因执法严正，不畏强暴，人称其为"黄青天"。后因平反冤狱，得罪了蜀地权贵，故于光绪十六年（1890）致仕归籍。因家无余财，为维持生计，次年受邀至江宁（今江苏南京），掌教尊经书院。后回湖北任两湖、江汉、经心书院山长。光绪二十四年（1898）病逝于故里家中，卒年八十岁。

黄云鹄是晚清著名学者，擅长诗歌和散文创作，且成就较大。其诗"有意兼采唐宋，是近代唐宋诗派之先驱。他忧国忧民，继承了杜甫诗史精神，反映了诗人的爱国情怀和忧民之思。诗学汉魏又兼采唐宋遗风，长于抒情状物、寄情寓意，形成了清秀俊丽、凄寒瘦硬的风格特征"①。其文则以韵胜、以洁胜。他是一名饱学之士，一生著述丰富，"著有《实其文斋文抄》《兵部公牍》《花潭集咏》《实其文斋诗抄》《念昔斋窬言图纂》《学易浅说》等，现存湖北省图书馆"②。此外，他还著有《群经引诗大旨》《归田诗钞》《完贞伏虎图集》等，并总结古代的药粥成果，编著了中国第一部药粥专著——《粥谱》。他博学多才，"生平善书，尤喜擘窠大字"③，其书苍遒雄劲，篆隶诸体亦佳。也工写兰竹，兼善花鸟画，并在蜀、鄂两地留下了众多墨迹。

二、黄云鹄与成都杜甫草堂

黄云鹄官蜀二十余年，在成都担任成都知府、四川代理按察使期间，多次游览成都杜甫草堂，并作有多篇与草堂有关的诗文。其中有《泊宜宾，望祭先文节公文》《重建唐冀国夫人任氏祠碑记》《黄山谷先生小象》《山谷公纪略》《黄云鹄、雪堂含澈唱和诗碑》碑刻实物或文献材料留存至今。现将以上黄云鹄与成都杜甫草堂有关的碑文按其年代先后顺序予以介绍。

（一）《泊宜宾，望祭先文节公文》碑

《泊宜宾，望祭先文节公文》，撰书于光绪元年（1875）。此碑碑文共计 61 行，满行 9 字，楷书。此碑材质为红砂石，原由两块相同的长方形石碑组成，二石碑均长

---

① 徐莹：《黄云鹄诗歌研究》，硕士学位论文，中南民族大学，2018 年，第 1 页。
② 余彦文：《鄂东著作人物荟萃》，武汉：湖北科学技术出版社，1990 年，第 351 页。
③ 周询：《蜀海丛谈》卷三，《黄祥人观察》，成都：巴蜀书社，1986 年，第 199 页。

94厘米,宽31.4厘米,厚5.8厘米。碑文末尾处有阴文"臣黄云鹄"、阳文"祥人"两枚钤印。第一块石碑保存完好,第二块石碑后半部分现已裂为三大块。按理,此碑应该与成都杜甫草堂无关,但其为何要放置于成都杜甫草堂里呢?据有关文献记载,"光绪十年(1884),四川总督丁宝桢始推行其每年春秋两季的拜祭杜祠之祭礼,他创立杜祠基金,以备祭祀专用。其时,又应成都府之请,再添北宋著名诗人黄庭坚塑像以配飨杜甫,其祠内三龛,正中为杜甫,东为黄庭坚,西为陆游。此格局保存至今"①。故笔者推测,因光绪十年杜甫草堂增添了黄庭坚的塑像,后来黄云鹄才将其《泊宜宾,望祭先文节公文》刻制成碑并嵌置于工部祠一带,以表达对先祖黄庭坚的缅怀仰慕之情。据查,黄云鹄《实其文斋文抄》未著录该文,成都杜甫草堂博物馆所藏档案资料中,除存有该碑的两张拓片外,也没有其他关于此碑的记载。民国学者吴鼎南在民国三十二年(1943)出版的《工部浣花草堂考·附录·草堂碑碣存目》中记载了此碑的存放情况:"黄云鹄光绪乙亥《三白宜宾望祭先文公文》,分刻二石,无年月(当在甲申后),陷祠壁。"②文中的"祠",指工部祠。此碑目前存放于杜甫草堂业务办公区内。现将其碑文移录如下:

泊宜宾,望祭先文节公文

维大清光绪元年,岁次乙亥仲冬月望日,不肖裔孙云鹄,谨于水次,恭设香楮,望祭于先祖有宋龙图阁学士黄文节公之神曰:

呜呼,公瑰伟之文,孝友之行,挺特之气节,百世宗仰之。谪居遗墨,蜀人争传。而况不肖固公之遗裔,过公谪居之所,宜如何祗肃展谒。顾以慈母大故,蒲伏水次,相望咫尺,不获瞻仰。呜呼,痛哉!公瑰伟之文,冠绝当世。不肖谬以文字从海内诸君子,后自省,名实不相副,况敢希公。公孝友至性,直追古人。不肖少孤之子,与慈母相依为命四十有四年,今母逝而不肖犹存。公以言天下大事为当路逐出,身愈困,道愈亨。不肖以力持外人借用驿站及擅买战马诸事,出守雅州。逾年,量移成都,又逾年,分巡建昌。虽辛劳忧危日甚一日,以视公之颠沛流离,求一日安别驾之任而不得,幸,不幸,如何耶?岂非不肖生逢圣朝,而公独不逢辰耶?呜呼痛哉!昔朝鲜使臣入都朝正,因公接见,谓不肖文词行止颇类公,以笔代舌,曰:"君岂文节公苗裔耶?"不肖答言:"番阳王子孙,貌似先世,似者盖其貌耳。"使者知不肖果公裔,为肃然起敬,投赠诗文,语必及公。不肖益知公之遗泽,远非时代方域所能限,益兢兢惧辱公。入蜀窃禄七、八年,幸不为蜀民所鄙薄,不为山川百神所吐弃。今以罪逆余生,在途苟活,扶榇由水道东旋,惟天地神明是赖。况我公灵爽攸在,血脉相属,其必

① 周维扬、丁浩:《杜甫草堂史话》,成都:四川文艺出版社,2015年,第39页。
② 成都市地方志编纂委员会,田川大学历史地理研究所整理:《成都旧志》第1册,成都:成都时代出版社,2007年,第38页。

哀不肖之愚与不肖之母之苦心亮节而阴为呵护无疑矣。不肖不敢祈请,疏公渎公,惟公有灵,尚希降鉴。

黄云鹄出身于书香世家。其父黄金镗学识渊博,官至资政大夫,但在黄云鹄幼年时便已去世。此后,母亲便承担了对黄云鹄的养育之责。她不仅在其学业上严格要求,而且在其道德修养上也时刻教诲、终身勉励。黄云鹄后来能够成为居官清廉的"黄青天",当离不开母亲的谆谆教诲。黄云鹄对母亲感情深厚,十分孝顺,在京和在川为官期间,都将母亲接至任所,以便尽力赡养。

光绪元年,黄云鹄的母亲去世,他于是怀着万分悲痛的心情乘船护送母亲灵柩归乡。路经宜宾时,恰逢仲冬月的望日(十五日),他因念宜宾是其先祖黄庭坚的贬谪之地,于是置办香蜡纸钱,在江边举行了望祭先祖黄庭坚的仪式,事后遂撰写了此文。

黄庭坚(1045—1105),北宋著名诗人、书法家。绍兴间,赠龙图阁学士,加太师,谥为文节。黄庭坚于元符元年(1098)六月被贬抵戎州(今四川宜宾),寓居时间共约四年,直至建中靖国元年(1101)离蜀。黄庭坚不仅为人正直,而且性情至孝,是中国历史上二十四孝故事之一"涤亲溺器"的主人公。史载:黄庭坚虽身居高位,侍奉母亲却竭尽孝诚,每晚都会亲自为母亲洗涤溺器(便桶),没有一天忘记自己应尽之责。黄云鹄是黄庭坚的后裔,"在黄庭坚身上所体现出来的优秀精神品质及学识修养在黄云鹄这里都得到了继承,⋯⋯祖上的美好道德传统深深影响着黄云鹄,使其成长为一位刚直正义、仁孝忠厚之人"[1]。因此,黄云鹄途径宜宾时,思亲怀古之情油然而生,遂挥笔写下了此篇祭文。

黄云鹄在文中首先赞誉黄庭坚的文章道德是"瑰伟之文,孝友之行,挺特之气节,百世宗仰之"。"瑰伟之文,孝友之行"之语,出自苏轼对黄庭坚的推荐词"瑰伟之文,妙绝当世;孝友之行,追配古人"[2]。随后,黄云鹄在文中表达了因扶棺不能前去寻访黄庭坚贬谪之所的悲伤与遗憾。接着,叙述了自己在蜀为官的原因和经历,并对黄庭坚被贬蜀地的坎坷经历深表同情。再接着,通过记叙自己与朝鲜使者的交往,说明黄庭坚在朝鲜的巨大影响力。最后,说自己由水路扶棺回乡顺利到达宜宾,得到了先祖黄庭坚的保佑,并希望他继续保佑自己。

碑文中所言"力持外人借用驿站及擅买战马诸事",指"同治初年,时任兵部郎中、充马馆监督的黄云鹄,就洋人以《天津条约》为凭、借用驿站车辆马匹传递文书一事上奏,力争不可:'驿站车马,查无应付洋人之例,所称递送各国文报及运解各国什物车辆,仿照中国定例一律办理之处,诸多窒碍。职既司此事,生死以之,不敢从同,以上误朝廷,下毒百姓。事若果行,中外衅端,必从此肇。'他认为'朝廷之驿

---

① 徐莹:《黄云鹄诗歌研究》,硕士学位论文,中南民族大学,2018年,第7页。

② 脱脱等:《宋史》卷四四四、《黄庭坚传》,北京:中华书局,1977年,第13110—13111页。

站,如人身之血脉,血脉不通则身病,血脉杂则血脉亦病。与其为难于异日,莫若熟酌于目前。且驿站情形苦累已极,如此办理,苦累岂有穷期耶? 所议决不可行'"①。后来,洋人借用驿站之事终于在黄云鹄的据理力争之下未能实行。黄云鹄的这种不惧权贵、正直勇敢的行为得到了时人的赞誉。从此,声名鹊起,直声颇著。同治二年(1863),清廷规定不准外间采买京城地面马匹。"同治四年,英国人利用天津民人陈起持洋行私票出口买马,同治七年,德国人又让陈起出口买马。……黄云鹄料想,此事必非出洋人本心,定是有奸民构扇,凭借著权势做不法之勾当,借机低价买进而高价卖出从中获得利益"②。于是,他多次上书朝廷。但不久,他就因此事而得罪了朝中权要,遂出守雅州。

明清两代与朝鲜李朝之间,"具有很明确的宗主国与属国的外交关系。为体现这种关系,双方之间有着制度化的互派使团活动。朝鲜派往中国的使团,固定的贺年节使团有贺正旦使、贺万寿节(皇帝生日)使、贺冬节(冬至)使,非常规的有谢恩使、进贺使、陈慰使等。中国派往朝鲜的使节,也有颁诏、册封、吊慰等多种"③。因此,在频繁的使节活动中,明清文人与李朝使团文人之间的文学交流也得到了广泛而深入地开展。清代董文涣编著,李豫、韩国崔永禧辑校《韩客诗存》一书就记载了不少两国文人之间的文学交流情况,他们诗作唱酬、书问来往、互相序跋,切磋诗艺,互相学习。据该书所载,"出现在本书中,与韩客有直接的诗文交往的清人,有董文涣……、黄云鹄……、张之洞……等二十多位。……韩客一方面诚心推崇中国诗家的艺术水平,积极学习,另一方面也积极地向中国诗人显示他们的艺术,不甘示弱。如咸丰十一年的使节朴瓛卿,曾作长达两百句的千字诗赠清人黄云鹄。……黄云鹄为褒扬其高祖母所作的《完贞伏虎图》,广求文人题咏,编为《完贞伏虎图集》,韩客题咏诗文于其上者十八。在这些诗文序跋中,两国文人都给对方的文学做出高度的评价,并且从中可以看出,他们对彼此国家的文学创作情况,都已有相当深入地了解"④。黄云鹄早年在北京任刑部主事、兵部郎中,此篇《泊宜宾,望祭先文节公文》碑文中所言"昔朝鲜使臣入都朝正,因公接见,……投赠诗文"句,就是当时清朝与朝鲜之间两国文人密切文化交往的反映。黄云鹄在京期间,与朝鲜问安副使朴珪寿相识,并结下了深厚友谊。朴珪寿(1807—1876),初字桓卿,号桓斋,1830 年后改字瓛卿,号瓛斋,潘南(今韩国全罗南道罗州)人氏,朝鲜王朝后期著名的政治家、思想家。有《瓛斋集》《尚古图书》《凤韶余响》《居家杂服考》等行世。1861 年以问安副使,1872 年以进贺兼谢恩正使,分别二次赴清,并"结交了许

---

① 吴昱:《新约新制下的邮件递送及制度回应》,《成都大学学报(社会科学版)》2013 年第 5 期。
② 徐莹:《黄云鹄诗歌研究》,硕士学位论文,中南民族大学,2018 年,第 15 页。
③ 钱志熙:《从〈韩客诗存〉看近代的韩国汉诗创作及中韩文学交流》,《韩国学丛书》2002 年第 9 辑。
④ 董文涣编著,李豫、[韩]崔永禧辑校:《韩客诗存》,北京:书目文献出版社,1996 年。

多清朝文人。其中与董文焕、沈秉成、王轩、黄云鹄等'顾祠修禊'文人感情最为深厚。归国后，朴珪寿依旧与他们保持书信往来，十多年不曾间断"。他们的交往"在一定程度上加深了中朝文人之间的相互了解，促进了两国金石学的研究、书画艺术的交流，也为传播中朝两国诗歌做出了重要贡献，同时也初步开启了中朝的近代外交"①。黄云鹄曾经作有一篇《答朝鲜朴瓛卿书》，他在该信中称朴珪寿为"知己"②。由此可见，黄云鹄与朴珪寿等朝鲜文人情谊之真切。

(二)《黄山谷先生小象》及《山谷公纪略》碑

关于此碑，笔者李霞锋曾经在《成都杜甫草堂古代碑刻初考》一文中做过一些介绍，我们现在根据新发现的碑阴文字再予以补充说明。《黄山谷先生小象》碑，刻于清光绪十年(1884)，清黄云鹄绘像并题跋，现陈列于杜甫草堂工部祠内东侧。此碑高142厘米，宽61厘米，两面刻字。碑阳镌刻黄云鹄摹绘《黄山谷先生小象》，碑阴镌刻黄云鹄撰书《山谷公纪略》。该碑碑文内容分别如下：

黄山谷先生小象(碑阳)

先文节公以涪州别驾安置戎州，寓蜀最久，风节人所共知，生平诗法一尊杜文贞。光绪甲申，大府援陆放翁附祀之例，列公位于杜公左方，特举亦公义也。云鹄世系为公三十九代裔孙，谱牒昭然，不敢引嫌自匿，尤不敢忘大府表彰前德之盛意，谨摹公像，立石座前，用伸忻仰，并识缘起于后。

山谷公纪略(碑阴)

公名庭坚，字鲁直。其先，金华人，自南唐来。五世登上第，祖官分宁，寓居焉，遂为邑人。考，进士，庶，字亚夫。守康州，有惠政。著有《伐檀集》。以庆历五年乙酉六月十二日，生公于邑之修水。年十九举于乡，二十二登第，出为叶县尉，凡七年。除北京国子监教授，凡八年。改官吉州太和县，凡四年。监德州德平镇，凡二年(时赵挺之通判德州，欲行市易法于镇，公以镇瘠苦，不允行。赵恨甚。它日宜州之祸，赵怂二蔡为之也。赵后人为都谏)。除《神宗实录》院检讨官、集贤校理，从司马光请也。寻兼秘书省及史局，除著作佐郎，宦京又六年。丁安康郡太君忧，服未除，除编修官，辞免。除宣州，又除鄂州，未到任。为蔡卞、章惇所构(以公修史直书安石铁爪治河为儿戏。目为诬毁，罪不赦。公对辞慷慨，谓亲见治河真同儿戏。始终不挠，闻者壮之)，谪黔州(今遵义府)，拜命即行。在黔，凡四年。迁戎州(今叙州府)，凡四年。复宣义

① 胡佩佩：《朴珪寿与清朝"顾祠修禊"文人的尺牍交流研究》，《河北科技师范学院学报(社会科学版)》2016年第1期。
② 《清代诗文集汇编》编纂委员会编：《清代诗文集汇编》第680册，上海：上海古籍出版社，2010年，第362页、第603—604页。

郎,监鄂州盐税。在道,复奉命权舒州,遂由荆湖下,未至,复除太平州。以赵挺之谮,到任九日而罢,谪宜州羁管(今广西庆远府)。崇宁三年四月至,有氓某氏馆之,太守抵之罪。浮屠某馆之,又抵之罪。逆旅主人馆之,亦然。遂移居小南门戍楼,上雨旁风,绝无盖障。太守者,时宰私人,盖以是困之,令公饥寒速毙也。公处之泰然,诵书作字,举酒浩歌,无几微戚戚意。四年二月,兄元明归,独宿城楼上。三月十五日,有华阳范寥信中者,走万里,求识公于敝席堵门中,欢对累月。至九月三十日,公卒。独范信中经理之,亲见其久历忧患,意气自如,谓真谪仙人,视韩柳有间,为序其日记行世。时公年六十有一。南渡后,赠直龙图阁学士,谥文节。公平生爱舒州石牛洞山谷之胜,自号山谷老人。晚谪授涪州别驾,安置黔、戎二州,不容到任,遂号涪翁,示不忘朝命也。公为唐节度使保义公九世孙。子,名相,云鹄三十八世祖也。世系昭然,不敢辟匿。时大清光绪丙戌二月,谨叙次大略如左。摹泐上石者,含澈支氏。濡泪追述者,裔孙黄云鹄也。

　　附记:

　　公与眉山苏氏昆季,以文行,相友重,世称苏黄。其后,天社任渊(字子渊),注公《内集》,新津人。青衣史容(字公仪),注公《外集》,今青神人。其孙史季温(字子威),注《别集》。蜀郡华阳人范寥(字信中),序公《家乘》。公平生与蜀人缘最厚,不肖云鹄前后宦游兹土垂二十年,亦似非偶然。惟不肖生逢明盛,暇豫雍容,而我公独生不逢辰,虽不自哀,而后人哀之终古无已也,悲夫。

　　黄云鹄所绘《黄山谷先生小象》碑,建于光绪十年(1884)。此碑右上角有楷书题名"黄山谷先生小象",中为黄庭坚像,左下为题跋。此"画像据称是黄庭坚的自作像,然做于何时,是否真的出自黄庭坚之手并不可考。……画像中的黄庭坚双手合袖置于胸前,左脚向前,嘴微张,似作前行迎客状。衣纹线条抑扬顿挫,曲折有力,颇似黄庭坚的行书笔法,画像如作书,状物象形之余,更强调运笔的趣味,落笔起止行顿清晰,笔与笔之间顾盼生姿,呼应有致,线条长短疏密结合,有如斩钉截铁,呼呼生风,具有较强的艺术感染力"①。题跋的内容首先简要介绍了自己的祖先黄庭坚在蜀地被贬为涪州别驾、戎州安置的生活经历,以及他崇杜学杜的诗歌创作经历。其次,记叙了光绪十年(1884)四川总督丁宝桢援引陆游配飨杜甫的先例,将黄庭坚也配飨在杜甫左边之事。最后,说明自己因为是黄庭坚的第三十九代后裔,因此为了颂扬丁宝桢增塑黄庭坚配飨杜甫的功德,描摹了黄庭坚像,并将其刻成石碑立于黄庭坚神龛前。

　　我们今天如果仔细观察此碑,则会发现题名左侧处有一块被磨损的长方形区

---

① 孟远烘:《宜州黄庭坚像》,《美术界》2015年第7期。

域,似乎此处应有数行题记文字。至于题记磨灭原因,笔者目前还不得而知,有待将来再加以考证。笔者李霞锋在2015进行全国可移动文物普查的专项工作中,却意外地发现了此碑被磨损的题记文字。在民国三十四年(1945)二月上海净缘社编辑的《石画历代圣贤像》中,其目录记载了三条有关黄庭坚的内容:第一条是"宋黄山谷先生小像墨拓本,纵三尺四寸,横一尺八寸,清光绪十年甲申黄云鹄刻石成都并识缘起";第二条是"宋黄山谷先生小像墨拓本,纵二尺六寸,横一尺五寸,清光绪十四年戊子杨浚摹刻";第三条是"黄山谷先生小像墨拓本,纵二尺九寸,横一尺五寸,清光绪二十年甲午知义宁州事黄寿英摹刻。上有翁方纲书先生自作像赞"①。我们比较该书所收录的三张黄庭坚画像拓片,发现三张拓片中的黄庭坚画像,虽形象均相同,但款识却各异。下面,试对以上三张拓片予以考证。

第一张黄庭坚像拓片右上角题有:"黄山谷先生小象。似僧有发,似俗无尘。作梦中梦,见身外身。山谷先生自作像赞。后学翁方纲书。"左下角刻黄云鹄题款,款后有钤印一枚。以此拓片与杜甫草堂的碑刻实物相比较,二者不仅尺寸相近,而且内容也几乎相同,所不同处是拓片上有翁方纲题跋,而实物上原有的翁方纲题跋现已被人为抹去。笔者近日曾经查阅杜甫草堂馆藏清乾隆刻本《黄诗全集》等书,其序跋部分均绘有黄庭坚像以及翁方纲所题黄庭坚自作像赞。将以上刻本所载翁方纲题跋的字体、风格、行款等与拓片内容比较,基本一致。"似僧有发,似俗无尘。作梦中梦,见身外身",出自黄庭坚《写真自赞五首》之五②。翁方纲作为清代乾嘉时期的著名学者,在学术、书法、诗文等方面皆取得了卓著成就。翁方纲也是"清代一位重要的杜甫学家"③,不仅推崇杜甫,也推崇黄庭坚。杜诗、黄诗在翁方纲诗学中具有至高无上的地位。他通过对杜甫、黄庭坚言论及诗歌的阐释,建立起自己的诗学理论体系——"肌理说",视杜诗、黄诗为细肌密理的典范。由此可见,在杜诗学史上,杜甫、黄庭坚、翁方纲三人之间有着十分紧密的关系。因此,可以说在杜甫草堂里的黄庭坚像上,再镌刻上尊崇杜、黄二人的翁方纲所书的黄庭坚自作像赞,那是再也合适不过的一件绝妙之事了,然而后人却将翁方纲题跋抹去。限于史料的匮乏,笔者目前尚无法对翁方纲题跋磨灭的原因做出合理解释。

第二张黄庭坚像拓片右上题有:"宋黄山谷先生小象。成都杜公祠既祀放翁,光绪甲申,大府援例附文节公位于左方。裔孙云鹄立石。戊子六月十二日,公生日,闽杨浚重抚。"题跋右侧有钤印二枚。左下角则无款识。据以上题跋内容可知,此黄庭坚像碑刻当是杨浚根据杜甫草堂里的黄云鹄光绪甲申(1884)碑刻,于光绪戊子(1888)重新临摹而成。杨浚(1830—1890),字雪沧,一字健公,晚号冠悔道人,

① 上海净缘社:《石画历代圣贤像》,上海:上海净缘社,1945年,第4页。
② 黄庭坚著,郑永晓整理:《黄庭坚全集辑校编年》,南昌:江西人民出版社,2008年,第1380页。
③ 刘文刚:《杜甫学史》,四川:巴蜀书社,2012年,第387页。

又号观颓道人。福建侯官人。咸丰二年(1852)中举。杨浚"毕生志力向学,博闻广识,凡诗文、金石等弥不涉猎。又关心时务,随左宗棠驱驰万里,帮办军务。归闽后,复执掌杏坛,育才无数。他勤于笔墨,留下等身著述"①。

第三张黄庭坚像右上角题有:"黄山谷先生小象。似僧有发,似俗无尘。作梦中梦,见身外身。山谷先生自作像赞。后学翁方纲书。"左下角题有:"光绪二十年甲午岁孟秋月,知义宁州事、湘西后学黄寿英摹刻。"清代的义宁州,治所在今江西修水,即黄庭坚的故乡。关于黄寿英的生平,刘经富《陈宝箴集外诗文钩沉》一文介绍道:"黄寿英(菊秋),湖南善化人,曾于光绪年间三次领义宁州衔。任职期间,修建山谷祠,搜集、刻印黄山谷字帖,搜集、刻印黄庭坚全集。"②可见,黄寿英不仅尊崇黄庭坚,也热爱黄庭坚的家乡江西修水,积极关注地方文化,修葺黄庭坚祠堂,整理黄庭坚诗文集,对江西修水的地方文化建设和文化传承做出了诸多贡献。光绪二十年(1894),义宁州署刻有一部《宋黄文节公全集》,董其事者即是知州黄寿英,黄寿英还为该书撰写了《光绪重刊宋黄文节公全集跋》。此刻本在历代黄庭坚集刻本中具有重要的版本价值,是黄庭坚全集最为流行的一个版本。"仅就所收作品篇目数量而论,光绪义宁州署本超过了此前的所有刻本。……刘琳先生等整理,四川大学出版社2001年出版的《黄庭坚全集》就是在此本基础上校勘、辑佚而成"③。此外,笔者查阅有关资料,得知江西省修水县博物馆目前尚收藏着一件与此拓片题跋内容相同的《黄庭坚小像》拓片装裱立轴,为该县电气工程师陈罡斗所捐赠④。

将以上三张拓片与草堂碑刻实物比较,可知第一张拓片当为草堂碑刻之原拓本,其余两张拓片则为草堂碑刻之翻刻本,且题跋内容均有所增减。还须说明一下,据孟远烘《宜州黄庭坚像》介绍,广西宜州山谷祠中也有一通黄庭坚画像碑刻,其画像与草堂碑刻及上述三张碑刻拓片均相同,只是落款"黄山谷先生小像"为右起横写,异于上述碑刻均为右起竖写的款式。该碑也有翁方纲题跋,每列字数也与上述碑刻不同。

光绪十二年(1886),黄云鹄作有《摹先文节公像勒石祠侧,感赋书寄雪上人》一诗。其诗序曰:"光绪甲申,大府增公位于杜公左,移陆公于右,改名三公祠,摹像与陆配。"其诗曰:"祖德千秋自不磨,崇碑书罢泪滂沱。生前困与苏无异,身后缘惟蜀最多(详见碑阴《纪略》书后)。杜老高名悬宇宙,放翁清梦绕岷峨。草堂侧畔花溪曲,风月无边共啸歌。"⑤此诗收录于其《祥人诗草》(丙戌)中,诗序简略地记叙了增

---

① 刘繁:《杨浚著作辑考》,《福建图书馆理论与实践》2013年第2期。

② 刘经富:《陈宝箴集外诗文钩沉》,《文献》2011年第1期。

③ 黄庭坚著,郑永晓整理:《黄庭坚全集辑校编年》,南昌:江西人民出版社,2008年,第13页。

④ 陈克:《陈罡斗同志捐献重要文物》,《南方文物》1983年第4期。

⑤ 《清代诗文集汇编》编纂委员会编:《清代诗文集汇编》第680册,上海:上海古籍出版社,2010年,第603—604页。

塑黄庭坚像之事,诗则抒写了作者的感慨,表达了对前贤的敬仰。2019 年 4 月 1 日,笔者李霞锋根据黄云鹄此诗夹注"详见碑阴《纪略》书后"的记载,果然在该碑的碑阴发现了黄云鹄所言的《纪略》。由于该碑贴近镜框和墙壁,故一时无法看清碑文。后在成都杜甫草堂博物馆安保人员,以及文物修复师欧萍、宋鑫母女二人(制作拓片)的帮助下,才得以一窥其全貌。黄云鹄所撰书的此篇《纪略》,全名为"山谷公纪略",撰于清光绪十二年(1866)二月。碑文则由其友人、四川著名诗僧雪堂含澈摹泐上石。在《山谷公纪略》碑文中,黄云鹄主要记述了黄庭坚的生平事迹,并附记了蜀人对黄庭坚友善之事。全文详略得当,文笔流畅,并满怀深情。其书法为楷书,工整有力。

(三)黄云鹄、雪堂含澈唱和诗碑

此碑长 51 厘米,宽 33 厘米,厚 7 厘米,青石石质。两面刻字,分别镌刻黄云鹄、雪堂含澈手书诗作,刻于清光绪十年(1884)夏。黄云鹄诗碑共 18 行,每行 4—11 字不等;雪堂含澈诗碑共 15 行,每行 4—10 字不等,诗中夹注为小字双行。黄云鹄诗碑文末有白文"黄云鹄印"、朱文"祥人"两枚钤印;雪堂含澈诗碑文末有白文"僧含澈印"、朱文"雪堂"两枚钤印。二人所书字体均为行书,云鹄之书恣肆纵逸、淋漓挥洒,雪堂之书清隽古雅、笔法酣畅。此碑现存放成都杜甫草堂博物馆文物库房内。据笔者查阅杜甫草堂的有关资料,目前尚未见馆藏图书或档案资料对此碑进行过著录,也不知其原来存放于杜甫草堂的何处。现将此碑内容移录如下。

黄云鹄诗碑:

> 留草堂五日矣,为僧徒作书讫,将辞赴青羊宫。适雪上人来访,遂再宿堂中,明日偕去。留句志一时情事,即赠心泰主人。异日,当知此集非偶然也。时光绪十年夏五中旬。

> 四宿杜祠旁,望古怀耿耿。故人忽我思,命驾远相省。主客情再联,淹留忘昼永。嘉会信前缘,清光凭细领。远树带烟痕,修簧筛月影。鱼潜池不波,鸟咔林逾静。即事契幽襟,端居感天幸。味此夕无眠,庐堂夏衾泠。

> 祥人黄云鹄。

雪堂含澈诗碑:

> 忠君爱国念,少陵常耿耿。千载瞻遗容,令我寸心省。忆与涪翁游,草堂日又永。淹留花径深,诗趣亦已领。树下人低首,天上佛垂影(黄葛树根挺生一佛像,须眉毕肖)。暮鼓晨钟声,充满耳根静。俯仰乾坤间,三生最有幸。同为《梁父吟》,熏风自南泠。

> 祥翁观察留草堂句,依均和之并书,为正山方丈补壁,雪堂含澈。

雪堂含澈(1824—1900),清代同治、光绪年间四川禅林名僧,蜀中著名诗僧和书法家,龙藏寺(在今成都市新都区新繁镇)僧长。俗姓支,号雪堂,以号行,晚号潜西退士、懒懒头陀。四川新繁(今属新都区)人。他擅长书法,与蜀中名僧破山海明、丈雪通醉、熹公竹禅等共同为四川书坛留下了辉煌灿烂的一页。他也善于诗文,一生共作诗二千余首,著有《绿天兰若诗钞》《绿天随笔》《潜西偶成》,编有《方外诗选》,辑有《纱笼诗集》《纱笼文集》等诗文集二十余种。他不仅以诗词书法名冠西南,而且还在寺内开设书坊,"刻印佛经、儒典、医书、地方文献,以及先贤遗逸、名僧雅士的著作,共达一百余种,保存了大量古代和近代的科学文史资料。可惜的是,印书版片大多毁损,现仅存三千余块"①。雪堂是一位具有很高文化素养的方丈,他"平生爱诗书,重友情,好交游,真所谓僧而儒者也。他与四川总督丁宝桢、成都将军完颜崇实、湖北巡抚严渭春、四川提督马维祺、贵州提督周达武、湖北布政使黄彭年等关系密切,与江南才子顾复初、四川按察使黄云鹄、著名金石学家王懿荣、湖北和甘肃道台何元普、著名书画琴僧竹禅等交谊最深。他们或诗歌唱和、书信往还,或斋寮共话、山水同游,浓情厚意至死不渝"②。此外,雪堂还与何绍基、颜楷等文化名流友善,时相过从。他还"礼聘有名文人邓石如、黄春山等教授僧徒诗文书画"③。龙藏寺遂成为当时成都近郊的诗坛、书坛、琴坛重地,"成为川西文人荟萃之地。如二品衔、四川按察司按察使黄云鹄,就经常住在龙藏寺,与雪堂结为诗侣游伴,在龙藏寺留下许多题吟和墨迹"④。成都杜甫草堂的这通黄云鹄、雪堂含澈唱和诗碑,就是二人深厚友谊的历史见证。

诗碑小序中所言"心泰",为清光绪时期的草堂寺方丈。其生平见清人陈矩《重修草堂寺藏经楼记》:"心泰本族子,自幼祝发,皈心净土,释典博通。"⑤年近七十岁时,曾经筹集资金,于光绪三十二年(1906)主持完成了草堂寺藏经楼的重修工程。

据诗碑小序记载,光绪十年(1884)夏,黄云鹄游览并留宿于杜甫草堂旁的草堂寺数日,后将离去之时,恰遇老友雪上人(雪堂含澈)远道而来造访草堂寺,于是再宿寺中,并作诗以记此次聚会。雪堂含澈也步其韵作诗一首相和。二诗除叙事写景外,还充满了对佛法感触相通的禅趣,从中也能让人感受到二人之间的深情厚谊。此通诗碑中的黄云鹄诗作,收录于其所撰的《祥人诗草》四十二叶⑥,二者文字略有差异。此诗,也收录于光绪十五年雪堂含澈所编的《绿天兰臭集》⑦中,二者文字也略有

① 冯修齐:《龙藏寺雪堂和尚与文人士大夫的交游》,《蜀学》2011年第6辑。
② 冯修齐:《龙藏寺雪堂和尚与文人士大夫的交游》,《蜀学》2011年第6辑。
③ 陈廷乐:《新都龙藏寺碑刻》,《四川文物》1986年第3期。
④ 陈廷乐:《新都龙藏寺碑刻》,《四川文物》1986年第3期。
⑤ 《清代诗文集汇编》编纂委员会编:《清代诗文集汇编》第680册,上海:上海古籍出版社,2012年,第715页。
⑥ 《清代诗文集汇编》编纂委员会编:《清代诗文集汇编》第680册,上海:上海古籍出版社,2010年,第583页。
⑦ 释含澈:《绿天兰臭集》卷二,清光绪十五年(1889)潜西精舍刻本,第8页。

不同,该书同时还收录了黄云鹄诗作数十首,其中即有不少二人的唱和诗作。

另外,值得一提的是,笔者李霞锋数年前为搜寻上述二人资料,曾求助于新都杨升庵博物馆副馆长刘雅平女士,她在百忙之中为笔者搜集整理了大量图片及资料,笔者在此表示十分感谢。据刘馆长统计,该馆现保存有黄云鹄撰书的《潜西精舍落成辞碑》等碑刻13通,书写的书法作品3件,编撰的诗文集8部;雪堂和尚撰书的碑刻3通,书写的书法作品17件,编撰的诗文集16部。因此,新都杨升庵博物馆应该称得上是全国有关黄云鹄、雪堂含澈的文献资料最集中、最丰富的地方。

(四)《重建唐冀国夫人任氏祠碑记》

据杜甫草堂、四川文史馆合编的《杜甫草堂史略》记载:"至光绪十二年(1886)黄云鹄始于梵安寺与杜甫草堂之间新建一宇,题曰浣花祠,塑任氏像以祀之。谭光祜有集句联云'褰裙逐马有如此,翠羽明珰尚俨然'悬之龛右。俞樾亦有长联云:'新旧书不详冀国崇封,但传奋臂一呼,为夫子守城,代小郎破贼;三四月历数成都盛事,且先邀头大会,以流觞佳节,作设帨良辰。'俞氏盖于杨慎之说,以三月三日为任氏生日。黄云鹄于新建任氏祠,并有碑文说明立祠之意。"[1]民国学者吴鼎南曾在其民国三十二年(1943)出版的《工部浣花草堂考·附录·草堂碑碣存目》中记载了当时此碑的有关情况:"冀国祠尚有一碑,……黄云鹄《重建冀国夫人任氏祠记》,光绪十二年镌。"[2]遗憾的是,笔者至今尚未发现此碑的实物,恐已遗失。现根据《杜甫草堂史略》所收录黄云鹄《重建唐冀国夫人任氏祠碑记》[3]将碑文移录如下:

> 志载,成都浣花溪,有石刻浣花夫人像。又宋任正一游浣花溪记云:每岁孟夏十九日,都人出锦官门,入梵安寺,罗拜冀国夫人祠下。夫人任氏,溪侧人,初微后贵,殁后土人建祠祀之。稗官家载其逸事甚颖,语多不经,要以正史为断。考《旧唐书》,成都节度使崔旰入朝,杨子琳乘虚突入成都,旰妾任氏魁伟果干,出家财募兵,自帅击之,子琳败走。朝廷加旰尚书,赐名字,任氏封夫人。又《唐书》云:大历中,崔宁自蜀入都,留弟宽守。杨子琳自泸州袭之,宽战力屈。宁妻任氏出家财募士,自将以进,子琳惧引去,蜀赖以全。二史之言如此。《礼》:能为民捍大灾御大患者,殁则祀之。方崔旰远觐,子琳袭攻,宽战力屈,若非任氏募士自将击之,贼安能退,城安能全,朝廷之符印,阖城百姓之身家安能保。崔宁觐还,无地可归,眷属名节,性命扫地,更不待言矣。维时,唐室正苦藩镇多故,令叛贼据城,朝廷又增西顾忧,分兵转饷所费不赀,贼能速灭

---

① 杜甫草堂、四川文史馆合编:《杜甫草堂史略》,1965年10月油印本,第86—87页。

② 成都市地方志编纂委员会,田川大学历史地理研究所整理:《成都旧志》第1册,成都:成都时代出版社,2007年,第38页。

③ 杜甫草堂、四川文史馆合编:《杜甫草堂史略》,1965年10月油印本,第87页。

与否,城能即复与否,旁郡邑能不蔓及与否,尚未可知。而任氏以一女子,临危不慑,一战却贼,所全实大。蜀民世世祀之,宜矣。其他所称梦珠诞降,浣衣莲出,及舍宅为寺诸轶事,皆可置勿论。即力保危城一节,允堪庙食兹土,为后来民牧之妻若妾能相夫子以护国保民者劝。光绪十二年(1886)丙戌九月朔二日,楚北黄云鹄记。

　　唐冀国夫人力保危城,帅师战胜,不独一时士女感再生之德,直为千古巾帼增光,姬姜吐气。志载锦官门城外梵安寺侧有祠,今久废,每读史缅其遗烈,辄神往不置。光绪戊寅(1878)冬,云鹄奉命还蜀,闲居八年,游衍浣花溪百花潭之间,不知凡几百次,屡思为夫人建祠不果。丙戌夏,大府奏摄臬篆,秋祭杜公至草堂,商之同人及方丈心泰,拟于寺之西,杜公祠之东,择隙地建夫人祠一楹。家泽臣观察时方守益州,欣然与云鹄分任创建之费。九月朔,遂观厥成。是举也,未知于古人报功、章别、昭激劝、修废坠、阐幽潜之道有合否? 姑书,以谂后贤。月三日黄云鹄再书。

黄云鹄在《重建唐冀国夫人任氏祠碑记》中,"历数任氏的英雄业绩,并将其视为妇女的某种典型人物而加以歌颂,点明重建祠之深远意义"①,最后,则记叙了其修建浣花祠的过程。此外,黄云鹄等人在浣花祠落成后不久,曾经宴集祠中,并作诗描写此次聚会情景。黄云鹄的《浣花祠落成,人日宴集祠中。越二日,吴楚卿、郑丙森两茂才招饮,冒雨来游,即席口占索和》收录于他的《祥人诗草》(丙戌)中,诗曰:"冒雨寻春冀国祠,嫩寒催酒酒催诗。梅花隔院香浮座,竹筱当檐影入卮。变化谁关民社计,沉沦莫为鬼神悲(谓人日乞签事)。请看东下岷江水,浩荡汪洋信所之。"吴立达(楚卿)《附和浣花祠落成韵》附于黄云鹄诗后,其诗曰:"溪畔新瞻冀国祠,寻春人到雨催诗。满庭苍翠空尘臆,旷世情怀入酒卮。义烈重昭鬼神格,沉沦一洗古今悲。乾坤莽荡江河阔,笠屐从游听所之。"②此外,其《祥人诗草》(甲申、乙酉、丙戌),也收录了几首有关浣花祠的诗作③,恕不再引。

冀国夫人祠,又称浣花祠、浣花夫人祠。关于浣花祠的兴废,濮禾章《草堂寺和浣花祠》一文对其论述甚详:前蜀时在浣花溪畔龙兴寺为任氏修建"佑圣夫人堂,……到了宋代,其堂已毁,人们才于草堂寺中另立新祠,正其名曰:'冀国夫人祠'。此后历代相沿,时有兴废,明末毁于兵燹。直到清光绪十二年(1886),黄云鹄才于草堂寺和草堂之间重建浣花祠,塑任氏像以祀之,并撰有《重建唐冀国夫人任氏祠

---

① 林弘:《"冀国夫人祠"名考辨》,《杜甫研究学刊》1994 年第 4 期。

② 《清代诗文集汇编》编纂委员会编:《清代诗文集汇编》第 680 册,上海:上海古籍出版社,2010 年,第 599 页。

③ 《清代诗文集汇编》编纂委员会编:《清代诗文集汇编》第 680 册,上海:上海古籍出版社,2010 年,第 606—607 页。

碑记》。……黄云鹄重建浣花祠之举,对于激励后人的爱国主义精神,无疑是大有裨益的。新中国成立后其祠犹在,但塑像将倾,匾联皆无。(20 世纪)五十年代曾加以维修,请名家补书了匾联,供游人参观。十年动乱中,祠被拆毁,(20 世纪)八十年代重建,并塑了浣花夫人像,恢复了两侧对联。新建的浣花祠古朴典雅,较为壮观"①。2017 年,因浣花祠年久失修,成都杜甫草堂博物馆对其进行了落架维修。

《杜甫草堂史略》还对黄云鹄误定百花潭位置之事进行了考证:"黄氏在五年前以百花潭在草堂下游五里之宝云庵前,于庵内立石碑曰古百花潭,(见草堂地形图)并建百花亭榭,以佐成其说。亭落成时且为二律诗并序。序云:'前宦蜀八年,不知百花潭所在,岁庚辰(1880)二月游城南,询土人知在此地。流连周览,意若有会,移居屡月,暑退还城。却念此地当锦城西南上游,群溪汇流处,宜建亭榭以资拱护,壮观瞻。谋之诸大府及绅者,欣然醵助。明年(1881)二月落成。同人以事起于仆之移居,命镌郊居杂诗补壁,用志一时泥爪,复留题七言二律以志异时之别,后有作者目笑存之幸矣。光绪七年(1881)辛巳二月谷雨后三日,书于潭上之宝云庵。黄云鹄。'此直歪曲事实,有意作伪。"②成都宝云庵在今青羊宫、文化公园、百花潭公园附近,位于浣花溪下游,距离杜甫草堂约有二里。关于黄云鹄误定百花潭位置的这一谬误,已有不少学者予以指出。王仲镛在其《略说成都杜甫草堂二三事》一文中指出:"或有以为草堂位置当在浣溪下游者。清光绪间,湖北黄云鹄于旧宝云庵侧岸边立石,署曰百花潭,以为上游水浅,潭宜在此,世俗亦遂因而名之。"③李豫川在其《唐代百花潭不在宝云庵》一文中也指出:"一说到百花潭,成都人总认为是在宝云庵。其实,这是一个历史误会。杜甫《怀锦水居止》诗句'万里桥西宅,百花潭北庄'中的'百花潭',在今草堂寺南之浣花溪畔。只有这样,杜甫草堂的方位(万里桥西、百花潭北)才符合历史的真实。"④据考证,成都今日的百花潭与杜诗所言的百花潭名同地异。杜诗所言的古百花潭遗址应在今杜甫草堂西南、浣花溪上游的龙爪堰,而不是如黄云鹄所言的在东距杜甫草堂两里远的宝云庵附近。尽管黄云鹄所言百花潭位置的确有误,但其重建浣花祠之举,对于今日杜甫草堂建筑格局的形成,杜甫草堂历史文化内涵的丰富,无疑是功不可没的。

综上,成都杜甫草堂博物馆馆藏晚清学者黄云鹄的以上三通碑刻实物和一篇碑记文献,是有关成都杜甫草堂历史文化的珍贵史料,不仅具有重要的文学、艺术、文物、历史等价值,而且在黄云鹄生平及其文学与书法成就,以及成都杜甫草堂文物建筑史和文化建设史等研究方面也具有重要意义。

---

① 濮禾章:《草堂寺和浣花祠》,《四川文物》1988 年第 4 期。
② 杜甫草堂、四川文史馆合编:《杜甫草堂史略》,1965 年 10 月油印本,第 87—88 页。
③ 王仲镛:《略说成都杜甫草堂二三事》,《居易室文史考索》,成都:巴蜀书社,2011 年,第 122 页。
④ 李豫川:《唐代百花潭,不在宝云庵》,《文史杂志》1999 年 4 期。

杜甫研究再攀高峰

——杜甫研究高端论坛学术总结

胡可先

各位专家、女士们、先生们：

由中国杜甫研究会、四川省杜甫学会、浙江大学中文系主办的"杜甫研究高端论坛暨中国杜甫研究会第九届、四川省杜甫学会第二十届年会"已接近尾声，下面由我来进行学术总结。

这次会议是杜甫研究的关节点，是中国杜甫研究会与四川省杜甫学会联合召开的。与会专家六十余人，有来自北京大学、北京师范大学、复旦大学、南京大学、四川大学、山东大学、浙江大学等一流高校的著名教授，有来自中国社会科学院的知名学者，有来自日本的研究专家，有来自我国台湾和香港地区的研究专家，也有在近年崭露头角在学术界活跃度很高的青年才俊。

我们这次会议重在以论文的质量遴选参会人员，因而与历次杜甫会议相比，呈现出明显的高端化与精品化的特点。因此，我就将发言的题目定为"杜甫研究再攀高峰"。

与会学者提交了五十余篇论文，根据论文的选题、内容以及相关的创获，我概括为五个方面的特色。

一、"诗史"的探掘与杜甫精神的弘扬

杜甫作为"诗史"，千余年来一直受到关注，是长盛不衰的话题。但在每一个时代，赋予的内涵也会有所不同，这样核心问题的探掘意义重大。而这方面的研究，可以说是我们这次会议的亮点，因为专家们提交的论文不仅富有新意，而且很有深度，这样的"诗史"精神的弘扬，又非常切合我们现在的时代实际，体现了杜甫精神与当代精神的融合。

张高评(台湾成功大学)《杜甫叙事歌行与〈春秋〉笔削见义——杜甫诗史与六义比兴》，在厘清杜甫诗史、《春秋》书法与中国叙事传统关系的基础上，进一步探讨

了六义比兴使得杜甫诗史之推见至隐,杜甫叙事歌行之微婉顿挫。尤其是安史之乱前后,杜甫所作叙事歌行,如《兵车行》《丽人行》《哀王孙》诸什,皆世所谓"诗史"者。除长于叙事、以诗补史阙之外,往往主文而谲谏,运用曲笔讳书,出以"推见至隐",是所谓以"《春秋》书法"为诗,其要归于资鉴劝惩。李寅生(广西大学)《诗史的另一面——从〈江南逢李龟年〉看杜甫展现重大历史事件的表现意义》,从《江南逢李龟年》诗切入,认为杜甫作为"忠君爱国"的典型人物,没有把胸中的兴亡之感直接倾吐出来,而是借与李龟年的重逢,隐晦地表达了自己的思想感情。这首诗虽不及"三吏三别"那样直面重大史实,但也是一首表达唐王朝由盛到衰历史的见证。查屏球(复旦大学)《崔氏山庄与杜甫华州期间的家居生活——杜甫辋川之作考释及弃官求食说新证》,就杜甫华州弃官这一至为复杂的问题展开四个方面的研究:"把茱萸"与移家蓝田的关系,"强自宽"与归京后居家长安生活之艰,"崔氏庄"与杜甫辋川之行,"西庄"与杜、王交往。这样就把杜甫在特定时期的经历与其产生的深层背景挖掘出来,展现出"诗史"的一角。戴伟华(华南师范大学)《论杜甫乾元元年创作——〈早朝大明宫〉〈饮中八仙歌〉盛世记忆和现实情感》,其诗旨与查屏球之文一样,但论述的视角不同,文章对杜甫《饮中八仙歌》作于安史之乱前的传统说法提出质疑,以该诗是昔日帝京风流的追忆和现实情景的慨叹,与其看作是杜甫困守长安时的诗歌,还不如放在乾元元年(758)更为合理。《早朝大明宫》和《饮中八仙歌》分别代表了杜甫在开元元年(713)公共空间和私人空间的写作。葛景春(河南省社科院)《李白称诗仙、杜甫称诗圣来源考》,认为李白被正式称为"诗仙"的是北宋时期的徐积,杜甫被正式称为"诗圣"的,则是明中期的孙承恩,而近人普遍认为最早称杜甫为"诗圣"为明晚期的王嗣奭,则晚于孙承恩八十余年,李白与杜甫各自代表中国诗歌的儒道互补的追求自由的超现实主义和关注社稷民生的现实主义的思想和诗风。刘洁(西南大学)《"非君"视角下"诗史"的别样建构——以杜甫、白居易的美刺诗学为中心》,从诗学流变的层面,以白居易的接受为核心,从"非君"主题的视角对杜甫"诗史"中的"推见至隐"精神进行探索。论证杜甫完成了唐代文学史上的"诗史"建构,白居易再次进行"诗史"新变。白居易诗歌延续了杜诗"诗史"中以诗记事的特点,也补充和演化了杜诗"诗史"中"推见至隐"的精神内涵。张思茗(复旦大学)《杜甫阆州济时考——以唐蕃战争与阆州隶属之变为背景》,通过诗史互证,发现广德元年其三往阆州应与当时唐蕃战争及阆州隶属的变更有关,时局之艰使诗人搁置了出峡计划,转而赴阆参与防边谋略,对于杜甫这段经历的深入探讨,可以对杜甫的人生选择及精神世界有更深入地了解。张慧玲(越秀外国语学院)《杜诗"集大成"说之一解》,认为在宋人那里,杜甫是以极强的学习本领,全面学习、消化了前代文学遗产,充分吸取了前人的优秀成果,学力深厚,终成诗国巅峰,"集大成"说昭示了学力和性情在杜诗中的互补共生作用。孙微(山东大学)《杜甫献〈三大礼赋〉背景及其地理文化内涵》,从天文阴阳的视角,论述崔昌献"以土代火"说的背后是天宝末李林甫、杨国忠两大集团的政治博弈,而杜甫此时献《三大礼赋》表明其与李林甫集团的政治立场具有一致性。这是从内容方面对于传统观点的一种修正,而论文的研究方法也非常具有启迪意义的。佐藤浩一(日本东海大学)《杜甫的儒学意识——以典故用法为线索》,着重以典故用法为线索来精读杜甫《唐故万年县君京兆杜氏墓志》,认为典故中的鲁义母的这个"鲁"即鲁国,鲁国既是孔子的故乡又是儒教的圣地,故而用这个典故以表现儒教意识要比其他地方更胜一筹。佐藤先生还述及了杜甫《唐故万年县君京兆杜氏墓志》在日本受到特别重视的情况,甚至日本高考试卷有关典故训释的题目就是来自这篇文章。吴明贤(四川师范大学)《有关杜甫研究的思考》,由杜甫"致君尧舜上,再使风俗淳"切入,研究杜甫与孟子的关系,探讨杜诗中呈现的孟子思想,为杜甫儒家思想的研究提供了特定的视角。

二、杜诗本位研究的再深化

杜诗本位研究在前些有一些冷落,我在上一届的杜甫研究会年会上,就提出这个问题,拈出几篇论文进行重点评述。因为就大文学研究而言,21世纪以来,虽然呈现繁盛的局面,但也表露出外围研究扩张、本位研究旁落的状态。这也是因为以前的千年积淀非常深厚,在本位研究方面要想创新非常艰难。而本次会议的论文在这方面却具有较大的数量与较高的质量,体现出我们的专家学者勇于挑战,在高位起点上努力创新的精神。我们分生平交谊、文体风格和作品文本三个方面来说明。

(一)生平交谊

胡永杰(河南省社科院)《"早充观国宾"当为入太学及由监举参加科考事考辨》,对于前人的说法进行清理,提出"早充观国宾",不应指传统注释中指开元二十三年前后赴乡贡之事,而是作开元十三年至十九年间在东都入太学及由监举参加科考解更为合理,由此亦可以推测杜甫一生曾参加过两次进士考试,且入过太学。徐希平(西南民族大学)《杜甫与元结关系再探》,通过几件重大史实的考察可以发现二人有许多相似之处。杜甫读元结《舂陵行》而极力称赞,元结《大唐中兴颂》主旨及微言大义与杜甫一贯的政治态度相契合,由此可见彼此共同的遭遇和见解,同气相求,同声相应的关系,堪称心心相印的知己和知音。俞沁(浙江大学)《杜甫与汝阳王李琎交谊考论》,通过对相关杜诗《饮中八仙歌》《赠特进汝阳王二十韵》《八哀诗之赠太子太师汝阳王李琎》《壮游》等作品的解读,发现杜甫与汝阳郡王李琎的交谊深厚。尤其是新出土李琎所撰《韦贞范墓志铭》,使李琎的文学才能得到验证。这篇墓志呈现出李琎文学创作的实绩,对于杜甫与李琎交谊的研究,具有重要的印证与对比意义。

(二)文体风格

钱志熙(北京大学)《论安史之乱前的杜诗对初盛唐主流风承与变》,论述杜诗与初盛唐诗,乃至六朝诗风有一种承变与离合的关系。这种关系当然体现在整个杜诗创作中,但安史之乱无疑是一个重要的节点。即安史之乱前的杜诗,较多地继承了初盛唐的主流诗风,而安史之乱的杜诗,相对于主流诗风来说,变化更大,在审美趣味上对传统有很大的突破。论文所引出的杜甫与初盛唐诗风的合离、常变的关系,实质上是中国古代诗史重要和关键问题。刘青海(北京语言大学)《以武事比文艺——杜甫及中晚唐诗人的一种论文方式》,认为以诗论诗是唐宋诗人很重要的论诗方式,杜甫的诗论都是用诗来表达的。这其中有一种特殊的论文方式,即以武事比文艺。他常将文学创作这种创造性的精神活动,用骑射、战阵来加以生动的形容和比拟,这形成杜甫诗论的一个重要特色。既是一种论文的方式,同时也是创造诗歌意象的一种方式。吴淑玲(河北大学)《杜甫歌行体诗的艺术境界》,论述杜甫的歌行体诗歌形成了自己的独特艺术境界:一是以散句抒情,或感慨万千,或任意挥洒,充分将叙事、议论、抒情的功能融汇到一起,形成了"以气概盛"的情感力量;二是在结体方式上自由抒写,开合任情,牢笼诸象,开合跌宕,潇洒自然,形成了开合自由的结体特点;三是无论写人还是写物,总是尽可能从更多的角度去关注,形成了类似于"楚辞"的全面周到的关注视角;四是潇洒俊逸的审美特质与风神,成为与李白并称的唐代歌行体诗歌大家。仲瑶(浙江大学)《唐人"吴体"与江左风流及其地理文化内涵》,论述"江左"以"名士风流"为内核,其浓厚的地域色彩又集中体现为"吴声""吴歌"之风。杜甫的"江左情结"以及"吴体"创作正是这一文化背景下的产物。形式上,取七律之形而破其声律,同时又采南朝流行之"双声""叠韵"成其独特之音节、声调,自成一体。皮、陆二人以"吴体"唱和,杂吴语且以吴中风土、名物入诗就文化传统和精神渊源而言直承贺知章,体制、风格则全仿杜甫。咸晓婷(浙江大学)《唐代七言歌行的演诵与文本变异——以敦煌伯四九九四、斯二零四九为考察核心》,论述敦煌伯四九九四、斯二零四九拼合卷与伯二五四四所载均为七言歌行体,两卷诗歌次序完全相同,仅个别文字不同,具有唱本的性质。与传世文本相比,伯四九九四、斯二零四九拼合卷与伯二五四四文字错讹的类型占绝大比例的是音讹,原因在于乐师在演诵传抄过程中重音不用意,这也证实了这两个文本的唱本性质。这样以写本与传本的对比研究发现问题,也为杜甫诗歌的文本研究提供参照的对象。

(三)作品文本

胡可先(浙江大学)《〈饮中八仙歌〉与盛唐诗仙群体》,重点考察有关《饮中八仙歌》的四个问题：一是出土文献与"饮中八仙"新证；二是杜甫对李白的理解；三是杜甫对自己的定位；四是"饮中八仙"与盛唐诗仙群体。从而揭示出：盛唐的开元、天宝年间，因为皇帝的提倡与朝廷的推动，社会上饮酒的风气很盛，李白来长安，与当时浪漫诗人贺知章等为诗酒之游，更推波助澜，在社会上产生较大影响，故杜甫以此为题材而作《饮中八仙歌》；"诗仙"的名号来源于道家的"八仙"，文人群体具有道家化的思想崇尚，《饮中八仙歌》所咏的八人，都有不同程度的道家追求；在盛唐诗坛上存在着一个"诗仙"文人群体，而李白是这一群体的代表，故而"诗仙"名号最后落在了李白的头上；杜甫《饮中八仙歌》既是盛唐诗仙群体的整体再现，也是诗人形象的个性展示。刘明华（西南大学）《杜诗"会当临绝顶"异文探讨》，就杜甫代表作之一《望岳》的异文展开讨论，认为"临绝顶"可能最接近杜甫《望岳》一诗原貌，最好的办法是正文作"临"，异文标"凌"，即"会当临一作凌绝顶"，庶可两全。这样从一处异文的考证、比较、解读，以小见大，不仅解决具体问题，而且说明研究的"发微"与"会通"是同样重要的。吴怀东（安徽大学）《杜甫的春天——从"感时花溅泪"谈起》，主要对杜甫名作《春望》"感时花溅泪，恨别鸟惊心"进行详尽的解读，从宏观上说，审美活动确实是一种移情和想象，见花落泪是杜甫此时此地偶然的情感反应，显然也代表着一种重要的审美倾向。杜甫伤春的感情反应方式，源自他所处的盛极而衰的时代环境与政治因素，与他独特的个人经历、思想认识乃至气质性格等因素的共同作用。杜甫在建构伤春悲秋这一底蕴深厚并富有民族特色的文学传统过程中发挥了不可替代的作用。左汉林（中央财经大学）《杜甫〈潼关吏〉中的"大城""小城"考证》，作者通过对潼关一带山川地理及其防御体系的实地考察，认为杜诗中的"大城"是指潼关关楼，"小城"则是指禁沟边上的十二连城。彭燕（杜甫草堂博物馆）《〈夜宴左氏庄〉系年辨析——兼论杜甫的隐逸思想》，在细致地解读全诗的基础上，探寻杜甫的政治取向和对官场的态度；对学术界于该诗的编年异说进行辨析，以为宋人的观点仍然有说服力，此诗宜编于天宝二、三年（743、744）；在此基础上，文章提出了杜甫此时具有退隐的念头，尤其在经历长安十年的艰难生活对政治失望后，退隐的想法日趋强烈，甚至在形式上已经接近影响生活了。这些论述具有启发性。杨琼（浙江大学）《〈同诸公登慈恩寺塔〉创作时间献疑》，通过对这组诗歌产生的年代背景的讨论，对照同一时期杜甫、高适、储光羲其他诗作来看，前人为天宝十一载登慈恩寺塔诗的创作时间尚有值得探讨之处。同时，以往对于这组诗歌的关注往往集中于杜诗的解读以及诸诗思想境界的高低上，对于高、岑、储三人的诗歌文本以及艺术价值则较少关注。梳理诗歌的创作背景，深入诗歌内部进行文本细读、解析，对我们把握这组诗歌的时代意蕴和艺术价值颇有启迪。胡秋妍（浙江大学）《唐宋大曲〈剑器〉的演变历程及其文学形态的扩容》，对杜甫《观公孙大娘弟子舞剑器行》中的《剑器》舞曲进行研究，钩稽其舞蹈由单人健舞发展为群舞、列队军舞的过程，其乐曲通过"移宫换羽"生成不同的大曲，通过"摘遍""小唱"衍生小曲、次曲等,为唐宋词调的直接音乐来源。大曲《剑器》演变过程中,产生了不同的文学形态,其乐曲所配文辞主题和声情的演变,体现了词体由"依调填词"转变为"拟格填词"的确立过程,具有重要的文学价值。

三、杜甫诗学研究的再出发

杜诗学研究一直是受到学者们重视的问题,这是因为一种学术的成熟之后,需要总结,因而杜甫诗学研究与杜诗本位研究一直是相辅相成的。这次会议提交的论文,杜诗学方面的研究也有多篇,而在两个方面较为突出,一是会通,二是深化。

刘重喜(南京大学)《会通:〈杜诗镜铨〉与中国诗学批评》,论述清代杨伦《杜诗镜铨》充分体现出中国古代学术的"会通"思想:其一,《镜铨》阐述杜诗"源流",具体落实在诗人的用语、用意、风格、派别等诗歌内部的发展变化上,形成了一种新的注释范式;其二,杨伦在"会通"思想和"推源溯流"论的影响下,完善了对杜甫诗学体系的建构;其三,杨伦通过诠释"转益多师"和"别裁伪体",证得杜甫诗学的"正变"之道。阮丽萍(西南大学)《〈钱注杜诗〉与清代杜诗版本——以杜诗异文为中心的讨论》,论述钱注杜诗的异文校勘,对清代杜诗版本的影响体现在三个方面:钱注确立的异文处理原则,被后来注杜诸家所采用;钱注删却的宋元旧本异文,在其后的杜诗选本、注本中几乎不可见;钱注于异文处刊定的正字,成为清代杜诗版本中使用频率最高的通行用字。蒋鹏举(陕西师范大学)《评杜、选杜与学杜——明代李攀龙对杜诗的传承》,在明代"七子派"学杜、宗杜的背景下,重点阐述李攀龙对杜诗的传承,以《古诗今删》为考察对象,认为李攀龙传承杜诗的特点有三个方面:一是诗情上以忧心国事、体察民瘼为主要内容;二是诗境上注重锤炼雄深蕴涵之境;三是诗艺上追求格律宛亮,章法严整。汪欣欣(华南师范大学)《邵傅〈杜律集解〉考论》,论述《杜律集解》由《杜律五言集解》和《杜律七言集解》两部分组成,前者以赵汸《杜律五言赵注》为底本,以单复《杜律单注》为补充;后者则以赵大纲《杜律测旨》为底本,兼采旧题虞集《杜律虞注》之评语。《杜律集解》主要采用熔裁式的集评方式,典型体现了明代杜诗集评本的诠释方法与特点。此书在日本流传甚广,表明了日本学界对杜诗的接受和对中国古典文学的受容。张东艳(郑州师范学院)《翁方纲论学杜》,论证杜诗学是翁方纲诗学思想体系的重要组成部分。从翁氏一生研杜的结晶《杜诗附记》和其他论杜诗论中可知,他主张学杜的态度是"师其意,则其迹不必求肖之",学杜的途径是"由苏入杜"和"黄诗逆笔"。张锦辉(陕西师范大学)《论明清社会变革之际李念慈诗歌对杜诗的接受》,认为李念慈作为关中诗坛代表诗人之一,其生活时代及人生遭际与杜甫较为相似,其诗歌处处可见对杜诗的接受,主要体现在语言通俗、清新自然;主客交融、意象丰富;各体兼备,沉郁含蓄三个方面,形成了当时诗坛一道亮丽的风景,对明清社会变革之际杜诗学的发展起到一定的促进作用。郝润华(西北大学)《隐逸与园林:关于杜甫农事诗中的几个问题——兼评〈杜甫农业诗研究〉》,认为杜甫在流寓秦州、成都、夔州时期创作了一些农事诗,反映了杜甫诗关注日常生活的又一侧面。古川末喜著、董璐译《杜甫农业诗研究——八世纪中国农事与生活之歌》,基于杜甫的隐逸生活,系统考察杜甫三个时期的农业诗歌,对某些意象做专门阐释,是一部视角新颖、论述细密的杜诗研究新作。但是,由于认识上的偏差,书中也存在一些值得商榷的问题。

四、李杜比较命题的再探讨

李杜比较其实也是杜甫诗学研究的内容,因为从唐代以来李杜优劣之争的特殊因缘,使得李杜比较成为专门的诗学命题,而且"李杜优劣论"千余年来贯穿杜诗学发展演变的始终,也促进了杜甫诗学的发展。这次会议提交的论文有五篇之多,针对的命题虽然很传统,但选取的角度都非常新颖,或从风流与日常的关系切入,或从古人的立场探寻,或从版本的合刻探索,或从笔记的校勘辨析。异彩纷呈,发人深思。

陈才智(中国社会科学院)《风流与日常——重斟李杜之争及其垂范意义》,着眼于李杜的异同重新思考李杜之争,而重在论述李杜之差异:李诗的主导风格,形成于大唐帝国最为辉煌的年代,以抒发个人情怀为中心,咏唱对自由人生的渴望与追求,气度风流,一泻千里,成为其显著特征;杜诗的主导风格,却是在安史之乱的前夕开始形成,而滋长于其后数十年天下瓦解、遍地哀号的苦难之中,在艺术上千汇万状,笔触更加走向日常。而两座并峙的高峰,也构成唐诗的分野,在风流与日常的不同流脉下,对后世产生不同的垂范意义。崔际银(天津财经大学)《"李杜优劣"平议》,梳理"李杜优劣"论争中李杜并尊、崇李抑杜、崇杜抑李三种观点,论证这三种观点的形成,与评论者的个人性情之好尚、创作定位、所属诗歌派别以及社会政治需要等因素密切相关。作者认为对待李白与杜甫的正确态度是:不可硬性区分"优劣",而应正确体认李杜之间的关系、充分认识其各自优长、深入品味其独具特色、学习掌握其表达技法,以求创做出形神赅备的优秀作品。孟国栋(浙江师范大学)《并称背后的偏私:吕祖谦笔下的李杜优劣》,认为李白和杜甫的并称自产生时即带有一定的偏向,后人虽然接受了这一称谓,但不同的朝代、不同的学者心目中李杜二人的成就还是有高下之别的,吕祖谦即是其中的一位。由于两宋时期普遍尊杜之风盛行,再加上受其家学的影响,在坚持李杜并称的同时,吕祖谦明显偏向杜甫一边,李杜二人在吕祖谦的笔下呈现出了杜尊李卑的面貌。任雅芳(西北大学)《从李杜合刻看李杜并称的内涵衍变——兼论唐人文集编纂的类目演化》,首先,从李杜并称的角度切入,考察唐代士人对于李杜作品的对读,而因为对读的传统,使得李杜文集在文本传播过程中趋于一定的平衡,后代李杜文集的合刻与对读之传统也一直相融合;其次,探讨李杜合刻本的流行与唐人文集类目的演化,重点关注唐人文集类目化的特点和唐人文集类目演化与明人对读李杜的关系;再者,探讨不同时代阅读文本的差异与李杜并称之内涵变迁,从而进一步揭示"李杜"由唐宋时期古体创作之敌手,成为了明清古体、近体门类之下多种诗歌体式中双峰并峙的演变过程。王红霞(四川师范大学)《〈墨庄漫录〉校勘辨析杜诗、苏诗条目考述》,论证宋人张邦基《墨庄漫录》对杜诗、苏诗校勘辨析诸条颇有价值,或纠正前人错讹,或发前人之未发,或补充前人之说,具有较高的文献史料价值,值得深入辨析和考述。

五、杜诗研究视野的再开拓

这次会议的论文最值得重视的是杜诗研究新视野的开拓,境界之高、视野之广、眼力之强、挖掘之深都超迈前贤,而根据论文的主题,我们觉得在域外杜诗学、杜甫石刻、杜诗名物与杜诗绘画方面的开拓最为突出。这一方面的研究最能体现出利用新材料以研究新问题的特点,也就是陈寅恪先生所说的"预流"的学术。

(一)域外杜诗学

杨理论(西南大学)《域外视角下的杜诗阐释:以〈杜律发挥〉为中心》,论述大典禅师《杜律发挥》为日本江户后期杜诗阐释的代表作,是书所选杜诗依邵傅《杜律集解》删减而成,是《杜律集解》风行日本之产物。大典评注,本土方面受与其师宇鼎士新共同完成的《唐诗集注》影响甚大;中国方面则受《杜律集解》《杜律注解》二书影响尤大。大典不满中国注家的诸多杜律评注,特撰此书予以辩驳,其中对《杜律集解》驳斥最多。大典试图借此书对《杜律集解》在日本接受过程中的良莠兼收现象予以纠偏,并为日本读者提供一个简明准确的杜律读本。大典的杜诗阐释,重视诗意阐发,间或解题释词亦主要为诗意阐发服务,其间对《杜律注解》借鉴颇多。文艳蓉(徐州工程学院)《李白和杜甫在日本平安时代的流传与受容》,论述在日本平安时代,李杜的诗歌也有一定程度的受容,对我们了解李杜诗歌的流传有参考价值。李白在平安初期的敕撰三集中受容比杜甫较多,其流传之诗多以乐府、歌吟诗等歌诗为主。李杜在日本平安时代的流传一定程度上受到元稹、白居易推许的影响,但最终未能广泛流传的主要原因一方面是诗集流入较少,另一方面是平安文人的自主选择,这是更深层次的原因。还值得介绍的是李寅生教授(广西大学)的一篇译文《日本一百二十年来有关杜甫的著作一览及解题(1897—2017)》,作者是日本的大桥贤一、加藤聪、绀野达也,这篇文章说明了从五山时代开始,杜诗便成为了日本文人和诗僧的重要书目,在近千年的杜诗流传中,各种翻译、注释、研究之作也层出不穷。而作者集中搜集了近代以来(1897—2017)一百二十间在日本发表的各种杜甫相关著作95种,按时间顺序排列并进行解题,这对于呈现杜甫在日本的深远影响,具有积极意义。

(二)杜甫石刻

黄萍、李霞锋(成都杜甫草堂博物馆)《成都杜甫草堂博物馆馆藏晚清学者黄云鹄碑刻研究》,论述晚清大臣黄云鹄为官四川期间,多次游览成都杜甫草堂,并有三通碑刻实物留存至今和一篇碑记文献传世。由黄云鹄光绪元年镌刻的《泊宜宾,望祭先文节公文》、光绪十年(1884)和十二年(1886)分别镌刻的《黄山谷先生小象》及碑阴《山谷公纪略》、光绪十年镌刻的《黄云鹄、雪堂含澈唱和诗碑》,以及光绪十二年(1886)撰写的《重建唐冀国夫人任氏祠碑记》的内容及其所涉及的有关史实等情况,可见他在成都杜甫草堂文化建设上所做出的重要贡献。郑玲(北京师范大学)《杜甫草堂何宇度刻杜公像考辨——兼及秦州宋琬刻杜公像》,论述何宇度所刻杜甫石像是杜甫草堂珍贵文物,但从清王士禛到当今学界,一直认为临摹自赵孟頫《杜子美戴笠图》。考察何刻杜像、赵孟頫《杜子美戴笠图》和万历年间流传的多种"世传圣贤图谱"杜甫像,可以得出这样的结论:何宇度所刻杜甫石刻线像,来源于民间"圣贤图谱",而不是赵孟頫《杜子美戴笠图》。刘雁翔(天水师范学院)《"秦州杜诗石刻"考论》,考察唐乾元二年(759),杜甫流寓秦州时留诗九十多首,北宋以降秦州即形成刊刻杜诗的传统,其中以清初著名诗人宋琬策划主持刊于玉泉观李杜祠的"秦州杜诗石刻"最为著名,碑成之后与拓本同时流传,时称"二绝"或"二妙"。康熙时诗碑因战乱散佚,1998年依据拓本重刊于杜甫登临过天水另一名胜南郭寺,碑石的散落、拓本的流传都历尽曲折,对其名称、内容、集字、流传情况等全面考证,有助于全面了解这一杜诗文化发展的重要物证。

(三)杜诗名物与杜诗绘画

蔡锦芳、许琛琛(上海大学)《"盍簪""簪盍""盍戠""戠盍"系列考》,考释杜诗《杜位宅守岁》"盍簪喧枥马,列炬散林鸦"之"盍簪",典出《易·豫》卦九四"勿疑,朋盍簪"。杜甫之后,人们使用此典或作"盍簪",或作"簪盍"。清代惠栋父子提出"朋盍簪"应从汉虞翻本作"朋盍戠",此说得到清人广泛响应并在用此典时写作"盍戠"或"戠盍"。由于"戠"字生僻,今人知晓此典者已不多。其实盍簪、簪盍、盍戠、戠盍同为一典,意为群朋合聚,可替代使用。武晓红(山东师范大学)《汉唐诗歌"天马"名物及其意象释证——兼论李、杜诗歌"天马"意象的创作特征》,论述"天马"在汉唐诗歌中的形象表达,经历了一个由虚到实再到逐步融合的过程。李白与杜甫善写"天马",都曾将其作为自我精神的投射对象。但在使用时,二人具有不同的倾向。李白由于自身道教徒的角色,其笔下的"天马"形象神化成分较突出。而杜甫运用"天马"和相关典故,则多为事实描写,将名物特性与人的品格相映射,展示出诗人在诗歌创作上对物象处理的角度和思路的多重化。吴夏平(上海师范大学)《"马骨"与"沧洲":杜诗"绘事"的渊源及义趣》,论述杜诗"绘事"渊源于家学、"绘事"交游及相关研习的交互作用。其"画马不画骨"之论,前人多曲解和误会。究其实质,他所批评的是齐梁以来重形不重义的画风和诗风,是其"尚义"思想在画论与诗学中的统一。杜甫以"沧洲趣"来指代山水画,是其山水美学的精义,对画论发展做出了重要贡献。研究杜甫"绘事"诗具有多重意义,据此可进一步理解其画论语境及所蕴意旨的历史真相。吕家慧(香港城市大学)《灾异观念与灾难书写:杜甫、白居易时事诗新论》,认为前辈学者讨论杜甫以及中唐以后诗,往往突出其与时事的关联。杜甫号称"诗史",对杜诗所涉时事的研究,也常强调他的纪实性创作。白居易《新乐府》被认为是中唐哀民病的代表作,"其事核而实,使采之者传信也",也强调《新乐府》"信实"的一面。但考察杜甫、白居易等人的创作,可以发现,这些纪实作品的背后有着深厚的灾异观念,他们乃是在传统灾异观念下观察、理解与书写的,这是被文学史家忽略的一面。文章着重探讨了唐人的灾异观念及其思想渊源、杜诗中的时事书写与灾异传统、灾异观念下的白居易《新乐府》。

最后,我结合这次会议谈一下杜甫研究需要继续开拓的空间:一是杜甫地理的研究需要进一步加强,台湾学者简锦松有《杜甫夔州诗现地研究》,开了个好头,但在大陆没有产生影响,在台湾也还有一些争议,前几年葛景春教授出版了《杜甫与地域文化》,蔡锦芳教授出版了《杜诗学史与地域文化》,取得了很好的成绩,但近几年较为消歇,本次会议也呈现不多。实际是我们可以结合严耕望先生《唐代交通图考》与简锦松先生唐诗现地研究的优长,走出杜诗地理学研究的新路径。也就在11月3日,中国唐诗之路研究会成立,标志着唐诗研究在地理空间研究上一定会开拓出一片新的领域,我们的杜甫研究与唐诗之路研究配合,能够呈现出更新的世界。二是杜诗名物与图像研究具有极大的开拓空间,这次会议论文中一个很好的现象是有几篇杜诗名物与图像研究的论文,而这方面的研究非常值得开拓。近几年,文学与图像研究成为学术研究的热点,而与二者关联最大的杜诗,更具有开拓的空间。三是杜甫研究与当下的大数据结合,也是今后需要大力开拓的重要方面。近年来,大数据平台的开发,给古代文学研究带来了很大的便利,诸如我们浙江大学徐永明教授与美国哈佛大学包弼德教授合作,由浙江大学社会科学研究发布的"文学地理发布平台"就有广泛的影响,中南民族大学王兆鹏教授研究的"唐宋文学地理信息系统"也将上线使用,我们如果利用这些平台的信息研究杜甫,我们研究杜甫的成果也交给这些平台发布,这样可以给杜甫研究带来多重传播效应。

2019 年 11 月 10 日